宋元佛教文學史

诗歌卷

周裕锴
张硕 祁伟
张艮 谢天鹏 ◎ 著

教育部人文社科重点研究基地重大项目成果（项目批准号13JJD750014）

复旦大学出版社

目录 ○

绪 论 / 1

上编　北宋佛教诗歌

第一章　北宋禅宗僧诗（上）/ 11

第一节　延寿与法眼宗僧诗 / 11
第二节　善昭与临济宗僧诗 / 16
第三节　重显一系与云门中兴 / 30
第四节　云门宗诸僧诗 / 47
第五节　义青与曹洞宗僧诗 / 62

第二章　北宋禅宗僧诗（下）/ 76

第一节　临济宗黄龙派诸僧诗 / 76
第二节　临济宗杨岐派诸僧诗 / 88
第三节　诗僧道潜 / 101
第四节　诗僧惠洪 / 108
第五节　江西宗派三诗僧 / 117

第三章 ● 北宋天台宗律宗僧诗 / 132

　第一节　九僧与晚唐体 / 132

　第二节　孤山智圆 / 140

　第三节　西湖诗僧 / 151

　第四节　律宗僧诗及净土诗词 / 159

第四章 ● 北宋士大夫禅诗 / 172

　第一节　北宋前期士大夫禅诗 / 172

　第二节　北宋中后期士大夫禅诗 / 184

　第三节　黄庭坚与江西诗派 / 195

中编　南宋佛教诗歌

第一章 ● 南渡初禅宗僧诗 / 213

　第一节　临济宗黄龙派东山慧空 / 213

　第二节　临济宗杨岐派竹庵士珪与大慧宗杲 / 219

　第三节　曹洞宗真歇清了与宏智正觉 / 227

第二章 ● 南宋中期禅宗僧诗 / 243

　第一节　荷屋蕴常 / 243

　第二节　橘洲宝昙 / 248

　第三节　北磵居简 / 257

第三章 ● 南宋后期禅宗僧诗 / 267

　　第一节　杨岐派径山系大观与善珍 / 267
　　第二节　杨岐派径山系元肇与道璨 / 289
　　第三节　杨岐派虎丘系诗僧觉庵梦真 / 303

第四章 ● 南宋天台宗僧诗 / 316

　　第一节　竹庵可观与萝月昙莹 / 316
　　第二节　云泉永颐 / 323
　　第三节　雪岑行海 / 330
　　第四节　芳庭斯植 / 339
　　第五节　潜山文珦 / 345

第五章 ● 南宋士大夫禅诗 / 357

　　第一节　南渡初士大夫禅诗 / 357
　　第二节　南宋中期士大夫禅诗 / 386
　　第三节　南宋后期士大夫禅诗 / 399

下编　金元佛教诗歌

第一章 ● 金元曹洞宗僧诗 / 413

　　第一节　万松行秀与林泉从伦 / 413
　　第二节　云外云岫 / 419

第二章 元代临济宗杨岐派大慧系僧诗 / 428

第一节　元叟行端及其法嗣 / 428

第二节　楠堂文益及其山居诗 / 439

第三节　笑隐大䜣 / 450

第三章 元代临济宗杨岐派虎丘系僧诗（上）破庵一支 / 457

第一节　希叟绍昙 / 457

第二节　雪岩祖钦及其后嗣 / 466

第三节　牧潜圆至与觉隐本诚 / 474

第四节　中峰明本及其法嗣 / 483

第五节　无见先睹 / 499

第六节　石屋清珙 / 508

第七节　梦观大圭 / 519

第四章 元代临济宗杨岐派虎丘系僧诗（下）松源一支 / 528

第一节　横川如珙及其同门 / 528

第二节　古林清茂与了庵清欲 / 535

第三节　昙芳守忠、即休契了与月江正印 / 545

第五章 元代其他宗派僧诗 / 555

第一节　白云英 / 555

第二节　云屋善住 / 563

第三节　石湖宗衍 / 571

第六章　金元士大夫禅诗 / 580
　　第一节　李纯甫与元好问 / 580
　　第二节　耶律楚材 / 586
　　第三节　方回与诗僧 / 592
　　第四节　虞集等元诗四大家 / 598
　　第五节　赵孟頫及其他元诗人 / 603

后　记 / 612

绪 论

　　中国自古以来是诗歌的国度，早在春秋时期，第一部诗歌总集《诗经》就已面世，至于"诗言志"的传统，则更可以追溯到上古。而佛教自东汉传入中国，也将近两千年，与中国固有的传统文化相交流融合，经过选择、淘汰、同化、变异，日益本土化，最终成为中国文化的有机部分。在佛教本土化的漫长过程中，中国文化中特有的诗性思维以及诗性文字发挥了重要作用，由此而出现了与"诗言志""诗缘情"的抒情传统相异的另类诗歌——佛教诗歌。关于佛教本土化与诗化的进程，宋人姚勉有一个大致准确的说法："汉僧译，晋僧讲，梁、魏至唐初，僧始禅，犹未诗也。唐晚禅大盛，诗亦大盛。"（《雪坡舍人集》卷三十七《赠俊上人诗序》）这一过程，从某种意义上说，就是将佛教进行审美化的过程，将其宗教性转换为艺术性的过程。特别是佛教中的禅宗，更是用中国的诗性智慧改造印度的宗教智慧，在古典诗歌领域中开辟出不同于儒家传统诗教的新境界。

僧人写诗始于东晋，历经宋、齐、梁、陈、北周、隋诸朝，诗僧并不多见。而至中晚唐蔚然成风，据《全唐诗》记载，唐诗僧有百余人，诗作有四十六卷，其中绝大部分诗僧和僧诗都集中在大历以后的百余年间。正如姚勉所说，僧诗这一重要文学现象的出现，与禅宗的兴盛分不开。但是，必须要指出的是，佛教诗歌真正蔚成大国是在宋元时期，这主要有以下几方面的原因。一是禅宗发展到宋代，由"不立文字"变为"不离文字"，所谓"文字禅"的倾向，在禅宗各派里不同程度的存在，且愈演愈烈，几乎所有开宗立派的祖师，都有过诗颂创作，更有不少诗歌文字被编为别集流传。二是佛教其他宗派，如天台宗、律宗、华严宗、净土宗的僧人，或继承唐代僧诗苦吟特色，写自然景物和日常生活，或利用诗歌宣扬佛理，教化民众，内容庞杂，风格多样。特别是在国破家亡的危难之际，诗僧更超越了方外出家人的身份，用诗歌记载时代的历史事件和苦难现实。三是士大夫阶层谈禅学佛的人数众多，或多或少、或深或浅受到佛教尤其是禅宗的影响，因而其诗歌创作涉及佛教题材的数量大大增加，且在非佛教题材的诗歌中出现了禅意、禅境和禅理，开拓出新的领域。同时，禅宗意识的渗入，使得"以禅喻诗"成为一代论诗风气，士大夫的艺术思维也日益由浅直粗糙走向深微精美。

总而言之，宋元佛教诗歌数量巨大的作品，极为广泛的题材，新颖多样的表现方式，丰富多彩的艺术风格和审美类型，都足以为中国古代诗坛增色不少，其中有相当数量的作品，足以成为中国诗歌史的瑰宝。然而，可惜的是，佛教诗歌至今尚未纳入各种文学史（包括诗歌史）著作和教材的关注范围，这不能不说是中国诗歌史书写的缺失。本书的撰写正是为了弥补这一缺失，为读者呈现宋元时期佛教诗歌创作的发展演变过程，让读者了解中国古典诗歌中竟然别有一番境界。

本书所介绍的佛教诗歌，大致包括以下几种类别：

一是僧人用诗歌形式表现佛理的作品，即唱道的作品，其文类包括押韵的法曲、颂古、偈颂，体裁包括四五六七言古近体诗和长短句。释道诚《释氏要览》卷下叙"法曲"："毗奈耶云：王舍城南方，有乐人名腾婆，取菩萨八相缉为歌曲，令敬信者闻生欢喜心。今京师僧念《梁州八相》《太常引》《三归依》《柳含烟》等，号唐赞。又南方禅人作《渔父》《拨棹子》唱道之词，皆此遗风也。"偈颂中专有"颂古"一类，以祖师公案为赞颂对象，除了收录于诸禅师语录之外，最集中见于《禅宗颂古联珠通集》。偈颂方面，日本临济宗僧义堂周信编《重刊贞和类聚祖苑联芳集》《新撰贞和分类古今尊宿偈颂集》，所收全部为宋元禅僧作品，可见出其类别之丰富。另外，还有十二时歌、山居诗、拟寒山诗、牧牛诗、渔父词、四威仪等诗题，已成为禅诗书写的重要传统。这些唱道、乐道、谈禅、颂古的作品，有不少借用暗示和象征的手段，非常富有文采和诗意，并非只是枯燥的谈禅说理。

二是僧人所写诗歌，未必全有关佛理。换言之，只要其身份是僧人，那么他所写的一切诗歌都可算作佛教诗歌。正如诗僧惠洪所说："以临高眺远未忘情之语为文字禅。"（《石门文字禅》卷二十《懒庵铭序》）包括抒情诗歌，同样可视为宗教的写作——"文字禅"。《四库全书总目》对明释正勉等编《古今禅藻集》的命名有如此解释："所录皆释子之作，而不必其有关于佛理。曰'禅藻'者，犹曰'僧诗'云尔。"据此标准，则举凡宋金元僧人之诗，皆当在本书考察范围之内。南宋陈起编《圣宋高僧诗选》，还有《江湖风月集》《中兴禅林风月集》等，皆包括在内。此外还有不少僧人的诗歌别集，其中有大量涉及世俗书写的内容，如《参寥子诗集》《橘洲文集》《白云集》等。

三是未出家的士人所写一切有关佛禅的诗歌，这些诗歌分布于宋元士人的别集中。明人徐长孺编《东坡禅喜集》，就是将苏轼有关佛教的文章编为一部书。明人陶元柱编《山谷禅喜集》，"于黄庭坚集中录其阐发禅理者别为一书，盖欲以配《东坡禅喜集》"(《四库全书总目》卷一百七十四)。既然如此，那么，本书也将把以苏轼、黄庭坚为代表的士人有关佛理的一切诗歌皆看作"禅喜"之诗，纳入佛教诗歌史叙述的范围。其实，宋元文人有关佛教的诗歌完全足以编为一部大型的《宋元文人禅喜总集》。

鉴于"宋元佛教诗歌史"之名，本书的叙述时代起于宋之立国到元之亡国（其间包括金代），即公元960—1368年，大约公元10世纪中叶至14世纪中叶，时间跨度四百余年。跨朝代的僧人士人，由五代入宋的包括在内，由元入明的排除在外。

当今的宋金元文学史的书写，宗教文学基本被排除在外，诗僧作品极少被提及，文人的佛教写作也未进文学史教材。这一现象并不符合这一历史时期的真实文学现象。事实上，这一时期涌现出不少佛教诗歌的名篇，不仅为文学史增添了新的风景线，而且为中华民族文化提供了新智慧。近年来，佛教文学研究的成果大量涌现，不过相对比较零散，不成体系，而且断代的佛教文学史书写仍付诸阙如。有鉴于此，我们力图在整合学术界已有的成果的基础上，开拓疆域，发掘宝藏，让宋元佛教诗歌的丰富资源进一步充实我们文学史的宝库。

这四百余年的佛教诗歌史，既与以士大夫为主流的诗歌史有千丝万缕的联系，又因其方外的宗教性质具有相对的独立性。其联系之处在于：北宋初天台宗的"九僧"，与林逋、魏野等人构成该时期"晚唐体"的主流；如璧、善权、祖可三诗僧，名列吕本中的《江西宗派图》；南宋初慧空禅师得"江西句法"；南宋中后期宝昙、居简等人，则继承了"元祐—江西"的写作传统；天台宗的文珦爱好"选体"，是南宋"江湖派"的新动向；永颐与江湖诗人交往密集，其诗风也大体近似；行海的苦吟作风，则保持了"晚唐体"的创作态度。其独立之处在于：禅宗的偈颂、颂古、唱道类的诗作，四百余年间基本遵循浅俗白话诗的传统，语言风格一以贯之，变化不大；一些传统题材，如十二时歌、山居诗、拟寒山诗等，形成大致相近的写作套路，看不出多少时代印迹。本书尽可能通过大致客观的叙述，呈现出宋元佛教诗歌史与宋元主流诗歌史的联系和区别。

宋元佛教诗歌以禅宗诗僧人数最多，作品数量最大，因而本书的叙述以禅宗诗歌流变为主线，结合其他佛教宗派和士大夫创作来展开。晚唐五代以来，禅宗分为五家宗派，即沩仰宗、临济宗、曹洞宗、云门宗、法眼宗。入宋以后，沩仰宗基本消亡，无禅诗传世；法眼宗的写作主要集中在北宋前期，后期渐趋式微，其代表人物为永明延寿。云门宗从北宋中叶开始盛极一时，而至南宋初已逐渐衰落，其间出现重显、契嵩、道潜、如璧等有别集传世的著名诗僧。从禅史角度来看,只有临济宗和曹洞宗的传灯续派,欣欣向荣,贯穿整个宋元,诗歌创作大致如是。曹洞宗的义青、正觉、云岫分别为该宗两宋和元代的主力。而临济宗尤其兴盛,占据整个宋元僧诗写作大半壁江山。该宗在北宋中期分为黄龙和杨歧二派,前者活跃于北宋后期和南宋前期,惠洪为其杰出代表;后者则几乎统治了南宋和元代的僧诗诗坛。临济宗杨歧派在南宋又分为径山宗杲和虎丘绍隆二系,南宋僧诗大家大多出自径山系,宝昙、居简、大观、善珍、元肇、道璨名重一时,皆有诗集传世;著名诗僧仅有觉庵梦真出自虎丘系。入元之后,临济宗杨歧派更是一家独大,径山系又分为北磵居简和妙峰之善两支,居简一支的笑隐大訢,是元代最为士大夫推崇的诗僧,之善一支的元叟行端及其法嗣,也较有影响。虎丘系又分为破庵祖先和松源崇岳两支。祖先一支在元代名僧辈出,中峰明本、无见先睹、石屋清珙等以"庵居知识"的身份,隐居山林,清介自守,与元王朝保持疏远关系,其山居诗数量丰富,成就甚高。崇岳一系有古林清茂、月江正印等禅师,其诗禅流入日本,影响深远,而昙芳守忠等人,则主动向元王朝靠拢,与径山系的大訢和行端一样,深得元朝统治者恩宠,诗中亦充满颂圣感恩之作。

除了禅宗之外,宋元也有不少其他佛教宗派的诗僧,特别是天台宗诗僧,自北宋初至元末,代不乏人,如北宋的孤山智圆,南宋的云泉永颐、雪岑行海、芳庭斯植、潜山文珦,元代的石湖宗衍等。其中文珦《潜山集》存诗近九百首,俨然为宋元诗僧一大家,其诗题材风格也丰富多彩。华严宗在宋元一直不绝如缕,其诗僧多不可考,唯有元代的云屋善住,卓然成一家之诗。此外，律宗的赞宁，净土宗的仲殊、可旻等，也值得一提。就诗歌总体风格而言，禅宗偈颂多任情率意之作，而天台宗诗僧则相对喜好苦吟，更多"禅藻"。

至于士大夫的佛教诗歌，也是本书要叙述的重要内容。从某种意义上说，宋元时期第一流的士大夫，很少不与佛教发生关系。北宋"西昆体"的领袖杨亿为佛门居士，其别集颇有涉佛诗歌；名臣夏竦、胡宿的别集中，皆收录有一些禅诗。北宋三大诗人王安石、苏轼、黄庭坚，则被传灯录列为禅门法嗣，其别集中佛教诗歌占有相当大的比重。江西诗派中除了三僧之外，其余不少诗人号称居士，以至于有"诗到江西别是禅"之说。南宋中兴诗人杨万里、陆游、范成大皆与禅僧交往，杨的"活法"诗，陆游从其师曾幾那里承传"文章切忌参死句"的观念，皆深受宗杲看话禅影响。金朝的元好问，元朝的方回以及虞集等四大家，莫不接受禅宗的思维方式，留下不少涉佛诗歌。

作为一部佛教诗歌史的著作，我们的叙述立场主要基于"禅藻"的标准，即作品的文学性，同时兼顾"佛理""禅机"，即作品的宗教性。我们的写作方式主要是代表作品的文本解读，兼涉诗歌流变的介绍以及作品在文学史上地位的评价。这是一种我们未曾经历过的写作尝试，难免顾此失彼，挂一漏万，在宏观把握和微观解读上都有很多不足，在此谨希望读者不吝批评指正。

上编 北宋佛教诗歌

第一章 ● 北宋禅宗僧诗(上)

第一节 延寿与法眼宗僧诗

法眼宗在禅宗五家之中属于颇有文化修养的一派,开山祖师清凉文益禅师就"好为文笔,特慕支、汤之体,时作偈颂真赞,别形纂录"(《宋高僧传》卷十三)。文益曾作《宗门十规论》,批评禅门里"以歌颂为等闲,将制作为末事。任情直吐,多类于野谈;率意便成,绝肖于俗语"的创作态度,认为宗门歌颂"皆主意在文,焉可妄述",他欣赏的是"俱烂熳而有文,悉精纯而靡杂"的作品。文益曾与南唐李中主同观牡丹,作偈曰:"拥毳对芳丛,由来趣不同。发从今日白,花是去年红。艳冶随朝露,馨香逐晚风。何须待零落,然后始知空。"(《金陵清凉院文益禅师语录》)这首诗是格律谨严的五言律诗,借牡丹起兴,表现了即色即空的禅理,对仗工整,意象优美,有很高的艺术性，体现了文益"烂熳有文，精纯靡杂"的创作主张。文益的歌颂创作虽然对宋初法眼宗诗颂颇有影响，但他自身生活在晚唐五代时期，故兹不赘述。

文益的弟子一辈已入北宋，写作宗门歌颂仍保留了"主意在文"的传统。泰钦，赐号法灯，世称法灯禅师，住持金陵清凉院，卒于宋太祖开宝七年（974）。法灯最有名的是《拟寒山诗》十首，收于《禅门诸祖师偈颂》，这组诗开启了禅门"拟寒山诗"的写作传统，影响极为深远。其后禅籍有"拟寒山咏法灯诗"的说法（见《罗湖野录》卷上）。其中最著名的一首如下：

幽鸟语如篁，柳垂金线长。烟收山谷静，风送杏花香。永日萧然坐，澄心万虑亡。欲言言不及，林下好商量。

这是一首写僧人山居生活的诗，寒山诗中就有这样的内容，以至于明僧正勉编《古今禅藻集》，直接将所选寒山诗命名为"山居杂诗"。此诗前四句描写了春天的声音、色彩、气氛、香味给人的感受，接下来写终日安坐参禅，从而静心澄虑。结尾二句，使人想起陶渊明诗："此中有真意，欲辨已忘言。"佛法大意语言难以企及，只有林下的静坐、山居的体验才能真正"商量"。值得注意的是，法灯这首山居诗充满了活泼的生机，垂柳杏林取代了寒山诗中的枯木寒岩，表现得更像园林的生活，这也许与他住持江南寺院的经历分不开。

文益的法孙辈，特别是天台德韶的弟子，有几个爱作诗偈歌颂，如齐云遇臻"其诸歌偈皆触事而作，三百余首流行，见乎别录"；瑞鹿本先"著《竹林集》十卷，诗篇歌辞共千余首"；

尤其是永明延寿，称得上法眼宗的代表人物，他"著《宗镜录》一百卷，诗偈赋咏凡千万言，播于海外"（均见《景德传灯录》卷二十六）。延寿（904—975），赐号智觉禅师，初住明州雪窦山，晚住杭州永明寺。在雪窦时，延寿参禅夜坐，曾作诗一首（见《五灯会元》卷十）：

孤猿叫落中岩月，野客吟残半夜灯。此境此时谁得意？白云深处坐禅僧。

野客的苦吟伴着孤猿的哀叫，夜半的残灯对着中岩的落月，凄清而又高远。此时的雪窦夜境，虽然有声有色，但皆透露出寂寞和宁静，正与白云深处坐禅僧人的心境相合。延寿的五律，风格类似晚唐五代以来流行的僧诗，如《宋高僧诗选·后集》卷中所选两首，一题为《舟中》：

一水浮千棹，悠悠来去人。缆开湘浦岸，帆落楚江滨。风色东西变，潮痕旦暮新。只兹澄汉色，几度化为尘。

中间两联写景似开宋初九僧风气之先，而尾联却暗含佛教成住坏空的哲理。一题为《闲居》：

闲居谁似吾？退迹理难过。要势危身早，浮荣败德多。雨催虫出穴，寒逼鸟移窠。野径无人剪，疏窗入薜萝。

延寿曾为华亭镇将，二十八岁才出家，颔联写闲居避祸修身的心态。颈联炼句甚工,虫出穴、鸟移窠,既是写所见之景,又暗喻退迹闲居的无奈。

《古今禅藻集》卷十一载延寿《山居二首》:

> 古树交盘篆径深,阒无人到为难寻。只知算计千般事,谁解消停一点心。冻锁瀑声中夜断,云吞岳影半天沉。寒灯欲绝禅初起,透牖疏风触短襟。
>
> 只知闲适乐箪瓢,莫讶烟霞道路遥。龙穴定知潜碧海,鹏程终是望丹霄。拨云岩下求泉脉,嚼草坡边辨药苗。门锁薜萝无客至,庵前时有白云朝。

五代禅月大师贯休最早创作《山居二十四首》七律组诗,后代僧人仿效,作者众多。而延寿这两首可以说是忠实地继承了贯休的精神,诗含喻世格言与山居生活两种内容。

法眼宗最后一位知名的诗僧是惟正禅师。惟正(986—1049),禅籍或作"惟政",华亭黄氏子。他是法眼文益的三世法孙,嗣法于净土惟素禅师,住持临安功臣山净土禅院,出入爱骑黄犊,禅林号为"政黄牛"。惟正雅富于学,善书工诗,书学王羲之、献之父子,诗有陶渊明、谢灵运之趣。释晓莹《云卧纪谈》卷下称他"平居识虑洒然,不牵世累,处己清尚,于诗尤可见矣"。惟正平生制作号为《锦溪集》三十卷,今已亡佚,只有几首诗传世。《宋高僧诗选·后集》卷中收其五言古绝二首:

> 桥上山万重,桥下水千里。惟有白鹭鸶,见我常来此。
>
> (《桥上》)

香林接幽洞，香乳无时滴。日暮白云归，揽之不可得。（《香林洞》）

两首诗自然天真，而极有风致，写山间的生活，有出尘之高韵，而无寒俭之僧态。惟正与杭州知州蒋堂为方外友，蒋堂一日宴客，欲留惟正住一宿。惟正留下一偈而去："昨日曾将今日期，出门倚杖又思惟。为僧只合居岩谷，国士筵中甚不宜。"坐客皆仰其高韵（见《林间录》卷下）。惟正曾作自画像，并自己为赞曰：

貌古形疏倚杖黎，分明画出须菩提。解空不许离声色，似听孤猿月下啼。

惟正将画中自己的形象比作佛陀十大弟子之一须菩提。须菩提号称"解空第一"。画中之像由笔墨因缘而成，不仅其外形很像佛画中的须菩提，而且笔墨和合本身就是"空"的最好注脚。"空"存在于声色之中，正如月下的猿声，可见可闻而空无所有。惠洪对此极为赞赏，认为"其高韵如光风霁月，词致清婉，而道味苦严"（《林间录》卷上），既诗意优美，又佛理精严。

从惟正的诗偈中，可看出他很有诗歌修养，有时就像一个披着袈裟的行吟诗人，如这首《溪行绝句》（《云卧纪谈》卷下）：

小溪一曲一诗成，吸尽诗源句愈清。行到上流聊憩寂，云披烟断月初明。

这首诗始于观景寻诗，终于借景悟道，溪行既是引发诗思的过程，又是净化禅心的过程。最后两句暗示：修行到了最上一关时，只要放下固执追寻之意，不妨稍作歇息，就会顿然觉得心中云散月明，一切疑情迷念顿然消失。溪之源也不仅是诗之源，而且更是觉悟之禅源。耐人寻味的是，禅僧的悟道过程始于"诗源"的吸取，这似乎意味着诗的审美和禅的超越，在价值取向的非功利上具有一致性。

第二节 善昭与临济宗僧诗

在晚唐五代时期，临济宗的禅法以"棒喝"为主要特色，这可以说把禅宗"不立文字"的精神推向了极点。"棒喝"的本意，乃在于祖师为了打破参学者对语言的迷信和幻想，故意以一种极端的手段来打断参学者正常的理路言诠，使之在一瞬间以超出常情的直觉体验直接悟道。"棒喝"的流行自然是对语言的反动，也意味着对诗僧苦吟的反动。所以晚唐五代的临济宗禅师虽然也有偈颂一类的唱道作品，但大抵如同法眼文益禅师所指责的那样，"以歌颂为等闲，将制作为末事。任情直吐，多类于野谈；率意便成，绝肖于俗语。自谓不拘粗犷，匪择秽屑，拟他出俗之辞，标归第一之义"（《宗门十规论》），缺乏典雅的诗意。

临济义玄的四世法孙风穴延沼（896—973），是临济宗入宋的第一代禅僧。据《罗湖野录》卷上记载，延沼有偈颂曰：

五白猫儿爪距狞，养来堂上绝虫行。分明上树安身法，切忌遗言许外甥。

《正法眼藏》《古尊宿语录》《五灯会元》等禅籍作谷隐蕴聪上堂说法之语，然而蕴聪为延沼法孙，此乃说法时引延沼偈颂，如《联灯会要》卷十二即称蕴聪"示众，举风穴颂云"。这首诗以五白猫儿比喻禅门得道高僧，不仅能拒斥邪魔外道，而且有安身立命之法。然而，其禅悟只属于他自己，不能直接传递给参禅者。正如猫儿上树之法，不得传给外甥老虎。陆游《嘲畜猫》诗自注："俗言猫为虎舅，教虎百为，惟不教上树。"（《剑南诗稿》卷三十八）延沼以"俗言"为喻，正是所谓"拟他出俗之辞，标归第一之义"的作风。

直到北宋太宗、真宗时期，延沼的弟子首山省念（926—994）的偈颂仍非常粗犷朴野，如他的《传法纲要偈》："咄咄拙郎君，机妙无人识。打破凤林关，穿靴水上立。咄咄巧女儿，停梭不解织。贪看斗鸡人，水牛也不识。"虽然经其弟子注释，"然学者犹莫晓"（《林间录》卷上）。

这种情况大约到汾阳善昭发生了一些改变。善昭（947—1024），太原人，俗姓俞，嗣法于首山省念，住持汾州太子院，足不出户三十年，卒谥无德禅师。善昭虽算不上有诗心诗才，但他的偈颂开始有了讲究文采的倾向。今存《汾阳无德禅师语录》三卷，保留了大量的偈颂，其中最著名的是颂古百则。颂古这种以韵文形式赞颂古德公案的文体虽非创始于善昭，然而善昭颂古百则的规模，仍具有典范性，引领了禅门以诗颂为佛事的一代新风气。其后云门宗的雪窦重显，曹洞宗的投子义青、天童正觉，临济宗的虚堂智愚作颂古百则，临济宗的白云守端、保宁仁勇、径山宗杲、东林士珪作颂古百一十则（见《大慧普觉禅师年谱》），皆以善昭肇其端。

善昭的颂古比临济祖师的偈颂稍显文雅，比如这则祖师公案："二祖问达磨：'请师安心。'磨云：'将心来，与汝安。'祖云：'觅心了不可得。'磨云：'与汝安心竟。'"善昭颂曰：

> 九年面壁待当机，立雪齐腰未展眉。恭敬愿安心地法，觅心无得始无疑。

这虽然算不上好诗，但毕竟用相对典雅的语言叙述了达磨为二祖安心这一公案的主要内容和意义。善昭颂古百则最爱使用一种七言六句的形式，如颂云门北斗里藏身公案曰：

> 藏身北斗最分明，只为人多见不精。巧妙妄陈心意解，却如平地作深坑。昏灯日昼何曾易，青竹黄花满地生。

这与七言绝句和七言律诗都不同，是善昭根据所颂内容的多少而自己选择的句式。

除了颂古百则之外，善昭还创作了不少七言歌行，如《行脚歌》《不出院歌》《自庆歌》《德学歌》《玩珠歌》《住山歌》《广智歌》《了义经歌》《是非歌》《鱼鼓歌》《拄杖歌》《一字歌》《屏风歌》《山僧歌》等，较全面地反映了禅僧的衣食住行及参禅乐道的情怀。如他依照禅宗传统题材所作《十二时歌》：

> 鸡鸣丑，百福庄严莫自守。开门大施济饥贫，英俊还须师子吼。
>
> 平旦寅，颙颙端坐自安神。四句百非都不着，四明照

出道中人。

日出卯,不用思量作计校。人来远近少知音,不肯休心任烦恼。

食时辰,钟鼓分明唤主人。随方应供福人天,万德庄严是正因。

禺中巳,更莫多求乐余事。三乘五性梦中尘,灵光直出如来智。

日南午,直性分明异今古。回光普照勿亲疏,不信依前受辛苦。

日昳未,平等舒光照天地。江海高山总不妨,这个分明智中智。

晡时申,万别千差识取真。一正百邪俱不起,十力圆通号世尊。

日没酉,诸行无常不长久。经行坐卧不生心,便是余家真道友。

黄昏戌,寂静安禅功已毕。了了通身六道光,错解还同漆中漆。

人定亥,一念不生无障碍。道合天机性宛然,妙旨玄通观自在。

夜半子,大智圆通无彼此。迷悟还如镜上尘,尘镜俱亡更何事。

禅门的《十二时歌》,大抵有两种基本写作倾向:一种是托名梁释宝志的《十二时颂》,只是借助十二时辰来劝化说理,与各时辰的生活日程联系并不密切,如"食时辰,无明本是释迦身。坐卧不知元是道,只么茫茫受苦辛。认声色,觅疏亲,尽是他家染污人。若欲拟心求作佛,问取虚空始出尘"(《禅门诸祖师偈颂》卷上),虽曰"食时",但并没有"食"的描写。另一种是赵州从谂的《十二时歌》,说理成分减少,生活气息浓厚,展示不同时辰的生活内容和精神状态,如"食时辰,烟火徒劳望四邻。馒头馉子前年别,今日思量空咽津。持念少,嗟叹频,一百家中无善人。来者只道觅茶吃,不得茶噇去又嗔"(《禅门诸祖师偈颂》卷上),所写皆与"食时"有关。由此可见,善昭的《十二时歌》,主要是仿效宝志《十二时颂》,多禅语理语,而缺乏形象性的描写,艺术价值不高,相对于赵州和尚的《十二时歌》,在文学上毋宁说是一种倒退。

然而,善昭另一组五律《拟寒山诗》,却多少弥补了《十二时歌》的缺陷。《大正藏》第四十七卷载《汾阳无德禅师语录》将其《拟寒山诗》通排为一首,考其体制,并与寒山诗相对照,应为十首五言律诗:

雨落田中湿,风摇树上寒。时人鏖肆去,山翁屋里眠。似醉人难识,如痴两鬓班。白颜猱叫处,惊出一双猿。

好是住汾阳,犹连子夏冈。西河莲藕熟,南国果馨香。野客争先采,公侯待后尝。仲尼不游地,唯我独消详。

红日上东方,霞舒一片光。皎然分万象,精洁涌潮冈。蝶舞丛花折,莺啼烟柳藏。孰能知此意,令我忆南阳。

余家路不遥,金界示金桥。香岭丛花折,烟岚日上销。清凉千谷静,紫府万贤高。我笑寒山笑,丰干脚下劳。

无德住西河,心间野兴多。太虚宽世界,海岳蹙江波。

独坐思知己，声钟聚矗和。欲言言不尽，拍手笑呵呵。

百福庄严相，从头那路长。云生空里尽，雨落满池塘。春鸟喃喃语，秋鸿役役忙。孰能知此意，独我化汾阳。

方种巧升腾，须知一点真。古今研至理，明暗示余尘。房塞风霜急，长空雨露频。天台山里客，却与我相邻。

历劫何曾忘，长年只么间。蓼花芳浦岸，松韵响溪间。三岛云开静，五峰雨霁山。古今常不昧，金界碧霄看。

寂寂虚闲处，人疏到此来。透窗明月静，穿户日光开。鹤聚庭前树，莺啼宇后台。同心谁得意，举目望天台。

全体是寒山，唯能向此眠。捉猿高岭上，放虎石溪边。花拆香风递，松分细雨穿。疏林竹径重，将谓是神仙。

组诗主要表现的是禅僧的山居生活和心境，说理更多让位于自然景物描写，"雨落田中湿，风摇树上寒""蓼花芳浦岸，松韵响溪间""透窗明月静，穿户日光开"，至于"花拆香风递，松分细雨穿"，竟然有几分诗僧炼字的功夫。当然，即便如此，善昭这组诗的整体诗艺仍显得质朴稚嫩，语词意象颇为重复，如"雨落""花拆""金界""莺啼"等，不过，也许这正是他拟寒山诗的神似之处，因为寒山诗意象重复也比比皆是。

善昭还写了一些咏物诗，借物说理，如《竹杖》："一条青竹杖，操节无比样。心空里外通，身直圆成相。渡水作良朋，登山堪倚仗。终须拨太虚，卓在高峰上。"竹杖是禅僧游方行脚的工具，这首诗前四句咏竹之"体"，后四句咏杖之"用"，体用合一，物我交融。其表现方式是直截了当的着题而咏，而不是深婉隐曲的比兴，体现了其诗一贯的语言特点。

总体说来，善昭在宋代诗坛的意义，不在于他的诗歌艺术有多么的高明，而在于改变了临济宗不立文字的"棒喝"传统，开创了临济宗以文字说禅的新局面。其颂古百则、十二时歌、拟寒山诗等都具有示范意义。

善昭的法嗣楚圆（986—1039），号慈明，全州清湘人，俗姓李，与杨亿、李遵勖为方外友，晚住持湖南石霜山。《石霜楚圆禅师语录》（见《慈明四家录》）中收有他几十首偈颂，其中有与驸马都尉李遵勖的唱酬，也有以禅门公案为题的颂古，还有一些以禅门旨诀为对象的偈颂，如临济宗的《三玄三要颂》，曹洞宗的《五位颂》，皆为谈禅说理的作品。值得注意的是，楚圆的《十二时歌》并未追随其师说理的路子，而是直接表现禅僧当下的日常生活，在形式上也颇有独创性：

鸡鸣丑，梦里逢人莽莽卤。平旦寅，觉来路上弄精魂。日出卯，烜赫光旸影里坐。食时辰，食饱还知是病因。禺中巳，买卖论量入市肆。日南午，万象分明作笑具。日昳未，张公吃酒李公醉。晡时申，醒来端坐醉醺醺。日入酉，茅蓬竹户硬撑拄。黄昏戌，日落西山狐未出。人定亥，老鼠床前作群队。夜半子，一轮明月苏噜哩。

随着十二时的流动，展现各时辰的行住坐卧，语言简练，颇能见出作者的个性。据《禅林僧宝传》记载，楚圆性格豪放，不守禅门规矩，"忽绳墨"，"不事事，慢侮少丛林"（卷二十一、二十二），这首《十二时歌》中的"入市肆""醉醺醺"之类的描写，可看作自供状。楚圆的《牧童歌》，更表现出自由自在、

无拘无束的禅门本色:

> 牧牛童,实快活,跣足披蓑双角撮。横眠牛上向天歌,人问如何牛未渴。回面观,平田阔,四方放去休闲遏。八面无拘任意游,要收只在索头拨。小牛儿,顺摩抹,角力未充难提掇。且从放在小平坡,虑上高峰四蹄脱。日已高,休吃草,捏定鼻头无少老。一时牵向圈中眠,和泥看伊东西倒。笑呵呵,好不好,又将横笛顺风吹,震动五湖山海岛。倒骑牛,脱布袄,知音休向途中讨。若问牧童何处居,鞭指东西无一宝。

"牧牛"是禅宗有关修行的著名隐喻,"牛"比喻人的心性,"牧"比喻禅学的修持。唐代马祖道一问弟子石巩怎么牧牛,石巩说:"一回入草去,蓦鼻拽将来。"(《联灯会要》卷五)百丈怀海教导弟子大安说:"如牧牛人,执杖视之,不令犯人苗稼。"(《联灯会要》卷七)这首诗写了如何索头收放、捏定鼻孔的牧牛行为,而更突出了牧牛童自身的快活心态,跣足披蓑,横眠牛背,四方放去,八面无拘。用形象描写代替议论说理,这是高过善昭之处。楚圆还有一首《入京舟中作》:

> 长江行不尽,帝里到何时。既得凉风便,休将橹棹施。

借舟行顺风扬帆的情景,表达了无心任运、佛法无用功处的禅理。

楚圆的同门芭蕉谷泉,是一个狂放不羁、颇有个性的禅僧。

谷泉，泉州人。出家后，不守戒律，任心而行，拜谒汾阳善昭，密受记莂。南归湘中，登南岳衡山，住懒瓒岩，移住芭蕉庵。嘉祐中卒，年九十二。谷泉好作歌颂，作品散见《建中靖国续灯录》《禅林僧宝传》《禅宗颂古联珠通集》《罗湖野录》《云卧纪谈》等。他的偈颂不拘声律，句式自由，七言歌行尤有代表性，如《大道歌》：

> 狂僧性本落魄，到处随缘栖泊。都来些子行装，棹下谁能管着？曲竹杖，凹木杓，独行独坐还独酌。时人不会狂僧意，将谓狂僧虚造作。布直裰，纸衲帔，破绽谁能管得伊。禅客相逢皆哂笑，律师遇着大不喜。迎风坐，向日睡，也胜时人盖锦被。腾腾兀兀且延时，落落魄魄长如醉。面懒洗，头懒剃，行住更无些济济。不但千峰与万峰，恣意纵横去还止。或淫坊，或酒肆，拍手高歌更无虑。人人咄骂遮狂颠，莫怪颠狂只如是。游方广，入圣寺，半千小儿皆罔措。只解观空卧白云，争似狂僧豁神思。时人更问有也无，低头拈个山枣子。颂曰：落落魄魄，居山居郭。莽莽卤卤，是今是古。拍手大奇，颜回彭祖。

这首歌行是谷泉的代表作，可看作他自由自在、随缘任运的行道宣言，禅林以此称他为"泉大道"。他所谓的"大道"，无非是"独行独坐"的落落寡合，"直裰衲帔"的褴褛破败，"腾腾兀兀"的饮酒昏睡，"恣意纵横"的随意去留，"懒洗懒剃"的狂放垢污，"淫坊酒肆"的自由出入，所谓"落落魄魄""莽莽卤卤",总之一副懒而狂的形象。除了开头的四句六言诗以及结尾"颂曰"以下的六句四言诗,这首歌行的主体部分是若干"三三七七七"句式为单元的组合,其句式模仿唐永嘉玄觉大师的《证道歌》。不过,谷泉这首《大道歌》在宣传的宗教内容上却与《证道歌》大异其趣,他走的是宝志、万回、寒山、拾得、懒瓒、布袋和尚一类狂僧的路子。谷泉的另一首《落魄歌》中有"丰干老汉骑虎出,路逢拾得笑哈哈,却被寒山咄咄咄"几句,就可看出他的"大道"取向。这种狂僧形象虽特色鲜明,但总体说来在宋代禅僧队伍中还是一种异类。

北宋临济宗还有几位禅师的诗偈值得一提。金山昙颖(989—1060),钱塘人,俗姓丘。博通内外典,谒谷隐蕴聪禅师,默契其旨。晚年住金山龙游寺,号达观,与欧阳修、刁约等士人交游,有诗行于世。昙颖曾撰写《五家传》,又作《宗门五派》诗五首(《建中靖国续灯录》卷二十九):

法眼一宗枝,玄沙是祖师。直须明自己,不可阙修持。问里分宾主,言中绝路岐。若论端的事,打瓦了钻龟。
云门嗣雪峰,机与睦州同。理出千差外,言归一句中。九秋残叶雨,三月落花风。常见波斯说,虾蟆咬大虫。
偏正互纵横,迢然忌十成。龙门须要透,鸟道不堪行。石女霜中织,泥牛火里耕。两头如脱得,枯木一枝荣。
沩山与仰山,机暗独言难。飞鸟开双翼,明珠转一盘。方圆虽可并,起坐不相干。手舞暨足踏,徒劳逞舌端。
临济好儿孙,多将棒喝论。不能明妙用,只是学空言。欲动先携杖,临行又扑盆。便超斯见解,野鸭裹馄饨。

五首五言律诗，分别展现了法眼、云门、曹洞、沩仰、临济等宗门五派的渊源和纲要，并对学各宗者提出警示。法眼宗出自玄沙师备，"直须明自己"，即所谓"句里已彰自己，心空法了"；云门宗出自雪峰义存，"言归一句中"，指云门的"透法身句"，即"藏身北斗中"；曹洞宗主张偏正回互，不犯正位，语忌十成，有"枯木花开劫外春"之说；沩仰宗以画圆相为"暗机"，又有"作势"的交谈方式，以手舞足蹈等各种动作象征禅法；临济宗的特点则是棒喝代替"妙用"。昙颖告诫学者，若是不明这些禅法的内在精神，只是模仿其表面形式，就只能是"徒劳逞舌端""只是学空言"。这五首诗的语言很有特点，既有宗门术语，如"宾主""偏正""机暗"等，又有俚词俗谚，如"打瓦了钻龟""虾蟆咬大虫""野鸭裹馄饨"，还有清词丽句，如"九秋残叶雨，三月落花风""飞鸟开双翼，明珠转一盘"。昙颖能将各种不同风格语言组合起来，构成平仄协调、对仗谨严的律诗，足可见出其文学修养。《宋高僧诗选》收其《小溪》一首，也很有特色："小溪庄上掩柴扉，鸡犬无声月色微。一只小舟临断岸，趁潮来此趁潮归。"善写静谧之境，情韵悠长，而且含有随缘任运的人生哲理。

首山省念的另一法孙浮山法远（991—1067），嗣法叶县归省禅师，赐号圆鉴，晚住舒州浮山。《建中靖国续灯录》卷二十九载有法远一首奇诗，题为《禅将交锋歌》：

禅将交锋看作家，还同敬德遇金牙。机锋迅速人难辨，纵横擒纵智徒夸。善藏锋，巧回互，把断要津谁敢指（措）。香象咆哮海岳摧，师子謦呻凡圣惧。或探竿，或把火,照耀乾坤验作者。拟议之时宾主分,闪电之间换甲马。势如龙,健如虎,左旋右转夺旗鼓。临机照破铁门关,决烈冲开金锁户。文彩彰,风骨露,设使全提未为据。撒星佩印落荒郊,点的啮镞涉西土。看作家,终不误,任是芒刀解遮护。吹毛晃耀七星分,金镜光霞八方顾。影草中,藏部队,匝地风云迷向背。单刀透出万机前,双明送入千峰会。载趍跄,重管带,匹马单枪呈作解。虽然带甲上桥来,早被定唐批急塞(寨)。按镆铘,全举令,照用同时谁敢并。忿怒那吒失却威,骞馱佉罗口目瞪。立股肱,赞元首,解定乾坤平万有。画鼓连捶两阵收,拍马将军唱好手。

自中晚唐以来,宗门已出现以战喻禅的零星词语,如"箭锋相值""吹毛剑""单刀直入""啮镞之机""仗镆铘剑""斩将安营""破关"等,然而尚未出现这样一首全面描写禅家勘辨问答、机锋相接的长篇歌行。诗中将禅门主客双方比作交战的对手,经过多次交手,最后提正令的祖师终于收服挑战的禅客。值得注意的是,歌行的主体部分,仍是使用了永嘉玄觉《证道歌》的"三三七七七"句式。与"以战喻禅"相类似,诗坛也是自杜甫以来,出现"以战喻诗"的现象,在中唐白居易、元稹、刘禹锡等人手中进一步发扬,到了宋代,"以战喻诗"更成为士大夫之间诗歌唱酬的惯常伎俩。与法远同时而稍晚的郑獬(1022—1072)就曾写过《戏酬正夫》这样一首描写诗坛大战的长篇歌行(见《郧溪集》卷二十六),这种禅苑与诗坛相对应的文学现象,非常值得玩味。

楚圆的法嗣翠岩可真(?—1064),福州人。于楚圆言下大悟之后，爽气逸出，机辩迅捷。《续古尊宿语要》天集收《翠岩真禅师语》，黄庭坚作序。可真善诗，除了《语要》中所收《鲁祖面壁》等九首颂古以外，《嘉泰普灯录》《人天眼目》《禅宗颂古联珠通集》还有诗颂若干。最具巧思的是《爆竹》一诗：

> 小小身材不可欺，个中消息许谁知。灰头土面无人识，会有惊群动众时。（《重刊贞和类聚祖苑联芳集》卷八）

这首诗可算得上他的自画像，借咏爆竹毫不起眼的外形和令人震惊的威力，表达了自己超群出众的一腔豪情。

楚圆的同门琅琊慧觉禅师的法嗣定慧超信，号海印，桂府人。住苏州定慧寺，属南岳下十一世。超信早年以《百丈野狐颂》闻名一时，《建中靖国续灯录》《人天眼目》《禅宗颂古联珠通集》载其偈颂九十余首。最有趣味的是《贻老僧》诗：

> 俗腊知多少，庞眉拥毳袍。看经嫌字小，问事爱声高。暴日终无厌，登阶渐觉劳。自言曾少壮，游岳两三遭。

这是超信的游戏之作，然而刻画老僧的形象极为生动，诚如晓莹所言："品题形貌之衰耄，摹写情思之好尚，抑可谓曲尽其妙矣。"（《罗湖野录》卷下）

北宋中叶临济宗最重要的诗僧要数西余净端。净端（1031—1104），字明表，湖州归安人，俗姓丘。丛林称之为"端师子"。他是谷隐蕴聪的法孙，龙华齐岳的法嗣，属南岳下十一世。王安石、章惇、吕惠卿等留神内典的大臣都非常欣赏他的偈颂。刘焘撰《端禅师行业记》称他:"素不学诗,应声成偈,天然自韵,咸有可观,脍炙人口,多能道之,或以比寒山、拾得。"今存《湖州吴山端禅师语录》二卷,偈颂二百多首。净端平生喜欢唱圆禅师的《渔父词》"本是潇湘一钓客,自东自西自南北"(《禅林僧宝传》卷十九)。他也有渔歌乐道的经历,"自号安闲和尚,芒鞋筇杖,遇溪山胜处,披蓑戴笠,行歌《渔父》"。甚至他的辞世,也是"歌《渔父》数声,一笑整衣,趺坐而化"(见《行业记》)。净端有两首《渔父词》讴歌渔父生活(《语录》卷下):

斗转星移天渐晓,蓦然听得鹁鸪叫。山寺钟声人浩浩。木鱼噪,渡船过岸行官道。　　轻舟再奔长江讨,重添香饵为钩钓。钓得锦鳞船里跳。呵呵笑,思量天下渔家好。

浪静西溪澄似练,片帆高挂乘风便。始向波心通一线。群鱼现,当头谁敢先吞咽。　　闪烁锦鳞如闪电,灵光今古应无变。爱是憎非都已遣。回头转,一轮明月升苍弁。

这两首词用的《渔家傲》词调,属于禅宗乐道歌的类型。在词里,方外寺庙与渔父的自由生活相比,都显得俗气而拘束,渔家生活作为人世间的解脱游戏而受到净端的最高礼赞。净端另有两首《赞净土》(《语录》卷下),也是用《渔家傲》词牌:

七宝池中堪下钓,八功德水烟波渺。池底金沙齐布了。羡鱼鸟,周回旋绕为阶道。　　白鹤孔雀鹦鹉噪,弥陀接引毫光照。不是修行何得到?一般好,西方净土无烦恼。

一只孤舟巡海岸,盘陀石上垂钓线。钓得锦鳞鲜又健。堪爱羡。龙王见了将珠换。　　钓罢归来莲苑看,满堂尽是真罗汉。便爇名香三五片。焚香献。元来佛不夺众生愿。

词中虽然仍以渔钓生活为主线,但所有的意象都在喻示佛教净土的概念:江湖成了"七宝池",烟波变为"八功德水","鱼鸟"无非"众生","莲苑"即是"净土",渔父"下钓"有如"弥陀接引","钓得锦鳞"恰似修成"罗汉"。如果说乐道词中的禅理表现是"兴"的方法的话,那么喻理词则采用了"比"的手段。

临济宗能诗的禅僧尚有不少,其中黄龙派和杨岐派的僧诗将另章介绍,兹不赘述。

第三节　重显一系与云门中兴

北宋禅宗以文字为禅的倾向愈演愈烈,继临济宗汾阳善昭之后,云门宗雪窦重显制作颂古一百则,并写作大量诗偈,在禅林产生很大影响。据吕夏卿撰《明州雪窦山资圣寺第六祖明觉大师塔铭》记载,重显的弟子惟盖、文轸等七人,"相与裒记提唱语句诗颂,为《洞庭语录》《雪窦开堂录》《瀑泉集》《祖英集》《颂古集》《拈古集》《雪窦后录》,凡七集"(《明觉禅师语录》卷末附)。

重显(980—1052),字隐之,遂州遂宁县人,俗姓李。从智门光祚禅师得悟,嗣其法,为云门宗第四世。住持苏州洞庭翠峰、明州雪窦资圣，宗风大振。赐号明觉大师。重显的诗歌创作以"颂古百则"最知名。颂古这一文类，在名义上是对古德公案的赞颂，实际上还包含着质疑、探讨或诠释、演绎。学界一般认为，颂古创始于汾阳善昭，而实际上智门光祚的颂古时间可能更早。《禅宗颂古联珠通集》收北塔祚颂古十二首，"北塔祚"即智门光祚。据《宗统编年》卷十八，甲子（乾德）二年（964），"禅师光祚住智门"，而善昭其时还不满二十岁。从重显所颂公案来看，受其师光祚的启发乃是显而易见的。

重显既有文学天才，又深契宗门悟境，因此能将诗骨禅心融为一体，他所作的"颂古百则"，能做到情理并茂，接近法眼文益所期待的"歌颂制作"的典型。与汾阳善昭相比较，重显的颂古抛弃了整齐划一的七言句式，他根据公案不同的内容，自由选择不同的诗体，有律诗绝句，也有古风歌行，既有三言、四言、五言、六言、七言的句子，也有一言或十言以及《楚辞》体的句式。语言风格或村朴，或典雅，或轻灵，或凝重，大多能通过形象思维来暗示公案的禅理。试看几例：

江国春风吹不起，鹧鸪啼在深花里。三级浪高鱼化龙，痴人犹戽夜塘水。（《慧超问佛》）

金乌急，玉兔速，善应何曾有轻触。展事投机见洞山，跛鳖盲龟入空谷。花簇簇，锦簇簇，南地竹兮北地木。因思长庆陆大夫，解道合笑不合哭。咦！（《洞山麻三斤》）

曾骑铁马入重城，敕下传闻六国清。犹握金鞭问归客，夜深谁共御街行。（《刘铁磨老牸牛》）

问既有宗，答亦攸同。三句可辨，一镞辽空。大野兮

凉飙飒飒,长天兮疏雨蒙蒙。君不见少林久坐未归客,静依熊耳一丛丛。(《云门体露金风》)

盲聋喑哑,杳绝机宜。天上天下,堪笑堪悲。离娄不辨正色,师旷岂识玄丝。争如独坐虚窗下,叶落花开自有时。(《玄沙三种病人》)

第一首颂"慧超问佛"公案。僧问法眼:"慧超咨和尚,如何是佛?"法眼云:"汝是慧超。"超禅师当下大悟。重显颂完全没提及问佛之事,头两句写江南水乡春日的风景。后两句才暗示慧超大悟处,如巨浪中鱼化为龙,透过龙门,拿云而去;而那些从言词上纠缠"如何是佛"的学者,如痴人戽夜塘水求鱼相似。第二首颂"洞山麻三斤"公案。僧问洞山:"如何是佛?"洞山云:"麻三斤。"此洞山指云门宗二世襄州洞山守初禅师。重显颂古的目的在于打破禅人把"麻三斤"看作回答"如何是佛"的思路,也就是打破禅人对问与答之关系的迷恋,善应未必因轻触,有叩未必定有鸣,强调禅机的无目的性、无交涉性。洞山守初曰:"言无展事,语不投机;承言者丧,滞句者迷。"(《五灯会元》卷十五)执着于展事投机者,如佛经所言跛鳖盲龟,难度茫茫业海。"花簇簇"三句,是引用智门光祚语。最后两句的"合笑不合哭"用长庆禅师代陆亘大夫哭南泉的公案。第三首颂"刘铁磨老牸牛"公案。刘铁磨到沩山,山云:"老牸牛,汝来也。"磨云:"来日台山大会斋,和尚还去么?"沩山放身卧,磨便出去。重显颂"曾骑铁马入重城",因刘铁磨久参禅,机锋峭峻,所以喻为沙场老将。"敕下传闻六国清",是颂沩山之问,这一问如帝王下敕。"犹握金鞭问归客",是颂刘的台山大会斋之问。"夜深谁共御街行",是颂沩山放身卧与刘便出去。第四首颂"云门体露金风"公案。僧问云门:"树雕叶落时如何?"云门云:"体露金风。"重显颂一二句,赞扬问与答皆包含宗旨;接下来是云门宗常以三句接人,若能辨得,便能透出三句外,如箭射向辽阔的天空。"大野兮凉飙飒飒"二句,是描摹体露金风,而善于烘托情境,用《楚辞》体。正如释善卿称重显颂古曰:"雪窦作句,多用'兮'字。……'兮'为咏言之助。"(《祖庭事苑》卷二)最后二句的少林、熊耳皆用初祖菩提达摩的故事,意谓树凋叶落,如达磨面壁九年,静悄悄地。第五首颂"玄沙三种病人"公案。玄沙示众云:"诸方老宿,尽道接物利生。忽遇三种病人来,作么生接?患盲者,拈锤竖拂,他又不见;患聋者,语言三昧,他又不闻;患哑者,教伊说,又说不得。且作么生接?若接此人不得,佛法无灵验。"重显颂则认为这三种病人未尝有病,见似不见,闻似不闻,说似不说,饥即吃饭,困即打眠,这是很高的境界。何必定要像离娄、师旷那样目明耳聪呢?不妨坐虚窗下,任随秋来落叶,春来花开,各各依随时节。(以上各首颂的解释参见克勤《碧岩录》。)令人感兴趣的是,重显的颂古语言风格的复杂多变,仅在词汇方面,就有内典佛经禅籍以及外典经史子集的来源,而句式方面则有宗门成语和《楚辞》骚体的杂糅,也有优美的清音远韵和粗鄙的方言俚语的结合,充分显示了诗歌语言与禅宗语言的兼容性。重显的颂古还有个鲜明特点,即其言说方式"只是绕路说禅",避免从正面解说禅旨,甚至不涉及公案中原有的字眼,这样就最大限度地用"不离文字"的形式表达了"不立文字"的精神。

从佛教文学的立场看,以辞藻精巧的诗歌形式阐释古德公案的颂古,将宗教与文学巧妙结合起来,尤其具有积极的意义。然而,关于重显"颂古百则"的评价,禅门却有褒贬两端。南宋心闻昙贲禅师对此痛心疾首:"天禧间,雪窦以辩博之才,美意变弄,求新琢巧,继汾阳为颂古,笼络当世学者,宗风由此一变矣。"(《禅林宝训》卷四)而元代万松行秀禅师则推崇云:"吾宗有雪窦、天童,犹孔门之有游、夏。二师之颂古,犹诗坛之李、杜。世谓雪窦有翰林之才,盖采我华,而不撷我实。又谓不行万里地,不读万卷书,毋阅工部诗。言其博赡也。"(《评唱天童从容庵录寄湛然居士书》)

晚唐五代时,云门宗的开山祖师文偃虽然也写过偈颂,但一是数量极少,二是多用宗门熟语,而他上堂说法示众,对机勘辨,都爱用野语俗谈,缺少文学色彩。到了重显这里,不光是用烂熳有文的语言颂古德公案,而且上堂、小参、垂示也好用韵语,往往信手拈来,头头是诗。例如:

> 上堂。因僧送拄杖上师,师拈起成颂云:"清峻孤根别有灵,势含山水自分明。提来胜得丰城剑,报尽人间两不平。"(《明觉禅师语录》卷一)

真是出口成章,不假思索就吟成一首《拄杖颂》,不仅平仄全合七绝的格律,而且借咏拄杖的"清峻孤根"表达了自己对"以不平报不平"的"格外清规"的理解。又例如:

> 上堂云:"春山迭乱青,春水漾虚碧。寥寥天地间,独立望何极。"便下座。(《明觉禅师语录》卷二)

气象雄浑，意境阔大，具有一种永恒的宇宙意识，暗示禅所追求的无所不在的道体。与题为唐诗人陈子昂的《登幽州台歌》"前不见古人，后不见来者，念天地之悠悠，独怆然而涕下"的诗句相比，重显这四句少了一份苍凉悲慨，多了几分冷峻超旷，实属诗中上品。自宋初以来，禅师上堂吟诗说法，逐渐成为禅门的风气，而重显将此发扬光大。发展到南宋，吟诗更是成为禅师说法对机不可或缺的手段，以至于引起部分坚持古德传统的保守禅僧的愤慨。如万庵道颜禅师曰："古人上堂，先提大法纲要，审问大众，学者出来请益，遂形问答。今人杜撰四句落韵诗，唤作钓话。一人突出众前，高吟古诗一联，唤作骂阵。俗恶俗恶！可悲可痛！"（《禅林宝训》卷三）

重显《祖英集》里所收二百二十多首各体诗歌，写禅僧日常参学游方之类的题材。四库馆臣《祖英集》提要曰："重显戒行清洁，彼教称为古德，故其诗多语涉禅宗，与道潜、惠洪诸人专事吟咏者蹊径稍别。然胸怀脱洒，韵度自高，随意所如，皆天然拔俗。五言如'静空孤鹗远，高柳一蝉新'（《送僧》），'草随春岸绿，风倚夜涛寒'（《僧归雪上》），'片石幽笼藓，残花冷衬云'（《春晴野步》），'啼狖冲寒影，归鸿见断行'（《天竺送僧》），皆绰有九僧遗意。七言绝句如《自贻》《送僧》《喜禅人回山》诸篇，亦风致清婉，琅然可诵，盖非概作禅家酸馅语也。"试看四库馆臣提及的三首七言绝句：

图画当年爱洞庭，波心七十二峰青。如今高卧思前事，添得卢公倚石屏。（《晦迹自贻》）
红芍药边方舞蝶，碧梧桐里正啼莺。离亭不折依依柳，

况有青山送又迎。(《送僧》)

别我游方意未论,瓶盂还喜到云根。旧岩房有安禅石,再折松枝拂藓痕。(《喜禅人回山》)

第一首当作于晚年,回忆当年曾在苏州洞庭湖(太湖)翠峰住持之事。湖心群峰美景如画图,令人难忘。"卢公"是重显自称,见《碧岩录》卷二第二十则克勤评唱"只应分付与卢公"句。重显晦迹高卧,遥想当年图画,想象自己成为画中人,倚石屏而眠。第二首送僧人远行,红花、碧梧、绿柳、青山构成色彩明丽的画面,送别而不伤感,造语清新,饶有情韵。第三首为游方禅人重新回山而作,"旧岩""再折"皆扣合诗题"回山",写出僧人山居安禅的自然环境。这些诗避免了僧诗的寒酸,禅颂的粗鄙,无禅语理语,意境优美,风致清婉,音调亦朗朗上口。

《祖英集》中好诗甚多,不限于四库馆臣所举几首。如《思归引》三首其一:

一住翠峰顶,两见溪草绿。不知朝市间,几番生荣辱。萧条岩上云,冷淡水边竹。报谁归去来?向此空踯躅。

《思归引》为古乐府琴曲名,见郭茂倩《乐府诗集》卷五十八,有晋石崇、梁刘孝威、唐张祜之作共三首。历代僧人中未见有人作此琴曲歌辞,重显是个例外。这首诗作于他住持翠峰两年后,即天禧二年。诗将翠峰与朝市的生活作对比,虽然后者充满荣辱祸福,然而却无人真正做到归去来。这里的意思颇像唐

诗僧灵澈"相逢尽道休官好,林下何曾见一人"所言,但加进了自己的感受,描写也更具体生动。又如《送僧之婺城》二首其二:

> 婺溪烟景称生涯,轻泛兰舟意未赊。八咏清风好相继,碧云流水是诗家。

诗题送的是僧人,但重显却认为与烟景兰舟、碧云流水相称的生涯,原本是属于"诗家"的。这意味着,他不仅希望僧人能像诗人一样歌咏婺城的美景,而且把"诗家"的审美活动看作禅家理所应当的生涯。值得注意的是,《祖英集》中送别各色僧人的诗篇占大半,仅诗题含"送僧"二字的就有四十多首。可以想象,重显所赠上百禅僧,带着他的诗篇去游方,同时也就将他借诗说禅的理念流播开去。这就是重显在禅宗诗史上的意义。

雪窦重显的借诗说禅,正好适应了宋代禅僧文化素质大幅度提高的社会语境,因此在丛林极受欢迎。诗僧惠洪称赞重显道:"住明州雪窦,宗风大振,天下龙蟠凤逸衲子,争集座下,号云门中兴。"(《禅林僧宝传》卷十一)这些争集座下的衲子,其中就有不少诗禅皆通者。

重显的法嗣中以天衣义怀最为知名。义怀留下诗偈不多,《建中靖国续灯录》卷二十九收其《投机偈》和《色空颂》二首,《嘉泰普灯录》卷二收其《临终偈》一首,《禅宗颂古联珠通集》收其颂古十六首。其颂古如下这首:

> 谁有单于调,换取假银城。曾被雪霜苦,杨花落也惊。

(《通集》卷三)

这首是颂傅大士的颂:"夜夜抱佛眠,朝朝还共起。起坐镇相随,如形影相似。欲识佛去处,只者语声是。"傅大士颂大旨是说自身有佛性,不必外求。而义怀的颂却完全不谈我与佛的关系,前两句是说以真易假,禅门有汉霍光卖假银城与单于的传说(见宋释祖庆《拈八方珠玉集》卷三);后两句是说认假作真,见杨花飞舞也错认为霜雪。这首颂就是"绕路说禅"的典型,借真与假来暗示我与佛之关系。

此外,义怀上堂说法也用诗句,如:"蜀魄连霄叫,鹪鸠终夜啼。圆通门大启,何事隔云泥。"(《续传灯录》卷六)无论是高贵的杜鹃鸟叫,还是低贱的鹪鸠啼鸣,在圆通的观念看来,本无区别。借形象说禅理,与其师重显一脉相承。义怀最有名的是上堂说法的一段话:

雁过长空,影沉寒水。雁无遗踪之意,水无留影之心。

重显对此极为欣赏,以为类己(《禅林僧宝传》卷十一《天衣怀禅师传》)。这几句骈语虽不是诗,但既含禅理,又富诗意,以至于被后人当作古德公案赞颂(《禅宗颂古联珠通集》卷三十八)。甚至清代查慎行、冯应榴注苏诗《和子由渑池怀旧》"泥上偶然留指爪,鸿飞那复计东西"二句,即引义怀此语为证。

重显另一个法嗣承天传宗,也有著名的诗偈传世。据《林间录》记载,重显在大阳警玄禅师的寺院里当典客时,与客僧评论古今禅门公案,至赵州"庭前柏树子"因缘,争辩不休。当时有个行者站立在旁,忍不住失声大笑。重显责其无礼,行者写下一首诗偈:

　　一兔横身当古路,苍鹰才见便生擒。后来猎犬无灵性,空向枯桩旧处寻。

这行者后来成了重显的弟子。诗偈将玄妙的禅门公案"赵州柏树子"比喻成一只兔子,其意义是不确定的、灵活的,如狡兔一般难以捕捉;而将僧人领会公案意义的途径比喻成两种不同的狩猎方式:一种是苍鹰似的狩猎,在稍纵即逝的一瞬间,兔起鹘落,公案的意义顿被"生擒",即活生生的把握领悟;另一种是猎犬似的狩猎,白白向枯桩旧处守株待兔,执着于陈旧的公案文字,围绕着"赵州柏树子"的意义争辩不已,而忘记禅体验的暂态性和活杀性。这首活泼生动的诗偈,颇能显示出禅宗语言"生擒活捉"地表达意义的独特优势。

所谓"云门中兴"在重显的法孙辈达到极盛,其代表人物就是分别住持东京慧林寺、法云寺的宗本和法秀,由于与王公大臣往来较多,势力影响较大。宗本(1020—1100),字无哲,赐号圆照禅师,嗣法天衣义怀。今有《慧林宗本禅师别录》传世。宗本并不以诗颂闻名,但各禅籍仍收其诗颂八十余首。据《罗湖野录》卷上记载,宗本初游云居,同数友观石鼓,相率赋颂。有人以为宗本素不从事笔砚,便故意强迫他作颂,宗本当即赋曰:

　　造化功成难可测,不论劫数莫穷年。如今横在孤峰上,解听希声遍大千。

　诗赞颂天然形成的年代久远的石鼓,谁说它似鼓而无声,它静默地横亘在孤峰之上,将其"大音希声"传遍大千世界。这是何等了不起的气魄,使人想起宗本的祖师雪窦重显的《狮子峰》诗:"踞地盘空势未休,爪牙安肯混常流。天教生在千峰上,不得云擎也出头。"难怪同行者见宗本颂皆"为之愕然"。后来宗本受宋神宗眷顾,诏住慧林寺,名满天下,正好印证了他"希声遍大千"的预言。

　　法秀(1027—1090),宗本同门师弟。冀国大长公主在东京开封府造法云寺成,诏法秀住持,为开山第一祖,神宗赐号圆通禅师。法秀平日不苟言笑,神情严肃冷峻,禅林称他为"秀铁面"。黄庭坚青壮年时好作艳词,有一次谒见法秀禅师,被其严词呵责。法秀作颂很少,不到三十首,不过,他悟道之初,却写过一首旖旎艳丽的诗颂:

　　　孰能一日两梳头?缏得髻根牢便休。大抵还他肌骨好,
　　不搽红粉也风流。

　发髻既然已编结坚牢,就不必再拆开重新梳裹,一切折腾皆可罢休。肌肤身材美好,不必再通过外在的修饰,不必再涂脂抹粉,也一样风韵迷人。这首诗就这样通过一个梳裹已毕、不施红粉的美女形象,委婉地表达了对自己已彻悟的禅旨的笃信。这首诗颂成为禅门的经典作品,后来颇有禅师说法或颂古化用其后两句,如黄龙死心悟新禅师:"良久云:'大体还他肌骨好,

不涂红粉也风流.'"(《嘉泰普灯录》卷二十五)汀州报恩法演禅师甚至将其改造为更香艳的诗,以颂俱胝竖指公案:"佳人睡起懒梳头,把得金钗插便休。大抵还他肌骨好,不涂红粉也风流。"(《五灯会元》卷二十)可见,法秀虽严词呵责士大夫作艳词,却不妨自己用艳词表达禅理。

雪窦重显的法孙可遵好为诗颂,从这点来说,比宗本、法秀更继承了重显的衣钵。可遵,号野轩,福州人,俗姓梁。嗣法报本有兰禅师,曾住福州中际寺。可遵工诗,与苏轼、杨杰相唱酬,有诗行于世。他最著名的是题庐山汤泉诗:

禅庭谁作石龙头?龙口汤泉沸不休。直待众生尘垢尽,我方清冷混常流。

"龙口"具有双关的修辞效果:一方面,"龙口"中流出沸腾汤泉;另一方面,"龙口"又似乎在代替汤泉发出宏愿,即洗尽众生尘垢之后,我这滚热的温泉再混同一般清冷的泉水。因而"龙口"中"沸不休"的汤泉又可看作它自身喋喋不休的誓言。这拟人化的汤泉归根结底表达了可遵的志向:待我弘扬佛法,除尽众生烦恼之后,再功成身退,混同常人。这首诗借咏汤泉而言志向,颇得咏物之体,拟物为人,构思巧妙。苏轼过汤泉,壁上见到此诗,立即唱和一首:"石龙有口口无根,自在流泉谁吐吞?若信众生本无垢,此泉何处觅寒温?"(均见《冷斋夜话》卷六)可遵早年好以诗颂炫耀,丛林目之为"遵大言",意为"好为大言的可遵"。因题庐山汤泉,苏轼见而和之,自此之后名愈彰显(见《云卧纪谈》卷下)。可遵上堂好用诗颂说法,比如以下几首颂：

> 禾山普化忽颠狂，打鼓摇铃戏一场。劫火洞然宜煮茗，岚风大作好乘凉。四蛇同箧看他弄，二鼠侵藤不自量。沧海月明何处去，广寒金殿白银床。（《建中靖国续灯录》卷十一）
>
> 昨夜四更起来，呵呵大笑不歇。幸然好一觉睡，霜钟撞作两橛。（同上）
>
> 八万四千深法门，门门有路超乾坤。如何个个踏不着，只为蜈蚣太多脚。不唯多脚亦多口，钉嘴铁舌徒增丑。拈椎竖拂泥洗泥，扬眉瞬目笼中鸡。要知佛祖不到处，门掩落华春鸟啼。（《嘉泰普灯录》卷三）
>
> 野外桃华争烂熳，亭前柏树叶婆娑。世人莫作寻常见，多少英雄不奈何。（同上）

各种传灯录里所载可遵上堂示众说法，全由各体诗颂组成，这是他非常突出的特点。如例示所举，第一首是七言律诗，对仗工整。第二首是六言古绝，质朴村野。第三首是七言歌行，前六句是每两句换一韵，后四句一韵。第四首最富有诗意，写景中暗含禅门典故，即灵云禅师见桃花悟道、赵州和尚庭前柏树子，表明桃花柏树所蕴藏深意，非寻常句子，禅门英雄也难以参透。可遵诗颂的语言风格也如重显，属于混合型语言，方言俗语和清音远韵结合，变化多端。

天衣义怀一系还有几位禅师创作了大量颂古，秉承了雪窦的传统。如宗本的弟子地藏守恩，福州福清人。《禅宗颂古联珠通集》收其颂古三十余首。他上堂说法也好用诗句，如曰："一境谁相到,翛然绝点尘。天花莫狼藉,吾匪解空人。"又曰:"樵夫跣足下层峦,大笑渔翁溪上寒。山色横担廛市去,家家门底透长安。"(《嘉泰普灯录》卷五)宗本另一弟子本觉守一,字不二,号法真,江阴人,俗姓沈。《东坡志林》曰:"秀州本觉寺一长老,少盖有名进士,自文字言语悟入。至今以笔砚作佛事,所与游皆一时文人。"《禅宗颂古联珠通集》收守一颂古八十余首,接近雪窦颂古的数量。如卷三十一收本觉一(即守一)颂玄沙公案曰:

紫燕飞来绕画梁,深谈实相响浪浪。千言万语无人会,又逐流莺过短墙。

该公案为:"玄沙因参次,闻燕子声,乃曰:'深谈实相,善说法要。'便下座。时有僧请益曰:'某甲不会。'师曰:'去!谁信汝?'"这首颂古前两句扣合公案原文,后两句化用晚唐诗人郑谷的《燕》诗尾联,构思巧妙,点铁成金,饶有诗意。而这种作诗的方法,与北宋诗坛的风气大致同步。

最值得一提的是义怀的法孙长芦宗赜。宗赜,号慈觉,洺州永年人,俗姓孙。约生于宋仁宗嘉祐元年(1056),卒年未详。少习儒业,超卓出群。出家后参长芦应夫禅师,有悟,为其法嗣。元祐中住真州长芦,有《苇江集》传世。宗赜身为禅僧而兼倡净土,禅籍和净土文献皆收录其诗颂。他上堂说法也好用诗颂,如:

楼外紫金山色秀,门前甘露水声寒。古槐阴下清风里,试为诸人再指看。

前两句"紫金山""甘露水"将山水均视为佛教的宗教境界,后两句却从眼前的"古槐阴下"启发学者作当下的体验。诗虽平平,却可看出其"雪窦家风"。宗赜最具特点的是他的劝化诗歌,如《公门佛事颂》十首、《劝念佛颂》四首、《西方净土颂》十三首以及《诫洗面》《百丈规绳颂》《滤水法颂》等。净土劝化诸颂内容主要是虔诚的宗教说教与道德训诫,劝化民众崇敬佛教,向往西方净土。其语言风格拙朴浅易,受宝志、王梵志偈颂影响较深,不注重形象塑造和意境营造。试看几首:

莫将残忍害众生,唯以真慈运至平。公案不须论大小,一时先且问情轻。(《公门佛事颂》十首之七)

恳修斋戒莫因循,千圣同开念佛门。一旦功成归净土,白毫光里奉慈尊。(《劝念佛颂》四首之四)

莫话娑婆苦,娑婆苦杀人。贪嗔痴乱意,皮肉血为身。罗刹怨憎窟,无明阴入村。会须登极乐,归路莫因循。(《西方净土颂》十三首之十)

这些诗颂直截了当讲说佛理,教化劝善,在民间影响较大。与梵呗相配,更适合唱道之用。宗赜于崇宁二年(1103)曾集《重雕补注禅苑清规》,在该书的最后,他据"清规"中的种种条款,分别作诗赞颂,共作六十三首五言绝句。但更有创意的是,宗赜还根据各种律藏关于"滤水囊"的论述,分别作了三十一首颂,附在《禅苑清规》卷末。滤水囊是僧人游方携带的十八物之一，用于过滤生水，排除虫类，避免杀生。如《鼻奈耶律》说二比丘欲向佛所，一人不饮虫水，渴死生天见佛得道。宗赜颂曰：

> 比丘来见法中王，忘却将行滤水囊。宁死不亏虫水戒，刹那成道澄真常。

歌颂不饮虫水以免杀生的比丘。又如《缁门警训》卷八收宗赜作《诫洗面文》，文中认为麦面"尽众生之汗血，乃檀越之脂膏"，作为僧人应知稼穑之艰难，不应追求奢侈的饮食，所以反对"洗面求筋"、食不厌精的行为，主张粗羹淡饭，参禅得髓。他在文后作颂四十首，以表其志。如第二首曰：

> 种麦辛勤磨麦难，莫将洗面作盘餐。为怜枉费情何似，恰与山僧肉一般。

将洗掉的面视作自己身上的肉一般痛惜，是佛教徒"食时五观法"的宗教情怀的体现，而这种感情与唐人李绅的《悯农》诗相通，自有其教化劝善的价值。总之，宗赜的诗颂虽然艺术成就不高，但颇能见出他虔诚守戒的宗教精神，也可看出劝善文类在禅门的延续继承。

宗本的法孙怀深（1077—1132），号普照，寿春府六安人，俗姓夏氏。嗣法长芦崇信，属青原下十三世。曾住仪真资福、镇江焦山、真州长芦、金陵蒋山、东京慧林，建炎年间住灵岩尧峰院。卒后追号慈受禅师。今有《慈受怀深禅师广录》四卷传世。宋人龚明之《中吴纪闻》卷六称:"慈受禅师深老靖康间住灵岩,学徒甚尊之。平生所作劝戒偈颂甚多,皆有文法,镂板行于世。尝自为真赞云:'自顾个形骸,举止凡而陋。只因放得下,触事皆成就。醍醐与毒药,万味同一口。美恶尽销融,是故名慈受。'"从真赞可窥见他旷达通俗的诗风。

怀深晚年曾作《拟寒山诗》一百五十首,其自序记写作缘起曰:"余因老病,结茅洞庭,终日无事,或水边林下,坐石攀条,歌寒山诗,哦拾得偈,适与意会,遂拟其体,成一百五十首。虽语言拙恶,乏于文彩,庶广先圣慈悲之意云。"(《吴都法乘》卷二十二下之下)《全宋诗》今存一百四十九首。自法灯禅师以来,"拟寒山诗"早已成为禅门的写作传统之一,而怀深的《拟寒山诗》无疑将此传统推上一个新的高峰,不仅数量为历代禅僧之首,而且质量堪称上乘,语言风格酷似寒山诗,生动活泼,丰富多彩。试看以下两首:

渔者不能猎,猎者不能渔。贵人钱为网,水陆皆可图。畜生肉尝遍,诸佛心转疏。黄泉途路滑,失脚恐难扶。

冷笑富家翁,营生忙似箭。囷里米生虫,库中钱烂贯。日里把秤称,夜间点灯算。形骸如傀儡,莫教绳索断。

其诗力求浅切自然,不避俚俗粗朴。前一首告诫世上之人切勿杀生,以免死堕地狱。自注引《楞伽经》云:"为利故杀生,以钱网诸肉。二俱为杀生,死堕号叫狱。"此诗被明净土宗僧人收入《莲邦诗选》,题为《警世》,而其"渔者不能猎"二句,则被明梅村居士张守约《拟寒山诗》所直接采用。后一首讽刺世上悭吝的富人,酷肖寒山劝世之作。元天如惟则《净土或问》、明释宗本《归元直指集》、李贽《净土决》、释一念《西方直指》等皆引此诗为证,曰"古德云"。这可见出怀深《拟寒山诗》劝善教化的内容在后世的影响,也可见出其对后世禅净合一的潮流所起的潜在推动作用。不过,与寒山诗复杂的内容相比,怀深的拟作主题和内容显得单一,几乎全为劝世的说教,而避开了寒山诗中山居乐道与心性证悟的书写,与法灯泰钦、汾阳善昭的《拟寒山诗》取向完全不同。

第四节 云门宗诸僧诗

在雪窦重显一派之外,云门宗还有几个著名禅师的诗颂值得一提。

契嵩(1007—1072),字仲灵,俗姓李,少时号寂子,后改号潜子,朝廷则赐"明教"之号。藤州镡津人。他是北宋云门宗高僧,在学术上倡"儒释一贯",曾著《辅教编》,以抗欧阳修、李觏等的排佛运动。他还有《传法正宗记》,宣扬禅宗为佛教正统。此二书被宋仁宗赐准编入大藏,这使契嵩在当时与后世都获得了巨大声誉。契嵩一生,著述颇丰,有论、诗、书、启、状、表、叙、志、记、铭、传等共六十余万言。他示寂之后,文多散佚,在绍兴四年(1134)释怀悟搜其遗篇,编成《镡津文集》,流传至今。契嵩的创作,虽然体裁丰富,但他最精古文。其友释文莹称他"仅参韩、柳间"(《湘山野录》卷下),元代吴澄则称其"与欧阳、曾、苏同时,才思之瞻蔚,笔力之横放,视一时文儒不少逊也""倘论词章,当为佛徒中第一"(《吴文正集》卷六十三),而四库馆臣虽不满其诋斥韩愈,但也不得不承认他为"缁徒之健于文者"(《四库全书总目提要》卷一百五十二)。

契嵩也擅长诗歌,他的朋友杨蟠称其诗"千年犹可照吴邦"(《镡津文集》卷二十一),而四库馆臣在评价明代僧人宗泐时说"皎然、齐己固未易言,要不在契嵩、惠洪下"(《四库全书总目提要》卷一百六十九),则显然以契嵩为诗僧中的顶尖人物。契嵩今存之诗不多,见于《镡津文集》的有古近体诗83首。这些诗在风格上,呈现出两种明显的差异。怀悟云:"师常自谓:'人生世间,闲为第一。'盖其自得闲中之趣,故其所为之诗,虽不甚丰浓华丽,而其风调高古雅淡。至其写志舒怀,有迈世凌云之风,亦可想见其人也。"(《镡津文集》卷二十二《镡津文集后序》)可以看到,契嵩的诗一种写闲趣,格调高古雅淡,另一种则写志舒怀,呈现出豪迈俊逸之风。

契嵩写闲趣的作品,是学于白居易的闲适诗。这类诗跳出"道"的论争,具有主题生活化、情绪闲淡化、少用典、多白描、语言直白浅切等特征。这类诗主要有《山中早梅》《早起》《湖上晚归》《泛若耶溪》《夏日无雨》《元日》《寒食日雨中》《题径山寺》《书毛有章园亭》《读书》《洗笔》《对喜鹊》《怀越中兼示山阴诸明士》《寄怀泐潭山月禅师》《送卢隐士归庐山》《山游唱和诗》等,他们在契嵩诗歌中占绝大部分。只就题目,便能看出这些诗意在表现日常生活,多为琐屑之事。如《山中早行》曰:

前山经夜雨,独往步春泥。天岸日将出,田家鸡更啼。

孤烟行处起,旷野望中低。犹喜逢樵客,相将过数溪。

作者在夜雨后的清晨,独自出门感受春色。他踏着春泥,缓缓行去,内心的闲适尽在不言之中。而朝阳欲出,田家鸡啼,则给人以生动活泼之感。这与作者的闲心相调和,使诗歌意境既不偏于枯寂,也不偏于烦躁。接着,作者转换视角,随炊烟上望,又循旷野低徊,既扩大了诗意空间,也使人感受到作者内心的活跃。最后写遇上樵客,相携渡过一条条溪流,则为自然的环境增加了几分人情味。两人欣喜相携之景,显得自然而然,既似邻人的平淡,深味之,又觉真诚与温暖。这时候,哪还有什么道与非道、僧或是俗的区别呢?又如《泛若耶溪》曰:

越水乘春泛,船窗掩又开。好山沿岸去,骤雨落花来。岸影樵人渡,歌声浣女回。沧浪无限意,日暮更悠哉。

作者泛舟溪上,临窗观景,"掩又开"一语在作者尚未描述景色之时,便将一种久看不厌的情态表现了出来,引起人无限的好奇。接着两联,仅二十字中,便摄入山、岸、雨、花、影、樵人、歌声、浣女八种意象。前四种两两相称,合而为一幅秀美的山水画卷。后四种则呈现出一种层次感,樵人、浣女,皆非作者亲见,乃分别通过暗影、歌声推知,是由近及远,也是由显至隐。更为可贵的是,作者又运用去、来、渡、回四字,将景色与人物都赋予了生命的活力,并把一种世事变化不可阻止的哲学意味暗置里面。最后一联,"无限意""更悠哉"更是在有限之语中蕴不尽之意了。

对于契嵩来说，生活除了独自的野外郊游、室内读书，与朋友交往也是重要的内容。如《寄怀泐潭山月禅师》曰：

闻道安禅处，深萝杳隔溪。清猿定中发，幽鸟坐边栖。云影朝晴别，山峰远近齐。不知谁问法，雪夜立江西。

作者怀念朋友晓月禅师，于是作诗遥想其人，兼寄己意。此诗之妙，尽在暗示之法。一则用清幽环境的描述暗示此为有道者居所。二则用清猿、幽鸟萦绕而不扰乱晓月之心，来暗示其入定之坚。三则用慧可久立雪夜、求法达磨的典故暗示晓月的佛法之高。四则用对晓月的赞美，来暗示契嵩的倾慕之情、怀念之意。全篇无一处直说，但处处见作者之怀念，其情真意切，而又绝无谀词之嫌。又如《山游唱和诗》中的《山中值雪》曰：

檐外惊风幽鸟归，窗间独坐事还稀。初看历日新年近，喜见山林骤雪飞。但忆故人能有咏，宁怀久客此无衣。鲍昭汤老能乘兴，城郭何如在翠微。

作者在新年将近时，见骤雪纷飞，因思旧友，而邀请他们同来游玩。诗中自叙"久客"吴地的孤单，"无衣"御寒的窘迫，思念"故人"的殷切，毫无遮掩，直直道出，颇能打动人心。

从以上所举诸篇可以看到，契嵩这类闲淡诗，因其僧人身份，所描述景致多风、雪、云、雨、山、鸟、月、日，取象较狭。而在体裁上，基本为五、七言律诗，工于对仗。这是晚唐体风格。所以，契嵩的闲淡诗，虽主于学白，但兼有晚唐之风。

契嵩另一类作品是写志抒怀的,有更高远、严肃的价值追求,呈现出豪迈俊逸之风。这类诗中《感遇》(九首)、《古意》(五首)、《早秋吟》、《游龙山访道士李仙师》颇可注意,它们有学习李白的痕迹。诸诗中或向往仙人,或咏叹不遇、抒发幽情,或是论议战争,且往往采用李白诗中词语、典故、意象等,从而具有了李白诗歌的某些气质。如《感遇》(其二)曰:

仙人白玉京,去去何缥缈。琼楼十二层,玲珑泛云表。银湟月为波,万顷即池沼。秋来宫殿光,逗落人间晓。空际时澄明,烟霞眇青鸟。可见不可到,所思空杳杳。

前两联化用李白《经乱离后,天恩流夜郎,忆旧游书怀,赠江夏韦太守良宰》中"天上白玉京,十二楼五城"之句。作者想象天上仙人居琼楼之中,有浮云萦绕,有万顷池沼,明月倒映水中,荡荡泛起银光。秋来之际,则天上宫殿中辉光洒落,唤起人间的黎明。最后直抒胸臆,在"不可到"的无奈心境中呈现了他对仙人的向往。契嵩本是僧人,他的修行当是追求寂灭其情,成道成佛,"仙人"显然不应成其向往目标。但这首诗颇有愁态,而理想上肯定成仙,这正是他受李白诗影响的表现。

契嵩《感遇》(其三)曰:

悠哉扬执戟,识远才绝奇。初提草《玄》笔,颇为人所嗤。卓卓孔孟道,谢尔平崄巇。玉鉴含幽光,千载方葳蕤。寄语旷怀士,未达休嗟咨。心期道自贵,俗态势焉随。青山保长往,白日贞可窥。高标谢松柏,孤芳操弗移。

此诗咏叹扬雄。作者一面呈现扬雄坎坷的人生,一面突出他传承孔孟之道的高尚形象,两方面相合从而将主题上升到了士不遇的高度。在契嵩看来,士若不遇,也不应被俗态左右,而应持节自守,则终有一天为世所尊重。李白《古风》(其八)曰:

> 咸阳二三月,宫柳黄金枝。绿帻谁家子,卖珠轻薄儿。日暮醉酒归,白马骄且驰。意气人所仰,冶游方及时。子云不晓事,晚献《长杨》辞。赋达身已老,草《玄》鬓若丝。投阁良可叹,但为此辈嗤。

诗中以扬雄怀才不遇的经历为戒,肯定"轻薄儿"的豪纵生活。李白看似贬抑扬雄,其背后又何尝没有一种不遇之叹呢?契嵩的"初提草《玄》笔,颇为人所嗤"显然对应李白"草《玄》鬓若丝""但为此辈嗤",但他把这种不幸的经历引向了"未达休嗟咨"的劝勉。他们看似选择了相异的人生态度,但又同源于士不遇的无奈,这不妨说是两人间的一次隔代对话。

契嵩面对扬雄的不遇,而主张持节自守。他虽不会像扬雄般面临不遇带来的困扰,但他作为僧人远城市而居山野、去俗情而修至道的生活状态,却与不遇者的持节自守颇为相似。所以,他的笔下多有这类描述幽处生活的诗。如《古意》(其一)曰:

> 风吹一点云,散漫为春雨。洒余松柏林,青葱枝可取。持此岁寒操,手中空楚楚。幽谷无人来,日暮意谁与?

诗中塑造了一个幽静的"松柏林"世界,在这个世界里只有独持高节的作者自己。全诗在意境上,既有一种静到孤单的寂寞感,但又明显地可以感受到作者宁愿寂寞也不弃节的坚定。他这种利用环境与人物相称,而塑造孤高之节、寂寞之情的方式,与李白也颇相似。《古风》(其三十八)云:"孤兰生幽园,众草共芜没。虽照阳春晖,复悲高秋月。飞霜早淅沥,绿艳恐休歇。若无清风吹,香气为谁发?"契嵩的"余"岂非就是李白的"孤兰",而"幽谷""松柏林"岂非就是"幽园",甚至末句的发问都极为一致。

契嵩还受李白的影响,写出了表达战争题材的诗歌。《感遇》(其四)曰:

> 天威不到处,干戈动边鄙。将军奋威猛,英雄势随起。纷纷出榆关,肃肃秋色里。白马冒黄云,清霜厉严旨。少壮羽林儿,务能莫多喜。好武匪君心,用兵不得已。寄言飞将军,妙略应无比。志在报君恩,岂为黄金死。丈夫身许国,慷慨当如此。宁教太史书,轻笑鲁连子。

此诗赞美保家卫国的战士,风格颇为豪迈。前两联与李白《塞下曲》(其五)"塞虏乘秋下,天兵出汉家。将军分虎竹,战士卧龙沙"很相似。从内容来看作者立足于战争主题,分析了卫国战争的正义性与残酷性两面,并融入忠君思想、建功留名思想,这与契嵩的僧人身份是多有疏离的,但与李白《塞下曲》(六首)的思想与叙述方式却颇为一致。

倚遇(1005—1081),漳州人,俗姓林。嗣法北禅智贤禅师,属青原下十世。住洪州分宁北法昌院,与黄龙慧南酬唱如交友,一时豪俊如徐禧辈多从之游。今存《法昌倚遇禅师语录》

一卷，徐禧子徐俯为之作序。倚遇上堂常用诗偈说法，连同颂古、咏物、山居、赠别等，共有诗偈近百首。倚遇的五言绝句最有特点，如《山居五首》：

> 松远柴门静，高眠日午开。此景谁频到？雨过白云来。
> 鸟熟分亭语，猿纯对坐禅。松声寒索索，岩溜冷涓涓。
> 闲步穿松影，逢人背负薪。问渠何处去？济水白如银。
> 境有松擎鹤，家无饥鼠粮。客来何见待，山坞药苗长。
> 山壑路崔嵬，知音绝往来。如何彰一信，石笋和云栽。

倚遇所住法昌院，千峰万壑，古屋数间，甚为偏僻，日常刀耕火种，生活枯淡。这五首山居诗，可谓其贫寒生活的真实写照，虽免不了带着僧诗特有的"蔬笋气"，然而如"此景谁频到？雨过白云来"之句，意气闲暇，竟有几分王维五言诗的韵味，清淡而不寒酸。

云门宗最知名的禅僧大约要数云居了元，这倒不在于他留下多少脍炙人口的诗偈，而在于他与北宋中晚期士大夫的广泛交往，特别是与苏轼之间的诸多故事。了元（1032—1098），字觉老，饶州浮梁人，俗姓林，世业儒。少诵诸家诗，通五经，长捐弃旧学，出家。游庐山，见开先善暹禅师，得印可，时年十九。又谒见圆通居讷禅师，讷惊其翰墨曰："骨格已似雪窦，后来之俊也。"嗣法善暹，为青原下十世。年二十八，住持江州承天，移淮山斗方，庐山开先、归宗，丹阳金山、焦山，江西大仰，又四住云居。《禅林僧宝传》卷二十九称他"凡四十年之间，德化缁白，名闻幼稚，缙绅之贤者多与之游"。宋神宗赐高丽磨衲金钵以旌师德,赐号佛印。

　　道学家周敦颐在庐山时,与了元相与讲道,为方外友,命了元作青松社主,追媲东晋慧远白莲社故事。嘉祐年间,周敦颐为赣上通判,遭人谮毁,了元作《庐山移文》诗赠之:

　　仕路风波尽可惊,唯君心地坦然平。未谈世利眉先皱,才顾云山眼便明。湖宅近分堤柳色,田斋新占石溪声。青松已约为禅社,莫遣归时白发生。

周敦颐答之以诗曰:

　　常思湖口绸缪别,又忆匡庐烂漫游。两地山川频在目,十年风月淡经秋。仙家丹药谁能致,佛国乾坤自可休。况有天池莲社约,何时携手话峰头。

禅家记载二人之间的唱酬,目的在于攀周敦颐这个理学家祖师,以壮佛门声势,"公(周)虽为穷理之学,而推佛印为社主,苟道之不同,岂能相与为谋耶?"(《云卧纪谈》卷上)

　　元丰五年(1082),佛印自庐山归宗赴金山之命,途经金陵,谒见王安石于钟山定林寺。王有双林傅大士像需赞,了元掇笔书曰:

　　道冠儒履佛袈裟,和会三家作一家。忘却率陀天上路,双林痴坐待龙华。

这既是赞梁傅大士,同时也是用诗为王安石画像,"和会三家作一家"正是王氏晚年的思想境遇。所以王安石虽知道为了元所调侃,而"终服其词理至到"(《云卧纪谈》卷下)。

了元聪明特绝,慧辨敏俗,与苏轼兄弟相过从,必以诗颂为禅悦之乐。他住金山时,苏辙先寄以颂曰:"粗砂施佛佛欣受,怪石供僧僧不嫌。空手远来还要否?更无一物可增添。"了元当即以偈酬答曰:"空手持来放下难,三贤十圣聚头看。此般供养能歆享,木马泥牛亦喜欢。"(《云卧纪谈》卷下)

更为宋人所津津乐道的是了元与苏轼的机锋酬对。据释道融《丛林盛事》卷下记载,苏轼到京口(镇江)时,了元从金山渡江谒见。苏轼曰:"赵州昔日不下禅床,金山因甚今日渡江?"了元作颂答之:"赵州昔日欠谦光,不下禅床接二王。争似金山无量相,大千沙界是禅床。"《丛林盛事》卷上另有一故事,似是接续前面的记载:

> 佛印一日入室次,忽东坡至。印云:"此间无榻座,不及奉陪居士。"坡云:"暂借和尚四大为榻座。"印曰:"山僧有一问,居士若道得,即请坐;若道不得,即输却玉带。"坡欣然曰:"便请。"印曰:"居士适来道:借山僧四大为榻座。只如山僧四大本空,五阴非有,居士向什么处坐?"坡拟议,不能加答,遂解玉带,大笑而出。印却以云山衲衣赠之。坡有偈云:"百千灯作一灯光,尽是恒沙妙法王。是故东坡不敢惜,借君四大作禅床。"又云:"病骨难堪玉带围,钝根仍落箭锋机。会当乞食歌姬院,换得云山旧衲衣。"又云:"此带阅人如传舍,流传到此亦悠哉。锦袍错落

浑相称，乞与佯狂老万回。"印以二偈谢云："石霜夺得裴休笏，三百年来众口夸。争似苏公留玉带，长和明月共无瑕。"又云："荆山卞氏三朝献，赵国相如万死回。至宝只应天子用，因何留在小蓬莱？"

这里苏轼的第一首偈是说欲借了元身体（四大）为坐榻，其诗韵脚为"光""王""床"，应当是次韵前举了元"赵州昔日欠谦光"那首偈。后面两首才写互换玉带衲衣之事。苏轼在了元面前，斗机锋稍逊一筹，因而输掉玉带，但了元以云山衲衣赠之，作为交换。苏的第二首偈承认自己机锋不如了元敏捷，瘦骨难围玉带，因故以玉带换衲衣。第三首偈是说玉带流传多人之手，而与了元的锦袍最相称。万回是唐高僧，武则天曾赐其锦袍，此处代指了元。了元回谢二偈，第一首中的"石霜夺得裴休笏"二句，用的是石霜庆诸禅师事："裴相公来，师拈起裴笏问：'在天子手中为珪，在官人手中为笏，在老僧手中且道唤作甚么？'裴无对。师乃留下笏子。"（《联灯会要》卷二十）石霜夺裴休笏的公案与了元夺苏轼玉带的故事颇为相似，皆是禅师斗败士人，故诗偈借以类比，并称赞苏轼留玉带之事胜似古人。第二首"小蓬莱"代指金山寺，诗偈意谓玉带乃是连城之璧，不该留给金山老和尚使用。

总而言之，佛印了元的诗偈以机锋迅疾著称，与苏轼相酬唱，多游戏翰墨之作，其诗流畅明快有余，而烹炼含蓄不足，在禅诗中算不上高品。其意义更多地在于提供了北宋禅僧与士大夫文字交往的典型个案。

法泉，随州随县人，俗姓时。少尝业儒，长依龙居山信禅禅师出家。后习经论，比试圆具，为云门宗云居晓舜禅师法嗣，属青原下十一世。先后住持大明、千顷、灵岩、南明、蒋山五刹，号佛慧禅师。能为诗，好与士大夫交游，深谙内典，丛林称他为"泉万卷"，足见其博学。法泉住衢州南禅，赵抃、郭祥正皆曾谒见问道。

绍圣元年（1094），苏轼南迁惠州，途经金陵，舟行遇风，法泉邀其至蒋山，探讨佛法。苏轼问："如何是智海之灯？"法泉以偈回答："指出明明是甚么，举头鹞子穿云过。从来这碗最希奇，解问灯人能几个？"苏轼于是欣然，作诗纪其事曰："今日江头天色恶，炮车云起风欲作。独望钟山唤宝公，林间白塔如孤鹤。宝公骨冷唤不应，却有老泉来唤人。电眸虎齿霹雳舌，为余吹散千峰云。南来万里亦何事，一酌曹溪知水味。他年若画蒋山图，仍作泉公唤居士。"分别之时，法泉作偈送行：

> 脚下曹溪去路通，登堂无复问幡风。好将钟阜临岐句，说似当年踏碓翁。

"曹溪"是禅宗六祖祖庭，在大庾岭南韶州，苏轼南迁将经过。"幡风"指六祖"非风动非幡动仁者心动"的公案。"钟阜"即蒋山，又名钟山。"踏碓翁"指六祖，因他当年曾在黄梅县五祖门下碓坊服劳，故称。法泉的两首偈对苏轼南迁时的心态有一定影响，"为吹散千峰之云，在东坡不为无得也"（《罗湖野录》卷下）。

法泉今存诗颂数量众多，《建中靖国续灯录》卷二十九收其颂三十四首,《嘉泰普灯录》收其颂三首,《禅宗颂古联珠通集》收其颂古五十一首。而他最有名的颂,是熙宁年间作于杭州新城千顷院的《证道歌颂》,该颂以诗歌形式引申发挥永嘉玄觉《证道歌》意旨,共由三百二十首诗组成。每诗首句为《证道歌》原文(含诗题),接下去为法泉所作,原文与续作融为一体。比如《证道歌》前五句:"君不见,绝学无为闲道人,不除妄想不求真。无明实性即佛性,幻化空身即法身。"法泉的颂加上诗题"证道歌"三字,共续颂为六首诗:

证道歌,歌此曲,涅槃会上曾亲嘱。金色头陀笑不休,数朵青山对茅屋。

君不见,是何颜,拟议思量隔乱山。从此曹磎门外句,依前流落向人间。

绝学无为闲道人,云踪鹤态何依托。春深幽鸟不归来,岩畔群花自开落。

不除妄想不求真,真妄都如镜里尘。打破虚空光影断,此时方见本来人。

无明实性即佛性,两处由来强立名。四海晏清时雨足,不劳野老贺升平。

幻化空身即法身,若了法身无内外。疥狗泥猪却共知,三世如来曾不会。

这种形式非常有创意,名为"继颂",实为重新创作。永嘉玄觉的原文多为说理,法泉则在后面接上形象性较强的书写,如用"云踪鹤态""幽鸟不归""群花自开"等句诠释何为"绝学无为闲道人"，形象优美，诗意盎然，改变了《证道歌》原有的用禅语说理的倾向。祝况在《证道歌颂后序》中指出："则后世由其歌而悟入，悟入者不知其几何也。又从而为之注释者，亦不知其几何也。然真得永嘉之趣者，盖难其人矣。泉公禅师颖出其类，千顷领徒之暇，于其歌句句之间，分为之颂。……其词洒落，其旨宏远，昭昭然发永嘉之心于数百年旷绝之后。"

法泉的诗颂形式多样，比如《默庵歌》便是使用的楚辞体。歌作于熙宁九年（1076），其时法泉自千顷院迁居灵岩，因院缺方丈，于是结草庵于岩石之下，命名"默庵"，作歌以道其事。歌中描述庵之形状及筑庵之缘由，嗟叹佛道将坠、禅风堕落之现象，赞颂达磨及各祖师结茅宴处之事，讨论喧与寂之关系，描写庵外自然环境，表达自己追慕圣贤之志。《默庵歌》篇幅较长，兹举数句以见一斑：

> 结茅宴处兮，其乐阗阗。朝昏兀兀兮，饥餐而困眠。九年冷坐兮，斯人可怜。鲁祖面壁兮，藩篱未坚。谂老败军兮，徒展戈铤。三斗山茶兮，聊思共煎。伊人不来兮，吾意日悬。

"九年冷坐"，指达磨祖师。"鲁祖面壁"，指池州鲁祖山宝云禅师，凡见僧来，便面壁。"谂老败军"，指玄沙说"大小赵州败阙"事。祖师公案皆在于暗示"默"的功用。在文人的写作传统中，楚辞体通常用来表达忧悲抑郁的情怀，在禅门写作中用此体裁，相对比较罕见。唐诗僧寒山曾有诗曰："若有人兮坐山楹，云衮兮霞缨。秉芳兮欲寄，路漫兮难征。独惆怅而狐疑，塞独立兮忠贞。"但其诗无关佛理，与法泉此诗内容完全不同。法泉还有《北邙行》七言歌行一首，为人传唱：

> 前山后山高峨峨，丧车辚辚日日过。哀歌幽怨满岩谷，闻者潜悲薤露歌。哀歌一声千载别，孝子顺孙徒泣血。世间何物得坚牢，大海须弥竟磨灭。人生还如露易晞，从来有会终别离。苦乐哀戚不暂辍，况复百年惊电驰。去人悠悠不复至，今人不会古人意。栽松起石驻墓门，欲为死者长年计。魂魄悠扬形化土，五趣茫茫并轮度。今人还葬古人坟，今坟古坟无定主。洛阳城里千万人，终为北邙山下尘。沉迷不记归时路，为君孤坐长悲辛。昔日送人哭长道，今为孤坟卧芳草。妖狐穿穴藏子孙，耕夫拨骨寻珠宝。老木萧萧生野风，东西坏冢连晴空。寒食已过谁享祀，冢畔余华寂寞红。日月相催若流矢，贫富贤愚尽如此。安得同游长乐乡，纵经劫火无生死。（《云卧纪谈》卷下）

《北邙行》属于新乐府辞中的"乐府杂题"，主题为歌咏墓葬死亡。郭茂倩《乐府诗集》卷九十四《北邙行》解题曰："按《北邙行》，言人死葬北邙，与《梁甫吟》《泰山吟》《蒿里行》同意。"题下收中唐王建、张籍各一首。其实早在初唐刘希夷就曾写过《北邙篇》（见王重民《补全唐诗》，《全唐诗外编》上册，中华书局版），典型的七言歌行，应该是后来《北邙行》的滥觞。法泉这首歌行，四句一转韵，平仄互换，风格更接近刘希夷的《北邙篇》，然而在情调上，不同于刘诗的咏叹悲婉，更多是冷峻的旁观叙述，甚至有几分嘲讽的悲悯。从"大海须弥竟磨灭",到"五趣茫茫井轮度",写人生无常和轮回恶趣的痛苦,但最后"安得同游长乐乡,纵经劫火无生死",则表达了拯救众生出生死海的慈悲情怀。释晓莹评价说:"观其词理凄壮,有关教化,世之持暴气、溺欲乐者见之,宜自警省焉。"(《云卧纪谈》卷下)

第五节 义青与曹洞宗僧诗

晚唐五代的曹洞宗一直有以诗颂说禅的传统。如开山祖师洞山良价(807—869)的《过水睹影偈》《玄中铭》《新丰吟》《五位君臣颂》皆为禅门经典。其弟子曹山本寂(840—901)"素修举业","文辞遒丽,号富有法才",曾注《对寒山子诗》,流行宇内(见《宋高僧传》卷十三),又作《五位君臣旨诀颂》《五相偈》,定曹洞宗纲宗(《五灯会元》卷十三)。曹洞宗主张即色即空,理事圆融,但在言说这一道理时,须得使用其他语词代替,用"君"或"正位"代指"空"和"理"这样的本体,用"臣"或"偏位"代指"色"和"事"这样的现象,由此构成一个由隐喻组成的说理系统。在这套系统中,佛教真如和事相的关系转化为"五位君臣"的关系。本寂指出:"以君臣偏正言者,不欲犯中,故臣称君不敢斥言是也。此吾法宗要。"(《抚州曹山元证禅师语录》)意思是,曹洞宗说禅,不能正面直接说理,要避免"犯中"和"斥言",要做到迂回曲折,隐晦含蓄。这也是曹洞宗诗颂的书写规则。

良价另一弟子龙牙居遁(835—923)也是诗颂高手,《景德传灯录》卷二十九载其颂十八首。居遁的弟子报慈藏屿（匡化大师），为其师居遁的半身写照作赞曰："日出连山，月圆当户。不是无身，不欲全露。"惠洪尤其喜欢这首赞，称赏曰："故其家风机贵回互，使不犯正位，语忌十成，使不堕今时。而匡化匠心独妙，语不失宗，为可贵也。"（《林间录》卷上）认为它体现了曹洞宗"不欲全露"的说禅原则。

入宋以后，曹洞宗逐渐衰落，洞山良价弟子云居道膺一系，由梁山缘观传至大阳警玄，法脉竟将断绝。缘观，生平无考，嗣法同安观志禅师，属青原下八世。住朗州梁山，《景德传灯录》卷二十四载其颂二首。《古尊宿语录》卷二十四《潭州神鼎山第一代諲禅师语录》"举古"引梁山观和尚《悟道颂》曰：

　　昔时珍宝被尘埋，何事今朝出故怀。参道喜明无说句，通玄不是意中猜。一炷定光辉法界，万重尘锁豁然开。超今异古终难况，幸感西胡特地来。

以被尘埋的珍宝喻被烦恼污染的自性，因通玄而得觉悟，定光照耀，尘锁洞开，感谢达磨祖师西来传道。这首颂形式虽为七律，颔联、颈联之间却失粘，对仗也不工整，多用禅语，是典型的说理禅偈，缺乏诗意。

缘观的弟子警玄（943—1027），后避国讳改名为警延。江夏人，俗姓张。从缘观悟道，后住郢州大阳山，足不越限，胁不至席。《五灯会元》卷十四收其《五位颂》，《人天眼目》卷三收其《五位君臣颂》，皆谨守曹洞禅法。警玄年八十余，其入室弟子如兴阳清剖、福严审承等皆早去世，叹无人可继其法，于是将其衣钵禅法托付给临济宗的浮山法远禅师，请其帮忙寻求法器，延续曹洞宗法脉，并作付法偈曰：

　　杨广山头草，凭君待价烊。异苗翻茂处，深密固灵根。

法远曾在警玄门下修道，为其所赏，不过法远早已从叶县归省禅师处悟道，无法继承曹洞宗禅法。法远不负警玄重托，门下得义青禅师，于是将警玄皮履布直裰付之，令其续曹洞宗宗风。其时已距警玄圆寂近四十年。

　　义青（1032—1083），青社人，俗姓李。十五岁试经得度，后入洛中听《华严经》，深达其旨，时称"青华严"。游方至浮山法远门下，数年彻悟。法远付以曹洞禅法，承接曹洞宗，为青原下十世。熙宁六年（1073），住舒州白云山海会寺，前后八年，移住投子山四年。有《投子义青禅师语录》一卷本、二卷本传世。二卷本《语录》上卷收偈颂真赞八十余首，下卷收颂古一百则。

　　义青小有诗才，其偈颂内容包括不少禅门诗颂传统主题，如山居诗、牧牛诗、渔父词、十二时歌等，更有曹洞宗的《五位颂》《五位偏正谣》《四宾主》、临济宗的《四料拣颂》等纲宗偈颂。这些诗颂总体来说禅语较多，宗教性强，然而也有俨然如世俗之诗的作品，如以下两首颂：

　　一周才尽又春风，野渡江滨动钓翁。堤岸绿杨和雨绽，近山添翠碧朦胧。

　　夜明帘外星河远，一带峰峦入汉齐。云起旧山烟色重，莫天岩碧月沉西。

前一首题为《平常》，是浮山法远给出的十六题之一。"平常"是南宗禅一个重要概念，也是一个重要的生活修行的指导原则，所谓"平常无事""平常心是道"。义青以春天江边的景色来表现自然界"平常"的状态，正如有僧问云门文偃禅师："如何是佛法大意？"答曰："春来草自青。"后一首题为《提宗》，意谓拈提曹洞宗纲宗。什么是纲宗呢？就是前面所说"不犯正位"的"不欲全露"：夜空明亮，却被帘隔；星汉灿烂，却被峰遮；山峦入眼，却云起烟重，月色澄澈，却西沉碧岩。诗颂以象征性的语言传达了曹洞宗禅法的特点，做到了谈禅而不露痕迹。

值得注意的是，义青偈颂中有两首题为《渔父》的词：

　　一泛孤舟无寸土，那愁王役差门户。山映碧波浸古曲，清云雾，谁能更问佛兼祖。

　　晓来风静烟波定，徐摇短艇资闲兴。满目秋江澄似镜，明月迥，更添两岸芦华映。

仔细辨析其平仄音律，此《渔父》应该是《渔家傲》的别称，然而两首词各只有一阕，是《渔家傲》的变体。词中书写的是地地道道的渔父生活，属于乐道歌类型，与同时代临济宗保宁仁勇借《渔家傲》词来颂古颇有区别，而更像西余净端的《渔父词》"斗转星移天渐晓""浪静西溪澄似练"二首纯写渔父快乐的作品。这种乐道歌类型的《渔父词》，也被后来的曹洞宗禅师所继承。

义青有一组诗颂题为《拟少林惺古依法灯韵》，共十首，前

面提到过法眼宗法灯泰钦禅师首创"拟寒山诗",此处的"依法灯韵",其实也可看作是"拟寒山诗"的一种。比如以下这首:

> 碑阙成文短,风清盖子长。夜深霜后桂,月落肃林香。
> 有路人行少,无我计自忘。西峰熊耳梦,塔锁拟难量。

诗韵用的就是前举法灯"幽鸟语如簧,柳垂金线长"那首。诗前两联写少林寺的景色,霜桂月林,清风送香。颈联暗含哲理,禅路难行,而无我无心,或可通圣境。尾联的熊耳山,乃菩提达磨的塔之所在,即象征禅宗的祖师西来意。

当然,义青诗颂中影响最大的是其颂古一百则,后来元代林泉老人从伦禅师为之评唱,署为《空谷集》,足见其为曹洞宗经典文本。与其他诗颂相比,义青的颂古更爱使用禅门常用的词语,虽然表面看来形象生动,但其实是一些相对固化的象征性描写。试看几首颂古:

> 骊龙海卧瑞云高,四望归宗万派潮。木人来问西宫事,回惠东园一颗桃。(第四则《道吾深深》)
> 荆山美玉下人寻,至宝无瑕绝见因。铁牛带子踏沧海,撞月石龟长羽鳞。(第十二则《九峰丹青》)
> 天地为炉万物焦,石人驾浪渡云霄。风生半夜霜残重,月落水寒碧鬂凋。(第三十三则《投子劫火》)

骊龙既在海中卧,为何说瑞云高?木人如何能问事?问的既是西宫事,为何回赠的是东园桃?铁牛怎有儿子?为何能踏沧海?石龟如何能长出羽鳞?石人如何能驾浪?驾浪怎能渡云霄?义青颂古中充满了这种乖违生活基本常识的描写,这就是禅宗所谓的"格外句"或"格外谈"。换句话说,颂古中的非现实的形象描写,象征着超越尘世经验的禅悟境界,也象征着禅宗对理性认识世界的方式的怀疑。北宋大沩祖珺禅师上堂云:"'雨下阶头湿,晴干水不流。鸟巢沧海底,鱼跃石山头。'众中大有商量,前头两句是平实语,后头两句格外谈。"(《建中靖国续灯录》卷二十二)"平实语"是现实经验世界的真实表达,"格外谈"说的却是现实中完全不可能发生的事。正如钱锺书所说:"'格外谈'颇类似西方古修辞学所谓'不可能事物喻'(adynata, impossibilia)。"(《钱锺书散文·中国诗与中国画》,浙江文艺出版社,1997年)颂古百则中随处可见这种"格外谈",诸如"木人半夜言""夜深将把木人穿""木人舞袖向红楼""木人暗皱双眉处""谁知却被泥牛见""木马嘶声过汉秦""昨朝木马潭中过""石龟语话是谁闻""石龟衔子引清风",不胜枚举。这种宗门格外句的大量使用,与雪窦重显相对充满诗意的颂古大异其趣,然而更典型地体现了禅宗偈颂语言的特点,在宗门颂古中很有代表性。

相比较而言,义青上堂说法时随口吟出的句子,有时更像优美的诗篇。比如以下的例子:

白云晓起白云山,翠竹青松鸟道间。昨夜猿啼向西岭,今朝杳霭祖堂闲。

洁志横筇下远峰,高低缘化在从容。途中人问白云事,遥指青山千万重。

这是义青住持白云山海会寺时上堂所言,"白云"二字双关地名。前一首是"谢诸知事"后所言,可看作咏白云的诗,早晨白云升起,飘浮于翠竹青松相拥的鸟道之间,昨夜猿啼时归向西岭的白云,今朝来到祖堂上,杳霭悠游,一片闲适的状态。后一首是送僧去山下化缘,临行时上堂赠别。两首诗都饶有情韵,脱掉宗门的习气。

曹洞宗传至芙蓉道楷,宗风大振,有复兴之势。道楷(1043—1118),沂州费县人,俗姓崔。谒义青于白云山海会寺,言下悟旨,传曹洞禅法,属青原下十一世。初住沂州仙洞,迁洛阳龙门、郢州大阳、随州大洪。崇宁三年(1104),诏住东京十方净因院;大观元年(1107),诏移住东京天宁,差中使押入,不许辞免,赐紫伽黎,号定照禅师。道楷焚香谢恩罢,上表辞之,坚确不受,触怒徽宗皇帝,下开封府狱,流放淄州。后庵于芙蓉湖心。临终前写偈付给侍者曰:"吾年七十六,世缘今已足。生不爱天堂,死不怕地狱。撒手横身三界外,腾腾任运何拘束。"表现出超越生死的坦然态度。《续古尊宿语要》卷二地集收《芙蓉楷禅师语》,有偈颂七首,《禅林僧宝传》卷十七《天宁楷禅师传》载其偈八首,去其重复五首,共有诗偈十首。惠洪称其"偈句精深有旨法,作五偈,述其门风"(《禅林僧宝传》卷十七)。这五偈分别为《妙唱不干舌》《死蛇惊出草》《解针枯骨吟》《铁锯舞三台》《古今无间》,其中前四首是浮山法远的弟子兴化仁岳禅师(?—1077)十首颂的题目。试看第三偈《解针枯骨吟》:

死中活得是非常，密用他家别有长。半夜髑髅吟一曲，冰河红焰却清凉。

髑髅吟曲，冰河红焰，这是典型的"格外谈"，与乃师投子义青的作风一脉相承。仁岳《解针枯骨吟》颂曰："垢衣披挂入廛中，应病施方助道风。枯骨一吟音韵发，声声无处不圆通。"（《建中靖国续灯录》卷二十九）谓妙手医师应病施针，令枯骨亦死中得活，喻禅家手段能使愚昧钝根开窍觉悟。由此可见，义青以后的曹洞宗，其实已融入临济宗浮山法远一系的禅法。

道楷偈颂数量很少，但有一首咏雪诗《因雪有颂》值得一提：

寒云拥出玉花飞，沟壑平盈客路迷。露地白牛何处觅，牧童空把铁鞭归。

宋代禅师喜欢借雪谈禅，因雪上堂作颂者代不乏人。这首颂头两句写大雪漫天飞舞，填平沟壑，遮盖道路。后两句引入禅家"牧牛"主题，谓白雪茫茫，露地白牛融入雪地不见踪影，牧童寻觅不得。《法华经·譬喻品》以立于门外露地的大白牛车比喻大乘佛法，福州大安禅师借用"露地白牛"比喻调伏纯熟的心性，不受外在欲念干扰。露地白牛无处可觅，说明心性明白纯净，再也不需要像牧童那样鞭挞调伏。这首颂后两句双关调侃，而这正是禅宗游戏三昧的表现。

义青另一位弟子大洪报恩（1058—1111），卫州黎阳人，俗姓刘。绍圣元年（1094），诏改随州大洪山律寺为禅院，请其住

持。今存偈颂二十余首,其《无价香歌》较有特点:

> 我祖无价香,调和匪今日。万种同收薝卜林,九炼须是波罗蜜。名兮实兮绝真妄,知兮见兮何得失。说牛头,言象藏,优昙末利多般状。天人善应获圆通,鬼神正受成无上。奇哉戒定烧涂丸,利乐群生法界宽。为云为台相可睹,应根应器谁能观?此歌妙通香积国,端的开熏须断惑。德藏门开慧炬然,清风散去有何极。

北宋后期,文人中出现一股以闻香为禅悦的倾向,以黄庭坚为代表,江西诗派响应风从。报恩这首歌,从佛教的立场将文人的以香喻禅直接改造为以禅为香。所谓"无价香"之名,出自《法华经》《般若经》等众多佛经。歌中的薝卜香、波罗蜜香、牛头香(牛头旃檀)、象藏香、优昙香、末利(茉莉)香也都是佛经中常见的香名。无价香由各种佛香炼制而成,由于脱离了佛经中烧香礼佛的场景,因而在此成为大乘佛法的象征。闻香可获圆通,可断迷惑,可通香积国,可开智慧门。

到北宋末南宋初,曹洞宗俨然有与临济、云门鼎立之势。叶梦得谈及此现象:"清(当作'青',指投子义青)传道楷,楷行解超绝。近岁四方谈禅,唯云门、临济二氏,及楷出,为云门、临济而不至者,皆翻然舍而从之。故今为洞山者几十之三。"(《避暑录话》卷上)道楷的弟子以丹霞子淳、枯木法成、阐提惟照最知名,然而,在诗颂写作方面,只有子淳称得上是作家。

子淳(?—1119),剑州人,俗姓贾。弱冠为僧,从道楷彻悟。住持邓州丹霞山，有《丹霞淳禅师语录》二卷传世，存偈颂、颂古一百七十余首。元林泉老人评唱其颂古一百则，号《虚堂集》。子淳的诗颂特别喜欢描写渔父，借描写渔家各种生活场景以表现禅旨。比如他的《五位颂》五首：

  正中偏，宝月光凝海底天。何事渔舟难满载，流辉争肯透波澜。
  偏中正，水云深锁渔家境。一派长江极目清，日照筠竿那露影。
  正中来，一叶轻舟泛远滩。锦鳞不触香钩饵，何得丝纶更犯膻。
  偏中至，收丝却返芦花里。高敧龟枕恣情眠，长江信任波涛起。
  兼中到，更阑六宅无音耗。纵横泽国路优游，樵人举步应难造。

"五位"是曹洞宗传统禅法，以君臣正偏的五种关系比拟佛教理（实相）和事（事相）的五种关系。子淳的颂却以渔家日常的生活场景作比喻，渔舟的显隐进退，暗示着君臣正偏之不同。第一首"正中偏"，月光照彻，江海流辉，如君临天下，实相遍满，即船子和尚偈所谓"满船空载月明归"。第二首"偏正中"，水云深锁，渔舟藏影，如臣蒙君听，实相难睹，皆为事相遮蔽。第三首"正中来"，渔舟垂饵，鱼不吞钩，如君视臣而臣不应，实相虽明而事相难得。第四首"偏中至"，任凭长江浪起，渔父自收丝还家，倚枕高眠，如臣向君而君不理，事相展现而实相退隐。第五首"兼中到",夜深不见渔家,唯见泽国纵横,水路优游,如君臣相合,实相事相融为一体,了无痕迹,弥漫皆是。

在其他不同题材的诗颂中,子淳也爱营造渔家场景,尽管各自所表现的禅理并不一样。试看下面几首:

海际烟收欲暮天,扁舟轻泛出芦湾。丝纶夜掷清波里,晓得金鳞不犯竿。(《钓者》)

月皎渔舟瑞气旋,芦花深处夜涛寒。可怜无限垂丝者,随例忙忙失钓竿。(《无缝塔》)

长江澄澈即蟾华,满目清光未是家。借问渔舟何处去,夜深依旧宿芦花。(颂古"青林径往")

《钓者》一诗表面写夜晚垂钓,实际上是借以说禅。"欲暮天"本当是渔舟唱晚归宿的时候,而诗中的扁舟却泛出芦苇荡,在静夜里垂钓。子淳这里延续了船子和尚《拨棹歌》的写作传统,"晓得金鳞不犯竿"一句露出禅家本色,通过"不犯竿"的手段,而获得金鳞,这正是曹洞宗"不欲犯中""不犯正位"的禅法所期待的结果。《无缝塔》颂的题材本来与渔父毫无关系。"无缝塔"是南阳慧忠国师的著名公案,唐代宗问:"师灭度后,弟子将何所记?"慧忠曰:"告檀越造取一所无缝塔。"真正的无缝塔是肉眼看不见的,它是无缝佛性的象征:无处不在,无所不包,清净澄明,不受污染,超越形相,切忌说破。子淳以"月皎渔舟瑞气旋"四句颂此公案,令人费解,或许"可怜无限垂丝者"二句比喻众多参禅者面对"无缝塔"公案难以措手。"青林径往"是唐青林师虔禅师公案,僧问:"学人径往时如何?"

师曰："死蛇当大路,劝子莫当头。"这里用渔父生活颂公案,按林泉老人的解释:首句是写"性水真空""禅天心月";次句是写"清光照眼似迷家,明白转身还堕位";三句写"且恁收纶罢钓,趋岸停舟,不消借问缘由何必追求去处";四句写"若解随流深得妙,肯教住岸即迷源"。

更值得注意的是,子淳还有三组《渔父词》,其中一组词调为《渔家傲》,题为《和净因老师渔父词》:

  四海无家何拘碍,垂丝坐对烟云霭。水急风和舟行快,严霜届,莲裳箨笠和烟戴。

  洪鳞每自藏深派,今朝钓得真奇怪。鼓棹惊波桑田改,三灾坏,恁时方称生涯在。

  潦倒渔翁一无解,苍苍雪鬓知何载?短棹轻舟泛沧海,抛钩在,碧波深处全无阂。

  锦鳞吞饵浮丝摆,樵父两岸皆怜爱。直透龙门头角改,谁能怪,为霖方显灵通大。

"净因老师"指芙蓉道楷禅师,曾住持东京十方净因院,故称。这组《渔父词》,若按《渔家傲》正体上下两阕计算,一共二首;若按《渔家傲》变体单阕计算,则一共四首。鉴于投子义青曾作过变体单阕《渔家傲》,因此道楷和子淳也可能继承其体制。道楷的原唱不存,子淳的唱和词与义青的作品虽同为写渔父生活,但不全是逍遥乐道的内容,如最后一首专写锦鳞,已具有描写参禅进境的象征意味。

子淳另有《渔父词五首》,用的是中唐张志和《渔歌子》的词调：

> 鹤发渔翁岁莫论，桑田几变尔常存。红蓼岸，荻花村，水月虚明两不痕。
>
> 举目虽亲无可攀，翛然独对水云闲。山色里，浪花间，妙体堂堂不露颜。
>
> 青虚为钓复为钩，断索篮儿没底舟。随放荡，任横流，玉浪堆中得自由。
>
> 轻泛兰舟入海涯，抛钩掷线莫迟疑。骊龙子，巨鳌儿，不犯清波钓得伊。
>
> 钓尽江湖晓色分，数声羌笛韵凌云。波浩渺，雾氤氲，鼓棹回舟望海垠。

张词曰："西塞山前白鹭飞，桃花流水鳜鱼肥。青箬笠，绿蓑衣，斜风细雨不须归。"子淳词声律与之完全相同。同时，船子和尚《拨棹歌》也有类似的声调："有一鱼兮伟莫裁，混融包纳信奇哉。能变化，吐风雷，下线何曾钓得来。"船子和尚有语曰"不犯清波意自殊"，子淳词中的"不犯清波钓得伊"，正是化用其语。曹洞宗出自药山惟严禅师一系，船子是药山法嗣，禅法与曹洞宗有相通之处，比如"不犯"二字，就是其禅法的标志。可以说，子淳的《渔父词》传承了船子和尚的精神，随题而赋，跟乐道类《渔家傲》词性质相似。此外，丹霞子淳还有《渔父子送齐明二化主》，可看作《渔歌子》的变体：

> 凛凛严风彻骨寒，扁舟轻泛碧波澜。金线直，玉钩端，

锦鳞无限踊跃上琅玕。

　　渔父从来性本宽,满船钓得未为欢。收丝了,望层峦,举头方觉天际晓星残。

两首词的尾句都增加了两个"衬字",或可称之为"添字渔歌子"。送齐、明二僧外出化缘,却用渔父垂钓作比喻,期待他们化缘有得,如钓得无限锦鳞,满载而归;同时也告诫他们,不必将化缘结果看得过分重要,参禅者应养性情,如渔父一般心胸开阔。这种比喻,可以说为送别诗词开拓了新境界。

子淳另外还有诸如山居诗、牧牛颂等禅宗传统题材的作品,但都不如他的渔父词这样典型地体现了曹洞宗的禅诗精神,故此处不再讨论。

第二章 ● 北宋禅宗僧诗（下）

第一节 临济宗黄龙派诸僧诗

临济宗石霜楚圆禅师门下，弟子众多，而最知名的是慧南和方会。慧南晚年住洪州分宁黄龙山，开出黄龙一派。方会晚年住袁州杨岐山，开出杨岐一派。

慧南（1002—1069），信州玉山人，俗姓章。年少出家，参究诸方，从楚圆禅师开悟。先后开法于同安、归宗、黄檗、黄龙，门下得大法者七十九人。慧南常问参学者三个问题："人人尽有生缘处，那个是上座生缘处？""我手何似佛手？""我脚何似驴脚？"三十余年，示此三问，参学者多不能契其旨，天下禅林目为"黄龙三关"。慧南曾自己作三关颂回答这三个问题：

生缘有语人皆识，水母何曾离得虾。但得日头东畔出，谁能更吃赵州茶?

我手何似佛手?禅人直下荐取。不动干戈道出,当处超佛越祖。

我脚驴脚并行,步步踏着无生。会得云收月皎,方知此道纵横。

第一颂是说,参悟"生缘",在于理解人生的命运由各种因果链条决定,如水母依赖虾才能生存一样。而人生短暂无常,太阳东升之时,已看不到当年吃赵州茶的人。第二颂说,我手与佛手本无区别,凡圣无二,只须直下顿悟本心,并以不立文字的方式表达出来,就可超越佛祖。第三颂说,我脚与驴脚并行,意味着我与畜类在"无生"性空上一致,即南泉普愿禅师所说"向异类中行",像畜类一样无思虑,离语言。明乎此便能廓清心灵迷雾,在世间自由纵横。除此之外,慧南又作三关总颂:

生缘断处伸驴脚,驴脚伸时佛手开。为报五湖参学者,三关一一透将来。(黄龙三关颂及总颂,皆见《禅宗颂古联珠通集》卷三十八、《禅林类聚》卷十)

慧南的四首颂,形式自由,第一颂和总颂是七言四句,第二、三颂则是六言四句,不求统一。颂虽然也使用了一些意象语言,如水母、虾、日头、干戈、云月等,但其意不在意境营造,而在借以说禅理,且遵循了禅门颂古"绕路说禅"的原则。

《禅宗颂古联珠通集》中收罗了慧南的弟子东林常总、宝峰克文、景福顺禅师以及临济宗各派禅师20人(另有云门宗禅师

1人）所作"三关颂"，由此可见，"三关颂"不仅是黄龙派师徒相传的写作题材，也成为临济宗乃至禅林的颂古传统之一。常总（1025—1091），延平尤溪县人，俗姓施。元丰三年（1080）诏革庐山东林律寺为禅院，郡守以常总为第一代住持，先后赐号广惠大师、照觉禅师。常总的三关颂曰：

  佛手才开古鉴明，森罗无得隐纤形。朝朝日日东边出，多少行人问丙丁。

  驴脚伸时动地轮，大洋海底播红尘。唯余庭际青青柏，一度年来一度春。

  垂问生缘何处来，到家禅客绝纤埃。毗卢刹海周游也，休说峨眉与五台。

常总并不以工诗闻名，然而这三首颂显然在诗艺上比乃师慧南高明。第一首喻佛手为明镜，能照森罗万象，而众多行人不知"我手原似佛手"，亦能照亮万象。"丙丁"二字用禅典，《景德传灯录》卷二十五金陵报恩院玄则禅师问："如何是佛？"文益禅师答曰："丙丁童子来求火。"丙丁童子本来就是火，却向外求火，比喻不知自身本有佛性。第二首"大洋海底播红尘"，海底无尘，而言有尘，这是"不可能事物喻"，表示不可思议。"庭际青青柏"也是用禅典，即有僧问赵州和尚："如何是祖师西来意？"答曰："庭前柏树子。"第三首用华严周遍含容思想，表明峨眉、五台本无区别，四海一家，到处都是禅客的生缘所在。常总的颂是标准的七言绝句，平仄合律，语言典雅，诗意更为流畅。元丰七年（1084），苏轼途经庐山时，曾与常总讨论"无情说法"的问题,受其启悟,并呈偈示之,得常总印可,后世禅籍因此将其视为常总的法嗣。就此三首颂来看,常总应当也有基本的文学素养。

景福顺(1013—1093),西蜀人,慧南的大弟子。先后住持景福、上蓝、香城等禅寺,皆非名刹。苏辙贬谪筠州时,曾跟从景福顺问道。据惠洪《冷斋夜话》卷六记载,景福顺对惠洪称说桂林僧景淳"诗意苦而深",并举其诗如:"夜色中旬后,虚堂坐几更。隔溪猿不叫,当槛月初生。""后夜客来稀,幽斋独掩扉。月中无旁立,草际一萤飞。"称其"有深意"。可见顺禅师也是懂诗的僧人,特别欣赏清寒幽深之诗。顺禅师的黄龙三关颂,更像雪窦重显的颂古,充满诗意:

长江云散水滔滔,忽尔狂风浪便高。不识渔家玄妙意,偏于浪里飐风涛。

南海波斯入大唐,有人别宝便商量。或时遇贱或时贵,日到西峰影渐长。

黄龙老和尚,有个生缘语。山僧承嗣伊,今日为君举。为君举,猫儿偏解捉老鼠。

前两首颂,完全不提"佛手""驴脚"二字。第一首写风浪中的渔父生活,赞渔父越遇狂风巨浪,越是出没于江上,其中不知有何玄妙之意,大概是暗喻参禅者越是遇到三关的阻隔,越发想将其参透。第二首以波斯商人到大唐卖珠宝为喻,遇贱遇贵,各有其价格,说明黄龙三关因人而设,视根性利钝而关有通塞。正如慧南所说:"已过关者,掉臂径去,安知有关吏?从吏

问可否,此未透关者也。"(《禅林僧宝传》卷二十二《黄龙南禅师传》)

慧南弟子中最有文学修养的应数宝峰克文。克文(1025—1102),陕府阌乡人,俗姓郑。少喜读书,游学四方。后毁衣冠,年二十五,试所习,剃发受具足戒,得为僧。学佛教经论,无不臻妙。从慧南得悟禅旨。历住筠州大愚、圣寿、洞山。元丰末,王安石舍宅第为报宁寺,以克文为开山第一祖,朝廷赐号真净大师。后住归宗、宝峰,退居云庵。有语录六卷、偈颂一卷存世。据粗略统计,克文今存偈颂诗歌约280余首。如果算上上堂说法的四句以上类诗的韵语,那数量更为可观。先来看看克文《颂黄龙和尚垂示佛手驴脚生缘》:

我手何似佛手?翻覆谁辨好丑。若非师子之儿,野干谩为开口。

我脚何似驴脚?隐显千差万错。欲开金刚眼睛,看取目前善恶。

人人尽有生缘处,认着依前还失路。长空云破日华开,东西南北从君去。

这三首颂在形式上完全继承了慧南的衣钵,由两首六言和一首七言组成。我手和佛手翻覆之间,谁能看出差别?"师子之儿"喻指得老师禅髓的弟子,能辨别我手和佛手是好是丑。"野干"是一种似狐而小的肮脏动物,《长阿含经》有偈曰:"野干称师子,自谓为兽王。欲作师子吼,还出野干声。"此处喻指未能得道的禅人。我脚是人之脚,驴脚是畜生之脚,只有具备金刚眼睛，知道何为善恶，才能见出果报，区别人道和畜生道。一旦明白自己来时之路，知道前身的生缘，那么就无论东南西北皆是自己的家乡。克文的颂比乃师慧南的颂显得朴实，却算不上精彩。

临济宗诸禅师的黄龙三关颂，其形式有点类似于宋代士大夫的"同题竞作"，如同欧阳修、梅尧臣、刘敞、司马光、曾巩等人唱和王安石的《明妃曲》，各自按照自己对生缘、佛手、驴脚的理解进行阐释，或继承演绎，或翻案出新，不一而足。其实，《禅宗颂古联珠通集》里的众多颂古，也可看作各种公案的"同题竞作"，这是一个非常有趣的宗教文学现象。

更能表现克文禅观的是《法界三观六颂》之四，生动地概括了北宋部分禅僧所持有的生活态度：

事事无碍，如意自在。手把猪头，口诵净戒。趁出淫坊，未还酒债。十字街头，解开布袋。

法界三观是指"色空无碍""理事无碍""事事无碍"。克文的颂共有六首，而后来的禅籍称引时往往只提及此颂，可见其特殊的代表性。虽然此颂的行为带有禅宗二祖慧可的影子，"或入诸酒肆，或过于屠门，或习街谈，或随厮役"（《景德传灯录》卷三）。不过，慧可之目的在于"韬光混迹"，而克文所言却强调"如意自在"。"手把猪头，口诵净戒"的形象，可在其弟子惠洪《冷斋夜话》中找到相应的记载：王中令平定蜀地，见一僧能饮酒食肉，且自言能赋诗，于是命其赋《食蒸豚》诗，僧操笔立成，诗曰："嘴长毛短浅含膘，久向山中食药苗。蒸处已将蕉叶裹,热时兼用杏浆浇。红鲜雅称金盘荐,软熟真堪玉箸挑。共把膻根来比并,膻根只合吃藤条。"此僧又吃肉,又作诗,无视佛教的清规戒律,正是"如意自在"的态度。克文上堂说法有言:"佛法门中有纵有夺。纵也,四五百条花柳巷,二三千所管弦楼。夺也,天上天下,唯我独尊。"(《古尊宿语录》卷四十二《宝峰云庵真净禅师住洞山语录》)也就是说,只要顿悟本心,明白"情与无情,同一无异"的道理,就可以出入花柳巷,上下管弦楼,置身淫房酒肆也无妨。在此,早期禅宗那种"孤峰顶上,盘结草庵"的自耕自足,被城镇游方僧"十字街头,解开布袋"的浪荡无羁所代替。这也是宋代禅诗受城市经济繁荣、市民文化发达的影响之一。

克文除了以偈颂赞扬古德公案之外,还常常与参禅问道的士大夫诗歌相唱酬。如写给苏辙的两首诗:

才淹居亦弊,道在不为贫。未洒傅岩雨,且蒙颜巷尘。旷怀随处乐,大器任天真。半夜东轩月,劳生属几人。(《苏子由辟东轩有颜子陋巷之说因而寄之》)

达人居处乐,谁谓绩溪荒。但得云山在,从教尘世忙。文章三父子,德行二贤良。却恐新天子,无容老石房。(《寄绩溪苏子由》)

元丰三年(1080),苏辙贬官筠州,克文住筠州洞山,二人交往频繁。苏辙曾为克文作《洞山文长老语录叙》。第一首诗题中"有颜子陋巷之说",见苏辙所作《东轩记》。诗意赞美苏辙虽遭贬谪而能保持乐观旷达,如颜回居陋巷箪食瓢饮而不改其乐,并预言苏辙终能像傅说一样得到君王的重用。第二首作于元丰末年（1085），苏辙任绩溪县令，其时神宗皇帝已驾崩，新天子哲宗即位，克文不仅称赞苏辙达观的生活态度，而且高度评价三苏的文章德行，相信新天子不会让他长久沉沦下僚。这两首诗表达了克文对士大夫的鼓励期待，而其出发点更像是站在入世间的儒家立场。又如他的《寄荆南高司户五偈》之五：

男儿丈夫志，开凿自家田。莫逐云门语，休依临济禅。人人元具足，法法本周圆。但作主中主，门门日月天。

高司户，名高荷，字子勉，名列《江西宗派图》，是江西派诗人之一，黄庭坚曾与他唱酬论诗。这首诗偈是克文与高荷论禅之作，主张参禅须独立自主，证悟自身具足的佛性，莫倚他人门户。这与他考证《圆觉经》"一切众生皆证圆觉"的观点是一致的（见谢逸《圆觉经皆证论序》）。值得注意的是，克文这种强调"男儿丈夫志，开凿自家田"的参禅态度，有可能对宋人以禅喻诗产生了影响，如吴可（字思道）《学诗诗》："学诗浑似学参禅，头上安头不足传。跳出少陵窠臼外，丈夫志气本冲天。"（《诗人玉屑》卷一）思路与之如出一辙。

尤其值得注意的是，克文的诗偈中有五言排律和七言排律各一首，这在"以歌颂为等闲，将制作为末事"的禅宗写作传统中是极为罕见的，即使是在讲究"烂熳有文，精纯靡杂"的法眼宗歌颂里也找不到先例。如《净头端上人求洗涤之说因而成偈》：

段食共滋养，皆名有漏身。焉知大小事，不昧往来人。

历历随闻见,惺惺应屈伸。变通元自在,鉴照本天真。由逐江湖客,耻为尧舜臣。所依投旅舍,妄计困风尘。病故嫌王膳,饥仍预国民。既能分皂白,须解别疏亲。朽宅蚖蛇会,浮泡屎尿陈。何妨观秽恶,却要灭贪嗔。除垢超凡果,谈空入圣因。迦文教虽旧,释子道应新。革屣排朱户,禅衣挂绿筠。摄心彰戒定,弹指觉坑神。吐唾防涂壁,抛筹怕动邻。为僧当异俗,学佛便行仁。伏忍冤憎尽,兴悲鸟兽驯。汲汤宜让伴,盥手忌淋垠。受用生惭愧,供承识苦辛。阶砖同镜面,瓦宇若鱼鳞。狼籍欣欢少,光明赞叹频。桶盆还次第,灰土最精淳。塞鼻奢红枣,迎宾炽绛唇。去骄终远害,习慢必遭迍。區器易盈满,旷怀忘贱贫。沙门修慧命,菩萨振慈纶。总具如莲性,谁偏可意珍。莫迷臭皮袋,苦海枉沉沦。

全诗共二十八韵,即二十八联,除了首尾两联外,其余各联皆对仗工整。净头,指寺院中扫地洗厕之僧,掌管一切除秽之事,此诗用典雅整饬的诗句,将洗涤秽恶的劳动与忍辱除垢的修行联系起来,寓教于诗。这种五言排律,禅僧甚少措手,《古今禅藻集》卷十一只收了德洪二首,而德洪就是惠洪,为克文的嫡传弟子,这足可见惠洪所倡"文字禅"乃渊源有自。克文更值得称道的是《石笕二十韵》:

带月眠霜磨复琢,南康匠者好规模。引回鹿野灵源水,泻入梵宫香积厨。宜作奇祥当圣代,永为盛事在元符。依依数里松萝下,往往诸方佛刹无。左折右盘何缭绕,高来低去更萦纡。屈伸宛若苍虬活,裁剪分明碧玉俱。解逐方圆称上善,能随甜苦任殊途。既成蔬饭鸣犍椎,还奉林僧洗钵盂。及物泠泠离洞府,宛湍瑟瑟近帘隅。禅堂客喜滋茶味,祖席人传美画图。澄湛池塘荣菡萏,清凉肺腑饮醍醐。调和口腹功非小,荡涤尘埃德不孤。遐迩溪山同掩映,朝昏鸟兽共欢呼。屯云坳里龙抬首,贮雪岩前虎踞躯。夹道栽杉根渐着,傍根种竹叶微苏。桥横深涧优游也,亭起危峦悦望乎。佛手开时惭潦倒,马蹄踏处愧疏愚。贤将世子勤其力,则与清师忘所劬。千载石门凭沃润,万家檀越赖沾濡。辄将长句伽陁赞,谁谓江河壮帝都。

石笕,是引水用的长石槽。这首咏物诗,从石笕的制作、形状、功能等各方面层层铺叙,特别歌颂它所引清水对于禅林僧众的意义。这首诗是七言排律,写作难度极大,文士中如杜甫、苏轼偶有所作,尚不多见,至于唐宋禅僧选此体作诗者,今只见《古今禅藻集》卷十一收仲殊《题惠山翠麓亭》一首,仅八韵,篇幅不及克文此诗一半。此诗铺陈排比,摹状况喻,平仄协律,对偶精工,不光有佛禅词汇如"香积厨"之类,也有"德不孤"这样的儒家话头。这岂但是以文字为禅,简直是以才学为诗,完全突破了禅宗"不立文字"的传统。

  慧南的另一弟子是祖心,祖心及其弟子惟清、悟新、善清先后住持黄龙山,是临济宗黄龙派的中坚力量。祖心(1025—1100),南雄州始兴县人,俗姓邬。继其师慧南住持黄龙山十三年,赐号宝觉大师,晚号晦堂。有《黄龙晦堂心和尚语录》(一作《宝觉祖心禅师语录》)传世。祖心诗虽不算多,却不乏佳作。如《退居即事》：

> 不住唐朝寺，闲为宋地僧。生涯三事衲，故旧一枝藤。乞食随缘去，逢山任意登。相逢莫相笑，不是岭南能。

这首诗作于辞退黄龙院住持之时。诗为五律，风格朴素自然，没有晚唐五代诗僧五律苦吟的痕迹。"三事衲"指僧衣，"一枝藤"指拄杖，退居后披着衲衣，拄着手杖，四处游方，随缘乞食，逢山遇寺，任意参访。自己虽有岭南口音，却不是当年那个六祖慧能，只是一个普通和尚而已。许𫖮《彦周诗话》评论道："此诗深静平实，道眼所了，非世间文士诗僧所能仿佛也。"正指出了诗中看破浮名、平实朴素的内在精神。又如七律《和明长老游灌溪》：

> 灌溪溪水碧沉沉，到者谁人测浅深。流古递今犹劈箭，逗山穿石若鸣琴。当头有路宁容足，四面无门岂定心。往事欲寻寻不得，黄花翠竹谩垂阴。

临济宗祖师义玄的弟子志闲禅师住鄂州灌溪，人称灌溪和尚。因此这首纪游诗充满了禅理的双关和隐喻。"浅深"既指溪水，也指道行。"劈箭"二字出志闲禅师公案，僧问："如何是灌溪？"师曰："劈箭急。"（《五灯会元》卷十一）颈联"当头有路""四面无门"既是写游山之实，又有意使用禅门习语，而"头""足""面""心"四个身体名词对仗极为工整，巧妙自然。末句的"黄花翠竹"则暗用禅门熟语"青青翠竹尽是法身，郁郁黄花无非般若"。如此一来，游灌溪的经历便成了一次参禅访道的过程。

祖心的高足死心悟新、灵源惟清也能诗，但不满意"未忘情之语"，所作不多。惟清（？—1117），字觉天，洪州武宁县人，俗姓陈。自号灵源叟，赐号佛寿禅师，继祖心住持黄龙，晚年退居昭默堂。惟清与悟新皆是黄庭坚方外密友，从祖心问道。黄庭坚贬谪黔州，致书悟新，言及昼卧忽然觉悟之事。惟清以偈寄之曰：

　　昔日对面隔千里，如今万里弥相亲。寂寥滋味同斋粥，快活谈谐契主宾。室内许谁参化女，眼中休自觅瞳人。东西南北难藏处，金色头陀笑转新。

这首偈为黄庭坚的觉悟感到高兴，相隔万里却如同对面谈笑一般，"金色头陀"是用世尊拈花、迦叶微笑的故事，也就是禅宗常说的"如来有密语，迦叶不覆藏"，觉悟之后东西南北到处都是佛法所在。黄庭坚次韵唱和一首（《罗湖野录》卷上）：

　　石工来斫鼻端尘，无手人来斧始亲。白牯狸奴心即佛，龙睛虎眼主中宾。自携瓶去沽村酒，却着衫来作主人。万里相看常对面，死心寮里有清新。

黄诗表达了与惟清、悟新二禅师亲密无间、心灵契合的感情，因为二僧的启迪，自己终于明白即心即佛的道理，明白随处作主、立处皆真的禅旨。三人之间的交往成为丛林津津乐道的盛事,释晓莹评曰:"黄公为文章主盟,而能锐意斯道,于黔南机感相应,以书布露,以偈发挥。其于清、新二老道契可概见矣。"(《罗湖野录》卷上)

第二节　临济宗杨岐派诸僧诗

楚圆门下的方会禅师晚年住江西袁州杨岐山,开创杨岐派。方会(992—1049),袁州宜春人,俗姓冷。住袁州杨岐山,迁潭州云盖山。有《杨岐方会和尚语录》《杨岐方会和尚后录》各一卷传世,有诗颂二十余首。方会本人的诗颂无甚特色,而他的弟子白云守端却善于借诗说禅。

守端(1025—1072),衡阳人,俗姓葛,一作周氏。参方会禅师而得悟,为其法嗣,属南岳下十二世。年二十八住持庐山圆通寺,移住舒州法华,迁住白云山海会寺。《白云守端禅师广录》卷三载其诗偈七十余首,同书卷四载其颂古一百一十则。守端曾在《室中二题序》中说明自己作诗的缘起:"庵中无事间,或吟兴瞥然而来,因得'应真不借''涉流转物'二题。虽文字之势,寄诗家之作,以其题意,实自于吾宗,可曰山偈而矣,庶知我者同之。"由此看出,守端有时候会像诗人一样"吟兴"突然迸发,但他声称,虽然文字形式是诗家之作,而其内容却是关于佛理。其中最著名的《蝇子透窗》:

为爱寻光纸上钻,不能透处几多难。忽然撞着来时路,始觉从前被眼瞒。

这首诗的题材取自唐代古灵神赞禅师的一则公案：古灵神赞原在福州大中寺受业，后行脚到洪州，遇百丈怀海禅师而开悟。悟后回到本寺。一日，见他的受业师在窗下看经书，而一只蜂子想钻出纸窗外，便说："世界如许广阔，不肯出；钻他故纸，驴年去！"并作偈曰："空门不肯出，投窗也大痴。百年钻故纸，何日出头时。"白云守端的偈，在这则公案的基础上，又增加了新的意义。"寻光"喻指对佛性的追求，"纸上钻"喻指误入语言文字的歧途，"来时路"喻指本心、自性，"被眼瞒"喻指佛教所谓事障、理障、言语障。守端还有一首《因雪》诗，也很有意味：

琼花一夜满空山，天晓皆言好雪寒。片片纵饶知落处，奈缘犹在半途间。

这首诗以雪拟人，开出咏雪新境界。前两句写景，后两句暗用禅门公案。《庞居士语录》卷上："士乃指空中雪曰：'好雪片片，不落别处。'有全禅客曰：'落在甚处？'士遂与一掌。"而"在半途"三字的出现，更将这首咏雪诗变成了谈禅诗。"在半途"是禅门习语，意味着工夫不到家，觉悟不彻底。前面称赞的"好雪寒"，好高洁高寒的境界，最终却不过是"落在半途"而已。诗借咏雪而告诫禅僧，须知向上一路，切勿落在半途中，修行而不懈怠，觉悟定须彻底，方能透脱。

前面说过，山居诗是禅宗重要写作传统之一。守端有《法华山居十首》七言绝句，饶有诗意，试看两首：

崖泉长绕草堂鸣，每到中宵分外清。远势自然能断续，谁夸品弄玉琴声。

梅雨经旬不暂停,晴来万里豁然青。山轩何事添余兴,依旧分明列翠屏。

前一首写夜里山间的泉声,叮咚断续,清脆悦耳,胜似人弹玉琴。然而"远势"二字似乎又有所寓,泉之"远势"莫非禅之"远势",越远越清。后一首写久雨后的天晴,碧空辽阔,群山如翠屏列于轩窗前,为人助兴。如果说前一首表现了音乐之声的话,那么后一首则描绘了图画之美,而"余兴"的"兴"字,更能想象作者的诗心。这些山居诗应该就是守端"吟兴瞥然而来"的产物吧。

至于守端的一百一十首颂古,几乎全为七言绝句,古绝、律绝皆有。其中大多数都穿插有宗门熟语和佛教术语,然而也有少量纯用意象语言的作品,如颂"外道问佛"公案:

万丈寒潭彻底清,锦鳞夜静向光行。和竿一掣随钩上,水面茫茫散月明。

虽然这首颂很可能脱胎于船子和尚的《拨棹歌》"千尺丝纶直下垂,一波才动万波随。夜静水寒鱼不食,满船空载月明归",写月明静夜的垂钓,但是船子和尚是钓鱼而不得,表现的是"不计功程便得休"的潇洒,而守端颂古则是将佛比喻为渔父,外道比喻为锦鳞,以锦鳞被渔父和竿钩上,比喻外道被佛所折服。结句"水面茫茫散月明"的描写,已不在于说理或喻理,而完全是一种诗意场景的展现,澄澈空明,余味无穷。

守端的同门保宁仁勇禅师，四明人，俗姓竺。幼年为僧，通天台教。初依雪窦重显，后为杨岐方会法嗣。住金陵保宁禅院，今存《保宁仁勇禅师语录》一卷，杨杰作序。各禅籍收其诗偈颂古七十余首，《嘉泰普灯录》卷二十九收他的《山居》诗五首，皆为五律，诗风与守端颇有不同，如下面这首：

林下无余事，高眠足旷怀。舀将锅里粥，抽出灶中柴。坐久慵移榻，人来捍上阶。门前千万仞，谁肯度悬崖？

诗中不着意写山中风景，而重在表现山居生活的"居"。中间两联生动自然，语言不费力，刻画出山僧简朴的生活与平常无事的态度。

据大慧宗杲所说，白云守端谢事圆通，约保宁仁勇夏居白莲峰，作颂古一百一十篇，有"提尽古人未到处，从头一一加针锥"之语（《大慧普觉禅师年谱》）。"提尽古人未到处"二句，见于《白云守端禅师语录》卷三《送勇藏主还明》。然而，今存守端和仁勇的颂古都远未达到一百首，当有不少亡佚。值得注意的是，仁勇很可能是用《渔家傲》词作禅宗颂古的首创者。《彊村丛书》本《山谷琴趣外编》收《渔家傲》四首，题词云："江宁江口阻风，戏效宝宁勇禅师作《古渔家傲》。王环中云：庐山中人颇欲得之。试思索，始记四篇。"可见，这四首颂古词是模仿宝宁勇（即保宁仁勇）禅师而作。日本学者神田喜一郎推测仁勇的《渔家傲》应为八阕，黄庭坚也模仿了八阕，不过"始记四篇"，忘了一半（《神田喜一郎全集》第六卷）。遗憾的是，仁勇的《古渔家傲》颂古没有保存下来。但无论如何，其后黄庭坚、惠洪、李彭、宗杲、慧远、无际道人、竹庵士珪、少林妙嵩、居简等有临济宗法脉的禅人，都用《渔家傲》颂古德公案，而仁勇之作应为其滥觞。

仁勇有弟子日益禅师，住湖州上方寺，有诗行于世。《建中靖国续灯录》《禅宗颂古联珠通集》收其颂古五十首。日益的颂古中有几首值得注意：

露头露面便相酬，惯出人前不怕羞。自是奴奴肌骨好，不施红粉也风流。

八十婆婆学画眉，风流意比少年时。若无明镜分妍丑，尽道不劳红粉施。

拂拂山香满路飞，野花零落草离披。春风无限深深意，不得黄莺说向谁？

一轮明月照潇湘，更不逢人问故乡。自是天涯惯为客，任他猿叫断人肠。

第一首颂丹霞访庞居士公案，写灵照女的问答，然而写女性的"肌骨""风流"，再加上"奴奴"这样艳词中常用的女性自称，很难看出这是古德公案的题材。第二首颂沩山送镜与仰山公案，也用"画眉""风流""红粉"这样的字眼，将古德公案改造为女性题材。这种以女性风流喻禅理的现象，从北宋中叶开始，逐渐成为禅门风气，而在临济宗杨岐派禅人身上表现尤为突出。第三首颂长沙景岑游山公案，纯粹是咏春天美景的诗，特别是后两句，词风旖旎而情韵深婉，没有半点禅语。第四首颂大随"文殊普贤总在这里"公案，简直就是一首天涯漂泊的游子之诗。这些诗可脱离公案背景而存在，因为它们自身完全具备独立的诗性审美价值。

守端的弟子五祖法演禅师也能诗。法演（1024？—1104），绵州巴西人，俗姓邓。年三十五出家，初往成都讲席，习《百法》《唯识论》。后出川，遍叩诸方禅师，谒白云守端，领悟禅旨，于是为其法嗣。先后住持舒州四面山、白云山、太平寺以及黄梅五祖山（东山），有《法眼禅师语录》三卷传世。法演的《投机颂》很有名：

山前一片闲田地，叉手叮咛问祖翁。几度卖来还自买，为怜松竹引清风。

所谓"投机"，是指参禅者与老师机缘投合，即受到老师的启发而大彻大悟。法演在守端门下时，举"僧问南泉摩尼珠"公案以问老师。守端叱之，法演领悟，汗流被体，乃献这首《投机颂》。这首颂完全使用比兴手法，借田地说心性，借买卖说悟迷，"叉手叮咛"，形象生动，"松竹清风"，意象优美。更重要的是，法演避开了"摩尼珠"喻自性的传统书写，用更生活化、世俗化的田地买卖，传达出自己的个人体验。所以这首诗颂表现的禅理虽然古已有之，却因其独特新颖的叙说方式而为禅林传诵。

与上方日益禅师相似，法演也试用艳词颂古，如下面这首颂"马大师日面佛月面佛"公案：

丫鬟女子画蛾眉，鸾镜台前语似痴。自说玉颜难比并，却来架上着罗衣。

据《古尊宿语录》卷一记载，马祖临终前，寺院里的监事问："和尚近日尊候（贵体状况）如何？"马祖曰："日面佛，月面佛。"表面看来，这个玉颜美女的行为跟马祖的公案了不相干，但仔细玩味，颂古与公案之间可能存在着某种隐喻关系。日面与月面，是佛的形相的两面，如同女子的真容与镜容，佛在形相美好方面与女子具有共同点。马祖弥留之际提及"日面佛月面佛"，或许是没有意义的哆唎之语，却是他对自己提倡的"即心即佛"的坚守，正如一个对镜梳妆的女子，即便是喃喃痴语，也无非是对镜中容貌的自恋。

令人感兴趣的是，法演不仅颂古用艳词，而且启发参禅者也用小艳诗。著名的例子是其弟子克勤禅师的悟道因缘。克勤（1063—1135），字无着，彭州崇宁人，俗姓骆。先后住持成都昭觉、澧州夹山、潭州道林、金陵蒋山、东京天宁、镇江金山、云居等，先后赐号佛果、圆悟，卒谥真觉禅师。属临济宗杨岐派南岳下十四世。克勤早年依法演为侍者，其时会部使者解印还蜀，诣法演作礼，问佛法大意。法演曰："不见小艳诗云：'频呼小玉元无事，只要檀郎认得声。'"使者惘然。克勤旁侍聆听，忽大悟，曰："今日去却膺中物，丧尽目前机。"于是呈上投机偈曰：

金鸭香销锦绣帏，笙歌丛里醉扶归。少年一段风流事，只许佳人独自知。（《五灯会元》卷十九）

克勤悟到的是：对于参禅的人来说，"声"本身是没有价值的，需要参究的是"声"中蕴藏的体验和感觉,如少妇洞房中唤檀郎的深情。这首偈要表达的正是对禅的理解。偈表面是写风流狎客寻花问柳的艳事,放纵于锦绣帐中,沉湎于笙歌丛里,而实际上是比喻禅客在纷繁的"色界""欲界"中求道。禅经验好比男女欢会时的快感,其微妙的感觉非当事人不能理解,无法用语言说与他人,只有心下自省。

克勤住持夹山时,曾评唱雪窦重显禅师颂古一百则,门人纂集为《碧岩录》十卷。克勤自己也好举古德公案而颂之,今存《圆悟佛果禅师语录》二十卷,就收有颂古八十多首。大约是受重显颂古的影响,克勤的颂古也形式多样,句式活泼:

  大冶烹金,忽雷惊春。草木秀发,光辉日新。不费纤毫力,擒下天麒麟。全威杀活得自在,千古照耀同冰轮。话作两橛,句中眼活。龙头蛇尾,以指喻指。撞着露柱瞎衲僧,塞断咽喉无出气。拟议寻思隔万山,咭嘹舌头三千里。

  大用不拘,今古楷模。倒拈蝎尾,平捋虎须。若非深辩端倪,何以坐观成败。俊处颖脱囊锥,高来卷舒方外。孤峰顶上浪滔天,正令当行百杂碎。咄。

  春兰与秋菊,一一各当时。底处无回互,怨谁分髓皮。风来鸟已觉,露重鹤先知。为问何能尔,渠侬初不知。

第一首是杂言诗,四言、五言、七言夹杂,转韵两次。第二首则是四言、六言和七言夹杂,最后以一字"咄"结尾。第三首是五言律诗,在克勤颂古中极为罕见,然而即使是作为五律,克勤书写也非常随意,以至于颈联和尾联都以"知"字押韵,不避重复。总体而言,克勤的颂古有意追求禅门语言活杀自在的风格,很多句子来自宗门习语和民间俗语,如"杀活得自在""句中眼活""撞着露柱""捋虎须""孤峰顶上浪滔天""回互"之类,与重显用诗歌意象语言暗示禅理的手法不太相同,在艺术上显得较为粗糙。

克勤的诗风可能受到唐代白话诗人王梵志的潜在影响。据《云卧纪谈》卷上记载:

> 建炎三年元日,圆悟禅师在云居,尝曰:"隐士王梵志颂:'城外土馒头,馅草在城里。每人吃一个,莫嫌没滋味。'而黄鲁直谓:'己且为土馒头,当使谁食之?'由是东坡为易其后两句:'预先着酒浇,使教有滋味。'然王梵志作前颂,殊有意思,但语差背。而东坡革后句,终未尽余兴。今足成四韵,不唯警世,亦以自警:'城外土馒头,馅草在城里。着群哭相送,入在土皮里。次第作馅草,相送无穷已。以兹警世人,莫开眼瞌睡。'"圆悟遂手写以遗一书记。

所谓"土馒头"代指坟墓,"馅草"本指馒头馅,此代指人身,为土馒头中的尸体。王梵志原诗不合逻辑,受到黄庭坚的质疑,苏轼为之改写后两句。克勤重新对原诗作了改写增补,多加上四句,写世上之人将连续不断地作"土馒头馅草"的残酷现实,而惊醒世人当精进修行,莫浑浑噩噩睡过一世。改后的诗颂,比王梵志原诗更为完善,更具劝世的意义。关于苏、黄对王诗的质疑改写,已见于惠洪《冷斋夜话》卷十,该书在宣和年间已成书，克勤应当是读《冷斋夜话》有感而补作此诗。

除了小艳诗外，五祖法演还用"倩女离魂"的故事启示参学者。如普融知藏至五祖山参见法演，法演举"倩女离魂"的话头问他，普融当下契合禅机，向法演呈上投机偈：

二女合为一媳妇，机轮截断难回互。从来往返绝踪由，行人莫问来时路。

"倩女离魂"的故事最早见于唐人陈玄祐小说《离魂记》，是关于衡州张镒的女儿倩娘与其外甥王宙相恋的故事。二人被迫分离，倩娘抑郁成病，魂魄离体，与王宙同往四川，同居五年。后来倩娘思乡心切，王宙与其一道回家，房中卧病在床的倩娘与离魂合为一体。这个爱情故事被改编成说话、诸宫调、杂剧等形式，在民间广为流传。当法演将"倩女离魂"的故事放置于禅学背景之下时，其爱情色彩已完全淡化，剩下的只是形神分离的（离魂）的佛教观念，参禅者可以从中体悟关于妄与真、形骸与自性、有情与无情的关系等诸多精微的禅理。普融偈中体现的禅理是：既然"二女合为一媳妇"，那么一切真妄、形神、你我的区别完全消失，不存在回互不回互的问题，这是一个绝对无差别境界。

法演其他几位弟子也都善诗颂。慧勤（1059—1117），舒州怀宁人，俗姓汪。住持舒州太平寺八年，宗风大振。政和二年（1112），诏住东京智海院，赐号佛鉴禅师。今存偈颂一百三十余首，多见于《禅宗颂古联珠通集》。该书卷九马祖"即心即佛"公案，慧勤颂曰：

> 美如西子离金阁,娇似杨妃倚玉楼。犹把琵琶半遮面,不令人见转风流。

直接将马祖道一禅师比喻成绝代美女西施和杨玉环,描绘其娇美之态,并引用白居易《琵琶行》的诗句,称赞其半遮半露更加风流。这哪里是在颂马祖公案,分明是一篇短章《丽人行》,而后两句"半遮面"的姿态,隐然与马祖公案中"即心即佛""非心非佛"的两可答案具有形而上的对应性。这种表现手法,正是法演门下借艳诗以说禅的一贯作风。

总体而言,慧勤的偈颂比克勤富有文采,更近于诗。《人天眼目》卷一收其《四料拣颂》四首,可见其一斑:

> 瓮头酒熟人皆醉,林上烟浓花正红。夜半无灯香阁静,秋千垂在月明中。
>
> 莺逢春暖歌声滑,人遇太平笑脸开。几片落花随水去,一声长笛出云来。
>
> 堂堂意气走雷霆,凛凛威风捌霜雪。将军令下斩荆蛮,神剑一挥千里血。
>
> 圣朝天子坐明堂,四海生灵尽安枕。风流年少倒金樽,满院桃花红似锦。

"四料拣"意为四种选择,是临济宗祖师义玄禅师的禅法:"有时夺人不夺境,有时夺境不夺人,有时人境俱夺,有时人境俱不夺。"(《镇州临济慧照禅师语录》)慧勤这四首颂分别歌咏这四种情况。第一首酒熟人醉,烟浓花红,暗示"夺人",而秋千月明的场景，则暗示"不夺境"。第二首莺歌声滑，落花流水，暗示"夺境"，而人笑脸开，长笛声来，暗示"不夺人"。第三首雷霆霜雪，将军神剑，暗示"人境俱夺"的威严斩绝。第四首四海太平，桃花似锦，暗示"人境俱不夺"的和煦慈悲。四首颂皆能以形象喻示禅理，特别是第一首，非常富有诗意，"秋千垂在月明中"，境界宁静优美。

龙门清远禅师是法演的另一得意弟子。清远（1067—1120），蜀之临邛人，俗姓李。元祐三年（1088），清远二十一岁，从法演于舒州太平寺。然而法演将迁海会寺，清远嫌海会寺太荒僻，不能了己大事，于是作偈告辞曰："西别岷峨路五千，幸携瓶锡礼高禅。不材虽见频挥斧，钝足难谙再举鞭。深感恩光同日月，未能踪迹止林泉。明朝且出山前去，他日重来会有缘。"法演以偈送别曰："畹伯台前送别时，桃花如锦柳如眉。明年此日凭栏看，依旧青青一两枝。"（《罗湖野录》卷上）清远偈为七律，感愧自己为钝根，不堪随法演住山林荒僻之地。法演偈为七绝，写春景而暗含来日的期待。从师徒两人告辞、送别偈来看，皆具有良好的作诗修养。清远离开海会寺后，遇到灵源惟清禅师，得其点拨，重回海会，跟从法演七年，终于领悟宗旨。后住持舒州龙门寺十二年，道风大振，有旨移住和州褒禅山，赐号佛眼禅师。有《舒州龙门佛眼禅师语录》，见于《古尊宿语录》卷二十七至三十四。佛眼清远与佛果克勤、佛鉴慧勤，号称五祖法演门下"三佛"。清远有一首偈颂《美容可观》：

一别海山中，十年春草绿。相思在方寸，颜容皎如玉。音书杳不来，桃李繁且熟。唯有意中人，使我眉头慼。

《嘉泰普灯录》卷二十九收此偈为《标指》五首之一，所谓"标指"，据清远自己解释说："诸佛出世，无法示人；祖师西来，无道可指。唯谈自悟，是谓顿门。若尚筌蹄，必难话会。然则忘其方便，迷者难以进途，标指示人，或有可晓。"其意旨当然是谈禅，但表面看起来是写对远人的苦苦相思。诗风自然无华，颇近唐诗人韦应物，而其清丽婉转之处，则有几分南朝乐府诗的味道。

清远的同门师兄道宁也善诗。道宁（1053—1113），歙州婺源人，俗姓汪。世称宁道者。大观年间，住持潭州开福寺，唱法演之道，法席为湖湘之冠。有《开福道宁禅师语录》存世。道宁有一首《重阳》诗曰：

> 重阳黄菊未成花，落帽无劳忆孟嘉。但得青山长在眼，不妨流水去无涯。（《禅宗杂毒海》卷八）

白云守端有《九日菊》诗曰："金蕊丛丛带露新，采来烹茗赏佳晨。浮杯何必须宜酒，但有馨香自醉人。"（《白云守端禅师广录》卷三）道宁这首诗自称是"效颦"其祖师，而实际上是对守端诗的翻案。守端所咏为已盛开之金蕊，道宁所咏乃九日菊未成花。孟嘉落帽是九日诗中常用的典故，而此诗则因僧人无帽可落，故曰"无劳忆孟嘉"，这又是一重翻案。"但得青山"二句，旷达高远，韵味悠长，诗境超越其师祖。道宁另一首咏物诗《苦笋竹》：

> 逆破莓苔地，亭亭出短篱。箨随风雨解，根有岁寒期。

凤管终须奏,渔竿莫可窥。傥容常守节,定见化龙时。

这首五言律诗虽算不上佳作,但以竹喻志,岁寒守节,表达了艰难求道的决心,与士大夫咏竹诗的精神相通。

杨岐派"三佛"的弟子也多能诗,然而大多活跃于南渡之后,兹不赘述。

第三节 诗僧道潜

道潜(1043—?),本名昙潜,号参寥子,於潜人,俗姓何。晚住杭州智果寺,赐号妙总大师。他是云门宗大觉怀琏禅师的弟子,也是北宋最有名的诗僧之一。今存《参寥子诗集》十二卷,各体皆工。《宋高僧诗选》选其诗三十二首,数量为宋僧之冠。

道潜与苏轼、秦观为诗禅之友。陈师道《送参寥序》说:"妙总师参寥,大觉老之嗣,眉山公之客,而少游氏之友也。释门之表,士林之秀,而诗苑之英也。"俨然将道潜视为僧人、士人、诗人三合一的杰出代表。这三种不同的角色在道潜身上体现为多重矛盾统一体,苏轼说他"与人无竞,而好刺讥朋友之过;枯形灰心,而喜为感时玩物不能忘情之语"(《参寥子真赞》)。惠洪说他"有标致,然性褊尚气,憎凡子如仇"(《冷斋夜话》卷六)。这在他的诗中也表现得很充分,一方面向往在山林江湖中隐居参禅,恬淡退让,另一方面又体现为向往人世间的温情,爱才若渴,嫉恶如仇。苏轼与道潜唱和甚多,曾称赞他"新诗如玉屑,出语便清警",并告诫他"咸酸杂众好,中有至味永。诗法不相妨,此语更当请"(《送参寥师》)。这一教导道潜一直记在心上,"文章妙处均制馔,不放咸酸伤至味。眉阳老人文所宗,此语得之吾敢秘"(《赠权上人兼简其兄高致虚秀才》)。他称赞僧友"禅余喜赋咏,妙语逾珪璋"(《答柯山晓上人》),也可看作他的自供状。

据传,苏轼知徐州时,道潜来访。苏轼宴请宾客,遣一妓女向道潜求诗,道潜提起笔立马写了一首:"寄语巫山窈窕娘,好将魂梦恼襄王。禅心已作沾泥絮,不逐春风上下狂。"一座大惊。这事《侯鲭录》《冷斋夜话》皆有记载,《参寥子诗集》卷三题为《子瞻席上令歌舞者求诗戏以此赠》,文字略异,这首诗表达了僧人拒绝妓女挑逗的态度,喻妓女为巫山神女,喻禅定之心为沾泥柳絮,写得非常婉约而贴切,优雅而不失风度。

作为僧人,道潜虽拒绝妓女的挑逗,遵循清规戒律,却不妨对世事横加讥刺,忘记出家初心。试看他的几首七绝:

高岩有鸟不知名,款语春风入户庭。百舌黄鹂方用事,汝音虽好复谁听。(《绝句》)

去岁春风上苑行,烂窥红紫厌平生。而今眼底无姚魏,浪蕊浮花懒问名。

城隈野水绿逶迤,袅袅轻舟掠岸过。欲采芸兰无觅处,野花汀草占春多。(《湖上二首》)

前一首高岩之鸟比喻贤人,暗指苏轼这样德才兼备的君子;百舌黄鹂比喻小人,指鼓弄新法的王安石之党。苏轼在熙宁年间曾作《上神宗皇帝书》,而未被进用,所以道潜有此叹。后二首作于苏轼遭贬谪之后,皆以花为喻,诗人看惯洛阳牡丹中的姚黄魏紫,不屑于当今满眼的"浪蕊浮花";诗人欲采摘格调高洁的香芸幽兰,而春天却被"野花汀草"所占据。表面上写对不同花品的爱憎之情,实际上暗含崇敬苏轼、鄙视群小的情怀。虽然这些诗采用了比兴手法,但讽刺之意毕竟过于明显。《风月堂诗话》载:"东坡南迁,参寥居西湖智果院,交游无复曩时之盛,作《湖上》绝句云云。诗既出,遂有返初服之祸。"

作为未忘世情的诗僧,道潜与身心俱空的地道出家人颇为不同,他笔下的风景,没有山林枯寂之气,而充满生活气息和人情味。比如:

曲渚回塘孰与期,杖藜终日自忘机。隔林仿佛闻机杼,知有人家在水西。(《东园》)
赤叶枫林落酒旗,白沙洲渚夕阳微。数声柔橹苍茫外,何处江村人夜归。(《秋江》)

第一首诗以"杖藜终日"的游憩代替了"蒲团终日"的禅定。"隔林"二句虽夺胎于帛道猷的"茅茨隐不见,鸡鸣知有人",但"机杼"声和水西人家的联想,更富有人情味。第二首诗中关于江南水乡的描写,也极为生动传神,值得注意的是前两句的视觉描写,突出枫林和洲渚的鲜明色彩,后两句则用听觉描写,写出只闻其声不见其人的江村夜归船的温情。两首诗都是用声音唤起对人家的联想,构成一种想象中的画面。因此可以说善于描写"声音风景"(soundscape)是道潜诗的一大特点。

苏轼记载道潜论诗之语："老杜诗云：'楚江巫峡半云雨，清簟疏帘看弈棋。'此句可画，但恐画不就尔。"(《书参寥论杜诗》)而道潜自己的诗，正能写出可画而画不就的意味，如《江山秋夜》：

雨暗沧江晚未晴，井梧翻叶动秋声。楼头夜半风吹断，月在浮云浅处明。

写出时间的变换中景物的变换，由雨暗到风动，由风动到云浅，由云浅到月明，富有动感的画面，的确很难画出。道潜最有名的"诗中有画"的作品，大约要算《经临平作》：

风蒲猎猎弄轻柔，欲立蜻蜓不自由。五月临平山下路，藕花无数满汀州。

这首诗写临平道中所见之景，体物精工，风蒲、蜻蜓、藕花构成一幅设色工笔画。此诗脍炙人口，在当时和后世都非常有名，不少宋诗选本都将其视为道潜的代表作。据说苏轼一见此诗，便令刻诸石。宗室妇曹夫人善丹青，依诗意作《临平藕花图》，人争传写（见《续骫骳说》）。

道潜诗以七绝最工，而其他诗体也有不少佳作。如《何氏寒碧堂》一诗，能将七古的横放奔腾改造为五古的闲淡幽雅：

城东千亩春萧瑟，修竹漫山爱如栉。飕飕细浪鸣石齿，黯黯苍云翳朝日。虚堂正在无有处，不惜千竿开翠密。鸟鸠野鹊亦解喜,颉顽穿林语啾唧。但得凉阴过酒樽,莫辞晚色侵书帙。蓬莱仙人为书榜,笔端矫矫龙蛇逸。壮观南来无与伦,千载风流君不失。

据《舆地纪胜》卷四十九记载,寒碧堂在何氏所居黄州东门之外,苏东坡为作画竹石及赋诗。诗中描写寒碧堂为满山修竹所环抱的情景,浓荫密蔽,翠碧如染,鸟声啾唧,幽雅清凉,而堂的主人饮酒读书于其间,何等风流潇洒,再加上"蓬莱仙人"苏东坡为之书榜,真可谓千载胜事。此诗善于营造环境,语言清丽可喜。

道潜的五律最知名的当数《次韵龙直夫秘校细雨》三首之二:

薄雾兼寒雨,凌晨霭未分。细宜池上见,清爱竹边闻。斗帐侵兰梦,虚棂逼蕙薰。晚来欣小霁,钩箔见疏云。

吴可《藏海诗话》曰:"参寥《细雨》云:'细怜池上见,清爱竹间闻。'荆公改'怜'作'宜'。又诗云'暮雨边',秦少游曰:'公直做到此也,雨中、雨傍皆不好,只雨边最妙。'"道潜曾拜访王安石,诗集中有《访荆国王公三首》。王安石为其诗改字,乃是因为"怜"与"爱"意思相同,对仗有合掌之嫌。今本《参寥子诗集》已改"怜"为"宜",又"竹间"为"竹边",大约是受秦观评语的启发而改动。

道潜的七律如《九江与东坡居士话别》,作于元丰七年(1084),颇能见出他与苏轼的深厚感情:

> 雪水黄楼赤壁间，胜游长得共跻攀。屠龙冉冉空三载，窥豹悠悠愧一斑。投锡云林聊避暑，绝江舟楫自东还。求田问舍知何处，杖屦它时访小山。

诗中回顾自己在湖州（雪水）、徐州（黄楼）和黄州（赤壁）与苏轼交游之事，自惭未窥见其妙处。尾联写九江话别之后，希望知道今后苏轼归隐之处，以便他日拜访。"小山"用淮南小山《招隐士》之事，代指归隐者。苏轼《次韵道潜留别》云："为闻庐岳多真隐，故就高人断宿攀。已喜禅心无别语，尚嫌剃发有诗斑。异同更莫疑三语，物我终当付八还。到后与君开北户，举头三十六青山。"这一年苏轼由黄州量移汝州，汝州近嵩山，有三十六峰。诗中的"三语"，出自《世说新语》阮瞻所言"将无同"，借指儒佛无差别；"八还"出自《楞严经》。道潜与苏轼的关系，正如东坡《八声甘州·寄参寥子》所言："算诗人相得，如我与君稀。"

《参寥子诗集》中还有几组六言绝句，共数十首，这也是道潜诗的特色之一。南宋洪迈《容斋随笔·三笔》卷十五曾论述"六言诗难工"，并指出唐人六言绝句甚少。其实，宋初诗坛也几乎无人作六言，北宋中叶以后作者才渐渐多起来，而道潜是较早大量创作六言的诗人之一。他的六言绝句抛弃了禅门偈颂质木无文、禅语说理的套路，也不同于苏轼、黄庭坚以才学为诗的倾向，而是沿袭了画家兼诗人文同（1018—1079）《郡斋水阁闲书》的风格，以"清绝可画"见长，如《夏日山居》十首中的几首：

杜宇鸣春已歇,蔷薇尚有余花。吾庐宛同彭泽,绕屋美荫交加。

　　麦浪遥翻陇底,云峰忽起空端。拄杖支颐松下,直须细细吟看。

　　山月明含草木,溪风暗度襟裳。寂寂帘栊夜半,羽虫相趁飞扬。

　　门外溪行碧玉,林梢日堕黄金。好景莫愁吟尽,会看月出遥岑。

组诗中描写了夏日山中优美的景色,蔷薇、麦浪、云峰、山月、溪风、草木、羽虫、流水、落日,突出其给人视觉上的美感,触觉上的凉爽,消去夏日的热恼溽暑。他还有《与定师话别六言》四首、《次韵闻复西湖夏日六言》十首、《次闻复湖上秋日六言》十首等。试看《西湖夏日六言》:

　　夜深一碧万顷,仿佛明河接天。岸曲风篁成韵,绝胜细管危弦。

　　湖光宛同玉镜,堤柳闯若房栊。六月行人过此,未输仙客壶中。

　　河汉斗杓横七,重城漏鼓传三。露鹤一声何许?嘎然震响空岩。

风格宛转清丽,与其擅长描写"声音风景"的七绝如出一辙。与道潜六言唱和的闻复,也是杭州著名的诗僧,然其诗今已不传。

第四节 诗僧惠洪

惠洪（1071—1128），字觉范，自号寂音尊者、明白庵、甘露灭，又号冷斋。筠州新昌人。惠洪是中国佛教史和文学史上一个不可多得的奇才，其著述范围之广，在两宋禅林中可称第一，后世僧人也罕有其匹。他既致力于佛教论疏、禅门旨诀、僧史僧传、禅门笔记、语录偈颂的撰写，又流连于世俗诗文词赋的吟唱与诗话、诗格的创制，甚至会偶尔旁及儒书注释。惠洪的诗文集《石门文字禅》正是他整个撰述理念以及写作内容的集中代表，不仅显示出僧人借鉴士大夫文学传统而交融儒释的自觉努力，同时还提供了一个挣扎于出家忘情与世俗多情之间的诗文僧的绝佳样板，即其自供的"以临高眺远未忘情之语为文字禅"（《石门文字禅》卷二十《懒庵铭》）。

惠洪今存古近体诗（含偈颂）一千六百多首，数量为宋僧中第一。他的诗歌主要继承了苏轼、黄庭坚为代表的"元祐体"的风格，同时借鉴了佛教禅宗的思维方式及部分语言特点。宋僧祖琇称其"规模东坡，而借润山谷"（《僧宝正续传》卷二《明白洪禅师传》），评价非常准确。与一般诗僧相比，惠洪诗无清瘦寒俭的"蔬笋气"，题材广泛，内容丰富，体裁多样，风格豪放，颇为当时及后世论者推崇。论题材则包括咏史、咏物、赠别、纪行、纪事、登览、雅集、节序、读书、论诗、题画、谈禅、说理、书怀等，尤善写世俗与方外的日常生活。论体裁则包括五古、七古、五排、五律、七律、五绝、七绝，甚至六言绝句。六言绝句有九十首,其数量居北宋诗人第一。同时代王庭珪便赞叹其诗"惠休岛可没已久,二百年来无此作"(《卢溪文集》卷三《同陈思忠访洪觉范》)。许顗《彦周诗话》更称其诗"颇似文章巨公所作,殊不类衲子"。清人吴之振、吕留良等编《宋诗钞》称其诗"诗雄健振踔,为宋僧之冠"。

《石门文字禅》开篇几首咏史、怀古、题画诗如《谒狄梁公庙》《谒蔡州颜鲁公祠堂》《同彭渊才谒陶渊明祠读崔鉴碑》《同景庄游浯溪读中兴碑》,评点古今是非成败得失,议论感慨,填塞胸臆,全然不像方外人之作。尤其是《题李愬画像》一首:

淮阴北面师广武,其气岂止吞项羽。君得李祐不肯诛,便知元济在掌股。羊公德化行悍夫,卧鼓不战良骄吴。公方沈鸷诸将底,又笑元济无头颅。雪中行师等儿戏,夜取蔡州藏袖里。远人信宿犹未知,大类西平击朱泚。锦袍玉带仍父风,拄颐长剑大梁公。君看鞬櫜见丞相,此意与天相始终。

整首诗只用"锦袍玉带"二句点题,前面十二句以韩信、羊祜、李晟几位名将的故事,类比李愬雪夜平蔡州擒吴元济的功业。结尾高度评价李愬忠于朝廷之心,并非仅称道其战功卓著而已。所以钱谦益称此诗"佛子之忠义郁盘,扬眉努现,火头金刚形相者也"(《牧斋有学集》卷四十九《题南溪杂记》)。其诗类比手法仿黄庭坚《送范德孺知庆州》,而章法结构颇有变化,四句一转韵,平仄韵互换,音节腾挪跳荡,气势雄健。前人称"此诗当与黔安(黄庭坚)并驱也"(《彦周诗话》),"数语有豫章风骨,通体气亦清遒"(《带经堂诗话》)。

惠洪作诗,提倡"妙观逸想",所以奇思妙句很多。如《崇胜寺后竹千余竿独一根秀出名竹尊者》一诗:

高节长身老不枯,平生风骨自清臞。爱君修竹为尊者,却笑寒松作大夫。不见同行木上座,空余听法石为徒。戏将秋色供斋钵,抹月批云得饱无?

根据竹竿清癯秀拔的形象,想象其为迥离世俗的高僧,与松的形象作对比或类比,表达其鄙薄世俗功名禅僧姿态;以木、石形象为衬托,暗示其为佛门中尊宿的地位。而结句"抹月批云"的戏谑,则更接近士大夫的优雅趣味。黄庭坚极赞赏此诗,"以为妙入作者之域"。后世士大夫和僧人追步其韵唱和者甚多。惠洪诗长于比喻,出人意表,如他赞人诗文"丽句妙于天下白,高才俊似海东青""文如春在花,气如水行川",颇为宋人诗话所欣赏。如形容险峻的山路为"细路如遗索",又为"盘空路作惊蛇去",都非常富有想象力。如形容自己遭流放而无所畏惧的心情,"安知跨大海,往反如入郭。譬如人弄潮,覆却甚自若。旁多聚观者,缩头胆为落",则可称为"叙事性比喻"。

清人吴乔称其"五言古诗不独清气,用笔高老处,如记如画"(《围炉诗话》卷五)。近人陈衍称其诗"古体雄健振踔,不肯作犹人语,而字字稳当,不落生涩,佳者不胜录"(《宋诗精华录》卷四)。清延君寿《老生常谈》则认为"古体气质稍粗,今体七律殊佳,在宋僧中亦好手也"。由此可见,惠洪各体诗都有可观者。

他的七律对仗常常跨越事类，运单行之气于排偶之中，将苏轼七律一气流行和黄庭坚七律对仗句意甚远的特点综合起来，如"永与世遗他日志，尚嫌山浅暮年心""敛止旧游真可数，盖棺前事尚难知""不知门外山花发，但觉君来笑语香""顾绍神情扫秋晚，瘦权诗句挟风霜""山好已无归国梦，老闲犹有读书心""一轩秋色侵衣重，半夜波声拍枕来""枕中柔橹惊乡梦，门外秦淮涨夜潮"，诚如《老生常谈》所言："真能于苏黄外，又作一种笔墨。"他的《上元宿百丈》诗非常有名：

上元独宿寒岩寺，卧看篝灯映薄纱。夜久雪猿啼岳顶，梦回清月在梅花。十分春瘦缘何事？一掬归心未到家。却忆少年行乐处，软红香雾喷京华。

据说王安石的女儿读到"十分春瘦"二句时，曰："浪子和尚耳。"（《能改斋漫录》卷十一）此诗后来成为惠洪"既役志于繁华，又溺情于绮语，于禅门戒律实未精严"的自供状（《四库全书总目》卷一百四十五）。但此诗或许可看作惠洪修行过程中的一次检讨，感叹自己未能忘情绝爱，所谓"一掬归心未到家"，此"到家"二字乃是禅宗对心性觉悟的隐喻。惠洪在《冷斋夜话》中曾记载自己在百丈山车轮峰读智觉禅师一首诗："孤猿叫落中岩月，野客吟残半夜灯。此境此时谁得意，白云深处坐禅僧。"并称其"气韵无一点尘埃"。而智觉禅师刻画禅境的五个意象——岩、夜、月、灯、猿，也全部出现在《上元宿百丈》诗中，可以说惠洪把自己想象成那个"坐禅僧"，在百丈山夜宿经历诗中的"此境此时"。比《上元宿百丈》更能体现"浪子和尚"情怀的是《秋千》诗：

> 画架双裁翠络偏，佳人春戏小楼前。飘扬血色裙拖地，断送玉容人上天。花板润沾红杏雨，彩绳斜挂绿杨烟。下来闲处从容立，疑是蟾宫谪降仙。

描写春日楼前秋千华丽的翠络、花板、彩绳以及荡秋千少女的装束和姿态，非常生动贴切。这种描写与其僧人身份不合，前人责其"真俗"，元方回《瀛奎律髓》收此诗，既称"俗人尤喜道之"，又说"着题诗中所不可少"。明徐𤉪称"咏秋千诗，以洪觉范一首为最"（《徐氏笔精》卷四），也足见古时读者的态度。

　　至于五言律诗，惠洪的作品不算多，这与一般诗僧的体裁选择颇为不同。其诗喜用"流水对"，如"应持燕尾剪，破此麝脐囊"（《次韵真觉大师瑞香花》）、"平生未解没，宁解救洎人"（《题反身轩》）、"还将吐凤语，来寄牧牛人"（《次韵胥学士》）。试看惠洪两首五律：

> 开轩闲隐几，万象竞趋陪。风揭松声去，云推山色来。观身真作梦，视世一浮埃。日暮庭阴转，幽禽接翅回。（《次韵云庵老人题妙用轩》）
>
> 失枕惊先起，人家半梦中。闻鸡凭早晏，占斗辨西东。辔湿知行露，衣单怯晓风。秋阳弄光影，忽吐半林红。（《早行》）

前一首写轩中闲坐所见所闻，以我为主，以万象为奴，风云皆为我服务。拟人化的描写中,包含着《楞严经》所谓"转物"的妙用。后一首写天未明时的早行经历,"闻鸡""占斗"一联简练而确切,为人称道。《全唐诗》卷五百三十二作许浑诗,《山谷外集》卷十三作黄庭坚诗,恐误收。

惠洪绝句也有不少脍炙人口,特别是关于自我、风景与绘画关系的诗,很有特色,如以下几首七绝:

剩水残山惨淡间,白鸥无事小舟闲。个中着我添图画,便似华亭落照湾。(《舟行书所见》)

倚栏天际数归帆,春在沧洲数笔间。我与小楼俱是画,雨中犹复见庐山。(《又登邓氏平远楼纵望见小庐山作》)

山中流水水中山,尽日青黎共往还。闲向僧窗看图画,不知身在画图间。(《庐山杂兴》六首之二)

其中表现出来的"观者入画"的艺术观念,在宋代很有代表性。南宋诗人赵蕃很欣赏《舟行书所见》,曾分别敷衍"剩水残山惨淡间"四句每句为一诗(《淳熙稿》卷十七《用洪觉范诗为首作四绝》)。与云门宗诗僧道潜相比,惠洪并不以七言绝句见长,但《宋高僧诗选》中所选几首,也不亚于道潜那些"诗中有画"的作品,如以下两首:

策杖晚烟桑柘坞,园林秋尽露人家。破篱犬吠柴门掩,寒犊自归山日斜。(《策杖》)

山县萧条早放衙,莲塘无主自开花。三叉路口炊烟起,白瓦青旗一两家。(《夏日》)

前一首写晚秋日暮时的山村景色,后一首写夏日中午时途经山县路上所见,皆用白描呈现画面,表现普通人家的日常生活。

惠洪六言绝句也有不少好诗,如:

屋角早梅开遍,墙阴残雪消迟。帘卷一场春梦,窗含满眼新诗。(《寄巽中》三首其一)

鸟啼不妨意寂,日长但觉身闲。扫地要延遗照,掩扉推出青山。(《夏日》三首其一)

目诵自应引睡,手谈聊复忘纷。一曲青林门巷,数声白鸟江村。(《即事》三首其一)

这些作品没有僧人特有的枯寂,更接近士大夫的优雅闲适。"窗含满眼新诗"一句,将风景如画直接转换成风景即诗,而"目诵"则进一步坐实风景是可诵读吟唱的诗歌,因此就有了由"一曲""数声"的用诗歌音乐演奏的"青林门巷"和"白鸟江村"的图画。

惠洪继承并发展了苏轼、黄庭坚等元祐文人关于诗画艺术相通的理念,首次将宋迪《潇湘八景图》的"无声句"(画)转换为"有声画"(诗)。《宋迪作八境绝妙……因为之各赋一首》八首均为七言古诗,音节抑扬顿挫,描写细致生动,富有想象力,使静态的图画充满了动感,并增加了呕轧的雁叫、风中的笛声(平沙落雁)、滑唇黄鸟的啼鸣(山市晴岚)、打窗扉的落雪(江天暮雪)、五更的画角(洞庭秋月)、船篷下的孤吟(潇湘夜雨)、淅沥的风声(渔村落照)等音响,还有画题原有的烟寺钟声(烟寺晚钟),充分调动了"有声画"的长处。这八首诗开启了后世"潇湘八景诗"的写作传统,对南宋以降的中日禅林书写影响深远。

作为禅教双修、诗禅兼擅的僧人,惠洪与道潜在诗歌创作上也有较大的差异。道潜基本上是一个披着袈裟的士人,而惠洪则还有本色禅门宗师的一面,这在他偈颂写作中表现得尤为充分。如《述古德遗事作渔父词八首》,继承了临济宗用《渔家傲》颂古德公案的传统,八位古德分别是万回、丹霞、宝公、香严、药山、亮公、灵云、船子。试看其中两首:

> 不怕石头行路滑,归来那爱驹儿踏。言下百骸俱拨撒,无剩法,灵然昼夜光通达。　古寺天寒还恶发,夜将木佛齐烧杀。炙背横眠真快活,憨抹挞,从教院主无须发。(丹霞)
>
> 急雨颠风花信早,枝枝叶叶春俱到。何待小桃方悟道,休迷倒,出门无限青青草。　根不覆藏尘亦扫,见精明树唯心造。试借疑情看白皂,回头讨,灵云笑杀玄沙老。(灵云)

这里的《渔父词》,就是《渔家傲》。临济宗保宁仁勇禅师曾用其词调颂古,黄庭坚有仿作四首传世。惠洪词的内容为檃括古德的遗事,如前一首写丹霞天然禅师参见马祖道一和石头希迁、天寒于慧林寺烧木佛取暖等故事,后一首写灵云志勤禅师见桃花而悟道的故事。词的风格属于俗词一类,多用禅门方俗语,如"拨撒""恶发""烧杀""抹挞""迷倒""笑杀"等,这属于典型的禅宗文学。

更具禅宗歌颂特色的是《摩陁歌赠乾上人》，劝道的内容外加通俗的语言，将惠洪与士大夫诗人区别开来：

处处三门向南开，青山绿水自围裹。钟鱼鸣时摊钵盂，精粗随分吃些个。一生受用只如此，何用忙忙脚踏火。口闲莫说事，留取吞饭颗。眼明穿得针，要自时补破。粥后眠一觉，不着溲涨亦不起；斋后行数步，不是肚膨也打过。我不求世人，世人不求我。时时牵衣领，臃肿包头涡，一味怯风吹耳朵。世上许多人，栉栉犹如蚁旋磨，团团并头争什么？一筹输与摩陁，板头盘脚坐。人言南岳好，奇峰七十朵。庐山更是好，瀑布垂天云，净色不受涴。殿阁参差如画出，万人围绕看登坐。汝若学道便成佛，汝若不学地狱祸。眼看鼻孔也寻常，六月日头甚热火。一筹输与摩陁，看屋卧。唤渠挽不来，送渠推不可。摩陁！摩陁！无如之何。问着不答，好哑大哥。

"摩陁"当为梵语"奢摩他"之略称，意为寂止。唐玄觉禅师《禅宗永嘉集》有《奢摩他颂》曰："恰恰用心时，恰恰无心用，无心恰恰用，常用恰恰无。"具言寂止之义，文繁不录。惠洪此处《摩陁歌》，仿效唐以来禅宗歌颂如《腾腾和尚了元歌》《南岳懒瓒和尚歌》《石头和尚草庵歌》《道吾和尚乐道歌》《一钵歌》的传统，大唱禅宗日常生活中无心寂止的快乐。此歌句式自由，语言生动，模仿唐代禅宗白话诗惟妙惟肖。

如同临济宗前辈宗师一样，惠洪也尝试写过"十二时歌"，但在形式上却颇有创意。他初居黄龙山时，作《禅和子十二时偈》，其词曰：

> 吾活计，无可观。但日日，长一般。夜半子，困如死。被虱咬，动脚指。鸡鸣丑，粥鱼吼。忙系裙，寻袜纽。平旦寅，忽欠申。两眉棱，重千斤。日出卯，自搅炒。眼诵经，口相拗。食时辰，齿生津。输肚皮，亏口唇。禺中巳，眼前事。看见亲，说不似。日南午，衣自补。忽穿针，全体露。日昳未，方破睡。洗开面，摸看鼻。晡时申，最天真。顺便喜，逆便瞋。日入酉，壁挂口。镜中空，日中斗。黄昏戌，作用密。眼开阔，乌窣律。人定亥，说便会。法身眠，无被盖。坐成丛，行作队。活鲅鲅，无障碍。若动着，赤肉艾。本无一事可营为，大家相聚吃茎菜。（《林间录》卷上）

这首偈不借十二时说理，而是直接表现十二时中禅僧的生活，具有当下的活杀性，走的是石霜楚圆而非汾阳善昭的路子。其形式以三言诗为主，语言活泼，描写禅僧日常生活非常生动传神，将禅理融入行住坐卧之中。

第五节　江西宗派三诗僧

吕本中作《江西宗派图》，以禅门宗派比拟诗歌宗派，以江西马祖道一比拟江西黄庭坚，马祖的法嗣比拟黄庭坚的后学。这个《宗派图》虽只是以禅喻诗，但由于宗派成员大多都有参禅的经验，特别是其中网罗了善权、祖可、如璧等三位削发的僧人，更使这一诗歌宗派具有某种禅学的性质，以至于后人有"诗到江西别是禅"的说法。

善权，字巽中，号真隐，洪州靖安人，俗姓高。他得法于泐潭宝峰应乾禅师，为东林常总的法孙，属临济宗南岳下十四世。晚年住靖安双林寺，又在庐山开法席。善权人物清癯，时人目为"瘦权"，世称权巽中。其诗与祖可齐名，有《真隐集》三卷，今不存，其诗散见于《宋高僧诗选》《声画集》《瀛奎律髓》《舆地纪胜》《锦绣万花谷》等书。陈振孙《直斋书录解题》卷二十一称善权"落魄嗜酒"，然而未知所据。舒邦佐《真隐诗集序》称其"晚年宴坐祖席，云水淡如，独酷爱诗，每得意忘形，作推敲之状，出门数十百步忘返，不知者意其狂于酒也"（《双峰先生存稿》卷一）。李洪《橛株集序》曰："释子工诗，代不乏人，豫章流派，学者竞宗，祖可、善权蔚为领袖，其后异才辈出矣。"（《芸庵类稿》卷六）对其甚为推崇。

善权长于古诗，五古、七古皆有佳作。惠洪《题权巽中诗》云："巽中下笔，豪特之气，凌跨前辈，有坡、谷之渊源。"（《石门文字禅》卷二十六）如下面这首《洪崖桥》（一作《洪井》）诗，便气势非凡，想象奇特：

水发香城源，度涧随曲折。奔流两岸腹，汹涌双石阙。怒翻银汉浪，冷下太古雪。跳波落丹青，势尽声自歇。散漫归平川，与世濯烦热。飞梁瞰虚碧，洞视竦毛发。连峰翳层阴，老木森羽节。洪崖古仙子，炼秀捣残月。丹成已蝉蜕，药臼见遗烈。我亦辞道山，浮杯爱清绝。攀松一舒啸，灵风披林樾。尚想骑雪精，重来饮芳洁。

"怒翻银汉浪"以下四句，最为时人称赏。唐李贺《天上谣》诗云："银浦流云学水声。"此处则拟涧水为银汉，且以"怒翻"二字刻画其形状，化流云为怒浪。更有创意的是"冷下太古雪"，涧水瀑布悬垂，白浪飞溅，寒气逼人，以雪喻其白与寒，极为贴切，而"太古"二字又表明其白其寒万古如此。接下来则将"江山如画"之类的套话，直接改造为"跳波落丹青"，即涧水跳波本身就是一幅幅跳落的图画。"势尽声自歇"，写地势渐平坦，涧水声也自然安静下来。以上四句从视觉、触觉、听觉几方面形容洪井涧水的气势，颇有超越前人之处。

在另一首《仁老湖上墨梅》诗中，善权也描写多种感官在审美活动中的协同作用：

> 会稽有佳客，薖轴媚考槃。轩裳不能荣，老褐围岁寒。婆娑弄泉月，松风寄丝弹。若人天机深，万象回笔端。湖山入道眼，岛树萦微澜。幻出陇首春，疏枝缀冰纨。初疑暗香度，似有危露溥。纵观烟雨姿，已觉齿颊酸。乃知淡墨妙，不受胶粉残。为君秉孤芳，长年配崇兰。

仁老指华光仲仁禅师，会稽人，住衡州华光山，善画墨梅。善权和仲仁皆为东林常总法孙，有诗画交往。诗中叙写了画家仲仁的高洁情怀，"薖轴媚考槃"出自《诗经·卫风·考槃》，赞美其隐居山林。山林中的泉月松风，仿佛呼应着画家深微的"天机"，而湖山万象则主动进入他的"道眼"，徘徊其"笔端"。接下来诗人不仅写画家是如何"幻出"图画，而且写了自己观画时获得的通感："初疑暗香度"的嗅觉、"似有危露溥"的触觉、"纵观烟雨姿"的视觉和"已觉齿颊酸"的味觉。也就是说，诗人在观画时，眼、鼻、舌、身四根都调动起来。这种"六根互用"的现象，显然跟诗人与画家参禅修道的经历有关，来自其方外人特有的"天机"与"道眼"。

除了《仁老湖上墨梅》之外，善权还有几首题画诗，如《王性之得李伯时所作归去来图并自书渊明词刻石于琢玉坊为赋长句》（七言古诗）、《送墨梅与王性之（二首）》（七言绝句）、《奉题性之所藏李伯时画渊明三首》（六言绝句）等，皆见于《声画集》。其六言绝句三首如下：

眼看百年梦事，足踏万里清流。取意裁成句法，何必更下轻鸥。

南山崔嵬在眼，古木参差拂云。不负手中篱菊，白衣送酒相醺。

着鞭已惊南渡，举扇仍避西风。耿介独余此老，隤然醉卧孤篷。

王铚字性之，大观初年曾与善权、祖可结庐山诗社，今存善权诗多与之唱和。从"着鞭已惊南渡"一句，可知此组诗作于建炎年间。"取意裁成句法"指李伯时所作"无声诗"，即取渊明的意趣而绘成图画。善权称"龙眠解说无声句，时向烟云一倾吐"（《王性之得李伯时所作归去来图》）。在南渡之际看到王铚所藏画渊明图，百年梦事，着鞭已惊，不由得无限感慨。

善权律诗不多,不过方回谓"《真隐集》律诗仅三二首"(《瀛奎律髓》卷四十七),却也不合事实,今存各本诗选中至少尚有七律三首,五律三首。《寄致虚兄》曰:

> 避寇经重险,怀君屡陟冈。空余接淅饭,无复宿舂粮。衣袂饶霜露,柴荆足虎狼。春来何所恨,棣萼政含芳。

方回评此诗"亦出老杜,而避寇寄兄,题目甚易,无一唱三叹之风",又讥其"大片粗抹",缺少"老杜之细润工密"(同上)。善权的律诗大抵都走的粗豪一路,不似晚唐僧诗的苦吟雕琢,这可能与他临济宗的禅学背景有关系。然而另一方面,诗中的"陟冈"化用《诗经》的"陟彼高冈","接淅饭"出自《孟子》,"宿舂粮"出自《庄子》,"棣萼"化用《诗经》的"棠棣之花",皆可看出其诗用事的特点,这与晚唐体"忌用事""惟搜眼前景而深刻思之"(《升庵诗话》卷十一)的作风颇为不同。再看其《夏凉》一诗:

> 急雨高槐暮,微风新竹凉。要须携麈尾,来此据胡床。稍稍云生砌,低低月度墙。平生兴不浅,衰谢意俱忘。

诗的颔联用流水对句法,而"据胡床""兴不浅"皆借用《世说新语·容止》"庾太尉在武昌,秋夜气佳景清"故事中的词语。这是典型的江西诗派点铁成金、夺胎换骨的写作手法。善权的七律也学黄庭坚,如《次韵酬养直》:

> 冰雪照人苏季子,幅巾短褐在山林。胸中泾渭自派别,

砌下桃李成清阴。珠藏老蚌夜光逸,豹隐南山春雾深。轩冕傥来初不计,要从僧榻坐观心。

苏庠字养直,是诗僧祖可之兄。诗的首句以苏秦(苏季子)代指苏庠,这是宋人"赠人诗多用同姓事"的惯用手法,苏轼、黄庭坚诗多有先例。"胸中泾渭""豹隐南山"皆语本黄诗,可谓亦步亦趋。此诗的声调用拗律,"成清阴"为三平调,属律诗的变体,这也是仿效黄诗"破弃声律"的作风。总而言之,善权的律诗艺术成就不高,但作为江西诗派的羽翼,其诗相对突破了僧诗寒酸冷涩的"蔬笋气",从佛教文学的角度看,自有其独特价值。

祖可,字正平,丹阳人。俗名苏序,苏坚之子,苏庠之弟。少因病癞,出家为僧,时人目为"癞可",与"瘦权"齐名,世亦称可正平。有《东溪集》十二卷(见《通志》卷七十),或作《瀑泉集》十二卷(见《直斋书录解题》卷二十),今皆不存,其诗散见于《声画集》《宋僧诗选补》《事文类聚》等书。东溪、瀑泉皆指庐山开先寺旁溪瀑,所以祖可应是开先寺僧。《云卧纪谈》卷上谓祖可是庐山栖贤寺真教果禅师的徒弟,然而法系已不可考。

由于身被恶疾,祖可半生足迹几乎不出庐山,其生活的半径比善权更狭窄。江西派诗人李彭(商老)评其诗曰:"可诗句句是庐山景物,试拈却庐山,不知当道何等语。"(见陈善《扪虱新话》上集卷四)这种说法稍嫌极端,从今存祖可诗来看,至少《声画集》所收十多首题画诗,并非句句是庐山景物。祖可曾与善权、王铚结庐山诗社,相互唱和,尤以赏画评诗的内容为多,此外还有部分咏史、咏怀的诗篇。虽然这些诗可能都作于庐山附近，但也形成一些不同的风格。这是同时及后世批评家对其诗评价不一的原因。

江西派诗人徐俯（师川）为祖可诗作序，认为其诗"自建安七子，南朝二谢，唐杜甫、韦应物、柳宗元，本朝王荆公、苏、黄妙处，皆心得神解"。而葛立方对此并不赞同，以为徐评"无乃过乎"。他虽然称赞祖可"怀人更作梦千里，归思欲迷云一滩""窗间一榻篆烟碧，门外四山秋叶红"等清新可喜的佳句，却批评其"读书不多，故变态少，观其体格，亦不过烟云、草树、山水、鸥鸟而已"（《韵语阳秋》卷四）。刘克庄的看法却正好相反，认为"祖可熟读书，诗料多，无蔬笋气，僧中一角麟也"（《后村集》卷九十五《江西诗派小序·三僧》）。又如蔡絛评价祖可诗"得之雄爽"（《西清诗话》卷下），而周紫芝却说"可公诗其苦腴相半，颇似韦应物；至其骨清而气秀，则又仿佛孟浩然辈，唐以来诗僧所未有也"（《太仓稊米集》卷六十六《书可正平诗卷后》）。这种歧见形成的原因，既与批评家的审美趣味差异有关，同时也说明祖可诗本身风格并不单一。

所谓"颇似韦应物"的诗，应该是指祖可的一些五言古诗，如《天台山中偶题》：

> 伛步入萝径，绵延趣最深。僧居不知处，仿佛清磬音。石梁邀屡度，始见青松林。谷口未斜日，数峰生夕阴。凄风薄乔木，万窍作龙吟。摩挲绿苔石，书此慰幽寻。

诗写游览天台山的"幽寻"过程，见幽而寻，趣入萝径深处；寻而愈幽，不见僧居，惟闻钟磬清音。度石梁为"寻"，见松林为"幽"。至"谷口未斜日"四句,越发阴幽以致凄清。整首诗给人一种清寒的感觉,然而语言却显得自然天成,毫不雕琢,竟有几分韦应物"微雨夜来过,不知春草生"的闲淡。蔡絛论祖可诗"得之雄爽",而举"谷口未斜日"二句为证,可谓信口雌黄。祖可真正称得上"雄爽"的诗,应该是以下这首《次吴伯江所藏文湖州山水韵》:

> 乘空作山川,妙绝借墨色。曲折千里素幅间,来自吴兴白苹客。乃知潇湘洞庭岸,平吞胸中寄笔力。清霜摇落江海空,如闻冥冥度惊鸿。重楼复阁底处所?使我绝欲空蒙中。吴侯吴侯安用许,浪迫归心赴儵渚。如何唤得江上船,一卧苍波占烟雨。

前六句写文同所画山水图卷,"吴兴白苹客"指文同,他曾知湖州(吴兴郡),开创的水墨画派被苏轼称为"湖州派"。中四句写山水图的艺术效果,使人有身临其境之感。后四句呼唤吴伯江,不必对画想象,不如直接归隐江湖。整首诗节奏腾踔,句式变化,韵脚平仄互换,意脉自然流畅,采用了七言歌行的典型体式,无拘谨狭隘之感。

属于"雄爽"风格的还有祖可咏史诗《庐山十八贤》:

> 不能晋室扶倾覆,尽作西方社里人。岂意一时希有事,翻令元亮两眉颦。

据《东林十八高贤传》记载,僧人慧远、慧永等与儒士刘程之

(遗民)、雷次宗等共十八人,结白莲社念佛,同修净土之业。慧远以书招陶渊明(元亮),劝其入社,渊明谓若许饮酒则往,慧远应允。于是渊明造访东林,不知何故,忽攒眉而离去。祖可诗认为,使陶渊明"两眉颦"的原因,乃在于其时正处于晋王朝将被篡逆的时代,十八高贤不能兼济天下,匡扶晋室,却独善其身,只管自己超生西方净土,故而为渊明所不齿。由此看来,祖可虽是出家人,却暗怀儒家的志向。实际上,在《李伯时作渊明归去来图王性之刻于琢玉坊病僧祖可见而赋诗》这样的题画诗中,就有歌颂靖节先生陶渊明高洁情怀的诗句:"流传匪独遗怡玩,端使懦夫怀凛然。"化用《孟子》语:"故闻伯夷之风者,顽夫廉,懦夫有立志。"同样的怀抱也见于《题后山集后》:

> 巍巍陈夫子,高名天壤间。读书能妙斫,行己有深闲。句法窥唐杜,文章规汉班。九原埋玉树,遗简仰高山。(周孚《蠹斋铅刀编》卷十《题后山集后次可正平韵》引祖可诗)

诗中高度评价陈师道读书行己的修身之道以及诗文创作的崇高成就。值得注意的是"句法窥唐杜"一句,徐俯几乎移用来评论祖可自己的诗,即学"唐杜甫"等"皆心得神解"(见前《韵语阳秋》卷四引)。陈师道曾表示:"仆之诗,豫章之诗也。豫章之学博矣,而得法于杜少陵,其学少陵而不为者也。"(《后山居士文集》卷十《答秦觏书》)"豫章"指黄庭坚。这意味着黄庭坚、陈师道、祖可乃至整个江西诗派皆有"句法窥唐杜"的诗学渊源。

祖可有几首六言题画诗，比善权的作品更显得生新奇崛，如《书性之所藏伯时木石屏》三首：

> 此自是我辈物，而乃落君家房。尚喜周旋顾盼，无忧莘角风霜。
>
> 淡龙㚇烟雨色，老槎牙霜霰痕。想见湘岑落木，雾连江月昏昏。
>
> 胸中定自有此，笔端乃一见之。摧却岌峨天柱，来成咫尺峨嵋。

传统六言诗都是"二二二"的音步，即停顿节奏，此诗的"尚喜周旋顾盼，无忧莘角风霜"等多数句字，就遵从这样的句式。然而此诗还有"一二二一"的音步，如"此/自是/我辈/物，而/乃落/君家/房"，"淡/龙㚇/烟雨/色，老/槎牙/霜霰/痕"等句。两种不同音步的句式组合成诗，就使得节奏发生变化，由呆板变得生动，同时也由熟悉变得陌生，增加了六言的表现力和新奇的艺术效果。这显然是模仿黄庭坚"听他/下/虎口着，我/不为/牛后人"之类的句法（《赠高子勉四首》之三），足可见出祖可对黄诗真有"心得神解"，徐俯所言不诬。

由于祖可诗留存太少，管中窥豹，只见一斑，其学建安七子、南朝二谢、唐孟浩然和柳宗元之处，很难见出，这不能不说是一种遗憾。

江西诗派中另一诗僧如璧，是个半路出家的僧人。如璧（1065—1129），抚州临川人，俗名饶节，字德操，一字次守。

业儒起家,饱学多才,早年有大志,游于太学,以诗文鸣,丞相曾布延为门客。性刚峻,与曾布议论不合,弃去。崇宁二年(1103),往邓州,听香严寺海印智月禅师说法,忽尔觉悟,身心泰然,于是削发出家,法名如璧,为海印智月法嗣,属云门宗青原下十四世。曾住持襄州天宁、邓州香严。因喜禅门古德"闲持经卷倚松立,笑问客从何处来"之句,故自号倚松道人。有《倚松诗集》二卷存世。

饶节平生与江西派诗人陈师道、吕本中、王直方、夏倪、潘大临、谢逸、汪革、李彭、徐俯等皆有交往唱酬。他早年之诗气势豪迈,尤善为七言长歌。他曾谈及自己的写作经验:"作长诗须有次第本末,方成文字。譬如做客见主人,须先入大门,见主人,升阶就坐,说话乃退。今人作文字,都无本末次第,缘不知此理也。"(王正德《余师录》卷三引)如《李太白画歌》:

先生之气盖天下,当时流辈退百舍。醉中咳唾落珠玑,身后声名满夷夏。青山木拱三百年,今晨乃拜先生画。乌纱之巾白纻袍,岸巾攘臂方出遨。神游八极气自稳,冰壶玉斗霜风高。呜呼先生泰绝伦,仙风道骨语甚真。肃然可望不可亲,悬知野鹤非鸡群。天宝之初天子逸,先生醉去不肯屈。采石江头明月出,鼓枻酣歌志愿毕。只今遗像粉墨间,尚有英风爽毛骨。宣州长史粉黛工,谁令写此人中龙。细看笔意有俯仰,妙处果在阿堵中。人云此画世莫比,吴侯得之喜不寐。意侯所爱岂徒尔,亦惜真才死泥滓。先生朽骨如可起,谁为猎之奉天子。作为文章文圣世,千秋万古诵盛美。再拜先生泪如洗,振衣濯足吾往矣。

此诗作于徽宗建中靖国年间(见袁文《瓮牖闲评》卷五)。诗的前半部分,极力铺叙李白神游八极的英风豪气,穿插"今晨乃拜先生画""肃然可望不可亲""只今遗像粉墨间"等句以扣咏画像写真之题。后半部分称赞周昉画之妙处以及收藏者吴侯的趣味,最后表达怀才不遇的情感。长歌的写法完全符合他自己所强调"须有次第本末"的要求。陈师道《和饶节咏周昉画李白真》称"江西胜士与长吟",对之颇为赞赏。陆游曾记其事曰:"饶德操诗为近时僧中之冠。早有大志,既不遇,纵酒自晦,或数日不醒。醉时往往登屋危坐,浩歌恸哭,达旦乃下。又尝醉赴汴水,适遇客舟,救之获免。"(《老学庵笔记》卷二)此诗所称扬李白的豪情壮志及其醉后酣歌的行为,多少有几分夫子自道。

如璧为僧后,吕本中作《寄璧公道友》诗问候,如璧作《次韵答吕居仁》回赠,表明自己由儒入佛的态度和志向:

向来相许济时功,大似频伽饷远空。我已定交木上座,君犹求旧管城公。文章不疗百年老,世事能排双颊红。好贷夜窗三十刻,胡床趺坐究幡风。

首联谓向来期许济时立功的壮志,皆已成空。"频伽饷远空"用佛典,《楞严经》卷二:"譬如有人取频伽瓶,塞其两孔,满中擎空,千里远行,用饷他国。"意为皆是虚空。颔联"木上座"代指木制禅杖,语出《景德传灯录》卷二十杭州佛日和尚:"夹山又问:'阇梨与什么人为同行?'师曰:'木上座'。""管城公"代指文人所用翰墨,语本韩愈《毛颖传》。两句是说自己和吕本中儒佛不同,将分道扬镳。颈联则表达了对文章和世事的失望。尾联"究幡风"用六祖慧能"不是风动,不是幡动,仁者心动"的公案,表明夜窗胡床参禅的决心。方回评曰:"此三四老杜句法,晚唐人不肯下。五六亦出于老杜,决不肯拈花贴叶,如界画画,如甃砌墙也。"(《瀛奎律髓》卷四十七)是说其不肯像晚唐诗人那样锱铢必较,媲青对白,讲究形式工整,而不管意义表达。

《倚松诗集》中诗大半为僧后所作,吕本中称如璧诗风"萧散",这大约是指其山居诗之类的作品,试看《山居杂颂》中的几首:

  石楠子熟雪微干,曾向人家画里看。觌面似君君未领,问君何处有遮阑。
  禅堂茶散卷残经,竹杖芒鞋信脚行。山尽路回人迹绝,竹鸡时作两三声。
  溪边小立听溪声,日到溪心衮衮明。独木自横人不渡,隔溪黄犊转头鸣。
  数日春晴退水痕,落花如抱拥藤根。过尽游人浑不见,又随波浪过前村。

第一首以今时真景与昔时画景的比较,暗示禅宗"觌面相呈"的当下性和直接性,山居生活中蕴藏的禅意不再像"画里看"那样有遮拦阻隔。第二首写禅堂吃茶读经,山间信步经行。"山尽路回人迹绝",固然是写实,似乎又暗示"心行路绝,言语道断"的境界,竹鸡啼鸣则有触动禅机的味道,如香严智闲禅师的击竹出声而悟。第三首写溪边的所闻所见,然而人渡木桥和黄犊转头又暗示参禅的境界,因为禅门里的牧牛诗就有"转头"的描写。最后写无人见的落花,随波逐浪,也具有某种象征性。

宣和元年(1119)正月,徽宗从道士林灵素之请,诏佛改号大觉金仙,改僧为德士,易服饰,使加冠巾,称姓氏。如璧本为儒生,削发为僧,又遇改德士,则一生便有儒释道三个身份。面对这场引起佛门震动的大变故,如璧作《改德士颂五首》来自我安慰,试看其后三首:

德士旧来称进士,黄冠初不异儒冠。种种是名名是假,世人谁不被名谩?

衲子纷纷恼不禁,倚松传与法安心。瓶盘钗钏形虽异,还我从来一色金。

少年曾着书生帽,老大当簪德士冠。此身无我亦无物,三教空名何处安?

诗不算佳作,却表明了他超越名相、直契真理的深刻见解,儒释道三教外在的不同装束和称呼,丝毫不会影响到一个得道僧人的内在精神世界。此身既然已知无我无物,还有什么必要为僧改德士而愤怒呢?从这一点来说,这位半路出家的如璧,比那些地道的僧人对禅旨的理解更为透脱通达。

据张邦基所说:"世画骨观,作美人而头颅白骨者,饶德操题其上。"(《墨庄漫录》卷十)其诗如下:

白骨纤纤巧画眉，髑髅楚楚被罗衣。手持纨扇空相对，笑杀傍人自不知。

黄庭坚曾写过《髑髅颂》，前四句是："黄沙枯髑髅，本是桃李面。而今不忍看，当时恨不见。"而《骨观图》将两个场景合并到一幅画中，巧画蛾眉、身着罗衣的不是红颜，直接就是骷髅。"风月宝鉴"的正面和背面合到一起，变成一个既恐怖又可笑的形象。饶节的题画诗将黄庭坚颂中的如今髑髅和当时红颜的历时性对举，变为"白骨巧画眉""髑髅被罗衣"的共时性组合。原画应是佛教的劝世教化图的一种，十分生动地用红颜即是白骨的形象表现了"色即是空"的佛理。题画诗却加进了几分调侃的口吻，那个被"笑杀"的"傍人"就是诗人自己，他如同一个冷峻超越的哲人，笑看那些沉溺于爱恋贪欲的灵魂在六道轮回中随波逐流。这是如璧诗中最富有文学趣味的宗教作品，不知为何《倚松诗集》会漏收。

第三章 • 北宋天台宗律宗僧诗

第一节 九僧与晚唐体

天台宗是佛教中国化之后的第一个宗派,在隋代由智者大师智𫖮创立。智𫖮开宗创派,著述宏富,其义学思想对后来其他宗派产生了较大影响。天台宗以《法华经》为立教经典,故又被称为法华宗。智者大师的天台三大部就集中反映了天台的佛学思想。天台宗止观双运,禅慧兼修,既注重佛教义理的学习与阐释,又同时不废禅修,智者大师就有"四禅八定"之说。从这个意义上说,天台宗属于广义的禅门,这也可以解释为什么在隋唐两代许多天台宗僧人被称为禅师。

因为注重佛教义理,重视经教,所以天台宗僧徒的文化水平整体较高,在隋唐之世,天台宗就已经实现了文人化的转向。智𫖮的法嗣真观法师在当世极有影响,时人赞之曰:"钱塘有真观,当天下一半。"真观在诗文方面有相当高的成就,《续高僧传》卷三一本传称:"观以才学之富,……著诸导文二十余卷,诗赋碑集三十余卷。近世窃用其言众矣。"足可见真观在诗文方面的造诣。

刘禹锡《澈上人文集纪》云:

> 世之言诗僧多出江左,灵一导其源,护国袭之;清江扬其波,法振沿之。如么弦孤韵,瞥入人耳,非大乐之音。独吴兴昼公能备众体,昼公后,澈公承之。至如《芙蓉园新寺》诗云:"经来白马寺,僧到赤乌年。"《谪汀州》云:"青蝇为吊客,黄耳寄家书。"可谓入作者阃域,岂独雄于诗僧间邪?

刘禹锡少年之时曾从灵澈学诗,成年之后又与灵澈多有诗歌往来。刘禹锡称赞灵澈不仅为诗僧中之杰出者,就是将其列入当世诗人之中,亦不逊色,评价甚高。刘禹锡在称许灵澈之外,还揭示了一个一向不甚为人注意的文学史现象,即从灵一、护国、清江、法振到皎然、灵澈的天台宗诗僧创作传统。刘禹锡《澈上人文集纪》一方面可以看作是对这一系的诗僧队伍所作的简单描述,另一方面也可以看作是对他们创作传统的揭示和认同。

晚唐五代时期,受到会昌法难影响,教籍散亡,天台宗的传法活动一度式微。吴越王钱俶遣使往海东求取天台教典,此后天台宗在宋初出现中兴之势。此一时期,天台宗诗僧也活跃于京师与杭州等地诗坛,影响较大,其中较有名者有"九僧"

和孤山智圆以及稍后的梵才长吉。杭州为天台宗重要的传法中心,许多台宗诗僧曾聚居于此,惠勤、惟悟、文莹、清顺、可久及守诠等西湖诗僧或与文人士大夫交游,或清介自守,他们的诗歌也赢得了主流诗坛的接受和尊重。如果仔细考察唐宋以来的天台宗诗僧创作历史及实践,可以发现,他们形成了不同于禅宗独特的创作传统:第一,天台宗诗僧有着文人化的生活方式,诗歌则充满世俗化的内容,不同于禅宗的语录和偈颂;第二,天台宗诗僧基本喜用五言律诗,注意锤炼中间二联,禅宗僧人则更喜用杂言和七绝来表达参禅的心得和感悟;第三,天台宗僧诗情绪往往都极为节制,多显得灰寒和冷寂,而禅宗偈颂多张扬、热烈。天台宗僧诗创作传统之所以长期被遮蔽,一方面是因为智𫖮之后到荆溪湛然之前一百多年历史被误解为天台宗衰微不振时期,进而导致此一时期众多诗僧的天台宗背景被人们忽略;另一方面是因为禅宗的兴起影响了人们对天台宗的关注,使得学界对僧诗中"禅"字以及禅意作了简单化的理解,产生了误读。北宋天台宗诗僧的诗歌既继承了天台宗隋唐以来的创作传统,同时又展现出了某些时代影响之下的新变。

天台宗因一向重视净土修行,北宋时期弘扬净土法门者,主要就是天台宗僧徒。因为这样的缘故,天台宗诗僧还创作了不少净土诗歌,值得关注。

宋初诗坛晚唐体与白体以及西昆体同时流行诗坛。方回《送罗寿可诗序》称"晚唐体则九僧最逼真"(《桐江续集》卷三十二),认为在晚唐体诗人中,以九僧最为有名。方回又认为"凡此九人诗,皆学贾岛、周贺,清苦工密",而纪昀则认为"'九僧'诗源出中唐,乃'十子'之余响"(《瀛奎律髓汇评》

卷四十七》)。

九僧是一个诗僧群体,据《温公续诗话》记载:"所谓九僧者,剑南希昼、金华保暹、南越文兆、天台行肇、沃州简长、青城惟凤、淮南惠崇、江南宇昭、峨眉怀古也,直昭文馆陈充集而序之。"可知九僧籍贯各异,他们因为同属天台宗,有着相同的义学倾向,大多曾在京师译经院任职;同时又有着相近的诗歌趣味,喜欢创作五言律诗,所以同声相应,同气相求,随着景德元年(1004)《九僧诗集》的流传,最终以群体的面目出现在当时诗坛。

天台宗僧徒在隋唐之时文人化程度就已经很高,北宋的天台宗诗僧也是如此,他们一方面有着让文人士大夫深为佩服的佛教义学修养,另一方面又有着能与文人士大夫谈诗论文的雅趣。宋初九僧就是如此。九僧在京师活动,互相之间经常分题唱和,如文兆《寄行肇上人》"分题秋阁迥,对坐夜堂寒"就是回忆当时结社分题吟诗之事。九僧大多在译经院任职,与朝中士大夫交往极多,他们和陈尧叟、陈尧佐、凌策、宋白、王禹偁、柴成务、钱昭度、王德用、陈充、丁谓、寇准、杨亿、钱若水等人皆有交游唱和。所以现存九僧的诗歌中,很大一部分是酬唱寄赠之作。

文莹《湘山野录》卷中曾记载九僧中最负盛名的惠崇与寇准的诗歌交游就很能说明问题:

寇莱公一日延诗僧惠崇于池亭,探阄分题,丞相得《池上柳》,青字韵;崇得《池上鹭》,明字韵。崇默绕池径,驰心于杳冥以搜之,自午及晡,忽以二指点空微笑曰:

"已得之，已得之。此篇功在明字，凡五押之俱不倒，方今得之。"丞相曰："试请口举。"崇曰："照水千寻迥，栖烟一点明。"公笑曰："吾之柳，功在青字，已四押之，终未愜，不若且罢。"崇诗全篇曰："雨绝方塘溢，迟徊不复惊。曝翎沙日暖，引步岛风清。"及断句云："主人池上凤，见尔忆蓬瀛。"

从这则材料中我们大略可以窥知九僧这个群体以下这些特点：一、与同时期的禅宗僧人爱栖息山林不一样，九僧喜欢居住京师；二、与文人士大夫交游唱和、分题赋诗为九僧经常性之活动，可见九僧颇有穿着袈裟的士大夫的特点；三、惠崇此诗乃是苦吟半日方得完成，可见九僧作诗都喜推敲，属于苦吟一派；四、九僧擅长的诗歌体裁为五言律诗，尤其喜好锤炼中间二联，往往颇有名句。前两点由九僧在京师与众多文人士大夫交游唱和已可了解。下面再结合九僧作品讨论一下后面两点。

天台宗诗僧一向喜用五言律诗，考察灵一、法照、清江、皎然、灵澈、贯休等天台宗诗僧，可以发现在众多的诗歌体裁中，他们对五言律诗情有独钟。比如灵一现存诗歌41首，其中律诗占了绝大部分，共有32首，这其中五律又有24首之多。法照所存三首皆是五律。清江现存21首诗歌，五言为12首，其中五律为9首。皎然、贯休才气较大，众体皆备，诗歌留存也比较多。灵澈继皎然之后，亦在诗坛有较大影响，可惜诗歌所存无几，仅存作品中几首五言律诗还是晚年被放汀州时所作，可知亦是喜作五律。至于九僧，所存诗歌几乎都是清一色的五律。

格律诗限制较多，写作五律虽然形同戴着镣铐跳舞，但是他们长期攻此一体，自然也渐渐熟稔，所以也创作出了一些不错的作品,引起时人的注意,在诗坛引起较大的反响。直昭文馆陈充于景德元年编《九僧诗集》,所作诗序云:"姚合集群公之作为射雕手,今以九上人为琢玉工。"(《海录碎事》卷十九)所谓"琢玉工",当是指九僧诗歌讲究苦吟推敲,尤其注意仔细锤炼中间两联。正因为这样,我们看到九僧诗歌在当时有许多名句流传,惠崇还曾自选《句图》。欧阳修晚年完成的《六一诗话》中的一段话也可以作为注脚:"国朝浮图,以诗名于世者九人,故时有集号《九僧诗》,今不复传矣。余少时闻人多称之。其一曰惠崇,余八人者,忘其名字也。余亦略记其诗,有云:'马放降来地,雕盘战后云。'又云:'春生桂岭外,人在海门西。'其佳句多类此。"针对欧阳修的记载,晁公武认为九僧诗"可称者甚多,惜乎欧公不尽见之"(《郡斋读书志》卷四下)。据《后山诗话》记载,黄庭坚对九僧诗句亦有赞许,认为"孟浩然云'气蒸云梦泽,波撼岳阳城',不如九僧云'云间下蔡邑,林际春申君'也"。孟浩然句向为人所赏,而黄庭坚独谓其在九僧此句之下,颇可显示九僧诗歌锤字炼句,中间二联多有名句。黄庭坚此评见载于陈师道《后山诗话》,当是陈师道亲闻于山谷,后《苕溪渔隐丛话》及杨万里均曾引用,亦可见黄庭坚之评价深得后人认同。再看怀古的这首《寺居寄简长》:

雪苑东山寺,山深少往还。红尘无梦想,白日自安闲。杖履苔花上,香灯树影间。何须更飞锡,归隐沃洲山。

此诗首联直言山深寺远,所以少有外人打扰。颔联承接其意,远离尘世,完全不受世俗欲望影响,所以寺居生活极为安闲自在。这一联看似平易，不甚用力，实际用了流水对，上下联之间有因果关系，颇费锻炼之功。方回评此诗曰："人见九僧诗或易之，不知其几锻炼几敲推乃成一句一联，不可忽也。"纪昀也认为方回之评允为公论（《瀛奎律髓汇评》卷四十七）。

文人化的九僧颇似披着袈裟的士大夫，他们之间寄赠酬唱、分题赋诗的诗歌活动接近于文人，他们的诗歌之中也是充满了世俗化的内容和情感，与同时期的禅宗僧诗差别明显。试看《瀛奎律髓》收录的几首诗歌：

> 诗名在四方，独此寄闲房。故域寒涛阔，春城夜梦长。禽声沉远木，花影动回廊。几为分题客，殷勤扫石床。（希昼《书惠崇师房》）
>
> 与我难忘旧，多期宿此房。卧云归未得，静夜话空长。草际沉萤影，杉西露月光。天明共无寐，南去水茫茫。（保暹《宿宇昭师房》）
>
> 禅舍因吟往，晴来坐彻宵。春通三径晚，家别九江遥。巢重禽初宿，窗明叶旋飘。佳期应未定，谢守有诗招。（行肇《酬赠梦真上人》）

第一首题写僧人禅房，虽然环境幽静，鸟鸣花动，但希昼关注的重心并不是息虑安禅，而是曾经分题赋诗的风流，传布四方的诗名，以及对故园隐约的淡淡思念。第二首也是如此，僧人本该忘情，但是保暹同宇昭却是友谊深长，对床夜话，达旦通宵，以至萤虫归歇，晓月西沉。而在天明分别之际，江水茫茫，离愁别绪亦复如是。这首诗琢句也有佳处，方回认为"第六句于工之中不弱而新",纪昀也承认颈联锻炼之妙:"五六自是刻意做出,而妙极自然。上接'静夜',下接'天明',亦极细致。"这一联迥出整首诗歌之上,因此纪昀甚至怀疑保暹乃是先得此两句诗,然后敷衍成篇:"异乎先得两句,而首尾生嵌。"(《瀛奎律髓汇评》卷四十七)再看第三首,由首联可知行肇与梦真的交往不关佛禅,乃是缘于诗趣。中间二联既写出所居之幽,同时又点出梦真的乡关之思。而尾联的佳期未定,当是指梦真本欲归乡,无奈太守有诗相招,只能推迟返乡之期。其中的乡思以及与士大夫交往的诗文往来,都与出世的僧人身份显得格格不入。但是这种世俗化的内容和情感恰恰就是天台宗僧诗的传统,也是九僧诗歌的特色。

天台宗僧诗情绪往往都极为节制,很多都显得灰寒和冷寂,这既和他们僧人的身份有关,也与五律这种诗歌体裁有关。作为僧人,他们的生活经历一般比较简单,多在山林,虽也有偶涉尘世,但都不是他们的常态,像九僧虽也曾在京师聚集,但他们的笔下还是多模山拟水,又由于刻意雕字琢句,虽也显得精工细腻,但因为这样有时也使得整首诗难臻浑厚之境,而多显苦寒清冷之态。举希昼和惟凤二诗为例:

郡斋邻少室,夏木冷垂阴。况是多闲日,应悬长卧心。角当中岛起,樯背远桥沈。独爱南楼月,终期宿此吟。(希昼《寄河阳察推骆员外》)

关中吟鬓改,多事与心违。客路逢人少,家书入关稀。秋声落晚木,夜魄透寒衣。几想林间社,他年许共归。(惟凤《寄希昼》)

希昼诗当作于夏季，骆员外之郡斋虽近少室山，但诗称"夏木冷垂阴"，实在有点夸张，这个"冷"字其实更多是来自诗人心境，所以我们看这首诗并无多少夏日的炎热或蝉噪虫鸣，整首诗倒是有着凉秋般的清寂。惟凤之诗作于秋日，其中孤独和寒意更是溢出诗外。相比较而言，禅宗主张随处作主，强调自我的主体精神，这也反映在禅僧偈颂的创作上，他们的偈颂多张扬、热烈甚至奔放，有着一种活泼泼的主体精神在其中，与台宗僧诗面貌迥然有异。

方回在评论怀古《寺居寄简长》一诗锻炼之工后，又道："宋之盛时，文风日炽，乃有梅圣俞之酝籍闲雅，陈后山之苦硬瘦劲。一专主韵，一专主律，梅宽陈严，并高一世，而古人之诗半或可废。则其高于九僧，亦人才涵养之积然也。"纪昀直言："方批'古人之诗半或可废'，此则过情。"（《瀛奎律髓汇评》卷四十七）从历时眼光看，九僧之作，确实不能与后来的梅尧臣和陈师道相比，但并不能因为这一点而完全否定九僧之诗。梅尧臣与保暹以及其他天台诗僧有过交游，其诗中颇有近晚唐者，从某种程度上说，这正可以表明，从唐音到晚唐体再到宋调的诗史演变之中，九僧诗歌作为底色已经融入了宋调之中，其贡献并不能简单忽略。

第二节 孤山智圆

智圆（976—1022），字无外，自号中庸子，又号潜夫，钱塘（今浙江杭州）人。因长期居住西湖孤山，世称孤山智圆，为天台宗山外派著名僧人，有著述多种，世号"十本疏主"，又有杂著《闲居编》六十卷，后散佚十二卷，嘉祐五年（1060），梵天寺了空大师将《病课集》三卷添入，编为五十一卷，首次雕版刊刻。智圆诗歌存于《闲居编》卷三十五至五十一，共十五卷，四百余首。

智圆与九僧大约同时，并与保暹、惟凤二人交谊甚深。同九僧一样，智圆也继承了天台宗诗歌的创作传统，喜好创作五律，《闲居编自序》云："于讲佛经外，好读周、孔、扬、孟书。往往学为古文，以宗其道；又爱吟五七言诗，以乐其性情。"智圆的五言律诗或写幽居之趣，或书怀人之情，大多语尚平淡，意尚幽远，如《题聪上人林亭》：

四面远尘迹，吟过称野情。阶闲秋果落，池冷月华生。倚竹蝉声断，开琴鹤梦惊。却来还有约，未可厌逢迎。

聪上人，当指闻聪，智圆的诗友。闻聪上人的林亭，远离俗世，适合喜欢幽居的诗人。此诗中间二联极写其幽居之野趣：阶前秋果，熟而自落，素月升天，静池照影；漫步之后，倚竹而歌，细微的动静让蝉声停止了鸣叫，兴致尚好，抚琴自慰，不想惊扰了栖息的仙鹤。这种幽居的趣味不同凡俗，既是夸赞闻聪上人的林亭之美，实际也是智圆本人日常闲居生活的写照。又如《宿道场山寺》：

绝顶秋气清，危栏凭树杪。仰窥清汉近，下视群峰小。空池生夜月，风枝鸣宿鸟。吟坐不成寐，疏钟起将晓。

首联写清秋之际夜宿高山之寺，因为秋气清朗，加上道场位于山巅，所以就有了颔联所见之景，仰头河汉清浅，星辰似乎伸手可摘，俯首群峰匍匐，可谓"一览众山小"。颈联继续写山寺夜景，夜月升空，空池倒影，山风拂过，宿鸟惊鸣。诗人对此清景，自需吟诗，所以不觉钟声传来，天已将晓。整首诗亦是造语平淡，不见刻意锻炼痕迹，而中间二联也山寺夜景，调动视、听两种感觉，显得生动形象，意境幽远。其夜宿道场及晓闻钟的内容颇让人联想起杜甫的《游龙门奉先寺》。

智圆的这一类诗歌其实和九僧等人的创作一样，都是继承了天台宗的诗歌传统，内容多是酬唱寄赠或是描写山居生活，同时写作之时多尚苦吟，像前引的《宿道场山寺》尾联就说"吟坐不成寐，疏钟起将晓"，则是为了吟好一首诗，寝坐难安，以至于通宵达旦。智圆《自遣三首》其二有云"讲退时时学苦吟"，正可谓其日常生活的一种写照，在经教之余，吟讽诗歌，以娱性情。因为苦吟，所以一般注意炼句。与九僧一样，智圆的这些五律一般也都很注意锻炼中间描绘景物二联，像前引的几首莫不如是。有时还注意炼字，如《君复处士、栖大师夙有玩月泛湖之约，予以卧病致爽前期，因为此章，聊以道意》一诗中颔联"清光浮远峤，冷色混平川"，"浮""混"二字就颇见锤炼之功，写出中秋之际月色的清明皎洁，笼罩在月色之下的远山平湖又给人一种梦幻般的感觉。又如《赠闻聪师》：

淡然尘虑绝，禅外苦风骚。性觉眠云僻，名因背俗高。水烟蒸纸帐，寒发涩铜刀。几宿秋江寺，闲吟听夜涛。

首联写闻聪早已忘怀世事，只是在佛禅之外，以诗歌愉悦性情。

忘怀世事，性喜幽居，不愿苟合世俗，反倒因此声名日高。第三联当是僧人日常生活中常见之事的诗化描写。尾联回想自己曾多次与闻聪师交游，窗外涛声阵阵，室内诗人秉烛闲吟。方回评此诗曰："李洞云：'日闪剃刀明。'意新语工而险。此又云：'寒发涩铜刀。'恐是净发刀不磨耳，可笑。"纪昀也认为："六句何所取义？只趁'刀'字韵耳！"颇有嘲笑智圆此句不工之意。不过冯舒却认为："'涩'字着'发'不着'刀'，注谬。"（《瀛奎律髓》卷四十七）李洞为晚唐五代诗人，极其崇拜贾岛，诗尚苦吟，"日闪剃刀明"句意新语工，而智圆此诗亦见锻炼的特点。又如《寄咸润上人》：

流俗不知处，深栖趣转幽。闲房扃翠岳，远信隔沧州。定起花残砌，诗成雪满楼。相怀未能去，南北路悠悠。

咸润上人，梵天庆昭法嗣，为智圆法侄，亦能诗。先写人迹罕至，居处清幽之趣味更浓。中间二联分写幽居之趣味。禅房正对翠岳，山色似乎要入随人户；法侄信至，人却远隔江河。禅定起身，不觉落花满阶；苦吟诗成，已然飞雪满楼。这种幽居的趣味不可为外人道，只可为知者言。又如《寄润侄法师》中间二联"来书江上绝，幽梦雨中深。水鸟闲窥砚，窗灯冷照琴"，讲究锤炼语言，但又追求不露雕琢痕迹，善用白描，笔触细腻，意境显得清幽闲雅。不过智圆的五律总体感觉有时显得气局较窄。当然这也是晚唐体的特点，智圆此类诗歌受时代风气影响，自然亦难逃此弊。

　　细读《闲居编》，可以发现智圆的诗歌并不是仅仅囿于晚唐体，其诗歌总体成就较高。在体裁选择上，智圆可谓兼擅众体，除好五律之外，亦喜创作五古、五排、五绝、七绝、七律。在继承天台宗的创作传统之外，智圆又接受了白居易的讽谕诗，创作了不少针砭现实的诗作；又有不少咏史之作，其中之好发议论的特点，与后来的宋调之特色并无二致。从这一点上说，智圆超越了仅仅接受天台宗诗歌传统的九僧。

智圆虽身为僧徒，却一贯尊崇儒学，他自言"吾学佛以修心，学儒以立身"（《撤土偶文》），又直言"平生宗释复宗儒"（《挽歌词三首》其一）、"内藏儒志气，外假佛衣裳"（《湖居感伤》）。这种宗儒的立场反映在他的诗歌中，就是对现实的强烈关注和忧虑。如《湖西杂感诗并序》云："湖西杂感诗者，中庸子居西湖之西，孤山之墟，伤风俗之浮薄而作也。虽山讴野咏，而善善恶恶，颂焉刺焉，亦风人之旨也。兴致不一，故曰杂感，凡二十章。"二十首诗确实颇多颂刺，针对现实，有为而作。如：

  直木风催秋败兰，闲观庭际可长叹。屈原溺水伍员死，孤洁由来独立难。（其六）

  尼父立言敦礼乐，能仁垂训励慈悲。堪嗟世路营营者，狡佞贪残都不知。（其七）

  不省浮生大患身，诣求终日走红尘。一朝死至名随没，满屋黄金属别人。（其八）

  留心俭让唐虞道，恣意贪求桀跖徒。闲坐思量茅屋下，夜深秋月照平湖。（其十）

  草堂闲坐念编民，多尚浮虚少尚真。礼让不修难致福，唯知烧纸祭淫神。（其十六）

阴阳家说惑常民,孝道从兹尽失伦。庐墓三年谁肯也,竞谈冈势益生人。(其十七)

福善祸淫言可信,吉凶由己语堪陈。乖仁背义都无耻,只记临行拣日辰。(其十八)

其六叹息木秀于林风必摧之,前代贤人如屈原、伍员都因孤洁自守,不混同流俗,最后落得惨死的下场。古今一例,让人感叹。其七"伤风俗之浮薄",嗟叹世人抛弃圣人孔子建立的礼乐之道,完全不理会佛陀的慈悲训诫,只顾为一己私利蝇营狗苟,变得狡佞贪残,不知反省忏悔。其八也是对世上奔走钻营之人的劝诫,不注重修身,只追求身外之虚名浮利,最终会为之所累。第十六、十七、十八三首,主要是对当时淫祀以及阴阳家的斥责,指出他们惑乱民心,致使礼孝仁义之不存,智圆在《撤土偶文》中写道:"民好淫祀者久矣,⋯⋯今之风俗,甚于古万万焉。"也是针对淫祀的现象;在《择日说》中智圆认为"吉凶祸福系乎人,不系乎日",并辛辣地嘲讽那些"竞择吉日,欲苟免其祸,而诒求其福者,何异恶醉而强酒乎",指出正确的行事方式应该是:"必择道而行之,择礼而从之,择里而处之,择师而事之,孳孳然砥名砺节,俾无失于天爵也。"也正可作后二诗的注脚。

在《暮秋书斋述怀寄守能师》一诗中智圆表达了他会通儒释的努力:

杜门无俗交,尘事任浩浩。空斋学佛外,六经恣论讨。仁义志不移,贫病谁相恼。天命唯我乐,百神非吾祷。为文宗孔孟,开谈黜庄老。谀谄音声恶,寂寥滋味好。褰帷愁绪绝，凭栏寒气早。雁影沉远空，虫鸣咽衰草。伊余何为者，力拟行正道。愿扬君子风，浇浮一除扫。

智圆称"吾修身以儒，治心以释，拳拳服膺，罔敢懈慢"，并以天台的中道来阐释儒家的中庸，"释之言中庸者，龙树所谓中道义也"（《中庸子传》上）。

这首诗就表达了智圆一贯的想法，学佛而不废儒家六经，儒家的仁义与佛教的慈悲观念可以相通，文宗孔孟，言黜庄老，力行正道，激扬君子之风，扫除浇薄之气。

智圆的会通儒释的努力是为了应对宋初排佛思潮带来的紧张。宋初太祖、太宗及真宗都比较重视佛教，这使得佛教在五代之后迎来了发展契机；另一方面，为复兴儒学的需要，士大夫中排佛之声不断，这又让佛教发展面临危机。与智圆同时期的西湖僧省常的话大体可反映宋初士人与佛教之间的紧张关系："国初以来，荐绅先生宗古为文，大率效退之之为文，以挤排释氏为意。"（《故钱唐白莲社主碑文》）所以，在《闲居编》里，智圆反复申说会通儒释这一主张，认为儒释并非对立，而是各有畛域，释者修心于内，儒者修身于外，两者互为表里，共化生民；儒释同归，二教言异而理同，儒家的伦常观念同样适用于佛教，二者可以互相阐释；又提倡心性理论，实现佛教中道观与儒家中庸论之间的融通。总之，面对排佛之声，智圆不是简单地针锋相对，而是巧妙地调和儒释，求同存异，最终消解排佛论。换句话说，智圆的尊儒理论在一定程度上是为了应对排佛思潮，试图为佛教的生存发展赢得更大空间。

正是在这种会通儒释主张的影响之下，智圆力行儒家仁义观念，认同诗歌善善恶恶颂刺功能，最终对白居易的讽谕类诗歌情有独钟，这也是上述《湖西杂感诗》创作的动机。其《读白乐天集》曰：

> 李杜之为诗，句亦模山水。钱郎之为诗，旨类图神鬼。讽刺义不明，风雅犹不委。於铄白乐天，崛起冠唐贤。下视十九章，上踵三百篇。句句归劝诫，首首成规箴。謇谔贺雨诗，激切秦中吟。乐府五十章，谲谏何幽深。美哉诗人作，展矣君子心。岂顾铄金口，志遏乱雅音。龊龊无识徒，鄙之元白体。良玉为碱砆，人参呼荠苨。须知百世下，自有知音者。所以长庆集，于今满朝野。

作者对白居易的讽谕之诗评价极高，认为它们渊源于《诗经》和《古诗十九首》，《秦中吟》《新乐府》劝诫规箴或激切直接，或谲谏幽深，皆深得诗人之旨。而李杜模山画水之作、大历才子的浅唱低吟，皆不及白居易"志遏乱雅音"之作。智圆推崇白诗，固极有理，以钱、郎之诗为比，抑之尚可，而以李杜为下，似甚不妥。推究其由，固然是由于白居易的乐府诗针砭时弊，正合智圆之意；同时也可能跟李杜在宋初尚未被人们普遍接受有关；而另一方面，也是因为当日白体盛行，"所以长庆集，于今满朝野"。北宋人学"白体"主要有三层含义：一是学白居易作唱和诗，切磋诗艺，休闲解颐；二效白诗浅切随意，不求典实的作法；三效其旷放达观、乐天知足的生活态度，以及借诗谈佛、道义理。不过，智圆所认同的白体诗，并不是这些在宋初诗坛流行一时的流连杯酒之间、浅切随意的唱和之作，而更类似于王禹偁被贬商州之后的学白取向。王禹偁贬官商州后,"他学习白诗不囿于元和体,他关心人民疾苦和积极用世的进取精神,使他突破了元和体的范围,进而学习白居易任谏官时写讽谕诗的诗风"(程千帆、吴新雷《两宋文学史》,河北教育出版社,2000年,第7页)。王禹偁于真宗咸平四年(1001)逝世,据吴遵路《闲居编序》所记,《闲居编》所收诗文"始自景德丙午(1006),迄于天禧辛酉(1021)",那么我们就有理由相信,在学白体的风气中,智圆应该是接踵王禹偁,继续强调学习白诗的讽谕精神。论者注意到王禹偁在学白之后的突破给宋诗带来的影响,如清吴之振《宋诗钞》评价王禹偁:"元之独开有宋风气,于是欧阳文忠得以承流接响。文忠之诗,雄深过于元之,然元之固其滥觞矣。"王禹偁开宋诗风气,导夫先路,功莫大焉;而智圆紧随其后,对白诗讽谕诗歌的接受所作出的努力及贡献,吴之振却视而不见。今人尚永亮注意到了这一点,他认为智圆学习白居易,"称赏其劝诫规箴的讽谕精神,从而便不能不对当时及后世的接受产生影响",这"预示着取法方向上的转变,这样一种转变,与王禹偁谪居后对白居易讽谕诗的效法颇有暗通之处。"持论颇为公允,对智圆对白体讽谕诗的接受以及其影响作了充分的肯定。

智圆不少诗歌中还有好发议论及喜欢翻案的特点,这些与宋调成熟后才表现出来的特点并无二致,学界对此也几乎没有认识,而这在智圆诗中相当常见,如《读韩文诗》:

女娲炼五石,能补青天缺。共工触不周,能令地维绝。杨孟既云没,儒风几残灭。妖辞惑常听,淫文蠹正说。南朝尚徐庾，唐兴重卢骆。雕篆斗呈巧，仁义咸遗落。王霸道不明，烟花心所托。文不可终否，天生韩吏部。叱伪俾归真，鞭今使复古。异端维既绝，儒宗缺皆补。高文七百篇，炳若日月悬。力扶姬孔道，手持文章权。来者知尊儒，孰不由兹焉。我生好古风，服读长洒蒙。何必唐一经，文道方可崇。

智圆反对浮华文风，推崇韩愈古文，"高文七百篇，炳若日月悬"；同时赞美韩愈承继儒道，排斥异端，使后之学者始知尊儒。其现实针对性有二：一方面借韩愈对雕篆斗巧文风的贬斥来表明其对当代诗坛的回应，另一方面又以其调和儒释之思路来应对排佛声音。值得注意的是，智圆还在诗中有意识地学韩愈以文为诗，议论古今文道流变，纵横捭阖，颇具说服力和感染力。这种好发议论的特点在智圆读前人诗文后所作的诗歌以及咏史怀古类诗中表现尤多。又如《述韩柳诗》：

退之排释氏，子厚多能仁。韩柳既道同，好恶安得伦。一斥一以赞，俱令儒道伸。柳州碑曹溪，言释还儒淳。吏部读《墨子》，谓墨与儒邻。吾知墨兼爱，此释何疏亲。许墨则许释，明若仰穹旻。去就亦已异，其旨由来均。后生学韩文，于释长狺狺。未知韩子道，先学韩子嗔。忘本以竟末，今古空劳神。

在宋初智圆较早就提倡韩柳诗文，而在当时排佛背景之下，韩柳二人诗文所受遭遇并不一样，重韩轻柳是一种风气。因为韩愈力主排佛，尊崇道统，而柳宗元却崇信释教。智圆一反流俗之见，韩柳并重，认为韩愈的排佛与柳宗元的崇佛乃是殊途同归，大道一致，最终都会让儒道伸张。柳宗元应岭南节度使所请，撰《大鉴禅师碑》，认为禅宗"其教人，始以性善，终以性善，不假耘锄，本其静矣"，最后有"师以仁传，公以仁理"之辞。而韩愈认为墨子与儒家观点相近，智圆则认为佛教实际也近于儒家，所以排佛实在不应该也没有必要。最后智圆直斥那些学韩之徒一味排佛，他们并不了解韩愈的维护大道之意，徒得其表。苏轼《书柳子厚大鉴禅师碑后》云："柳子厚南迁，始究佛法，作曹溪、南岳诸碑，妙绝古今，而南华今无刻石者。长老重辩师儒释兼通，道学纯备，以谓自唐至今，颂述祖师者多矣，未有通亮简正如子厚者。盖推本其言，与孟轲氏合，其可不使学者昼见而夜诵之。"这段文字正可以作为智圆观点的注脚。

像这类好发议论的诗歌在《闲居编》中并不少见，如《雪西施》《西施篇》《昭君辞》《读罗隐诗集》《吴山庙诗》及《老将》等，往往都持论与众不同，让人耳目一新，而其好发议论以及喜作翻案文章的特点对后来宋诗的发展应该是有其积极的影响，与成熟期的宋调特点也是保持着一致。从这个角度说，称智圆的这类诗歌开宋调之先声或许亦不为过，这一点尚未为论者注意。

《闲居编》中也收录不少七律和绝句，也较有特色。如《渔父》：

鹤发闲梳小棹轻，芦花深处最怡情。自怜身外唯烟月，肯信人间有利名。闲脱绿蓑春雨霁，醉眠深浦夕阳明。陶陶终岁无人识，应笑三间话独清。

写出了渔父的自在隐逸。五绝如《湖上闲坐》："终日湖亭坐，悠悠万虑闲。眼前何所有，寒水与秋山。"全诗紧扣"闲"字，扫却万千尘虑和烦恼，最后五字，淡淡道出，写景如画，余味不绝。《君不来》："去年送君空江上，张帆正值西风起。今日西风君未归，茫茫只见空江水。"同样的季节，同样的地点，去年是送友远行，今年是盼友到来，往日之依依惜别，今朝之深深怅惘，对比强烈。此诗押仄声韵，颇似乐府，但有唐人七绝之妙。《落花》："花开花落尽由风，数日荣衰事不同。庭下晚来犹可玩，绿苔芳草缀残红。"在荣衰变化之际，并不只是简单惜春的心情，能够从容欣赏暮春之美，才是真正不枉一番春色，尾句写景精彩。

第三节　西　湖　诗　僧

天台宗本山在台州，但到了北宋时期，明州、杭州与台州鼎足而三，也成为天台宗传教的中心。杭州因其富庶繁华，湖山之秀，佛教尤其发达。西湖周边的上、下天竺寺，南屏寺，梵天寺等重要寺院都成为天台宗的传教场所，在这里也先后聚集了天台宗的一些诗僧，比较有名的有文莹、惠勤、可久、清顺等。

文莹，字道温，钱塘（今杭州）人，曾居西湖菩提寺，晚岁退老于荆州金銮寺。为北宋中期著名的诗文僧，与当时重要的诗人（士大夫）多有交往，如丁谓、苏舜钦、欧阳修、郑獬、刘挚等，自言"交游尽馆殿名士"。著有笔记《湘山野录》和《玉壶清话》，有较大的史料价值，一直为学界所重。

文莹善诗，张师正《武林别文莹上人》云："渚宫禅伯唐齐已，淮甸诗豪宋惠崇。"将文莹与著名诗僧齐已、惠崇相比。《直斋书录解题》卷二十载其有诗集《渚宫集》三卷，惜已佚。今《全宋诗》仅收其诗三首，一首七古，两首五律。陈起《圣宋高僧诗选》后集卷上收文莹两首五律，分别是《三生藏》与《宝积寺小雨》。《三生藏》多用佛教语言说理，略显枯槁无诗味。试看《宝积寺小雨》：

老木垂绀发，野花翻曲尘。明霞送孤鹜，僻路少双鳞。天近易得雨，洞深无早春。山祇认来客，曾是洞中真。

首联就对仗，写出寺中老木及野花之态。颔联出句虽化用王勃《滕王阁序》名句，写雨前之景，显得自然，对句写山寺偏僻，难得故人音信。颈联切题，寺建高山之上，云雾缭绕，容易落雨，也因为山高易寒，春天来得更迟。尾联略显粗糙，"洞"字重复。由此看来，文莹五律也是继承了天台宗的创作传统。

七古《嘲愿成》：

童头浮屠浙东客，传呼避道长沙陌。宝挺青盖官仪雄，新赐袈裟椹犹黑。察车后乘从驱挈，庸夫无谋洞蛮穴。暗滩夜被猿猱擒，缚入新溪哭残月。牂牁畏佛未敢烹，脱身腥窟存余生。放师回目不自愧，反以意气湘南行。我闻辛有适伊川，变戎预谶麟经编。暽车载鬼吁可怪，宜入熙宁志怪篇。

此诗见载于《诗话总龟》卷四十之"诙谐门"："熙宁中，章子厚察访湖北，因以兵收辰溪之南江诸蛮，时有吴僧愿成亦在军中，自称察访大师，每出则乘大马以挝剑拥从呵殿而行。随兵官李资入洞，资为蛮人所杀，成亦被缚，既而放归，犹洋洋自得。诗僧文莹嘲之云云。"结合此段背景文字，可知文莹将这个不愿念经修佛而喜为兵戎之事的和尚刻画得栩栩如生，语言简洁生动，文字幽默诙谐。

郑獬与文莹交游甚深，其《文莹师诗集序》云："浮屠师之善于诗，自唐以来，其遗篇之传于世者，班班可见。缚于其法，不能闳肆而演漾，故多幽独衰变枯槁之辞。予尝评其诗如平山远水，而无豪放飞动之意。若莹师则不然，语雄气逸，而致思深处，往往似杜紫微，绝不类浮屠师之所为者。"对文莹诗歌评价较高。《隐居诗话》亦云："嘉祐、熙宁间，吴僧文莹尤能诗。其辞句飘逸，尤长古风。其可喜者，不可概举。"可惜文莹诗歌散佚殆尽。

惠勤，一作慧勤，余杭人，净觉仁岳法师法嗣。曾于京师从欧阳修游多年，后归钱塘，欧阳修为作《山中之乐》三章，序云："佛者惠勤，余杭人也。少去父母，长无妻子，以衣食于佛之徒，往来京师二十年。其人聪明材智，亦尝学问于贤士大夫，今其南归，遂将穷极吴越、瓯闽江湖海上之诸山，以肆其所适。予嘉其尝有闻于吾人也，于其行也，为作《山中之乐》

三章，极道山林间事，以动荡其心意，而卒反之正。"可略见惠勤生平。欧阳修又有《送慧勤归余杭》，谓惠勤抛弃钱塘的广大佛舍、南方的精致饮食以及湖山之胜，而游走京师："三者孰苦乐，子奚勤四方。乃云慕仁义，奔走不自遑。始知仁义力，可以治膏肓。有志诚可乐，及时宜自强。"可知惠勤崇尚儒家观念，颇似智圆。后来苏轼通判杭州，道经颍州，欧阳修郑重向苏轼推荐钱塘诗僧惠勤，苏轼《六一泉铭序》详细记载了这件事："欧阳文忠公将老，自谓六一居士。予昔通守钱塘，见公于汝阴而南。公曰：'西湖僧惠勤，甚文而长于诗，吾昔为《山中乐》三章以赠之。子闲于民事，求人于湖山间而不可得，则往从勤乎？'"欧阳修素不喜佛，而其对惠勤如此推重，颇可见惠勤之为人以及诗文之佳。惠勤从欧阳修游，在京师亦得以与其他士大夫交游，如余靖就有《送僧惠勤归乡》，梅尧臣集中今尚有诗《送惠勤上人》《依韵答惠勤上人》。

苏轼通判杭州之后，与惠勤交游较多，今集中有《僧惠勤初罢僧职》，称惠勤"新诗如洗出，不受外垢蒙"。熙宁七年（1074），苏轼将自杭州赴密州，应惠勤之请，为作《钱塘勤上人诗集叙》，犹重惠勤之品质：

> 翟公之客负之于死生贵贱之间，而公之士叛公于瞬息俄顷之际。翟公罪客，而公罪己，与士益厚，贤于古人远矣。公不喜佛老，其徒有治诗书学仁义之说者，必引而进之。佛者惠勤，从公游三十余年。公常称之为聪明才智有学问者，尤长于诗。公薨于汝阴，余哭之于其室。其后，见之语及于公，未尝不涕泣也。勤固无求于世，而公又非

有德于勤者。其所以涕泣不忘，岂为利也哉！余然后益知勤之贤，使其得列于士大夫之间而从事于功名，其不负公也审矣。熙宁七年，余自钱塘将赴高密，勤出其诗若干篇，求余文以传于世。余以为诗非待文而传者也，若其为人之大略，则非斯文莫之传也。

惠勤诗集今惜不传，《全宋诗》亦未收其人。《历朝释氏资鉴》卷九载惠勤归杭之时曾以诗谒别欧阳修，诗云："记言严谨法尼丘，删次唐书笔力周。要措时康流化物，须公起作济川舟。"欧阳修和其诗云："告老归来羡一丘，舜裳无补愧伊周。君今索理归吴棹，无复同乘泛汴舟。"惠勤高度赞扬欧阳修新修《唐书》，效法孔子《春秋》笔法，记言严谨，并且期待欧阳修能够在政治有更大作为。惠勤对欧阳修的修史评价相当准确，颇可见其人见识。

惠勤其人其诗先后获得两代文坛领袖的高度肯定，到南宋时他的形象也逐渐成为诗僧的代名词，如杨万里《和罗巨济山居十咏》有云"酒客来中散，诗僧约惠勤"，这种现象在涉及诗文僧的明清文学作品中俯拾皆是。

可久（1019？—1098？），字佚老，一作逸老，俗姓钱，钱塘人。净觉仁岳法嗣。晚年居祥符寺，杜门绝迹，送客指门阈为界，苏轼、林希守杭时皆曾登门拜访，亦未始屈。《人天宝鉴》称可久"律己甚严，长坐一食，四威仪中，法眼未尝去体。俭约自持，一布衲终身不易。或绝粮辟谷，宴坐而已。晚居西湖之滨，翛然一榻，不留余物"。所居荒陋，人不堪其忧，庭下有红蕉数本，翠竹数百竿，自号"萧萧堂"。居堂上，经行宴坐，皆自裕如。卒年八十。

苏轼守杭之时，与可久交游颇多，称其为诗友。某年元宵九曲观灯罢，苏轼摒弃从者，独入可久室内，了无灯火，但闻蔷卜余芬，留诗云："门前灯火斗分明，一室清风冷欲冰。不把琉璃闲照佛，始知无尽本无灯。"（《武林梵志》卷一）《东坡志林》卷十一云："祥符寺可久、垂云清顺二阇梨，皆予监郡日所与往还诗友也。清介贫甚，食仅足，然未尝有忧色。今老矣，不知尚健否？"颇可见苏轼对可久的推重与挂念。

叶梦得《避暑录话》卷下载："钱塘西湖旧多好事僧，往往喜作诗，其最知名者熙宁间有清顺、可久二人。顺字怡然，久字逸老，其徒称顺怡然、久逸老。所居皆湖山胜处，而清约介静，不妄与人交，无大故不至城市。士大夫多往就见，时有馈之米者。所取不过数斗，以瓶贮置几上，日取其三二合食之，虽蔬茹亦不常有。故人尤重之。"其清介守贫为时人所重。元照《杭州祥符寺久阇梨传》称可久"喜为古律，诗大抵造于平淡清苦，比夫然、彻、清塞之流，未相上下"。可久当亦是喜作五言律诗，"诗大抵造于平淡清苦"，则诗歌风格类似九僧之流；称其诗与皎然、灵澈、清塞不相上下，则成就相当高。道潜《九月望夜与诗僧可久泛西湖》云："山风猎猎酿寒威，林下山僧见亦稀。怪得题诗无俗语，十年肝鬲湛清辉。"道潜为当时诗僧翘楚，他对可久诗作评价亦高。蒲宗孟集钱塘古今诗，曾求稿于可久，可久曰："随得随去，未始留也。"闻者高之。（《佛祖统纪》卷二十一）可惜也因此可久诗稿已无流传。

清顺，字怡然，居西湖北山宝严院。宝严院旧名垂云，治平二年（1065）改，故苏轼称之垂云清顺。苏轼在杭日，与清顺、可久、惠勤为诗友,晚年身在岭南,犹念之不忘。陈师道游西湖,有《寄北山顺法师二首》,其一云:"十年闻问不逢人,一面相逢过所闻。高士不应轻俗士,欲将污脚上垂云。"对清顺评价甚高。前引叶梦得《避暑录话》称清顺"清约介静,不妄与人交"。晓莹《云卧纪谈》引《避暑录话》及《东坡志林》语盛赞其安于贫困,并对比当时风气:"噫!今吾党以清贫为耻,以厚蓄为荣,及溘然,则不致其徒于缧绁者几希。若使其少慕顺之风,岂至遗臭耶?"

周紫芝《钱塘胜游录序》谓:"山中经行,随其所见,欲作数语,而胜绝之致,难于摹写,不敢污以尘言。间有高僧逸人可与语者,犹能诵参寥、清顺辈诗,语意清绝,亦足自娱。"可见清顺诗句在南宋时期犹传布人口。

《全宋诗》今收清顺诗五首,而晓莹《云卧纪谈》中载有清顺二绝句,亦可辑。清顺最负盛名的诗作乃是这首《西湖僧舍》:

竹暗不通日,泉声落如雨。春风自有期,桃李乱深坞。

《一瓢诗话》认为此诗"初非宋人能作,毋怪东坡一见而心折",所言不虚,此诗确实有唐人风味。竹暗林深,不见阳光,泉声叮咚,有如雨落,分别从视觉和听觉角度描写僧舍的幽静。然而尽管僧人心如古井之水,所居僻静无人,春风年年依时而至,深坞之中,桃李竞发。"乱"字用得精彩,化静为动,描画出静寂僧舍的活泼春光,勃勃生机。据周紫芝《竹坡诗话》载:"东坡游西湖,僧舍壁间见小诗,云:'竹暗不通日,泉声落如雨。

春风自有期，桃李乱深坞。'问谁所作，或告以钱塘僧清顺者。即日求得之，一见甚喜，而顺之名出矣。余留钱塘七八年间，有能诵顺诗者，往往不逮前篇，政以所见之未多耳。然而使其止于此，亦足传也。"

《冷斋夜话》卷六"僧清顺十竹林下诗"记载：

> 西湖僧清顺怡然，清苦多佳句。尝赋《十竹》诗云："城中寸土如寸金，幽轩种竹只十个。春风慎勿长儿孙，穿我阶前绿苔破。"又有《林下》诗曰："久从林下游，颇识林下趣。纵渠绿阴繁，不碍清风度。闲来石上眠，落叶不知数。一鸟忽飞来，啼破幽寂处。"荆公游湖上，爱之，称扬其名。坡晚年亦与之游，亦多唱酬。

《十竹》诗写得诙谐有趣，最后两句担心春天竹笋破土而出，破坏阶前绿苔，影响清景。《林下》诗中间四句写尽林下况味，最后鸟雀忽至，啼鸣打破幽寂，动静结合，以动写静。

守诠，一作惠诠，杭州梵天寺僧。惠洪《冷斋夜话》曰："东吴僧惠诠，佯狂垢污，而诗语清婉，尝书湖上一山寺壁。东坡一见，为和其后。诠竟以此诗知名。"其诗云：

> 落日寒蝉鸣，独归林下寺。柴扉夜未掩，片月随行屦。惟闻犬吠声，更入青萝去。

守诠这首诗写的是"独归林下寺"的过程，这过程由热到冷，由喧到寂，由明到暗，由世俗的"柴扉"进而到避世的"青萝",最终进入一种彻底的无人之境。苏轼见到这首诗,很喜爱,次韵一首云:"但闻烟外钟,不见烟中寺。幽人行未已,草露湿芒屦。惟应山头月,夜夜照来去。"(《梵天寺见僧守诠小诗清婉可爱次韵》)周紫芝《竹坡诗话》称东坡的和诗"清绝过人远甚",但认为终不如守诠诗"幽深清远,自有林下一种风流"。守诠的小诗,别有一种孤寂清冷并且幽远神秘的感受,在深林、古刹、柴门、片月、青萝构成的艺术氛围里,很容易得到一种超世俗、超功利的解脱。

第四节 律宗僧诗及净土诗词

赞宁(919—1001),其先渤海人,徙于德清,俗姓高。五代后唐出家杭州祥符寺,进具天台。工律学,时人以"虎子"称。吴越钱武肃王署为两浙僧统。宋太宗太平兴国间奉释迦舍利塔入见,召赐方服,赐通慧大师号。诏修《高僧传》。书成,诣阙献之。真宗即位,擢右街僧录,三年迁左街。著有《大宋高僧传》三十卷、《僧史略》三卷、《内典集》一百五十二卷、《外学集》四十九卷。

赞宁善诗,《宋高僧诗选》录其诗三首。其《夜吟》云:

> 独坐闲吟野思清,秋庭萧索暮烟轻。孤灯欲灺月未上,万籁寂然蛩一声。

这种静夜吟诗的行为,在晚唐五代诗人中很常见。不同之处在于，赞宁采用的是七言绝句，其吟诗方式是"闲吟"，而不是贾岛一派五言律诗的"苦吟"。

他最有名的诗是《居天柱山》：

四野豁家庭，柴门夜不扃。水边成半偈，月下了残经。虽逐诸尘转，终归一念醒。未知斯旨者，万役尽劳形。

方回《瀛奎律髓》卷四十七收此诗，评曰："僧家一偈四句，谓之伽陁。长篇六句而上，谓之祇夜。此云'半偈'，乃是吟成一联诗也。工而妙。"诗的前四句写山居生活，跟禅宗山居诗不同之处在于，他突出了"半偈""残经"这样的文学僧生活。后四句写居山时对摆脱尘世万役劳形的觉悟。

赞宁诗善于写景，如《秋日寄人》诗：

白鸟行从山嘴没，青鸥群向水湄分。松斋独坐谁为侣？数片斜飞槛外云。

白鸟没山、青鸥向水的场景，鲜明如绘。尾句末字《宋高僧诗选》作"行"，不押韵，且意难通，当从《永乐大典》作"云"。松斋伴僧人独坐者，正是槛外斜飞的几朵白云，这是僧人山居生活最常见的意象。又如《寄题水月寺二首》：

参差峰岫昼云昏，入望交萝浊浪奔。震泽涌山来北岸，华阳连洞到东门。日生树挂红霞脚，风起波摇白石根。闻有上方僧住处，橘花林下采兰荪。

积翠湖心迤逦长，洞台萧寺两交光。乌行黑点波涛白，枫叶红连橘柚黄。人我绝时隈树石，是非来处接帆樯。如何遂得浮生性，罢却营营不急忙。

两首诗都极有画面感，第一首的颈联、第二首的颔联不仅句法精巧，对仗工整，而且构图设色，皆有画工之妙。赞宁诗虽不多，却有较高的艺术水平。

显忠，赞宁的弟子，生平未详。胡宿有《送显忠上人归吴郡》诗（见《宋诗纪事》卷十一），可知其住吴郡。其《闲居》诗曰：

竹里编茅倚石根，竹茎疏处见前村。闲眠尽日无人到，自有清风为扫门。

据《洪驹父诗话》载，王安石曾书此绝句于壁间，足见为其所喜。显忠又有《白云庄》诗云：

门外仙庄近翠岑，杖黎时得去幽寻。牛羊数点烟云乱，鸡犬一声桑柘深。高下闲田如布局，东西流水若鸣琴。更听野老谭农事，忘却人间万种心。

在寻常农庄中发现仙居一般的诗意，或者说将仙庄写得如农家一般亲切。"高下闲田如布局"二句，近似同时代林逋"阴沉画轴林间寺，零落棋枰葑上田"（《孤山寺端上人房写望》）的构思，以人文产品喻自然景物。

秘演，法号文惠，右街讲僧，天禧年间曾应诏入译经院，山东人。早岁为穆修所重，后与石曼卿、苏舜钦、欧阳修、尹洙、梅尧臣等交游。与石曼卿之忘形交尤为士林所奇，传为佳话，文莹《湘山野录》记载二人轶事数则。欧阳修《释秘演诗集序》谓秘演与石曼卿"皆奇男子"，"秘演状貌雄杰，其胸中浩然"，"喜为歌诗以自娱，当其极饮大醉，歌吟笑呼，以适天下之乐，何其壮也！一时贤士，皆愿从其游"。尹洙称秘演"自谓浮图其服，而儒其心"。颇可见秘演已是文人士大夫化的诗僧形象。欧阳修称其有诗三四百篇，《宋史》载其有诗两卷，可惜大多已散佚。今《圣宋高僧诗选》续集卷下收录秘演诗七首，四首五律，一首七绝，两首七律。先看五律《山中》：

结茅邻水石，淡寂益闲吟。久雨寒蝉少，空山落叶深。危楼乘月上，远寺听钟寻。昨得江僧信，期来此息心。

此诗亦见收于《瀛奎律髓》卷十二"秋日类"。方回评曰："中四句锻而成，却足前后起末句。'九僧'亦多如此。"认为与九僧一脉相承，也是重视中间二联的推敲。颔联久雨秋寒，蝉声渐稀，秋雨连绵，林中叶落殆尽而显山空，先是从听觉变化，再到视觉所见，虽是白描，但实际锻炼得颇见功力。颈联先写登高楼赏月，再写闻听钟声而辨别寺院所在，从视觉再转到听觉。两联精彩地写出了山中秋景的变化，所以此地确实适合"息心"。冯舒评论："未见得是秋，不宜入此。"纪昀驳斥："冯云：'未见得是秋，不宜入此。'然'寒蝉''落叶'，非秋而何？此无关于论诗，特以门户，故其偏僻更甚于虚谷！"纪昀所言有理。查慎行盛赞此诗："有诗如此，宜为石学士所赏。"又曰："'九僧'不如多矣。"一方面认为秘演有此诗才，自当为石曼卿所激赏，另一方面又认为秘演之诗远在九僧之上。

秘演的七绝《书光化军寺壁》也饶有韵味：

万家云树水边州，千里秋风一锡游。晚渡无人过疏雨，乱峰寒翠入西楼。

光化军故治在今湖北老河口市，地处汉江流域。诗人不远千里，秋天时节杖锡到此，看到了汉江水域的独特风情。前两句概况描写，后两句焦点集中，傍晚时分，诗人站在西楼之上，渡口早已无人，几点雨水洒落，远处丛山寒翠，尽收眼底。"入"字用得很精彩，不是诗人去欣赏风景，而是风景主动进入西楼，进入诗人的视线，化静为动。尾句可以与王安石的"两山排闼送青来"媲美。

再看七律《洛阳春》：

雨霁园林宿霭微，暖风迟日荐芳菲。池蒲露剑惊鱼跃，帘额翻波碍鸟飞。好景正繁春未半，小桃初放蝶仍稀。闲中两两高阳辈，醉泥东君夜不归。

雨霁霭微，暖风迟日，园林里花繁草茂。颈联紧承上句，"池蒲露剑"承"荐芳菲"，"帘额翻波"承暖风，诗人用比喻、夸张的手法写出洛阳春光中鲜活的景色：蒲草一夜抽出新条，有如剑立，让熟悉小池的鱼儿害怕得跳起；风中翻卷的帘额，恰似水波，都影响到鸟的飞行。颔联出句概括春光大好，对句具体到桃花初绽，游蜂戏蝶尚不多见。尾联写盛世太平，颇见赏春醉酒之人，他们似乎是要灌醉司春之神东君，然后长留洛阳美好春色。

欧阳修《释秘演诗集序》谓石曼卿"尤称秘演之作，以为雅健有诗人之意"，又言秘演"既习于佛，无所用，独其诗可行于世。而懒不自惜，已老，胠其橐，尚得三四百篇，皆可喜者"。尹洙《浮图秘演诗集序》称秘演"始健于诗，老而愈壮"。秘演仅存诗七首，除五律近九僧等人特色之外，其七绝、七律皆不似传统僧诗，与其本人的性情和修养当有关系，他也确实当得起石曼卿、欧阳修、尹洙等人对他的称誉。

此外，颇为苏轼称赏的诗僧仲殊也值得一提。仲殊，字师利，号雪川空叟。俗姓张，名挥。湖北安陆人。初为士人，预乡荐，游荡不羁，妻以药毒之，遂出家为僧，时食蜜以解毒。苏轼素与交善，称其"蜜殊"。仲殊初为苏州承天寺僧，后为杭州吴山宝月寺僧，崇宁年间，上堂辞众，闭方丈门自缢死。工于诗词，著有《宝月集》，今佚。《全宋诗》收其诗14首，断句若干。仲殊宗派法系未详，考其所作《圣像院记》《华严寺佛牙舍利宝塔记》，似为修净土业僧人。《西湖游览志余》卷十四称仲殊"风流蕴藉不减少年，然恐非莲社本色也"，似亦可证其为净土（莲社）僧人。

仲殊诗词多为"未忘情之语"，无僧诗特有的"蔬笋气"，情辞皆美，为人所爱。苏轼对仲殊诗评价甚高，称读其诗"如食蜜中边甜"，有疗病作用（《安州老人食蜜歌》），又称仲殊"能文善诗及歌词，皆操笔立成，不点窜一字"，又说"此僧胸中无一毫发事，故与之游"(《东坡志林》)。由于《宝月集》已亡佚，难睹仲殊诗的全貌，但从今存十多首诗来看，多为诗话、笔记、类书、方志所载，可见其流传较广。

仲殊诗以题写润州北固楼最著名。据称，一日润州太守于北固楼上大宴宾客，仲殊亦在场。太守命坐中诸客各赋诗一篇，仲殊诗先成，诗曰：

北固楼前一笛风，碧云飞尽建昌宫。江南二月多芳草，春在蒙蒙细雨中。

太守叹赏久之，转观僚属满座，为之搁笔（见李献民《云斋广录》卷三《诗话录》）。此诗第二句"碧云飞尽"一作"断云飞出"（见赵令畤《侯鲭录》卷一），然而"碧云"二字出自江淹《杂体诗》拟休上人"日暮碧云合"之句，仲殊与休上人皆为诗僧，因而用"碧云"更切合其身份。诗的后两句尤为精彩，以芳草细雨写江南春景，颇能摄其神韵，正如清李慈铭评价："下二语亦善写江南者。"（《越缦堂诗话》卷下之下）此诗脍炙人口，辗转流传，以至于清朱彝尊《静志居诗话》竟张冠李戴，以为是明人沈懋孝的作品，并编入《明诗综》。

从存诗来看，仲殊作品的题材有怀古、题画、咏物，尤以题咏亭堂寺观为多。七律《京口怀古》诗曰：

一昨丹阳王气销，尽将豪侈谢尘嚣。衣冠不复宗唐代，父老犹能道晋朝。万岁楼边谁唱月，千秋桥上自吹箫。青山不与兴亡事，只共垂杨伴海潮。

颇有唐人杜牧、许浑怀古诗的风韵,雄浑苍凉,只是感喟意味淡了一些。《题李伯时支遁相马图》:

> 月窟精神不受羁,白云野老太支离。当时若也无人识,骏骨灵心各自知。

东晋名僧支遁常养数匹马,曰:"贫道重其神骏。"仲殊借题画抒发感慨,曲折表达了渴望得到知音赏识的心情。花卉类书《全芳备祖》收了不少仲殊的咏物词,此外也保留了他一首咏荷花诗:

> 水中仙子并红腮,一点芳心两处开。想是鸳鸯头白死,双魂化作好花来。

宋诗咏荷,多重其清香远韵,而此诗却描摹其红腮,揣度其芳心,想象为鸳鸯的双魂,极为婉约缠绵,如女郎诗。仲殊因婚姻不幸而出家,于世俗情感实不能忘怀,故借荷花芳心、鸳鸯双魂表达其受伤的情怀。

前人称仲殊"清才丽藻,雅能缀属小辞(词)",其实他的诗也有"丽藻缀属"的一面,如"瑞麟香暖玉芙蓉,画蜡凝辉到晓红"(《黄左丞席上作》)、"幡转玉绳光影旋,杯衔金镜酒痕圆"(《题翠麓亭》)等。当然,仲殊的"丽藻"诗中,也有涉及佛理的内容,如《题玉泉》:

> 分出瑶池万怪惊,昆墟引落最高层。十分清是泉中玉,

一漱寒生齿下冰。净照更无云影杂,素光疑有露华凝。莫教明月从中现,澈底无心伴老僧。

首联写泉水由瑶池分出,从昆墟落下,不同凡响。颔联极力摹写泉水冰清玉洁的品质。颈联的"净照""素光"描状泉的明净光洁。而尾联则以泉中明月象征老僧的心境,咏物而带有禅意。《破山光明庵》更是直接阐示佛理:

身是光明幢,语是光明经。光明聚不散,妙有成真形。示现三界前,何劳问丹青。坐断龙斗山,宝月孤亭亭。

破山在常熟县,光明庵为破山兴福寺的属院。仲殊借庵名说佛教"光明"之义,幢是庵前法幢,语指庵中所讲《金光明经》,谓庵本身由光明聚集而成,示现其非有之有的"真形"。结句更以"宝月孤亭亭"的莹洁之景,喻示光明之境。

明《广舆记》卷十四录仲殊诗一首,称其"尝游姑苏台,柱上倒书一绝",其诗曰:

天长地久任悠悠,你既无心我亦休。浪迹天涯人不管,春风吹笛酒家楼。

此诗所颂为楼子和尚公案。晚唐长庆道巘禅师注《楞严说文》最早引此公案,谓该和尚一日偶过酒楼,闻"你既无心我便休"之曲,于是超然玄解,出义学之表。仲殊诗歌咏的是"任悠悠"的无心状态,即苏轼所称"胸中无一毫发事",所以浪迹天涯、吹笛酒楼亦无妨。此诗《全宋诗》失收，应当补上。

仲殊创作成就更大的是其词曲，至今所存词作，也远多于诗，《全宋词》收其词46首，佳作不少。明陈霆《渚山堂词话》卷二称仲殊词："大率淫言媟语，故非衲子所宜也。然殊诸曲，类能脱绝寒俭之态，如《南歌子》云：'白露收残月，清风散晓霞。'《诉衷情》云：'红船满湖歌吹，花外有高楼。'《念奴娇》云：'竹影筛金泉漱玉，红映薇花帘幕。'又别阕云：'绛彩娇春，铅华掩昼，占断鸳鸯浦。'此等句，何害其为富冶也。"据宋人记载，仲殊"每一阕出，人争传玩"（《云斋广录》卷三）。明梁辰鱼《浣纱记》第十三出便引仲殊《念奴娇》"绛彩娇春"一阕，可见其传唱的广泛久远。鉴于其词基本与佛教无关，兹不赘述。

仲殊的友人诗僧孚草堂，因其喜作艳词，尝以诗箴规，其诗曰：

> 大道久凌迟，正风还陊隳。无人整颓纲，目乱空伤悲。卓有出世士，蔚为人天师。文章通造化，动与王公知。囊括十洲香，名翼四海驰。肆意放山水，洒脱无羁縻。云轻三事衲，缺锡天下之。诗曲相闲作，百纸顷刻为。藻思洪泉泻，翰墨清且奇。惜哉大手笔，胡为幽柔词。愿师持此才，奋起革浇漓。鹜彼东山蒿，图祖进丰碑。再续辅教编，高步凌丹墀。它日僧史上，万世为蓍龟。迦叶闻琴舞，终被习气随。伊予浮薄人，赠言增忸怩。倘能循我言，佛日重光离。

从诗中可见出当时仲殊诗名远扬，诗思敏捷，以及与王公大臣的交往,因此孚草堂希望他利用自己的才华,像契嵩一样作《辅教编》,令佛日重光。可惜,"老孚之言虽苦口,殊竟莫之改"(见龚明之《中吴纪闻》卷四)。

北宋还有一些有关净土信仰的诗词值得一提,代表人物是义学讲僧北山法师可旻。可旻的生平诸僧传不载。今考黄庭坚《太平州芜湖县吉祥禅院记》曰:"天圣初,知县事太常博士董黄中逐绍熙,以授僧自元,而院中兴。景祐大飨,帝于明堂赐院名曰吉祥。元之徒继主事者曰可旻,亦有道行,俗缘以故,其佛事崇成,上北山斩竹,开屋凡数十楹。旻死,其弟可云、可遏,败隳寺居,略如绍熙时。"据《宋史》,"景祐大飨"在景祐二年(1033)。由此可知,可旻当为仁宗时人。《乐邦文类》卷五载可旻《怀西方诗》一首,诗云:

> 家在天涯落日边,望中行树隔云烟。一弹指顷虽能到,三历僧祇或不前。珠网七重光匼匝,莲华四种色新鲜。归时善友相迎迓,应问抛离几许年。但能忻厌作行持,本性唯心岂不知。三界飘蓬情染惹,四生流浪力羸疲。弯弯玉兔初生处,烁烁金乌欲坠时。黄面老亲频倚望,急须脂辖促归期。已知今是昔何非,深掩柴门到落晖。竹尾轻摇新月上,帘腰半卷宿云归。山林气味盈怀抱,松柏香烟满布衣。片石蒲团长燕坐,寸心西趁落霞飞。西指西瞿更向西,向西西去有招提。华开菡萏光无夜,地布琉璃莹绝泥。风动法音强八咏,池流德水胜双溪。临终但得超生去,九品从教低处低。

这首七言歌行将西方净土世界比作"天涯落日边"的美丽家园,

充满了深情的赞美和向往。歌行用了不少对偶句式，渲染优美的净土景物和惆怅的怀念。可旻还有《怀西方诗》五言律诗二首：

> 娑婆堪忍界，稚小着嬉游。送想凭红日，伤心已白头。袅袅莲千朵，弯弯月一钩。未知何日往，弹指到琼楼。
>
> 一等根茎别，千华永莫齐。开敷承佛足，奇妙入经题。叶嫩金浮水，根灵玉在泥。誓期缘谢日，步步踏归西。

前一首写此生娑婆世界的痛苦，表达向往西方的愿望。后一首写自己的善根如金在水，如玉在泥，但定能出污泥浊水，到达西方净土。

可旻更重要的诗词是《赞净土渔家傲》并七言绝句各二十首。其赞颂的文本格式是每一首绝句后配一首《渔家傲》词。这当为寺院举行净土礼忏仪式的底本，在实际表演时，当为先念一首七绝，再唱一曲《渔家傲》。可旻在这大型组诗词的序中申说：

> 我家渔父，不比泛常。一丈六之身材，三十二之相好。说聪明也，孔仲尼安可齐肩；论道德也，李伯阳故应缩首。绝偏武略，独战退八万四千魔兵；盖世良才，复论败九十六种外道。拱身誓水，坐断爱河。披忍辱之蓑衣，遮无明之烟雨。慈悲帆挂，方便风吹。撑般若之扁舟，游死生之苦海。誓山月白，觉海风清。钓汩没之众生，归涅槃之篮笼。如斯旨趣，即是平生。

他将这种渔父与佛陀的比喻关系描绘得淋漓尽致,河水、蓑衣、烟雨、帆挂、风吹、扁舟、湖海、钓丝、篮笼等意象都对应着有关宗教拯救的佛学术语。这篇序为四六文,也当为念诵之辞。当可旻在总序中把佛陀比作渔父之后,在二十首《渔家傲》赞词中便不再处处考虑渔钓的意象。比如第一首诗作为总纲尚有渔父之喻:

家居常寂本优游,来执渔竿苦海头。直待众生都入手,此时方始不垂钩。

而与之相配的第一首《渔家傲》则完全与渔钓无关:

曾讲弥陀经十遍,孤山疏钞频舒卷。事理圆融文义显,多方便,到头只劝生莲苑。　本性弥陀随体现,唯心净土何曾远。十万程途从事见,休分辨,临终但自亲行转。

在这组净土赞中,《渔家傲》已脱离渔父题材,而直接为唱道的歌曲。

第四章 ● 北宋士大夫禅诗

第一节　北宋前期士大夫禅诗

北宋太宗太平兴国五年（980），于太平兴国寺建译经院，八年（983）改为传法院，掌翻译佛经，润色文字。此后历真宗、仁宗朝，皆以宰相担任译经润文使，如王钦若、丁谓、章得象、吕夷简、文彦博、富弼皆任其职，以参知政事、翰林学士、知制诰为润文官，如朱昂、赵安仁、晁迥、李维、宋绶等参与其事。除此之外，还有一些名臣参加了佛教经书和禅宗典籍的文字编纂工作，如杨亿、王随、夏竦等人。与此同时，一些富于辩才和诗才的僧人也云集京师，与朝臣相往来，所谓"公卿半是空门友"（杨亿《赠文照大师》），便是当时情况的真实写照。正因如此，此时期的朝臣也留下一些涉佛题材的诗歌，其中较为突出者为杨亿、夏竦、胡宿。

杨亿（974—1020），字大年，浦城人。太宗时，以神童诏试诗赋，赐进士第。真宗朝，两为翰林学士。卒，谥文，后世称杨文公。今有《武夷新集》存世。景德年间，杨亿曾与王钦若等纂《册府元龟》一千卷，修书之余，与刘筠、钱惟演等作诗唱和，编为《西昆酬唱集》，并为之作序。文学史著作提及杨亿，皆称其为"西昆体"代表作家。然而，除此之外，杨亿也是宋初学佛士大夫的代表人物之一，《宋史》本传称其"留心释典禅观之学"。《嘉泰普灯录》《五灯会元》等禅籍将他列为广慧元琏禅师的法嗣，属临济宗南岳下十世。东吴僧道原献《景德传灯录》三十卷，杨亿应诏为之裁定勘正，并作序。知汝州时，又为善昭撰《汾阳无德禅师语录序》。

《武夷新集》中有一些赠送僧人的诗歌，涉及杨亿对佛教的理解，但这些诗往往是应酬之作，语词典故常有重复之处，艺术成就并不高。如称赞僧人，"清论弥天居士伏，高情出世俗流疏"（《威上人》），"弥天谈论降时彦，结社因缘背俗流"（《洞溪庆道人归上都》），"心似寒灰不复然，寻常谈论即弥天"（《题显道人壁》），"闻有道安虽未识，定应谈论已弥天"（《信道人归西京》），"庭闱晨夕供甘旨，高论弥天不易酬"（《慧初道人归青州养亲》），不管所赠僧人的宗派如何，皆用《高僧传》"弥天释道安"之语。倘若僧人会写诗，杨亿就用南朝诗僧汤惠休"日暮碧云合"的名句去恭维，如"吟成南国碧云句，读遍西方贝叶书"（《威上人》），"琴曲谁知流水意，诗篇自占碧云才"（《送僧知大名府谒长城侍郎》），"谢守同翻贝叶字，汤师独占碧云才"（《元净上人之新安谒李学士兼游庐阜》），"更到石门题雅句，碧云从此掩汤休"（《海印大师归永嘉》）。此外如写读经便用"贝叶",写游方便用"浮杯",写住山便用"驻锡"之类,几乎都是套话。

杨亿具有佛教意味的诗颂不多,《武夷新集》中有两首值得一提,一首是《送禅床与枢密王左丞》:

> 北祖安禅唯看净,毗邪升座更谈空。须知密勿万机外,常在瑜伽三昧中。

枢密王左丞当为王钦若,曾迁尚书左丞,知枢密院事。这首诗是说,禅宗北祖神秀坐禅、维摩诘居士谈空,都坐在禅床上,因而希望王左丞在处理枢密院公事之余,常坐禅床以进入瑜伽三昧。诗中反映出当时朝臣在公事之外的参禅学佛活动。另一首是《史馆杨嵎学士以诗话及空门之事次韵和之》:

> 双树金言付嘱频,阎浮外护托王臣。谁知天禄草玄客,曾是灵山受记人。

双树是指娑罗双树,佛入灭处。佛教以王臣为外护。此处称杨嵎虽身为史馆潜心著述的学士,而其前身却是在灵鹫山接受佛的记莂的人,理当护法。这其实也是杨亿自己对待佛教的态度。

杨亿以秘书监出知汝州,谒广慧元琏禅师,言及"两个大虫相咬时如何"的话头,元琏以手作拽鼻孔势曰:"这畜生,更教趫。"杨亿当下豁然无疑,呈投机偈曰:

> 八角磨盘空里走,金毛师子变作狗。拟欲将身北斗藏,

应须合掌南辰后。

这首偈体现了典型的禅宗机锋,完全不涉理路,前两句用宗门"格外谈",以不可能之事喻禅经验不可以理性解释。后两句用云门文偃禅师"北斗里藏身"的公案,即所谓"透法身句",既然已透法身,那么北斗、南辰(南斗)本无区别。这首偈广为禅门传扬,特别是首句"八角磨盘空里走",更被后世禅师用来颂古、说法,几乎成为口头禅。

杨亿的佛学修养,使得他临终前能做到达观超脱,镇定不乱,作偈辞别驸马都尉李遵勖云:

沤生与沤灭,二法本来齐。要识真归处,赵州东院西。(《嘉泰普灯录》卷二十三)

悟得生灭二法皆为浮沤,赵州东院从谂禅师才是真正识得"真归处"的人。杨亿向来被看成是雕章丽句、富博华赡的"西昆体"诗人,如果能注意到他的佛学修养,将有助于了解他诗歌创作的全貌。

夏竦(985—1051),字子乔,九江德安人。仁宗朝累官枢密使,封英国公。卒,谥文庄。有《文庄集》传世。夏竦自称"家世奉佛",曾"取世传诸本及化外旧经,释文摘句,数自参较"(《重校妙法莲华经序》),又为僧人可度笺注《楞严经》作序(《楞严经序》)。同时作为朝廷命官,他也曾在传法院参与译经润文,以翰林学士身份同三藏惟净等进《新译经音义》七十卷。集中有《寄传法二大卿并简译席诸大士》二首及《题华严经诗》记其译经之事。夏竦佛学修养甚高,参禅也深有所得。他知襄州时,契机于石门慈照(谷隐)蕴聪禅师,为其法嗣,属临济宗南岳下十世。

据《嘉泰普灯录》卷二十二记载,夏竦日与老衲游,偶有上蓝溥禅师至,与他讨论生死问题。溥禅师问:"百骸消散时,那个是相公自家底?"夏竦便喝。溥曰:"喝则不无,毕竟那个是相公自家底?"夏竦便以偈回答,偈曰:

> 休认风前第一机,太虚何处着思惟。山僧若要通消息,万里无云月上时。

溥曰:"也是弄精魂。""百骸"指人的身体,"自家底"指人的自性。夏竦的偈意在暗示"自家底"自性原是空性,如太虚一般无处安放思惟。如果溥禅师一定要追问的话,那么万里碧空的一轮明月,便是自家底"消息"。"无云"象征百骸消散,"月上"象征空性永存。这首诗偈说禅可谓既深刻又优美,将死亡的宗教主题转化为永恒的审美主题。

夏竦有一首《善慧师禅斋》诗,表达了他对佛禅的通达理解:

> 是谁名作佛?何法谓之禅?恍惚起无象,逍遥出自然。
> 有修皆障碍,欲问即攀缘。寄语猊床客,心心不易传。

这首五律的首联提出佛禅为何的疑问。颔联借用老子"恍兮惚兮""大象无形"以及庄子"逍遥""自然"的观念来比拟禅旨。

颈联指出参禅的方法,马祖道一说"道不用修""不修不坐即是如来清净禅"(《景德传灯录》卷二十八),因此执着于修行皆是障碍;禅不可说,也不可问,夏竦的同门金山达观昙颖禅师曾说:"才涉唇吻,便落意思,皆是死门,终非活路。"(《嘉泰普灯录》卷二)因此欲要问禅,便已是向外攀缘尘境,失去清净自性。尾联寄语于登法堂坐讲席的禅师,定要明白以心传心之不易。

夏竦还有一组值得重视的诗,即《雪后赠雪苑师》四首,借咏雪而谈禅,意象优美,联想自然,无艰难之态。其诗如下:

雪山修道六年成,云满长空雪满庭。便向个中登觉地,何须腊月待明星。

玉界琼田万顷平,一年光景一番新。苑中又见梅花发,信手拈来总是春。

千嶂崔嵬雪里看,东风一夜卷余寒。岩前溜玉知多少,涨起西江十八滩。

老去方知行路难,此心正要觅人安。室中半偈如闻得,便作当年立雪看。

第一首由"云满长空雪满庭"之景联想到释迦牟尼雪山修道的故事,佛经说释迦于二月八日明星出时,悟道成佛,号天人师。此处说雪苑之雪便是修道的好场所,自可于此中登上觉悟之境地,不必等到明星出时。第二首写白雪覆盖的世界,雪后梅花绽放,触手皆是春色。这首诗的语词颇为后世承袭,如张孝祥《念奴娇》"玉界琼田三万顷,着我扁舟一叶"便是点化"玉界琼田万顷平";"信手拈来"是禅门熟语,"总是春"则无形中开启宋人诗"全花是春""理一分殊"的说理模式,如惠洪"叶叶花花总是春"(《读法华五首》之三)、朱熹"万紫千红总是春"(《春日》)、杨万里"暖幕晴帘总是春"(《雨霁》)。第三首写待到东风送暖之后,千山之雪融化,岩前如玉的流水汇集,使西江水涨。苏轼晚年"因竹以寓禅"的《赠龙光长老》"竹中一滴曹溪水,涨起西江十八滩"就全袭用夏竦的句子,而诸家苏诗注未曾提及。第四首用禅宗二祖慧可夜立雪中求问佛法的公案,借以表达希望雪苑师能指点迷津的心愿。《景德传灯录》卷三:"光(慧可)曰:'我心未宁,乞师与安。'师(达磨)曰:'将心来与汝安。'曰:'觅心了不可得。'师曰:'我与汝安心竟。'"夏竦能将咏雪与说禅结合起来,这在宋代诗坛上有一定的开创性,值得重视。

同时代的名臣王随也是"性喜佛"的居士。王随(975?—1039),字子正,河阳人。累官至同中书门下平章事。他曾删节《景德传灯录》三十卷为十五卷,题为《传灯玉英集》,又撰《楞严经义疏序》。谒首山省念禅师,得言外之旨,为其法嗣,《五灯会元》列为临济宗南岳下九世。王随诗偈传世甚少,《吴都法乘》卷二十一收其《虎丘云岩寺初祖顺禅师素高道业久提宗唱见示语录以偈赞云》:

虎丘实名山,云岩古禅寺。奇哉顺禅师,出为传法地。遐集清净众,妙阐真如理。玉振海潮音,灯续祖佛旨。广宣不二教,明扬第一义。斋心阅至言,醍醐味如是。

诗味淡薄,且无多少禅理,仅仅是对顺禅师的语录作一般赞颂

而已,甚至连"语录之押韵者"都算不上。不过,吴处厚《青箱杂记》卷十所记王随临终时所作的偈,却是禅味和诗性统一的佳作:

> 画堂灯已灭,弹指向谁说?去住本寻常,春风扫残雪。

华丽厅堂中残灯已灭,喻示生命将终,荣华不再,弹指之间,富贵成空。既然去和住、生和死都是平常事,如同春风扫残雪一般自然,那么还有什么不能割舍。这首偈显示了王随平生的学佛践履工夫之深,颇为禅门称道,明僧智訚拈云:"此偈干净轻快,'春风扫残雪',不知者错作诗会,便昧却此老从亲践实履中来化境语也。"(《雪关禅师语录》卷五)明僧广真拈云:"人到腊月三十日,只惧债主上门,未免埋头缩脚。者汉鼻孔端正,负债已明,所以临难犹歌《阳春》《白雪》,仔细看来,果然词熟腔正。"(《吹万禅师语录》卷六)禅籍将王随称为"与杨大年皆号参禅有得者"(《佛法金汤编》卷十一),二人临终时坦然达观的效验应该是理由之一吧。

另一位与杨亿齐名的佛教居士是李遵勖。李遵勖(988—1038),字公武,潞州上党人,居汴州。娶真宗妹万寿长公主,授左龙武将军、驸马都尉。卒,谥和文。遵勖从杨亿学诗文,精于佛学,继《景德传灯录》之后,他集禅门宗师心要语句,撰成《天圣广灯录》三十卷。他曾谒谷隐蕴聪禅师问出家事,蕴聪以崔赵公问径山公案答之,于是言下大悟,作偈曰:

> 学道须是铁汉,着手心头便判。直趣无上菩提,一切

是非莫管。

此偈虽无多少诗性,却表明了他坚定的学佛信念。李遵勖偈颂传世不多,《石霜楚圆禅师语录》(见《慈明四家录》)中收有几首他与石霜楚圆禅师唱和的偈颂。如《李驸马寄师三首》云:

去圣时遥骇众魔,救头然事信如何。净名语默居空室,唯是文殊问疾过。

日暖炎风五月余,水边松下自凉居。有人来致毗卢问,手拗山花笑与渠。

春塘闲步把筇枝,林鸟汀鸥各自飞。岩寺路遥思问讯,如何相见又还归。

第一首"救头然事"代指学佛法,《大智度论》卷十九:"一心为求佛法,如救头然。"头上着火燃烧,须马上灭火,诸佛经用"救头然"比喻学佛是非常紧迫疾速之事。净名即维摩诘居士,是遵勖自比,文殊问疾代指楚圆前来拜访。第二首头两句写夏日山居事,后两句谓若有人来问佛法,我便手折山花示与他,暗用"拈花微笑"的禅典。第三首写闲居生活,林鸟汀鸥比喻自己与楚圆的分别,后两句表达了相见又分手的惆怅之情。三首偈中的后两首,营造环境,诗意盎然,把佛理禅悦寓于形象描写之中。特别是第三首,无一处用禅语,情韵悠长,显示了遵勖的诗歌造诣。

李遵勖学佛的效验,也在临终前体现出来。他病危之时,邀楚圆前来,画一圆相示楚圆,并书临终偈曰:

> 世界无依，山河匪碍。大海微尘，须弥纳芥。拈起幞头，解下腰带。若问生死，问取皮袋。

前四句写对世界的认识，后四句写对生死的态度，"拈起幞头"二句，何等坦然镇定。所谓生死问题，无非是出入臭皮袋的问题而已。从各方面来看，李遵勖都是杨亿的忠实追随者。

胡宿（995—1067），字武平，常州晋陵人。仁宗、英宗朝官至枢密副使。卒谥文恭。有《文恭集》四十卷传世。胡宿与天台宗僧人有交往，曾谒净觉仁岳法师，咨询妙道，执弟子礼，并为仁岳撰写《首楞严经义海集解序》。

胡宿的五言古诗于自然平淡中时见清新奇特，如《彭山赠贯之》一诗，叙事写景与谈禅说佛融为一体，用入声险韵而不太生涩：

> 影山隔重湖，落日见孤塔。扬舲入空旷，烟树散鹈鹕。山中老癯仙，万顷纤芥纳。乘风落珠唾，暝色远相答。平生尔汝分，磁铁契已狎。万缘一笑空，个处无剩法。方舟过谷隐，风雨寒霅霅。黎明带星归，尚及斋鼓踏。临期戒后会，梅熟新秧插。期我散缣楮，莫忘鸥盟歃。

所赠"贯之"或当为僧人。首四句写舟行所见之景。次四句写山中的老癯仙贯之，视万顷湖水犹如纤芥，风吹湖水如他的唾珠洒落，在暮色中相应答。接下来四句写二人之间交情深厚，然而皆学佛，知道万缘皆空的道理，所以付之一笑。再后四句想象贯之雨夜行舟过谷隐，黎明天晴归寺。结尾四句写后会有期，在初夏时分有戒会，希望书信往还。"万顷纤芥纳"即佛经中"芥子纳须弥"之意，喻心纳万境。"磁铁契已狎"也是佛经常见之喻，如《大般涅槃经》卷三十二："譬如磁石，去铁虽远，以其力故，铁则随着。"至于"万缘一笑空"二句，则是直接谈佛理，"剩法"指多余之法，心外之法皆为剩法。此处言"无剩法"，指心之万缘皆空。

值得注意的是，胡宿有一首专门讨论僧人作诗的五言古诗《读僧长吉诗》，反映了北宋近佛士大夫对待僧诗的特殊看法：

生民类能言，兹文特渊邈。精愠在希微，幽通资写托。状物无遁形，舒情有至乐。自非妙解机，谁抽神奥钥。大士栖缘岩，门前即台岳。翠屏何峨峨，千仞拂寥廓。芝术被诸峰，烟霞兴众壑。中安仁智居，旁研华竺学。观法识非空，了心无少着。人境既相于，神明信超若。作诗三百篇，平淡犹古乐。于言虽未忘，在理已能觉。天质自然美，亦如和氏璞。贮之古锦囊，访我杼山郭。杼山空崔嵬，然公久寂寞。中间三百年，寂寞无人作。何意正始音，绪余在清角。山旁夏欲休，林英春稍落。吟登苍卞余，归梦华顶数。驾言整巾瓶，仍前侣猿鹤。谁言云无心，还依故山泊。顾予禽鹿姿，缪此縻人爵。居常眩韶音，几骇顿金络。比将亲椒兰，端欲甘藜藿。缅怀净名庵，终寻香火约。

僧长吉，号梵才大师。天圣中，自天台至京师，馆于辇寺，朝廷名臣胜士，多与之交游，参评雅道，间评禅理。不久被召入传法院，评正智者（天台宗）、慈恩（法相宗）二教及同编《释教总录》三十卷（参见胡宿《临海梵才大师真赞》）。后居台州嘉祐院，重返天台。总之，长吉是一位精通佛理、兼擅诗道的僧人。在这首诗中，胡宿认为，诗歌是生民"能言"中最"渊邈"的文体，状物抒情，幽微精韫，若无神机妙解，则很难找到打开诗学门径的钥匙。然而，长吉却具有他人所无的优势，天台山翠屏烟霞的美景就在他眼前，"中安仁智居"，是说他心中懂得儒家"仁者乐山，智者乐水"的道理，"旁研华竺学"，是说他广泛研究中华与天竺的佛学，能译经评教。因此，观法识空、了心无着的长吉能做到人与境相亲，神明超然物外。于是他的诗就具有一种天然的韵味，"平淡如古乐"，"天质自然美"，重新接续了唐代诗僧皎然的传统。皎然诗集为《杼山集》，故称。在这里，胡宿把长吉之诗视为《诗经》"正始之音"的绪余，是具有"清角"音调的雅曲。最后，胡宿还特别提到自己对山林生活的向往，希望与长吉一道结西方香火社。

出于对诗禅关系的深刻认识，胡宿在无意之间打开了宋代以"活法"论诗之门，在《又和前人》诗中有这样两句："诗中活法无多子，眼里知音有几人。"这是宋人诗论中首次出现的"活法"之说，"无多子"三字出自禅籍，意谓"没有多少"。《景德传灯录》卷十二镇州临济义玄禅师："师于是大悟云：'佛法也无多子。'"胡宿的意思是，诗中的活法没有多少神秘之处，只需平常道来即可。而这"活法"二字的使用，显然是受到禅宗语言和思维方式的影响。

第二节　北宋中后期士大夫禅诗

北宋士大夫的禅悦之风在熙宁以后达到一个新阶段，这同时也是宋诗最富创造性的阶段。佛教禅宗启发了宋诗人的生命智慧和艺术智慧。

王安石（1021—1086），字介甫，江西临川人。他在神宗朝两度为宰相，推行新法，实行政治改革，被封为荆国公；徽宗政和年间，被追封为舒王。王安石晚年退居江宁府钟山，每日里捧读佛经，闲话僧房，自号半山老人。他甚至舍宅为寺，神宗赐额报宁禅院，延请临济宗黄龙派克文禅师为开山第一祖。据宋人笔记和书目统计，王安石曾注释过《金刚经》《楞严经》《维摩诘经》《华严经》等佛经，还与克文禅师讨论过《圆觉经》"皆证"义，对佛教教义有自己独特的理解。他也从禅宗那里获得般若智慧，曾向临济宗觉海赞元禅师问道，颇得教益。他有诗赠赞元曰："往来城府住山林，诸法翛然但一音。不与物违真道广，每随缘起自禅深。舌根已净谁能坏，足迹如空我得寻。岁晚北窗聊寄傲，蒲萄零落半床阴。"（《觉海方丈》）时人以为实录。禅门《嘉泰普灯录》《续传灯录》将王安石列为真净克文禅师的法嗣，属临济宗南岳下十三世，并非毫无根据。

王安石将自己学佛的心得写成《拟寒山拾得二十首》。这组诗多用方言俗语表现佛理，模仿寒山诗口吻，惟妙惟肖，试举两首如下：

> 我曾为牛马，见草豆欢喜。又曾为女人，欢喜见男子。我若真是我，只合长如此。若好恶不定，应知为物使。堂堂大丈夫，莫认物为己。
>
> 傀儡只一机，种种没根栽。被我入棚中，昨日亲看来。方知棚外人，扰扰一场呆。终日受伊谩，更被索钱财。

第一首的主旨，如李壁注所说："此言结习易染，虽宿命所好，今生犹恋着也。小人役于物，为物使也。"这里表达的佛理出自《楞严经》卷二："一切众生，从无始来，迷己为物，失于本心，为物所转。故于是中，观大观小，若能转物，则同如来。"觉悟真我，做大丈夫，能转物而不为物所转。第二首的主旨，也如李壁所注："心役于五根，亦犹傀儡为人牵掣。"前四句写觉悟之人对傀儡戏的认识，透过人身的外在形式看到了人生的内在本质，人生在世大抵如靠机关牵扯的木头，常常没有自我根性。棚外之人不知傀儡的假象，仍然纷纷扰扰围场看戏，以妄为真，任由其哄骗钱财，实在可悲。棚外看傀儡之人，亦如棚内为一机牵掣之傀儡，被客尘烦恼所支配，无根无蒂，日复一日，过着浑浑噩噩的愚痴生活。这首刺世嫉俗之作，包含诗人悲天悯人的佛教情怀。这二十首拟寒山诗，毫无仿效造作的痕迹，如同出自寒山口中一般，而其中的佛理，却是自证自悟所得，所以深受后人好评。

以禅理入诗，是王安石晚年诗中常见现象。有些诗在艺术上也许并无可取之处，但从宗教角度看，却颇能得禅家三昧：

> 本来无物使人疑，却为参禅买得痴。闻道无情能说法，

面墙终日妄寻思。(《寓言三首》其二)

月入千江体不分,道人非复世间人。钟山南北安禅地,香火他日供两身。(《记梦》)

前一首讽刺参禅者的"痴"与"妄",听闻南阳慧忠国师言"无情说法",便以为墙壁瓦砾真可说无上佛法,因而终日面壁,殊不知只有明白六祖所言"本来无一物",才能真正觉悟自性清净。后一首记梦一僧人分身两处之事,其禅理实见于《景德传灯录》卷二十韶州龙光和尚的公案:"问:'宾头卢为什么一身赴四天供?'师曰:'千江同一月,万户尽逢春。'""分身"观念也见于《法华经·见宝塔品》。由此可见,王安石对禅宗的人生哲学极为稔熟。

禅宗偈颂对王安石的诗影响也较为明显,除了《拟寒山拾得二十首》之外,他还有不少偈颂体诗歌,如《题半山寺壁二首》:"我行天即雨,我止雨还住。雨岂为我行,邂逅与相遇。"(其一)"寒时暖处坐,热时凉处行。众生不异佛,佛即是众生。"(其二)这些当然算不上好诗,但有时偈颂以形象说理的写作手法和通俗简朴的语言风格也会带来积极影响。在王安石的诗集中,也可发现一些既具偈颂风格又富有诗意的作品,如《即事二首》:

云从钟山起,却入钟山去。借问山中人,云今在何处?
云从无心来,还向无心去。无心无处寻,莫觅无心处。

第一首设问,第二首作答,一问一答,如禅宗公案,皆就当下现成场景拈出,借云起云灭的现象,阐述无心无物的禅理,饶有趣味。

宋人称赞王安石晚年诗"如空中之音,相中之色,欲有寻绎,不可得矣"(赵与旹《宾退录》卷二引张舜民语),这是称赞其诗语言的澄明性与不可解析性。"空中之音",可闻而难以捉摸;"相中之色",可见而难以分解,而这与他接受的禅宗人生哲学和思维方式颇有关系。他的部分诗歌充满一种闲适之趣,这是以"不作意"的"平常心"观照自然景物的结果:

终日看山不厌山,买山终待老山间。山花落尽山长在,山水空流山自闲。(《游钟山四首》之一)

屋绕湾溪竹绕山,溪山却在白云间。临溪放艇倚山坐,溪鸟山花共我闲。(《定林所居》)

乌石岗边缭绕山,柴荆细径水云间。拈花嚼蕊长来往,只有春风似我闲。(《游草堂寺》)

山住水流,鸟飞花落,云往风来,诗人在对无目的性的自然事物的观赏中,领悟到宇宙人生的无目的性。无须理性说明,只有自然呈现,这是禅的境界,也是诗的境界。而这三首非同时所作的绝句居然用韵完全相同,如次韵诗一般,这也足见其写作时的随意状态,为了表现此时此刻的闲适心情,甚至不愿去检点是否有意象押韵的重复现象。

与王安石相比,苏轼留下的佛教诗歌数量更多,内容也更为丰富多彩。苏轼(1037—1101),字子瞻,号东坡居士,眉州眉山人。哲宗元祐年间曾官至翰林学士。元丰七年(1084),苏轼四十八岁时游庐山,夜住东林寺,与常总禅师讨论佛法,次日呈上一偈与常总,所以《嘉泰普灯录》《五灯会元》《续传灯录》均将苏轼列为东林常总禅师的法嗣,属临济宗黄龙派南岳下十三世。苏轼在佛教文学方面影响巨大,他诗文中的一些语句,每每为禅门论道、禅师说法所采用,如惠洪的《智证传》、达观真可的《紫柏老人集》,常引苏轼观点与佛禅之说相印证。晚明文人徐长孺甚至将苏轼涉佛作品编为《东坡禅喜集》。

苏轼早在青年时期便已接触佛教,对禅宗也深有领悟。比如他的名作《和子由渑池怀旧》:

> 人生到处知何似?应似飞鸿踏雪泥。泥上偶然留指爪,鸿飞那复计东西。老僧已死成新塔,坏壁无由见旧题。往日崎岖还记否,路长人困蹇驴嘶。

这首诗作于二十六岁时,苏轼赴凤翔签判任,重过渑池,见人亡物迁,抚今追昔,他意识到人生不过是一次无目的的旅行,如飞鸿踏雪泥一般来去无定,行踪缥缈。老僧新塔,坏壁旧题,往日崎岖,在诗人看来,都是泥上指爪,只不过或存或亡罢了。"雪泥鸿爪"这一著名的比喻,显示出苏轼对人生机遇的偶然性有深沉的了悟,其禅意与禅宗语录、佛经譬喻暗合,如天衣义怀禅师语:"雁过长空,影沉寒水。雁无遗踪之意,水无留影之心。"《华严经·宝王如来性起品》:"譬如鸟飞虚空,经千百年,所游行处不可度量,未游行处亦不可量。"

苏轼一生之中,交往过的僧人不下百人,其中有天台宗僧人如元净、惠辩、梵臻等,更有禅宗云门宗僧人如怀琏、了元、承皓、宗本、法秀、法泉、道潜、维琳、宝觉、可遵、善本、省聪、楚明,临济宗僧人常总、惟湜等,此外还有诗僧清顺、可久、闻复、仲殊等。值得注意的是,苏轼交往的僧人大都能文善诗甚至填词,特别是江浙一带的僧人,往往"自文字言语悟入,至今以笔砚作佛事,所与游皆一时名人","语有璨、忍之通,而诗无岛、可之寒"(《东坡志林》卷二《付僧惠诚游吴中代书十二》)。这些僧人与苏轼的交往唱酬,自然大多数是谈禅论道的内容,而他们之间的机锋酬酢,无形中启发了苏轼的般若智慧,使之诗歌创作充满禅机禅趣,富有禅理禅意。如《书焦山纶长老壁》:

> 法师住焦山,而实未尝住。我来辄问法,法师了无语。法师非无语,不知所答故。君看头与足,本自安冠屦。譬如长鬣人,不以长为苦。一旦或人问:每睡安所措?归来被上下,一夜无着处。展转遂达晨,意欲尽镊去。此言虽鄙浅,故自有深趣。持此问法师,法师一笑许。

一开头就是禅家机锋,一个"住"字实有二义:前一是世俗义,指身之所在,即住持、居住的"住";后一是佛教义,指心有所执着滞留,即有住、无住的"住"。这两句是说纶长老虽然住持焦山寺,然而其心却无所沾滞,做到了《金刚经》所说"无所住而生其心"。因其行为本身就是"无住"的体现,所以从未思虑过何为佛法的问题,无法回答。此诗最精彩之处在于长鬣人的比喻,形象地说明一旦"有所住心",纠结于如何解脱的问题,烦恼反而接踵而至。苏轼这里是代替纶长老说禅,言辞雄辩而譬喻巧妙。纪昀评价此诗:"直作禅偈,而不以禅偈为病,语妙故也。不讨人厌处,在挥洒如意。"(《纪评苏诗》卷十一)可以说准确地揭示了此诗的艺术特点。又比如《闻辩才法师复归上天竺以诗戏问》:

> 道人出山去,山色如死灰。白云不解笑,青松有余哀。忽闻道人归,鸟语山容开。神光出宝髻,法雨洗浮埃。想见南北山,花发前后台。寄声问道人,借禅以为诙:"何所闻而去,何所见而回?"道人笑不答,此意安在哉?昔年本不住,今者亦无来。此语竟非是,且食白杨梅。

辩才法师住持杭州上天竺寺十七年,后被僧人文捷觊觎寺产,勾结官府,迁辩才到於潜县。一年后文捷恶行败露,朝廷重将上天竺还与辩才。苏轼听说此事,便写下这首诗向辩才致意。此事件乃属于佛教宗派之间的斗争,不过苏轼却以"戏问"的形式,将它写得禅意盎然。诗前十句写辩才离山,寺院从此破败,山林萧条无颜色,连白云、青松也为之忧愁;而辩才归山后,寺院重新欣欣向荣。"山容"与"山色"的对比,不仅刻画了山寺旧貌换新颜,而且暗示了辩才人格的强大感召力,连山林也为之动情。正如汪师韩所说:"'鸟语山容开'五字,尤有神助。"(《苏诗选评笺释》卷二)真正精彩的禅趣出现在后十句,用禅宗"本无差别"和"无所住心"的观念给辩才开个玩笑,立意在"借禅以为诙"一句上,即禅宗所说的"游戏三昧"。"何所闻而去"二句,化用《世说新语》嵇康问钟会语。而"昔年本不住"二句,则代辩才回答:昔与今、去与来皆本无差别,皆无所住而生其心，无须忧伤欢乐。汪师韩评曰："'昔本不住，今亦无来'，说来真是无缚无脱，较'闻所闻而来，见所见而去'更上一层矣。"（同上）结句"且食白杨梅"则完全是禅宗问答的惯用机锋，如赵州和尚的"吃茶去"。

谪居黄州之后，苏轼"读释氏书，深悟实相，参之孔老，博辩无碍，浩然不见其涯也"（苏辙《亡兄子瞻端明墓志铭》）。他诗中也出现纯粹表现佛理的作品，比如下面这首《琴诗》：

若言琴上有琴声，放在匣中何不鸣？若言声在指头上，何不于君指上听？

冯应榴注："《楞严经》：'譬如琴瑟、箜篌、琵琶，虽有妙音，若无妙指，终不能发。汝与众生亦复如是。'又偈云：'声无既无灭，声有亦非生。生灭二缘离，是则常真实。'此诗宗旨大约本此。"琴声因妙音与妙指之间的因缘而发，一旦琴与手指分离，琴声自然就会消失。这说明世上万有无非依因缘而生灭，总是虚妄，皆非实相。所以陈继儒评曰："此一卷《楞严经》也，东坡可谓以琴说法。"（《岩栖幽事》）

元丰七年（1084）的庐山之行，苏轼留下两首意义重大的诗偈，从此被禅门传灯录所认可。一首是《赠东林总长老》：

溪声便是广长舌，山色岂非清净身。夜来八万四千偈，他日如何举似人？

苏轼夜宿东林寺，与常总禅师讨论"无情话"，有省，黎明献上这首投机偈。唐南阳慧忠国师认为"墙壁瓦砾"这样的无情之物，照样可说佛法（《景德传灯录》卷二十八）。苏轼这首偈表达对"无情说法"真谛的领会。溪声山色皆无情之物，溪声鸣响如佛翻动广长之舌，这是有声的说法；静谧青山如佛的清净法身，这是无声的说法。孙奕称此两句："以溪山见僧之体，以广长舌、清净身见僧之用。诚古今绝唱。"（《履斋示儿编》卷十）但溪声山色所演说的"八万四千偈"，只有在此时此刻的庐山才能真正体会，觉悟到"无情说法"的禅经验在他日难以"举似"他人，正如禅门古德所说，"如人饮水，冷暖自知"。另一首是《题西林壁》：

横看成岭侧成峰，远近高低各不同。不识庐山真面目，只缘身在此山中。

这首偈与《赠东林总长老》作于同时，题在邻近的西林寺壁上。写作场景在佛教寺院，"真面目"三字也来自禅宗，因此诗偈中的哲理与佛禅智慧相关。诚如黄庭坚所说："此老人于般若横说竖说，了无剩语。非其笔端有舌，安能吐此不传之妙哉？"（《冷斋夜话》卷七）跳出"身在此山中"的视觉限制，真正认识"庐山真面目"，只有般若智慧能够做到。这智慧超越任何一个视觉角度，超越横看侧看或远近高低看，是一种全知全能的观照。沈括讨论画山水时说："大都山水之法，盖以大观小，如人观假山耳。"（《梦溪笔谈》卷十七）正可用来说明苏轼的观照立场。"以大观小"之法，源于佛教的周遍法界观。《楞严经》卷四曰："如来藏唯妙觉明圆照法界，是故于中一为无量，无量为一,小中现大,大中现小,不动道场遍十方界,身含十方无尽虚空。"站在周遍法界的立场,就再也没有观照的局限,庐山的本来面目再也没有遮蔽。

苏轼过庐山汤泉,见壁上有云门宗禅僧可遵题诗(已见前),便唱和一首,针对可遵诗翻案:

> 石龙有口口无根,自在流泉谁吐吞?若信众生本无垢,此泉何处觅寒温?

"根"字既指温泉的根源,又双关眼、耳、鼻、舌、身、意等六根。《楞严经》卷六说:"一根既返源,六根成解脱。"流泉既可吞吐,则其口理应有根;既可自在吞吐,则其根理应返源而成解脱,否则如何能"自在"。若按照万法皆空的观念,则众生本无尘垢,而汤泉也无寒温之分,哪还谈得上"清冷混常流"。苏轼的般若空观比可遵来得更彻底。

在他的《代黄檗答子由颂》中,也表现了同样的般若空观。苏辙(子由)原颂为《问黄檗长老疾》:"五蕴皆非四大空,身心河岳尽圆融。病根何处容他住,日夜还将药石攻。"苏轼见其弟尚有不够通透处,于是代拟黄檗长老作答:

> 有病宜须药石攻,寒时火烛热时风。病根既是无他住,药石还同四大空。

按照苏辙的逻辑,药石治病的结果,是病根无处安身。而苏轼则故意把病根无处安身作为前提,既然病根"无容处",说明病根已空，那么药石无施治的对象，也就与病根一样"无容处"。此时皆空的不仅有主体的"五蕴""四大"，还有客体的"药石"。这才是般若空观的真谛，符合《维摩诘经·问疾品》"以无分别故空""分别亦空"的精神。

纵观苏轼的全部诗歌，视人生如梦幻空无的诗句几乎上百处，般若空观也不自觉地影响到他诗中的意象选择及艺术风格。苏诗中不仅常有出自佛经的梦、幻、泡、影、露、电、浮沤、浮云、微尘、空花等象征虚幻不实的意象，而且有他自己创造性描写的转瞬即逝的自然现象和心理现象。如《和子由渑池怀旧》中的"雪泥鸿爪"，《游金山寺》中的"飞焰照山栖鸟惊"，《百步洪》中的"有如兔走鹰隼落，骏马下注千丈坡。断弦离柱箭脱手，飞电过隙珠翻荷"，《六月二十七日望湖楼醉书》中的"卷地风来忽吹散"，《泛颍》中的"忽然生鳞甲，乱我须与眉。散为百东坡，顷刻复在兹"，《登州海市》中的"荡摇浮世生万象""相与变灭随东风"，皆是如此。他不仅爱表现转瞬即逝的事物，而且特别强调捕捉这些事物的艺术灵感，"作诗火急追亡逋，清景一失后难摹"(《腊日游孤山访惠勤惠思二僧》)。

苏轼在走到生命尽头时，写下一首临终偈《答径山琳长老》：

> 与君皆丙子，各已三万日。一日一千偈，电往那容诘。
> 大患缘有身，无身则无疾。平生笑罗什，神咒真浪出。

维琳是苏轼的方外友，二人同龄。苏轼行至常州，病重，维琳自杭州径山前来探望，写下《与东坡问疾》偈："扁舟驾兰陵，自援旧风日。君家有天人，雄雄维摩诘。我口吞文殊，千里来问疾。若以默相酬,露柱皆笑出。"苏轼次韵作答,一二句谓二人同庚,皆已走过生命的大半历程。三四句用后秦高僧鸠摩罗什的典故,赞誉维琳平生诵偈无数,且作偈无数,皆机锋迅疾,如电光石火,不容诘问。五六句回答维琳问疾,借用《老子》和《维摩诘经》的说法,认为疾病的产生,皆是由于自己执着于物质组成的身体。如果意识到"无身",意识到"是身如浮云,须臾变灭"的虚妄性,那么,使人忧患的疾病将不复存在。最后两句谓自己不相信那些神妙咒语的治病效果,所以维琳也用不着再说偈颂。《高僧传·鸠摩罗什传》:"什未终日,少觉四大不愈,乃口出三番神咒,令外国弟子诵之以自救。未及致力,转觉危殆,于是力疾,与众僧告别。"苏轼在病重时,嘲笑罗什将终时枉费心力诵神咒之事,表达了自己坦然面对死亡的态度,真可谓悟透人生,临终不乱。

第三节　黄庭坚与江西诗派

黄庭坚的佛教修养和践行态度都在苏轼之上,更为禅门所称道。黄庭坚(1045—1105),字鲁直,号山谷道人,洪州分宁人。分宁禅院众多,黄龙山是临济宗黄龙派的祖庭,当地禅宗氛围浓厚,黄庭坚也受到潜移默化的影响。他青壮年时好作艳词,被云门宗法秀禅师严词呵责:"大丈夫翰墨之妙,甘施于此乎?"法秀曾以轮回之说告诫李公麟不要画马,庭坚说:"无乃复置我于马腹中邪?"法秀正色说道:"汝以艳语动天下人淫心,不止生马腹中,正恐生泥犁耳!"(《禅林僧宝传》卷二十六)对此，黄庭坚深自警诫，中年后作《发愿文》，戒酒肉淫欲。元祐七年（1092）护母丧回分宁，丁忧期间，参黄龙宝觉祖心禅师，因闻木犀花香悟道，受祖心记莂，为入室弟子，与灵源惟清、死心悟新为同门好友，属临济宗黄龙派南岳下十三世。

黄庭坚既是儒门孝子，又是佛门信徒，他的涉佛作品也被后人编为《山谷禅喜集》，与《东坡禅喜集》齐名，其数量和质量绝不亚于苏轼。据《桐江诗话》载，黄庭坚七岁时就写下一首《牧童》诗：

　　骑牛远远过前村，吹笛风斜隔陇闻。多少长安名利客，机关用尽不如君。

将牧童自由自在的生活与京城名利之徒奔走算计的生活作对举，显示出与其年龄不相称的冷峻和超脱，内容近似禅宗乐道歌。

黄庭坚自称有"香癖"，诗集中咏香（含花香）的作品甚多，而其中有相当一部分借香说禅，如《贾天锡惠宝熏乞诗予以兵卫森画戟燕寝凝清香十字作诗报之久失此稿偶于门下后省故纸中得之》十首中的几首：

　　险心游万仞，躁欲生五兵。隐几香一炷，灵台湛空明。
（其一）
　　昼食鸟窥台，晏坐日过砌。俗氛无因来，烟霏作舆卫。
（其二）
　　公虚采苹宫，行乐在小寝。香光当发闻，色败不可稔。
（其七）

衣篝丽纨绮，有待乃芬芳。当念真富贵，自熏知见香。
（其十）

组诗其一谓人有险躁争斗之心，隐几闻香可使心灵得到净化。延寿禅师《心赋注》曰："性海弘澄，湛然明净。当悟心之时，能尽苦源，顿消邪见。"闻香即有此效果。其二头两句写僧人守戒律的生活，后两句写香烟可隔世俗尘氛。任渊注："'鸟窥台'谓作生台以施食，'日过砌'谓僧律过中即不食也。山谷意谓香烟隔去俗氛，便足以当兵卫耳。"其七中的"香光当发闻"，用《楞严经》卷五语："如染香人，身有香气，此则名曰香光庄严。我本因地，以念佛心，入无生忍。"其十的"自熏知见香"，以熏香双关佛教智慧的熏染。《圆觉经》曰："广发大愿，自熏成种。"黄龙祖心禅师编《灵枢会要》卷中云："故知佛种，全自熏成。"此处"知见香"应是佛书"解脱知见香"的略称，《少室六门》称此香"所谓观照常明，通达无碍"。黄庭坚以香说禅的作品还有一些，如咏"帐中香"的两组六言绝句，一组《有惠江南帐中香者戏答六言二首》其一云：

百炼香螺沉水，宝熏近出江南。一穟黄云绕几，深禅想对同参。

"帐中香"是南唐李后主制作的名香，诗谓对此名香，便生出想与之一同参禅的念头。任渊注："《传灯录》第二十二祖摩拿罗至西印土焚香，而月氏国王忽睹异香成穗。按韵书，'穗'亦作'穟'。"又注引《法华经》曰："皆得深妙禅定。"山谷所谓"深禅",可一言以蔽之曰"香禅"。此诗为苏轼所欣赏,作诗和曰:"四句烧香偈子,随香遍满东南。不是闻思所及,且令鼻观先参。"谓山谷四句诗偈如此美妙,随着帐中香之香气四处传遍;此偈中之智慧不是凭耳闻心思便能企及,而是要靠鼻根的嗅觉观照才能参透。在苏轼的推举下,黄庭坚的"鼻观"之说正如"帐中香"一样随风遍满宋代的文坛。苏轼唱和此诗,直接称其为"四句烧香偈子"(《和黄鲁直烧香二首》其一),可见其说禅的性质。黄庭坚另一组《有闻帐中香以为熬蝎者戏用前韵二首》其一云:

> 海上有人逐臭,天生鼻孔司南。但印香严本寂,不必丛林遍参。

诗戏谓闻帐中香就可印证世界万法皆本寂的道理,不必再到诸方禅林去遍参祖师。"香严本寂"见于《楞严经》卷五载香严童子白佛之言。后来日本五山诗僧万里集九讲黄庭坚诗,编辑成册,便以《帐中香》为名,可见其借香说禅的影响。五山诗僧铁船野翁题《帐中香》曰:"香为江西诗祖焚,黄龙涎亦起清芬。鼻功德处耳功德,沙麓暮钟谁不闻。"可谓很好地概括了黄庭坚开创的香禅传统与临济宗黄龙派的关系。

借题画而说禅,是黄庭坚诗的另一个特点。画家的创作活动,与佛经中描写的幻师(魔术师)"依草木瓦石作种种幻"有某种相似之处。在题画诗中,黄庭坚常站在佛学的立场,将绘画看作如幻三昧的产物,是画家"幻出"的结果。他称文同画墨竹"能和晚烟色,幻出岁寒身"(《次韵子瞻题无咎所得与可竹二首人字韵咏竹》);又称苏轼画墨竹"因知幻物出无象,问取人间老斫轮"(《题子瞻墨竹》);并且称自己的草书"晚学长沙小三昧,幻出万物真成狂"(《戏答赵伯充劝莫学书及为席子泽解嘲》),任渊注引《传灯录》:"毗婆尸佛偈曰:'身从无相中受生,犹如幻出诸形像。'"黄庭坚最富禅意的是《题郑防画夹五首》之一:

惠崇烟雨归雁,坐我潇湘洞庭。欲唤扁舟归去,故人言是丹青。

这首诗用形象语言表达了深邃禅理,眉州象耳山袁觉禅师称赏"此禅髓也"(《五灯会元》卷十九)。诗的结构,第一句写"烟雨芦雁"的真画,第二句写"潇湘洞庭"的幻景,第三句写"扁舟归去"的幻觉,第四句回到"言是丹青"的真画。然而,真画所绘之景,本非实景,画本身也是幻景,如黄庭坚题画诗所说:"小鸭看从笔下生,幻法生机全得妙。"(《小鸭》)幻觉中出现的江湖归舟,则是诗人曾有过的真实体验。所以诗人观画而进入潇湘洞庭的想象,以及从扁舟归去的念想中重新被唤回,就涉及真景(真)与幻景(妄)的两次转换,而这种转换正暗示出禅学的精髓:真即是妄,妄即是真。"故人言是丹青"如当头棒喝,将执着于画面逼真的臆想唤醒。

又如《题伯时画观鱼僧》,《山谷年谱》卷二十二元祐三年(1088)条曰:"按旧本题云:'伯时作清江游鱼,有老僧映树身观之,笔法甚妙。予为名曰《玄沙畏影图》,并题数语云。'"题语有助于理解这首诗。诗曰:

横波一网腥城市，日暮江空烟水寒。当时万事心已死，犹恐鱼作旧时看。

李伯时画观鱼僧，黄庭坚坐实为晚唐高僧玄沙师备。玄沙少时垂钓打渔，不免杀生；而出家后戒杀生。黄庭坚根据玄沙一生的经历推测，画中的观鱼僧就应是他。前二句写渔人撒网捕鱼，其腥遍布城市，这并非写画中"清江游鱼"之景，而是想象玄沙未出家时犯下杀生的罪孽。后两句写老僧虽已脱尘缘，心同死灰，但面对游鱼，仍难免心存惕惧，担心游鱼认出"故时"的屠夫，因此将己身与树影融为一体。这就是所谓"玄沙畏影"。一幅观鱼僧的图，被黄庭坚当作玄沙的一段公案来看，题画诗便有几分颂古的味道。

　　元符三年（1100），黄庭坚从戎州贬所遇赦，作《题王居士所藏王友画桃杏花二首》，其一题画桃花云：

　　凌云一笑见桃花，三十年来始到家。从此春风春雨后，乱随流水到天涯。

"凌云"当作"灵云"，灵云志勤禅师见桃花而悟道，作偈云："三十年来寻剑客，几逢落叶几抽枝。自从一见桃花后，直至如今更不疑。"黄庭坚曾仿保宁仁勇作《渔家傲》颂灵云公案："三十年来无孔窍，几回得眼还迷照。一见桃花参学了，呈法要，无弦琴上单于调。摘叶寻枝虚半老，拈花特地重年少。今后水云人欲晓，非玄妙，灵云合破桃花笑。"（《山谷琴趣外编》卷三）他见到桃花图时，首先想到灵云悟道之事，而非传统诗歌天台刘郎或武陵渔人的典故。此诗将灵云公案与世尊拈花、迦叶微笑的禅宗经典场景联系起来,强调其三十年来终于"到家",回归心灵的家园,找到自我。后两句写桃花的命运,同时也表明自己任运随缘的态度。"乱随流水"的桃花在此诗中改变了它轻薄的形象,成为一种笑傲人生风雨、从容应对命运的人格的象征。

黄庭坚善于对一些特殊的事物作禅理的联想。比如《戏答陈季常寄黄州山中连理松枝二首》其二:

老松连枝亦偶然,红紫事退独参天。金沙滩头锁子骨,不妨随俗暂婵娟。

锁子骨指菩萨身,是本质。婵娟指妇人的美色,是菩萨为度世人而幻化的形相。老松的劲节犹如菩萨身,而它生出的连理枝则好似暂时幻化的美色。而诗人思路的是,参天的古松偶然生出象征儿女私情的连理枝,好比金沙滩头的锁骨菩萨,也不妨偶然化作人间的多情少妇。谐趣中暗含哲理,只要本质上不磷不缁,超尘脱俗,行为上不妨任运随缘,和光同尘。

遇上生病的事,黄庭坚更常用禅理来排解,而《维摩诘经》中维摩示疾的佛典,往往会出现在诗中。比如《又答斌老病愈遭闷》二首其一:

百疴从中来,悟罢本谁病?西风将小雨,凉入居士径。苦竹绕莲塘,自悦鱼鸟性。红妆倚翠盖,不点禅心净。

诗的头两句谓疾病无非是心的幻觉,只要心念之间消除了颠倒妄想，百病自然痊愈。三、四句既是暑热被西风夹着小雨驱除殆尽的外在现象，也是悟罢的"居士"战胜疾病烦恼后的内在感觉。五、六句写悟后之境，竹林环绕莲塘，鸟语宛转，鱼游自得，景物清幽，禅味悠长。最后两句暗用《维摩诘经》中天女散花的故事，戏称荷花为红妆翠盖，作为欲念诱惑的象征。诗人对此翠盖红妆美女，禅心全未受到点染，已悟入维摩诘居士之境界。全诗结合切身感受，以西风、小雨、苦竹、莲塘、鱼鸟、荷花等景物作陪衬暗示，禅境诗情，融为一体，无事障理障之弊。

黄庭坚有两首宗教意味极浓的诗颂，一首是《髑髅颂》：

> 黄沙枯髑髅，本是桃李面。如今不忍看，当时恨不见。业风相鼓击，美目巧笑倩。无脚又无眼，着便成一片。

这首颂以"枯髑髅"与"桃李面"两种形象的对比，以"不忍看"和"恨不见"两种态度的对比，生动演绎了业风鼓转、即色即空的佛理，冷峻中含有几分戏谑，调笑中含有几分悲悯，用文学的语言表达了佛教的情怀，可谓佛教文学的精品。另一首是《题前定录赠李伯牖二首》其二：

> 万般尽被鬼神戏，看取人间傀儡棚。烦恼自无安脚处，从他鼓笛弄浮生。

人世间犹如巨大的傀儡棚，众生的万般行为皆是表演。世相皆为幻相，人生如同看戏，亦如同演戏，众生都被似真而实幻的万般演出所戏弄。若能明白人生的一切皆似真而实妄,人身亦如木刻傀儡一样行为不能自主,那么烦恼就再无落脚处,不妨跟随傀儡戏的鼓笛声表演下去,随缘任运,游戏人生。与王安石咏傀儡诗相比,黄诗更翻进一层。

北宋晚期士大夫参禅学诗为一时风气,而黄庭坚就是其中诗禅皆有很高造诣的领袖人物。吕本中作《江西宗派图》,视黄庭坚为诗坛的宗主,以禅门宗派比拟诗歌宗派,其原因之一乃在于宗派成员大多都有参禅的经验。

《江西宗派图》列黄庭坚法嗣二十五人,今日有诗集传世者,大多都留下参禅的作品,除了饶节、善权、祖可三僧之外,被传灯录列为禅门法嗣的有徐俯、李彭,被禅籍视为参问佛法者有陈师道、洪刍、洪炎、韩驹等,此外谢逸、谢薖、晁冲之等人也好与禅僧交游。

陈师道(1053—1102),字履常,一字无己,号后山居士,彭城人。元祐中授徐州教授。他有净土信仰,又参禅有得。诗中言及西方净土之处较多,如《除夜》诗云:

七十已强半,所余能几何?悬知暮景促,更觉后生多。遁世名为累,留年睡作魔。西归端着便,老子不婆娑。

方回评此诗称其"'留年睡作魔'绝佳,谓不寐以守岁,而不耐困也"(《瀛奎律髓》卷十六)。《乐邦文类》卷五收此诗,则主要取其尾联对西方净土世界的向往,"婆娑"也作"娑婆",佛教所言娑婆世界意为忍土,是众生安于十恶的现实世界。《乐邦文类》于此诗下有按语曰:"后山又有三诗,亦志在西方,今撮其要句附于此。《寄参寥》诗曰：'平生西方愿，摆落区中缘。唯于世外人，相从可忘年。'《寄李学士》诗曰：'稍寻东刹论兹事，赖有西方托后车。'《别圆澄禅师》诗曰：'平生准拟西行计，老着人间此何意。他年佛会见头陀，知是当年老居士。'后山居士，真近代诗人冠冕，其拳拳乐邦乃如此。则凡风骚之士，岂可唯以'吟安一个字，捻尽数茎髭'为务耶？"

除了志在西方之外，陈师道也对禅宗理念深有所知。在《别宝讲主》诗中，他谈及自己的禅悦取向：

此地相逢晚，他方有胜缘。咒功先服猛，戒力得扶颠。惭息三支论，重参二祖禅。夜床鞋脚别，何日着行缠。

宝讲主应是义学讲师，陈师道劝他重参赵州、临济二位祖师之禅。尾联任渊注曰："尊宿云：'大修行人上床即与鞋履为别。'此言着行缠，盖以人命呼吸，须劝其早游方参学也。"据任渊《后山诗注》，陈师道的诗集中共使用《传灯录》中的词语四十八处。《规禅停云斋》诗可谓禅语的大杂烩：

净居众天人，宫殿随所适。少仕老不归，重门闭榛棘。道人秀丛林，妙语出禅寂。是身如浮云，随处同建立。平生与二子，嗜好用一律。我此复助缘，语绮已多责。何年一把茅，据坐孤崒崪。呵佛骂祖师，涂糊千五百。

净居、天人、丛林、禅寂、助缘、语绮，皆佛教术语，"是身如浮云"出自《维摩诘经》，"何年一把茅"以下三句用《传灯录》

德山宣鉴禅师公案,"涂糊千五百"又用《传灯录》三圣答雪峰语。

任渊称"读后山诗,如参曹洞禅,不犯正位,切忌死语,非冥搜旁引,莫窥其用意深处"(《后山诗注》卷首《后山诗注目录序》)。这种诗歌特点,是与他参究禅宗深有所得是分不开的。

谢逸(1068—1113),字无逸,号溪堂居士,抚州临川人。一生不仕,终老布衣。有《溪堂集》十卷传世。谢逸与惠洪友善,曾为惠洪作《林间录序》《圆觉经皆证论序》《应梦罗汉记》等。谢逸平居也参禅学佛,其诗中表现佛禅观念的作品不少。在京城的时候,他与贵公子王直方交游,为之作《王立之园亭七咏》,借园亭之名阐发禅理:

> 枕簟置一榻,几杖置一筵。扫室静如水,洗心学僧禅。何必快哉风,襟怀自泠然。是身岂无垢,要以道洗湔。倘不念清凉,恐为烦暑缠。虽居土囊口,内热如烹煎。我自悟此理,三伏扇可捐。定知与列子,相友以忘年。(《泠然斋》)

> 庵居已是介,又以介名庵。胡为酷好介,毋乃在律贪。人生要当介,公侯恐不堪。富贵不相贷,安得坐禅龛。客去自无事,客来不妨谈。但能了诸幻,起卧俱无惭。慎勿作住相,如茧缚老蚕。兴来出庵去,丛林禅可参。(《介庵》)

"泠然"二字本出自《庄子·逍遥游》"夫列子御风而行,泠然善也",谢逸此诗却认为"泠然"的感觉不在于外在的清风,而在于内心一念的清凉,用禅道洗净身心之垢,便可做到"襟怀自泠然"。这是以禅理改造道家之说,即以禅说道。"介"字本出自《周易·豫卦》"介于石",谢逸认为以介名庵,目的在于"律贪",即管束贪欲。然而公侯皆拥有富贵,又如何能"律贪"呢?又如何能坐禅龛呢?因此只有"能了诸幻",知道世界一切皆幻妄,"勿作住相",不要住心于事物之上,才能做到真正的"介"。这是以禅理阐发儒家的概念,即以禅说儒。

谢逸继承了黄庭坚诗借香喻禅的写作传统,如《以水沉香寄吕居仁戏作六言二首》云:

纸帐竹窗夜永,蒲团栾几人闲。万籁声沉沙界,一炉香袅禅关。

海上人多逐臭,水沉价不论钱。自是渠无佛性,非关鼻孔寥天。

第一首纸帐竹窗的环境,蒲团栾几的器物,皆是参禅的背景。在万籁无声的静夜里,一炉袅袅的香烟使人悟透禅关。这就是黄庭坚所说的"鼻观"之禅,可印证"香严本寂"的佛理。第二首叹息世人追名逐利,不知水沉香的价值。"寥"字当作"撩","鼻孔撩天"是禅门熟语。这里是说世人本无佛性,任是鼻孔撩天也不闻香气。诗虽是戏作,但也表明了谢逸对禅学的理解。

谢薖,字幼槃,号竹友居士,抚州临川人,谢逸之弟。有《竹友集》十卷传世。谢薖有《无逸病目以诗戏问》:

六根无牢强,万事有戕败。丹白岂不知,能令眼根坏。溪堂老居士,学道入三昧。空花结空果,过眼了无碍。偶然幻翳侵,恼此清净界。道人不易得,定为天所爱。恐君堕尘劫,豫此小惩戒。病眸点空青,勿作儿女态。为君祷于天,君病立当瘥。未忘觑诗书,不敢窥粉黛。

黄庭坚《次韵元实病目》诗曰:"君不见岳头懒瓒一生禅,鼻涕垂颐渠不管。"借用唐南岳懒瓒禅师不肯为俗人拭鼻涕的故事,"言当遗外形骸,不必以病目戚戚"(《山谷内集诗注》卷十九任渊注)。谢薖此诗也借问疾而说禅,安慰谢逸,眼中幻翳不过是空花空果,不必介意;是上天为避免谢逸堕入尘劫之中,有意使其病目,预先小作惩戒,警告其不得窥美色粉黛。诗为戏谑之作,涉及眼根和尘境的关系,说理非常有趣。

李彭,字商老,号日涉园夫,南康军建昌人。有《日涉园集》十卷传世。李彭与宗杲同参泐潭湛堂文准禅师,《续传灯录》列他为文准法嗣,属临济宗黄龙派南岳下十四世。李彭与江西诗僧祖可、善权、惠洪皆有唱酬,《日涉园集》中涉佛禅之诗不少。如《戏次居仁见寄韵》云:

长芦老人半圣号,眉毛不惜为谈空。静委耽禅如缚律,悬知选佛胜封公。影沉寒水雁无意,春入幽园花自红。欲向池阳参百问,却惭勾贼乱家风。

诗题下注云:"居仁见督参雪窦下禅。"居仁即吕本中,雪窦下禅属云门宗。长芦老人当指圆通法秀禅师,曾住真州长芦寺,是雪窦法孙。"眉毛不惜"是"不惜眉毛"的倒装语，为禅门熟语，意为不惜性命，指说禅详尽，老婆心切。"缚律"见《传灯录》载志公歌"律师持律自缚"，"选佛"见《传灯录》丹霞天然禅师"选官何如选佛"公案。"影沉寒水"句是天衣义怀禅师语："雁过长空，影沉寒水，雁无遗踪之意，水无留影之心。"义怀为雪窦法嗣。"春入幽园"句化用云门文偃禅师"春来草自青"之意。义怀晚年居池阳，其弟子圆照宗本曾至池阳参问。"勾贼乱家"是禅门熟语，李彭在此戏答吕本中，自已已参临济下禅，师从文准，不愿再参雪窦下禅，以免败坏门风。这首诗有趣之处在于不仅表达了士大夫参禅的文化背景，而且展示了北宋晚期禅门各派门风壁立的情况。

《云卧纪谈》卷下记载李彭所作十首颂古《渔父词》，词前有叙曰："日涉园夫与呆上人同泛烟艇，溯修江而上，游炭妇港诸野寺。呆击棹歌《渔父》，声韵清越，令人意界萧然。因语园夫曰：'子其为我作颂尊宿《渔父》歌之。'自汾阳已下，戏成十首，付呆上人，谈笑而就，故不复窜也。"其词曰：

南院嫡孙唯此个，西河狮子当门坐。绢扇清凉随手簸。君知么？无端吃棒休寻过。（一汾阳）

掌握千差都照破，石霜这汉难关锁。水出高源酬佛陀。哩棱逻，须弥作舞虚空和。（二慈明）

孤硬云峰无计较，大愚滩上曾垂钓。佛法何曾愁烂了。桶箍爆，通身汗出呵呵笑。（三云峰）

万古黄龙真夭矫，斩新勘破台山媪。佛手驴蹄人不晓。无关窍，胡家一曲非凡调。（四老南）

宝觉禅河波浩浩，五湖衲子来求宝。忽竖拳头宜速道。茫然讨，难逃背触君须到。（五晦堂）

贬剥诸方真净老，顶门眼正形枯槁。一点深藏人莫造。由来妙，光明烜赫机锋峭。（六真净）

积翠十年丹凤穴，当时亲得黄龙钵。掣电之机难把撮。真奇绝，分明水底天边月。（七潜庵）

骂佛骂人新孟八，是非窟里和身捞。不惜眉毛言便发。门庭滑，红炉大鞴能生杀。（八死心）

绝唱灵源求和寡，失牛寻得西家马。顾陆笔端难拟画。千林谢，吟风摆雪真萧洒。（九灵源）

选佛堂中川蓍莒，衲僧鼻孔头垂下。独秀握来无一把，杖头挂，从教四海禅徒讶。（十湛堂）

杲上人即大慧宗杲。这十首词不见于《日涉园集》，考其词调，当为《渔家傲》，是仿黄庭坚、惠洪的颂古词。不过，李彭对每一位古德的赞颂只用了单阕《渔家傲》，与前人不同。然而，其每相邻的两首单阕词用同一韵，这相当于五首正体双阕《渔家傲》颂了十位古德，这是其创新之处。这十位古德都是临济宗祖师，一脉相承，自"老南"（慧南）而下，都是黄龙派禅师，这可见出李彭和宗杲的禅学立场。另外值得注意的是，这组《渔父词》是在舟行击棹的环境下歌唱的，因而同时具有乐道与颂古的两种功能。词叙中的背景描写，有助于还原士大夫与禅僧之间日常禅悦的真实场景。

洪刍（1066—1129？），字驹父，南昌人。黄庭坚外甥，与兄朋、弟炎、羽并称"四洪"。今有《老圃集》二卷存世。洪刍曾从灵源惟清禅师问道，为庐山栖贤真教果禅师《注辅教编》作后叙。今诗集中有《从琏长老借书》一首云：

  折轴南来书五车，韦编贝叶映窗纱。老禅不用钻故纸，借与书生遮眼花。

前两句写自己好藏书，儒书佛书一概收罗阅读。后两句用禅典，皆见《景德传灯录》。古灵神赞禅师见其本师在窗下看经，蜂子投窗纸求出，便说道："世界如许广阔，不肯出，钻他故纸，驴年去。"洪刍借用来调侃琏长老不必读经。药山惟俨禅师看经，有僧问："和尚寻常不许人看经，为什么却自看？"师曰："我只图遮眼。"洪刍用来表示自己愿像药山那样看经。这样的借书理由都来自禅籍，非常幽默风趣，想必琏长老见此诗，不得不借书与他。

中编 南宋佛教诗歌

第一章 ○ 南渡初禅宗僧诗

第一节　临济宗黄龙派东山慧空

南北宋之交，临济宗黄龙派、杨岐派两支占了禅宗的大半壁江山，其中也涌现出不少诗禅皆有造诣的僧人。这是士大夫与禅僧进一步交往的必然结果，也是禅门"文字禅"倾向不可逆转的必然产物。在江西诗派与临济宗之间，诗和禅两种文化形态进一步相互渗透，相互借鉴，形成了诗中有禅、禅中有诗的独特文化景观。

黄龙派僧诗可以东山慧空之作为代表。慧空（1096—1156），号东山，福州人，俗姓陈。十四岁圆顶，游诸方遍谒老宿。南渡后避寇至曹溪，后于临川疏山参究草堂善清禅师，得契悟，为其法嗣，属临济宗黄龙派南岳下十四世。绍兴二十三年（1153），开法福州雪峰。有《福州雪峰东山空和尚语录》

《雪峰空和尚外集》传世。

释晓莹评价慧空的诗偈"风韵高妙,于事理尤为圆融"(《罗湖野录》卷三),并举例予以说明,其中有一首《雪中和僧偈》曰:

> 盖覆乾坤似有功,洞然明白又无踪。其如未识无踪处,玉屑霏霏落眼中。

这是一首咏雪诗,所寓的禅理大致应是:佛法函盖乾坤,周遍世界,洞然了达,简易明白,然而其一切皆归于"无"。若不识"无"的妙谛,则佛法本身也会成为眼里的病翳,即觉悟的障碍。"覆盖乾坤"出自云门三种句"函盖乾坤","洞然明白"出自三祖僧璨《信心铭》,"玉屑霏霏落眼中"点化禅门"金屑虽贵,落眼成翳"的话头,都做到既吟咏大雪的状貌,又双关禅学的妙谛。其写作手法颇类似黄庭坚提倡的"点铁成金",做到了"句中有眼",即句中蕴藏着禅宗的"正法眼"。又如他的《拟月》诗:

> 圆时缺处何曾有,缺处圆时自俨然。举世尽随圆缺走,几人透出未生前。

月亮本无所谓有圆有缺,圆缺的现象不过是一种虚幻不实的尘境。他感叹世人之所以随着月亮的圆缺过日子,是因为未认识到"父母未生前"的绝对本真的存在状态。这种借咏月而谈禅的诗偈,也属于"于事理尤为圆融"一类。

慧空的诗偈往往能将谐趣与哲思融为一体，就世间或禅门的现象作出有趣的说明。比如《尤溪补陀岩》诗：

> 岩下溪声倾法雨，岩头云树耸华冠。游人不入普门境，只作青山绿水看。

补陀岩之"补陀"，为梵文译音，亦作普陀，为观音菩萨说法处。此诗前两句用宗教眼光看补陀岩，则溪声如倾法雨，云树如耸华冠，俨然为观世音普门境界。然而，用世俗眼光看补陀岩，则不过是一般的青山绿水而已。这里显然说明了这样一个哲理，不同立场对同一事物的认知，会有高下之别，俗人不可能领略补陀岩。对于非佛教的眼睛，再美的普门境也没有意义，这正如对于非音乐的耳朵，再美的音乐也没有意义一样。

在日常生活的书写中，慧空也有一些诗禅相融的佳作，如《食笋》诗：

> 机泉捣粳炊明玑，竹根烧笋然竹枝。锦绷稚子犊献角，玉版阿师囊颖锥。同盘苦觉风味好，对客不知寒涕垂。古来山林例穷饿，藜苋诳腹蕨充饥。我今一饱万想灭，老马释羁牛脱縻。南山苍苍入箕踞，凉月囝囝生谈犀。公无说与市朝子，啄腐吞腥渠得知。

诗中使用了有关竹笋的隐语和禅门典故，如"锦绷稚子"代指竹笋，见《冷斋夜话》卷二引唐人《食笋》诗"稚子脱锦绷，骈头玉香滑"；"玉版阿师"也代指笋，见苏轼《器之好谈禅，不喜游山。山中笋出，戏语器之可同参玉版长老，作此诗》。"犊献角""囊颖锥"皆比喻竹笋形状。"不知寒涕垂"用南岳懒瓒禅师事。诗歌表现了山僧的饮食生活与精神追求以及对"市朝子"的鄙视。

表现日常生活诗意栖居的态度，是慧空诗偈的特色之一，比如《与梦石分岁》一诗，写自己与友人除夕守岁至夜半的乐趣：

岁尽人人有可分，翁今分岁亦随群。饼翻溪上团团月，鲙缕檐间细细云。漱壑醴泉春万斛，堆盘珠粉雪千斤。两翁一饱风颠在，倦仆饥僮总未闻。

据晋周处《风土记·岁时》："除夜祭先竣事，长幼聚饮祝颂而散，谓之分岁。"慧空这首诗首联称自己随世间习俗分岁。颔联和颈联则戏谓自己与梦石分岁时"聚饮"的饮食，无非是溪上如饼的圆月，檐间如鲙的细云，以壑水为杯中醴泉，以积雪为盘中珠粉，丰富多样。尾联谓自己与梦石两翁吃饱喝足，而其间的"风颠"的精神享受，饥饿的僮仆总是难以领会。此处化用苏轼"贫家何以娱客？但知抹月批风"（《和何长官六言次韵五首》其四）之句，而这也是宋代禅林中流行的"薄批明月，细切清风"之类习语的翻版，踵事增华，坐实穿空。

作为临济宗的僧人，慧空也继承了黄庭坚、惠洪以来《渔家傲》说禅的传统。他有《渔家傲四篇寄梦石》，试看其一首：

说法澜翻河汉渺，天龙寂听天魔悄。忆昔母怀通夕皎，香风香,梦吞佛祖元非小。 擘海取龙金翅鸟,从前手段今谁晓。少处添些多减少,何遮表,义成一切同时了。

此词上阕赞颂梦石讲说佛法的威力,其母梦吞佛祖,故他生来不凡。下阕称赞梦石讲经手段不凡。"擘海取龙金翅鸟",事见诸佛书如《摩诃僧祇律》《大智度论》等,喻破灭天魔外道。"遮表",指解释佛经的两种方式:遮诠和表诠。后三句谓梦石讲经随机应变,不拘泥于遮诠、表诠,只为义例透彻明了。这组《渔家傲》有别于颂古类型,应是慧空对此禅门唱道歌曲的拓展。

慧空与江西派后期重要诗人曾幾往来密切,诗偈唱酬,这在《雪峰空和尚外集》和曾幾《茶山集》中能找到对应的作品。一次是慧空作《谢曾运使惠诗拜石炉二首》:

公诗妙天下,当与天下共。我欲私藏之,奈此知者众。乃持海一滴,施作无尽供。莫生文字见,句句是日用。

净名丈室中,熏炉亦冰雪。持供雪山僧,芦花与秋月。客有问法来,跨门或未瞥。爇尔怀中香,听此石友说。

第一首感谢曾幾赠诗,称赞其诗妙天下,如同大海一般,而以其一滴水赠给自己,便相当于无穷的法供。不应将其诗当作文字看待,而诗句皆是日用工夫。第二首感谢曾几赠石炉,比曾为维摩诘,将丈室中的熏炉赠给自己。若有客来问法,石炉可熏香说法,如同石友。曾幾读罢,作《次雪峰空老韵二首》:

雪峰僧中龙,此道谁与共。萧然两伽陀,不举似大众。

独贻茶山老,以当蒲塞供。岩花与涧草,信手拈来用。

独烹茶山茶,未对雪峰雪。须知千里间,只共一明月。陈家参玄人,道眼应一瞥。为语管城君,相从炽然说。

第一首诗中的"伽陀",梵文音译,意即偈颂,"两伽陀"代指慧空寄来的两首诗。"蒲塞",梵文音译,伊蒲塞之略称,意指在家受戒的男性佛教徒,这是曾幾自称,即所谓"在家衲子"。诗意是说,慧空是杰出的僧人,其两首偈颂不举给大众看,却专门送给茶山居士,为居士的法供。犹如岩花与涧草,信手拈来,皆有妙用。第二首写两人虽隔千里,却同享明月。"陈家参玄人"指慧空,俗姓陈。"管城君"代指毛笔,"炽然说"意谓以毛笔说法,三字出自南阳慧忠国师语:"问:'无情既有心性,还解说法否?'师曰:'他炽然常说,无有间歇。'"(《景德传灯录》卷二十八)

另一次是曾幾作诗寄慧空,对其诗偈极为叹服,其诗《茶山集》不载,见于《罗湖野录》卷下:

江西句法空公得,一向逃禅挽不回。深密伽陀妙天下,无人知道派中来。

称赞慧空一向遁世参禅从而,真正领悟到黄庭坚的"江西句法"。他所作"伽陀"(诗偈)禅意深密,妙绝天下,却无人知道是出自江西诗派。这首诗反映出在南渡后江西诗派的影响,同时也说明在曾幾心目中,"江西句法"与"深密伽陀"之间隐含一种对应关系。慧空得诗后,作《和曾运使》六首,试看其一：

> 心法两忘诸说到，文章百炼古风回。方惊吸尽西江口，又出江西一派来。

诗中赞誉曾幾禅学文章皆擅，既有"一口吸尽西江水"的禅学工夫，又有出自"江西一派"的诗学传统。慧空与曾幾的唱酬，为文学史提供了江西诗派与禅门宗派相互影响的绝佳例证。

第二节　临济宗杨岐派竹庵士珪与大慧宗杲

杨岐派禅僧在两宋之际更为活跃，代表人物是士珪和宗杲。士珪（1083—1146），字粹中，成都人，俗姓史。年十三，于大慈寺落发。年十八出川东游，遍参诸方。登舒州龙门，于佛眼清远言下大悟，嗣其法，为临济宗杨岐派南岳下十五世。继佛眼住褒禅。靖康改元，移庐山东林，以兵乱退居分宁西峰。入闽，住圣泉、鼓山，迁雁荡能仁、温州龙翔。士珪住褒禅山时，东遍植竹而为退居之处，名曰竹庵，有诗曰："种竹百余个，结茅三两间。才通溪上路，不碍屋头山。黄叶水去住，白云风往还。平生只这是，道者少机关。"（《云卧纪谈》卷下）此后禅林称其为"竹庵珪"或"珪竹庵"。《续古尊宿语要》辰集收录《竹庵珪和尚语》，皆为上堂法语。他的诗颂则散见于各禅籍，《古尊宿语录》卷四十七收有《东林和尚、云门庵主颂古》，为士珪与宗杲所作颂古各一百一十篇。此外，《云卧纪谈》《人天眼目》《禅宗杂毒海》《声画集》还收有他若干诗颂。

士珪少好作诗，携诗卷与士大夫游。晚年禅学精进，诗禅皆为时人推崇。其所交往的士大夫甚多，知名者有陈瓘、李纲、韩驹、吕本中、张元幹等。士珪曾与韩驹论诗曰："鲁直《清江引》'浑家醉着篷底眠，舟在寒沙夜潮落'，说尽渔父快活。"（《诗人玉屑》卷八引《陵阳先生室中语》）可见他颇为熟悉黄庭坚的诗歌。韩驹评价士珪曰："直自三湘到七闽，无人不道竹庵名。诗如雪窦加奇峭，禅似云居更妙明。"（《陵阳集》卷四《送东林珪老游闽五绝句》之四）这首诗并非夸张的恭维，而是有相当的写实成分。南宋周孚回忆道："龚良臣无恙日，手抄珪粹中诗数十篇见遗。"王庭珪也曾手抄士珪诗，并评价："珪粹中尝有诗送余乡人彭青老，兼以见寄，且叙云：'为异时莲社之依。'其诗盖从三摩钵底来，不假雕镂，而放逸自在。"（《卢溪文集》卷四十九《题珪粹中偈后》）足可见士珪的诗在当时很受士大夫欢迎。

士珪送彭青老的诗偈，未见于诸禅籍和诗选，《全宋诗》也未收录，其诗共二首，试录如下：

芒鞋竹杖西出关，行尽千山与万山。黄尘乌帽不埋没，丹霞选佛非选官。

请君抬起幞头脚，向上犹有二四着。再拜更问王老师，老师规模难摸索。

彭青老大约是参禅的居士。第一首"芒鞋竹杖"语本苏轼《定风波》"竹杖芒鞋轻胜马"，"黄尘乌帽"语本黄庭坚《呈外舅孙莘老》"九陌黄尘乌帽底","选佛非选官"用丹霞天然禅师公案。诗中勉励彭青老游方参禅,选官不如选佛。第二首"幞头脚"为乌帽系在脑后的带子,"王老师"指唐南泉普愿禅师,诗意谓彭青老应当向上一路,参究南泉之禅。

士珪的颂古一百一十篇,大都属于"不假雕镌而放逸自在"的风格,保持了禅门的本色,试举两首为例:

少室山前风过耳,九年人事随流水。若还不是弄潮人,切须莫入洪波里。

江西一喝动乾坤,大用全机是灭门。三日耳聋风过树,累他黄檗丧儿孙。

前一首是颂达磨大师九年面壁公案,"少室山前"指嵩山少林寺所在地。后一首颂马祖喝百丈三日耳聋公案,"江西"代指马祖,《景德传灯录》称马祖为"江西道一禅师"。此"喝"由百丈怀海传给弟子黄檗希运,黄檗再传给临济义玄,丛林称为"临济喝"。由此可见,士珪的颂古主要是正面赞颂古德的遗事,扣合公案主题。当然,他的颂古中也有部分属于"绕路说禅"的形式,使用意象语言来暗示公案,如:

世路风波不见君,一回见面一伤神。水流花落知何处,洞口桃源别是春。

这首所颂的公案是:南阳忠国师一日唤侍者,侍者应喏,如是三召三应。国师云:"将谓吾辜负汝,却是汝辜负吾。"然而颂中全然未及公案的只言片语，仿佛是一首平常的送行诗，其象征的禅意令人费解。就这一点来说，他可算得上是"诗如雪窦加奇峭"。

南渡前后，江西诗派在诗坛影响甚大，士珪所交往的韩驹、吕本中皆是诗派的中坚。此诗派中人多师法苏轼、黄庭坚，好作题画诗，包括祖可、善权、如璧三诗僧在内皆如此。士珪的爱好大致与之相类，《声画集》今存其题画诗二首，其中《观行上座所作维摩问疾图》颇有特点：

> 道人眈眈痴虎头，了然雷转开双眸。枯木已死寒岩秋，定中霹雳摧四牛。起来下笔不能休，新诗字字蟠银钩。发其余者漫不收，散而纵横为九流。我观此画真其尤，病维摩诘小有瘳。文殊大士从之游，彼上人者难对酬。两公文章虎而彪，万古凡马空骅骝。向来曹韩与韦侯，笔端亦尝知此否？世间画本多山丘，阅人何翅如传邮。对此可以销百忧，先生胡为吟四愁。

此诗所用体裁为"柏梁体"，句句押韵，一韵到底。诗的前两句谓行上座如画家顾恺之（顾虎头）有画痴，目光炯炯，了然明白。"枯木"二句称赞其坐禅不动，兀如枯木，然而禅定中有神力。"霹雳摧四牛"出自法显译《大般涅槃经》卷中："若复有人，正念坐禅，遇天霹雳，雷电震曜。时有耕者兄弟二人，闻此惊怖，应声而死，又有四牛，亦皆顿绝。而坐禅者，不觉不闻。"接下来四句写行上座从定中起来后，下笔作诗，诗新而字美，而其余力则发散为各种技艺，绘画即是其中之一。"我观此画"四句正面写《维摩问疾图》的内容，维摩示病，文殊问疾，二大士对谈。"两公文章"四句，喻维摩和文殊二大士如虎彪文采斑斓，又如骏马骅骝，一洗万古凡马空，唐画马名家曹霸、韩幹、韦偃都难以画出其神骏。结尾四句说世上图画甚多，然而只有对此《维摩问疾图》可消除忧愁，赞美了此图的宗教力量。诗中用事涉及内外典，有几分"以才学为诗"的味道。

当然，士珪的诗歌成就也遭到保守禅师的不满，如士珪的同门正堂明辩禅师《与日书记书》云："若要道行黄龙一宗振举，切不可缔章绘句晃耀于人，禅道决不能行。古有规草堂，近有珪竹庵，更有个洪觉范，至今士大夫只唤作文章僧。"（释圆悟《枯崖漫录》卷中）然而，明辩禅师本人说法，其实也好用"缔章绘句"，如上堂云："华开陇上，柳绽堤边。黄莺调叔夜之琴，芳草入谢公之句。何必闻声悟道，见色明心。非唯水上觅沤，已是眼中着屑。"（《五灯会元》卷二十）这也与唐代祖师说禅的风格相去甚远。可见，"文字禅"的风气至此已不可逆转。

士珪的好友宗杲是临济宗一代宗师，在当时和后世的禅林地位崇高。宗杲（1089—1163），字昙晦，宣州宁国人，俗姓奚。年十三出家，十七落发受具。遍参诸方，从宣州明教绍珵禅师，常请益雪窦拈古颂古及古宿因缘。又从大阳元首座、洞山微和尚、坚侍者三人参究，尽得曹洞宗旨。又先后谒云门宗心印珣禅师、临济宗黄龙派湛堂文准禅师。湛堂殁，谒张商英求塔铭。商英名其庵曰妙喜。谒圆悟克勤于东京天宁，晨夕参请，得契悟，为首座。尚书右丞吕好问（吕本中之父）奏赐号佛日大师。靖康难作，南下，居云居古云门。后避难走湖南，转江西，入福建，筑庵长乐洋屿。丞相张浚请住径山。因与张九成交往，触怒秦桧，追牒谪衡州，数年移梅州。后以朝旨住明州育王，又诏复住径山。孝宗赐号大慧禅师。卒，赐谥普觉。有《大慧普觉禅师语录》三十卷传世。宗杲在南宋士大夫中极有声望，据《大慧普觉禅师年谱》称，"士大夫恪诚扣道，亲有契证"者，有李邴、曾开、张九成、蔡枢、江安常、吴伟明、冯楫、吕本中等十八人；"抠衣与列，佩服法言"者，有汪藻、李光、曾幾、楼照、汪应辰、汤思退、曹勋、张孝祥等二十一人；"其余空而往，实而归者众矣"。

在禅宗史上，宗杲以提倡"看话禅"知名，开创一代新禅风。所谓"看话禅"，是要禅人就公案中的一句话头死死参究，因此大发疑情，力求穿破语言的铁壁，进入一种前思维、前语言的状态。这可称之为一种语言解构主义的禅。然而，正如同时代提倡"默照禅"的天童正觉禅师一样，这种反对语言文字的禅法并不妨碍宗杲在说法时留下大量文字，包括诗歌文字。《全宋诗》主要据《大慧普觉禅师语录》收录其诗五卷，朱刚、陈珏《宋代禅僧诗辑考》据各禅籍、年谱又收录其诗五十余首，共计有数百首。

宗杲作诗颂，不太讲究文采，信手拈来，头头是道。他的颂古，大抵保留禅门本色，不求"缔章绘句"，如下面两首：

金鳌一掣沧溟竭，徒自悠悠泛小舟。今日烟波无可钓，不须新月更为钩。

马驹喝下丧家风，四海从兹信息通。烈火焰中捞得月，巍巍独坐大雄峰。

前一首是颂达磨大师九年面壁公案，写的却是渔父生活，这是典型的"绕路说禅"。后一首是颂马祖喝百丈三日耳聋公案，正面提及"马驹喝下"，"烈火焰中捞得月"比喻被喝耳聋后的豁然悟解，因痛而有得；"大雄峰"是百丈山的代称，颂百丈怀海悟后的境界。整体而言，宗杲的颂古与士珪非常接近，更多地继承了汾阳善昭而非雪窦重显的传统，较为朴质。

宗杲与士大夫之间的酬答，也不过分雕琢文字，语言明白晓畅，不作奇特之语，比如《寄无垢居士》：

> 上苑玉池方解冻，人闲杨柳又垂春。山堂尽日焚香坐，常忆毗耶杜口人。

无垢居士即张九成，此诗作于绍兴十八年（1148）正旦，时在衡州。"焚香坐"写自己的日常生活，"毗耶杜口"用维摩诘居士默然无语入不二法门的故事，代指无垢居士。宗杲和张九成俱受秦桧迫害，所以此诗用修禅之事来安慰对方。

宗杲门下有位掌记室的诗僧，法名庆老，字龟年，号舟峰庵主，词章华赡，颇为参政李邴所赏，"以为得韦苏州风味"。并在祭文中称其为"今洪觉范，古汤慧休"，以古今著名诗僧比况。庆老《自题记容》曰："检点眉毛太通真，伏犀插脑见精神。霜髭渐茁何妨老，褛褐长披却耐贫。一壑平生专畏影，十方从此倦分身。君看逐块纷无数，孰与清源独角麟。"前四句写形貌，后四句写志趣，非常切合身份。但宗杲却不喜欢这样的诗僧，虽跟从他有年，却不印可，曰："正如水滴石，一点入不得。"认为正是语言文字为祟，妨碍他入道（见洪迈《夷坚志·乙志》卷十四《庆老诗》,又见《云卧纪谈》卷上)。由于有这样鄙视诗歌的观念,所以宗杲诗颂中极少有格律严谨的五七言律诗,即便使用律诗格式,也较为粗朴,缺乏烹炼之功。如《六湛堂》诗:

> 非湛非摇此法源,当机莫厌假名存。直须过量英灵汉,方入无边广大门。万境交罗元不二,六窗昼夜未尝昏。翻思庞老事无别,掷剑挥空岂有痕。

这首诗是唱和天童正觉《六湛堂》诗而作。《罗湖野录》卷三记载:"天童觉禅师岁莫过卫寺丞进可之庐,有堂曰'六湛',盖取《楞严》'六处休复,同一湛然'之义。觉作偈云:'风澜未作见灵源,六处亡归体湛存。诸法性空方得座,一弹指顷顿开门。寒梅篱落春能早,野雪棂窗夜不昏。万象森罗心印印,诸尘超豁妙无痕。'妙喜老师自径山继至,卫命和之。"清道霈禅师《圣箭堂述古》评曰:"或疑二师道合,而言似有顿渐。何也?良以按题发挥,宏智擅美于前;尽力驰骋,大惠夺标于后。又宏智为寺丞说法,故不免步步区区;而大惠直说自己心中所行法门,乃尔浩浩荡荡也。"六湛,指眼耳鼻舌身意六根湛然。正觉诗颈联"寒梅篱落""野雪棂窗"以意象说理,宗杲诗颈联"万境""六窗"皆出自佛经,直接说禅,仅"掷剑挥空"借事说理,所谓"直说自己心中所行法门",这正是宗杲禅诗的特点。

其他有关禅门仪式的诗颂,宗杲也不讲文采,单刀直入,风格如临济棒喝,直截根源,无唱叹之味。如《为超禅人下火》

山下麦黄蚕已断,一队死人送活汉。活人身似铁金刚,即今再入红炉锻。

明明是活人送亡僧下火,却反过来说"死人送活汉";明明是死人身体硬邦邦,却反过来说活人入红炉锻金刚不坏身。这里"死"与"活"的概念超越了俗谛的认识,而其粗朴的语言中却透露出几分机智的幽默。

宗杲说法时也偶用诗句,比如他到雪峰时正逢建菩提会,被请作普说,问话毕,乃云:"菩提宿将坐重围,劫外时闻木马嘶。寸刃不施魔胆碎,望风先已竖降旗。"(《大慧普觉禅师语录》卷十三《普说》)虽然宗杲并不提倡"诗禅",其诗作本身也无多少典范性,然而他毕竟留下《语录》三十卷,其中有不少铭赞偈颂,而且作过颂古一百一十则,数量上亦可禅僧中的大家,特别是他的禅法对士大夫影响甚大,客观上推动了僧诗和士大夫禅诗的创作。临济宗杨岐派宗杲一系,后来出了不少著名诗僧,应该与他留下的诗颂遗产有一定关系。

第三节 曹洞宗真歇清了与宏智正觉

曹洞宗在北宋末兴起,到南宋初已占有禅林小半壁江山,逐渐取代云门宗而与临济宗抗衡。丹霞子淳的弟子一代,已经进入南宋,其中代表人物是真歇清了和天童正觉。从禅诗的角度而言,清了和正觉也颇值得一提。

清了(1089—1151),自号真歇,又号寂庵,西蜀左绵人，俗姓雍。十一岁出家，试《法华经》得度。后参丹霞子淳禅师，登钵盂峰，豁然契悟，得丹霞认可，为其法嗣，属曹洞宗青原下十三世。谒真州长芦寺祖照禅师，为侍者，宣和四年（1122），继祖照住持长芦法席。南渡后，尝住福州雪峰、明州育王、温州龙翔、杭州径山等多处道场。卒谥悟空禅师。门人编有《真州长芦了和尚劫外录》《真歇和尚拈古》《一掌录》等。南渡士大夫从清了问道者很多，知名者有李纲、吕本中、张元幹、李弥逊等人。

  清了不以文学知名，然而其诗也有一定的艺术水平。如《禅门诸祖师偈颂》卷下之上收真歇清了《华藏无尽灯记》，该文以镜与灯为喻，阐述《华严经》宗旨："故有修多罗教开如幻方便，设如幻道场，度如幻众生，作如幻佛事。譬东南西北上下四维，中点一灯，外安十镜，以十镜喻十法界，将一灯况一真心。一真心则理不可分，十法界则事有万状。然则理外无事，镜外无灯。虽镜镜中有无尽灯，惟一灯也；事事中有无尽理，惟一理也。以一理能成差别事故，则事事无碍；由一灯全照差别镜故，则镜镜交参。"文末有偈一首云：

  灯镜镜灯本无差，大地山河眼里花。黄叶飘飘满庭际，一声砧杵落谁家？

  诗偈首句阐述镜灯无穷、万状一理的哲思，次句说山河大地皆为眼中的空花，阐明法界如幻的佛理。后两句以富有诗意的风景及声音的描写，表明"众生居一切尘中，而不知皆毗卢遮那无尽刹海"。黄叶飘落满庭，砧声传遍千家，前者象征一切色尘，后者象征一切声尘，而这满庭黄叶、一声砧杵，又何尝不是无处不在的毗卢遮那佛的华藏法海呢？明袁宏道《西方合论》卷四称真歇清了"以帝网千珠，发明净土圆融之义"，正是肯定了清了用《华严》说净土的开创之举。

清了有《题涅槃堂》一首，《劫外录》未收，见于明释袾宏《云栖大师山房杂录》卷二，其诗云：

> 访旧论怀实可伤，经年独卧涅槃堂。门无过客窗无纸，炉有寒灰席有霜。病后始知身是苦，健时多半为人忙。老僧自有安闲法，八苦交煎总不妨。

袾宏《题涅槃堂序》评论道："真歇了禅师，有涅槃堂诗一律，凄惋警切，令人悲感兴起。"涅槃堂，又名延寿堂、省行堂、无常院，是佛寺中送病僧使之入灭的场所。诗的首联写独卧涅槃堂中等待死亡并回忆往事的伤感。颔联写涅槃堂居住的简陋荒凉，环境凄苦冷清。颈联说理，以病后和健时两种心理状态作对比，语言通俗明白，如警世格言。尾联说自己有一种调心的方法，任凭生、老、病、死、爱别离、怨憎会、求不得、五盛阴等八苦煎熬，也无妨安闲平静。这首诗前半"凄惋"而后半"警切"，在同情涅槃堂中病僧悲凉境地的同时，为之提供了反省人生、超越痛苦的安乐法，以至于袾宏认为此诗可作为"病僧药石"。

《劫外录》中有《偈颂》十首，皆为五言律诗，虽然都是谈禅说理的作品，但平仄合律，对仗工整，艺术上比较讲究。试举两首：

兀兀忘机巧，灰来已得纯。虚明无间断，净妙绝疏亲。密户寒灯晓，灵花古洞春。回途赓雪韵，门里绿苔新。

湛寂凝然透，孤明彻底空。秋风生古韵，晓月上寒松。量外千差泯，机前六用通。应缘成底事，毕竟不留踪。

前一首的首联写兀然无知，全忘机巧，心如死灰，纯然无杂。颔联写此兀兀状态下对世界的体悟，无论是时间上还是空间上，皆是无间断的虚明；而其净妙的境界，已泯灭亲疏的分别，万法平等。颈联写密闭的门户中一夜寒灯燃到晓，古洞里枯木逢春，灵花再放。这景物描写当然不是写实，而似是暗含曹洞宗宗旨，"密"与"灵"二字令人想起大阳警玄禅师的付法偈"深密护灵根"之句。尾联写回家路上还在赓和咏雪诗时，家门里的青苔已是一片新绿，这喻示禅修功到自然成。《筠州洞山良价禅师语录》："欲知此事，直须如枯木生花，方与他合。"此偈的前四句用禅语说理，后四句用景语喻禅。后一首的首联写禅悟后的心境，湛然通透，澄明空寂。颔联用秋风和晓月两组意象来形容这种无法言说的禅悟状态。颈联写禅悟后认识的世界，再也没有千差万别，一切平等；而禅悟后自身的眼、耳、鼻、舌、身、意等六根，也可相互为用，这就是《楞严经》所说"六根互用"。尾联说禅悟本身乃是应缘而至，无踪迹可寻。

清了的《偈颂》十首中更能体现曹洞宗家风的是以下两首：

不犯清波句，澄江涵一钩。桌头风色静，篷底夜明秋。雁影沉寒水，芦花隐白牛。须知耕钓外，稳密类难收。

路断无依着，空船载月归。力穷忘一色，功尽丧全机。密混凝流处，融通向背时。古帆风静夜，任运应高低。

这两首诗偈表面上写渔父生活，而实际上是暗示曹洞禅法，其中充满了禅门的隐喻。前一首"不犯清波句"出自船子和尚"竿头丝线从君弄，不犯清波意自殊"之语；"雁影沉寒水"出自天衣义怀"雁过长空，影沉寒水"之语。"芦花隐白牛"则是若干禅典的组合，"白牛"语出大安禅师的"露地白牛"，而"芦花"句很可能与曹洞宗的《宝镜三昧》禅旨相关，《五灯会元》卷十四芙蓉道楷禅师："问：'夜半正明，天晓不露，如何是不露底事？'师曰：'满船空载月，渔父宿芦花。'"同时，"芦花隐白牛"的比喻也非常类似《宝镜三昧》的"银碗盛雪，明月藏鹭"，表混同一色之意。《劫外录》记载："僧问'如何是空劫已前事？'师云：'白马入芦花。'"与此"芦花隐白牛"喻意相同。后一首"空船载月归"出自船子和尚"满船空载月明归"之句。"力穷""功尽"二句皆批评参禅过分执着，以至于丧失对世界一色、全机的把握。因此作为渔父，应该把水凝和水流混同起来，把向风和背风融通看待，在静夜里让古帆任运随风而高低收放。两首偈中分别有"不犯""隐""稳密""密混"的字眼，皆是曹洞禅的标志。顺便说，《偈颂》十首中共有五处"密"字。此外，偈颂里还有"木鸡啼晓户，石女夜生儿"这样的"格外谈"，也继承了投子义青以来曹洞宗禅偈的传统。

正觉（1091—1157），隰州隰川人，俗姓李。从丹霞子淳禅师得悟，为其法嗣，为清了同门师弟。先后住持泗州普照，舒州太平，江州圆通、能仁，真州长芦，明州天童。绍兴二十七年(1157)卒,诏谥宏智禅师,塔曰妙光。有《宏智禅师广录》九卷传世。正觉在南渡后,大力提倡"默照禅",曾作《默照铭》《坐禅箴》等述其大要。所谓"默照禅",其实就是一种摄心静坐的禅法,要求潜神内观,息虑静缘,彻见诸法本源,以至于悟道。据冯温舒《天童觉和尚小参语录序》曰:"建炎末,应缘补处太白之麓,海隅斗绝,结屋安禅。会学去来,常以千数,师方导众以寂,兀如枯株,而屦满户外,不容终默。"(《宏智禅师广录》卷五)这种禅法很容易让人想起禅宗初祖菩提达磨"面壁而坐,终日默默"的"壁观禅",以及唐石霜庆诸禅师门下"长坐不卧,屹若株杌"的"枯木众"。

虽然正觉的"默照禅"带有向早期禅学传统复归的色彩,但为了宣扬其禅法,不得不以语言文字的形式引导禅众,一方面如冯温舒所言"故当正座举扬,或随叩而酬以法要,或因理而毕其绪言"(《天童觉和尚小参语录序》),另一方面也大量借用诗歌的形式向僧俗大众宣说曹洞宗旨。从《宏智禅师广录》所收录的铭赞偈颂等诸多"文字"来看,他在诗歌方面的才能丝毫不亚于当时著名的诗僧,正是这一点,使他在"文字禅"风行的南渡前后就已声名大振。正觉住真州长芦时,仿效雪窦重显禅师作颂古,"摭古德机缘二百则,颂以宣其义。拈以振其纲",雅韵清吹,文采斐然,诚如其法嗣闻庵嗣宗所言:"烂成春意,东风暖而山被锦云;湛作秋容,半夜寒而水怀璧月。"(《宏智禅师广录》卷二《长芦觉和尚颂古拈古集序》)后世金元曹洞宗万松行秀禅师遴选评唱其颂古一百则,集为《从容庵录》,与圆悟克勤评唱雪窦颂古的《碧岩录》齐名。

与雪窦重显的风格相类似,正觉上堂说法也常常用七言四

句,出口成章,文辞优美,如:

上堂云:"一亘清虚夜正央,桂宫老兔冷喷霜。混融明暗无分处,谁辨个中偏正方。"(《宏智禅师广录》卷一《泗州大圣普照禅寺上堂语录》)

上堂,举百丈问沩山:"并却咽喉唇吻,道将一句来。"山云:"却请和尚道。"师云:"大雄父子许雍容,消息传通到劫空。寒卧老蟾呼不觉,扶疏丹桂月朦胧。"(同上《舒州太平兴国禅院语录》)

师于六月初三日退院,辞众上堂云:"衲僧去就水云姿,偶堕夤缘出应时。今日又归林壑去,得便宜了得便宜。"(同上《江州庐山圆通崇胜禅院语录》)

上堂云:"渐渐西风敛气浮,远天野水一般秋。衲僧歇到兹时节,坐照寒光湛不流。"(同上《江州能仁禅寺语录》)

庄上回上堂云:"南亩黄云禾弄穟,中洲白雪苇成花。归舟恰向其间过,一棹清风夜到家。"(同上《真州长芦崇福禅院语录》)

十月旦上堂云:"开炉岁岁是今朝,暖气潜通称我曹。可惜丹霞烧木佛,翻令院主堕眉毛。"(《宏智禅师广录》卷四《明州天童山觉和尚上堂语录》)

类似的例子不胜枚举,无论住持任何禅院,正觉都保持这样的风格,这完全是标准的"杜撰四句落韵诗"的"钓话"形式,不过他的押韵却颇有考究,并未"落韵"。就以上所举六首上堂所念诗句来看，全部符合七言绝句平仄粘对的格律，而且大多文辞典雅，不用"野语俗谈"。第一首"一亘清虚夜正央"四句，前写清冷的月夜，后谈明暗混融、偏正回互的曹洞禅法，其法来自石头希迁《参同契》"当明中有暗，勿以暗相遇；当暗中有明，勿以明相睹"以及《宝镜三昧》"重离六爻，偏正回互"的传统。第二首"大雄父子许雍容"四句，是颂百丈、沩山师徒的公案，属于上堂随机的颂古，赞叹百丈师徒不用咽喉唇吻而传递禅旨的机智，后两句是对"消息传通到劫空"的延展性描写，想象月中的老蟾丹桂对此消息的反应。第三首"衲僧去就水云姿"四句，是说自己本性自由，住持寺院属于偶然的"夤缘"，即循缘而行，"堕"字表明住寺非己所愿，而"归林壑"才是真正地"得便宜"。第四首"淅淅西风敛气浮"四句，是说禅僧到秋天的时节，应坐对远天野水，观照湛然秋月的寒光，净心澄虑。"坐照寒光湛不流"有几分象征"默照禅"的意味。第五首"南亩黄云禾弄穟"四句，最富有诗意，完全可以看作一首独立吟咏夏日风情的佳篇。清风吹送一叶扁舟，在两岸麦穗的黄云、芦花的白雪组成的风景中穿过，这是何等优美的画面。"到家"既是"庄上回"的写实，在禅宗的语境里，也暗示回到心灵的家园，找到真正的归宿。第六首"开炉岁岁是今朝"四句，据《敕修百丈清规》"十月初一日开炉"，所谓开炉，"乃开各堂之火炉"，即禅院入冬开炉取暖的制度。后两句用"丹霞烧木佛，院主眉须落"的公案（参见《禅宗颂古联珠通集》卷十四），扣合开炉的主题，带几分调侃和机趣。综上所述，正觉上堂的四句诗，具有较高的文学水平，在禅门众多偈颂中堪称上乘。

《宏智禅师广录》卷二为颂古，卷七为真赞、下火，卷八为偈颂箴铭,卷九为真赞,更能展示正觉在诗歌方面的良好修养和艺术水平。他的颂古根据公案不同的内容,选择不同的诗体,而这种各种体裁风格的颂古,正是"继雪窦百年之踵"(《长芦觉和尚颂古拈古集序》)。例如颂"法眼毫厘"公案:

秤头蝇坐便欹倾,万世权衡照不平。斤两锱铢见端的,终归输我定盘星。

这首颂古使用的是七言绝句体裁。《景德传灯录》卷二十四升州清凉院文益禅师:"师问修山主:'毫厘有差,天地悬隔,兄作么生会?'修曰:'毫厘有差,天地悬隔。'师曰:'恁么会又争得?'修曰:'和尚如何?'师曰:'毫厘有差,天地悬隔。'修便礼拜。"这个公案是禅宗语言运用的法则之一,即"循环肯定法"。正觉的颂头两句用秤头的权衡现象来解释"毫厘有差,天地悬隔",在平衡秤头的任何一边,哪怕只多一只苍蝇,秤也会倾斜。后两句颂公案中的修山主和文益对话的胜负,前者重复回答,但对循环肯定不够自信,文益的再次循环回答则突出了语言逻辑的荒谬性,因而赢得这次机锋对答。而他们的输赢不只在毫厘锱铢之间,更在于有无自信的"定盘星"。又例如颂"清源米价"公案,正觉采用了六言绝句形式:

太平治业无象,野老家风至淳。只管村歌社饮,那知舜德尧仁。

"清源",即吉州青原山行思禅师。《景德传灯录》卷五:"僧问:

'如何是佛法大意?'师曰:'庐陵米作么价?'"正觉的颂意思是说青原行思只关注庐陵米价,而不管什么佛法大意,这正如老农击壤,村歌社饮,不理会尧舜仁德,而这正是其本色寻常之处。再试看几首:

> 森罗万象许峥嵘,透脱无方碍眼睛。扫彼门庭谁有力,隐人胸次自成情。船横野渡涵秋碧,棹入芦花照雪明。串锦老渔怀就市,飘飘一叶浪头行。(《云门两病》)
>
> 收尽余怀厌事华,归来何所是生涯。烂柯樵子疑无路,挂树壶公妙有家。夜水金波浮桂影,秋风雪阵拥芦花。寒鱼着底不吞饵,兴尽清歌却转槎。(《云门一宝》)
>
> 三老暗转柁,孤舟夜回头。芦花两岸雪,烟水一江秋。风力扶帆行不棹,笛声唤月下沧洲。(《青林死蛇》)

第一、二首是七言律诗,格律精严,对仗工整,语言典雅。第三首是杂言诗。值得注意的是,三首诗颂的是不同公案,但都用渔父生活为喻,而且都出现"芦花如雪"的意象,显示出正觉颂古不同于雪窦重显的曹洞宗特色。当然,正觉颂古更鲜明的特色是好用杂言诗,而且多夹杂含"兮"字的骚体句式,如:

> 药之作病,鉴乎前圣;病之作医,必也其谁?白头黑头兮,克家之子;有句无句兮,截流之机。堂堂坐断舌头路,应笑毗耶老古锥。(《马祖白黑》)
>
> 淡中有味,妙超情谓。绵绵若存兮象先,兀兀如愚兮道贵。玉雕文以丧淳,珠在渊而自媚。十分爽气兮,清磨

暑秋；一片闲云兮，远分天水。(《鲁祖面壁》)

前一首颂"马祖白黑"公案。僧问马祖："离四句，绝百非，请师直指某甲西来意。"马祖让僧去问智藏，藏云："我今日头痛，不能为汝说，问取海兄去。"僧问怀海，海云："我到这里却不会。"僧回报马祖，祖云："藏头白，海头黑。"意思是一个比一个厉害。马祖明白僧所问不能用语言回答，其弟子智藏、怀海同样明白，推托不答，手段更高明。"克家之子"出自《易·蒙卦》"子克家"，指能继承家业的儿子，这里指能继承老师精神的禅僧。最后两句是说，智藏、怀海的回答都截断语言之路，其方式足以嘲笑毗耶离城中演说大乘佛法的维摩诘居士。后一首颂的是鲁祖山宝云禅师"凡见僧来便面壁"的公案。"绵绵若存"句出自《老子》"玄牝之门，是为天地根。绵绵若存，用之不勤"以及"吾不知孰子，象帝之先"，形容超越情感和语言的玄妙之味。"兀兀如愚"句出自雪窦重显《道贵如愚颂》。"玉雕文"二句出自陆机《文赋》"石韫玉以山辉，水怀珠而川媚"，形容鲁祖面壁所蕴藏的禅意。

正觉作铭赞偈颂，似乎偏爱骚体的句式，这成为他禅诗的一个重要特点。如《吴兴辩长老以达磨画像请赞》：

长芦驾浪，只履西归。求支那之法器，付屈眴之田衣。度九年之缄默，印二祖之灵知。海犀酣月而晕，寒乌带雪而飞。机前自得兮项目四照，迷里相逢兮鼻头下垂。水着秋清兮湖光湛湛，山衔落日兮云锦辉辉。(《宏智禅师广录》卷七)

前六句叙说菩提达磨到东土来传法的事情，后六句用各种意象来形容达磨的形象和品德。他为曹洞宗的祖师作赞，不用句式整齐的四言，而也爱选择杂言骚体，如以下两首赞词：

> 塔藏玉骨，云抱山腰。迹尘外泯，道光内昭。度金针之玉线，续凤弦之鸾胶。壶春在而花芳枯木，夜鹤鸣而月浸孤巢。家风清淡兮石牛饮水，儿孙秀拔兮天柱摩霄。(《礼投子青禅师塔》)
>
> 凤眼鹤形，宗门伟匠。量外提撕，声前敲唱。据令兮长剑倚天，应机兮明珠在掌。太虚有月兮，老兔含霜。大海无风兮，华鲸吹浪。(《赞芙蓉祖师真》)

"度金针之玉线"二句，赞投子义青接续曹洞法脉，而"枯木""石牛"之类意象，则是曹洞宗风典型的象征。赞芙蓉道楷，写其清癯的形象和高节的情操。

《宏智禅师广录》卷九共收录正觉的真赞四百六十多首，其中绝大多数为不知名禅僧所作，含骚体句式者达到一百五十余首，比例相当高，这在宋代僧诗中可谓特例。含"兮"的句式多少具有感叹的意味，而作为一个提倡"默照禅"的诗人，不仅写下大量的真赞文字，而且爱好使用句式长短不齐的骚体，这的确令人感到困惑。用"文字禅"的形式表现"默照禅"的理念，在哲学上本是一个悖论，然而正觉在用充满感情的诗歌来宣扬他的"默而不凝，照而不流""默默而游，如如而说""默默而坐，佛祖勘破""默而藏，妙而光""默默道游，灵灵破幽"观念之时，却丝毫没有感觉到"文字"和"默照"之间的冲突。不能言而不得不言,这就是正觉的真赞所呈示出来的哲学困境。然而正是这种不得不言,为禅宗文学留下多彩的一笔。

为禅门各种仪式写的诗颂,正觉也常用骚体句式。如他的《下火》一首:

风骨不露,水泄不通,衲僧行履妙无踪。门掩三秋兮人归何处,天无四壁兮月上中峰。(《宏智禅师广录》卷七)

"下火"是禅门仪式的用语,可视为一种文体。亡僧作荼毗(火化)仪式,一人执炬说法语为佛事,此法语常用韵文,与赞颂相似。正觉这首《下火》用禅门语荐送僧人亡灵,火化为青烟一缕,故曰"行履妙无踪"。而"门掩三秋"二句,写禅院再也见不到该僧踪影,其禅心已如一轮明月升上天空。语句优美,却不免有几分感慨。又如《入塔》一首:

形质烧残唯有骨,骨头撒却元无物。一段灵光不覆藏,天上天下皆充塞。菩提变通之场,涅槃启处之窟。随阳雁回兮白云外来,破梦鹤飞兮青天里没。

纳亡僧遗骨或全身入塔内之时,要作佛事,念一段法语。"随阳雁回兮"二句用骚体句式,令人想起韩愈《柳州罗池庙碑》悼念柳宗元的"春与猿吟兮秋鹤与飞"之句。顺便说,正觉为"下火""入塔"这些安葬禅僧的仪式所作的诗颂,不仅具有文体学上的参考价值,而且有助于了解诗歌在禅苑清规中所起的作用,即诗歌在禅门特有的宗教意义。

正觉的"默照禅",在外表形式上继承禅宗的"壁观禅"和"枯木禅",而在理论表述上却借用大量老庄的术语。试看下面一段:

> 上堂云:"恍恍惚惚,其中有物。杳杳冥冥,其中有精。其中之精则无像,其中之物则无名。应繁兴而常寂,照空劫而独灵。悟之者刹刹见佛,证之者尘尘出经。门户开辟也,分而为三教;身心狭小也,局而为二乘。真境无涯兮妙观玄览,大方无外兮独立周行。诸人还会么?"良久云:"虚若谷神元不死,道先象帝自长生。"

这一段对"空劫"前寂默禅心状态的描写,如"恍恍惚惚"等,完全使用的是《老子》中的语言。又如"玄览"指"心居玄冥之处,览知万事";"谷神"指"谷中央无谷也,无形无影""谷以之成,而不见其形",也是《老子》中的术语,正觉借用来形容"默照"的方法和禅心的特性。这种以老庄说禅的例子,在正觉的铭赞偈颂中也随处可见,兹不赘述。

此外,《宏智禅师广录》中还收有不少纪游、送僧及其他酬赠诗歌,这部分作品大多采用近体诗的形式,即七律、五律、七绝甚至六言绝句等。试看几首:

> 佳处轸游念,芒鞋筇杖俱。溪寒卧虹饿,路暗垂云腴。冈树鸠呼雨,田家鸡告晡。此心亮谁语,三绕石浮屠。
> (《礼大阳明安塔道中得句》)

疏巢凄冷卧西柯，梦觉归思遽许多。风雨江头乱雁字，家山岛外悬渔蓑。白杨村落庞居士，青石浮图蕴大哥。倦倚苍松坐凉夕，兔推明月下星河。(《送通禅者之襄阳》)

衡岳迎秋翡翠瘦，潇湘漾风琉璃皱。夜船载月急如箭，归去来兮休问津。(《送照上人之湖南》)

梦晓寒松挂月，心秋古井含津。至道百家合辙，同风千里成邻。(《即觉庵子中居士来访妙峰之西既去作六言五首送之》其二)

第一首是五律，写礼拜大阳明安禅师塔的途中所见所闻。明安即警玄禅师，正觉为其五世法孙。这首诗注意炼字，"轸游"较生僻，指驾车而游。"卧虹"代指拱桥，"饿"字形容桥窄，坐实"虹"为动物，因饿而瘦。"腴"字形容垂云厚重柔软，如人体之丰腴。"鸠呼雨"用古谚"天将雨，鸠逐妇"。"鸡告晡"谓鸡报时，因天色暗，故晡时犹鸣。整首诗对仗工整，造语生新，有苦吟工夫。第二首七律，送僧之作，首联写所梦，"疏巢凄冷"句当为梦中事，未详所指。颔联设想僧人途中风雨渡江的情景。颈联写襄阳当地的禅门大德，"庞居士"指襄州庞蕴居士，"蕴大哥"指襄州石门献蕴禅师，属曹洞宗，是洞山良价法孙。尾联"兔推明月下星河"颇有想象力，诗人常拟月为玉兔，此处却将兔与月分开，造句新奇。同样新奇独特的用词也见于第三首送僧诗，"翡翠瘦"形容南岳秋来绿树凋零，"琉璃皱"形容如碧琉璃一般平静的湘江被秋风吹皱。第四首六言绝句，是组诗中的一首，这种六言绝句组诗的形式，黄庭坚和江西诗派颇爱使用，以之谈禅论道。而正觉这组诗就是典型的江西派风格。除此之外,正觉也有五言古诗和七言歌行,皆有一定造诣。总体说来,正觉的诗歌诗体选择上,堂庑最大,不拘一格;在艺术上也颇为考究,跟一般禅僧诗偈的粗糙质朴不同。

最后要提一下的是正觉的《欲渡长芦与琛上人渔家词》:

> 岸树藤绳欲解维,海门蒲席弄清吹。舟不涩,兴无涯,回首灊山烟翠姿。
> 一苇江头老白眉,而今问讯慰相思。风静夜,月明时,满眼寒光下钓丝。

"渔家词"即"渔父词",这是继承了其师丹霞子淳的创作传统,词的风格也与乃师相近。"一苇江头"句用达磨大师一苇渡江的故事,此处代指琛上人。"风静夜"三句,则是化用了船子和尚《拨棹歌》中"千尺丝纶直下垂"的意境。

第二章 ○ 南宋中期禅宗僧诗

第一节 荷屋蕴常

南宋中期临济宗杨岐派先后出了三位著名诗僧,即荷屋蕴常、橘洲宝昙、北磵居简。这三僧在法系上并无直接师承,而在诗统上却有潜在的传承意识。

蕴常,字不轻,号荷屋老人。通内外典,作诗清丽,字法坚劲。曾住吉州青原山,淳熙间(1174—1189)住天台山国清寺。有集行于世(《天台山方外志》卷八)。《佛祖统纪》卷十有广慧蕴常法师,为天台宗慈光可严的法嗣,与孤山智圆(976—1022)大致同时,而距荷屋蕴常时代相去一百多年,显然非同一人。荷屋蕴常应属禅宗,《续传灯录》卷十八有万年荷屋常禅师,为东林道颜的法嗣,大慧宗杲的法孙,属南岳下十七世,当即此僧,然而有名无录。宝昙《送瑞岩行者庆诚求僧序》:"荷屋授《易》于石林，时余辈方吾伊诵书；及其以诗鸣天下，则余亦方学声律。暨访道江浙，行次康庐，适大慧自湖湘来，与荷屋俱。余于是时始识荷屋，已知其佩卍庵左券久矣。"（《橘洲文集》卷六）卍庵为东林道颜禅师的自号，此亦可证蕴常为道颜的弟子。此外，从这篇序里可见出蕴常参禅、授《易》、作诗皆早于宝昙。

宝昙和居简都非常推崇蕴常。宝昙有《瑞岩行者写华严经求僧》诗曰："荷屋老子僧中龙，平生眼里无诸公。莫年愈觉气深稳，木寒霜净天无风。"（《橘洲文集》卷一）评价很高。居简作《荷屋常不轻画像赞》："芰荷为屋，芙蓉为裳。芳茝纫佩，落英贮粮。熏以石林，书传之香。瀹以太华，玉井之凉。濯人间烟火气，毋干吾丘壑姿，洎夫锦心之与绣肠。发卍庵之韬略，示我武之维扬。适妙喜国，拓吾故疆。安在乎广莫之野，而无何有之乡。"（《北磵文集》）对其高洁人品和锦心绣肠充满倾慕之情。

蕴常的主要活动时期在宋高宗和孝宗朝，其交往的士大夫有苏庠（1065—1147）、赵蕃（1143—1229）、杨冠卿（1139—？）等人。赵蕃，号章泉，是后期江西诗派代表人物。他有《寄青原山常不轻》诗曰："吾舅每谈方外友，吃吃醉吟长在口。李侯佳句往往有，示我不轻诗数首。江湖愿见非一日，岂有闻名不相识。路头且向郁孤台，却傍钓台深处回。"（《淳熙稿》卷六）又有《代书寄周愚卿二首》，其二曰："穷冈冈上欧阳子，荷屋屋中常不轻。邂逅论诗傥相及，为言即日鬓霜生。"《寄周愚卿》："买得武夷毛竹杖，忽思江外友于人。青原若访常荷屋，助尔扶携觅句新。"（同书卷二十）从诗中可见出蕴常在江湖上颇有诗名,以至于赵蕃想与他论诗。杨冠卿有《诗僧常不轻以梅花句得名于时雪后踏月相过论诗终夕退得二绝以谢》,其一曰:"十年袖里梅花句,梦绕江南烟雨村。今日相看更愁绝,天低云淡月黄昏。"(《客亭类稿》卷十三)杨冠卿曾与姜夔唱和,据此诗题可知,蕴常以梅花诗得名于时,可惜其咏梅句未能流传下来。

《荷屋集》早已亡佚,《全宋诗》仅录蕴常诗10首,其中五律2首,五古1首,七律2首,七绝5首。就现存诗作来看,蕴常诗水平不低,得名并非偶然。其《别苏养直》诗曰:

老去难为别,愁边更着秋。碧芦围野水,落日满行舟。雁断西风急,天寒古寺幽。两乡无百里,能寄短书否?

苏庠,字养直,号后湖居士,年辈较高,跟江西派诗人交往密切。其诗《清江曲》曾得苏轼赞誉。此诗是送行诗,首联写四层意思——老,别,愁,秋,因老而难以离别,已愁而更逢秋天,层层推进。颔联、颈联写送别场景,选择富有典型性的意象,芦苇、野水、落日、行舟、雁阵、古寺,而两联的句法富于变化。尾联写别后的期待,款款深情。蕴常的另一首《送空上人》:"过了梨花春亦归,小窗新绿正相宜。白头更作西州梦,细雨青灯话别离。"写的是春末的送别,小窗新绿宜人,在青灯细雨的场景里,白头的僧友话别,不免有几分惆怅。以乐景写哀,与《别苏养直》以哀景写哀不同。

蕴常的五古纪行诗《天竺道中》,善于刻画山间景物,清新幽雅:

> 紫兰含春风，日暮香更远。涧道水平分，曲折渡清浅。
> 飞花当面堕，颠倒落苔藓。念此芳意阑，归思纷莫遣。

天竺寺在杭州飞来峰附近，环境清幽，诗中描写紫兰的香风，曲折的涧水，落在苔藓上的飞花，勾起诗人的归思。结尾"纷"字，双关纷飞的落花与纷乱的情绪，很有表现性。

七律《赤城》应该是蕴常晚年住天台山国清寺的作品，此诗收入《天台山方外志》，是他现存诗中较有宗教意味的作品：

> 杖藜扶我过桥东，便觉晴岚翠扫空。紫府百年藏玉简，丹崖千丈挹仙风。释签书到新罗国，卧佛岩连旧梵宫。稽首尊师悲愿在，我宁辛苦守诗穷。

"赤城"是天台山的标志，东晋孙绰《游天台山赋》就称"赤城霞起以建标，瀑布飞流以界道"。诗中颔联、颈联分别书写了赤城作为道教和佛教圣地的遗迹，最后表达了自己宁肯受穷而不改辛苦作诗的祈愿。结尾的愿望确实与众僧不同，不求成佛，而祈作诗，真是诗迷心窍的僧人。在《知止亭晚望寄清大师》诗中，蕴常在描写平湖美景之后，突发"断云含雨入新诗"的奇想，这正是诗眼观照世界的自然联想。

蕴常有三首七绝，尽管作于不同的季节，但都是抒写傍晚所见所想，能做到情景交融：

> 九月凭栏已怯风，鬓霜留我客愁中。夕阳看尽烟生树，野水无情天四空。（《登虎丘即事》）

江村风急苇花飞，漠漠吹烟树影稀。亦有人家沙际住，夕阳鸡犬傍人归。(《江村》)

烧灯过了客思家，独立衡门数晚鸦。燕子未归梅落尽，小窗明月属梨花。(《春日》)

前两首都作于秋天，都有共同的意象——秋风、夕阳、烟树，然而二者表达的情绪却不相同，前者是处在客愁中，因此看到的是野水的无情和长天的空寂，充满伤感；而后者却是江村生活的记录者，纷飞的苇花，沙岸的人家，以及随人归的鸡犬，甚至夕阳都有一丝暖色调，充满温馨。第三首是写早春的傍晚，独立在柴门前数晚鸦的游子，因群鸦归巢而引发思家的愁绪。虽然燕子未归，梅花落尽，令人惆怅，但窗前的美景却作出了补偿，明月照着梨花，洁白而空灵，镶嵌在窗框里，简直就是一幅绝妙的图画，令人遐思。这三首诗立意的角度不同，然而都具有诗情画意。

蕴常有两首咏物诗，较为有名，其一《咏石菖蒲》云："细水围棋石，纤纤手自移。几年离雁荡，万里到天池。浮玉春风后，小姑烟雨时。它年怀胜绝，魂梦亦清奇。"用雁荡山、天池、浮玉山、小孤山等想象的场景，来烘托石菖蒲盆景之美，寄托隐居名山的清梦。其二《咏兰》云："目断山河恨莫裁，折芳犹记小徘徊。细看叶底春风面，疑自幽篁影下来。"后两句令人想起唐人的"人面依旧笑春风"以及"隔墙花影动，疑是玉人来"，然而少了几分旖旎缠绵，多了几分雅致清幽，刻画出兰花的品格。《舆地纪胜》卷五引《夷坚乙志》称此二首"甚有唐人风致"，评价大体得当。

第二节 橘洲宝昙

宝昙(1129—1197),字少云,号橘洲老人,嘉定龙游人,俗姓许,是大慧宗杲的弟子。虽然身为佛徒衲子,但宝昙与不少朝廷显宦过从甚密,尤其同名相史浩一族交情莫逆。他在江浙的禅门、士林中均享有极高的声望。著述有《橘洲文集》十卷及未成稿《大光明藏》三卷。

宝昙雅好辞章,热衷诗文创作。对于他的诗文艺术,南宋的士大夫和佛徒均给予很高的评价。史弥远谓"橘洲老人,蜀英也。有奇才,能属文,语辄惊人"(《大光明藏序》)。释道融说:"昙橘洲者,川人,乃别峰印和尚之法弟。学问该博,擅名天下,本朝自觉范后,独推此人而已。"(《丛林盛事》卷下)称赞他是惠洪之后"诗僧第一"。嘉定元年(1208),释昙观刊刻《橘洲文集》,在序中亦云:"橘洲诗文高妙简古,有作者之风。予少诵之,实深跂慕。"反映了宝昙诗文在当时社会传播之快、影响之深。

释道融将宝昙推为南宋"诗僧第一"未免过誉,但是,他将宝昙视为属于惠洪一流的诗僧却极有见地。因为宝昙和惠洪一样,在诗歌创作上亦以苏轼、黄庭坚为典范,诗歌风格同属"宋调"的艺术系统之内,罗继祖在《橘洲文集》卷尾跋语中指出:"宝昙虽释子,然雅慕东坡、山谷诗文,即规枕两家,笔意简古,厕诸南宋诸名家中,可乱楮叶。"所言甚是。

宝昙的诗歌以应酬交际性质的唱和诗为主,此类作品无论古体还是近体,在创作倾向上都颇似苏、黄的诗歌。他的长篇古体诗展现出"以交际为诗"的创作倾向——利用诗歌来与朋友交往应酬,遵照"我"与"公"的模式进行写作,将独白变成交谈,以诗歌为"有韵的尺牍"来联络、巩固自己和朋友的情谊,比如他写给好友史浩的《和史魏公燔黄》诗:

东城十月天未霜,小舆初学江滥觞。出门千乘波低昂,酒垆厨传公为航。潜鱼出听笑语香,月明夜避灯烛光。羲和催日升扶桑,击鼓骇骇旗央央。天机蒲湖云锦张,青山十里松鬈苍。下有种玉人堂堂,公如晨兴拊公床。再拜有诏来帝行,温词宝墨俱琳琅。此不孝子七不遑(此太师祝词中事),锦标玉轴家袭藏。敬薪诚火来燔黄,须臾乐作三献尝。山川鬼神如抑扬,草间翁仲涕泗滂,圣恩宽大不可量。天子谓公国津梁,如泰山云覆其阳。公九顿首不敢当,昆仑源深流且长。公祈宠灵德不忘,忠孝乃可环吾傍。周用礼乐须文章,世世报国如其吭。寿公千岁汔小康,尚可凭轼还侵疆。

"燔黄"也作焚黄,古代官吏新受恩典,祭告家庙祖墓,祝词以黄纸书写,祭毕焚去,谓之焚黄,后亦称祭告祝词为"焚黄"。这首诗是对史浩祭告祝词的酬和,全诗句句押"觞"字韵,属于"柏梁体",描写了史浩举族祭祀时气氛的庄严肃穆、态度的端正恭敬,颂扬了史浩功勋卓越,祝福他健康长寿、期待他能够亲见宋室收复中原。本诗的交际性十分突出——向史浩致以礼节性的问候,以期增进交情、巩固私谊。然而,宝昙写诗不仅是向史浩贺喜致敬,他还恰当地抒写自我意识,诗中"公祈宠灵德不忘,忠孝乃可环吾傍"二句即是,他感叹自己虽未能参与史浩的祭祀,但仍可感到史浩的忠孝精神环绕在自己的身旁。像这种"吾"与"公"的写作模式,在苏、黄的元祐唱和诗中,非常普遍,它将个人独白转变为交谈,使作品成为"有韵的尺牍",发挥出人际交往的作用,是苏、黄"以交际为诗"的显著特征之一。而宝昙写诗遵循这一模式,充分说明他对苏、黄唱和诗的写作原则是把握到位的。

除了"以交际为诗",宝昙有时也用古体长篇来次韵唱和,他"以竞技为诗",把唱和当作"诗战",展现竞技争胜的创作心态,比如《病余用前韵呈魏公》诗:

蓬莱仙人双鬓霜,有蔬一豆酒一觞。长歌劝客声激昂,车如流水门如航。几生道德为腥香,今年入谢朝明光。归心有如三宿桑,抱琴一笑江中央。日余此琴吾翕张,越山入手修眉苍。不容散花来后堂,毗耶室空唯一床。谁家金钗十二行,春风环佩鸣璆琅。斯须吐握曾未遑,自谓山稳舟深藏。不知有力来昏黄,如人裹饭不得尝。吾宁万籁同敷扬,四时花雨仍纷滂,山高水深未易量。可人啼鸟声绕梁,六窗濯濯如秋阳。天人境界谁适当,我自袜线无他长。唯余习气不可忘,有时睥睨如无傍。炉熏茗碗供平章,一机直欲春其吭。战酣意定心泰康,依旧尔界还吾疆。

收到宝昙《和史魏公燔黄》之后,史浩旋即赓和,由于宝昙用"柏梁体"作诗,所以史浩也用"柏梁体"次韵答和,而宝昙的

《病余用前韵呈魏公》就是对史诗的次韵。尽管它也是"柏梁体",又与《和史魏公燔黄》的韵脚相同,但是,二者在创作倾向上却大不相同,前者注重交际,而后者注重竞技,本诗"战酣意定心泰康,依旧尔界还吾疆"二句即是证明。"战酣"一词说明宝昙把次韵唱和当作"诗战"来对待,宋人"诗战"以苏、黄元祐时期的次韵唱和最为典型。苏轼及其门人在元祐年间的唱和大多采用次韵,即在相同的韵脚下进行较量,作品多用长篇且押韵条件严苛,双方互寄互赠,不断交锋,直至其中一方主动终止唱和,即决出高下。而宝昙的这首诗在体制上也是长篇,在押韵上也存在不小的难度,因此史浩在和诗中称赞他:"忽睹健句如柏梁,葩华盈轴艳春阳。建安七子谁可当,何止李杜万丈长。"(《鄮峰真隐漫录》卷二)将他同建安七子、李白、杜甫等大家相提并论。本来宝昙写作一首"柏梁体"就已令对手刮目相看,然而,熟谙"诗战"规则的他并没有因朋友的恭维而沾沾自喜,倘若自己不能够次韵,那即是告负认输,所以史浩的称赞反而激起了他的战斗欲望,促使他主动再和一首。所以,这首《病余用前韵呈魏公》乃宝昙竞技争胜心理驱使下的产物,它说明宝昙在骨子里有一种与士大夫知识精英一决高低的潜意识,否则,他就不会再搜肠刮肚写出一大堆次韵句子来。

宝昙的长篇古体诗中还有次韵古人之作,但是,这类作品不是为了竞技争胜,而是表现尚友古人、师法前贤的心理,在礼貌得体地赞誉前贤的同时,也展示自己的巧妙构思及创新意识,比如《和山谷赋黄迪墨竹韵》诗:

平生黄太史,翰墨四海知。风流过修竹,自弃或若遗。

岂伊岁寒质，似我盘礴时。此君不解语，风雨扶持之。夜窗或荡撼，灯火皆疑危。龙去恐拔屋，呻吟欲勤追。摩挲古屋壁，想象还依稀。怜公读书瘦，爱竹何缘肥。饮尽三斗墨，半梢或相宜。争如鸱夷子，一舸容西施。岁晚意浩荡，江湖相倚毗。云幢与烟节，异致仍同归。多应黑瘦语，绝倒黄初诗。君家百斛力，不解增双眉。荣枯各本色，王林亦神驰。我欲学挥扫，一年以为期。胸中富千亩，二凤当来仪。箫韶久不作，此恨长依依。会须归故国，夜梦而昼思。厅空月欲落，斯文还在兹。

这首诗是对黄庭坚《次前韵谢与迪所作竹五幅》诗的次韵，黄庭坚原作所赠对象为北宋画家黄与迪，与迪擅长画墨竹，因此黄庭坚在诗中称赞了与迪精湛的画技，叙述了与迪所画墨竹给予他绝妙的感官体验以及逼真的艺术效果。由于原诗以竹为题，因此宝昙的和诗亦围绕"竹"来抒写他对黄庭坚的赞赏、倾慕之意。诗人对黄庭坚的礼赞表现得非常巧妙，由于黄庭坚曾主持编纂《神宗实录》，遂有"黄太史"之称，而古之史官往往以"刚直不阿""秉笔直书"的形象示人，这与"竹"清高正直、坚韧不拔的品性非常类似。所以，诗人称"黄太史"即是隐喻黄庭坚的品格和竹的本性相似。可以说，诗人使用此语指称赞赏对象既得体贴切，也使黄庭坚的形象和竹的气质自然衔接而无牵强附会之感。事实上，诗人不仅在选词用语上构思巧妙，他的次韵还凸显出创新意识，这体现在他对墨竹的处理上。原诗对墨竹的描写相当精彩，倘若诗人同样以墨竹为表现对象，就难免会和原诗的内容雷同而缺乏新意。因此诗人没有选择纸上的墨竹作为描写对象,而是以夜窗、屋壁上的"竹影"为表现对象。传说墨竹即是源于古人对窗上竹影的描摹,所以,诗人选择它作为描写对象,既切合原诗的旨趣,又避免和原诗发生重复。可见,宝昙作诗唱和勇于创新,纵然原诗的作者是诗学大家,他也不甘追随人后,不囿于原诗而别出心裁。这一点同苏轼、黄庭坚的"和陶诗"等次韵古人之作,在创作理念上一脉相承,也是苏、黄次韵诗影响他的表现。

在长篇古体之外,宝昙的近体诗亦有相当作品近似苏、黄诗歌,譬如他的七律,也与苏、黄在元祐时期的唱和诗相似——手法上多用次韵,把次韵唱和作为自己写诗的重要驱动力,将次韵的形式和押难韵结合起来,凸显其高超的语言艺术以及诗歌"因难见巧,愈险愈奇"的艺术特征,兹举数例如下:

  梦中身世亦间关,觉后悬知去不难。陶令归来犹有酒,子云老去不迁官。时供采撷花千树,醉共团栾竹万竿。想见春风更啼鸟,沉香庭院不胜寒。(《又自官舍梦归南湖》)
  吏退文书苦未醒,湖光黦面适全轻。风从北户来披拂,鹊傍南枝管送迎。许我杖梨来宿昔,观公诗律自前生。艺兰九畹辛夷百,续取《离骚》更老成。(《又和归南湖喜成》)

这两首诗是宝昙对好友约斋居士张镃《官舍梦归南湖》《归南湖喜成》诗的次韵,两诗中使用不少感叹世道艰难、渴望归隐的词语、典故,如身世间关、陶令、酒、吏退等,可知诗人在作品中叙述的是自己对朋友辞官隐退的理解与赞赏,并描画了朋友退居以后愉悦、闲适的生活场景。尽管诗人创作七律属于被动赓和，但他押韵极为自然，语言和句法笔笔新奇，在内容上并无重复之嫌。再如他的《次韵李太博羽扇亭二首》：

> 不许屏间着妓围，却容半坐对斜晖。官余战马浑无用，雨扼边云故一挥。诗入邛崃应更险，身如杜宇肯忘归。殷勤沥酒苍波外，罢点驼酥斫蟹肥。

> 艰难当不减腰围，过尽瞿塘几夕晖。万里江山劳疾置，一番书札枉亲挥。尘埃好却西风扇，行李仍从北道归。底处最关天下事，秋来马不龁民肥。

以上两首诗是宝鋆对李石《羽扇亭》诗的次韵，语意自然亲切，对朋友的关怀之情跃然纸上。就内容而论，两诗同宝鋆的其他近体唱和诗没有显著区别，也属于应酬交际性质的作品。所不同的是诗的韵脚，这些韵字属于"窄韵"五微，该韵部的韵字很少，是比较难押的韵脚。因此相对于用宽韵作的诗来说，诗人对这首诗的次韵无疑面临着更高、更难的挑战。尽管次韵的难度系数很高，但这对诗人来说似乎易如反掌，他不仅完成了赓和，而且还次韵出两首作品，尤其是他的押韵，韵字与前面的词语自然衔接，丝毫不见牵强之迹，语意流畅且无阻滞之感，展现了宋人次韵写作中"和难韵"一类"因难见巧，愈险愈奇"的艺术特征。同时，也说明诗人具有极高的语言造诣，很擅于应对高难度的次韵唱和。事实上，次韵难度系数愈高，愈能激发宝鋆的创作欲望，他不仅对李石的原诗次韵，还对一同参加本次酬和的其他诗人的作品进行次韵，即《再韵谢提举苏道山》

和《再韵谢晁郎中二首》诗：

　　手种梧桐一百围，天生鸾鹭翳朝晖。西南人物惟公在，汝颍风流只涕挥。纵有诗筒怜苦李，岂无药裹要当归。黑头未用黄金印，且与斯民共瘠肥。

　　病见春山四打围，茅檐华发只晖晖。不愁书册无人语，强把杉枝为客挥。意在未妨身更远，林疏自是月先归。百年人物如公少，试问何缘道则肥。

　　故着文书尽底围，要看江汉濯秋晖。眼明自可穷诸妄，语妙何妨为一挥。今日西州成故里，它年东阁许同归。胸中衮衮平生事，身瘦缘渠不得肥。

宝昙在完成对李石原诗的次韵后，又对苏、晁二人的和诗进行了次韵，这说明一场次韵远未满足他的创作欲望，他要同所有参与唱和的诗人在押韵上，比赛驾驭语言的能力。由此观之，次韵唱和简直是宝昙作诗的最大驱动力，他和苏、黄这些前辈巨公一样，善于在唱和上"以和韵争工"，通过不断挑战自我的语言能力来确定自身的价值。

虽然宝昙作诗学习苏、黄，展现了近乎"宋调"的一面，但是，他也有近于"唐音"的一面，这类作品主要是他的五古和七绝，体现了唐宋"僧诗"大体一致的艺术风格，即被士大夫戏谑的"蔬笋气"，此类作品风格清远幽淡，意境含蓄空灵，是禅僧清幽静谧的生活环境的真实写照，富于僧诗本色。

宝昙的五言古诗语言简洁精炼，大多描写清寂幽寒的意境，比如《和潘经略广州峡山五首》：

是身犹孤云，梦入岩下寺。天如护苍江，山故插厚地。一舟巫峡来，八月新雨霁。烟鬟十二外，野花或垂髻。

云山最佳处，猿鸟无缺供。人影堕清镜，花气来晴峰。苔藓上佛壁，兔丝蔓寒松。何年发天悶，当在浩劫中。

月林爱山日，竹杖青鞋俱。而今碧油合，见山当绪余。瘴疠霜雪后，桃李春风徒。吾方友造物，虐焰空焚如。

发白面黧黝，平生舞鱼龙。落月照屋除，仿佛见此翁。白日几黄壤，世方定雌雄。斯文在九牧，吾道非天穷。

自公湘中去，雁断致书寡。今年从默斋，五字闻大雅。青灯话畴昔，白首问茅价。十里五里间，水竹肯轻舍。

这些小诗或抒发苦闷孤寂的个人心绪，或描绘幽冷凄清的自然景观，既不作渲染铺陈，也不作工笔勾勒，大都轻描淡写，点到即止，而且他的用词设色也非常素淡，多是苔藓、菟丝、寒松、霜雪、落月、白日、青灯等冷色调的物象，展现了诗人对清冷孤寂的山林环境的喜爱与向往。

宝昙的七言绝句大多属于借描写景物以寄感抒怀，语言浅近平易，表现了闲适恬淡、通脱旷达的生活趣尚：

春水人家绿绕门，晚风榆柳自村村。一声牛背乌盐角，铁作行人也断魂。(《郊外即事》)

橹声伊轧诉东风，楚语吴歌落枕中。夜半潮头随月上，客帆和梦各西东。(《泊分水》)

山断湖光迸一川，老师犀角过年年。春风步屧长尘静，只有钟鱼取次传。(《平江灵岩》)

诗人用七绝构建起一个远离喧嚣的纯净空寂而又充满诗意的世界,他以动衬静,无论是牧童所唱的悠扬嘹亮的牧歌,还是渔夫操舟富有节奏感的摇橹之声,抑或从山寺中次第传来的钟磬、木鱼之音,均细腻地传递出他内心的闲适与安逸,表现出了他与奔走尘世之徒所不同的心灵体验,使读者感悟到了他作为诗僧所带有的悠远开豁的情思,同时提醒着我们,宝昙和大多数的诗僧并无两样,也是一位把自然山水看作有佛性的生命以及自己心灵的外化形式,从而将全部身心投入其中,彻底避开尘世的喧嚣,在诗歌创作上,始终保持"僧诗"超越世俗、超越功利,追求幽深清远的"本色"。

第三节 北磵居简

居简(1164—1246),字敬叟,号北磵,潼川通泉人。俗姓龙,他是佛照德光禅师的法嗣,属临济宗杨岐派,南岳下十七世。曾经住持台州报恩寺、常州显庆寺、临安净慈寺等多处名刹,是南宋著名的禅僧。现存《北磵诗集》九卷、《北磵文集》十卷、《北磵居简禅师语录》一卷、《北磵和尚外集》及《续集》一卷。

对于居简的诗歌,南宋士大夫给予极高的赞誉,叶适《奉酬光孝堂头禅师》赞誉:"简师诗语特惊人,六反掀腾不动身。说与东家小儿女,涂红染绿未禁春。"(《北磵诗集》卷首题跋,《水心集》卷八作《奉酬般若长老》)并称其"新诗尤佳,三复愧叹"(同上)。张自明《北磵文稿叙》云:"读其文,宗密未知其伯仲；诵其诗，合参寥、觉范为一人，不能当也。"(《北磵文集》卷首）认为参寥、惠洪加在一起都不如居简。清代四库馆臣撰写《北磵文集》提要也认为："第以宋代释子而论，则九僧以下大抵有诗而无文。其集中兼有诗文者，惟契嵩与惠洪最著。契嵩《镡津集》好力与儒者争是非，其文博而辨；惠洪《石门文字禅》多宣佛理兼抒文谈，其文轻而秀；居简此集不摭拾宗门语录，而格意清拔，自无蔬笋之气。位置于二人之间，亦未遽为蜂腰矣。"称赞居简的诗文没有历代僧侣诗文所具有的"蔬笋气"，这说明他的诗文"士大夫化"倾向更为彻底。

历代文士评论居简诗文，往往把他和著名诗文僧惠洪进行类比，因为无论是诗歌的题材与体裁，还是艺术风格、创作倾向，居简均展现出与之相类似的特征，而且，他也是南宋临济宗诗僧在才学上最接近惠洪的禅僧。譬如《孤山行》：

盛时考槃古逸民，湖山草木咸知名。至今八篇烂古锦，岂特五字如长城。长驱万骑到其下，束手按甲循墙行。大邦维翰蔽骚雅，遐冲既折犹精神。抗衡剧孟一敌国，弹压西子孤山春。死诸葛走生仲达，送修静邀陶渊明。聚蚊莫及怒雷迅，老瓦不乱黄钟鸣。清弹岂为赏音废，自芳更问林扉扃。鸥盟未冷浪拍拍，弋者何慕鸿冥冥。水流山空鹤态度，冰枯雪寒梅弟兄。梅当成实自调鼎，鹤既生子仍姓丁。向来偶同赋招隐，老去亦各相忘形。故庐夜夜月如昼，少微耿耿天无云。千金倘可市骏骨，万古适足空凡群。百身可赎但虚语，九原唤起知无因。为公满酹井花水，酹一抔土公应闻。

宋人"以才学为诗"的主要特征之一就是用典范围广博,使用大量非类书可查的典故,以显示其知识渊博。这首诗通篇用典,起句"考槃"出自《诗·卫风·考槃》。"至今"句之"八篇"指林逋的八首咏梅诗,"和靖梅花七言律凡八首,前辈以为孤山'八梅'"(方回《瀛奎律髓》卷二十);同句"古锦"用的是李贺"古锦囊"的典故;"岂特五字如长城"的比喻出自刘长卿自诩"五言长城"的典故;"循墙行"化用《左传·昭公七年》"循墙而走"之句;"大邦维翰"借用《诗·大雅·板》的成句;"遐冲既折"出自《后汉书·马融传》"斯固帝王之所以曜神武而折遐冲者也";"抗衡剧孟"出自《史记·游侠列传》周亚夫得剧孟"若得一敌国"之事;"死诸葛走生仲达"引用《晋书·宣帝纪》记载的当时百姓谚语;"送修静邀陶渊明"引用北宋以来流传的"虎溪三笑"的故事;"聚蚊"句语出《汉书·中山靖王列传》"聚蚊成雷";"老瓦"句出自《楚辞·卜居》"黄钟毁弃,瓦釜雷鸣";"弋者"句出自扬雄《法言》"鸿飞冥冥,弋人何篡焉";"梅当"句化用《尚书》"若作和羹,惟尔盐梅"和《韩诗外传》"伊尹负鼎操俎调五味而立为相"之句;"鹤既生子仍姓丁"典出《搜神后记》之"丁令威化鹤"的故事;"招隐"即《楚辞·招隐》;"千金倘可市骏骨"典出《战国策·燕策》郭隗游说燕昭王之事;"万古适足空凡群"点化杜甫《丹青引赠曹霸将军》"一洗万古凡马空"之句;"百身"取自《诗·秦风·黄鸟》"如可赎兮,人百其身"句。就范围而论,本诗所用典故涵盖了经、史、子、集传统四部,足以证明居简读书之多,知识储备之厚。

在用典范围广博之外,居简"以才学为诗"还表现善于应对创作规则复杂、难度极高的诗歌体裁——"禁体物语"或

"白战体",彰显出高超的驾驭语言的能力,即《和六一居士守汝阴禁相似物赋雪》和《和东坡守汝阴祷雨张龙公祠得小雪会饮聚星堂用欧公故事》二诗,先看第一首诗:

涟漪碎剪成新萼,廉纤带雨尤轻薄。人间但见巧翻腾,天上不知谁制作。九地瑕疵都粉饰,重云揞塞难恢廓。晓光夺目增眩转,夜色侵灯尤闪烁。康庄充斥去无路,老干压低摇不落。寒棱冻得水生皮,气艳冷欺裘拥貉。可胜思苦相嘲谑,旋忘手冻争拿攫。乱委平堆可照书,圆瑳小握供弹雀。静闻裂竹亟扶颠,勇作探春思蹑屩。犯寒果胜附炎热,苦饥预庆歌丰乐。长须嫩煮蚓方泣,小龙新破团初瀹。默观造物真戏剧,更看一色吞沙漠。载赓险韵付衔枚,孤军大敌空横槊。寡和尤知白雪高,非偶自贻齐大噱。

再看第二首诗:

六花萼萼都无叶,万花斗白都输雪。缓飘微霰止还集,急趁回风飞欲绝。山固无愁鬓先老,竹非为米腰频折。向来囊萤本同调,今夕风灯不愁灭。僧窗处处茶烟湿,渔舟个个纶竿掣。老坡不犯汝南令,粲如晴午裁新缬。乾坤荡荡无畛畦,比类区区空琐屑。雾沉云重记葳蕤,雨收风拾书轻瞥。肯为忠臣六月飞,剩烦太史从头说。粗人金帐暖如春,诗人布衾冷如铁。

这两首诗均为次韵诗,居简次韵的原作分别是欧阳修的《雪,时在颍州作，玉、月、梨、梅、练、絮、白、舞、鹅、鹤、银等事，皆请勿用》以及苏轼的《聚星堂雪并引》，所谓"禁体物语"或"白战体"即源于欧、苏二人的这两首诗。要求咏雪诗不能用那些常用来咏雪的字眼，如玉、月、梨、梅、练、絮、白、舞、鹤、鹅、银这类字，目的在于"于艰难中特出奇丽"，人为地设置"障碍"，坚决不用熟悉和容易的字眼，在极度困难的语言选择中，使诗歌产生出一种奇特而新鲜的美感。居简这两首诗，同样体现了上述特征。首先，紧扣主题描写雪景，但不用欧、苏禁用的体物语。写大雪的弥漫，充塞天地，以及天明时雪的炫目和夜灯下雪的闪烁，描画了大雪覆路、大雪压枝、寒水结冰等雪中景象。接着写人们不畏寒冷，在雪中的展开各种活动，刻画了人们在听到爆竹声后，更期待穿上草鞋，赶快迎接春天的心理。所以作者认为大概人们耐寒是胜过耐热，因而苦饥之人也敢在雪天行歌，庆贺丰年的到来。最后，描写自己烧水煮茶，默默地观照外界，感慨自然万物的变化真如游戏一般。其次，在写作技巧上通过用典以规避禁用词语。比如第二首诗，居简采用不少典故，为了规避雪花，他采用"六花"替代。表现大雪覆盖的场景，为了不落俗套，也为了避免与前诗雷同，他采用拟人兼用典的方法，描写白雪覆山和大雪压竹。更妙的是用车胤囊萤的典故，点化郑谷《雪中偶题》"乱飘僧舍茶烟湿"之句、柳宗元《江雪》"孤舟蓑笠翁，独钓寒江雪"之句等与雪有关的典故，从而规避了禁忌的词汇。结尾处还运用邹衍"六月飞雪"的典故，以及杜甫《茅屋为秋风所破歌》的诗句，将粗人的豪奢和诗人的贫贱鲜明对比，展示自己对文人生活窘迫的愤怒不平。居简的这两首诗足以改变过往研究对

"诗僧"知识贫弱的印象,像居简这样的僧人,已能在规则如此复杂、难度如此之大的条件下,凭借自己深厚的学问知识和出色的语言驾驭能力,挑战一般士大夫都不敢涉及的诗歌体裁。这说明经过宋代文化两百多年的熏陶,僧侣的创作水平已有了质的飞跃,也表明了此时的诗僧在知识储备上和语言能力的运用上,已经不逊于士大夫知识精英。

居简的五七言古体诗数量众多,风格鲜明,以酬谢、寄赠之作为主,这一点与前辈诗僧惠洪、宝昙类似。比如《酬韩涧泉》,韩涧泉即韩淲,与赵蕃(号章泉)并称为"二泉",为江西诗派的后劲。韩淲曾作《净慈西堂简敬叟》诗,称赞居简手段高超,"火焰里翻身,冷地里合口",即使遇到极难的问题,也能应对自如。因而,居简此诗对韩涧泉的评价也很高,在居简看来,韩氏的诗是"锦瑟"、是"幽芳自妍,幽鸟自歌",表现了对好友诗才及其高洁人格的欣赏。再如《酬秋塘古诗之惠》诗,句句押"觥"字韵,属于"柏梁体",叙述自己和他人共同欣赏友人所赠之诗,称赞友人的古体长篇写得极佳,如灿烂闪光的古锦,富有感染力,赞扬他的古体诗祖述《离骚》《大雅》,只有明月之光或可与之相当,韵味堪比从天河舀来仙浆。

古体诗中除了酬谢之作,居简最具代表性的当属咏史怀古诗,这类作品在体制上,大都篇幅较长;在手法上,叙议结合,使其七古颇有史论散文之风采,体现出居简深沉的历史感悟,如《谒樊将军舞阳侯庙》诗,咏赞汉初名将樊哙,诗中书写樊哙辉煌的人生经历并表达了敬仰之情。开篇即将樊哙与萧何、曹参、张良、陈平等对举,暗示其功绩不逊于这些大功臣。尤其是"鸿门宴"上,他力保刘邦从虎口脱险,功劳最大。而在汉朝建立、天下安定后，樊哙亦对汉朝的政局发挥重要作用，诗人引用了"排闼"的典故，称颂樊哙敢于犯言直谏，从而让主上惊醒，使汉家转危为安。结尾处又用"翻案法"，设想若真给樊哙十万兵马，他的功绩或许不输于卫青、霍去病。这类作品还有《昭台行二首》《读岳鄂王传》等诗，不仅包含了作者深沉的感情，也体现出其对历史人物与事件的冷静思考。

居简在古体诗之外，也精于近体诗写作，比如他的五言排律《谢张丹霞序疏稿》诗：

> 裳织新云锦，交寻旧布衣。荆蛮九鼎重，岭海一官微。心事渊明是，天时伯玉非。谈高方谔谔，调古独巍巍。亦有兰为佩，能无简绝韦。灌缨东涧水，访旧北山薇。老我家何在，颠风鹞退飞。袜头常反着，车辙每殊归。但觉乌仍好，端知骥可睎。草中同臭少，爨下赏音稀。煮字徒相饷，忘言合见讥。牛腰繁卷轴，蚌腹欠珠玑。重借言如史，轻因鼠发机。矗云甘寂寞，华衮借光辉。鸡肋初无取，云斤不足挥。楼宽长挂榻，月好许敲扉。踧息宁乖众，心声愿听希。李虽嘲杜瘦，孟不与韩违。末路宜多助，孤军伫解围。载驱惭款段，忍负镂金鞿。

此诗为答谢张自明（张丹霞）而作，张在《北磵集序》中对居简诗文评价甚高，故此诗主要表达感谢之情和自谦之意。诗的开端即以新织云锦比喻两人之间的诗文唱酬，"布衣之交"点明两人之关系。"荆蛮"二句叙述张氏曾于荆楚任高官，但又遭贬谪到岭南，官职卑微；"心事"二句则谓张氏有陶渊明归园田居的愿望，如蘧伯玉五十岁而知四十九年之非。盖因为他性格耿介敢于直言争辩，尊奉古道。张氏曾从朱熹、陆九渊习性理之学，做人亦受其影响。"老我"句之后，居简将主题转向对自己诗文的评介。"袜头常反着"反映其受王梵志影响，违背世俗之习惯而特立独行。而"草中"四句直抒其知音难觅之痛苦，而写诗只为得张氏欣赏。接着又自谦其诗集文稿虽粗似牛腰，却如河蚌腹内缺少珍珠，就像食之无味、弃之可惜的鸡肋一样，幸赖得张氏题写序言，才使自己作品增加光辉，流露出对张自明的深深感谢。僧人作五言排律者甚少，而这首诗句句对仗工稳，显示出居简高超的诗艺。

近体律绝，居简也颇有佳作，特别是描写地方风物的诗篇，为人称道。如他的《忆霅》诗：

  梦忆湖州旧，楼台画不如。身从城里过，人在水中居。闭户防惊鹭，开窗便钓鱼。鱼沉犹有雁，不寄一行书。

霅，霅溪，湖州的代称。韦居安《梅磵诗话》卷上称"前数句言霅城景物，他乡所无也"。可见其描写之贴切。《梅磵诗话》卷中又评论道："诗人游孤山吊和靖者，佳制不一而足，近世徐抱独与蜀僧居简之作，人多称之。"居简诗云：

  先生一意若云闲，洁白都无一点斑。名字不须深刻石，暗香疏影满人间。

对孤山居士林逋的一生行迹和咏梅名句，作了最准确的概括和赞扬。

由上可知,居简作诗展现了与以往诗僧不同的一面,这与他所宗法的诗学典范有关,即对诗人中主张学贾岛者不以为然。他在《跋常熟长钱竹岩诗集》中主张写诗要"以自己为准的",即以自己为法则,无复依傍;写诗应当"事与境触,情与物感,发之于言,惟志之所之"。居简在转述钱德载诗论时,却暗含了对传统诗僧学习晚唐体苦吟之风的否定。钱曰:"学郊、岛则工于一二新巧字,谓之字面,已见笑于商周庸人小夫。"此句"字面"非谓文字表面的含义,而是指诗文中精辟的字眼。"商周"指《诗经》产生的时代。钱氏之言乃是指诗学贾岛之徒只会在诗里使用一两个新巧的字词,其作品甚至让《诗经》中的庸人小夫嘲笑。

居简的创作实践和诗学主张,对南宋后期的临济宗诗僧创作影响很大,其身后涌现了一大批追随仿效的禅僧、诗僧。从诗歌史的意义上说,他称得上是南宋直至元代临济宗诗僧中的领袖、盟主和典范。虽然北宋诗僧惠洪也在诗文上展示出了很高的造诣,可他身后无法嗣传灯,诗禅衣钵皆无人继承。但居简不然,他的法嗣物初大观,诗禅兼修,既是诗坛名僧,又是禅门大德。不仅大观如此,南宋还有不少诗僧乐于与居简交游。道璨《跋康南翁诗集》曰:"南翁早受句法于深居冯君,来江湖,从北磵游,而又与吴菊潭、周伯弨、杜北山、肇淮海辈友,故其学益老,深沉古淡,不暴不耀,如大家富室,门深户严,过者不敢迫视。"(《无文印》卷十)康南翁也是一位诗僧,与居简交游,成就诗名。又如道璨《潜仲刚诗集序》曰:"仲刚生长藕花汀洲间,天地清气固以染其肺腑,久从北磵游。受诗学于东嘉赵紫芝,警拔清苦,无近世诗家之弊,晚登华顶,窥雁荡、酌飞泉,萧散闲谈,大异西湖、北山。但惜北磵、紫芝不及见也。"(《柳塘外集》卷三)潜仲刚也是雅好诗文、久从居简游的宗门弟子。这说明居简对于禅林的影响,不仅体现在禅学方面,也显现在文学方面。在其人格魅力和文化修养的感召下,大批禅林俊彦在诗文创作中展示了宗门的"斯文"形象,从而使其逐渐认同文化精英化的理念,并自觉地向这一方向努力。最终,居简的后学促成了南宋临济宗内部的文化转型,使得禅僧更多与"雅文化"或者"宋型文化"相结合,具有浓郁的文士气息。居简亦是蜀人,从某种意义上说,他不啻为宗门的"苏轼"。

第三章 ● 南宋后期禅宗僧诗

第一节 杨岐派径山系大观与善珍

南宋后期,即理宗、度宗朝,临济宗杨岐派出现一批有诗文集传世的诗僧,其中尤其以宗杲门下的径山系最为突出,创作成就最高。

大观(1201—1268),号物初。鄞县横溪人,俗姓陆,楚国公陆佃后人。嗣法北磵居简禅师,为临济宗南岳下十八世。历住临安府法相禅院、安吉州显慈禅寺、庆元府大慈山教忠报国禅寺、庆元府阿育王山广利禅寺等。现存著述有诗文集《物初剩语》二十五卷、《物初大观禅师语录》一卷。

大观的诗歌创作受其师北磵居简的影响不小,这可从他和居简的同题共赋之诗中得见,譬如大观的《喜雨次北磵老人贺王百里韵》诗:

风林萧萧草树枯，甘井欲罾深及涂。山湫清浅蜿蜒冈，安知槁苗扶不起。诚通肸蠁闯灵阊，沛然连夕成翻盆。惊雷一击旱魃死，霮䨴六合云昏昏。枕簟生秋清梦魂，畎浍暴集波浑浑。大穰畏垒不足计，默感帝力言无文。德酬田祖须牲酒，致敬何须祝鮀口。要见丰年乐事多，试听野叟醉时歌。（《物初剩语》卷一）

这首诗次韵的原唱是居简《喜雨美王长官》诗：

四月五月河港枯，下田上田龟坼涂。山湫剑汹龙光冈，一呼便为苍生起。油然请命朝帝阊，触犯玉女洗头盆。女从帝傍辄大笑，紫金蛇掣曒重昏。田稚九死皆返魂，舳舻衔尾沙水浑。扣如虚谷有逸响，享以明德无繁文。去年老瓦鸡豚酒，酒酣说尹终在口。属闻今复办多多，更听醉农新咏歌。（《北磵诗集》卷八）

从两诗的意脉来看，大观和老师居简的写法如出一辙：他们均从季节与旱情起笔，之后叙述长官祷雨，感动上苍，因而天降甘霖，缓解灾情，最后以农夫或野叟的喜雨醉吟来收束全篇。再如，大观的《崔中书家藏阎立本醉道士图北磵老人命同赋》诗：

裳衣颠倒巾帻欹，蹇驴摇兀款段迟。呼族啸类相追随，且行且歌忘所之。梨花大白更酬酢，百拜三行权倚阁。绿杨岸与杏花村，得高阳伴方为乐。不到沉醉不肯还，瑟瑟掠耳松声寒。僮奴酩酊扶归鞍,骎骎骁骁鞭不前。寻常画手画不得,一见便知阎氏笔。想当解衣磅礴时,意态尽从方寸出。醉中不怕白日走,醉乡便是无何有。江头明月吊沉湘,独醒皆醉俱忘羊。(《物初剩语》卷一)

这首诗对应的是居简《崔中书家藏阎立本醉道士图》诗:

> 颓簪堕髻鸿都叟,爱酒如金叵常有。有时得辄止奔鲸鱼,各开吞海谽谺口。不辞一醉一千日,千日芳鲜致无术。临风大呼刘伯伦,欲分余沥洗浊泾。伯伦拍浮酒船里,不信人间有泾渭。须臾酒醒骑马归,雪精玄狹颠倒骑。半醒僮仆相扶携,嵬岸混顽忘颠隮。狂态百出弗自知,画手一笑尽得之。如镜铸像尤出奇,想当怹时百不理。道德五千风过耳,更复沉酣到六经,六经古人糟粕耳。

面对同一幅画作,师徒二人在描会"道士醉酒"的场景以及叙述自己观画体验时,同样存在不少类似之处:比如道士邋遢凌乱的服饰、醉酒之后的癫狂举动、僮仆跟随扶掖等画面细节,以及二人对阎立本高超画技的赞誉等。因此,就诗歌的写作技法和语言特征来看,可以确认大观对居简诗艺存在接受和模仿的事实。换言之,大观诗歌写作或可能受到了居简的指点。像这种发生在师徒之间、直接的诗艺传承,在前代诗僧里却非常罕见。因为在大观之前,唐宋的著名诗僧鲜有嫡传弟子在诗歌写作上承袭其"衣钵"。所以,居简、大观的诗歌创作也是我们考察唐宋诗僧师徒之间创作因袭情况的绝佳范例。

事实上，大观对居简诗歌的接受不仅反映在写作技法、遣词造句，还体现在题材内容上。大观和宝昙、居简等前辈诗僧一样，也好同南宋的官僚、文士交往互动，因此其诗歌题材亦以赠答唱和、应酬交际、送别怀人为主，他以诗歌为"有韵的尺牍"，使作品包含着大量类似书信的成分。或是表达自己对交往对象的赞美，如《酬虞判府》："有虞之裔雍公孙，器如璠玙粹而温。少年一室自讨论，丝毫侈习毋容存。陂量渊渊贮今古，不数当年黄叔度。"《呈刘秘书》："目光烂飞电，寿骨坚灵椿。从容聆话言，味带孟氏醇。笔下汹涌澜，胸次浩荡春。浩然天地间，特立不缁磷。"或是表达自己对友人的关怀同情，如《送镜潭归蜀》："修途携二难，烝也非无戎。重提鳌山话，伯氏当折衷。埙篪播逸响，棣萼敷春风。"化用《诗·小雅·常棣》《诗·小雅·何人斯》之语典，抒发自己和友人如亲兄弟般的情谊，以及自己对他的深切挂怀。《寄何半湖》："客舍萧萧风雨愁，情如太史周南留。人生所重在知己，只今去谒东诸侯。"化用《史记·太史公自序》中所记司马迁之父太史公司马谈"滞留周南，不得与从事"的典故，抒发对朋友命途乖蹇的同情。或对唱和对象的鼓励劝勉，如《次韵酬陈上舍》："丰神复拔俗，灵扃洞无滓。放郑扶大雅，远泾激清渭。"鼓励陈氏在创作上多写符合雅正传统的作品。《僧以诗见过次其韵》："肯使古心随世变，闲将高眼看人忙。直教韫椟难酬价，是玉何愁不作璋。"借用《论语·子罕》："有美玉于斯，韫椟而藏诸，善贾而沽诸？"勉励晚辈不要忧心怀才不遇，若是人才总会被人发现、赏识。这类诗在大观诗集中占有相当大的比例，甚至可以说是其主体。

南宋临济宗诗僧宝昙、居简往往借助诗歌，来联络、维系自己与朝廷显宦的情谊，这一点在大观身上也有延续。他的诗歌中含有大量的对官僚士大夫歌功颂德的文字，譬如他的《寄秋房楼大卿用其赠云竹韵》称赞楼钥之子侍郎楼治道："超轶《子虚赋》，飘飘气凌云。遂令天下士，矫首鄞江滨。淫哇眩时俗，所守惟正声。譬诸松与柏，受命独青青。此意将焉施，协帝诣南熏。熏然合大和，致君齐放勋。"而《送秋房楼侍郎帅越》云："循吏古所难，何以答四聪。公乎经济蕴，霁月选高穹。持橐方论思，恳款输精忠。往于流虹地，铺和致年丰。先声一日驰，欢声沸儿童。"夸赞楼治的文才与吏能极佳，真是当世楷模！再如《呈制使马观相》称颂制使马天骥道："公生古太末，半千符嘉期。比德玉温温，镇浮山巍巍。乡来冠众隽，蟾窟攀高枝。斯文一战伯，澜笔翻渺弥。许国输精忠，受任无险夷。阳春有脚行，所至民熙熙。已跻宥密地，胡为把州麾。海阃要贤牧，回旋副畴咨。鲸波熨帖平，蛟门风烟奇。千里一目间，望云思依依。公乎廊庙具，久外将焉施。姓名悬睿想，大用今其时。卓立见定力，经济发活机。臂端橐钥运，一气随转移。"《送李制相》揄扬观文殿大学士李曾伯道："公来民欢咸鼓舞，公去民情儿失乳。攀辕卧辙弗容留，可惜福星移别处。半年布政何优优，枉者直兮强者柔。"从上述诗句来看，大观是将诗歌作为应酬工具来使用的，但是，内容上却存在雷同、重复之处，这说明写作此类诗歌，大观几乎是信笔而成的，因而缺少精思，有敷衍感情之嫌疑，也削弱了诗歌作为抒情载体的属性。

大观的诗歌还有一显著的特征，即好歌咏琴棋书画、笔墨纸砚、金石古玩等宋代士大夫、知识精英所嗜好的文化产物。比如咏读书，大观有《读龙川文有感二首》《夜读疏寮集》之类的作品；再如歌咏弹琴、听琴之诗或者咏琴诗，大观有《听一师琴》《听僧弹独清》。而题画诗就更多了，譬如前文所述的题咏阎立本《醉道士图》诗，《岘山图二首》《墨荔枝二首》《归根图》《水仙小幅》《和靖索句图》《题墨戏甜瓜》《题枯木二轴》《题横枝手轴》等，甚至还有咏砚诗《洮砚遗翁广文》。大观在创作上选择这些题材，就表明他的审美趣尚和艺术品位已自觉向宋代士大夫靠拢看齐，他拥有同宋代士大夫一样的生活情趣和精神追求。请看他的《楼潮州以汝窑瓶炉泰州新刊注坡诗及澄心堂纸见遗以诗寄谢》（《物初剩语》卷二）：

汝州瓶窑何处有，花影卦文随转瞩。细然柏子扬轻烟，满插莲葩吐新馥。松窗竹几顿精神，更把风骚看玉局。野禅危坐舌若喑，得书稍稍闲披读。麻沙常厌字如蚁，乌焉成马大成六。海陵刊本何磊落，未阅先令人意足。二贤发明竟该洽，似向乌台露心腹。有问山翁安得此，迂斋故家书满屋。跨灶冲楼独擅场，古文原委有正续。已知胸中饱经济，暂向家园乐幽独。论文取士到山林，衲衣椎鲁惭虚辱。冥搜岂足报琼瑶，无奈溪藤阔裁玉。想见书窗清昼长，笔底春风珠百斛。

大观获得友人楼潮州赠予的三种礼物而作诗酬谢，这些礼物均是宋代士大夫所喜欢把玩研味的文化产物——汝窑瓷器，施元之、顾禧的《注东坡先生诗》和澄心堂纸，因此，这首诗说明大观有和士大夫一样的文化品位。而且，它还交待了大观日常生活的一项重要活动——阅读苏轼的诗文，诗中"更把风骚看玉局"的"玉局"即指苏轼,而"野禅危坐舌若喑,得书稍稍闲披读"则说明他是在习禅的闲暇时间,阅读苏轼作品。大观不仅喜欢读苏轼的文集,还对其版本的优劣了如指掌。他认为福建的麻沙本不但字小如蚁,而且文字错讹很多。当他得到品质绝佳的"海陵刊本"之后,便心满意足。事实上,大观最看重的不是这个本子的优异品相,而是它极高的学术价值,即注释的"该洽",也就是注释的详细,引用材料的广博,这有助于读者更准确地理解作品,疏通文意,这反映了大观学术眼光的敏锐及见识的广博。所以,这首诗的内涵非常丰富,它说明南宋临济宗诗文僧对士大夫文化品位的追求绝非附庸风雅,而是他们日常生活中的重要活动和不可分割的一部分,他们卓越的智力水平和艺术修养堪比士大夫中的知识精英。

大观日常阅读苏轼诗集的结果,就是将他和他周围士大夫诗歌之成语或者各类典故消化,并融入自己的创作之中,形成了作诗用典广博的特征,即"以才学为诗",比如他的《洮砚遗翁广文》:

温其数寸鸭头绿,谁刳洮河秋水骨。免随防胡城上土,延登四友文房数。老苍自寿石丈人,涅而不缁磨不磷。淬锋借润无靳色,颖也续续探玄津。我贫一身犹长物,跳跃吉祥乐喑默。此辈绝交今已久,忍垢晴窗殊郁怫。匹夫怀璧此其罪,清议从来重名实。翁翁洲居人品奇,好古博雅今所希。探囊出此以遗之,此翁笔端河江翻渺弥。(《物初剩语》卷三)

洮砚深受宋士大夫喜爱，苏轼、黄庭坚均有题咏之作。而大观在写这首诗时亦广引前人之作。首句写砚之颜色与质感，化用黄庭坚诗句"久闻岷石鸭头绿"。次句写砚之产地，点化唐人张碧《题祖山人池上怪石》诗句"寒姿数片奇突兀，曾作秋江秋水骨"。"免随"句谓原石躲过被筑城之命运，点化唐人曹邺《筑城三首》诗"不知城上土，化作宫中火"。之后"涅而"句，化用《论语·阳货》之"不曰坚乎？磨而不磷。不曰白胡？涅而不缁"。此句引申为洮砚质地坚硬，不易褪色。"淬锋"一词，取自黄庭坚诗句"赠君洮州绿石含风漪，能淬笔锋利如锥"，"借润"一词取自苏轼《次韵孔文仲推官见赠》诗句"怜我枯蒇质，借润生华滋"。"颖也"句，引用居简《碧幢赋》"颖探玄津，分命驰骋"。这二句形容洮砚对笔的滋润、利锋作用，而"我贫"句，点化陆游《湖上》诗句"回视老身犹长物，纵无炊米莫闲愁"。"踟跦"句之"乐暗默"，出于柳宗元《与萧翰林俛》"用是更乐暗默，思与石木为徒，不复致意"。"忍垢"句化用《楚辞·九叹·怨思》"志隐隐而郁怫兮，愁独哀而冤结"。"匹夫"句用《左传·桓公十年》"匹夫无罪，怀璧其罪"之典故。"清议"句，盖出自杨时《跋道卿帖》"盖名实既乎，清议终不可掩"。整首诗几乎是无一字无来处，可以说，大观的诗歌写作完全受到了苏轼、黄庭坚等士大夫写作传统的影响。

除了"以才学为诗"，大观在诗歌的用韵方面也极度用功，和宝昙、居简等前辈一样，或效柏梁体，句句押韵，比如《寿谦斋史尚书柏梁体》（《物初剩语》卷五），为史宇之贺寿，史宇之是权相史弥远之子，从诗中"至今遗爱俨尔存，前帅今帅皆王孙。仲氏吹篪伯氏埙,今帅于吾尤用恩"之句可推断,史宇之对大观礼遇有加,故大观感念其知遇之恩。再如《厉资相见示邵农纪游柏梁体次韵》(《物初剩语》卷二)颂扬厉文翁劝农之事,着重表现其重农恤民之心以及高尚的品德,堪比上古时代的贤臣"稷"与"卨"。诗的最后部分,则展示厉氏与同僚在劝农之余的宴集赋诗活动,凸显了宋代文人士大夫"复合型"人才的特征,既懂得治国安民,又擅长诗文等高雅文化艺术。

大观写诗用韵,有时喜欢反复次韵,不畏用韵之难。他借题发挥,随事抒写,韵与意的结合比较自然,展现了高超的驾驭语言的能力,如《寄史蓝田》(《物初剩语》卷二):

> 荼䕷殿春发幽芳,绿荫池阁南薰凉。闲携便面坐白昼,博山一缕凝清香。借问其中何所有,古书在几琴在床。淡然于此得真乐,几于世味俱遗忘。不鞿䵣躞紫游疆,不醉绮筵灯烛光。蒋蓝盈畹蕙盈亩,芰荷为衣芙蓉裳。虚空张乐鸣地籁,寂寥知味瓢天浆。明堂材巨饱所养,参天老干烟苍苍。古来治乱靡不载,酌以御今施好方。经济之用无前后,文武之道有弛张。

大观想象对方隐逸生活的闲适惬意,羡慕其不为世俗所扰,以及对"一张一弛,文武之道"的推崇。对方得诗之后马上予以回应,而大观即用原韵再和,两人即开始往返数次的次韵唱和,殊为可惜的是,史诗已不得见,而大观第二次唱和之作也不见于《物初剩语》之中,仅有第三次的两首诗保存下来,即《蓝

田三和见教再用前韵》(《物初剩语》卷二):

> 心期百世犹流方,乍见踽踽复凉凉。恸躬尽扫富贵习,蟠胸自吐书传香。清宵客散坐不寐,漏转隙月斜侵床。想当物理释然处,却笑漆园夸两忘。宁容淡泊入颓惰,还从笃实生辉光。入山寻师独扶杖,临流鉴影同褰裳。壮如筋弦抨玉轸,爽如金壶澄蔗浆。深红浅紫与时尽,岁寒之操松柏苍。活国自来须好手,济世岂谓无良方。君乎应忆董子语,如御琴瑟思更张。

> 我生枯寂无余方,两丸跳跃从暄凉。一衲尽遗留浮世事,二时犹炷慈云香。孤禅枝撑骨可数,通宵老胁不印床。畦衣童顶其人弃,分与猿鸟情相忘。月溪向我作青眼,樗散岂复生荣光。披怀荦荦传秀句,绝胜韩愈留衣裳。试问共挟风雅辀,何如同饮甘露浆。春妍秋落不小驻,转盼易成鬓须苍。他人闻此定惊怪,大似凿圆逢枘方。清夜蛙声来隐几,失晓有如横浦张。

这两首诗的第一首写的是史蓝田的隐逸生活,而第二首是大观对自己平常生活的叙述,虽然两人的生活都很清贫、孤寂,但他们尚友自然,能做到随境而安,物我两忘。

类似这种次韵之作,大观还有很多,如《次韵酬陈上舍》《次韵山行》《次钱槐隐素面韵》《寄秋房楼大卿用其赠云竹韵》《赓史省元韵》《次实庵胡提干食笋韵》等。这类作品都得先按他人诗韵再行命意创作,可见大观喜欢有意识地在写作上为自己增加难度系数,勇于挑战、磨砺自己的对诗歌语言的驾驭能力。

综上所述,大观的诗歌实与其老师居简相似处甚多,他也表现了与老师作品相近的体制、风格,而这就意味着大观的诗学理念,与老师居简一致,都以"元祐—江西"文学传统为宗。

藏叟善珍（1194—1277）,字藏叟,泉州南安人,俗姓吕。嗣法妙峰之善禅师。历住光孝禅寺、承天寺、安吉州思溪圆觉寺、福州雪峰禅寺,后朝廷诏命移住四明之阿育王寺、临安之径山寺。端宗景炎二年（1277）五月圆寂,年八十四。现存著述有诗文集《藏叟摘稿》二卷传世。

藏叟善珍无论是生前,还是逝世之后,他的诗才都广为宗门内外认可、称赞。北磵居简《书泉南珍书记行卷》云:"泉南珍藏叟学晚唐,吾未见其失,亦未见其止。骎骎不已,庸不与姚、贾方轨。"称赞善珍虽学晚唐诗,但诗风却无寒苦艰涩之气,自成一体。同代诗僧大观也对其诗才赞誉有加,《藏叟诗序》云:"泉南珍藏叟,用唐人机杼,斥凡振奇,一语不浪发,发必破的。当吟酣思苦时,视听不行。句活篇圆,汰炼详稳,人肯之而叟不自肯也。往来南北山者数年,一夕幡然赋归,将杜门理古书,资讨论功以昌其诗。不极其所诣不止也。俗尚夸毗,叟不自满;士多沿袭,叟则讨源;人方奔竞,叟以自乐。"足见其作诗颇用苦心。宋末方回在评论南宋诗僧时,亦称之为"盖端平、淳祐以来,方外以吟知名者,肇之后有珍藏叟云"（《瀛奎律髓》卷四十七）。视其为宋代端平、淳祐时期诗僧中的翘楚,淮海元肇之后的领军人物。

对于善珍的诗歌，居简与方回都认为其诗近于"唐诗"，但这个评价比较模糊。众所周知，居简所谓的"晚唐"诗并非是贾岛、姚合晚唐体之流，而是充满气格的晚唐作品。方回所谓之"唐诗"，大概近于严羽所提倡的唐诗，即与以文字为诗、以才学为诗、以议论为诗的"宋调"相反的"唐音"。因此，善珍与唐诗之间的渊源，并不像这些人评价的那样一目了然，需要我们进行考察。

从善珍的诗文来看，他很是推崇唐代诗人，具体来说，他赞赏的是李白、杜甫、张籍、贾岛，这或多或少可以反映善珍在诗歌创作上对"唐音"的接受情况。对于李白，善珍有《题六画·李白》诗：

脱靴殿上醉阳狂，触拨春风睡海棠。放逐一身穷不恨，三郎入蜀更郎当。

善珍非常欣赏李白的豪放飘逸。对于杜甫，他有《少陵》诗：

少陵弦断无胶续，鸾凤巢高隔五云。老子一身都是胆，要倾东海取龙筋。

该诗表达了对杜诗的喜爱。诗人感叹杜甫后继无人，因此他想接续杜诗。由此可知，善珍推崇的唐代诗学典范是杜诗。对于张籍，善珍曾有《征妇怨效张籍》一诗：

前年鄱兵来，郎战淮河西。官军来上功，不待郎书题。

> 淮河在何许，妾身那得去。生死不相待，白骨应解语。天寒无衣儿啼苦，妾身不如骨上土。

这是善珍对中唐诗人张籍《征妇怨》的摹写之作，张籍是唐代新乐府作家群体的代表。由此观之，善珍主要学张籍的新乐府一类的诗歌，除了这首之外，善珍还有《东湖行》《山溪谣》等反映现实社会黑暗、批判苦乐不均的作品。可见，他也有取法张籍的一面。关于贾岛，善珍有《题六画·浪仙骑驴》诗：

> 官路骑驴突尹驺，尹曾骂佛去潮州。却从渠问推敲字，千古诗人作话头。

从诗中可推断，善珍应不大喜欢韩愈，盖因其曾竭力排佛。因此，诗人对其进行一番调侃。而贾岛是晚唐体的代表，这一派诗人崇尚苦吟，所以，善珍亦拈出贾岛炼字的典故。善珍对于贾岛及其诗风并不排斥，甚至还有模拟，从那些评价善珍的文章，以及他自己的作品中可作出明确判断。

善珍热衷锻字炼句，正如前举大观《藏叟诗序》所云："用唐人机杼，斥凡振奇，一语不浪发，发必破的。"好"吟酣思苦"，且精益求精。善珍的五律，展示出了明显的雕琢、炼字的痕迹，比如：

> 薄霭遮西日，归雕带北云。(《题金山寺》)
> 秋尽斗移柄，曙分河隐流。马嘶残月垒，雁入向阳州。(《晓等甘露寺楼》)

瘦草牛羊路,高松鹳鹤巢。病来勤习定,老去懒寻交。(《偶成》)

柳凹人系马,萍破鹭窥鱼。空冢衣冠蜕,山房水石虚。(《孤山》)

荒园闲柳色,斜日淡梨花。(《游下天竺御园》)

洗竹去蛛网,疏松留鹤巢。云衣慵补缀,月户自推敲。(《郊原》)

风吹游子袂,月照古人坟。旧事残碑在,荒祠流水分。(《送客宿九日山》)

犬眠莎砌日,鸦啄菜池冰。湿藓侵碑字,空巢缀壁层。(《题狗葬刘家寺》)

铁砚穿何益,金丸跳不回。(《除夕》)

樵鸣猿落果,鹰急鸟依人。(《雪峰旧院》)

驴蹇驮诗笈,鸥闲傍酒船。啼鹃残月晓,细雨落花天。(《次蒲心泉韵》)

梅嫩有花早,桐衰无叶雕。(《策蹇》)

上述诗句均为善珍五律中的颔联或颈联,从这些诗句营造的意象与意境,乃至承载的情感来看,都与贾岛及其所代表的晚唐体非常相似。因此,我们认为善珍诗歌中确实表现出了唐代诗歌的某些特色,但善珍学唐诗亦有着明确的分界,即审美取向追摹李、杜,乐府诗模拟唐代新乐府诗传统,而五律多有贾岛、姚合的晚唐体之风习。

虽然善珍的创作体现了一些"唐音"的格调,但是,他的多数诗歌,仍近似"宋调"。宋代士大夫文化精英对其诗歌写作的影响，同样非常明显。善珍对于本朝诗人也非常敬仰，譬如欧阳修、苏轼、黄庭坚、刘克庄、林希逸等。在这些诗人中，对其诗文写作产生较大影响的就是苏、黄。

关于苏轼，他有三首诗就以苏轼及其作品为主题，体现了他对苏轼人格精神的推崇，比如《题东坡儋耳书西江月》：

> 儋州秃鬓翁，老气凌汗漫。金銮岭海等游戏，尽倒银河洗忧患。山村荷瓢感慨歌，买酒独赏春梦婆。酒酣忽转商声急，龙君悲咤波臣泣，锦瑟无端弦五十。

善珍非常欣赏苏轼的人生态度，即豁达乐观、随遇而安。他认为苏轼无论身居庙堂之高，抑或处江湖之远，都是"游戏三昧"。所以他可以做到掀倒银河之水，洗尽一切忧患。而且，善珍对苏轼的故事也非常熟悉，本诗中"山村荷瓢感慨歌，买酒独赏春梦婆"之句，出自赵德麟《侯鲭录》卷七："东坡老人在昌化，尝负大瓢行歌于田间。有老妇年七十，谓坡云：'内翰昔日富贵，一场春梦。'坡然之，里人呼此媪为春梦婆。"再如《题六画·苏轼》：

> 天津桥上听啼鹃，从此南人弄相权。多少衣冠落沙漠，朱崖宜着玉堂仙。

此时亦是抒写苏轼流放儋州之事。而且，诗的最后一句也是化用苏诗成句，即苏轼《舟行至清远县，见顾秀才，极谈惠州风物之美》诗"到处聚观香案吏，此邦宜着玉堂仙"之句。又

《题东坡墨迹》：

> 党籍英贤尽，长淮南北分。忠奸论方定，金璧购遗文。

这首诗虽为题苏轼手迹而作，但颇有咏史诗的意味。由诗的首二句可知，善珍认为北宋灭亡的起因乃是党争，正是这残酷的政治斗争，将北宋的各类精英和贤士消灭殆尽，而最终导致宋室南渡，淮河从此成了国界。幸好后来的高宗、孝宗两代君主，为苏轼等元祐党人平反昭雪。而苏轼亲笔书写的文字，其价值也就随之暴涨，近于用千金来求购。可见，善珍对苏轼这位文化精英崇敬之深。

善珍还有一些首诗也提及苏轼，兹举两例为证，一是《次徐监簿韵贺吴侍郎新第落成》其二：

> 词源本本自欧苏，胸次湖江跨楚吴。纵未押班坐鸥合，亦须开府佩麟符。拂衣太华今无放，卜筑中条昔有图。久矣笙竽喧众耳，新声待奏凤将雏。

还有一首是《题三教三隐三仙三贤画轴》：

> 瞿昙李耳东家丘，不生虞夏生衰周。世乱杀夺无时休，佛现身作大慈舟。老务静治销戈矛，孔以笔诛著《春秋》。学佛亦有绝世流，学老曾见飞升不。最后三人师孔氏，气节虽同穷达异。渊明不仕义熙岁，倾家酿秫供一醉。翰林谪仙与苏二，辛以蛾眉招众忌。脱靴偶忤高力士，触拨玉

环良细事。谁知绍述丞相嗔,铜驼陌上荒荆榛。僧伽拥扶度鲸海,虏酋过垄禁樵采,使我掩卷增感慨。

第一首诗善珍夸赞吴氏擅于作诗,谓其诗词源出欧、苏,而其胸襟跨越五湖三江楚吴之地。第二首诗是对佛祖、老子、孔子、陶渊明、李白、苏轼等六人的礼赞,诗中的"翰林谪仙与苏二"句出自黄庭坚《避暑李氏园》(其二)"题诗未有惊人句,会唤谪仙苏二来",史容注引《王立之诗话》:"山谷尝避暑城西李氏园,题两诗,其一云:'题诗未有惊人句,唤取谪仙苏二来。'秦少游言于东坡曰:'以先生为苏二,大似相薄。'少章为予言。"(《山谷外集诗注》卷十一)善珍感慨苏轼因才招妒,惹得新党之人忌恨,故被流放海南蛮荒之地。而"铜驼陌上荒荆榛",亦点化苏轼《百步洪》诗"岂信荆棘埋铜驼"之句。因此苏轼在善珍心中的分量可想而知。

在苏轼之外,善珍模仿最力、学习最多的宋代诗人是黄庭坚,其学黄之处亦不少,他大量使事用典,而且点化黄庭坚诗歌成句,比如《和徐国录韵》:

当今称文宗,斗南一和仲。掣鲸力倒海,兰茝不同梦。百年日苦短,千载事谁共。赋诗推义山,论旧数季重。客持邀我读,欢喜蹋破瓮。疾抄畏纸尽,饥诵忘浆冻。欲传换骨方,伎工恐无用。涂窗谩成鸦,过门任题凤。唐僧句月炼,一步不敢纵。高参鬼仙吟,下比古佛颂。湖江大国楚,宫阙天府雍。小大材则殊,未易求折衷。公文如珠玉,盛世盍包贡。一鹗剡交腾,万牛挽难动。造物或困之,郁怒使快痛。晋康名远郡，侯印亦久弄。鼍嘘横跨海，龙潜中兴宋。年丰秔稌多，守醉宾客从。时时写乌丝，虹光穿屋栋。祖帐在何时，行色当怔忪。相期远公社，后会邈濒洞。拟办酒碗招，更出虎溪送。

在这首诗里，诗人使用了大量的典故，如杜甫的《戏为六绝句》之"或看翡翠兰苕上，未掣鲸鱼碧海中"、苏轼《过于海舶，得迈寄书、酒。作诗，远和之，皆粲然可观。子由有书相庆也，因用其韵赋一篇，并寄诸子侄》之"中夜起舞踏破瓮"、陆游《玉局观拜东坡先生海外画像》之"太平极嘉祐，珠玉始包贡"等。此外，"涂鸦"援引唐人卢同《示添丁》："忽来案上翻墨汁，涂抹诗书如老鸦"之句，"题凤"则是《世说新语·简傲》中，吕安题凤字于嵇喜门上之事。当然，善珍在本诗里化用最多的是黄庭坚的诗歌成句，如"江湖大国楚"，出自《子瞻诗句妙一世乃云效庭坚体盖退之戏效孟郊樊宗师之比以文滑稽耳恐后生不故次韵道之。子瞻送杨孟容诗云我家峨眉阴与子同一邦即此韵》之"公如大国楚，吞五湖三江"，而其"万牛挽难动"，同样化用该诗的"万牛挽不前"；善珍的"祖帐在何时，行色当怔忪"亦源出黄庭坚《对酒次韵寄怀元翁》之"樽俎思促坐，有生当怔忪"二句；"拟办酒碗招，更出虎溪送"，则借自黄庭坚的七言诗《戏效禅月作远公咏并序》"邀陶渊明把酒碗，送陆修静过虎溪"之句。善珍还在诗中提及"换骨方"，显然他对惠洪《冷斋夜话》中的"换骨夺胎"法颇为熟悉。

善珍引用或套用黄庭坚诗的地方还有很多，如《贺刘后村除兵侍兼直院》诗曰：

> 人物依然元祐中，莺边系马亦金狨。相君惟忆刘夫子，学士须还儋秃翁。翰苑鹤天双鬓雪，玄都燕麦几春风。老来始得文章力，前有欧公后益公。

善珍认为刘克庄就是当世的元祐人物，这无疑表明了他推崇元祐诗歌的美学取向。"莺边系马亦金狨"，点化自黄庭坚《次韵宋楙宗三月十四日到西池都人盛观翰林公出游》"金狨系马晓莺边，不比春江上水船"之句。而"儋秃翁"三字亦源于黄庭坚《病起荆江亭即事十首》（其七）"玉堂端要真学士，须得儋州秃鬓翁"之句。再如善珍的《送颜主簿之怀安》：

> 古廨大江边，多闲少俸钱。凤栖仇览棘，虹贯米家船。心静佛三昧，时来官九迁。外台兼督府，幕下正须贤。

这首诗的颔联"凤栖仇览棘，虹贯米家船"之句，即化用黄庭坚"沧江尽夜虹观月，定是米家书画船"之句，比喻船中有宝气。可知黄庭坚诗歌及其所代表的"江西诗学"理念必是善珍学诗的典范。

从善珍对苏轼的敬仰之情以及他对山谷诗句的信手拈来、熟练使用，可以推断，善珍存在着模仿"元祐—江西"文学写作传统的迹象。而这一诗学传统也是"宋调"的典型代表，所以，我们认为善珍在诗歌创作上，既有类似唐代新乐府及晚唐体的作品，也有效法本朝"元祐—江西"诗学传统，兼备"唐音"与"宋调"两种诗歌美学风范。

善珍众多的诗体中,数量最多者为七律,其中多为应酬交际类作品,此外还有一些写景状物之作。他的七律也鲜明地反映出"以才学为诗"的倾向,使用的典故,非常切合对象的现状与身份,比如《贺赵礼部得祠二首》:

> 曩岁巍冠接俊髦,玄都又种几番桃。山中供奉犹遭谤,泽畔灵均盍赋骚。世事万端常倚仗,丈夫百挫见雄豪。旁人妄指笼中翩,不识冥鸿天宇高。
>
> 帝赐琳宫散吏名,寄声黄合谢弓旌。琴招野客持杯听,棋看痴人覆局争。燕颔终当飞食肉,蛾眉最忌美倾城。晴空万里君知不,苍狗白云常变更。

此诗的赵礼部,乃善珍所结交的朝廷显宦赵汝谈。在这两首诗中善珍运用了大量的典故,劝慰赵氏,贺其得到祠禄之官。第一首次句"玄都又种几番桃",出自刘禹锡的《元和十年自朗州承召至京戏赠看花诸君子》以及《再游玄都观绝句》二首诗;颔联"泽畔灵均盍赋骚"即屈原遭逐,行吟泽畔而赋《离骚》的故事。第二首诗颈联使用《后汉书·班超传》的典故:"超问其状相者指曰:'生燕颔虎颈,飞而食肉,此万里侯相也。'"而尾句的"苍狗白云常变更",则出自杜甫《可叹》诗"天上浮云如白衣,斯须改变如苍狗"之句。善珍用古时那些遭受打击或命途曲折的历史名人,如刘禹锡、班超来激励赵氏,劝其振作精神。又如《贺曾帅得祠二首》(其二):

千骑丛中旧拥旄,丹心犹在鬓萧骚。汉庭重少冯唐老,晋士趋卑张翰高。静看棋枰争胜负,闲驰笔阵寄雄豪。抢榆击水公俱乐,却是旁人叹不遭。

曾帅是曾从龙。曾从龙于嘉定十二年（1219）自同知枢密院事除参知政事后,"疾胡榘恺壬,排沮正论,陈其罪。榘嗾言者劾罢,以前职提举洞霄宫。起知建宁府。丁内艰,服除,为湖南安抚使。抚安峒獠,威惠并行,兴学养士,湘人纪之石。改知隆兴府,复提举洞霄宫,改万寿观兼侍读,奉朝请"（《宋史·曾从龙传》）。这是其"得祠"的经过,故善珍之诗题虽是"贺"其得祠,但诗中实赞其能屈能伸。而这首诗的用典就很切合曾氏此时的情状,如颔联的"汉庭重少冯唐老,晋士趋卑张翰高"中两个典故,上句谓汉朝只用年轻的将领,而富于经验的老将冯唐却不得重用。是善珍为曾氏被朝廷罢官而鸣不平。下句是晋人张翰的典故,即《晋书·张翰传》:"翰因见秋风起,乃思吴中菇菜、莼羹、鲈鱼脍,曰:'人生贵得适志,何能羁宦数千里以要名爵乎!'遂命驾而归。"宽慰曾氏回归老家就像张翰一样,是为了"适志",称赞曾氏和张翰都是不为世俗浑浊所污的"高士"。可见,善珍对于前代历史非常熟悉,有着很丰富的知识储备。

像这样的用典还有很多,如《送杨户部》"儿童不信夷齐混,党论尝攻韩范非"、《送蔡察院将漕广东》"应似鲜于福京左,还同司马过临邛"、《送林南恩入京》"已闻浥水返朱序,亦说汉庭怜孝章"、《寄赵西岩》"纸上雕虫真害道,山中射虎胜封侯"、《代赵景贤和林定庵韵》"斋后随僧同洗钵,醉中得句旋投囊"、《贺洪阳岩帅闽》"衣冠南纪瞻鸣凤,云雨东山起卧龙"等,都是使用大量的历史名人来比拟写作对象。

善珍七律体现出他丰富的才学以及知识储备,除此之外,他的律诗还表现了鲜明的写意性,即侧重书写自我的感觉、体悟,而不重景象的描摹刻画,比如《小雪》:

> 云暗初成霰点微,旋闻簌簌洒窗扉。最愁南北犬惊吠,兼恐北风鸿退飞。梦锦尚堪裁好句,鬓丝那可织寒衣。拥炉睡思难撑拄,起唤梅花为解围。

此诗表现了小雪初降时,诗人对雪花的怜爱之情。首联云暗天低,雪霰簌簌飘洒窗扉,发出清响,此乃以动写静。颔联表达担忧小雪引起动物的惊扰,似有所寓意。颈联用江淹梦锦之事,暗示小雪能让诗人写出佳句,又化用贾岛"鬓边虽有丝,不堪织寒衣"之句写自己的贫寒。尾联写拥炉取暖抵挡不住睡意,因而起身赏梅,让梅花的清气来提起精神,而梅花解围的描写颇有谐趣和雅趣。再如《拥炉》诗:

> 俗客敲门以病辞,拥炉时复捻吟髭。雀栖梅日印孤影,蛛去檐风吹断丝。旧友渐稀增感慨,良辰易过莫寻思。六年世态看差熟,惟有青山无变姿。

首联写对付登门的"俗客",一概因病推辞不见,因为诗人正在炉边为"吟安一个字"而反复捻髭苦思。颔联便是他苦吟冥搜的景物,鸟雀独立栖于梅花枝头,背对夕阳印出孤影,而蜘蛛不知去往何处，其苦心织成网丝被风吹断，零散地挂在屋檐之下。颈联思绪再由物转向人，感慨自己又何尝不是如此，旧友们先后故去，逝去的美好时光难以回味寻思。尾联自我宽慰，六年间看透世态炎凉，惟有青山还未改变，一如往昔。

除了这两首诗外，善珍的七律如《苔径》《倚筇》《门径》等，都有其佳处，造语炼句颇为新奇，内心世界也变化多端，如"履破背时翻着袜，诗狂见月乱撞钟""眼看桑海梦相似，骨瘦匡庐心始休""米尽有方烹白石，丹灵无意化黄金"等，可看出诗僧情感世界的多面性，狂放、冷峻、沉郁、洒脱相互交织。

值得一提的是，宋人的"诗战"之喻，在善珍诗歌中也有所反映，比如《寄孚老》中的"魔垒孤军降百万，诗坛一首当三千"、《贺曾帅得祠二首》（其二）中的"静看棋枰争胜负，闲驰笔阵寄雄豪"，皆为以战喻诗。善珍这种诗歌表现方式，继承了唐宋诗人的传统，尤其苏黄的作诗传统，如苏轼诗"君家文律冠西京，旋筑诗坛按酒兵""明朝郑伯降谁受，昨夜条侯壁已惊"（《景贶履常屡有诗督叔弼季默唱和已许诺矣复以此句挑之》）、黄庭坚诗"当今横笔阵，一战静楚氛"（《奉和文潜赠无咎篇末多见及以既见君子云胡不喜为韵》其五）。由上可知，苏、黄及其所代表的"元祐—江西"诗学传统对善珍的影响非常之大，而这也是居简、方回等宋元诗人所未曾注意的。

第二节　杨岐派径山系元肇与道璨

元肇（1189—1265），一作原肇，字圣徒，号淮海，通川静海人，俗姓潘。年十九薙染受具，初习教观，后归禅宗，为浙翁如琰禅师的法嗣，属临济宗南岳下十八世。历住通州光孝寺、吴城双塔寺、金陵清凉寺、台州万年寺、苏州万寿寺、温州江心龙翔寺、明州育王寺、临安府净慈寺、灵隐寺、径山寺。度宗咸淳元年（1265）六月十日示寂，享年七十七岁。主要生平经历见物初大观所撰《淮海禅师行状》，现存著述有诗集《淮海挐音》二卷、文集《淮海和尚外集》二卷和《淮海和尚语录》一卷。

  对于元肇的诗艺，物初大观《淮海禅师行状》记载元肇曾以诗投谒当世大儒水心先生叶适，并深得其赏识。叶适《赠通川诗僧肇书记》曰："海阔淮深万里通，吟情浩荡逐春风。却寻斗水龙湫住，裁剪云烟字字工。"（《水心集》卷八）从诗的最后一句可知，元肇作诗以描写自然风景见长。事实也是如此，《淮海挐音》共收录诗歌三百八十七首，其中大量作品属于写景抒情之作，尤以五律最能代表元肇的诗歌风格。南宋江湖诗人赵汝回在《淮海挐音序》中，将元肇与晚唐诗人贾岛相类比：

> 唐无本师（贾岛）最工，宜传。使不遇昌黎，传不传，要未可知也。予之同庚友曰淮海师，其未游永嘉时，人固知有淮肇，及见水心，诗声遂大震。夫山林枯槁之士，吟弄风月，本非求名，一遇名公称赏，虽逃名，名随之矣。（《淮海挐音》卷首）

  在赵氏眼中，元肇和贾岛似乎是一类诗人。众所周知，贾岛是"晚唐体"诗人的代表，诗歌题材狭窄，除了自然景物之外，别无他物,格调孤寂寒俭,语意拘谨而缺少变化。然而,赵氏在序中又提到当时有"岛诗苦,肇诗俊"之说,并声称"(贾)岛不解空,逃墨而簪履矣",元肇却是"八窗玲珑,见道透彻。横说竖说,无非是道。长吟短吟,无非是警语"。由此观之,元肇只是与贾岛成名的方式相似,而在诗歌写作上并不相同。在江湖诗人看来,元肇显然超越了贾岛,他的诗并非晚唐"苦吟"一派,没有寒俭虚寂之气,而有清婉俊丽之风。如以下描写人工景物的诗:

> 窗外空无有,清池瞰屋除。去萍嫌碍月,留藻怕惊鱼。夜雨知深浅,晨光透碧虚。时时来顾影,照见白髭疏。(《庭池》)
>
> 澄彻池光上,崷巃相对闲。谁将太湖石,叠作小庐山。种树蟠春长,栽花带土悭。当时真隐者,只在篆烟间。(《叠石》)
>
> 爱竹真成癖,相传子又孙。苍寒云翳翳,碧净玉温温。月散惊龙化,风喧醒鹤魂。几回清不寐,因雪夜开门。(《竹院》)
>
> 堂上传风雅,高标一段奇。韵清梅蘸水,生白月来时。有影皆成画,无声总是诗。屋头春信早,催发向南枝。(《梅月为陈碧磵题》)

以上作品就题材而言,取境狭窄,与"晚唐体"差别不大,缺乏深邃的思想或感情。但是,意境却清幽明丽,委婉闲适,并无心极劳神、伤身伐性的苦吟之态。尽管诗中亦有锻炼字句之处,如"去萍嫌碍月,留藻怕惊鱼""种树蟠春长,栽花带土悭""月散惊龙化,风喧醒鹤魂""韵清梅蘸水,生白月来时"等,但这些诗句皆与全篇自然契合并不生硬突兀。

表现自然山水的题材,元肇同样偏爱那些静逸明丽之景,例如:

> 雨宿剡中寺,晓行犹未晴。诸峰云不定,叠涧水争鸣。野店穿心过,村樵当面横。寻思戴安道,千古一溪清。(《剡中》)
>
> 半月金陵路,今朝渡浙河。回头吴岫在,到耳越音多。贺监湖边柳,右军池上鹅。宛然风物在,人事几消磨。(《渡越》)
>
> 枝暗花成子,风飘絮作萍。雨侵溪涨白,山脱晚云青。又过仙人渡,还登酌水亭。往来人自老,双鹭立烟汀。(《台城道中》)
>
> 麦垄桑麻接,行行百里赊。一番飞谷雨,满地落桐花。水曲成三渡,山坳忽数家。归来襟袖上,犹带赤城霞。(《天台道中》)

在他的笔下,江浙的自然山水不仅富有浓厚的历史人文气息,而且十分清丽可爱,无论是乡村野店、江河渡口、桑麻麦田,还是路边供人歇息的凉亭,均呈现了俊逸明秀之美。尤其是模山范水,佳句甚多,如"雨侵溪涨白,山脱晚云青"二句,描写雨水侵溪致其暴涨、水流泛白,而傍晚时云收雨歇,山形从中脱露,让人愈加觉得青翠欲滴。其中"侵"和"脱"一看即为诗眼,是诗人有意识地安排、组织景物的关键词,这很符合叶适给他的"裁剪云烟字字工"评语。

这样的风格在他的应酬、寄赠诗中也有体现,比如《寄赵东阁》:

> 与君生己酉,年月日时中。除却吟相似,其它事不同。梦寒春草绿,天阔莫江空。见面知何处,东华踏软红。

赵东阁即是江湖诗人赵汝回。从诗的内容来看,元肇的寄赠诗歌与宝昙、居简、大观等诗僧明显不同,交际功能不大突出。他并没有恭维称颂寄赠对象,而只写生庚和吟诗爱好相同,重在表现两人友谊,衬之以契阔后的梦境和醒时景物,感叹今后若能重逢,必将共踏京师的"软红"。最后一句化用惠洪《上元宿百丈》"软红香雾喷东华"诗语。再如《寄郑司业直院右史》:

> 由来行所学,最是得时难。春草书带绿,东风御柳寒。金炉烟喷晓,玉署漏声残。献纳丝纶样,流传盛代看。

又《次韵赵竹所书诗卷后》:

> 江湖三十载,每听说君诗。古寺过逢处,寒城欲莫时。自看霜落后,唯倚竹相知。吟垒惭无律,虚劳为出奇。

从诗的风格判断,这两首作品与元肇的写景、山水之作,似乎没有明显的区别。因为其诗中间两联皆为自然风光、山水景物的描写，与晚唐体"贵白描，少用事"的风格相近。

元肇五律中的咏物诗，也给人一种清秀疏淡之美，意象比较疏朗，不似苦吟诗僧那么密集紧凑，比如：

烟雨暝朝昏，龙湫雁荡滨。移根来别处，终日伴闲身。劲气冲如发，寒芒凛辟尘。年年看花者，应笑不曾春。（《石菖蒲》）

旧说扬州有，移来此地栽。年年送春后，处处见花开。红药还相似，朱颜换不回。晴窗添水浸，吟愧谢公才。（《芍药》）

造物真成戏，鳞中亦有殊。黄金凡几尾，碧沼自相濡。众口安能铄，悬腰但可模。多因名色误，不得泳江湖。（《金鱼》）

茗有花难识，山中采得来。试从枝上看，全胜盏中开。绿叶微如桂，黄心大似梅。晴窗淡相对，能遣睡魔回。（《茶花》）

这类作品大抵以摹写物象为主，其中亦有比兴寄托，如"劲气冲如发，寒芒凛辟尘"暗喻人格之凛然，"多因名色误，不得泳江湖""试从枝上看，全胜盏中开"则表达了对江湖山林自由生活的向往。这类诗的写作多用白描，造词不蹈袭前人，尤其好用红、朱、黄、碧、绿等颜色字，使作品呈现一种清新明快之感。

综上所述，与宝昙、居简、大观等本宗诗僧不同，元肇作诗很少使用典故，注重语言的雕琢与锤炼，诗境相对清俊明丽，少有晚唐体寒俭拘谨之态。总而言之，元肇不以"元祐—江西"诗风为宗，与周围宗门同好相比，他更多继承了晚唐或宋初诗僧的写作传统。

道璨（1214—1271），一作道灿，号无文，俗姓陶，南昌人，为晋代大诗人陶渊明之族裔。年少时即去母从释。宋理宗绍定六年（1233），从其兄陶叔元游白鹿洞书院，与理学家汤巾讲席，闻知行大要，后漫游吴越二十余年，历见禅宗诸老，曾担任笑翁妙堪、无准师范、痴绝道冲三位禅师的掌书记。嗣法笑翁妙堪禅师，为临济宗南岳下十八世。历住饶州荐福寺、庐山开先寺，致寺事，寓柳塘。景定五年（1264）再住荐福寺。度宗咸淳七年（1271）卒，年五十八。现存著述有《无文印》二十卷、《柳塘外集》四卷、《无文道璨禅师语录》一卷。

道璨论诗，推崇"学也，气也，理也"，认为此三者"难与今之有唐声者言也"（《柳塘外集》卷三《韶雪屋诗集序》）。"理"指礼义，"学"指学问，"本之礼义以浚其源，参之经史以畅其文"（同上《莹玉涧诗集序》）。"气"指进入胸中的乾坤间清气，"养性使全，养心使正，养气使直。养吾胸中之清明者，塞乎天地之间，然后发而为吟"（同上《周衡屋诗集序》）。由此道璨颇为鄙薄"唐季诸子"之诗，不满南宋晚期诗坛好"唐声"的倾向。他在《潜仲刚诗集序》中指出：

诗，天地间清气，非胸中清气者不足与论诗。近时诗家艳丽新美，如插花舞女，一见非不使人心醉。移项则意败,无他,其所自出者有欠耳。……自风雅之道废,世之善诗者,不以性情而以意气,不以学问而以才力,甚者务为艰深晦涩,谓之托兴幽远,斯道日以不竞。

其《柳塘外集》卷三多篇为人所作"诗集序",皆以"清气""性情""学问"论诗,足可看出道璨的诗学取向。

就诗歌体裁而论,道璨的古体诗最多,大约有五十余首。其长篇古体诗,多用于应酬交际,如《樗寮生日》:

> 长庚流辉千丈强,斗南夜气浮耿光。晋唐以前旧人物,翩然乘风下大荒。平生厌官不爱做,自歌招隐山中住。后园明月手自锄,多种山前老梅树。岁寒心事梅花清,沧浪白发梅花明。有时指花对客道,此是吾家难弟兄。上国春风醉桃李,过眼纷纷付流水。禁得清寒耐后霜,幽独何曾有如许。今年枝间着子无,黄金作颗应累累。想见日长庭院静,时时绕枝如哺雏。摘来不用供调鼎,且唤曲生相管领。等闲一醉一千年,莫遣东风吹酒醒。(《无文印》卷一)

"樗寮"乃张即之,道璨曾从张氏学习书法,常以"樗翁""樗寮"或"张寺丞"称呼张氏。这首贺寿诗的开篇起笔宏阔,以长庚星流辉千丈喻张氏长寿。三、四句将张氏比作晋、唐之前的人物,盖喻其有魏晋风度,"翩然乘风下大荒"化用苏轼《潮州韩文公庙碑》歌辞意象。五、六句谓张氏虽才高却无意仕途,选择隐居山间,而不问世事。之后四句描写张氏在山中的隐居生活,张氏以梅花为友,向外客述说此乃自己家中的"难兄难弟",此处引用《世说新语·德行》的典故,表现了张氏爱梅之深,宛如家人。作者以梅喻人,叙述张氏孤高傲岸、不慕名利的节操。诗的结尾想象张氏与梅共处同一空间时的景象,表现张氏的闲适与洒脱。再如《送西苑径上人见深居冯常簿求寺记》:

> 西苑宝峰麓,占地宽一弓。梵放殷青冥,与峰相长雄。鬼域何方来,包举归提封。楼钟不敢鸣,僧趋邻寺钟。径也铁石姿,直欲笺天公。天高不可叫,虎豹守九重。六年长安道,往来如飞蓬。云开日正杲,死草生华风。青山复入手,尽扫狐兔踪。鱼鼓发新响,松桂还旧容。掘地寻泉源,锄荒理菊丛。桃李一家春,万古无异宗。玉色十丈辉,秀润净磨砻。大书付谁氏,千载深居翁。他年来读碑,病眼摩朦胧。为碑三夕留,卧听寒岩松。(《无文印》卷一)

诗题中的冯深居常簿即江湖诗人冯去非,南宋后期不少诗僧都与冯氏有交往,道璨即是其中之一。此诗乃送径上人去向冯去非求写寺院之记,道璨将原由写得非常生动细致。此诗讲述了寺院之地失而复得的经历,宝峰山麓有块很小的土地,原本是寺院用地,但它却被人无故夺占,导致僧人们不得不逃去。此时,有位径上人挺身而出,在长达六年的时间里,他辛苦奔波,屡次上京请命,终于"精诚所至,金石为开",朝廷为寺僧主持了公道,使寺僧们夺回了土地,重开寺庙。为了纪念此事,道璨想请冯氏这位"千载之士"的大手笔来书写寺记。就写作手法而言,道璨此诗基本上是"以文为诗",讲述宝峰山寺院失而复得的曲折经历,仅是在最后四句抒情。这类古体诗还有不少,如《送愿上人过雪窦兼呈弁山》《潜上人求菊山》《吴太清有远役以诗寄别次韵》等均是出于交际目的为主。

道璨的短篇古体诗大多借景抒情,有的描写世人羁旅行役之苦,比如《兰溪夜泊》:

> 我泛浙西船,夜泊兰溪岸。篷窗坐不眠,县鼓鸣夜半。桥上趁墟人,往来彻清旦。办此朝夕劳,不博一日饭。复被重毡睡正暖,闭户有人嫌夜短。(《无文印》卷一)

诗人乘船夜泊于兰溪之岸,但因夜半涛声而难以成眠。没有睡意的诗人,看到此刻桥上已有赶场的行人,从夜半到天明,一直不停。因而,诗人感叹民生之艰难辛苦,起早贪黑也不得温饱。结尾以富贵人家"复被重毡睡正暖"的生活为对比,揭示出苦乐不均的社会现实。

有的短篇古体诗则展现了道璨隐逸闲适、虚融淡泊的心境,比如《野水横舟》:

> 望之一叶轻,即之万钧重。天风吹不去,世波摇不动。送尽千帆飞,济川已无梦。月冷苹花秋,此兴白鸥共。(《无文印》卷一)

本诗题目取自于韦应物《滁州西涧》"野渡无人舟自横"句,可视为孤舟的咏物诗。首二句运用对比手法,孤舟远望不过一叶之轻,走近却有万钧之重。之所以"重",乃在于自然的"天风"吹不走,社会的"世波"摇不动,静静横亘于野水之上。

第五、六句采用拟人手法,谓孤舟停泊岸边,目送"千帆"飞过,已无"济川"之梦。这是诗人的自况,看尽世态,再无功名之念。结尾二句直谓小舟甘与秋风、冷月、苹藻相伴,与白鸥为友,而"白鸥"常在古诗中象征隐逸。所以,在道璨笔下,野水横舟不止是一个孤寂的画面,也是其闲适隐逸心境的写照。

值得一提的是,道璨作诗也热衷酬唱赓和,其和韵诗约有四十余首,比如《和童敬重》(《无文印》卷二):

> 空山木叶下,坐观不二门。茶香舌本甘,直探天地根。两袖江海风,眼前见夫君。十年戎马间,未发诗与文。逐禄士之常,一廉减万想。六经在日用,论说漫深广。躬行能尺寸,光焰长万丈。世波易溺人,外此无保障。

童敬重是道璨的诗友之一,可惜生平无考,其原诗亦未见《全宋诗》收录。但在这首诗里,道璨对童敬重的形象和经历则有一些叙述,如"十年戎马间,未发诗与文",可知童氏参军十年,退伍之后才学习诗文。由道璨的语气观之,童氏盖为道璨的晚辈,似求教于道璨。所以,道璨和诗亦以勉励为主,劝诫童氏当多读"六经",哪怕躬身实践一点,都会有巨大的收获。这首诗亦体现了"以文为诗"的特征,章法结构谨严,读之若书信,像长辈对晚辈的循循善诱、谆谆教诲,全无清苦瘦硬之气。再如《和余签判清溪观荷山南》:

> 东风已老南风急,浪蕊浮花和露泣。翠袖盈盈波上来,相向美人如玉立。轩渠一笑俱动容,彼此一样冰雪踪。

明珠散不论斛斗,清溪化作骊龙宫。大江以东北山北,时样新妆皆失色。古心一寸谁得知,江上晚来数峰碧。普天之下率土滨,容着不尽胸中春。濂溪爱花我爱叶,难将此意轻语人。探寻胜处到深香,两眼眈眈天地小。不离枝叶见花实,红白纷纷迹如扫。膝间不着无弦琴,酒中清浊时自斟。兴寄超然八方内,身在水流香世界。绿云冉冉拨不开,乐地可中能许大。中通外直真绝奇,一语能觉千古迷。二百年后谁传衣,清溪滚滚通濂溪。(《无文印》卷二)。

这首和韵诗,从题材看应属咏物一类,但在咏物之余,也表达了他对宋代著名理学家濂溪先生——周敦颐的崇敬之情。诗的前四句,运用拟人的手法,描写荷花之清秀俊拔。从"轩渠"句始,诗人采取侧面烘托的手法,赞美描写对象,尤其是"时样新妆皆失色"一句,足以表现出荷花在诗人心中的分量——冠绝众芳。"濂溪"句以后,诗人引用了许多典故,如"濂溪爱花"即指周敦颐之《爱莲说》;"膝间不着无弦琴"二句,则用了陶渊明"蓄无弦琴一张"之典,以及陶诗《和郭主簿》中"酒熟吾自斟"之句;"绿云"句,点化苏轼《有美堂暴雨》"满座顽云拨不开"之句;"中通外直"亦出自《爱莲说》。此外,像"古心一寸谁得知,江上晚来数峰碧",完全是"点铁成金"的运用,前句取自杜甫"千古文章事,得失寸心知",后句取自钱起"江上数峰青"。而广博的用典,亦反映道璨"以才学为诗"的创作倾向。

曹庭栋《宋百家诗存》卷四十《柳塘外集》道璨小传称:"能诗,格调清迥,直入陈、黄之室,厕之江西派中,亦可独当一面。"此说有一定道理。除了重学问、喜用事、好点化、善拟人这些江西派特点之外，道璨也深得黄庭坚"曲喻"手法的妙趣，如《喜雨呈赵都大》"久旱天地焦，酷出秦法外。一雨中夜来，汉兵起丰沛"，以大旱比秦法，以夜雨比汉兵，比喻跨度很大很新奇，颇似黄庭坚"西风麈残暑，如用霍去病"（《又和二首》）的充满想象的修辞手法。

道璨的近体诗也自成一格，尤其是多有和韵之作，其中七律最多，这些作品大多寄寓劝勉、宽慰之语，有时夹入典故，抒情写意，比如《和恕斋吴提刑松阳庵居》：

截断人间名利尘，横塘深碧护新坟。昏明不定霜天月，开合无心竹屋云。风雨对床差可喜，乾坤万事不堪闻。栽松种竹闲功课，却为忧时一半分。（《无文印》卷一）

这首诗寓情于景，表达道璨对朋友的安慰、关怀。前四句虽然深沉凝重，描写的自然环境亦凄冷孤寂。然而后四句却笔锋一转，以轻松愉悦的口气，述说自己和友人或可在风雨之夜对床夜语，不必管乾坤间不堪的世事。并劝勉友人在居处闲时，多栽松竹，以之来分担一半的忧虑苦闷。又如《和吴衡州云壑》：

纷纷世事几昏明，作计还山又未成。欲学种松消永日，不徒煨芋博虚名。云开衡岳鹏程阔，秋入鄱湖雁影清。也欲摩挲病来眼，春风暖处望前旌。（《无文印》卷二）

诗的开端叙述世道昏暗不明，朋友想要归隐却未能成行。领联用唐代南岳懒瓒和尚煨芋不顾朝廷中使的典故（见《林间录》），称赞友人是真正的隐士而非徒博虚名。颈联写景状物，上句暗用韩愈《谒衡岳庙遂宿岳寺题门楼》诗中的描写，恭维友人鹏程远大；下句暗用天衣义怀禅师"雁过长空，影沉寒水。雁无遗踪之意，水无留影之心"的典故，寓指友人清高的品格。尾联诗人寄寓希望，切盼自己能够在来年春风和煦温暖时，与友人再会。此外，道璨作诗偶尔有写作难度较高的作品，勇于挑战自我的智力极限，比如《和山泉喜雪》：

高下随风自在吹，纵横万里急还迟。园林顷刻生春意，天地中间有此奇。深入重城谁缚虏，不持寸铁令行诗。夜来竹外生盈尺，冻损梅花人未知。（《无文印》卷二）

这首诗在和韵之外，还存有一难点，即它要求诗人作"白战体"。本诗的"不持寸铁令行诗"一句即是，它化用苏轼"白战不许持寸铁"。"白战"是欧阳修、苏轼于颍州聚星堂所作的咏雪诗，禁体物语，体现了宋人"因难见巧"的创作追求。道璨声明自己作这首诗，不触犯涉及欧、苏列出的描写白雪的禁用语，可见他在诗歌创作上和宝昙、居简等诗僧类似，非常推崇苏轼的诗学理念。

道璨的七言绝句少有和韵，主要展现自己清拔脱俗的心灵及幽雅的日常生活，语言浅近平易，清新自然。比如下列诸诗：

蜻蜓低傍豆花飞，络纬无声抱竹枝。忆得西湖烟雨里，小园清晓独行时。（《题水墨草虫》）
主人去后客来过，丹灶重重锁薜萝。满院碧桃花寂寞，

春风不似旧时多。(《过桃花寺怀东叟》)

　　坐对青青仔细看,别来且喜尚平安。山中岁晚风霜恶,不易孤标耐得寒。(《疏山问竹》)

　　青青岸草绿于袍,雨后江流数尺高。庭院日长春睡足,幽兰花底读《离骚》。(《睡起》)

这些诗歌纯用白描,自出胸臆,几乎不用典故。无论是描绘的意境,抑或流露的情感,均是幽微小巧、细腻琐碎的,风格甚至有些清苦,类乎晚唐体。可见,生活在晚唐体盛行的南宋后期,道璨诗歌创作也难免受到一定影响。

第三节　杨岐派虎丘系诗僧觉庵梦真

　　临济宗杨岐派虎丘系在南宋后期名僧辈出,诗禅双修者亦大有人在。宋元之际,有觉庵梦真为其代表。

　　梦真(1214—1288?),字友愚,号觉庵,宣城人,俗姓汪。八岁为僧,十九受具足戒,曾参无准师范于径山,又见大歇仲谦于雪窦,寻而开悟。为临济宗杨岐派虎丘系僧人,属南岳下二十世。宋理宗嘉熙二年(1239)至淳祐六年(1246)间,北磵居简住常熟慧日寺、道场护圣寺、临安净慈寺时,他曾三同禅席。出世后,住持永庆寺,后历住连云、何山、承天诸寺。至元二十一年(1284),住平江府双峨寺。大约卒于至元二十五年(1288),年七十五。现存著述有诗集《籁鸣集》及《籁鸣续集》传世。

觉庵梦真是南宋临济宗末代诗僧,他的作品对宋元易代之际,所发生的诸多史实均有记录,堪称"诗史"、宋末实录,具有相当的文学及史学价值,足可比肩宋代遗民诗人,因此就南宋文学而言,梦真的诗歌创作不容小视。

梦真的诗歌体裁多样,有五、七言古诗、律诗、绝句,也有乐府、竹枝杂体,其中绝句最多,有百余首,以七绝为主。梦真的七绝从题材上说,主要有送行、寄赠、纪行、登览等,大多关涉自然景物和羁旅情怀。送行诗如:

草头白露滴西风,语到愁边烛泪红。梦里不知归路直,九华历历大江东。(《送澄东江归池阳》)

荒烟野水思悠悠,隔崖青山是别州。瑶瑟碎弹秋月白,九嶷只作一般愁。(《送人舣衡湘》)

用衰草、白露、西风、荒烟、野水、秋月等景物渲染离别场景,又拈出烛泪、瑶瑟等人文意象表达朋友之间的深情。登览诗如:

草满长堤鹭满洲,画桥闲倚胜登楼。乱蝉不道斜阳暮,吟破西风树树秋。(《苏堤晚眺》)

万峰环拱一峰尊,独势巍巍欲并吞。徐福不归青海阔,秋山斜日自黄昏。(《登秦望山》)

暮雨送潮还渤澥,西风迎月上蓬莱。阑干一曲无穷意,历尽微茫眼未回。(《江山一览亭》)。

登览远眺,视野最阔大,本适合抒发壮怀,而梦真却爱渲染日暮的情景,乱蝉、斜阳、西风、秋山、黄昏、暮雨,无论景色多么壮观,总要涂上一层"只是近黄昏"的色彩。不能不说,这与梦真生活在南宋朝廷风雨飘摇的环境下颇有关系。在纪行诗中,几乎充满着同样的景色和情调,试举几首为例:

一片轻帆带雨飞,嫩凉催试薄罗衣。水村人语西风急,折尽苹花燕不归。(《盐城买舟》)

楼上寒更接晓钟,半街寒月照西风。故园开遍黄花了,无数青山客梦中。(《旅枕》)

病怯单衣未压重,江行三日浪粘空。秋林尽□蝉如市,一片斜阳带蓼红。(《江行舟次》)

水村人语,故园黄花,本是温馨的场景,却因"西风"的在场,平添几分衰飒和凄凉,薄罗单衣则是为客的诗人的心理感受。在梦真七绝中,"西风"和"斜阳"(夕阳、斜照、斜日)出现的频率极高,这些景物在某种意义上具有了象征性的末世情调,这样的意象选择与南宋后期的江湖诗人是比较一致的。

梦真生活的时代,蒙古大军压境,乃至宋朝最终覆灭,因此他的绝句中,也或多或少打上时代的烙印。如《寄长干友人》:"是处青山可结庐,无多人事苦相于。胡儿射尽南飞雁,等尽西风未得书。"侧面写出元军入侵、书信断绝的现实。又如《过石人岭》:"何年许史与金张,翁仲无言卧夕阳。待得鹤归华表日,春风吹石起为羊。"大约作于宋亡之后,"待得鹤归华表日",令人想起虞集《挽文丞相》中"月明华表鹤归迟"之句,不过更充满期待。

梦真也有些绝句抒写农家的田园生活,纤巧灵动,清新活泼,比如:

林霏漠漠晓啼鸟,箨笋风檐半卷舒。行到松□花影里,乳鸡呼动一群雏。(《晓行天竺道中》)
小雨帘织湿槿花,昏烟投尽满林鸦。一双□□不飞去,留伴渔翁守钓槎。(《河桥晚眺》)
桑阴翳翳麦初黄,野水分流出笕忙。一树白鸡啼正急,邻家竹外煮茶香。(《春晚山家》)

诗中描写的场景充满生活情趣,像啼鸟、箨笋、小雨、槿花、桑荫、黄麦、野水、乳鸡等,组成生动的田园画卷。"行到松□花影里,乳鸡呼动一群雏"之句,描写了诗人清晨在松荫与花荫之间穿行,耳畔忽听得母鸡呼雏的场景,以动衬静,表现了他徜徉道中的悠游、闲适心境。再如"一树白鸡啼正急,邻家竹外煮茶香"之句,则凸显其晚春时步行山村而偶逢农家烹茶,并闻得茶香后的惬意。

相比之下,梦真的律诗内涵与意境要深沉、凝重得多,不少作品呈现出梦真感伤时弊、忧国忧民的情怀。比如《瓜州望金山有怀》:

何许金筅发,边兵早禁城。夕阳收塔影,疏雨湿钟声。旧俗淳风泯,新春白发荣。大江东去急,犹带犬羊腥。

瓜州即瓜洲，与金山一江之隔，此时已成为南宋抗元的边境。首联写不知何地传来警报战争的金笳之声，戍边士兵要早早禁锁关城，"早"字形象地刻画出强敌压境对南宋军民的心理威慑。颔联借景抒情，以夕阳下昏暗的塔影和雨中低沉的寺钟等衰飒的景象，表现内心的压抑和悲观。颈联运用对比手法，旧的淳朴民风已然泯灭，新春却白发丛生，皆因家国残破而然。尾联回想起南宋军队曾在瓜洲渡击败过金军入侵，至今大江中犹流淌着"犬羊"的血腥。再如《四明山中书见》：

> 海角秋深值乱离，胡兵万马竞交驰。红烟不禁东西火，白骨难分贵贱尸。风雨灯前新鬼哭，松楸枕上故乡悲。寥寥一片中天月，北去长城欲照谁。

这首诗比前一首诗写得更加悲愤沉郁，富有"诗史"及实录的意味。尤其是颔联与颈联，诗人形象且直观地再现了蒙古铁骑屠戮过后，南宋四明地区的惨象，反映了诗人无比沉痛的心情。"白骨难分贵贱尸"，控诉了蒙军无差别屠杀的暴行，惊心动魄。像这种题材的律诗，梦真诗集中还有不少，如《采石望淮》《溢口泛舟之黄冈》《避地西山》《感时》等，皆体现出他对国事时局的关切，以及对人民遭受战火摧残的同情与感伤，同时也寄予了平定战乱、恢复河山的愿望，如《采石望淮》"皇天自昔分南北，大浪何年洗甲兵"之句，《感时》"必有真天子，祥光紫处看"之句。希望宋室再出现圣主明君，结束战争，重现太平。

这种对国家安危、民族兴亡的感受，也是梦真以前临济宗诗僧所较少涉及的。前代临济宗诗僧虽有触及社会、政治问题的诗歌，但由于其所处时代社会相对安定，尚未遇到蒙元政权大规模地军事压迫与武装侵略，因此，他们写诗为文很少涉及民族安危与存亡的问题。梦真作品中出现的民族忧患意识，充分说明了南宋佛教僧侣并非完全超然方外，不问世事，其思想意识颇受社会变化的影响。作为宋元之际的代表诗僧，梦真的作品也就具备了几分"国家不幸诗家幸，赋到沧桑句便工"的诗史意义。

在近体诗之外，梦真也有不少古体诗传世，这类作品虽然数量不及近体之作，然而题材众多，有的用于交际应酬，有的表现出壮观的山水意境，有的是记录时代的"诗史"，同样值得一谈。先看其酬答送别诗，如《谢定上人惠石菖蒲》：

> 昆山白石天下奇，玲珑峭拔森琼枝。长安贵□爱如宝，千金不悋争致之。上人清贫苦禅缚，此石只应天上落。昌阳远乞雁山苗，根盘九节相穿络。曦和光映红玉桦，仙人泪滴珠露溥。烟中发立壮士怒，月下影拂青蛇寒。五陵万化锦绣谷，秉烛夜观愁不足。明朝急雨湿春风，转眼枝头换新绿。上人万事轻浮云，荣花浊梦曾不惊。殷勤遗我一秀种，临风三咽沆瀣之华精。

诗的第一部分为前六句，谓昆山白石之珍贵，定上人得之实属天赐之。昆山石乃养护菖蒲的良石，陆游曾有《菖蒲》诗曰："雁山菖蒲昆山石，陈叟持来慰幽寂。"诗人化用此意。第二部分为中间十句，形容菖蒲之俊美，此菖蒲产于雁荡山，是菖蒲中的佳品,可供文人墨客玩赏。烟雾中如壮士的冲冠怒发,笔直挺拔;月光下影如青蛇,寒气逼人。其美令诗人不惜秉烛通宵把玩。第三部分最后四句,表达自己的谢意,赞美定上人淡泊名利。苏轼曾作《石菖蒲赞》,惠洪《菖蒲斋记》称"天下以公之所玩,从而玩之"(《石门文字禅》卷二十二),宋代僧俗仿效苏轼玩赏石菖蒲者,不胜枚举,此诗亦是其证。再如《送侄公瑜归石门山中》:

> 春深石门坞,野水蹯篱笆。戢戢笋破角,穰穰秧露芽。前村黄犊鸣,农语喧相哗。汝之旧茅屋,风雨粗可遮。汝之旧山田,草莱犹可畬。汝之旧蠹籍,句读应未差。汝之白发亲,甘肯谁进杷。胡为事远游,破帽翻风斜。汝来拜我立我前,老眼视汝成昏花。昔者汝躯短且瘦,今汝之体长已加。昔者汝绾双髻鸦,今汝危冠殊可夸。我年五十又五岁,多病瘦骨棱枯槎。光阴强半客中过,松楸有梦频还家。归欤毋汝留,到门将及瓜。力耕力学力孝养,为善最乐良无涯。出门一笑两无语,海风吹断红晓霞。

诗中寄托了对侄子的拳拳期望。前半部分告诉侄子家中一切安好,很适合生活,嘱咐他尽快回归石门山家中,奉养双亲。"汝之"四个排比句,殷切叮咛。后半部分则回忆当初侄子"拜我"的情境,用两组"昔者""今汝"的排比句作今昔对比,以侄子的长大反衬自己的衰老,并希望侄子还家之后,要孝顺父母,坚持耕读传家,与人为善,这样才能乐生无涯。诗中用了十一个"汝"字,如话家常,能体会到诗人对后辈苦口婆心的嘱托。

诗中表现出来的情感,更像世俗长者,而非方外之人,这也是南宋部分诗僧的写作特点。此外,像《谢傅意山吟稿》《明发留别苕矶诸友》《寄岩上丈人》等诗,题材大致相类,表现出相近的情感体验与艺术风貌,均意脉清晰,结构井然,语言自然平淡,娓娓道来,少有雕琢痕迹。

梦真的古体诗也善于描写瑰丽雄奇的自然景观,如《三月三日水乐洞即事》:

> 何年钧天游,梦授广成曲。回听韶濩音,□□□添俗。空山怪石老欲死,尽揭精灵付流水。洞□无水金石鸣,似宫非商还似徵。人言轩辕上升一万八千岁洞天,波光倒影天为底。百兽率舞鱼龙翔,遗音至今犹在耳。又疑壶中别有天,王母昼宴瑶池仙。丁东玲琅众妙集,漏此一线春风前。清庙猗那当日响,灵兮烝蒿复凄怆。四聪遐布失周流,感慨后时空俯仰。桃花碧烂香浮浮,半开半落无人收。渔翁舍棹不敢入,要我汗漫无边游。斜阳挂树青山暮,昵昵市楼灯火聚。白云不辨东西村,忘却湖边旧行路。

诗中叙写上巳节畅游水乐洞时的奇幻感受。水乐洞是杭州"烟霞三洞"之一,具有奇妙的地理奇观,在洞中能听到水声,但不见水流,直至洞口方见清泉如注。诗人从听觉角度书写入洞后的感受,置身洞中,恍如听到轩辕黄帝的钧天之乐,又如在西王母的瑶池宴会上见识各种仙音,以至诗人离洞时竟有些恋恋不舍,大有时空变换迅速的幻觉。再如《晚宿石门洞》以"巨灵何年手,怒擘双石立"描状壁立如门的石崖,以"飞泉撷清空,剪下练千匹"摹写悬空垂下的瀑布,更以"痴龙唤不醒,雷火摧辟历"渲染如同雷电霹雳一般的巨大水声,却唤不醒水中痴龙。尤其是"片云忽飞来,湿粘半空碧",想象片云飞来,被水气打湿,粘在半空不动,前人未曾有如此妙思。

梦真写于宋元易代之际的五七言古诗,忧国忧民的情绪更浓厚,出现一些具有"诗史"实录性的作品,比如《长江失险,胡骑驰突,四十间陷连城一十五所。□□据金陵要地,分兵四掠,中外骚动五阅月。近者皇天悔祸,恶曜消落,民怀□□,将士用命,□□有日,□□就擒必矣,作诗以纪之。亥楚节》:

亥蜡甫灌彻,长江渡胡虏。横驱一万艘,箭镝鸣风雨。掠我曾几何,连城陷十五。牧侯裂冠缨,辫发走胡虏。争持牛酒近,金珠献旁午。生民竟何之,身先鱼肉腐。

本诗叙述了元军攻入临安以后,南宋官员主动迎降的史实。其中"牧侯裂冠缨,辫发走胡虏"说明当时某些地方官员为了讨好元军,已采取剃发易服之举。而这无疑是一种背离自己的种族文明、甘心臣服于入侵者的可耻行径。诗人在此虽未予直接的批评,但鄙薄之意已非常明显。尤其是这群降臣竟然争先恐后地犒劳侵略者,主动献宝,屈身事敌,令人发指!只恨普通百姓却因此遭殃。

再如《舞番曲》和《德祐钱塘录事曲》二诗,都是对易代之际史实的记述,富于史料价值。前一首诗回忆往日在都市中,观看"胡人戏"时的情形,其中写道"羌笛嘤嘤羯鼓催,一队胡人假装出。老胡须眉白如雪,两道牙唇赤如血。皂旗斜插小胡腰，胡妇胡夫舞如蝶。聚观堵墙欢且笑，神融气消皆说妙"，可知在宋亡之前，南方百姓对北方金、元等民族非常鄙视，戏中人的扮相是对异族的刻意丑化，而观众则认为这些形象惟妙惟肖，相信这就是异族人应有的形象。而且当观众看到"胡儿"的丑态时，无不觉得解气。后一首诗再现了宋亡之后，元兵的飞扬跋扈："胡儿跃马如游龙，金丝织袍光蒙茸。酒酣碧眼仰天笑，一箭忽堕双飞鸿。"他们在临安城里纵马驰骋，有意炫耀自己的箭术。"酒酣"二句化用杜甫《哀江头》"翻身向天仰射云，一笑正坠双飞翼"之句。然而这些元兵见到主帅伯颜后，就闭口老实下来，"呜呼伯颜大人子，噤口无言足机智。黄金搜尽群府空，回首燕云八万里"。这些胡儿足够狡黠，智力并不弱，还能将临安的黄金搜刮一空。对比前一首诗，可知"胡儿"形象在诗人眼中发生了反转，由可笑的丑角变成了跋扈的征服者。

梦真乐府诗也值得注意，这些诗继承了唐代新乐府的精神，表现出诗人深沉的人文关怀及对现实中不合理现象的批判。比如《卖炭翁》：

> 伐薪南山窑，烧炭通都鬻。权门炙手热，焰焰莫轻触。阍人买炭不与直，炭翁缩缩僵门立。手皴足裂面黑漆，此时力不胜寒敌。呜呼炭翁汝知否，炭是汝烧寒汝受。明朝天地春风酣，炭无人买□□安。

这是模仿白居易《卖炭翁》而作，白诗意在表达"苦宫市也"。梦真的同题之作所写是南宋后期权门与贫民的苦乐不均，虽然在艺术性上要稍逊原作,但在反映社会矛盾方面仍有其价值。尤其是诗中的细节描写,"炭翁缩缩僵门立""手皱足裂面黑漆"展现了底层民众的艰辛、悲惨的生活境遇。而"呜呼"二句,更是直接陈述了卖炭翁的人生不幸,抒发了诗人对下层人民的深刻同情。又如《商妇叹》:

> 龙山渡口西风起,郎船一叶风波里。扶桑□腊何许边,一往五年无旧至。妾守空房变华发,娇儿里头年十八。阿耶生死两无凭,七十二钻龟换甲。焚香告天天莫嗔,愿儿长大无灾迍。后园桑麻暗如漆,络丝联布聊解贫。今生更结来生约,莫学今生太轻薄。断肠格断莲叶枯,莲心有子圆如珠。

这是代言体乐府诗,以商人妻子的口吻感叹生活的不幸。丈夫乘船东渡"扶桑"(日本)做生意,一去五年音信全无。商妇独守空房,容颜憔悴,含辛茹苦将儿子抚养成人,儿子却不知父亲的生死。她就多次占卜问卦,虔心祷告苍天不要嗔怒,保佑儿子长大,平安无灾。虽然她觉得嫁人时有些轻薄草率,但结尾处却用六朝清商乐府传统手法,以"莲心"双关"怜心",表达忠贞的感情。

除了继承白居易的新乐府,梦真还作有传统的旧题乐府,如《昭君行》:

> 汉庭公卿保贤哲,几笑孙吴事兵说。群胡如蚁撼长城,一奏娥眉成利捷。妾身不怨毛延寿,怨天不生颜貌丑。击

碎菱花不再看,到头何似鸡随狗。北风潇潇夜吹雪,灯寒晕淡花慵结。谩借琵琶写苦心,谁知眼底流清血。殷勤跪告单于天,和亲有盟君勿渝。妾身千金弃如土,要令夷夏同车书。穹庐矢心天未晓,哨群已迫黄河□。从此和亲不足凭,孙吴地下还应笑。

昭君出塞向来为唐宋文人常咏题材之一,尤其是北宋欧阳修、王安石等人同题竞作《明妃曲》,更蔚为大观,脍炙人口。然而对历代僧诗来说,"昭君"并非是其传统主题。除了居简有《昭君行》之外,其他僧诗集中极为罕见。梦真这首《昭君行》自具特色,诗写"汉庭"之事,讽刺的却是宋朝"重文抑武"的国策。汉庭将送美人以和亲视为胜利捷报,昭君的个人命运也只得嫁鸡随鸡,嫁狗随狗。在胡地风雪之夜,昭君以琵琶声传递出一片苦心,"妾身千金弃如土,要令夷夏同车书",昭君以一介弱女子之身,欲作传播华夏文明的使者,不仅以身换来两国之间的和平,也促进不同种族之间的文明融合。可惜胡人言而无信,背弃盟约,结尾感叹和亲无用,孙子、吴起等军事家恐怕正在地下嘲笑汉庭的绥靖政策。这首诗围绕昭君的遭遇、内心的悲怨以及美好的愿望,反映了胡汉之间的历史和现实的冲突,其内容的丰富和立意的高远,不亚于欧、王诸公之诗。

梦真有部分近体诗与江湖诗风比较一致,但总体说来他的师法较为广泛,除了杜甫、白居易之外,也包括江西诗派。他有一首《送江西诗人游雁荡》诗:

寂寞江西派,谁将正印传。古窥行鼎篆,清听撷崖泉。

>双井春沤阔,三山碧澥连。何当携我往,共扪讵罗肩。

他心目中江西派的"正印"就是"古"和"清"的风格,双井是黄庭坚家乡,三山代指雁荡。他注意到江西诗派在晚宋的衰落,希望所送"江西诗人"能传诗派"正印",并表达与之交往的迫切心愿。

居简、大观等诗僧,都曾表达过欣赏江西诗的"法度森严"的态度,而且将这种创作理念付诸实践,运用于古体诗的写作上。梦真曾与居简交往,其五七言古诗写作,有可能受到居简等前辈的影响,也借鉴、模仿江西诗派的"法度森严"。他的某些作品结构缜密,如叙事之文。他秉承了南宋临济宗诗僧的传统,在诗歌风格的取向上,游走于"江西"与"江湖"两大诗派之间,较能代表宋元之际诗僧的创作成就。

第四章 ● 南宋天台宗僧诗

第一节　竹庵可观与萝月昙莹

南宋时期，虽然禅宗成为佛教的主流，风靡天下，但是天台宗在两浙一带仍然相当流行，杭州、明州、台州尤为天台宗渊薮。宋理宗嘉熙元年（1237），释宗鉴继居士吴克己（铠庵）编成《释门正统》八卷；宋度宗咸淳五年（1269），释志磐撰《佛祖统纪》五十四卷，皆以天台宗为正统，述其法门世系，足见天台宗在南宋代有传人。天台宗僧人有作诗传统，北宋九僧与西湖可久、清顺，皆为一时著名诗僧。降及南宋，天台宗僧人于讲经疏论、念佛坐禅之余，也常以吟诗为副业，诚如李龏《送信座主过天竺寺》所说："梵筵多有吟僧在，须认诗中第一流。"（《江湖后集》卷二十）天竺寺吟僧可看作天台宗诗僧的代表，其诗风部分延续了宋初晚唐体九僧的传统，但更不拘一格，不仅爱用七言绝句，清苦中多了几分婉约的风致，或类似禅宗诗偈的泼辣豪放，而且有不少学"选体"的五古以及歌行体的七古，完全脱掉诗僧的"蔬笋气"。

南宋初，车溪择卿法师门下出了两位大师，一为有朋，一为可观。有朋，自号牧庵，善讲天台《止观》，士人畏服，然而不重文字，所以几乎没有著述诗文留存。而可观则相反，一生著述甚多，诗偈亦颇有流传。可观（1092—1182），字宜翁，号解空，又号竹庵，华亭戚氏子。著有《楞严说题集解补注》四卷、《兰盆补注》二卷、《金刚通论》《事说》各一卷、《圆觉手鉴》一卷、《山家义苑》二卷、《竹庵草录》一卷，另有《菊坡百草录》十卷及法语、书疏、偈颂若干，多已散失。乾道七年（1171），丞相魏杞出镇平江，请主北禅，入门正值重阳九日，可观指法座吟诗一首：

胸中一寸灰已冷，头上千茎雪未消。老步只宜平地去，不知何事又登高。

魏杞为之击节称赏。这时可观已有八十岁高龄，出口成章，毫无苦吟之态。前两句写百念已灰冷的心境和满头白发的衰老，暗用杜甫《郑驸马池台喜遇郑广文同饮》"白发千茎雪，丹心一寸灰"之句；而后两句暗示自己应当泯迹众中，不合再高登讲席，自谦中透出几分老当益壮的情怀。"登高"二字既指入门而逢重阳，因为登高是重阳之俗，又双关住持北禅而登法座。此诗更像禅僧的做派，信手拈来，头头是道，化用杜诗，不见痕迹。《宋高僧诗选》收此诗，"千茎"作"千岩"，当为抄录之误。《释门正统》卷七还收录了可观的几首诗偈，大抵更接近禅宗的风格。例如以下两首无题偈颂：

> 平生方寸要分明，沙土深沉水便清。为己为他只如此，出生入死一时轻。
>
> 万缘消落一丝头，万里无云一片秋。直到个中无事处，潇湘夜雨正添愁。

第一首用"沙土深沉水便清"形象地比喻天台宗"止观"学说。天台宗祖师智𫖮《摩诃止观》卷一曰："不复流动，故名为止；朗然大净，呼之为观。"沙沉即是"止"，水清即是"观"。第二首更像是禅宗的颂古，颂的是法眼文益禅师的公案："尽十方世界皎皎地，无一丝头。若有一丝头，即是一丝头。"（《金陵清凉院文益禅师语录》）"一丝头"比喻心有一丝系累。当真正做到完全消除向外攀缘之心，整个世界便像万里无云的长空一般透明。然而反过来说，"个中无事"并非完全解脱，正如万里秋空还不免有"潇湘夜雨"，引起烦恼。这是典型的禅宗式的活句，正说反说，不拘一端。"潇湘夜雨"本来是北宋宋迪"潇湘八景图"之一，因惠洪作"潇湘八景诗"，禅僧多有仿效者，后来竟然成为新增的"禅林方语"（见《人天眼目》卷六）。

可观还有一首《礼船子》之诗偈："夹山不在一揖上，明月芦华夜夜寒。船子固应无可做，偶来此地弄钓竿。"船子和尚即德诚禅师，是唐代著名的禅门大德，宋人黄庭坚、惠洪等人都有礼赞船子的诗词。这首偈收入《禅宗颂古联珠通集》卷十七，文字有较大差异，"一揖"作"一桡"，后两句作"谁谓华亭消息断,俨然秋色在江山"。无论如何,作为天台宗的僧人而崇拜禅宗大师,由此可见可观秉持禅教合一的观念,并无多少门户之见。大慧宗杲禅师敬称可观为"教海老龙",足见他在禅师心中的良好印象。可观的《自赞》写得更朴拙生动:

反着袜多王梵志,得人憎是孔方兄。灰头垢面只如此,也好一枚村里僧。

黄庭坚《书梵志翻着袜诗》曰:"'梵志翻着袜,人皆道是错。乍可刺你眼,不可隐我脚',一切众生颠倒,类皆如此,乃知梵志是大修行人也。"(《豫章黄先生文集》卷三十)又有《次韵孔毅父》诗曰:"孔方兄有绝交书。"可观诗的前两句的用典和句法,都来自黄庭坚。"灰头垢面"即"灰头土面",禅宗语录常用语。在这里,我们看到的是一个活脱脱的乡野禅僧形象,而非博通经论的义学讲师。《自赞》透露出一个信息,在南宋前期诗坛,黄庭坚与江西诗派的影响,不仅渗入禅门诗偈,而且旁及天台宗僧人的书写。

昙莹,号萝月,嘉兴人。善言《易》,洪迈称其为"易僧"(《容斋续笔》卷二),有《珞琭子赋注》二卷,建炎元年(1127)自为序。昙莹的宗派世系诸书不载,考《四明尊者行教录》卷五载昙莹为知礼书信所作跋云:"法智与其侄书前云:'二子粗着工夫,后期二利之行。'于人念念不忘于道,盖戒誓之绪余耳,百世之师也。乾道二年四月八日萝月昙莹谨书。"知礼法师,号法智,人称四明尊者,是北宋初天台宗义学大师。昙莹称知礼为"百世之师",大致可见其宗派立场。《杭州上天竺讲寺志》卷五："宋昙莹法师，善《易》，金主亮入寇，莹卜，当自毙于江北。已而果然，时甚神之。"上天竺寺是天台宗大本营之一，此寺志将昙莹列入别传，也可见他与天台宗的瓜葛。《佛祖统纪》卷四十七称"中竺寺沙门昙莹学禅悟《易》"，中竺寺为天台讲寺，所谓"学禅"，应当指天台止观的"四禅八定"。物初大观禅师《跋草庵萝月诗》曰："草庵台宗巨擘，著书发明性具以淑学者，诗固余事耳。萝月不唐不宋，自成一家，然见知于妙喜、宏智，又非关于诗也。"（《物初剩语》卷十五）以昙莹和可观并论，应是法系相近的缘故。总之，就现有文献所载来看，昙莹的身份更接近天台宗，在此姑且将他视为天台宗诗僧来讨论。

昙莹既善言《易》，也颇工诗，为同时代士大夫所称赏。郑清之有《颐上人持莹萝月五诗见示因走笔和韵聊御睡魔》五首，其五曰："病着心华须佛治，老僧眼缬要经遮。忽逢萝月五禅偈，绝胜卢仝七碗茶。"（《安晚堂集补编》卷二）极言读昙莹诗的兴奋感觉，如饮茶提神。楼钥《题萝月上人送鸿小楼》怀念昙莹曰："薜萝清夜月依旧，无复新诗泣鬼神。"（《攻愧集》卷十）用杜甫评李白诗之语称赞其"新诗"，充满欣赏之情。可惜昙莹的诗多已亡佚，今从《宋高僧诗选》《乐邦文类》《禅宗颂古联珠通集》《法华经显应录》《禅宗杂毒海》等书中，共得其诗10首，其中七言绝句8首，五七言律各1首，皆为近体诗。

昙莹的诗富有情韵，即使是宗教题材的作品，他也尽量避免说理。比如《西归轩》诗：

君言乐国是吾家，自笑飘零客路赊。一点归心悬落日，

百年幻事寄空华。脐轮不鼓经帘卷,鼻观常清篆缕斜。正念相成无外物,小窗行树绿交加。(《乐邦文类》卷五)

西归轩是为向往西方净土而建,诗的首联自嘲飘零在客路之上,距离回净土乐国之家的道途还很遥远。颔联上句比喻甚妙,丹心与落日形象相似,皆为一点红团;丹心与落日运行的轨迹相似,皆归向西方。下句的"寄空华"虽是老僧常谈,却能做到对仗工整。颈联写此轩中的日常修行生活,重在放旷清闲的情味,"脐轮"句类似袒腹读经,"鼻观"句则是闻香思修。尾联在"正念相成"的说理后面,以"小窗行树"的风景结尾,留下回味的空间。这首诗中的"自笑飘零客路赊"是昙莹心路历程的写照,在其他诗里面,也可看到"客"字的再三出现。如以下三首诗:

沙尾鳞鳞水退潮,柳行出没见渔樵。客船自载钟声去,落日残僧立寺桥。(《姚江》)
蕙帐烟凝昼掩关,落花时节雨阑珊。客来惊起还乡梦,绕屋春风绿树寒。(《睡起》)
往事明明是梦中,发霜那有旧形容。客床对卧秋深雨,听得邻僧半夜钟。(《示超然上人》)

第一首写姚江的风土人情,生动传神。后两句极有意味,客船载着钟声远去,僧人沐浴在金色的余晖中,站在寺旁的桥上,深情眺望。那客船、钟声和落日,都向着西方归去,于是这一幅落日残僧立桥图,便具有了几分神圣的庄严。第二首写午睡醒来的所见所想,善于刻画春末的景物,语言清丽而典雅,如"蕙帐"一词,出自南朝孔稚珪《北山移文》"蕙帐空而夜鹤怨",无僧诗特有的"酸馅气"。客中的还乡梦,就僧人而言,象征心灵寻求归宿之梦,即归向西方乐国,但若把它当作客子思家之梦来看,似乎更富有诗意。第三首是赠僧诗,在两位僧人朋友"对床夜雨"的情境中,引入半夜钟的意象,不仅烘托出静夜的气氛,而且营造出一种发人深省的境界。以上三首诗中的"客船""客梦"和"客床",正是昙莹"自笑飘零客路赊"在不同场景中的表现。

与此相联系,昙莹现存的诗中还爱写行路的场景。比如以下不同题材的诗歌,都写到"道中"和"行路":

> 北山松粉落轻黄,濯雨虾须麦吐芒。槐火石泉寒食后,十分春事属农桑。(《南张道中》)
>
> 拂榻香凝夜,清眠拥衲衣。五更闻唤起,一路听催归。山雨寒仍重,溪云湿不飞。幽花短临水,蜂蝶冷相依。(《宿香积寺》)
>
> 溪山尽处夕阳斜,溪上冬风雪满沙。便是江南旧行路,和烟隔水见梅华。(《禅宗颂古联珠通集》卷四)

第一首写南张道中所见景象,视角有新意,首句写松粉之落,次句将雨后的麦芒比作新濯洗过的虾须,想象奇特。"槐火"句化用苏轼梦参寥所作"清明寒食都过了,石泉槐火一时新"之句,结尾带着欣喜的心情赞赏春末夏初的农桑之事。第二首虽然题为"宿香积寺",但除了前三句扣题写"宿"以外,下面五句都写"一路"所见。"唤起"和"催归"借用韩愈诗"唤起窗全曙,催归日未西"之语,惠洪《冷斋夜话》引黄山谷语称是两种鸟名。"山雨""溪云"一联如化工之笔,准确描摹出湿冷的溪山景色。第三首是颂天台智者大师在南岳诵《法华经》的公案,但看起来全无佛教痕迹,结句"和烟隔水看梅花",写其在"江南旧行路"上之所见,传神地渲染出烟雨江南特有的冬景。

《禅宗杂毒海》卷四录昙莹《妙高台》诗曰:"鸳鹭池塘芳草雨,绮罗帘幕杏花风。何如月在栏杆夜,长啸一声千嶂中。"清丽婉约,饶有情致,与《宋高僧诗选》中所选相比,其诗性诗味毫不逊色。总而言之,昙莹的诗情韵优雅,不像可观那般朴拙粗豪。

第二节 云 泉 永 颐

永颐,字山老,生平未详,住杭州仁和唐栖寺。诗名甚著,有《云泉诗稿》传世,《宋高僧诗选补》卷下录其诗23首。永颐的宗派法系,诸书不载。今考《杭州上天竺讲寺志》卷十五:"钱塘释永颐,号云泉,杭之耆宿也。淳祐十年冬十一月,闻上竺佛光法师以左藏薛师普古廨院欲作厅,佛光勿许,辄渡江东归。颐甚高之,遗书慰曰:'公幡然高举,佛祖所谓毋自辱也,顾恋乎何有?昌黎公所讥语刺刺不能休者,当愧死矣。'"佛光法照法师(1185—1273)是天台宗僧人,永颐作书信安慰他,应当是同属天台教门的缘故。姚镛(1191—?)《王别驾访天竺颐晔二师》诗曰:"青山久不逢坡老,玄鹤亲曾识辨才。"(《两宋名贤小集》卷三百十六）天竺颐即指永颐，《云泉诗稿》有《天竺秋日》可证。诗中的"辩才"法名元净，为天台宗讲师，住杭州上天竺寺，苏轼与之交往甚密。姚镛以辩才法师类比永颐，亦可证明其当属天台宗。

据《云泉诗稿》和其他文献，可知永颐与周文璞、周弼（1194—1255）父子以及姚镛、李龏（1194—1273？）等多有唱和。永颐有8首诗赠与周弼，而周弼《汶阳端平诗隽》亦有《留别唐栖云泉上人》《赠唐栖寺僧》《留题唐栖寺》《寄云泉僧永颐二首》。永颐有《寄姚赣州》，姚镛《雪蓬集》则有《怀云泉颐山老》。李龏《寄云泉颐上人》称"酬唱诗简系海藤"（《江湖后集》卷二十）。据永颐诗友的生卒年推测，他大约生活在宋宁宗、理宗朝（1195—1264），淳祐十年（1250）后尚在世。其时江湖诗风盛行，永颐交往的周、姚、李的诗集均被收入《江湖后集》，所以他也勉强可算作江湖诗人。此外，《云泉诗稿》中还有《和韩涧泉韵题周晋仙山橙》《悼赵宰紫芝甫》两首诗，韩涧泉即韩淲，"上饶二泉"之一，为江西诗派的殿军；赵紫芝即赵师秀，"永嘉四灵"之一，这说明永颐诗不专主一格，取径较宽。

《云泉诗稿》及《补遗》共收诗115首，其中五古15首，七古8首，五律27首，七律15首，七绝50首（含古绝2首）。永颐作诗的题材较为广泛，风格亦多样。五律主要继承北宋晚唐体僧诗的传统，爱写清寒冷寂之景，尤其善于发现寻常景物的新奇之处，以显示冥搜独造的诗思。试看以下几首：

山房十日雨，仰栋看行蜗。笋暗风庭竹，萱凝晚砌

花。罂红留夕火,焙绿荐春芽。滴滴西窗下,清泉满石洼。(《久雨》)

寺忆清溪绕,舟移曲岸分。塔昏飞雨怪,殿黑隐雷文。锡挂秋房冷,香浮夕帐熏。藓庭闲望过,碧鹤下晴云。(《送甪上人归仙潭寺》)

荷叶倾香露,山池见早秋。石凉幽蟹过,枝晚雨蝉休。废堰凭虚涨,荒泉入乱流。水花红漠漠,相对渚云浮。(《山池早秋》)

谷寺掩高扉,松亭雪侧垂。石幢围隐兽,野殿没寒鸱。路转空林积,风惊老树危。草堂香火静,山鹿到荒墀。(《雪中》)

诗中的意象如竹笋、萱草、昏塔、黑殿、雨怪、雷文、秋房、夕帐、藓庭、废堰、荒泉、寒鸱、空林、老树、山鹿、荒墀等,大抵色调灰暗,一片荒寒幽寂之意。特别是行蜗、幽蟹、雨蝉等小动物的形象,体现出诗人幽微细致的怪癖,颇有几分贾岛的习气。写雨而用"暗""凝",写雪而用"垂""围""没",皆准确贴切。《雪中》诗共二首,似乎有意使用"禁体物语",如"石幢"一联,写寺中石幢围栏、野殿屋脊被雪遮盖的情景,有状物之功。另一首中的颈联"鹤怪云粘石,僧疑月照扉"更为传神,雪铺石上,恍若一片白云,雪积门前,仿佛满地明月。鹤之所以怪,是因为有"孤云将野鹤"的联想;僧之所以疑,是因为有"僧敲月下门"的故事,其构思可谓精巧奇特。

当然,永颐五律中也有明快的笔调,如"白浪翻红楫,青山映碧莲。鸟飞荷叶下,人散柳条边"(《秋日泛西湖》)、"碧

溪沿谷口,晴柳护塘坳。波静鱼吹沫,林深鹊隐巢"(《春日泛舟》),皆色彩明丽,可谓诗中有画。又如《防风王庙》诗:

> 万国方尊禹,防风殒殿趋。应怜舞干戚,独不碍唐虞。祭豆侵田鼠,灵幡触井乌。椒浆春奠罢,箫鼓舞村巫。

《史记·孔子世家》谓"禹致群臣于会稽山,防风氏后至,禹杀而戮之",后为山川之神,守封禺之山,在湖州武康,宋末董嗣杲有《武康防风王庙前入西乡山中旷游归看邑志偶成》诗。《舆地纪胜》卷四《两浙西路安吉州》武康县有防风氏庙,即指此。诗的前四句写防风氏被禹所戮之事,正如舞干戚的刑天,尽管被黄帝所杀,并不妨碍唐尧虞舜之贤。后四句写村民祭祀的场景,可视为一幅民俗画卷。

《云泉诗稿》中七绝数量近乎一半,也颇有佳作。永颐往往能在平常题材中别出心裁,写出新意。比如《送天竺僧还乡》:

> 月冷云深天上寺,桂花千树绕楼台。归时若对闲人说,莫道身从月里来。

这本是送僧诗,但构思非常巧妙,前两句写天竺寺的环境,仿佛如桂树环绕的天上寺院,僧人离开此寺还乡,犹如离开月宫,下凡人间,所以诗人特别叮嘱他切莫泄露天机。这就巧妙地赞美了天台宗的名刹天竺寺,而归乡的僧人足以为之自豪。诗的首尾意境高远,给人神清骨爽的感觉。又如《湖上春晚》:

> 水边三月芳菲晚,杨柳楼船拥万家。浩浩歌钟迷白日,不知烟寺落桐花。

中间两句写杭州官民游西湖的盛况,尾句呼应首句"芳菲晚",描写了另一个寂寞萧条的场景,在俗与僧、楼船与烟寺、繁华与零落的对照中,流露出对时间流逝淡淡的忧伤。这种伤逝的情绪在面对荒废的宫寺时表现得更为冷峻:

> 渺渺笙歌散石筵,霓旌吹断网蛛悬。经年不锁青鸾殿,野鹤飞来玉几前。(《废宫》)
> 子规啼在乱山中,废寺春深暮阁重。门外永安潭上水,朝昏惟送一楼钟。(《宿永安潭上》)

永颐生活的时代,南宋王朝正走向衰落,诗中的废宫、废寺已成为一种末世风景的象征。前一首诗令人想起李白《越中览古》"宫女如花满春殿,只今惟有鹧鸪飞"的叹息。后一首诗结尾,唯有一楼钟声打破废寺的荒凉和潭水的沉寂。与此相联系,永颐各体诗中弥漫着一股浓浓的怀古情绪,除了《越溪吟》"越王霸业秋山头"这类直接怀古的诗篇之外,在纪行、送别的题材中也有不少对故迹的哀悼,如"故王宫井已无闻"(《送僧归茜径》)、"故苑烟花百草香"(《过吴门》)、"君王不宴芳春酒,空锁名园日暮花"(《过聚景园》)、"千载青山绕故宫""春水多愁旧垒空"(《送王以通之官金陵》)、"废馆夕阳寒柳动,古宫芳草白云多"(《姚震父自剡来喜晴郊行》)、"行殿不开尘锁合,至今风雨暗金铺"(《寄行宫监门王以通》),如此等等,不胜枚举。

在永颐的诗中，可看到民生和寺院凋敝的情况和原因，"岁晏民物耗，霜枯鹰隼击，寂士无丰姿，空田罄尘积"（《将别旧山寄伯强》），"前修不可见，法社渐雕毁，名山半征徭，祖塔乱獐麂"（《葺唐栖旧庐》）。这既与天台宗的衰落相关，但更来自日趋严酷的赋税征徭。比废宫、废寺、废馆更灰色昏暗的是这样一些诗，如《观乌鸢山下滕树》：

> 一株老树蔽荒林，下有藤悬巨蟒身。几度日斜乌鸟散，山昏鬼哭断行人。

老树枯藤，如巨蟒般缠结，不祥的乌鸢，再加上山鬼哭声，比贾岛的"怪禽啼旷野，落日恐行人"更为恐怖。"山鬼"的形象在永颐诗中也一再出现，如"山鬼移灯上树头"（《宿村庄》）、"山鬼昼无影"（《山乐官》）、"山魈个个归"（《山行与伯弜同赋野庙》），这在其他僧诗中是很少见的。

在《云泉诗稿》中，有几首七言古诗值得注意。一首是写自然灾害的《乾元山洪水》：

> 乾元山头洪水发，溪有长蛟潜伺察。两岸居人莫等闲，年深物怪终腾拔。往岁邻封遭水变，只道溪流静如练。倏忽人烟数里间，夜半平沉皆不见。东南地坼乾坤浮，几番赤子葬洪流。神龟去后不复返，休看浪打石人头。

诗中记录了一夜之间数里人家被洪水吞没的惨剧，表达了对"赤子葬洪流"的悲悼与无奈。一首是写江浙一带商船贸易的

《苎渎夜泊》：

> 吴城水冷秋风高，迎霜枫叶飘城壕。吴侬射利如射虏，高帆大艑横江涛。黄昏不顾风水恶，篙儿怒击何轻豪。苎渎人家惯迎接，憧憧来往无停艘。水上悬灯招夜泊，沙头认客相呼号。人生富贵多不足，亦有稗贩当勤劳。万斛高装谋重利，斗升未给轻浮舠。吾生最爱鲁仲连，封侯不受海上逃。轻世肆志甘贫贱，谁能富贵诎辱遭。夜歌新诗喜达旦，起看征雁飞云皋。

商船为追求利润出入风浪，苎渎码头人家悬灯招客船夜泊，这里既有万斛大船装载多，营利丰厚，也有小艇不能满足升斗利润。诗的前面部分描写了稗贩者的辛劳，而最后六句表达自己爱自由、甘贫贱的价值观，这更类似士大夫的贱商轻利，并无明显的佛教立场，诗中的情怀更像高士而非高僧。

永颐描写的人物形象也值得一提，如"嗫嗫枯吟如有失"的聋僧，"或时兀坐何堆豗，或时手把古书帙，帙中明星不复记，案上吟篇已忘律"，"僧今老矣无别怀，时梦响潭清泪泪"（《杉下聋僧》）；又如"僧服而胡须"的江湖术士，"闲来古寺看画壁，醉去夜店烹寒鱼，击竹有时谈九命，无钱踏雪过千墟"（《赠术者王髯》）。这些下层人物组成的群像，与吴越之地的风俗画，使得永颐部分作品具有反映社会现实的意义。《云泉诗稿》中还有两首禽言诗《山乐官》，借鸟声写山居之乐。

永颐作诗师法较广，突破了晚唐体僧诗"清苦工密"的五律的限制，尝试各种体裁和风格。如《伯弜出示新题乐府四十

章雄深雅健有长吉之风喜而有咏》,这首句句押韵的柏梁体,追求雄深雅健与瑰丽险怪的结合:

> 伟哉吴人周伯弜,国风雅颂今再昌。钧天洞庭不敢张,楚芈暗泣嗟穷湘。庆祚三百多祯祥,呜呼四十乐府章。春宵剪烛飞兰香,浩歌激烈声洋洋,贞魂义血流精光。奸鬼妒魄诛幽荒,土木闪怪踏雪僵。茫茫万窍塞鼓簧,再洗律吕调宫商。金玉振耀齐铿锵,一清一浊均阴阳。风霆变化始有常,咏歌唐虞及商汤,蒙瞽献纳皆赞襄。煌煌天子朝明堂,永被金石无哀伤。

其中"春宵""贞魂""奸鬼""土木"数句酷肖李贺(长吉)诗风,而其格调又逼近韩愈、苏轼之作,僧诗中较少有如此气魄和辞藻的诗篇。五言古诗或有意学南朝二谢的风格,如《咏怀》的"晨风荡原野,高林摩苍条""紫烟凌石峰,绿云生桂标",《食新茶》的"至味延冥邈,灵爽脱尘控。静语生云雷,逸想超鸾凤",《雨后对月》的"光飞激洞户,彩莹栖云塘。芙蓉杂羽盖,暗水流瑶芳"等,讲究辞藻和对仗,但音律不谐。

第三节 雪岑行海

行海(1224—?),号雪岑,剡人。早年出家,十五岁游方,尝住四明乾符寺,咸淳三年(1267)住嘉兴先福寺。《佛祖统纪》卷十八将其列为南屏下七世佛光照法师的法嗣,为天台宗诗僧。行海作诗三千余首,林希逸选取其中近体三百余首为《雪岑和尚续集》二卷,并为之作序,此书有日本宽文五年刊本,现存。《续集》分为上下卷,上卷为七律,下卷为七绝,没有选其古体和五律。

行海在《雪岑诗序》中自叙作诗缘由:"余林下人,诗非所务,虽已休心于光景,而或技痒未忘,故于山颠水涯,风前月下,感情触兴,形于永歌,亦一时蚓窍鸣耳。"这是不少诗僧共有的诗禅相冲突的矛盾心理,写诗时总带有一点犯罪感,但最终还是"以临高眺远未忘情之语为文字禅"(惠洪语)来安慰自己。林希逸《题僧雪岑诗》也旨在调和诗禅冲突:"本自无须学捻须,此于止观事何如。诗家格怕无僧字,圣处吟须读佛书。得趣藕花山下去,逃名枯木众中居。早梅咏得师谁是,见郑都官却问渠。"(《鬳斋续集》卷一)首联问:作诗苦吟对于天台止观究竟有何意义?颔联答:僧字入诗可提高诗家格调,佛书读得透能有助吟诗的内容,因为晚唐诗人郑谷诗曰:"诗无僧字格还卑。"(《自贻》)颈联上句说诗,用参寥子"藕花无数满汀州"句;下联说禅,用石霜庆诸禅师"枯木禅",代指出家安禅。尾联用郑谷为诗僧齐己改《早梅》诗的故事,最终说明苦吟不碍止观。林希逸诗较真实地描写了行海诗禅相容的状况,这也符合天台诗僧的普遍认知。

行海《雪岑诗序》自谦水平不高:"若曰大篇短章之节,古近正变之体,每一首中各有句法,每一句中各有字面,气不腻于蔬笋,味不同于嚼蜡,其写景也真,不事妆点;其述情也实,不尚虚浮。其势若水流云行,无一点凝滞,读之使人意消,要皆合于六义而又归之于思无邪,非予所及也。"不过,林希逸却对其诗非常推崇:"平淡处而涵理致,激切处而存忠孝,富赡而不窒,委曲而不涉滞,温润而蕴藉,纯正而高远,新律古体,各有法度,其自序中所谓非所及者,皆其诗中所有也,林下人岂易得哉!"(《雪岑诗序》)当然,由于林希逸只来得及选其七律、七绝,并不能反映其诗的全貌。

与行海交游的士大夫除了林希逸(1193—1271)、林泳父子与王洧之外(见林《序》),另有陈郁(1184—1275)、陈著(1214—1297)、林表民等人。王洧,号仙麓,闽人,理宗时曾为浙帅参。他盛称行海"能诗,不在惠休、灵澈下"。陈著,字子微,号本堂,鄞县人。其《寄南湖主人海雪吟(岑)》诗曰:"别雪岑翁不记年,翁今来管四明天。看翁卷起南湖浪,浣尽浮尘结净缘。"(《本堂集》卷四)行海有《留别陈藏一》诗曰:"君住江西我浙东,……苦吟风月趣还同。"陈郁,字仲文,号藏一,江西崇仁人,有《藏一话腴》传世。又有《和林逢吉》诗,林表民字逢吉,台州临海人,著有《赤城续志》等。行海也与永颐的诗友周弼有交往,曾作《湖上怀周汶阳》。此外,行海与天台宗诗僧相善,对前辈永颐充满怀念之情,其《云泉禅师哀词》曰:"吟畔山川生哭泣,笔头兰竹露精神。"《泊唐栖寺》曰:"白头不见颐山老,寂寞门前枫叶红。"又与文珦为诗友,《续集》卷上有《怀珀潜山》("珀"当为"珦"之误)诗曰:"与君如此长相别,苦乐同心更有谁。""珦潜山"即潜山文珦,可见二人关系之亲密。

除了《雪岑诗序》之外,行海还有一首《言诗》诗谈及自己的诗歌主张:

> 句织天机字字难，冥搜长在寂寥间。每惊白雪阳春变，未放光风霁月闲。子美到今谁是史？仲尼亡后不曾删。衰吾欲话平生志，安得重逢饭颗山。

首联所言"字难"和"冥搜"，与诗僧苦吟的主张相近。颔联感叹阳春白雪变为下里巴人，写诗太容易，以至于人人可咏光风霁月的美景，大自然不曾消停，这似乎是对从杨万里到江湖派诗风的概括，如姜夔评诚斋体"年年花月无闲日，处处山川怕见君"（《送朝天续集归诚斋时在金陵》）。颈联慨叹孔子之后无人删诗，无人别裁伪体，再没有杜甫那样的"诗史"。尾联化用李白"饭颗山头逢杜甫"之句，表达了愿继承杜甫以诗为史的平生之志。由此从晚唐诗僧"冥搜"的习气而转向杜甫式的苦吟。

《雪岑和尚续集》上卷收七律133首，下卷收七绝171首，五绝2首，共计306首。七律中以送别、寄赠、怀人、相逢、唱酬的诗数量最多，其中又以送僧诗最突出。送别诗压卷之作是《送客有感》：

> 几年不上越王台，独立津亭送客回。风卷潮声归海去，云排雨势隔江来。山藏南渡诸陵树，沙涨西兴一岸苔。秋后风光图画里，栏杆十二忆蓬莱。

此诗重点不在"送客"，而在"有感"，更像怀古诗。颔联气势雄壮，境界阔大；颈联以陵树和岸苔的意象，写山川兴亡之感，含而不露，诗风接近晚唐许浑诸人的格调。行海送别诗多有佳句，写景述情，如水流云行，无一点凝滞，如"一枕落花终夜雨，十年芳草故乡春"(《送石居上人归别业》)、"片帆明日归何处，一路青山看到门"(《送宁道二友》)、"客游何处无芳草，人别他乡有杜鹃"(《送宁雪矶归剡》)、"数茎白发惊年老，几度青灯恋夜深"(《送无作上人之四明》)，对仗灵活，句意流丽，平淡中含深情。有些纯写景的句子，则极为工整烹炼，如：

> 溪声棹急红菱雨，山市砧催白雁秋。(《送曲江为上人归省》)
> 田丰绿荠挑晨雨，爨老红萝闭夕烟。(《送以道上人住常州王潜泉别业》)
> 烟锁白杨渔浦晚，风鸣黄叶凤城秋。(《送清上人归暨阳》)
> 晓别蛩声黄叶寺，夜分渔火白苹洲。(《送清上人归苕溪》)
> 夜船摇月平河稳，晓岭登云古树深。(《送秋谷兰上人》)
> 杨柳忽惊秋色晚，芭蕉不耐雨声寒。(《送寿芳恭三友归安吉》)

设色鲜明，写景如绘，有唐诗的风味，而细看意象之间的组合，其用字都非常准确考究。其所选景色多为秋景、晚景，使得景物之中含有一种难以言说的惆怅情绪，充满诗情画意。相对而言，行海的七律送行诗，中间两联颇多佳句，而首尾两联却相对平庸，前少新警，后乏余韵，是其不足。

行海有《次徐相公韵十首》，徐相公即徐荣叟，嘉熙四年

(1240)闰十二月除签书枢密院事,淳祐二年(1242)二月除参知政事,此组诗序曰"枢密徐相公",当作于淳祐元年(1241)。其时徐荣叟入上天竺祷晴,有诗,游似、赵崇燔、朱继芳、冯去非、佛光法师诸人唱和。然而淳祐元年行海方十八岁,似并未参加此次唱和。据组诗序,其后朱继芳又以《老将》《老马》次其韵,佛光法师又次之。行海这组诗当是若干年后"广其意次之"的产物,在朱诗的基础上又次韵八首,共计十首,依次题为《老将》《老马》《少将》《少马》《出塞》《入塞》《刘锜》《岳飞》《李显忠》《魏胜》,皆写战争题材,这在僧诗中非常少见。组诗当作于宋蒙战事日紧的理宗后期,序中自称:"然征伐之事,固非林下所当言,盖忠愤之心一也。"北宋法灯禅师曾说:"岂有中原失守而林下之人得宁逸耶?"(惠洪《石门文字禅》卷二十九《鹿门灯禅师塔铭》)当社稷处于危难之际,林下僧人忠义之心勃发,突破佛门出世间之念,言征伐之事,这也是诗僧未能忘怀世事的"文字禅"之一端。试看《老将》诗:

战曾无甲马无鞍,谏猎书生贱武官。每忆云中擒虏健,几番雪里枕戈寒。箙留响箭机心在,袍损团花血点干。闲拍旧弓怜臂力,更怜西北战场宽。

写老将在战场曾拥有的战功和经历的苦辛,至今仍保留着战斗的姿态,希望上西北战场杀敌。单从诗艺来看,此诗比较平庸,但"谏猎书生贱武官"句可隐隐看出诗人对重文轻武政策的不满。值得注意的是,行海"广其意"悼念南宋抗金名将刘锜、岳飞、李显忠、魏胜的四首诗,如《岳飞》诗尾联"可怜身死

莫须有,从此王基未得宽",写岳飞以"莫须有"罪名被杀后,从此北伐所得之地尽失,南宋朝廷只得偏安一隅。再看《魏胜》一诗:

> 第一山东逐虏鞍,平淮命作守淮官。英雄肉比黄金贵,死斗牙穿毒箭寒。雨洒红刀胡血滴,风披班甲虏皮干。功高孤竹今如此,旧恨茫茫沧海宽。

金主完颜亮出兵南侵,魏胜率军三百,收复海州,使金有后顾之忧。他英勇善战,杀敌无算,号"山东魏胜",金兵闻之丧胆。"胜尝出战,矢中鼻贯齿,不能食,犹亲御战","死斗牙穿"写此事。《宋史》本传论曰:"魏胜崛起,无甲兵粮饷之资,提数千乌合之众,抗金人数十万之师,卒完一州,名震当时,壮哉!然见忌于诸将,无援而战死,亦可惜矣。"诗的尾句"旧恨茫茫沧海宽"充满了对英雄功高见忌、壮志未酬的悲慨之情。总体而言,这十首诗在艺术上算不得高明,但其写"征伐之事"以抒"忠愤之心"的主题,却在僧诗中有其独特价值。

《续集》上卷有若干首编年诗,可看出行海学杜以诗为史的写作意图。早在淳祐七年(1247),他就写下这样的诗句:"又惊烽火交丁未,暗惜山河到靖康。塞马病衔秋草白,乡兵泣对野花黄。"(《丁未》)沉郁悲凉。咸淳三年(1267),他住持嘉兴先福寺,仍难超然世外:"夕阳每感归巢鸟,秋色偏怜出塞鸿。一个闲身闲不彻,风霜添得病成翁。"(《丁卯秋八月奉檄住嘉兴先福寺》)咸淳六年(1270)的《庚午春作》,纪事则"相逢处处说干戈,又报天骄走渡河",时势危急;写景则"野外几重秋水白,

天涯一片暮云黄",惨淡苍凉。随着国势日蹙,战事频仍,其诗也愈发沉雄悲壮,如写于咸淳八年(1272)的《秋日纪感》:

> 闻鸡击楫旧英雄,何处山河是洛中。龟土坼烟秋望雨,兔轮生晕夜占风。蘼芜只为王孙绿,菡萏难胜越女红。今日最怜羊叔子,鞑尘同污鹿门翁。

其时多年的襄阳保卫战接近尾声,次年守将吕文焕力竭降元。诗首联以东晋名将祖逖闻鸡起舞、中流击楫的壮举,慨叹时无英雄。颔联写秋旱土裂,月晕而风。颈联写蘼芜徒绿,菡萏香消,暗寓"惟草木之零落,恐美人之迟暮"的伤感。尾联以西晋镇守襄阳的羊祜比譬吕文焕,唯恐襄阳的鹿门寺也受到鞑虏军队的污染。至于他的《纪感》一诗,更逼近杜甫《诸将五首》的风格:

> 吴楚经年杀气凝,艰难国步涉春冰。义旗东下谁相似,誓楫中流我不能。水到南徐围铁瓮,山从北固抱金陵。捷音尚隔苍茫外,貂尾良弓足股肱。

忠义之气勃然而出,忧国情怀跃然纸上,在捷音渺茫的失望之下,仍抱着对股肱良将的最后期待。这正是林希逸所赞"激切处而存忠孝"。此外,咸淳九年(1273)春,行海侨居无为寺归云阁,以"十年游方今五十"为题,信笔作诗十首(《续集》分作两处,各五首),每首诗皆以"十五游方今五十"为首句。这组诗单就形式来看,很接近邵雍"康节体"的《首尾吟》,不厌其烦地重复首句,然而诗中却不时流露出"日望官军渡白河"的爱国之情。

行海的七绝咏物较有特点,颇带人间烟火,与其僧人身份不合。如《蝶》:"三三两两舞春妍,玉翅香须更可怜。拂草巡花情未定,又随风絮过秋千。"写拈花惹草的蛱蝶颇为传神。又《荷花》诗曰:

圆绿风翻翡翠云,娇红露淡石榴裙。采莲声隔花深处,应有鸳鸯梦里闻。

荷花即莲花,天台宗修习的佛经为《妙法莲华经》,作为僧人,理当作佛性方面的联想,而这首诗却用翡翠、娇红、石榴裙、采莲、鸳鸯这样风情旖旎的词语描写荷花,竟然有几分"浪子和尚"的流风遗韵。有的咏物诗则是人格的象征,其中既有"自抱岁寒君子节,凤凰不到已多年"(《竹》)的冰雪操守,也有"衔泥自向朱门去,不管茅檐有故巢"(《燕》)的趋炎附势。咏梅十首诗最有代表性,其二曰:

竹友当年已化龙,松朋久亦受秦封。此花有味调无鼎,且吐芳心过一冬。

以岁寒三友之竹、松与梅作对比,感叹梅虽能调和鼎鼐,却无鼎可用,寄托了报国无门的无奈。有两首赋物诗值得一提:

一峰突兀上虚空,石怪藤幽树树风。四面白云人不见,

磬声如在有无中。(《赋独山》)

撑空乱石带云霞,灵树曾开几劫花。人在玲珑深处坐,疏疏泉点滴袈裟。(《赋古岩》)

第一首诗后两句空灵缥缈,磬声若有若无,极有禅意。第二首泉滴袈裟的描写,具有独特的清幽感觉,非僧人无以体会。《续集》中纯粹的宗教题材只有《读金錍集》一首,《金錍集》为天台宗九祖荆溪湛然所著,是天台宗经典之一,诗曰:"白水青山总上心,可怜月色夜沉沉。平生到处无人到,说向人知路转深。"全然不见佛教名相,皆用诗意的语言,传达自己读佛书无法言说的独到体会。

行海七绝中还有不少送别、纪行、感怀的佳作,但其内容和风格大抵不出以上所论范围,兹不赘述。

第四节 芳庭斯植

斯植,字建中,号芳庭,武林人。与行海为同时人,而年稍长。初住南岳寺,后游方近二十年,相识者尽一时文人,有陈起(芸居)、朱继芳(静佳)、熊鉌(勿斋)、冯去非(深居)、赵崇嶓(白云)、周端臣(彦良)、赵希璐(抱拙)、李龏、王镃、胡三省(元鲁)等。晚年住天竺寺,筑室曰水石山居,吟咏于其中。有《采芝集》一卷,《采芝续稿》一卷。事具曹庭栋《宋百家诗存》卷四十。日本蓬左文库本《中兴禅林风月集》收斯植诗6首,注曰:"字子英,号芳庭,天台人也。芳庭法师，玄会弟子也，在天台山日久，故极知山之根源也。"此注所言令人怀疑，《采芝集》和《续稿》共149首诗，仅一首《送故人之天台》，不能说"在天台山日久"。此处所谓"天台人"，应指其属天台宗，故称"法师"，其师玄会不可考。朱继芳《有怀鹫山次僧芳庭韵》（《江湖小集》卷三十二《静佳乙稿》），鹫山指杭州天竺寺，斯植有《天竺山居》《上竺寺》《题天竺岩栖山房》等诗可证，而天竺寺正是南宋天台宗的丛林。李龏《敬酬芳庭植讲师》（《江湖后集》卷二十）称其为"讲师"，而非"禅师"，亦可知其为天台宗讲僧。王镃《芳庭植上人》称他"入定醒来香印冷，一帘花雨湿残经"（《两宋名贤小集》卷三百七十二《月洞吟》），也是天台僧止观禅定、解读经书的做派。

《江湖小集》卷三十六《采芝续稿》后附有斯植跋曰："诗，志也，乐于情性而已，非所以有关于风教者。近于览卷之暇，心忘他用，得之数篇，目之曰《续稿》，然不可谓之无为也。"此跋书于宝祐四年丙辰（1256），可看出斯植对诗歌功能的认识，即娱情而非教化。

斯植的149首诗中，五律有61首，占五分之二强，成就也最高。其五律大体如曹庭栋所评："其诗雅炼深稳，脱去禅家落套语，不愧风雅之目。"（《宋百家诗存》卷四十）五律中送别、寄赠、感怀、山居诗较多，不脱宋初九僧窠臼。试举其一首《山居怀旧隐》：

　　　　静地独登临，虚闲称此心。猿声过木少，花影入池深。
　　　　春殿依残日，晴烟散远林。因思南岳寺，长起石床吟。

此诗排在《采芝集》之首，或许斯植自认为可堪压卷。前六句扣题中"山居"，首联写独临静地与虚闲之心相称；颔联、颈联四句写"静地"的景物，猿声、树木、花影、池水、春殿、残日、晴烟、远林，皆为景语。尾联扣题"怀旧隐"，可知斯植曾住南岳寺。诗的结构严谨，善于白描写景，是典型的晚唐体。

不过，多读斯植的五律，便会有景物意境雷同的感觉。比如清王士禛《居易录》卷二录其诗佳句若干：

相逢春草外，归隐石房西。(《喜人归幽栖》)

春风思华岳，夜雨梦潇湘。(《水石山居》)

住当南岳寺，门对赤城霞。(《寄梅叟法师》)

月过东西浦，潮（江）分远近山。(《金陵怀古》)

水国今宵别，天涯隔岁归。(《送觉上人》)

春归芳草暗，云入暮（楚）山长。(《访故人》)

野云低水树，春雨闭山城。(《送隐士游京淮》)

钟声两寺合，人影一溪分。(《多福寺》)

路长沙鸟尽，人在翠微深。(《岩栖分韵得深》)

落花千点恨，疏雨一帘风。(《暮春雨中感怀》)

野店春寒雨，江城橘树林。(《送故人之天台》)

断云连雨雪，落日远人烟。(《送敏上人归永嘉》)

鸟啼山雨急，春尽故人稀。(《遣怀》)

烟波春雨渡，灯火夜渔村。(《客路和胡元鲁出入韵》)

岛雨连秋曙，江风入雁声。(《塞北》)

满山晴叶雨，四壁暮蛩秋。(《山中寓意》)

一夜霜欺鬓，连朝雨送愁。(《丙辰夏季雨中》)

这些联语皆工于写景，亦含情思，但正如王士禛所评："此君及赵汝鐩五言，皆多佳句，而无远神。"这大概是江湖诗人的普遍不足吧。其诗句固然"雅炼深稳"，然其句法多为意象并置叠加，意境重复较多，缺少独特的场景描写。据统计，斯植的61首五律中，用字的重合率惊人，如春（26）、山（26）、雨（25）、云（23）、月（19）、风（18）、花（17）、树（16）、水（14）、江（13）、草（12）、石（11），这使得不少诗看起来似曾相识，变化不多。

斯植的七律学晚唐杜牧，俊爽流丽，寓理于情，如《效樊川体》：

吟边绕架书千卷，壁上梅花水一瓢。世事尽从忙里过，年华空向静中消。山云宿雨笼残日，汀草浮香满小桥。对此不须惆怅去，野人今已悟吹箫。

颔联似乎效法杜牧《九日齐山登高》"尘世难逢开口笑，菊花须插满头归"，说理意味更浓。而颈联炼字非常精彩，用"宿"形容山云之浓厚，用"笼"形容云层包围残日，这也是杜牧"烟笼寒水月笼沙"的用法。特别是"浮"和"满"，写出汀草的芳香在水上漂浮，在小桥上弥漫，极富诗情画意。《旅怀》也颇有几分樊川风格：

十年不倚谢公楼，满眼凄凉上客舟。往事尽随流水去，青山长忆故人游。海门风起天将暮，渡口云生树欲秋。络纬自啼花自落，更堪回首是他州。

虽写羁旅之愁怀,却别有一股豪宕沉雄之气,不作低回哀怨之语。尽管是"满眼凄凉",登上客船,然而接下来的颔联却不乏洒脱之致,往事随流,而青山长在。颈联写景,境界阔大而饱含苍凉。尾联的"他州"呼应首联"客舟",惆怅作结。

斯植有一首七律题为《赋老将用官字韵》,其韵与前举雪岑行海《次徐相公韵十首》相同,应是与静佳朱继芳的唱和之作:

猎猎征旗促晓鞍,几回临阵练兵官。黄沙满塞黄云暗,白马嘶风白日寒。汉语肯随蛮地改,战袍犹带血腥干。如今韬略浑无用,瘦骨萧条甲胄宽。

由于是唱和之作,斯植对塞外沙场并无切身体验,所以整首诗显得比较肤廓粗糙。诗所写为塞北事,本当用"胡地",却用"蛮地"这样形容岭南的词语,显得别扭。"黄沙"一联纯为写边塞战场的套语,缺少语言锤炼,比行海之诗稍逊一筹。相对而言,斯植的《从军行》写战争题材,更接近唐人风格:

茫茫塞月笼寒雾,万里征人不知数。年少难消壮志多,精锐连营肃貔虎。从军何日见军回,但见日日长淮雨。烽烟散漫满路歧,边声飒飒秋风起。天涯荒草马成群,放去弯弓乱飞舞。夜深更听胡女歌,古来白骨多于土。

跟盛唐诗人《从军行》中的英雄主义气概不同,这首诗除了"年少"两句之外,基本上都渲染从军之苦,烽烟散漫,秋风萧瑟,天涯荒草,战马成群,胡女悲歌,只不过塞上黄沙为长淮烟雨、塞上白月为长淮寒雾所取代。战场移到宋蒙之间争夺的江淮地区。既是怀古，也是伤今，是对"古来白骨多于土"的战争的哀伤。

斯植五言绝句佳作相对较多，不乏精品，如王士禛欣赏的《远山》："万里色苍然，寒林夕照边。旧过南岳寺，曾向雨中看。"以及《鸣鸠》："何处芳草多，相呼向深坞。竹外立寒枝，山南又春雨。"也许这两首还属于有佳句而无远神，那么以下两首就颇有几分王士禛标榜的神韵的意味了：

　　青山何人家，芳草满樵路。猿鹤未归来，残月照烟树。（《和路字》）
　　千峰云未还，数树芭蕉绿。风雨暗黄昏，何人共幽独。（《宿云轩》）

"残月照烟树"的景色朦胧而凄清，意境清幽夐绝。而风雨黄昏芭蕉树下的无人独宿，具有一种难以言说的寂寞和孤高。两首诗较典型地体现了僧人山居的环境和心境。当然斯植并非一味地不食人间烟火，在《淮边柳》诗中，他借柳写人："寂寞淮边柳，春来自舞腰。恨生争战地，不得近官桥。"表达了对生长于边境战场的平民百姓的同情。

斯植的七绝水平也不错，孔汝霖编《中兴禅林风月集》选其七绝6首，是入选者中最多的，甚至超过道潜、居简这些僧诗大家，可见时人的评价。如《故宫怀古》：

　　暮天云尽远山空，夜夜西风入汉宫。铁笛一生千古恨，月明人在女墙中。

气韵沉雄,境界高远,放在唐人选集中可以乱真,与刘禹锡、杜牧怀古诗相比,不遑多让。又如王士禛《居易录》卷二提及的《雪中寄岩泉》:"吟罢新诗只自看,晓风吹恨上阑干。夜来雪满前山路,谁对梅花说岁寒。"句意清新可读。

《采芝续稿》中可编年的诗最晚的是《丁巳灯夕前六日观抱拙寄敏斋韵因事有感走笔以赋》一首,丁巳即宝祐五年(1257),这比斯植宝祐四年的跋晚一年。无论如何,《续稿》中的诗大致截止于该年,此时虽然国势日蹙,但还不似后来贾似道为相时的战事危急,所以斯植诗对国事的关注似不及行海。

第五节 潜山文珦

文珦(1210—1286以后),号潜山,於潜人。为天台宗桐洲怀坦法师的法嗣,与雪岑行海同时。文珦诗集亡佚已久,四库馆臣从《永乐大典》裒集得诗近九百首,俨然为宋元诗僧一大家。其生平游历略见于所作《闲居多暇追叙旧游成一百十韵》,大抵出家于杭州,游于湖州,因而游浙东,至闽。由金华、严陵返越北,又至毗陵、阳羡、金陵、淮甸而止。后仍归杭州,遭谮下狱,久之得免,遂遁迹不出以终(参见《四库全书总目》卷一百六十四《潜山集提要》)。文珦曾住持杭州南天竺崇恩演福寺(黄溍《金华黄先生文集》卷十二《南天竺崇恩演福寺记》),其时大致在咸淳三年(1267)贾似道当政时(参见《咸淳临安志》卷七十八）。

文珦交游的士人，与永颐、行海、斯植诗中所涉多有交集，《潜山集》卷三有诗题曰："冯深居长余二十三岁，赵东阁长余二十二岁，周汶阳长余一十七岁，皆折行辈与余交。淳祐辛丑，同访余于竺山，有会宿诗，距咸淳乙丑二十五年矣。痛先觉之雕零，感吾生之既老，因成十韵以寄生死之情。"此三人即冯去非、赵崇嶓、周弼。卷六有诗题曰："送林弓寮归闽，省觐竹溪中书，往赴安溪县新任。"弓寮即林泳，竹溪即林希逸。卷八有《朱静佳挽词》，此外还与李彭老（筼房）、周密（草窗）、仇远多有唱和。

文珦的诗歌观念见于《哀集诗稿》："吾学本经论，由之契无为。书生习未忘，有时或吟诗。兴到即有言，长短信所施。尽忘工与拙，往往不修辞。唯觉意颇真，亦复无邪思。事物皆寓尔，又岂存肝脾。老来欲消闲，哀集还自嗤。聊以识吾过，吾道不在兹。"六言诗《阙题》其五："吾生本不识字，人谓吾诗入微。篇章聊复尔耳，止观然犹庶几。"大致表明"吾道"在学天台教观的经论，由之契合"无为"之道，因而"止观"庶几能算致力所在，至于篇章吟咏，只能算是书生习气未忘，聊且信手所施。总之，作诗非其专业，只消闲遣兴。与一般诗僧"苦吟"习气相比，文珦更主张真率随意，不求工巧。

文珦所处的时代，是江湖诗派流行的晚期，其时诗坛大抵有三种仿效古人的风气：一是学"选体"，在五言古诗上用力，或者拟乐府题；二是攻"唐律"，尤其是在五律上因狭出奇；三是学晚唐绝句，僧诗总集《中兴禅林风月集》《江湖风月集》《禅宗颂古联珠通集》等皆收录七绝为主，颇能见出宋末元初诗坛的一般趣味。

文珦因为主张作诗"兴到即有言",这与"选体"直抒胸臆的风格相契合,同时也受诗坛朋友崇尚"选体"的影响,所以他有不少五言古诗带有"选体"的烙印。所谓"选体",指《文选》所选五言古诗,以及风格类似的汉魏晋南北朝五言古诗,含乐府诗和文人诗,在某些南宋诗评者的眼中,"选体"几乎是五言古诗的代名词。文珦在《哭立虚舟》诗中写道:"虚舟我良友,生平快冥搜。放迹江湖间,自与造物游。忆昔仗短筇,访我竺峰头。贻我选体诗,得法于曹刘。因之与定盟,有若胶漆投。"创作"选体诗"的立虚舟是与文珦定盟的诗僧,二人胶漆相投,意气相合,故而可以说文珦也是"得法于曹刘"。

《潜山集》里五言古诗将近四卷,约占三分之一。其中直接采用《文选》中诗题的,就有以下几首:《秋胡诗》见于颜延年作,《短歌行》见于曹操作,《古意》见于范云、沈约作,《游仙》见于郭璞作,如此等等。如《秋胡诗》:

> 洁妇与秋胡,以礼成配匹。毕结方五朝,秋胡事行役。道涂既云远,年运亦易徂。日月迭相代,五回见荣枯。秋胡仕侯邦,音尘久疏绝。誓言奉姑嫜,秋霜拟贞洁。春日行采桑,援柯向前林。秋胡倏来归,相逢赠黄金。重义不受金,采采实筐篚。归来见夫婿,乃是赠金子。苦辞让其愆,投身入渊死。岂是不爱身,示心如此水。

"秋胡戏妻"的故事出自《列女传》,南朝宋颜延年作《秋胡诗》颂其事。文珦此诗是对故事的忠实叙写,使用了《文选》诗中的词语如"行役""年运""荣枯""音尘""秋霜""来归""采采"等,可谓有意采用"选体"写作。又如《游仙》诗属于道教题材,而文珦的身份是和尚,本不当作,但由于《文选》中有何劭、郭璞的《游仙诗》,因此作为"选体"题材,文珦也不妨尝试摹拟,其《游仙》诗其六"拍肩友洪崖,挥手招麻姑",明显化用郭璞"左挹浮丘袖,右拍洪崖肩"。

文珦的五言古诗中有一部分类似拟乐府或新乐府,如《征妇怨》《远别曲》《蚕麦辞》《梦觉辞》《戍妇词》《乌栖曲》《枯树谣》《南山松柏章》《青松篇》,其中一部分题中加上"行"字,诸如《悠悠万里行》《静夜不寐行》《白日苦短行》《事君尽忠行》《嵬嵬山石行》《昨日出城南行》《道狭踟蹰行》《人生几何行》《重阜崔嵬行》《浮萍寄水行》之类,从内容到形式都极像"选体诗"。试看《悠悠万里行》:

悠悠万里行,河畔草青青。青草有衰歇,远行无期程。秦既灭六国,驱民筑长城。长城三千里,将以限北兵。城边沙水寒,饮马马悲鸣。筑夫困久役,谁无乡土情。父母念孝养,室家叹孤孀。万一死于筑,白骨空支撑。膏血脂草莽,魂魄亦飘零。苦哉筑城人,举杵无乐声。仁守国自固,不仁祸斯宏。祖龙不知此,纵暴劳苍生。高明鬼瞰室,天道常恶盈。长城徒高高,不救秦祚倾。岂若唐虞君,垂衣燕泰宁。至德亘万古,巍巍不可名。

这显然是一首拟古乐府,是对秦朝筑长城的想象,而非宋元战争的描写,"长城"作为这首诗的主要意象,表达了文珦对秦始皇"纵暴劳苍生"的谴责以及"仁守国自固"的儒者情怀。从诗的语言来说,借鉴了汉魏古诗的风格,如"悠悠万里行,河畔草青青。青草有衰歇,远行无期程",使用了叠字和顶真,明显模仿《古诗十九首》"青青河畔草,绵绵思远道"的句法。

  无论是借用《文选》古题还是自拟新题,这类拟乐府中的叠字和顶真等修辞手法都随处可见。如《征妇怨》"瞻彼日月光,使妾心悠悠。悠悠复悠悠,相思曷云已。夜夜劳梦魂,遥遥渡辽水",《静夜不寐行》"静夜不遑寐,秋气殊清清""蜻蜓亦含悲,喷喷床下鸣""飞鸿朔方来,迢迢困迢征""心折不能言,默默徒愤盈",《蚕麦辞》"茧必大如瓮,茧茧皆成丝;麦必生两岐,粒粒皆可炊",《梦觉辞》"霜月何皎皎,寒风更凄凄",《戍妇词》"行行日已远,何时定当归",《短歌行》"促促不我留,譬如石火光""聆我短歌行,歌短意则长",《白日苦短行》"奄化同草木,没没归重泉",《嵬嵬山石行》"山石何嵬嵬,孤松何蘖蘖",《乌栖曲》"白露生庭芜,明月照栖乌。栖乌啼不已,闺人中夜起。起视西北方,翩翩雁南翔",《梦觉吟》"百年如大梦,梦里几纷驰。觉后识为梦,梦时曾未知""在梦人无限,昏昏信可悲",《枯树谣》"高木引修藤,藤束树身死",《道狭跼蹐行》"道狭难并车,相逢苦跼蹐。跼蹐将何念,所念在康衢。康衢平如砥,八达无斜迂",《青松篇》"西山有孤松,亭亭高百尺。冰雪屡凌厉,难变青青色",《重阜崔嵬行》"不知古与新,落落似棋布。下有荒草丛,上有白杨树。树顶啸鸱鸢,草根穴狐兔",如此诗句,不胜枚举。

  此外,文珦还写了不少四言和七言(含杂言)的拟乐府。四言如《尧任舜禹行》《天地无穷行》《天道夷简行》《天道虽远行》《别日何易行》《北游朔城行》，这是借鉴了汉魏曹操、嵇康等人的四言形式。七言歌行如《月夜听琴歌》《母子吟》《夜乌啼》《有美一人行》《苕雪歌》《春日吟》《芙蓉花歌》《古松歌》《神树词》《为李少监赋秋崖歌》《蚕妇叹》《鸣雁行》《北风行》《走马引》《为修㯶作歌》《为山僧作松石歌》《西城行》《灵泉篇》《秋月山中放歌》《关山月》《月下吟》《卧雪歌》《少年走马行》《采莲曲》，则主要受南北朝隋唐七言歌行的影响，虽说是"即事名篇"，但其整体风格仍具有较强的拟古色彩。

从内容上来说，以上各体拟乐府有三个方面较为突出：

一是关注并同情妇女的命运。除了表彰女性节操的《秋胡诗》之外，《浮萍寄水行》叙写了一个女子托身夫家、辛苦劳作而最终被丈夫抛弃的命运，把古代妇女"妾薄命"喻为"浮萍寄水""漂流无根"，而其故事原型则近似《诗·卫风·氓》。《征妇怨》用代言体的形式叙写了"宁作路旁草，莫作战士妻"的矛盾痛苦，一方面是梦魂萦绕的相思，另一方面是"君当慎终始"的鼓励。《戍妇词》则从正面表达了"谅君守恒节，妾心终不移"的对君王和丈夫的两重忠贞。最杰出的是《蚕妇叹》一诗：

> 吴侬三月春尽时，蚕已三眠蚕正饥。家贫无钱买桑喂，奈何饥蚕不生丝。妇姑携篮自相语，谁知我侬心里苦。姑年二十无嫁衣，官中催税声如虎。无衣衣姑犹可缓，无绢纳官当破产。邻家破产已流离，颓垣废井行人悲。

贫家妇女无钱买桑叶，致使饥蚕不生丝，"姑年二十无嫁衣"，更面临"无绢纳官当破产"的悲剧。这首诗继承了汉乐府"饥者歌其食,劳者歌其事"的批判现实主义精神,与范成大的《催租行》相比毫不逊色。

二是揭露战争的残酷,提倡仁德治国。如《昨日出城南行》,描写了全军覆没的惨状,"肢体膏草莽,血流成川源""白骨蔽四野,鬼哭多烦冤",这与《悠悠万里行》中戍卒"白骨空支撑,膏血脂草莽"相似,最终表达了"兵乃不祥器,圣贤尝戒旃"的反战思想。至于《关山月》这一专写边地战争的乐府古题诗,在描写玉关征人和金闺思妇的哀愁的同时,将抒写战争苦难与同情妇女命运两个主题结合起来。《夜乌啼》也是如此,写"战士妻"三年独守空闺的愁怨。

三是抒发人生的感喟。如《白日苦短行》,在描写了人生"奄化同草木"的迫促以及求仙"亦若茫昧然"的不可凭依之外,最后提出人生应该遵循的道德原则:

> 必当实根柢,尘物皆弃捐。德性贵纯正,文华在昭宣。道与天地准,万古唯圣贤。景行不可忘,抒情为此篇。

排除了《古诗十九首》从人生短暂中引发出的及时行乐思想,曲终奏雅,对人生的意义问题作出哲学思考。又如《古意》其二,叹息"逝水尚东流,白日易西没"的时光迫促,嘲笑"终朝常汩汩,利欲沉厥身"的蒙昧之徒,最后归结到"孰若缮真性,以自固灵骨"的道德劝导。文珦诗中的道德说教当然不限于拟乐府,而且也出现在他的其他五言古诗中,而南宋道学家如朱熹即是"选体诗"的倡导者,这也说明文珦的"选体诗"

多少受到了道学诗的浸染。

文珦有一首"即事名篇"的《神树词》，题材非常独特，主题是对地方民间信仰的嘲弄：

> 村西大树高入云，树根作屋祠为神。村农四时常祭赛，但愿长幼无灾屯。更乞风雨皆调适，官不追呼无盗贼。六畜蕃滋百谷成，报神之赐何终极。问农当年未生树，此树之神何所附？它时此树朽而仆，树神又向何方去？农笑吾言吾笑农，浊泾清渭终难同。

村农祭树神，赛神社，求保佑平安，风调雨顺，五谷丰登，这本是农村极常见的民俗。文珦却用常识和理性，嘲笑了求拜树神的荒唐。但是愚昧的农民对此质问不作回答，诗人只得感叹智愚之间难以沟通。一个佛教徒能写出如此作品，足以令人刮目相看。

《潜山集》有五律四卷，数量不少，内容亦多为送别、纪行、山居之类，从这一点来说，文珦保留了诗僧本色。不过，从风格上看，他的部分五律仍带有"选体"古风的味道。最典型的如《闽中岁暮怀吴中》：

> 冉冉年光尽，凄凄客思惊。疏狂轻万事，行役负平生。海月移松影，山风壮瀑声。寒宵频作梦，曾不离吴城。

直抒胸臆，一气直下，特别是首联的叠字，是典型的"选体"句法，颔联亦以意胜。尾联以三平调"离吴城"结束，更像古体的不拘声律。只有颈联接近传统诗僧的风格。值得注意的是，文珦有不少五律的首联都有叠字出现，如"新月似蛾眉，娟娟止片时"(《初三夜月》)、"绝顶一庵孤，悠悠清夜徂"(《宿山庵》)、"翁媪已相催，喧喧鼓笛来"(《野祠》)、"一舸寒江上，萧萧两鬓华"(《姚江舟中梦故人劝归》)、"望望白云居，崔嵬在碧虚"(《自鄞江东泛舟至黄山桥度岭游白云寺》)、"众人皆汲汲，孤客自俞俞"(《孤客》)，不胜枚举。

当然，作为天台宗诗僧，且与江湖诗人交游，文珦也作了不少"唐律"。他在《送僧归庐山》中称赞对方"禅中悟得唐人吟"，可看作他自己的写照。他曾自称"吟遍唐人句"(《云门六寺即唐灵澈师旧隐》)，也曾作诗题为"咏梅戏效晚唐体"，都可证明他对唐诗的喜好。《潜山集》中有两处提到梦中作诗，所作皆为五律，即他自己所称"唐律"。一次是春夜梦中得到"观与心为度，身将世作仇"一联，醒来后补足成四联八句的五律，寄给僧友(《春夜梦中……寄修观者》)。另一次是因疟疾疲惫，梦中与人谈诗，醒后记得一联"骨换言方异，心空意始圆"；次夜梦见自己坐亡，手书遗偈四句，醒来记得两句"放身行碧落，古乐听钧天"，于是疟病痊愈，补足为"唐律"一篇：

> 吟是大乘禅，禅深梦亦仙。放身行碧落，古乐听钧天。骨换言方异，心空意始圆。手按黄菊蕊，写放瀑厓边。(《余九月三日忽病疟……语不工，以记异也》)

所谓"吟是大乘禅"，类似于晚唐诗僧尚颜(或栖蟾)"诗为儒者禅"的说法，大体等同于惠洪"诗为文字禅"的观念。文珦之所以能梦中得句,因为入此吟禅太深,而他潜意识中所得之句,竟然是对仗工整的"唐律",这可见他根深蒂固的诗僧习气。但另一方面值得注意,他所得之句,内容上半仙半佛,颔联为登仙界,颈联为悟禅理,并非纯然的"大乘禅"。

与其他诗僧不同,文珦向来主张仙佛混同,释道一体。他不仅写过《游仙》诗数首,与道士交往,题仙境图,纪洞霄宫,而且对蓬莱仙山饶有兴趣,"傥可觅蓬莱,当从赤松子"(《观海》),"蓬莱知远近,我欲便乘风"(《焙茶》),特别是《有美一人行》,更表达了"往来圆峤仍方壶,所交皆古真仙徒。赤松羡门及麻姑,共论妙道得道枢"的愿望。在《仙佛辞》中他阐述了这样的观念:

> 仙以静为道,佛以空为宗。群动本皆静,万有体恒空。服食迷静趣,仙道不可从;宴息昧空性,佛理无由通。或曰空静殊,斯言吾不庸。空静即仙佛,得于此心中。心乃佛仙质,仙佛心之容。三法妙而一,吻焉归大同。

不仅以学仙学佛的迷昧相并举,而且将仙佛的静与空等同起来,皆归结于"心",这不同于一般佛教徒的看法。至于他这种说理风格,则充满了道学家的"头巾气",接近所谓"邵康节体"。

文珦的一生经历了由宋入元的大变故,其诗也有不少反映现实的题材,其中他与贾似道的关系值得一提。据《咸淳临安志》记载,咸淳三年九月二十四日,贾似道至杭州小麦岭旌德显庆寺游山,题名中有四名僧人,文珦列其间。四库馆臣考证,文珦"足征非干谒之流","或似道重其名衲,游山邂逅,偶挈同游，遂题名宾从之末"（《四库全书总目》卷一百六十四）。《潜山集》中痛诋贾似道祸国殃民的诗共有六首，有的作于宋亡前，有的作于宋亡后。《闻似道入相因赋诗》：

盛德方为贵，虚名底用高。异时游荡子，今日拟萧曹。红粉催身朽，清霜入鬓牢。势穷人事改，槐棘等蓬蒿。

此诗作于贾似道初当宰相时，文珦已预见此"游荡子"徒有虚名，不堪大用。其后又作《纪事》《为先云洲赋尘外地》《过贾似道葛岭旧居》三首，痛斥"庸贾狗鼠辈，龌龊不可观""狂贾何人斯，曾莫犬豕若"，是造成"兵戈满天地，腾沸犹鼎镬。亿万苍生命，枕藉委沟壑"的罪魁祸首。在宋亡之后，他又作《野寺（感逆贾而作）》《题逆贾》等诗，痛感"逆贾猖狂秉国钧，民彝帝业总成尘""鼎湖龙驭重回首，应悔当年错用人"，充满无限忠愤之情。《潜山集》中还有《大水后作》诗，描写了"室庐毕沉没，野老无归处。大家还急租，官中未蠲赋。妻子多转徙，天高不可吁"的惨况，希望朝廷"下诏发仓廪，赈邮散红腐"，救济灾民，因为这样做"不唯赤子活，亦使根本固"，体现了他的民本思想。

文珦的诗歌创作不拘题材风格，堂庑较宽，少有"蔬笋气"。其五言排律《闲居多暇追叙旧游成一百十韵》，共1 100字，在僧诗中极为罕见。其诗对仗精工，叙事谨严，平生经历，斑斑可考。从中可见出他派出天台宗，"灵岳言犹在，天台笔已专"；讲经作诗，"连环资讲贯，涵泳藉诗篇"；游历纪行，"题咏诗三百，经行路四千"；诗禅双修，"觅句归陶谢（选体），观空体竺乾"。还可看出他心系中原的忧国情怀,"极目伤京汴,悬情比涧瀍。未归文武业,犹慕蚁羊膻",感叹中原人民在异族统治下已丢弃自己的传统文化。此外,文珦还尝试过骚体、琴操、柏梁体、禁体咏雪、六言绝句(15首)等多方的写作,兹不赘述。

总之,文珦虽有"吾方用三术,止观足堪凭"(《三术》)这样的对天台教观的表白,但他骨子里更像披着袈裟的士大夫诗人。其诗作的数量及成就,正如四库馆臣所说,"宋元以前僧诗工且富者,莫或过之"。可惜由于《潜山集》亡佚多年,《宋高僧诗选》《古今禅藻集》《宋百家诗存》《宋诗纪事》都不登其一字,使得他诗歌的成就与其在诗坛的影响不成正比。

第五章 ● 南宋士大夫禅诗

第一节 南渡初士大夫禅诗

南渡初期,士大夫经历国破家亡的巨变,对人生的生死解脱问题更为关注,从而问道空门。换句话说,佛教禅宗的世界观和人生观对一般的士大夫更具吸引力,诗与禅的结合达到一个更加普泛化的阶段。江西派在诗坛影响甚大,《江西宗派图》中的韩驹俨然为诗坛领袖,而图外的吕本中、曾幾、陈与义等则为该诗派的后劲。这一时期的诗人除了延续了北宋末禅悦的风气之外,更涌现出一股以禅喻诗的新潮流。

韩驹(?—1135),字子苍,号北窗居士,仙井监人。少有文称,政和中召试,赐进士出身。累迁中书舍人。绍兴初知江州,卒于抚州。学者称陵阳先生,有《陵阳集》传世。韩驹曾从苏辙学,与宗杲禅师厚善。据《云卧纪谈》卷上记载,韩驹曾告知宗杲,"谓少从苏黄门(苏辙)问作文之法,黄门告以熟读《楞严》《圆觉》等经,则自然词诣而理达"。宗杲晚年又将此作文之法告知吕祖谦(伯恭)。

政和八年(1118),韩驹知分宁县,问道于黄龙派草堂善清禅师,致书曰:"近阅《传灯》,言通意料,颇合于心。但世缘万绪,情习千端,未易消释,须有切要明心处,毋恡指教。"善清答曰:"欲究此事,善恶二途,皆勿萌于心,能障人智眼。文字亦不必多看,塞自悟之门。"韩驹得此教导,作诗述其意:

  钟鼎山林无二致,闲中意趣静中身。都将闻见归虚照,养性存心不问人。(《佛法金汤编》卷十三)

就诗的后两句来看,他似乎已觉悟到禅宗扫空见闻、返回自心的妙谛,然而这只不过是用韵语阐述善清的教导而已。韩驹学禅未必真有契悟,各种传灯录也未将他列为善清法嗣。

南宋绍兴年间,韩驹寓居临川,宗杲来访,住半年,将前往福建,于是作《送云门妙喜游雪峰三首》,其一曰:

  忆宰分宁日,逢师溪水头。裁书访彭泽,倚杖话荆州。幻世吾方梦,迷津子作舟。禅心如密付,更为少淹留。

诗的前四句回忆昔日知分宁县时与宗杲以及学佛居士张商英、陈瓘的交往。"裁书"二句自注曰:"时得天觉(张商英)、莹中(陈瓘)书,师(宗杲)与二公善。"后四句感叹自己尚寄梦境于幻世,未能觉悟,希望宗杲能付与自己解脱烦恼的秘方。

然而，无论韩驹最终是否悟道践行，仅就其诗来看，对禅旨还是有相当的理解。《题修师阳关图》：

> 风烟错漠路崎崟，倦客羁臣泪满襟。何事道人常把玩，只应无复去来心。

修师是出家的僧人，而《阳关图》是送别的画面。照理说出家人不应该欣赏《阳关图》这类关情的图画，然而修师却时常把玩，唯一可解释的理由是：这位修道之僧看画时已完全没有迎来送往之念，心如止水。有情与无情的对举，非常恰当地表现了为僧人题画的主题。

韩驹在禅宗文学方面的最重要贡献，大约要算他在诗中首次明确提出"学诗如学禅"的看法，影响后世深远。其《赠赵伯鱼》诗后半部分写道：

> 荆州早识高与黄，诵二子句声琅琅。后生好学果可畏，仆尝倦谈殊未详。学诗当如初学禅，未悟且遍参诸方。一朝悟罢正法眼，信手拈出皆成章。

这里前四句称赞赵伯鱼早就认识两位江西派诗人黄庭坚和高荷，对他们的诗句非常熟悉。高荷，字子勉，《江西宗派图》二十五人之一。后四句以学禅喻学诗，希望赵伯鱼除了黄、高之外，多参究各家诗歌，最后获得诗歌艺术的真谛，即诗歌的"正法眼"，从而进入诗歌创作的自由王国。《北山诗话》称此四句"可与知者道也"，周必大《跋杨廷秀石人峰长篇》称此四句"盖欲以斯道淑诸人也",并详尽叙述杨万里学诗经历,"真积力久,乃入悟门,证子苍之知言"。清梁清远《雕丘杂录》卷十《过庭暇录》曰:"余谓子苍此诗大有解悟,以此学禅可也,学诗可也,即为文亦不越此。推而至于书画之一艺,修真之大道,有得于此,皆可参求。学者不可不知。"更重要的不是韩驹诗中提出的观点,而是他开创了"学诗如学禅"的以禅喻诗模式。金陵士人吴可,字思道,号藏海居士,晚年在临川诗随韩驹学诗,其《藏海诗话》颇有引用韩驹论诗语。吴可有三首《学诗》诗:

学诗浑似学参禅,竹榻蒲团不计年。直待自家都了得,等闲拈出便超然。

学诗浑似学参禅,头上安头不足传。跳出少陵窠臼外,丈夫志气本冲天。

学诗浑似学参禅,自古圆成有几联。春草池塘一句子,惊天动地至今传。(《诗人玉屑》卷一)

其后龚相(字圣任)、赵蕃(号章泉)仿吴可作《学诗》诗三首,推其源流,其实皆出于韩驹。南渡以后,"学诗如学禅"已成为诗人的口头禅,足见韩驹诗论的影响。

吕本中(1084—1145),字居仁,元祐宰相吕公著曾孙,祖籍莱州,世称东莱先生。绍兴间迁中书舍人,兼权直学士院。有《东莱诗集》二十卷传世。吕本中仿禅宗典籍作《江西宗派图》,拟诗于禅,影响甚大。这也跟他参究禅学有关。宋释宗晓《乐邦遗稿》卷二称吕本中"平生缘诗以穷,耽禅而病,清癯之甚，若不胜衣者。所居一室，萧然裕如也"。又说他平生每以前路资粮为念，因赋诗寄刘器之：

> 病知前路资粮少，老觉平生事业非。无数青山隔江海，与谁同往却同归。

此诗《东莱诗集》卷九题作《海陵病中》，一作《寄刘器之丈》。刘安世，字器之，号元城，元祐大臣，好谈禅，是吕本中前辈。"前路资粮"，指学佛路上准备的修行善业。吴曾《能改斋漫录》卷七"前路资粮"云："藏经中有《俱舍论》载颂曰：'欲往前路无资粮，来往中间无所止。'东莱先生吕居仁临终诗云：'病知前路资粮少，老觉平生事业非。'盖用前语。"然而，就《东莱诗集》而言，吕本中南渡后诗，常言及老病与避难，兼及道学工夫，纯粹谈禅之诗并不多。从《大慧普觉禅师语录》卷二十八《答吕舍人》《答吕郎中》书中可看出，他直到晚年尚未彻底悟透禅关。

吕本中交往的著名禅师主要有大慧宗杲、鼓山士珪、万年法一、真歇清了、香严如璧（饶节）等，分属临济宗杨岐派、黄龙派、曹洞宗和云门宗，不主一家。他有一首《郑昂用岑参太白胡僧歌韵作楞伽室老人歌寄杲老》，是其谈禅的代表作之一：

> 楞伽室中绝皂白，去天何止三百尺。只今更住最高峰，斋无木鱼粥无钟。已将虎兕等蝼蚁，更许蛙蚓同蛟龙。闻道说禅通一线，为尔不识楞伽面。一生强项吾所知，气压

霜皮四十围。世人未辨此真伪，敢向楞伽论是非。诸公固是旧所适，郑鬐从之新有得。欲将此意向楞伽，但道鹄乌同一色。

郑昂，字尚明，福建长乐人。《续传灯录》列为宗杲法嗣。楞伽室老人，指宗杲，时住径山楞伽室。这首七言歌行次郑昂韵，而郑昂用唐诗人岑参《太白胡僧歌》韵。岑诗头四句云："闻有胡僧在太白，兰若去天三百尺。一持楞伽入中峰，世人难见但闻钟。"由于宗杲住楞伽室，故用太白胡僧为喻。此诗开头便拈出宗杲看话禅的宗旨——"绝皂白"，意为泯灭是非，万法平等。"去天何止三百尺"，反用岑诗的同时，化用"城南韦杜，去天尺五"之谚语，暗示远离京城临安。住在径山最高峰，而且无木鱼钟鼓，更显出其寂静僻远。"已将虎兕"二句，正是表明"楞伽室中绝皂白"之意，虎兕和蝼蚁、蛙蚓和蛟龙，皆平等无二，比喻无论贤愚，宗杲皆一概接纳。接下来写宗杲性格倔强，禅法不妄许人，并无"通一线"的老婆心切似的说禅。"气压霜皮"一句化用杜甫《古柏行》"霜皮溜雨四十围"句。最后六句说世人不知宗杲"绝皂白"之意，反而前去"论是非"，只有郑昂新得此"鹄（白）乌（皂）同一色"的真谛。"诸公"指向宗杲问道的士大夫，除了吕本中和郑昂之外，至少还有张元幹，其《芦川归来集》中有《次韵奉酬楞伽室老人歌寄怀云门佛日兼简乾元老珪公并叙钟山二十年事可谓趁韵也》，正是次郑昂、吕本中的诗韵。

《东莱诗集》中还有一首纯粹说禅的作品，题为《鼓山颂法眼语在里即求出云大家合眼跳黄河戏成四韵奉答》：

>合眼跳黄河,未有过得者。岂惟不能过,身亦须判舍。告君过河妙,止要具船筏。乘时等风去,过此无别法。

"鼓山"即士珪禅师,《古尊宿语录》卷四十七收悟本录《东林和尚云门庵主颂古》,其中"东林和尚"即士珪,曾住东林寺。"云门庵主"即宗杲。据《古尊宿语录》,古德公案是:"举维摩云:'其施汝者,不名福田;供养汝者,堕三恶道。'"东林颂:"入林不动草,入水不动波。镬汤无冷处,合眼跳黄河。"吕本中此处称士珪的"大家合眼跳黄河"是颂法眼语"在里即求出",与《古尊宿语录》不同,当是另有所据。他这首诗对"合眼跳黄河"这个话头作出自己的理解与阐释,并不同意士珪"入林不动草"二句的说法。他认为,无论如何"合眼跳黄河"是行不通的,闭眼跳进黄河,不仅渡不过去,而且身体也会舍弃,是自我作死。要渡过黄河,只有等待有船筏且乘时顺风,才能到彼岸,此外无别的办法。换言之,过黄河须得随缘任运,不可人为强求。

这种从禅家悟来的任运随缘的态度,也在吕本中的诗歌创作中表现出来。他有一首《睡》诗:

>终日题诗诗不成,融融午睡梦频惊。觉来心绪都无事,墙外莺啼一两声。

前两句写执着于写诗,诗反而写不出来。后两句写放下作诗之念,轻松自在,诗意自然出现在眼前。墙外春色,莺啼声声,都有盎然的诗意。这里的诗悟,其实也通于禅悟。"觉来"既是午睡之觉,也是心灵之觉,当诗人心绪处于无事状态,即悟到"平常心"之时,才发觉诗无处不在。大慧宗杲说"第一不得存心等悟。若存心等悟,则被所等之心障却道眼"(《大慧普觉禅师语录》卷三十),就是这个道理。

吕本中有一首关于佛教绘画题材的诗歌《观宁子仪所蓄维摩寒山拾得唐画歌》:

> 君不见寒山子,垢面蓬头何所似。戏拈柱杖唤拾公,似是同游国清寺。又不见维摩老,结习已空无可道。床头谁是散花人,堕地纷纷不须扫。呜呼!妙处虽在不得言,尚有丹青传百年。请公着眼落笔前,令我琢句逃幽禅。异时净社看白莲,莫忘只今香火缘。

诗的前八句根据禅籍佛经记载,复述画中的内容,一幅是蓬头垢面的寒山子手拈拄杖,呼唤拾得;另一幅是维摩诘居士坐在床头,满地落花。诗的后六句写看画的观感,日后或许会加入净土白莲社,那么眼前这两幅画就算是结下香火缘。

吕本中宅心仁厚,曾作《戒杀八首》,宣传佛教戒杀生的思想,试看其中两首:

> 劝君勿杀犬,犬有为主心。为主反见杀,君何无浅深。君贫犬不去,君富犬分忧。执以付鼎镬,于君心稳不?
>
> 畜犬被缚时,犹为主人吠。吠声未绝口,汤沸毛已退。主人调醯盐,欲以佐滋味。持此望身安,世间宁有是!

这组诗语言通俗，说理明白，情感动人，深得寒山白话诗的神韵，而与寒山的冷峻嘲世相比，更多几分悲悯慈悲的情怀。

在后期江西派诗人中，曾幾的禅诗写作特别突出。曾幾（1084—1166），字吉父，号茶山居士，其先赣州人，后徙河南府。绍兴间历官浙江提刑，忤秦桧，去位。桧死，召为秘书少监，权礼部侍郎。卒，谥文清。有《茶山集》八卷传世。其兄曾开，字天游，久参圆悟克勤，又往来大慧宗杲之门，后谒灵隐佛海慧远禅师问道，被慧远震声一喝，猛省开悟，于是说偈曰："咄哉瞎驴，丛林妖孽。震地一声，天机漏泄。有人更问意如何，拈起拂子劈口截。"慧远自号瞎堂。曾开此偈称其为"瞎驴"，又詈其为"妖孽"，这是临济宗典型的呵佛骂祖的方式，以骂代赞，感谢慧远一喝使其悟得禅机。

曾幾受其兄影响较深，性好参禅学佛，曾谒见草堂善清、大慧宗杲等大师，与雪峰慧空禅师有深交。他有一首《自号在家衲子》诗，表现了自己的身份认同和自我定位：

绝胜人间万户侯，不称俗士不缁流。又随拄杖去行脚，未办把茅来盖头。但使宗风嗣庞蕴，谁能佛事觉裴休。只应除却闲名字，一听人呼作马牛。

"在家衲子"即黄庭坚自称的"在家僧"（《谢杨履道送银茄四首》），处于僧与俗之间，可行脚遍参诸方，却不住持禅院，仿效的典型是唐代著名居士庞蕴和裴休。诗中使用一些宗门语，如"把茅盖头"出自德山宣鉴公案，代指住持寺院；"除却闲名字"出自洞山良价公案，意谓名字不让人知。由此可见，曾幾虽未像其兄曾开那样被禅籍列为佛海慧远的法嗣，但他自己却已像黄庭坚一样心许空门。

在《茶山集》和其他禅籍里，可看到与曾幾唱酬最多的是慧空禅师。慧空为福州人，俗姓陈，嗣法草堂善清，属临济宗黄龙派南岳下十四世，前文已有"雪峰慧空"专节介绍。曾幾《赠空上人》诗曰：

> 我寨空门秀，得之古疏山。斯人器玉壶，中有宝月寒。四壁淡相对，安身一蒲团。玲珑六窗静，竟日心猿闲。时从禅那起，游戏于笔端。当其参寻时，恣意云水间。松风漱齿颊，萝月入肺肝。政使不学诗，已见诗一斑。况复用心苦，俗氛何由干。今晨出数篇，秀色若可餐。清妍梅着雪，圆美珠走盘。乃知心镜中，万象纷往还。皆吾所现物，摹写初不难。谁能效我辈，造语出险艰。请师剩汲古，净洗蔬肠酸。坐令韩退之，收敛加巾冠。

这首诗反映了曾幾对于僧人参禅作诗的若干看法。首四句赞美慧空为佛门僧宝，嗣法善清。南渡后善清曾住抚州疏山，故称。"四壁淡相对"四句写慧空坐禅。佛教有"六窗一猿"之说，把六根与心识的关系比喻为一猿猴处于有六扇窗户的室中。心猿静则六窗明亮通透，黄庭坚诗曰："心猿方睡起，一笑六窗静。"（《又和二首》之一）此化用其意。接下来几句写慧空禅余作诗，游戏翰墨，参寻诗意于云水之间，因此其心灵受松风萝月的净化，不受俗氛干扰。"今晨出数篇"四句赞美慧空诗风"清妍圆美"，这也是曾幾自己向往的境界。"乃知心镜中"六句，意为慧空心如明镜,自然能显现万象,作诗摹写也毫不困难,不像我辈文人造语艰险。这里化用苏轼"君看古井水,万象自往还"(《书王定国所藏王晋卿画着色山二首》之一)的观点。最后四句鼓励慧空适当读古书,增加学力,彻底洗净僧诗的蔬笋气,让文人加以敬重。这首诗继承了苏、黄的观念,而又加进自己对诗禅关系的理解,在南宋参禅诗人中很有代表性。

在韩驹、吕本中等人去世之后,高龄的曾幾俨然成为南宋江西诗派承上启下的领袖人物。他一方面继承韩驹的以禅喻诗的传统,高张"学诗如学禅"的旗帜;另一方面仿效吕本中以禅门宗派论诗的做法,完善江西诗派的渊源法脉。比如《读吕居仁旧诗有怀其人作诗寄之》,其中就有这样的句子:

> 学诗如参禅,慎勿参死句。纵横无不可,乃在欢喜处。……居仁说活法,大意欲人悟。常言古作者,一一从此路。岂惟如是说,实亦造佳处。其圆如金弹,所向若脱兔。风吹春空云,顷刻多态度。锵然奏琴筑,间以八珍具。

诗中借禅宗"须参活句,莫参死句"的说法,指出诗禅相通,皆在于纵横自在。这是吕本中所谓"活法",而吕氏自己的创作,其诗歌语言如金弹般圆转,其写作过程如脱兔般迅疾,其诗意表达如春云般自然变化。这是曾幾论诗的秘诀,而其首句"学诗如参禅",显然借鉴了韩驹的说法。后来他的弟子陆游声称"我得茶山一转语,文章切忌参死句"(《赠应秀才》),同时继承了韩驹以禅喻诗和吕本中、曾幾的"活法"精神。

吕本中作《江西宗派图》,拟黄庭坚为江西马祖道一。曾幾

则将江西宗派的渊源上溯到杜甫,如《李商叟秀才求斋名于王元渤以养源名之求诗》其二云:

> 老杜诗家初祖,涪翁句法曹溪。尚论渊源师友,他时派列江西。

这里将杜甫比喻成禅宗初祖菩提达磨,将黄庭坚比喻成禅宗南宗六祖慧能(曹溪)。他在《东轩小室即事五首》其四中表达了同样的意思:

> 烹茗破睡境,炷香玩诗编。问诗谁所作,其人久沉泉。工部百世祖,涪翁一灯传。闲无用心处,参此如参禅。

仍是将杜甫视为百世祖师,黄庭坚是传祖师之心灯者。这首诗有趣的是不止在于用禅宗法脉喻诗家渊源,也不止在于"参此(诗)如参禅"的说法,而且还在于把烹茗、炷香、玩诗、参禅等文人日常活动打成一片。

在曾幾的日常书斋生活中,烹茶和炷香是两项重要内容,它们不仅在物质形态上常与跏趺坐禅相配合,而且茶和香本身又具有超越物质层面束缚的禅意特征,能作用于舌根和鼻根而令人进入澄心静虑的境界。如《黄嗣深尚书自仰山来惠茶及竹熏炉》一诗:

> 茗碗中超舌界,熏炉上悟香尘。坐我集云峰顶,对公小释迦身。

黄嗣深是黄庭坚从弟黄叔敖，他赠送的茶能令人"超舌界"（舌界即舌根之界），熏炉能令人"悟香尘"，这茶和香便超越了感官体验，让人觉悟根尘皆空。于是茶和香仿佛将作者置于仰山的集云峰顶，与黄嗣深如释迦一般的法身相对而坐。曾幾还有《廿一兄以手和四清香见饷用心清闻妙香为韵成五小诗》以及《东轩小室即事五首》其五，皆以香说禅，由鼻根而通六根。从对茶禅和香禅的态度来看，曾幾可算作是江西派中黄庭坚最忠实的信徒。

南渡时期的著名诗人陈与义，也可作为江西派诗人来讨论，因为严羽《沧浪诗话》称其"亦江西之派而小异"，方回《瀛奎律髓》更将其视为江西派的"三宗"之一。陈与义（1090—1138），字去非，号简斋，洛阳人。高宗绍兴年间累官至翰林学士、参知政事。有《简斋集》传世。据《罗湖野录》记载，陈与义在秀州时，与大沩智禅师（号大圆叟）相与过从，讲道为乐。陈问："寂然不动时如何？"智曰："千圣不能觅其踪。"又问："感而遂通又作么生？"智曰："万化不能覆其体。"陈欣然，以为闻所未闻，作小诗呈与智，以表达自己的悟解："自得安心法，悠然不赋诗。忽逢重九日，无奈菊花枝。"这首诗也见于《简斋集》，题为《九日示大圆洪智》，文字略异，"安心"作"休心"，"无奈"作"无耐"。据《简斋集》诗题可知，智禅师法名洪智。陈与义因与大沩智禅师交往并悟道，所以《续传灯录》将其列为大沩智禅师法嗣，属临济宗黄龙派南岳下十五世。

在悟道以前，陈与义曾与心禅师、印禅师等僧人交游，从其学禅。如他在《次韵谢天宁老见贻》诗中声称：

> 嗟予晚闻道,学看《传灯录》。三生蠹书鱼,万卷今可束。毂虽已破碎,犹欲大其辐。是身堪底用,况乃五斗粟。自从识师面,日月几转毂。受师炉中烟,无处着荣辱。

天宁老即心禅师,法系今不可考。诗中感叹自己学道甚晚,徒为蛀书虫,如车轮中心已坏,加辐也无用。是身已如浮云,五斗米更是虚妄。自从认识心禅师,几年以来受其熏陶,方才不受荣辱的沾染。诗中"毂""辐"以及"炉中烟"的比喻,都形象生动而颇有新意。他又有《留别心老》诗:

> 老心霜下松,名与隆公齐。人物北斗南,佛事东院西。平生四海脚,不踏四海泥。晚说汝州禅,饱啖天宁斋。梦中与我遇,相扶两枯藜。每见眼自明,不复烦金篦。却从梦中别,未免意惨凄。他时访生死,林深路应迷。

诗的前八句称赞心禅师的高节和高名。"隆公",疑指临济宗杨岐派虎丘绍隆禅师。"佛事东院西",是指心禅师参赵州禅,唐从谂禅师住赵州东院,故称。"晚说汝州禅"二句,句法仿效黄庭坚"饱吃惠州饭,细和渊明诗"(《跛子瞻和陶诗》)。后八句写相见与相别,皆在梦中,表达了人生如梦的感慨。相遇时不须金篦刮眼膜,自然眼明心亮;相别时却担心自己在生死路上迷失方向。这首与禅僧的留别之诗,显示出陈与义人生路上对参禅学佛的迫切需求。

同样的求道需求也表现在他与印禅师的交往中,如《印老索钝庵诗》云:

人言融公懒，床上揖宾客。我来两忘揖，团团一庵白。戏谈邓州禅，分食天宁麦。竹风亦喜我，萧索至日夕。出家丈夫事，轩冕本儿剧。愿香惊余烟，世故感陈迹。固应师未钝，使我不安席。时求一滴水，为洗三生石。

印禅师有庵堂号"钝庵"，请陈与义作诗。首句用牛头法融禅师（懒融）比拟钝庵，因为"钝"与"懒"相通。接下来写自己与印禅师的法喜之乐，在钝庵中谈禅食麦。"食麦"用佛典中佛食马麦之事，暗示不生欲心。"戏谈邓州禅"二句，也是仿效黄庭坚"饱吃惠州饭"二句的句法。"出家丈夫事"用禅门公案，唐径山法钦禅师答崔赵公之问曰："出家乃大丈夫事，非将相之所能为。"最后求印禅师能用曹溪禅法洗去自己三生的结习。"一滴水"指"曹溪一滴水"，出自法眼禅师公案。

陈与义还喜欢描写书画中的佛教题材，特别是士大夫与佛教书画的关系，有助于了解南渡前后士大夫的一般佛学知识信仰。如《闻葛工部写华严经成随喜赋诗》：

如来性海深复深，留书与世湔蓬心。画沙累土皆佛事，况乃一字能千金。老郎居尘念不起，法中龙象人师子。前身智永心了然，结习未空犹寄此。怪公聚笔如须弥，经成笔尽手不知。凌云题就韦诞老，愿力所到公何疑。珠函绣帙芝兰室，护持金刚竦神物。枯葵应感不足论，毛颖陶泓俱见佛。

据他的朋友葛胜仲言："近时人士执亲丧，类书《华严》以追福。"(《丹阳集》卷十《跋刘知言默所书华严经》)胡稚《笺注简斋诗集》注葛工部:"名胜仲,字鲁卿。"其注恐怕有误。葛胜仲一生未任工部官职,此葛工部应是其兄,《丹阳集》中多次提到"工部兄"。诗前四句述说书写佛经的意义,接下来四句想象葛工部前身是唐书法家智永禅师,今生仍有书写佛经的"结习"。次四句称赞葛工部书经的刻苦,其能成就乃是愿力所致。最后四句赞叹佛经装入函中,有金刚力士护持,笔墨纸砚皆见到佛,更何况观书之人。

最令人惊叹的是陈与义一首关于丝织佛图的诗篇,题为《陈叔易赋王秀才所藏梁织佛图诗邀同赋因次其韵》,其诗云:

维摩之室本自空,忽惊满月临丹宫。稽首世尊真实相,不比图画填青红。天女之孙擅天巧,经纬星宿超庸庸。沦精入此三昧手,一念真到祇园中。意匠经营与佛会,七宝欲动声珑珑。眉间毫光放未尽,指下已带旃檀风。飞梭本是龙变化,挟大威德行神通。恍若祇洹遇佛影,岂彼台象能比崇。共惟此事不思议,细看众巧无遗踪。日浮鸡园赤烂烂,天入鹫岭青丛丛。那知金臂是正倒,但觉已挫千魔锋。龙天四众俨然侍,喜满火宅俱成功。向来八风几卷地,众宝行树无摧桻。老萧区区佛所悯,岂与十二蜎蚰同。重云之殿珠作帐,一朝入海奔雷公。幸留此像不为少,福聚万纪兼千总。余休八叶终灰烬,坚固却赖三眠虫。似闻法猛藕丝像,当时已不随烟东。煌煌二宝照南北,各摄万鬼专其雄。龙华已耀东坡墨,惊梦不假撞洪钟。惟有丝图晦几岁,留待公句贻无穷。画沙累土皆见佛,而况笔墨如此工。亦念众生业障厚,要与机杼聊分攻。从今俱尽未来世,买丝不绣平原容。

这是陈与义诗中少见的长篇七言古诗,作为一篇丝织佛像的礼赞,他选用了一韵到底的体式,夹叙夹议,意象纷呈,有几分仿效韩愈以文为诗的风格,只是少了些险怪的句法词语。开篇便赞叹陈叔易的丈室佛像如满月照临。此佛像出自织女之手,织女因一念向佛而手具三昧力,故能经营意象,七宝瑰丽,雷音隆隆,旃檀香满。又赞叹织女飞梭有神通,其所织佛像如同祇园佛影,远超五台山所示现。接下来写织佛所现种种不思议之力。"老萧"指梁武帝,"蛣蜣"见柳宗元《东海若》,与无明的粪壤类似。"重云之殿"二句写梁武帝将佛之奥旨编之金简,以珠帐珍藏,其驾崩治丧时,人们想拆重云殿上物,忽雷雨大火焚殿。幸有织佛图得以保存,萧梁后世凭借余荫,在唐代八世为宰相,终成灰烬,而佛像赖丝织始终坚固。僧人法猛为傅大士织弥勒像,与此织佛图堪称南北二宝。然而傅大士像已因东坡题字而辉耀于是,而此织佛图仍然隐晦无人知,所以有赖陈叔易的笔墨使之流传无穷。最后表达了绣佛尊佛的誓愿。这首诗气势恢宏,如仙女散花,天魔起舞,其诗句有借用韩愈、苏轼诗语者,如"不比图画填青红"借用韩诗"鬼物图画填青红","沦精入此三昧手"借用苏诗"来识点茶三昧手","各摄万鬼专其雄"借用韩诗"天假神柄专其雄",是陈与义平生风格较为独特的诗歌,这应当是与其佛教题材神通变化的特征有一定关系。

南渡时期,跟江西诗派有关系的参禅诗人还有不少,下面试略加介绍。

王庭珪(1079—1171)，字民瞻，号卢溪居士，吉州安福人。政和八年(1118)进士，调茶陵丞。绍兴间，胡铨请斩秦桧，谪新州，王庭珪以诗送行，有"痴儿不了公家事，男子要为天下奇"之句，坐讪谤，送辰州编管。孝宗时赐国子监主簿，除直敷文阁。有《卢溪文集》传世。

王庭珪在茶陵为官时，曾参禅于临济宗黄龙派花药进英禅师，又与进英同门师弟惠洪相唱酬。他在南渡后曾回忆在湖南参禅的经历，在《再次韵呈智禅师》诗序中说："禅师，花药老英之弟子。向游花药山中，数与老英夜语，时智公在焉。今十五年矣，偶忆其语，因偈载之。"其诗偈云：

花药山中人解语，何必江西寻马祖。我亦曾参铁嘴师，如今不打这破鼓。

进英善谈禅，曾被佛印了元禅师称为"英铁嘴"。王庭珪又有《题洪觉范方丈》诗云：

曲径通禅房，辟户得佳境。适从阛阓至，顿觉耳根静。古木含萧森，寒梢发光景。墙围数竿竹，中藏大千境。月从天上来，入林散清影。炉焚熏佛香，碗注浮雪茗。客散群动息，兹焉发深省。

洪觉范即诗僧惠洪，晚年住湖南长沙南台寺。这首诗写惠洪方丈与城市隔绝的清净环境，古木幽篁，炉香茗碗，虽方丈之间，却藏着大千世界，令人耳根静而发深省。惠洪被人称为"浪子和尚"，饱受污名，这首诗却描摹其禅房幽静，提供了惠洪晚年潜心修行的真实写照。

王庭珪虽然未见过黄庭坚，但其却不止一次表达对黄诗的尊崇。事实上，他送胡铨的名句"痴儿不了公家事"，就是翻用黄庭坚《登快阁》的"痴儿了却公家事"。他在《赠别黄超然》诗中写道：

> 我生不识黄太史，犹及诸老谈遗事。蓝田生玉海生珠，谓君眉目无乃似。谁作江西宗派诗，如今传法不传衣。句中有眼出月胁，密付嫡孙人未知。宗风后必喧人口，云梦更须吞八九。他年拈此一瓣香，师子窟中师子吼。

黄超然是黄庭坚孙，诗中提到江西宗派诗以及该诗派"句中有眼"的秘诀，称赞黄超然定能继承江西宗风，作师子吼，同时也暗含自己欲对黄太史"拈此一瓣香"的心愿。诗中用了不少宗门语作比喻，这也可看作他对江西派句法的有意模仿。

江西宗风的标志之一是以禅喻诗，王庭珪对此显然颇有体会。《赠曦上人二绝句》之一云：

> 学诗真似学参禅，水在瓶中月在天。夜半鸣钟惊大众，斩新得句忽成篇。

这首诗俨然如同唱和吴可的《学诗》诗。"水在瓶中月在天"化用药山惟俨禅师的话头"云在青天水在瓶"，"夜半鸣钟"比喻诗句的奇特惊人。这是赠给诗僧的建议,也是自己的诗学向往。除了以禅喻诗之外,王庭珪更将此思路推扩到以禅喻画,如《题惠崇画秋江凫雁》云:

> 老崇学画如学禅,中年悟入理或然。长江未落凫雁下,舒卷忽若无丹铅。定自维摩三昧里,半幅生绢开万里。不用并州快剪刀,断取铁围山下水。

诗后自注云:"往年见赵德麟说,惠崇尝自言:'我画中年后有悟入处。'岂非慧力中所得圆熟故耶?今观此短轴,定非少年时笔也,故诗中云尔。"北宋苏门文人李之仪曾说过"学诗如得仙,悟笔如悟禅"(《姑溪居士文集》卷二《兼江祥瑛上人能书》),而此诗更直截了当提出"学画如学禅"的观点,打通禅理与诗画之间的界限。"维摩三昧",即所谓"如幻三昧",因而半幅生绢能"幻出"万里之势。作为题画诗,此诗最后三句皆化用杜甫《戏题王宰画山水图歌》中的经典名句:"咫尺应须论万里,焉得并州快剪刀,剪取吴淞半江水。"然而,王庭珪此诗不用"论"而用"开",直接写"维摩三昧"造成的艺术幻觉,并且将俗世的"吴淞半江水"替换为佛教的"铁围山下水",由此为《秋江凫雁图》注入了佛禅的内容,坐实了惠崇"画禅"的觉悟。

张元幹(1091—1161?),字仲宗,号芦川居士,长乐人。他北宋大观年间,参与豫章诗社,跟江西派诗人徐俯、洪刍、吕本中等学诗唱和。南渡后,反对秦桧议和,先后作《贺新郎》词二首送李纲和胡铨,触怒秦桧,被除名,其遭遇和王庭珪颇为相似。有《芦川归来集》传世。

张元幹曾参曹洞宗真歇清了禅师，又与临济宗杨岐派宗杲、士珪等禅师交游。当时禅门临济、云门、曹洞三宗鼎立，临济又分为黄龙、杨岐二派，肤浅学者往往分立宗派门户，互相攻击。他对此现象甚为不满，在《奉送真歇禅师往住阿育山兼简黄檗云峰诸老》一诗中感叹"时流罕识真，特立取众忌。不有明眼人，谁止万口沸？古今冠盖场，毁誉固一致。胡为空门中，生灭亦滋炽"，特立独行之人在官场遭众人妒忌，在空门同样不免万口毁誉。其原因在于"更怜晚学徒，遍参反谀媚。妄将宗派分，未必尽师志。要是鹰犬姿，乃出蛇鼠计"，禅徒遍参的结果是妄分宗派，谀媚老师，而不问禅道之意。他称赞真歇清了禅师能"的的示大意"，能令"继踵几尊宿，建立各超诣"，使"南方祖令行"，而"谤焰息氛翳"。他认为，禅门师生的缘分，乃在于"缘感本自契"，而不是鹰犬与主人的关系。在《送言上人往见径山老十四韵》诗中，他再次表达了类似的观点：

> 忽辞鼓山行，便作径山去。道人孤飞云，腰包咄嗟具。两边兄弟间，杨岐一条路。禅许众人参，院要大家住。无是亦无非，何喜复何怒。同粥鼓斋钟，等灯笼露柱。佛眼接竹庵，云门透圆悟。尔则有师承，心共成佛祖。可笑世上儿，妄念分毁誉。石火电光中，毕竟什么处。所得能几多，造业不知数。生死到头来，请问末后句。穷汉未必穷，富汉岂真富。入门相见时，此话莫错举。

诗中的"鼓山"代指士珪禅师，"径山"代指宗杲禅师。士珪号竹庵，是佛眼清远禅师的法嗣；宗杲曾号云门庵，是圆悟克勤禅师的法嗣。士珪和宗杲都属于临济宗杨岐派南岳下十五世。此诗谆谆告诫言上人，切勿在士珪和宗杲之间分高下是非，勿持喜怒好恶之心，并嘲笑世上的庸儿"妄念分毁誉"，把"杨岐一条路"分作两途。在"石火电光"的"生死"之间，还有什么可执着之事，还有什么得失可言呢？

张元幹另一首七言歌行《次韵奉酬楞伽室老人歌寄怀云门佛日兼简乾元老珪公并叙钟山二十年事可谓趁韵也》，再次将宗杲与士珪并举，不分轩轾。

云门道价倾缁白，一去如何绝书尺。乾竺宗旨超隐峰，客至不鸣斋后钟。杨岐儿孙真铁脊，二子等是僧中龙。平生我如拆袜线，老来要认本来面。忆昨二老初相知，竹炉拥衲清夜围。佛眼霜颅象懒瓒，圆悟辨口吞韩非。钟山往事无人识，我识二子因师得。楞伽一句作么生？请问同参俱本色。

这首诗是次韵郑昂、吕本中诗韵。吕诗特别推崇宗杲，张诗却认为宗杲、士珪"二子等是僧中龙"，其师佛眼和圆悟也各有千秋，而同时参禅之人也"俱本色"。

张元幹追根寻源，认为宗派门户的建立最早出自六祖慧能，《题六代祖师画像》诗曰：

一苇浮江只履归，花开震旦共传衣。本来心印无文字，画到卢能足是非。

此诗认为,达磨创立禅宗,以传衣证传心,本无文字。到卢能(六祖慧能俗姓卢)之后,放弃传衣传统,因而生出宗派是非之争,丧失了禅宗心印的本色。甚至在一般写景诗中,张元幹也借咏景物来说明禅门各宗派互通的道理,如《寄题悠然阁三绝句》之一:"林端结阁小跻攀,四面岚光绕曲栏。佛法本来南北异,个中北望见南山。"自注云:"此阁面北却有南山景。"佛法如同"北望见南山"一样,北宗中有南宗,南宗中有北宗,何必在乎"南北异"呢?他的观点在诗坛和禅门宗派盛行的背景下,是很有针砭意义的。

他有一首称赞友人参禅境界的诗,题为《筠溪居士跳出随顺境界,把住放行,自在神通,纵横妙用,已是摸索不着。妙现老子犹眨句中眼,可谓善知识用心。谨次严韵上呈》,其诗云:

> 珍重筠溪旧主人,我知明水是前身。如何一念初无过,便有多生未了因。止酒裙襦成厌杂,逃禅椎拂要比邻。云居嫡子重拈出,流布诸方此话新。

"筠溪居士"即李弥逊,"妙现老子"为禅僧,李弥逊《筠溪集》中有《和渊老妙现之什》等诗。题中称赞筠溪居士已得自在神通,而妙现禅师仍然"眨句中眼",耐心开导。诗中的"明水"指唐抚州明水怀忠禅师,这里说李弥逊是其后身。"云居"指圆悟克勤,曾住云居山,李弥逊为克勤法嗣,妙现也当是其同门,即"云居嫡子"。由此诗可看出,张元幹对禅门宗旨、公案话头及传法师承都非常熟悉。

虽然传灯录中没有张元幹的事迹，然而他却往往把自己定位为佛门居士。如《真歇老人退居东庵予过雪峰特访之为留再宿仍赋两诗》，诗中自称"此日输真歇，平生最信缘"，又称"清谈虎溪远，痴坐鹿门庞"，将真歇清了拟为晋高僧慧远，将自己拟为唐庞蕴居士。就其参禅经历来看，他似乎更倾向于曹洞宗。除去真歇之外，他与天童正觉禅师也颇有因缘。如其《伽陀二首送了可首座归四明》，叙述了与曹洞诸禅师的关系：

> 净因曾识楷山东，担板因缘古佛风。后代儿孙仰孤硬，能超五位见芙蓉。
>
> 问讯天童今老子，偶同庚甲事如何。他时要向山中去，容我一庵遮薜萝。

"楷山东"即芙蓉道楷禅师，曾住持东京净因院。"天童"即宏智正觉禅师，住持明州天童山。"五位"指曹洞宗禅法"五位君臣"。张元幹曾在净因院拜谒过道楷，见识过其"担板因缘"；他又与道楷的法孙正觉同庚，同生于元祐六年（1091），因此希望正觉能容他住山。

参禅的经历使张元幹诗中充满佛禅色彩，特别是他的题画诗，爱用"幻出"之类的字眼形容艺术创作，把绘画看成是画家"幻出"的结果，如下面两首：

> 老眼惊花暗，斜枝落纸愁。晚来闻冷雨，幻出一篱秋。（《墨菊》）
>
> 寒梢的皪点昏鸦，雪后风前皎月华。结习未除羞老眼，

更看淡墨幻空花。(《题忠上人墨梅》)

这种站在佛学"如幻三昧"的立场看待绘画及其他艺术创作的态度,已见于前辈黄庭坚、惠洪等人诗中,从这一点来说,张元幹也传承了江西诗派的题画书写。

李弥逊(1085—1153),字似之,号筠溪居士,又号普现居士,苏州吴县人。绍兴间试中书舍人、户部侍郎。有《筠溪集》二十四卷传世。他参究禅学,壮年时从圆悟克勤禅师契悟,传灯录列为圆悟法嗣,属临济宗杨岐派南岳下十五世。其实,李弥逊参禅并非只拘于一家,晚年他曾拜访曹洞宗真歇清了,作《访雪峰真歇禅师》诗一首:

红尘白发不相投,来就僧房借板头。大士法中龙象贵,老翁心外水云浮。长芦江静千山月,枯木岩寒一叶秋。别后相逢重着语,牧童横笛倒骑牛。

真歇在宣和年间曾住真州长芦寺,绍兴年间曾住福州雪峰。李弥逊于北宋末在长芦谒见过真歇,此次再度拜访于雪峰。诗中将曹洞宗禅法用象征性的语言表述出来,如颈联的"长芦江静"与"枯木岩寒"不光是指地名,同时让人联想到曹洞宗静坐默照的"枯木禅"传统。最后"牧童横笛倒骑牛"一句,以牛象征驯服的心性,不再需牧童鞭挞调伏。

李弥逊禅学修养较深,如他的《次韵旸叔见示伽陀》,颇能见出他对禅的理解:

> 无形何用强安名,只么腾腾信脚行。一事到头犹是幻,万缘无处可留情。云归夜壑空难状,月落秋江影自生。唯有庞家老居士,不将尘境碍虚明。

题中的"伽陀"指偈颂,所以这首次韵诗是禅偈。"腾腾",醉眼迷糊貌。前四句是说理,认为"禅"难以名状,只需随心所欲,信脚而行,对万事不必认真,对万物不必留情。颈联用形象喻示,"云归夜壑""月落秋江",皆可见而不可捉摸,其所谓形象,皆是"尘境",其本质是"虚明"的空性。"庞家老居士",用唐庞蕴居士比拟友人旸叔,同时也是作者的自况。另外两首《偶成》诗,有禅理而无禅语,非常富有诗意:

> 邃然真梦午钟回,独倚风轩数落梅。鼻观得香无处觅,僧窗寂寂定初开。

> 野水旁边不系舟,偶随波浪信沉浮。如今却向来时路,预买闲塘着狎鸥。

第一首写梅花,鼻根闻道梅的香气,但风轩只有落梅,不应有香,香气当来自寂静的僧窗。写景中含有禅意的暗示,香在何处?在鼻中,还是在梅上?僧窗之梅香来自寂中定中,那正是禅的状态。第二首写水中小舟,随浪沉浮,无牵无挂。来时路,指自己走过的路,而今倒着走回去,这是带着禅家色彩的归去来之路。

据《五灯会元》卷十九记载,李弥逊晚年乞祠禄归老家连江,筑庵自娱。临终前作偈曰:"谩说从来牧护,今日分明呈露。

虚空拶倒须弥,说甚向上一路。"掷笔而逝。此偈仿效唐苏溪和尚的六言古诗《牧护歌》(见《景德传灯录》卷三十),"分明呈露"指临终的考验方能见出本来面目,为自己的生命最后作出禅意的告别。

南渡后与张元幹齐名的词人张孝祥,也是颇有佛学因缘的文人,写过不少禅诗。张孝祥(1132—1170),字安国,号于湖居士,历阳乌江人。绍兴二十四年(1154)状元及第。累官至荆湖南路安抚使,英年早逝。有《于湖居士文集》传世。他曾问道于宗杲禅师及其法嗣华藏遁庵宗演禅师,又曾谒见天童应庵昙华禅师。

在湖南为官时期,张孝祥遇到两个诗僧。一个法名了信,字无言,早年以诗鸣于丛林,徐俯、洪炎品第其诗"韵致高古,出瘦权(善权)、癞可(祖可)一头地"。后参宗杲,管理菜园,得悟。晚年过湖南衡阳,放浪于衡山。平时诗作为《南昌园夫集》。张孝祥闻其高风,请其住持潭州湘西鹿苑寺,有《赠鹿苑信公诗禅》二首,赞美该僧(见释晓莹《云卧纪谈》卷下):

诗卷随身四十年,忙时参得竹篦禅。而今投老湘西寺,卧看湘江水拍天。

句中有眼悟方知,悟处还同病着锥。一个机关无两用,鸟窠拈起布毛吹。

了信在北宋末即有诗名,四十年诗卷不离身,曾经从宗杲处参得"竹篦子禅"。其诗句中有正法眼藏,悟到其"句中有眼"之后,如同有病而得针砭,顿时见疗效。"鸟窠吹布毛"是唐高僧杭州鸟窠道林禅师的公案，此用以比喻了信的禅悟所得。另一个诗僧法名显万，字致一，于书无所不读，曾学诗于吕本中，有《浯溪集》，《宋高僧诗选后集》卷上选其诗九首。张孝祥与显万唱和颇多，其《过湘中得诗僧万致一》云：

> 别去太匆匆，回船梦泽东。拟寻行脚路，忽遇打头风。梵网威仪在，天花结习空。它年三百首，吾为子流通。

对显万大为赞赏。又作《送万老六言》：

> 桑下不须再宿，囊中莫留一钱。打鼓退高台寺，洗脚上五湖船。

《后汉书·襄楷传》："浮屠不三宿桑下，不欲久生恩爱，精之至也。"杜甫诗："囊中恐羞涩，留得一钱看。"此反用其意。高台寺在南岳衡山。这是送显万去游方，用"打鼓""洗脚"这样的宗门俗语，别有一番风趣。

六言绝句是江西派标志性诗体之一，张孝祥对此别有领会。如《应庵老偈二首》云：

> 应庵老子六十，我已新添一年。欲话元正启祚，山僧约我茶边。
>
> 涉世须三洗骨，忧时定九回肠。借我昭亭一榻，伴师扫地添香。

应庵即天童昙华禅师（1103—1163），是圆悟克勤法孙，虎丘绍隆法嗣，属南岳下十六世。此诗当作于应庵六十岁时，即绍兴三十二年（1162）元旦。昭亭，指宣城昭亭山，是时应庵住于此。第二首偈"涉世须三洗骨，忧时定九回肠"的句法停顿学黄庭坚，典型的"江西体"。"涉世""忧时"写其爱国情怀，"扫地添香"希望能超脱尘世，安顿心灵。又如《游湖山赠圆禅六言》：

> 素香无脂粉气，好语谐韶濩音。有人问西来意，门前秋水沉沉。

圆禅师应是女尼，法系不可考。这首六言也是典型的"江西体"，打破"二二二"的停顿节奏。头两句写出家女尼的资质声音，"韶濩音"形容其语音有音乐感。后两句谓若有人问"如何是祖师西来意"，那么就以"门前秋水沉沉"作答。张孝祥知苏州时，曾请女尼无著妙总禅师开法于资寿寺。这也从侧面反映出南渡后女尼增多的社会现象。

张孝祥曾为僧人写过两首非常有趣的关于出家剃度的诗偈，题为《乾明舜老度弟子求疏》：

> 学道参禅不必僧，祖师元是岭南能。若无向上真消息，须发除来只可憎。
>
> 出家须要护身符，钱在檀门不可呼。乞与青铜三十万，大葫芦结小葫芦。

乾明舜老法系不可考，"求疏"，说明舜老本来求张孝祥写成一篇四六疏文，可他却写成二首诗偈。第一首说，学道参禅不必非要出家，六祖慧能便是带发的行者。若不追求向上一路的禅悟，那么剃个光头只令人憎恶。第二首写出家需要"护身符"，即度牒，度牒需要青铜钱三十万才能买得。但在向檀越（施主）乞讨时，不可高呼要钱。"大葫芦结小葫芦"是戏谑之语，戏谓但愿舜老的弟子得度后能酷肖其师，莫要让大葫芦种子结出瓠瓜。"大葫芦"事出自范公偁《过庭录》记黄庭坚（鲁直）语。这两首偈反映了士大夫对学道参禅和乞讨剃度之关系的认识。

第二节　南宋中期士大夫禅诗

从南宋中叶开始，宋金对峙逐渐趋于平和，理学思潮逐渐成为社会文化主流，佛禅势力在士大夫中的影响相对减弱。然而，禅宗不仅仍受到士大夫的青睐，其心性哲学及思维方式，也渗入到儒家君子正心诚意、修身养性的工夫之中，儒释交融而非对抗，成为社会知识精英的普遍理念。从佛教文学方面来看，禅宗思维方式和语言风格仍对诗歌创作产生着持续的影响。在南宋中兴四大家的诗中，这种影响或多或少有所体现。

陆游（1125—1210），字务观，号放翁，越州山阴人，北宋尚书右丞陆佃之孙。官至秘书监，以宝谟阁待制致仕。有《剑南诗稿》八十五卷、《渭南文集》五十卷存世。他曾参究临济宗杨岐派松源崇岳禅师，并为之作《松源禅师塔铭》，因而《五灯会元续略》把他列为崇岳禅师的法嗣，属南岳下十九世。他又曾作《持老语录序》《佛照禅师语录序》《普灯录序》《天童无用禅师语录序》，对禅宗谱系宗派及禅学宗旨甚为熟悉。在《天童无用禅师语录序》中他提出儒释相同的观点：

> 虙羲一画，发天地之秘；迦叶一笑，尽先佛之传。净名一默，曾点一唯，丁一牛刀，扁一车轮，临济一喝，德山一棒，妙喜一竹篦子，皆同此关棙，但恨欠人承当。

"虙羲"即伏羲，画八卦。"净名"即维摩诘，以默然无语入不二法门。"妙喜"即宗杲，有"竹篦子"话勘验学者。这里将儒书中的伏羲、曾点，道书中的庖丁、轮扁与佛书禅籍中的迦叶、净名、临济、德山、妙喜的思维方式和行为方式视为一体，皆符合大道至简的原则，即所谓"同此关棙"。因而在陆游的诗歌创作中，常常表现出自觉借鉴禅宗思维方式的痕迹。比如《九月一日夜读诗稿有感走笔作歌》，自称"我昔学诗未有得，残余未免从人乞"，又称自从在军中经历各种令人激动的生活之后，"诗家三昧忽见前，屈贾在眼元历历。天机云锦用在我，剪裁妙处非刀尺"。这一从乞讨残余到妙用在我的过程，与禅僧由死于句下到彻悟自性的过程如出一辙。此处的"诗家三昧"借用禅家"三昧"语，不能直接解释为要诀、诀窍，而是指一种不可言说的形而上的神通妙用。又如《题庐陵萧彦毓秀才诗卷后》：

> 法不孤生自古同，痴人乃欲镂虚空。君诗妙处吾能识，正在山程水驿中。

这本来表现的是体验诗学的观点,而陆游的思想资源却出自佛教。《法演禅师语录》卷上:"法不孤起,仗境方生。"《人天眼目》卷四载石佛忠禅师《相生颂》:"法不孤生仗境生,纤毫未尽遂峥嵘。"《杂阿含经》卷十五:"画师弟子集种种彩色,欲妆画虚空,宁能画不?"当然,陆游也可能是化用黄庭坚的说法:"诗文不可凿空强作,待境而生,便自工耳。"(《王直方诗话》)然而黄氏的说法仍然出自佛教。

陆游在青年时期便已参禅学佛,如《和陈鲁山十诗以孟夏草木长绕屋树扶疏为韵》之七:

> 匆匆过三十,梦境日已蹙。谁知叹亡羊,但有喜得鹿。本来作何面,认此逆旅屋。逢人吹布毛,出世不忍独。

三十余岁便已觉人生如梦境,思考何为自己的本来面目。"本来作何面"出自六祖慧能话头:"阿那个是明上座本来面目?"(《坛经》)而"吹布毛"出自杭州鸟窠道林禅师公案。

壮年以后,陆游曾问道于松源崇岳禅师云:"心传之学可得闻乎?"崇岳曰:"既是心传,岂从得闻?"陆游领会意旨,呈上领解偈曰:

> 几度驱车入帝京,逢僧一例眼双青。今朝始觉禅家别,说有谈空要眼听。

陆游以前见到僧人都一例对待,今朝听崇岳一番话,才领悟到禅门与教门的区别。教门法师讲经,"说有谈空",皆用语言传授佛理。而禅家的以心传心,是无法通过口授耳闻而得以实现的。"要眼听",同时也暗示禅家不重"说有谈空"的道理,而注重观其日常行事,注重打通眼耳之间的界限,六根互用。洞山良价禅师有偈曰:"若将耳听终难会,眼处闻时方可知。"(《景德传灯录》卷十五)"要眼听"正是化用此意。

陆游晚年住镜湖时,又与临济宗黄龙派的径山涂毒智策禅师交往甚为密切。绍熙三年(1192)智策跏趺而逝,陆游作诗哭之:

岌岌龙门万衲倾,翩翩只履又西行。尘侵白拂绳床冷,露滴青松石塔成。遥想再来非四大,尚应相见话三生。放翁大欠修行力,未免人间怆别情。(《哭径山策老》)

"再来"指投胎转生,"话三生"暗用唐高僧圆观与李源三生石的故事。尾联称自己修行功夫未到,未能做到超越悲伤的境界,表达了与智策深厚的友情。

除了试图用禅宗智慧安顿心灵之外,陆游对佛教戒杀生的信仰也颇为赞同,《剑南诗稿》收有《戒杀》诗三首,以下这首最能代表其看法:

物生天地间,同此一太虚。林林各自植,但坐形骸拘。日夜相残杀,曾不置斯须。皮毛备裘褐,膏血资甘腴。鸡鹜羊豕辈,尚食稗与刍。飞潜何与汝,祸乃及禽鱼。豺虎之害人,亦为饥所驱。汝顾不自省,何暇议彼欤。又于人类中,各私六尺躯。方其忿怒时,流血视若无。我欲反其源,默观受气初。梃刃之所加,惨若在我肤。朝饭一箪豆,莫饭一杯蔬。扪腹茅檐下,陶然欢有余。

此前吕本中曾写过《戒杀八首》,陆游此诗更加痛斥了人类好杀的暴行,而"欲反其源",考察人之初生的本性,最终表达了素食而欢的观念。清释观如编《莲修必读》,收陆放翁《戒杀诗》一首云:

血肉淋漓味足珍,一般痛苦怨难伸。设身处地扪心想,谁肯将刀割自身。

此诗不见于《剑南诗稿》,劝世说教,词义浅显,其作者身份值得怀疑。不过,诗中"设身处地"二句的想法,倒是和陆游"梃刃之所加,惨若在我肤"的反省如出一辙。

杨万里(1127—1206),字廷秀,号诚斋,吉州吉水人。官至秘书监、宝谟阁直学士。有《诚斋集》传世。绍兴二十九年(1159),杨万里调永州零陵县丞,谪居此地的名臣张浚勉励他修儒家"正心诚意"之学,他终身服膺其教,并自号"诚斋"。

然而张浚之学中其实饱含禅宗的因素,因为他不仅曾问道于克勤,作《圆悟佛果禅师语录序》,而且与宗杲多有书信往还,为之作《大慧普觉禅师塔铭》,与临济宗杨岐派渊源甚深。张浚读到杨万里《闲居初夏午睡起》绝句称道:"廷秀胸襟透脱矣。"(《鹤林玉露》卷十四)所谓"透脱",正是克勤和宗杲说禅的"口头禅",指不拘泥,不执着,灵动通透,活泼无碍。杨

万里在此期间所作论诗诗《和李天麟二首》,正是体现了这一思想:

> 学诗须透脱,信手自孤高。衣钵无千古,丘山只一毛。句中池有草,字外目俱蒿。可口端何似,霜螯略带糟。
>
> 句法天难秘,工夫子但加。参时且柏树,悟罢岂桃花。要共东西玉,其如南北涯。肯来谈个事,分坐白鸥沙。

这是典型的以禅论诗,语词和思维方式多仿效禅宗。第一首中的"透脱""信手""衣钵""丘山""句中"皆禅籍中常见语。首联说学诗应须胸襟透脱,方能信手拈来,不同凡响。颔联谓学诗没有千古不变的传统衣钵,而大千世界只须在一毛中显现,化用庞居士所云"丘山绝点埃"。颈联谓谢灵运诗"池塘生春草"便是"句中有眼"的典型,妙处在于得之于偶然无心的灵感。"目俱蒿"出自《庄子·骈拇》:"今世之仁人,蒿目而忧世之患。"尾联是以食喻诗,称赞李天麟诗的风味。第二首首联谓学诗本无句法之类的秘诀,而只需要勤学多写的功夫。颔联活用两个禅宗公案——赵州和尚的"庭前柏树子"与灵云禅师的"见桃花而悟道",说明学诗须参活句,悟后的境界已不在言句上。颈联和尾联感叹二人相距太远,无法坐谈对饮。

以禅论诗的作品在《诚斋集》中数量不少,这一方面因为杨万里诗学观点与禅宗思维方式颇为相似,所以借禅说诗往往合若符契;另一方面也因为南宋以降禅宗语录的大量印行,禅宗话头已渗入日常生活中,以至于"以禅喻诗,莫此亲切"(严羽《答出继叔临安吴景仙书》)。试看杨万里的两首论诗诗:

> 要知诗客参江西,政似禅客参曹溪。不到南华与修水,于何传法更传衣。吾家亲党子罗子,只今四海习凿齿。花红玉白几百篇,塞破锦囊脱无底。三年簿领修水涯,夜半亲传双井芽。定知诵向百僚上,不道长江与落霞。(《送分宁主簿罗宏材秩满入京》)
>
> 受业初参且半山,终须投换晚唐间。国风此去无多子,关棙挑来只等闲。(《答徐子材谈绝句》)

第一首诗中的罗宏材曾任分宁县主簿,分宁是黄庭坚家乡,又名修水。南华寺在岭南曹溪,是六祖慧能道场。"江西"代指黄庭坚,"曹溪"代指六祖。诗的前四句正是曾幾"涪翁句法曹溪"之意,"夜半亲传"用五祖弘忍夜半传衣钵与慧能事,"双井芽"代指黄庭坚诗学,因其为分宁双井人。杨万里对江西诗派一直保持着尊重,直到晚年还作《江西宗派诗序》。第二首诗向后学介绍自己的学诗历程,初学王安石(半山)诗,后学晚唐诗,以至于最终发现达到《国风》的境界也并没有多么艰难。"无多子"化用临济义玄禅师语"佛法也无多子",即没有多少奥秘。"关棙"是禅门常用语,代指参禅的法门。这首诗如同僧人遍参诸方之后,忽然发现佛法并无多少秘密,入道法门全在于自心觉悟。

杨万里诗歌的题材内容极少涉及佛禅,他自己与禅师交往也很少,有时甚至嘲笑出家人,如这首《送德轮行者》:

> 沥血抄经奈若何,十年依旧一头陀。袈裟未着愁多事,着了袈裟事更多。

僧人出家本是为了从世俗事务中获得解脱,所谓"平常无事,屙屎送尿,着衣吃饭,困来即卧"(《镇州临济慧照禅师语录》)。而此僧人却"沥血抄经",十年辛苦,当了和尚事情更多,与出家的初心相违背。此诗调侃僧人抄经多事,正是表现了禅宗"无事"的观点。

尽管杨万里并无多少佛教信仰,但是在当时人们的心目中,他却仿佛是个参禅而有大觉悟者。如同时代的义铦禅师(即葛天民,后还俗)《寄杨诚斋》所说:

> 参禅学诗无两法,死蛇解弄活泼泼。气正心空眼自高,吹毛不动全生杀。生机熟语却不排,近代独有杨诚斋。才名万古付公论,风月四时输好怀。知公别具顶门窍,参得彻兮吟得到。赵州禅在口皮边,渊明诗写胸中妙。用则致君尧舜前,舍时便灌庐陵园。六十四卦只两画,三百五篇惟一言。我与诚斋略相识,亦不知他好官职。但知拚得忍饥七十年,脊梁如铁心如石。不曾屈膝不皱眉,不把文章做出诗。玉川后身却不怪,乐天再世尤能奇。隔千里分共明月,何似寒灰相对拨。公亦何须要我知,我只欠公头上发。(《两宋名贤小集》卷二百八十五《葛无怀小集》)

义铦诗中使用了大量的禅宗话头,说明参禅和学诗相通,称赞杨万里的"诚斋活法"来自禅宗"死蛇解弄活泼泼"的精神。所谓"赵州禅"是大慧宗杲"看话禅"常参究的内容,杨万里也时常将其挂在口头上,前举杨诗"参时且柏树"就用了赵州公案的话头，可以为证。"六十四卦只两画"二句，其观点与陆游《天童无用禅师语录序》所说相近，这大约是南宋士人中较为流行的看法。"寒灰相对拨"用了两重典故，一是百丈怀海拨寒灰启发沩山灵祐的公案，一是黄庭坚《次韵高子勉》诗"寒炉余几火，灰里拨阴何"之句，借用来代指深入讨论诗歌。最后表明自己和杨万里一样参禅作诗提倡"活法"，只是因为出家为僧比杨少了头发。这首诗可以说是对杨万里诗歌风格与禅宗思维方式之间的关系最深刻全面的说明。

范成大（1126—1193），字致能，号石湖居士，苏州吴县人。官至参知政事，加资政殿大学士。有《石湖诗集》三十四卷传世。他曾写过《无尽灯后跋》，对佛教净土信仰有所了解。但其诗集中显示他并未特别参禅问道，也未见与当时著名禅师有特殊交往。范成大有关佛教题材的诗歌，大多写于游览登临的旅途中。比如杭州径山，南宋名僧辈出，不少禅门大德开法此山，然而范成大关于径山的诗，却只写该山的禅境，而未提及任何禅师。如《题径山凌霄庵》：

峰头非尘寰，一舍谁所芘。轩眉玉霄近，按指沙界豁。万山纷累块，众水眇聚沫。来云触石回，去鸟堕烟没。向无超俗缘，兹路讵可越。偕行木上座，同我证解脱。

诗中主要描写径山顶峰超越尘寰的高峻，坐落在顶峰的凌霄庵，视野开阔，俯视群山众水，来云去鸟。而自己却无方外的缘分，怎能攀越向上一路。"尘寰""沙界""聚沫"皆佛经中语。"木上座"，指木拄杖，此禅典并不生僻，苏轼以来不少诗人使用过。范成大又有《径山倾盖亭》诗：

> 万杉离立翠云幢，袅袅稀闻晚吹香。山下行人尘扑面，谁知世界有清凉？

诗中用山上的万杉晚香与山下的扑面尘埃相对比，感叹奔走名利场的行人竟然不知道有佛家的清凉世界。这是悲悯世人，同时也是自我反省。

在范成大众多记游佛寺禅院的诗中，真正属于佛教题材的要算以下这首，诗题为《淳熙四年六月二十七日，登大峨之巅，一名胜峰山，佛书以为普贤大士所居。连日光相大现，赋诗纪实，属印老刻之，以为山中一重公案》，其诗云：

> 胜峰高哉摩紫青，白鹿导我登化城。住山大士喜客至，兜罗布界缤相迎。圆景明晖倚云立，艳如七宝庄严成。一光未定一光发，中有墨像随心生。白毫从地插空碧，散烛象纬天龙惊。夜神受记亦修供，照世洞然千百灯。明朝银界混一白，咫尺眩转寒凌兢。天容野色倏开闭，惨淡变化愁仙灵。人言六通欲大现，洗山急雨如盆倾。重轮桑采印岩腹，非烟非雾非丹青。我与化人中共住，镜光觌面交相呈。前山忽涌大圆相，日围月晕浮青冥。林泉草木尽含裹，是则名为普光明。言词海藏不胜赞，北峰复有金桥横。众慈久立佛事竟，一尘不起山玲瓓。向来无法可宣说，为问有耳如何听？我本三生同行愿，随缘一念犹相应。此行且复印心地，衣有宝珠奚外营。题诗说偈作公案，亦使来者

知吾曾。神通佛法须判断，一任热碗春雷鸣。

峨眉山，佛教以为普贤菩萨道场。山之最高峰金顶，夏天云海中常有彩色圆光出现，世称"佛光"。山顶景色晦明变化，十分壮丽，范成大就记载了峨眉山顶的种种奇观。诗中使用了大量佛经中的术语，如"兜罗布界""七宝庄严""天龙""千百灯""六通""化人""大圆相""普光明""三生""行愿""神通佛法"等。诗歌风格模仿《华严经》，随地涌出，变幻莫测，华丽庄严，天花乱坠。而结尾却归结到禅宗公案，且表现禅宗思想，"此行且复印心地"二句，是此诗的宗旨。"衣有宝珠"喻指自性，丹霞和尚《玩珠吟》曰："识得衣中宝，无明醉自醒。"（《景德传灯录》卷三十）又越州大珠慧海禅师问马祖："阿那个是慧海自家宝藏？"马祖曰："即今问我者，是汝宝藏，一切具足，更无欠少，使用自在，何假向外求觅。"（同上书卷六）范成大就这样通过记录峨眉山看佛光的经历表达了明心见性的禅宗思想。

张镃（1153—?），字功甫，号约斋，成纪人。循王张俊曾孙，为贵公子，官至直秘阁。有《南湖集》十卷传世。《五灯会元续略》卷三上列张镃为天童密庵咸杰禅师法嗣，属临济宗杨岐派南岳下十八世。他曾造访密庵，蒙垂示，因举"狗子话"时忽闻撞钟声，从而大悟，献投机偈曰："钟一撞，耳根塞，赤肉团边去个贼。有人问我解何宗，舜若多神面门黑。"后舍宅建慧云寺，请密庵开山，并为之作《密庵禅师语录序》。

张镃平生与朴翁义铦禅师唱酬较多。义铦实为诗僧，后还俗，俗名葛天民。张镃与其唱酬，皆在其为僧时，如《次韵酬铦上人二首》：

> 修客衣襜如，喔咿守闺傍。闻闲掩耳避，令人忆柴桑。
> 铦乎问水滨，其道尊空王。坐来薝卜林，不闻有别香。
> 孰知苾蒭流，而能建安作。灯檠味隽永，曾不带葵藿。
> 已撞禅月钟，请振普化铎。从伊哑羊呼，高厚中沃若。

第一首诗前四句"修客"衣衫齐整，献媚强笑，令人不堪，而怀想陶渊明的高节。后四句写遁入空门的义铦，"坐来薝卜林"二句，语本《维摩诘经·观众生品》："如人入薝卜林，唯嗅薝卜，不嗅余香。"言其道尊空王而能避俗。第二首诗称赞义铦虽是出家人，诗歌水平却不减建安诗人。"苾蒭"，意为比丘。"葵藿"本杜甫诗"葵藿倾太阳"，喻入仕济世。"灯檠味隽永"二句，以夜深之灯檠与向日之葵藿的对比，喻义铦诗别有方外之味，无建功之心。"禅月"指晚唐诗僧贯休，号禅月大师。"普化"指唐镇州普化和尚，佯狂而出言无度，凡见人无高下，皆振铎一声。这二句以两位高僧比拟义铦的嗜好行为。"哑羊"即哑羊僧，指碌碌无为、默然无言的禅僧。这里是说义铦任凭那些哑羊僧指责，仍作诗不已，其诗外高厚而中润泽。

张镃一方面支持僧人写诗的行为，另一方面把禅宗心法引入诗歌创作。如其《诗本》云：

> 诗本无心作，君看蚀木虫。旁人无鼻孔，我辈岂神通。
> 风雅难齐驾，心胸未发蒙。吾虽知此理，恐堕见闻中。

首联"蚀木虫"本出于诸佛经"如虫食木，偶成字耳"，喻外道无明无识，后禅籍改造为率尔无心、天然成文的褒义词。黄庭坚《福州西禅暹老语录序》云："盖亦如虫蚀木，宾主相当，偶成文耳。"又《题李汉举墨竹》云："如虫蚀木，偶尔成文。吾观古人绘事，妙处类多如此。近世崔白笔墨，几到古人不用心处。"张镃正是继承了禅家的说法。颔联"无鼻孔"是禅语，喻指无见识。"神通"也是禅语，喻指诗歌创作的自由王国。颈联是说作诗之所以不能与《风》《雅》并驾齐驱的缘故，乃在于心灵仍处于蒙昧无明的状态。尾联感叹自己虽然知道"诗本无心作"的精神，却担心受到"见闻觉知"等理性因素的干扰。

无论如何，张镃对禅宗宗旨颇有领会，所以他不仅以禅说诗，而且以禅观画，如《题画云山团扇》云：

若个大圆镜，处处山河影。谁谓懒拙翁，而能作斯景。繄予说是语，未免驴窥井。若解目前机，不应言不领。

苏轼《和黄秀才鉴空阁》诗曰："明月本自明，无心孰为境？挂空如水鉴，写此山河影。"张镃此诗头两句化用苏诗，咏团扇上所画云山。"大圆镜"用佛经语，《心地观经》曰："如大圆镜，现诸色像。"这两句意谓团扇上的云山图，实为心之大圆镜的显现。"懒拙翁"，是南渡初画家米友仁的自号，由此可知画云山团扇是米友仁的作品，然而，诗人怀疑，懒拙翁真能作出这样的幻景吗？接下来"繄予说是语"二句，谓自己说的这番话，不免是世俗之见，如"驴觑井"。曹山本寂与德上座讨论"佛真法身犹若虚空,应物现形如水中月",德上座说这"如驴觑井",曹山本寂却认为应是"如井觑驴"(《抚州曹山元证禅师语录》)。最后两句说,如果懂得目前画中蕴藏的机锋,那就不应说画家对此没有领会。总之,这首诗不同于黄庭坚等人题画诗关于"真"与"幻"的描写,而重在图画作为大圆镜所现的虚空本质。

南宋后期还有一些诗人写过有关佛教的诗歌,但总体而言已不成气候,禅宗理念也逐渐成为诗人笔下的口头禅,佛教诗歌没有出现有代表性的经典作品。

第三节 南宋后期士大夫禅诗

南宋后期,特别是在理宗朝,江湖诗人和理学诗人的崛起,世俗化和儒学化成为诗坛的主流。然而,仍有一部分诗人融合庄禅与儒释,继承着宋代士大夫禅诗书写,林希逸就是其中一位。

林希逸(1193—1271),字肃翁,一字渊翁,号竹溪,又号鬳斋。历翰林权直兼崇政殿说书,终直秘阁知兴化军。希逸身为理学家,却参究禅学,深有所得,所著有《竹溪十一稿》等。又著有《庄子口义》十卷,以儒禅说庄,别具一格,其序曰:"是必精于《语》《孟》《中庸》《大学》等书,见理素定,识文字血脉,知禅宗解数,具此眼目,而后知其言意一一有所归着,未尝不跌荡,未尝不戏剧,而大纲领大宗旨未尝与圣人异也。"又自称:"又颇尝涉猎佛书,而后悟其纵横变化之机。"今存《竹溪鬳斋十一稿续集》三十卷，颇多涉及禅理之诗。

作为一名出仕的士大夫，林希逸的立场显然是以儒学为本位，其诗中不仅充斥着儒家学说的内容，而且表现为坚定维护儒家学者的正统性、合法性。他在《读契嵩非韩三十首》诗中，鲜明地抨击来自禅宗对儒学的攻击：

> 此缁何事与韩仇？可怪真如撼树蜉。唤作辩才知汝误，看成寐语使人羞。赐云日月无容毁，甫叹江河不废流。者也之乎三十首，千年贻笑几时休。

北宋云门宗僧契嵩曾作《非韩》上中下三篇，称韩愈《原道》"议论拘且浅，不及儒之至道可辩"，其文影响极大，为佛教争得一席之地。林希逸此诗却化用用韩愈"蚍蜉撼大树，可笑不自量"讥刺契嵩，并借用子贡、杜甫的话语高度称赞韩愈的成就。尾联嘲笑契嵩模仿韩愈古文"者也之乎"的文风，足见其卑琐。单就此诗而言，林希逸似乎是一个坚定的排佛者，然而，在其他不少诗中，却不自觉地流露出他对佛禅的感情。

林希逸曾梦见古人，但这古人既不是周公、孔子，也不是韩愈，而是临济宗禅僧大慧宗杲。他在《和柯山玉上人三首》其三后注明："知某曾梦大慧，以慧自赞顶相见寄。"他又为玉上人所赠大慧顶相作《得大慧顶相有亲笔赞》诗：

> 见师画像如师活，聚散如何呼又喝。似与不似吾不知，

却是梦中青直裰。

题下注云:"赞中有'呼聚又喝散'之语。"查此语可知,这首亲笔顶相赞《大慧普觉禅师语录》失收。诗意谓见画像如见活人,不知似不似大慧,反正是自己梦中所见到的形象。更重要的是,他借赞中之语表明与大慧聚散呼喝的亲密关系。

林希逸虽算不上禅门法嗣,但却自称多"方外友",他曾为这些方外友作《介石禅师语录序》《剑关禅师语录序》《断桥和尚语录序》《题枯崖漫录》《偃溪和尚塔铭》《雪岑诗序》《悟书记小稿序》等多篇文章。其诗也多有与禅僧唱酬者,如《和柯山玉上人三首》云:

身如孤鹤万缘空,吟得交情底许浓。我老学禅无长进,相逢却讲少陵宗。
闻说高人意已消,非坡谁解识参寥。何年共赋浮花雪,一棹清溪两岸苔。
赞画俱佳见似亲,殷勤远寄证前因。虽然说我梦中梦,却要知渠身外身。

柯山玉上人法系不可考,应属径山大慧宗杲一系。此僧当为诗僧,所以第一首说自己禅无长进,二人相逢最好说诗,"少陵宗"以禅门宗派喻诗派,指杜甫诗风。第二首把二人的关系比作东坡与诗僧参寥的关系,后两句希望有朝一日共同泛溪吟唱美景,自注谓化用东坡诗"溪上苔花似浮雪"。第三首说见到玉上人寄来的大慧顶相画与赞感到亲切。后两句说的是梦见大慧而见其顶相画,借用黄庭坚《写真自赞》"作梦中梦,见身外身"之语。这三首诗逐渐由说诗而深入谈禅,进而涉及前世因缘。

他的《题僧雪岑诗》也是为诗僧而作,其诗云:

> 本自无须学捻须,此于止观事何如。诗家格怕无僧字,圣处吟须读佛书。得趣藕花山下去,逃名枯木众中居。早梅咏得师谁是?见郑都官却问渠。

天台僧行海法师,号雪岑,善诗。这首诗多用唐宋诗僧故事。首联戏谓晚唐人好苦吟,有"吟安一个字,捻断数茎须"之说,然而僧人无须却还要学吟诗,那么天台宗本分事"止观"(坐禅)又该如何处理。颔联戏谓诗中要有"僧"字格调才高,而儒家圣徒要吟诗须得读佛书。晚唐诗人郑谷有"诗无僧字格还卑"之句,此化用其语。颈联上句说吟诗,化用诗僧参寥道潜的名句"五月临平山下路,藕花无数满汀州",下句说坐禅,即"止观"之事,唐庆诸禅师门下有长坐不卧、屹若株杌者,天下谓之"枯木众"。尾联用晚唐诗僧齐己的故事,齐己咏早梅曰"前村深雪里,昨夜数枝开",郑谷(郑都官)为之改"数枝"为"一枝"。其诗充满谐趣,戏咏诗禅关系。

又比如《雪峰藏叟过门见访赠别一首》云:

> 山头老汉老尤癯,忽谩溪干访老夫。问讯辊球思古宿,等闲隐几说今吾。多留旧日题诗在,近有寒泉答话无。握

手依依还别去,十年一见只斯须。

藏叟法名善珍,曾住雪峰,是著名诗僧,有《藏叟摘稿》传世。诗的首联写藏叟见访,用了三个"老"字,描写二人的年纪和交情。颔联"辊球"用雪峰义存禅师公案,代指藏叟;"隐几"用庄子语,写自己闲散的状况。颈联"旧日题诗"称赏藏叟诗作,"寒泉答话"问讯藏叟说禅之事,用雪峰义存公案——僧问:"古涧寒泉时如何?"师云:"瞪目不见底。"尾联写依依不舍之意。这首诗艺术上一般,却可见出林希逸和晚宋禅宗诗僧的密切关系。

作为一个有影响的理学家,林希逸真正的禅诗体现在对若干人生哲理的感悟上。试看下面两首诗:

> 白醉吟翁颇似痴,当仁一见却无疑。但寻来处知归处,莫把迷时待悟时。风过更看云不尽,潮生长与月相随。海山此趣谁能会,也是禅关也是诗。(《题国清林氏海山精舍》)
>
> 涉世才深误转深,鬓毛赢得雪霜侵。人多痴到未来劫,禅要空无见在心。昼暖枕书高鼾睡,夜长樽酒纵狂吟。花开花落春何意,潮去潮来古即今。(《夜坐偶成》)

第一首题下注解"海山精舍"云:"取乐天'海山不是吾归处'为名。"诗借精舍名评论白居易诗句所蕴藏的禅意。颔联"但寻来处"二句,深得禅家宗旨,上句即宗杲所言"现量是父母未生前威音那畔事",下句即宗杲所言"不用堕在空寂处,不用将心等悟"。颈联借风与云、潮与月之关系论随缘任运而动的禅理。最后说海山之间的风云潮月之趣,既可看作禅关,也可看作诗境。第二首写夜坐所思所感,首联感叹入世太深,迷误更深,操劳只赢得白发。颔联阐明自己理解的禅理,嘲笑学禅之人痴迷于来生后世,却不知参禅重在当下(见在),使心空无一物,无牵无挂。颈联是写"空无见在心"在日常生活中的体现,枕书高卧,纵酒狂吟。最后以"花开花落""潮去潮来"表现大自然的无目的性及永恒性。

最能体现林希逸哲学思考的禅诗,是关于自我的真与妄、形与神、前身与后身的问题。先看一组写"镜中我"的诗:

菱花泓里炯相亲,久玩还疑假是真。觌面果为谁氏子?回光须照本来人。正惭我老羞看影,堪笑渠痴苦效颦。陶叟但知身有二,当年问答只形神。(《和梯飙薛宰镜中我韵》)

把照相看意自亲,是身非幻亦非真。徘徊似月歌中我,上下如冰梦里人。喻以不言只见色,愁于何有亦同颦。本来面目伊谁识,却诧僧繇解写神。(《再和镜中我》)

百骸虽在果谁亲,本地风光见是真。隐几正忘吾与我,开奁忽讶彼何人。叔敖还许伶优学,西子何如里妇颦。遥想当年游镜殿,化身千百未为神。(《三和镜中我》)

第一首"镜中我"写自己看镜所感,"菱花"为镜的代称。镜中之我到底是假还是真?是我还是谁?显然二者非一,然而镜中之我却效颦于本来之我。陶渊明曾作形神问答之诗,然而未及镜中之我,甚为可惜。第二首的第三第四句一作"似歌月处徘徊我,如梦冰时上下人"。这首诗不纠缠于镜中我的真假,因为我之"是身"与镜中之身皆亦幻亦真,非幻非真,所以相看亲切。"徘徊似月"句用李白《月下独酌》诗"我歌月徘徊,我舞影零乱"之句。人皆不识自己本来面目,张僧繇又是如何能写神呢?第三首戏谓镜中之我如优孟衣冠,东施效颦,而用佛教"化身千百"的观念作结。这组诗中体现出诗人对镜像与真像、自我与他我、真与幻、形与神、形与影等多重关系的认识,内蕴丰富。

林希逸有一首《前后身》诗,谈佛教哲学问题:

> 幻影匆匆托太虚,问身前后果何如。李如画马沦为马,庄亦观鱼化作鱼。房相未忘前世字,谪仙曾读几生书。古今传说多蒙昧,觌面须知我即渠。

这首诗驳斥佛教前后身之说不可信,"李如画马"句事见《禅林僧宝传》卷二十六《法云圆通秀禅师传》:"李公麟伯时工画马,不减韩幹。秀呵之曰:'汝士大夫,以画名,矧又画马期人跨,以为得妙。妙入马腹中,亦足惧。'伯时由是绝笔。秀劝画观音像,以赎其过。""庄亦观鱼"句用《庄子·秋水》庄子与惠子游于濠上观鱼之事。林诗意谓,若说李公麟画马后身将堕入马腹中,那么庄子濠上观鱼岂非也将变鱼,这从逻辑上说是很荒谬的。颈联"房相"指唐宰相房琯,曾梦前身为书法家智永禅师;"谪仙"指李白,据说前世博览诗书。然而这些皆是蒙昧的传说,真正的我即是此生的我自己。由此可见,林希逸虽接受了不少禅宗的精神,但在"前后身"的根本问题上,却完全不相信佛教学说。

林希逸的诗歌总是充满哲思,如《四睡戏题》就借题画而说禅理:

> 多少醒人作寐语,异形同趣谁知汝。四头十足相枕眠,寒山拾得丰干虎。

《四睡图》是南宋常见的佛教题材绘画,据传是宋代梁楷所创(见明姚广孝《逃虚子集·类稿》卷三《四睡图赞序》),画的是寒山、拾得、丰干三人和一虎共睡的情景,也称"天台四睡"。宋元禅师无门慧开、偃溪广闻、大川普济、无准师范、樵隐悟逸、石田法薰、希叟绍昙、西岩了慧、月涧文明、了庵清欲等皆有题"四睡"之诗。林诗自注画面云:"其像三人交头枕虎而睡。"诗的前两句说理,叹息世人即使在醒时也说荒唐的梦话,根本不知晓"异形同趣"的道理,画中三人和虎一起熟睡,全无机心,虽然外形不一样,内心却都同样自然天真,人无害虎之心,虎无伤人之意。后两句解释画面,寒山、拾得、丰干、虎共四个头、十只脚,交叉相枕而眠,何等和谐而不可思议的画面啊!林希逸这首诗本身,也说明佛教绘画新题材引起士大夫关注的文化现象。

刘克庄(1187—1269),字潜夫,号后村。淳祐中迁秘阁修撰。他是南宋后期江湖诗人的代表作家,有《后村先生大全集》传世。佛教对于他来说,属于一般的知识信仰,并无特殊的痴迷。其诗最著名的是《十释咏》:

世传汉明帝,始梦见金身。曷不观列子,西方有圣人。
(瞿昙)
　　面色削瓜黄,眉毫覆雪长。安知四天下,只在一禅床。
(维摩)
　　放勋访吾叔,鲁叟问弘聃。所以此童子,诸方亦遍参。
(善财)
　　直以心为佛,西来说最高。始知周孔外,别自有英豪。
(达摩)
　　明镜偷神秀,菩提犯卧轮。更将旧衣钵,占断不传人。
(卢能)
　　若非大气魄,只是小机锋。老子一声喝,学人三日聋。
(马祖)
　　此老手中棒,轻轻也有瘢。佛来与三日,某甲莫须餐。
(德山)
　　若以色见我,几于貌失人。林公少须发,澄观欠冠巾。
(支遁)
　　值乱行何适,随缘住亦安。能将石虎辈,只作海鸥看。
(澄公)
　　寺甲于江左,身逃入禁中。如何净居殿,饿杀老萧公。
(志公)

　　所咏"十释",指十位最具代表性的佛教人物,其中前三位出自佛经,瞿昙,即释迦牟尼,汉明帝梦见丈六金身,或谓即西方圣人。维摩,即维摩诘居士,事见《维摩诘经》。善财,即善财童子,其南询遍参五十三善知识事,见《华严经》。中间四位是禅宗祖师，初祖达摩，西来东土，创以心传心之禅法。六祖慧能，俗姓卢，故称卢能，翻神秀、卧轮禅师之案，得五祖衣钵，后传法不传衣。江西道一，俗姓马，故称马祖，曾一喝使弟子怀海三日耳聋。德山宣鉴，以棒勘辨禅人，世称"德山棒"。最后三位是两晋南朝高僧，东晋支遁，字道林，世称"林公"，作佛经疏论，僧肇批评其学说为"即色宗"。澄公，即佛图澄，为十六国时后赵石勒、石虎父子所重。《晋书·佛图澄传》："支道林在京师，闻澄与诸石游，乃曰：'澄公其以季龙为海鸥鸟也。'"意谓游于诸石之间而无害。志公，即释保志，亦作宝志，南朝梁武帝入禁中，而梁武帝最终饿死台城。以上《十释咏》表明刘克庄对佛教常识的熟悉，然而，《十释咏》只是其《杂咏一百首》中的一组，其他九组分别是十臣、十子、十节、十隐、十儒、十勇、十仙、十妇、十妾，可见这并不能表明刘克庄嗜佛的倾向。

晚宋严羽的《沧浪诗话》，将宋人的以禅喻诗推上一个新的高度，这是禅宗话语系统侵入宋代诗歌批评的结晶。严羽，字丹丘，一字仪卿，自号沧浪逋客，邵武莒溪人。有《沧浪集》《沧浪诗话》传世。

严羽在《答出继叔临安吴景仙书》中说："以禅喻诗，莫此清切，是自家实证实悟者，是自家闭门凿破此片田地，即非傍人篱壁、拾人涕唾得来者。"又说："妙喜（是径山名僧宗杲也）自谓参禅精子，仆亦自谓参诗精子。"可见他的以禅喻诗是借鉴了大慧宗杲临济禅的话语。在《沧浪诗话·诗辨》中，他以佛教的品级比喻诗歌的品级，奠定了学汉魏盛唐诗的基本诗学思想：

> 禅家者流,乘有小大,宗有南北,道有邪正。学者须从最上乘,具正法眼,悟第一义。若小乘禅、声闻、辟支果,皆非正也。论诗如论禅,汉魏晋与盛唐之诗,则第一义也。大历以还之诗,则小乘禅也,已落第二义矣。晚唐之诗,则声闻、辟支果也。学汉魏晋与盛唐诗者,临济下也;学大历以还之诗者,曹洞下也。大抵禅道惟在妙悟,诗道亦在妙悟。且孟襄阳学力下韩退之远甚,而其诗独出退之之上者,一味妙悟而已。惟悟乃为当行,乃为本色。然悟有浅深,有分限,有透彻之悟,有但得一知半解之悟。汉魏尚矣,不假悟也。谢灵运至盛唐诸公,透彻之悟也。他虽有悟者,皆非第一义也。

这个隐喻系统,显然站在临济宗立场,贬斥曹洞宗。而提倡"妙悟"之说,也来自大慧宗杲。这个体系的建立,有点类似《禅宗定祖图》《传法正宗记》的思路,也继承了吕本中《江西宗派图》的思路,只不过崇奉的对象由江西诗派变为汉魏盛唐诗而已。

《沧浪诗话》的若干话语和思维方式皆来自禅宗,如熟参古人诗的方法,"酝酿胸中,久之自然悟入。虽学之不至,亦不失正路,此乃是从顶颔上做来,谓之向上一路,谓之直截根源,谓之顿门,谓之单刀直入也",这与宗杲"看话禅"的方法如出一辙。又如"诗有别材,非关书也;诗有别趣,非关理也",显然脱胎于禅宗的"教外别传"。又如"所谓不涉理路,不落言筌者,上也",也是大慧语录中常见的说法。又如论"盛唐诸人,惟在兴趣,羚羊挂角,无迹可求。故其妙处,透彻玲珑,不可凑泊，如空中之音，相中之色，水中之月，镜中之象，言有尽而意无穷"，其中"羚羊挂角"是禅宗常用话头，见于各灯录和语录，借以比喻盛唐诗人重在感兴，语言澄明透彻，对意义没有遮蔽。

　　总体而言，南宋后期由于理学的发展，禅宗在士大夫中的影响稍微得到遏制，禅宗更多融入儒学和诗学，成为士大夫谈诗说艺的"口头禅"，而不是南渡初期那种安顿心灵的宗教信仰。

下编 金元佛教诗歌

第一章 ◦ 金元曹洞宗僧诗

第一节 万松行秀与林泉从伦

金元之际，曹洞宗最先在北方兴盛起来，代表这股势力的是万松行秀一支。虽然这支禅僧并无突出的诗僧，但由于在禅宗史上对金元士大夫有一定影响，且自身也留下一定数量的诗偈，因此值得一提。

万松行秀（1166—1246），河内人，俗姓蔡。早岁从邢州净土寺赟允出家，受具足戒后，至庆寿寺谒胜默光有省，后至磁州大明寺参访雪岩慧满，契悟心印。不久还邢州，筑万松轩，故世称万松老人。属青原下十七世。金章宗明昌四年（1193），诏行秀入宫说法，赐锦织袈裟。承安二年（1197），奉诏住持仰山栖隐禅寺。后又住持报恩洪济寺。金宣宗贞祐二年（1214）迁都开封，行秀仍在中都（北京）传法。次年，蒙古攻占中都。

元太宗二年（1230），行秀住持万寿寺，后令弟子雪庭福裕住持，自己退居报恩寺内的从容庵，故世亦称报恩老人。元定宗元年（1246）行秀去世，临终书偈："八十一年，只此一语。珍重诸人，切莫错举。"嗣法弟子一百二十人，其中禅师雪庭福裕、林泉从伦和士大夫耶律楚材、李纯甫最为著名。

行秀于孔老庄周百家之学，无不俱通，平生著述甚多，著有《从容庵录》《请益录》《祖灯录》《释氏新闻》《鸣道集》《辨宗说》《心经风鸣》《禅悦法喜集》《四会语录》等。《从容庵录》有六卷，全称《万松老人评唱天童觉和尚颂古从容庵录》，是万松行秀退居从容庵后，应弟子耶律楚材之请，对曹洞宗宏智正觉的颂古百则所作的阐释和评述。其形式仿效临济宗圆悟克勤评云门宗雪窦重显颂古百则的《碧岩录》，每则颂古皆四字标题，整齐划一，简练地概括公案，结构上包括"示众""本则""颂古""评唱""著语"五部分，其中"示众"相当于《碧岩录》的"垂示"，用以说明一则公案的宗旨，与"评唱""著语"相比，具有更多文学性。行秀作《湛然居士集序》曰："盖片言只字，出于万化之源，肤浅未臻其奥者，方且索之于声偶锻炼之排，正如检指蒙学对句之牧竖，望涯于少陵诗史者矣。"（《金文最》卷二十三）虽为评价耶律楚材诗，却也看出他对杜甫诗史的推崇。

行秀本人也善诗，据耶律楚材《戏陈秀玉》诗序称："万寿堂头自汴梁来，远寄万松老师偈颂旧本，有和节度陈公一绝云。"（《湛然居士集》卷九）可知行秀曾作偈颂若干，有旧本流传。遗憾的是，除了《从容庵录》和《请益录》外，行秀的其他著述含偈颂都已失传，难睹其禅诗创作全貌。今人编《全金诗》仅收其诗三首,而且其中《和友人诗》一首是误收,原为耶律楚材《和裴子发韵》,见《湛然居士集》卷一。在行秀仅存两首诗中,其一《和陈公节度一绝》曰:

清溪居士陈秀玉,要结莲宫香火缘。赚得梢公摇橹棹,却云到岸不须船。

这首诗以戏谑的口吻调侃陈公,与僧人结交而获得觉悟,却自称与僧人无关,这如同欺骗船夫载自己过河,却称到彼岸并不需要船。次句化用白居易《以诗代书酬慕巢尚书见寄》"思结空门香火缘"之句,结句化用梁朝傅大士《颂金刚经》"渡河须用筏,到岸不须船"之语。另一首《龙山迎驾诗》曰:

莲宫特作内宫修,圣境欢迎圣驾游。雨过水声琴泛耳,云开山色锦蒙头。成汤狩野恢天网,吕尚渔矶浸月钩。试问风光甚时节,黄金世界菊花秋。

诗见清郭元釪编《全金诗》卷六十一。清张豫章辑《四朝诗》金诗卷十七题作《迎驾》。元释念常集《佛祖历代通载》卷二十载金章宗改元承安,特诏万松住仰山,升堂有偈曰:"莲宫特作梵宫修,圣境还须圣驾游。雨过水澄禽泛子,霞明山静锦蒙头。成汤也展恢天网,吕望稀垂浸月钩。试问风光甚时节,黄金世界桂花秋。"文字有异。诗中描写皇帝大驾光临龙山的盛况,极尽赞美颂扬之能事。首联用当句对,"莲宫"对"内宫","圣境"对"圣驾",用杜甫"桃花细逐杨花落,黄鸟时兼白鸟飞"

句法。颔联以琴声比水声，以锦色比山色。颈联用成汤"网开三面"之事喻皇帝盛德，以吕尚渭水垂钓之事喻君臣遇合。整首诗对仗工整，格律精严，用典得体，足可见出行秀诗歌的造诣，同时也可见出他与金王朝统治阶级的密切关系。只是如此颂圣之诗竟出自僧人之口，这与其祖师芙蓉道楷坚决拒绝宋徽宗恩赐的行为相比，真有天渊之别。

行秀的弟子中，以从伦（1223—1281）在佛教诗歌创作方面成就最大。从伦，号林泉老人，先后住持汴京万寿寺、燕京报恩寺。他初住万寿寺时，上堂即念"宝塔诗"一首，吟唱"禅"的特点和真谛：

禅，禅，
非正，非偏。
无意路，有玄渊。
超今迈古，绝后光先。
但能忘影迹，何必守蹄筌。
直指人心见性，须凭祖意通玄。
九年面壁真消息，端的其中有秘传。

这首宝塔诗虽然并没有多少文采，却能看出从伦对诗歌形式的稔熟。

从伦曾评唱投子义青禅师的颂古百则，名为《空谷集》；又评唱丹霞子淳禅师的颂古百则，名为《虚堂集》，为曹洞宗文献的保存、禅法的阐释作出贡献。从伦自己也有颂古作品传世，一是《通玄百问》，玉溪通玄庵圆通大禅师设问，摩诃菩提兰若万松和尚仰答,从伦为每则问答作颂。二是《青州百问》,中都大万寿禅寺辩和尚问,唐慈云十身禅寺觉和尚答,从伦同样为每则问答作颂。二书相加,共有诗颂二百首,风格多样,既有语言粗犷朴野的杂言体,也有讲求平仄对仗的近体诗。这种风格的多样性与其颂的语言形式相关。如《通玄百问》,从伦颂的特点是,每颂首句嵌入万松所答语,然后就此答语的韵脚敷衍为一首诗。试看以下几首,比如,圆通问:"赵州七斤布衫多年,还破碎也无?"万松答:"一回拈出一回新。"颂曰:

一回拈出一回新,信手拈来用最亲。百二十年提掇毕,至今依旧不离身。

万松答语恰巧是仄平平仄仄平平的七言句,从伦的颂由此而演绎为一首平仄合律的七言绝句,即一首咏赵州七斤布衫的咏物诗。又如,圆通问:"佛性与法性如何分别?"万松答:"别日再商量。"颂曰:

别日再商量,慈悲为举扬。眉毛犹不惜,意路岂遮藏。夜月光连水,朝曦影转廊。玉溪垂示处,细细好参详。

由万松"别日再商量"一句演化为一首格律严谨的五言律诗,颈联以水中的月光、廊间的日影暗示佛性和法性本无区别。再如,圆通问:"玄玄玄处亦须呵,且道有什么过?"万松答:"罪不重科。"颂曰:

　　　　罪不重科,闲管多罗。未语以前早错,那堪变态諎讹。
　　阿呵呵,玄与玄玄争甚么?

因为万松答语是四言句,无格律可言,所以此颂将其铺衍为一首杂言诗,且多用口语。《通玄百问》中的问、答、颂的内容多为禅门公案,如"赵州七斤布衫"见于《景德传灯录》卷十赵州观音院从谂禅师章;"玄玄玄处亦须呵"见于《景德传灯录》卷二十九同安察禅师《十玄谈·一色》。因此,从伦的颂可以归于禅宗颂古一类,与他在《空谷集》《虚堂集》中评唱的投子义青、丹霞子淳的颂古百则性质大致相同。

　　《青州百问》中的颂也是风格多样,但各颂的首句不再用答语,更像雪窦重显、天童正觉的颂古百则。比如,辩和尚问:"声前荐得,落在今时;句后承当,迷头认影。作么生是空劫已前自己?"觉和尚答:"半夜石人无影像,纵横谁辨往来源。"颂曰:

　　　　大地山河瑞像全,丙丁求火又重宣。红炉点雪非情谓,碧岫沧浪绝妙玄。缘木取鱼终错矣,刻舟求剑必徒然。骅骝一自窥鞭影,忍俊追风过九天。

觉和尚所答为"格外谈",即"不可能事物喻"。从伦颂的主旨是参禅须反求诸己,不必外求。"丙丁求火"出自禅门著名公案,玄则禅师问青峰:"如何是学人自己?"答曰:"丙丁童子来求火。"后问法眼,回答相同。丙丁童子本身是火,何必外求。红炉中一点雪,碧峰上翻沧浪,皆是"格外谈",谓空劫前自己,非常玄妙,不可能通过情尘与称谓获得;"缘木取鱼""刻舟求剑"喻死于句下。良马见鞭影而知疾驰,喻智慧的学佛者得佛语而觉悟。整首颂大抵由禅语佛典构成,是典型的禅颂风格。

再比如,辩和尚问:"跋难陀龙王无耳善听,且道是甚么人为他说?"觉和尚答:"张三李四。"颂曰:

舜若多神失却口,跋难陀龙居其右。再三再四乞玄言,不免为渠垂只手。

"跋难陀龙王无耳善听",见《楞严经》卷四。该经又谓"舜若多神无身有触",讨论"六根互相为用"的观念。从伦的颂戏谓觉和尚为"失却口"的舜若多神,说些"张三李四"这样无意义的句子。

总之,从伦的颂,虽有诗的语言形式,使用暗示象征的手法,但内容主要为言说禅理,诗味较淡。

第二节 云外云岫

相对于北方曹洞宗评唱颂古的风气,南方曹洞宗禅师诗歌题材更为多样,文学色彩也更浓,其代表人物为云外云岫。

云岫(1242—1324),号云外,别号方岩,俗姓李。为芙蓉道楷七世法孙,属青原下十八世。丹霞子淳一支,有作诗偈颂古的传统,正觉以下,慧晖、慧祚、妙光都有颂古传世,详见

《禅宗颂古联珠通集》。

云岫的老师《增集续传灯录》卷一作"直翁一举",今据陈著《天宁寺主僧可举语录序》(《本堂集》卷三十八)等诗文,知其法名可举,字直翁,元至元十三年(1276)住持明州天宁寺。《宋代禅僧诗辑考》从《重刊贞和类聚祖苑联芳集》《新撰贞和分类古今尊宿偈颂集》中辑得其诗12首。其中如《子元住白云庵侍母》:

梁国跬蹰望白云,何如共处寂寥滨。巡檐指点闲花草,说老婆禅向老亲。

此诗颇有趣,诗由"白云"二字入题,谓狄仁杰(梁国公)望白云而思亲,不如子元禅师将母亲接到白云庵共同参禅。此诗表达了出家人不忘尽孝的心理,在宋元时期禅僧中颇有代表性。诗中的"子元"即临济宗高僧无学祖元禅师,宋亡后东渡日本传法。可举又有《听松》诗曰:

何处江风激怒涛,夜阑虚寂转萧骚。返闻闻尽觉无觉,碧落冲开千尺高。

前两句写松声给人的错觉,如江风激起怒涛,夜阑后转作萧骚声。后两句写听松声获得的启悟,体会到《楞严经》所说"闻所闻尽,尽闻不住;觉所觉空,空觉极圆"的佛理,心灵顿觉如冲开碧落般高远。

云岫师承直翁,究明曹洞宗旨,尽其源底。初住慈溪石门,后住象山智门，迁明州天宁，升住天童寺。《续传灯录》称其"说法能巧譬傍引"，可见他颇能借鉴文学的譬喻手法来说禅。《云外云岫禅师语录》载拈古十则，颂古十则，佛事十则，祖赞十则，偈颂九十三首，序跋三篇，论、疏各一篇。《全元诗》据《语录》中的"偈颂"收其诗89首，有4首未收，不知何故。此外，《新撰贞和分类古今尊宿偈颂集》收云岫诗，有2首不见于《语录》。象山文学掾陈晟撰《云外云岫禅师语录序》称"其为诗有盛唐浑厚之风，其为序跋疏论则文彩璨然，至于偈颂拈赞之类，余虽不能尽通其义，以意观之，皆非苟作也"，评价并非溢美。

云岫的90多首诗中，题材较为丰富，多采用七绝的形式，语言精练而富有韵味。他在《南游集序》中说："名山胜境，古今题咏者多。诗胜境，则境归于诗；境胜诗，则诗不入境。诗与境合，见诗即见境；境与诗合，见境即见诗。苟不然，则诗境两失。"比如山水题咏诗，独具一格：

半坞夕阳红树叶，一村鸡犬野人家。牧童歌笑牛羊下，太古淳风尽属他。(《秋日山行》)
好山行尽眼重开，菜叶流金逐水来。莫谓闲门容易掩，松边有路不生苔。(《访友人庵居》)
窗前凿破十尺土，海底潜通百斛泉。柳絮化萍飞不到，眼头赢得片青天。(《题紫石禅房小池》)
紫陌红尘城子里，清泉白石乱云中。一般门户无喧寂，花鸟不来心境空。(《寄东洲和尚西涧庵居》)

第一首写秋日山村景色，演绎《诗经》"日之夕矣，牛羊下来"

的古老田园风貌，讴歌"太古淳风"。第二首写山行访友，"菜叶流金"句既是实写，又暗用龙山和尚的禅典。第三首"海底潜通百斛泉"写小池水质清澈，且源源不断，"柳絮化萍飞不到"写禅房小池不染世尘，清净自在，倒映青天。第四首将紫陌红尘的城市生活与清泉白石的山林生活对举，认为二者并无喧闹与寂静的区别，对于禅僧来说都能获得心境的空灵。四首诗皆于写景中暗含禅意，即所谓"诗与境合"。

云岫的咏物诗也颇有特色，借咏物而调侃众生，讥嘲世相。如《蜜蜂》：

> 生涯未足怕征科，一日园林几度过。股倦不嫌花粉重，年年只爱子孙多。

写蜜蜂不知辛苦，日日奔忙，只为了繁衍后代。讽刺对象暗含两种人：一种是只求多子多福、不怕赋税征科的农民；一种是不畏授业辛苦、只图门徒众多的禅师。又如《百舌》：

> 寻常多逐众禽飞，才得春风百样啼。毛羽不佳谗舌便，桃花枝上骂黄鹂。

以百舌学语讽刺人云亦云、没有口德的小人。最精彩的是《蜘蛛》：

> 等闲逴得一丝头，便有经天纬地谋。多少众生迷活路，抬头来结死冤仇。

借蜘蛛结网捕虫的现象,一是讽刺了那些号称"经天纬地"而实为编织邪禅之网的禅门大师,二是讽刺了那些误入邪禅之网、不知自证自悟的愚昧学者。织网的蜘蛛和入网的众生,都丢失了禅宗自证的"活路"。这样的咏物诗说理形象生动而富有禅理,值得参禅者警醒。

还有云岫的题画诗,也值得一提。其中《画荷花二首》,旖旎明丽,而微带感慨:

> 三千美女学宫妆,占断熏风水一方。试问画工何处在,移来五月鉴湖凉。
>
> 高擎万柄绿参差,匹练横铺锦一机。喜对熏风描写得,秋风夜雨不敢知。

前一首喻荷花为三千美女,化用杜甫诗"越女天下白,鉴湖五月凉"之句,"移来"二字则赞美画工之笔能呈现真境,写艺术幻觉和通感。后一首称荷叶万柄如同织布机上织出的锦缎,结句叹息到了熏风消失、秋雨凄凉之时,不知绿锦是否依然,流露出色即是空的感叹。云岫的《明王击桐图》则借题画而寄寓怀古伤今之情:

> 桐声板应笛声哀,沉醉君王乐未回。舞袖影翻唐日月,戏场歌罢战场开。

明王,指唐玄宗。题下注曰:"王以筋击桐树,宁王以笛,黄播拍板,杨妃舞。"《杨妃外传》记有此事,与图画略有不同。此诗构思巧妙，首句"桐声"与"笛声"相应，尾句"戏场"与"战场"相对，都使用"当句对"的句法，而后者对比鲜明，写出唐明皇沉湎声色与安史之乱爆发之间的密切联系。"舞袖影翻唐日月"二句，不由得令人想起杜牧的诗："霓裳一曲千峰上，舞破中原始下来。"(《过华清宫三绝句》之二) 题画与咏史，异曲同工。

作为本该忘情绝爱的方外僧人，云岫的诗中却多有人世间的感情。他寄赠或会见佛门道友诗，如"青灯夜榻何时得，共话百年心事乖"(《寄鹿苑仲章师兄》)、"弟兄不必频相见，须发因愁易得斑"(《会法眷泽藏主》)，流露出浓挚的兄弟朋友之情。他的若干首祭悼诗更表现出"未忘情"的伤痛，诸如"拙口无言心自知，对人垂泪湿禅衣"(《遥礼乌山东叟和尚塔》)、"惆怅暮春风雨暗，百禽多噪闹芳菲"(《悼栖真古帆和尚》)、"遗恨百年消不得，一声杜宇一关心"(《悼清藏主》)、"见说即除天竺寺，讣闻肠断白头师"(《悼退岩讲主呈英宗师》)，垂泪、惆怅、遗恨、关心、肠断这类世俗感情，皆非心空的僧人所应有。云岫还有《忆母二首》，诗中借用唐代高僧陈尊宿编蒲鞋养母的典故，表达自己"有例可攀"的孝养之心。更值得一提的是，他还有一首《悼猫儿》诗：

> 亡却花奴似子同，三年伴我寂寥中。有棺葬在青山脚，犹欠镌碑树汝功。

将普通的猫儿"花奴"视作儿子一般，死后不仅以棺木埋葬，而且抱歉未能树碑表功，只因为这猫儿是三年寂寥中的陪伴。

如此深情悼念宠物的诗,在古代极为罕见,可见出云岫情感的丰富。云岫的诗中有不少这种"未忘情"的"文字禅"。

除了《全宋诗》所收的偈颂之外,《云外和尚语录》中还有颂古,饶有诗意。比如以下几首:

  破灯盏里已无油,放去光明照九州。暴雨暴风吹灭了,光明不在旧床头。

  打迭行装早出门,相逢旧友且论文。归家共饮三杯酒,不觉天边日又昏。

  三月春风开牡丹,道人徒说看花还。世间不是赵昌手,纵有丹青画亦难。

第一首颂的是唐代临济义玄禅师示寂前与其弟子三圣慧然问答的公案。"破灯盏里已无油"喻临济之将逝,"放去光明照九州"付法与人,传于四方。"暴雨暴风吹灭了,光明不在旧床头"当指临济生命之烛不再,也有感慨旧时大德之风遗落的意思。第二首颂的是云门文偃禅师示众的公案,云门云:"闻声悟道,见色明心。观世音菩萨将钱来买胡饼,放下手元来却是馒头。"这公案很玄妙,说观世音菩萨闻声悟道,可见色时却错把馒头当胡饼,而颂古却写早出晚归、论文饮酒之事,似乎全然与公案无关。第三首颂的是俱胝竖指的公案。唐俱胝和尚应对学人问答,只竖一指,以示万法归一之意。有童子不明就里,亦模仿俱胝竖一指。颂古以观花为喻,表面写看花而无所得,却意图模仿赵昌画牡丹的人,其意则在讽刺那些如童子一般模仿俱胝而实无所悟的僧人。总之,云岫的颂古在表现形式上与其他禅师并无多少区别,继承了禅门"绕路说禅"的传统,但另一方面有借古德事讽今日禅林的意图。

云岫上堂说法,好用韵语,其中有的也可看作诗。比如以下这些句子,都用诗语说禅:

> 夜半金乌出,寥寥照寰宇。两眼对青山,通身泪如雨。
> 曙色才分鸡便唱,春风未动乌先啼。一床胡蝶家家梦,祖意无人肯入思。
> 蟋蟀啼坏墙,虾蟆叫春水。时节使之然,处处聒人耳。
> 天地热如炉,万物同一煮。衲僧煮不杀,出来拍手舞。

特别是后面两首,描写生动,语言俚俗,有几分寒山诗的风格,可见出其说法的生动活泼。有时,他在上堂或小参时,讲解完之后,直接"颂曰",皆可视为禅诗,比如以下几首:

> 分岁家贫无可有,白牛牵出为人烹。堂中不问僧多少,一个还他一分羹。
> 发生爪长常如此,筋转脉摇休问他。动静不干消长事,从教门外雪寒多。

两首颂都相当于颂古,前一首颂的是北禅烹露地白牛公案,后一首颂的是宏智正觉冬至说法之语。随机说法,辅以诗颂,是云岫说禅的特色。

云岫在《禅林颂古集跋》中曾阐明他对待诗颂的态度:"《联珠颂古通集》,变本加丽,勾章棘句,愈出而愈多,如蜂房酿百华之蜜，蚁丝穿九曲之珠。食其蜜者念其蜂，好其珠者慕其蚁。余作是说，有客进曰：'忽遇不食蜜，不好珠，不嗜语言文字者，此集又将奚为？'余曰：'病其病者，不能自病。'客惭而退。于是乎书。"题跋作于元英宗至治（1321—1323）年间，可见他在晚年仍主张通过华丽的语言文字去领略禅的精髓，领略祖师的精神。

　　临济宗杨岐派的中峰明本为云外云岫作赞语，称他"元是隰州古佛（宏智正觉）再来"，继承了正宗的曹洞禅法，可见当时禅林对他评价之高，已超越宗派的界限。

第二章 元代临济宗杨岐派大慧系僧诗

第一节 元叟行端及其法嗣

由于元王朝崇奉藏传佛教,北方禅宗在万松行秀、林泉从伦之后,逐渐衰落,而南方禅宗则重新兴盛一时。与之相对应,南方的禅诗占据了元代僧诗主要文学版图,除了曹洞宗的云外云岫之外,临济宗更是出现了大批颇有文学成就的诗僧。临济宗杨岐派在南宋有径山宗杲和虎丘绍隆两系,宗杲弟子育王德光之后,分为灵隐之善和北磵居简两支;绍隆的再传弟子密庵咸杰之后,分为松源崇岳和破庵祖先两支。这四支构成南方临济宗的主流,元代禅宗著名诗僧,也都分别出自这四支。

行端(1255—1342),字元叟,台州临海人,俗姓何。十二岁出家,十八岁受具足戒。初参藏叟善珍于径山,得悟。后至仰山，随雪窦祖钦习禅三年。其法系属之善一支，为藏叟善珍法嗣，宗杲四世法孙，南岳下十九世。大德四年（1300）住持湖州资福寺。七年，赐慧日正辩师号。八年（1304）诏主杭州中天竺寺。皇庆元年（1312）迁灵隐寺，奉元仁宗之旨在金山无遮大会上说法，加佛日普照之号。退居良陼西庵。至治二年（1322），住持径山。泰定元年（1324），获"大护持师"玺书。黄溍《径山元叟禅师塔铭》称其"至是凡三被金襕袈裟之赐"，又称"径山自大慧中兴后，代有名德，得师而其道愈光"（《金华黄先生文集》卷四十一）。今有《元叟行端禅师语录》八卷传世，除了卷六"偈颂赞"之类的禅诗外，住持各寺的上堂法语中也有不少诗偈。

行端受历朝皇帝恩宠，其地位之高，在元代禅师中甚为少见。大德七年（1303）八月二日，护持圣旨到资福寺，元叟领众望阙谢恩罢，上堂说偈云：

> 平生抱愚拙，必意安林丘。盘陀一片石，松下聊优游。回鸾五色诏，瞥尔来岩幽。天恩浃肌骨，浅薄将何酬。愿君为尧舜，愿臣为伊周。金枝与玉叶，光耀千千秋。万民赡秔稌，四海销戈矛。竺仙正法眼，如水常东流。

此偈为五言古诗，"平生"四句叙说自己"安林丘"的怀抱；"回鸾"四句感谢皇帝的恩宠；"愿君"四句表达对君王和大臣的期待以及对圣朝光耀千秋的歌颂；"万民"四句祝愿人民丰衣足食，享受太平，而禅宗正法眼藏的传承如水流不息。诗偈内容很得体，符合元代统治者对"御用禅僧"的要求，"天恩浃肌骨"一句感恩戴德尤为诚恳。

行端参禅之余,也好作诗。黄溍《径山元叟禅师塔铭》称他:"施于篇翰,尤精绝古雅。石田林先生隐居吴山,不与世接,独遗师以诗曰:'能吟天宝句,不废岭南禅。'其取重于前辈如此。"行端的《拟寒山诗》非常有名。据《塔铭》记载:"虎岩伏公时住径山,请师(行端)居第一座。既而退处楞伽室,拟寒山子诗百余篇,皆真乘流注,四方衲子,多传诵之。"今《元叟行端禅师语录》卷六仅载其《拟寒山子诗》四十一首,当有亡佚。行端曾自称"寒拾里人",即寒山、拾得同里之人,其拟寒山诗也惟妙惟肖,试看几首:

权门有贪狼,掠脂又剜肉。一己我喜欢,千家尽啼哭。溢窖堆金银,盈箱迭珠玉。只知丹其毂,不知赤其族。

城中一少年,容貌如神仙。身披火浣服,手把珊瑚鞭。常骑紫骝马,醉倒春风前。三日不相见,闻说归黄泉。

木落湫水寒,千峰正岑寂。惟闻虎啸声,不见人行迹。霜露湿岩莎,月轮挂空碧。此时观此心,独坐盘陀石。

第一首讽刺权门贪官搜刮民脂民膏,最终不得好死。第二首对富贵少年骄奢行为和短暂命运的描写,酷肖寒山诗"城中娥眉女,珠佩珂珊珊。鹦鹉花前弄,琵琶月下弹。长歌三日响,短舞万人看。未必长如此,芙蓉不耐寒"的冷眼旁观。以上两首皆为劝世。第三首则写的是清寒孤寂的山居生活,亦得寒山诗的神韵。行端上堂有时也用韵语,其风格也酷肖寒山、拾得的白话诗,如住湖州资福寺语录中一次上堂曰:

> 一年十二月，一日十二时。年与月相逐，日与时相随。人间年月尽，地府来勾追。无常捷疾鬼，顷刻不暂违。参玄诸上人，早早当知之。临渴乃掘井，掘之徒尔为。

这段韵语的内容是劝世人早日参禅学佛，莫要错过时机，"临渴掘井"的警告，完全模仿寒山诗的口吻。

行端有七律《山居二首》，这也是禅宗传统写作题材之一，其诗曰：

> 山木交柯莎满庭，马蹄且不污岩扃。篝灯对雪坐吟偈，拥衲绕泉行课经。睡少每知茶有验，病多常怪药无灵。金园一岁一牢落，谁似孤松长自青。
>
> 小榻新营岩瀑西，白云无路草萋萋。月明扃户野猿啸，日晏拥衾山鸟啼。积世诗书空简蠹，累朝坟墓只田犁。邯郸驿店一炊黍，堪笑古今人自迷。

第一首首联写山居与世俗的隔离，无红尘中官员马蹄的污染。颔联写僧人山居日常生活，"吟偈"与"课经"代指亦诗亦禅。颈联写山居的生活经验，睡与茶、病与药之间的关系。尾联使用佛经故事，须达长者欲买祇陀太子园为佛住处。太子戏言，得金布满地中，即当卖与。须达遂出金饼布地，周满园中，厚及五寸，广惟十里。须达买此园地，奉施如来，起立精舍。此处金园代指城中华丽的佛寺，与山中的庵居生活相对比，谓金园中草木每岁枯荣，而山中孤松却长青不凋。第二首"白云无路"的描写近似寒山诗"寒山路不通"，山居僧人日夜与猿鸟为邻。诗书已为虫蠹,坟墓变为耕田,古往今来的历史不过如邯郸一梦,人们却迷而不知。诗中能看到《山居诗》首创者禅月大师贯休喻世劝世的影子。

行端还有一首《山房自述》诗:"故园归路隔天涯,绝顶闲房且寄家。翻罢贝多山月好,一棚花影漾袈裟。"其实也是描写自己的山居生活,因此被《禅宗杂毒海》卷七归为"山居"一类。看来,行端声称自己"平生抱愚拙,必意安林丘",并非是惺惺作态,"三被金襕袈裟之赐",也非本意,为了禅门的发展,"行天下大公之道",不得已而借皇帝威权而弘扬佛法。总体而言,行端的诗风比较通俗化,好用白描,所谓"能吟天宝句",近于唐风,跟其师善珍唐音、宋调兼顾,且"吟酣思苦"的作风不同。

行端的法嗣较多,善诗的有古鼎祖铭、楚石梵琦等。祖铭(1280—1358),字古鼎,奉化人,俗姓应。《元史·艺文志》著录有《古鼎外集》,已佚。《元诗选》录其诗十一首。祖铭存诗不多,但大多精巧雅致,不似一般禅僧诗的粗犷。其五古组诗《径山五峰》最知名,组诗后有祖铭跋语曰:"山中五峰,传之久矣,然指者不一,今各赋一诗,庶来者不待问而知也。至正庚寅七月径山释铭书。"其《堆珠峰》曰:

  天势下凌霄,坐使万壑趋。元气结峦岫,献此大宝珠。翊殿护释梵,鼓钟殷人区。

其他四峰的描写与此类似,将山势的雄伟与佛寺的壮丽结合起来,突出径山作为禅宗五山十刹之首的神圣地位。清人张豫章辑《四朝诗》也收录祖铭这组诗。

从抒情的角度看,祖铭的七绝《题熨褓图》最值得称道,诗颇有人情味,不似方外人的作品:

> 练光帖帖雪光开,倩得邻姑熨未裁。郎在征途儿在眼,十分寒向意中来。

《熨褓图》不见画史记载,这首题画诗可补画史之阙。按诗所描写,图中所画为女子在熨婴儿褓裸,褓裸雪白,深情款款,然而"郎在征途"写出丈夫随军队出征,婴儿尚幼,虽然白布已熨妥帖,却生出十分寒意。熨斗之暖与心意之寒形成强烈的反差,由于有褓裸中的婴儿在眼,因而此诗比传统的闺怨更惊心动魄。

祖铭的五古善于渲染意境,如《宿径山娑罗林二首》其一:

> 高斋宿层峦,无眠振衣起。历历夜方悄,婉婉情自美。浓露灌桂花,清香袭庭几。林旷鸣籁隐,空净停云徙。万事坐若遗,静极到天理。举目注秋江,凉月薄如水。

前四句写良夜无眠,起行庭院。中四句从触、鼻、耳、眼的角度,写浓露、清香、鸣籁、停云,皆六根所接之净境。后四句静极的坐忘,体会到玄微的天理,更以月凉如水衬托其境的清凉澄澈。

行端弟子中更富有诗才的是楚石梵琦。梵琦(1296—1370),字楚石,小字昙曜,明州象山人,俗姓朱。元叟行端法嗣，大慧宗杲五世法孙，属南岳下二十世。至正七年（1347），赐号"佛日普照慧辩禅师"。晚年归天宁寺，筑西斋居之，自称西斋老人。明末名僧云栖袾宏《皇明名僧辑略》把梵琦列为《正录》十人中的第一人，并谓"本朝第一流宗师，无尚于楚石"。梵琦卒于明太祖洪武三年（1370），按本书体例，不应叙及。然而他九岁出家，一生在元代为僧六十年，入明不到三年，所以本书破例以元诗僧论之，特此说明。据明释幻轮汇编《释鉴稽古略续集》载："师所著有六会语录，净土诗，上生偈，北游、凤山、西斋三集，和天台三圣诗及永明寿、陶靖节、林和靖诸作。"可知梵琦所作诗颂不少。《楚石梵琦禅师语录》共二十卷，卷十二为颂古，卷十三、十四为佛祖偈赞，卷十五至十九为偈颂，均可视为禅诗。

梵琦的颂古保持着禅门本色，生机活杀，多用宗门语和方言俗语，句式自由灵活，不拘一格。如颂"僧问六祖黄梅意旨"曰："黄梅有甚意旨，六祖元是樵夫。道我不会佛法，茫茫接响承虚。若非一笔勾下，转见滋蔓难图。六六元来三十六，长江风紧浪花粗。"是典型的传统的禅门颂古，与其他禅师语录中的颂古风格相近，无甚特色。此外，梵琦的祖师赞数量也很多，如卷十三中从《第一祖摩诃迦叶赞》写到《第三十三祖慧能大师赞》，几乎可看作以赞写成的早期禅宗简史。卷十四又有《十六大阿罗汉赞》、《布袋赞》四首、《寒拾赞》四首、《达磨大师赞》七首、《因陀罗所画十六祖，闻上人请赞》、《因陀罗所画诸圣，闻上人请赞》、《日本渊默庵画二十二祖，请赞》等其他佛教赞文，这些赞使用诗的押韵形式以及表现手法，近似偈颂。

《楚石梵琦禅师语录》卷十五到十九皆归类为"偈颂"，其中大约有三卷皆为送别诗。不过与前辈诗僧的作品不同，梵琦的送别诗所送对象无一为士大夫，全为僧人，因而诗中几乎没有世俗情感的流露，而全然为宗门佛理禅机的表白，可视为他语录中说禅"法语"的韵文书写。试看以下几首：

> 对一说，倒一说，佛祖从来无秘诀。更问灵山付嘱谁，葛藤未免生芽蘖。道人放下驰求心，当念廓然超古今。直上扶摇九万里，大鹏不比寻常禽。（卷十五《送观藏主还里》）

> 青山青，白云白。欲识一贯，两个五百。福州名品荔枝，多是鹘仑吞却。玄沙筑破脚指头，直得通身白汗流。如今所谓善知识，接物利生沙压油。脚未跨门先勘破，何须待踞灯王座。五湖四海觅知音，一曲阳春少人和。（卷十六《送普禅人还闽》）

> 天台一万八千丈，正眼观来平似掌。不待崎岖走路岐，尘尘刹刹皆方广。头上笠，腰下包，青山绿水长逍遥。衲僧本自无羁绊，万两黄金也合消。（卷十七《送有侍者游天台》）

送别诗全为说禅诗，除了佛祖、灵山、葛藤、善知识、灯王座、正眼、尘尘刹刹、方广、衲僧这类名词之外，诸如付嘱、放下、鹘仑吞却、勘破之类的动词，乃至与"青山青，白云白"这样形容山水的语词，都有禅籍的出处。这些送别诗只有禅意，而了无诗味，跟梵琦的所有禅宗偈颂风格是一致的。值得注意的是，三卷送别诗中有若干首赠送日本、高丽僧人的作品，其中送日本僧的有二十多首，如《送延圣世首座还日本》《送中天竺吾藏主还日本》《送日本建长佐侍者之庐山》等，还包括诗题中无"日本"二字实为送日僧的作品，如《送雪窦荣藏主归国》"大唐又向扶桑归"等；送高丽僧的有二首，即《送高丽兰禅人礼补陀》《送高丽顺禅人归国》。这些作品具有研究元代禅林文化在东亚传播的史料价值。

梵琦的偈颂爱写禅宗传统题材，如牧牛诗、十二时歌、拟寒山诗等，都有作品传世。相对而言，这些题材的作品稍微显得较有诗意，由于结合自然意象、生活场景进行书写，因而多少具有形象性、象征性的特征。试看《和梁山十牛颂》中的两首：

　　天涯海角遍参寻，直入万重烟嶂深。拚得今朝与明日，绿杨堤畔听莺吟。（《寻牛》）
　　前坡只尺是侬家，迭迭春山横暮霞。好个归来时节子，一钩新月挂檐牙。（《骑牛归家》）

《十牛颂》出自唐代大安禅师牧牛公案，将参禅者的心性调养比喻为牧牛。南宋常德府梁山廓庵师远作《十牛图》并颂，将象征心性调养的牧牛过程，分而为寻牛、见迹、见牛、得牛、牧牛、骑牛归家、忘牛存人、人牛俱忘、返本还源、入鄽垂手等十个过程，其后禅师多仿效其作画颂，梵琦之作便是继承这一传统。《寻牛》中的"直入万重烟嶂深""绿杨堤畔听莺吟"，《骑牛归家》中的"迭迭春山横暮霞""一钩新月挂檐牙"，都颇有诗情画意。他的《十二时颂》则生动地描写了禅家的日常生活：

　　　　子时大地黑漫漫，不待重将正眼观。枕子忽然抛落地，须弥崩倒海枯干。

　　　　丑时远近尽鸡鸣，万想千思睡不成。身在世间闲不得，又穿衣服下阶行。

　　　　寅时那个是闲人，贵贱贤愚总为身。只管噇眠呼不起，奴儿婢子也生嗔。

　　　　卯时渐见日轮高，已向阶前走几遭。鼻孔眼睛忙似钻，千般不顾是眉毛。

　　　　辰时未免去烹煎，火涩柴生满灶烟。四只钵盂三只破，一双匙箸不完全。

　　　　巳时作务也奇哉，门户支持客往来。对坐吃茶相送出，虚空张口笑哈哈。

　　　　午时赤日正当中，五色摩尼耀太空。扑碎都来无一物，依然赤白与青红。

　　　　未时树影过窗西，觌面相呈划地迷。从旷劫来无间断，今朝何事隔云泥。

　　　　申时一日几光阴，早被桑榆暮景侵。抖擞精神休瞌睡，啾啾乌雀满园林。

　　　　酉时红日下西山，草屋柴门及早关。几个老乌松顶泊，清晨飞去夜方还。

　　　　戌时无事莫开门，静卧寥寥四壁昏。自有光明看不见，见时生死不能吞。

　　　　亥时洗脚上床眠，生在阎浮大可怜。眠不多时天又晓，未知休歇是何年。

此十二时颂延用禅宗十二时歌的传统,但却没有采用三七七七、三三七七七体,而是采用了七言绝句的形式,写十二时辰中禅家的生活起居,落枕、穿衣、阶行、生火、做饭、待客、吃茶、坐禅、关门、静卧等,既夹杂禅理,又不失幽默诙谐之趣。

楚石梵琦还作有唱和寒山诗三百零七首、拾得诗三十八首、丰干诗两首。后与明末清初福慧野竹所作和诗合集为《天台三圣诗集和韵》,见于《嘉兴大藏经》第三十三册。与诸禅僧拟寒山诗不同的是,楚石梵琦与福慧野竹的和三圣诗全部为次韵唱酬,即依寒山、拾得、丰干诗原本各韵脚,次序亦保持不变,其语言风格、诗歌内容又皆似寒山诗,故此二人次韵唱和比诸禅门拟寒山诗难度更高。举梵琦三则和诗为例:

有个王秀才,笑我诗多失。云不识蜂腰,仍不会鹤膝。平侧不解压,凡言取次出。我笑你作诗,如盲徒咏日。(寒山)

我和寒山诗,有得复有失。觅句行掉头,挥毫坐摇膝。依他声律转,自我胸襟出。法法皆现前,当空一轮日。(楚石)

重岩我卜居,鸟道绝人迹。庭际何所有,白云抱幽石。住兹凡几年,屡见春冬易。寄语钟鼎家,虚名定无益。(寒山)

我读寒山诗,虚空寻鸟迹。谁能横点头,独有松下石。一字不可加,千金岂能易。捧心学西子,取笑非求益。

（楚石）

　　下愚读我诗，不解却嗤诮。中庸读我诗，思量云甚要。上贤读我诗，把着满面笑。杨修见幼妇，一览便知妙。

（寒山）

　　我诗非俗语，俗子徒嘲诮。既不说利名，又不干权要。得句有谁知，临风恒自笑。可喜复可愕，无玄亦无妙。

（楚石）

楚石称自己的和诗虽依寒山诗之韵，但却出自自我胸襟，森罗万象，皆法所印。在写作内容上并未超过寒山诗的范围，如写人生无常、人生苦短、长生无术、名利无用等，但模仿寒山口吻惟妙惟肖，也属难得。

第二节　栯堂文益及其山居诗

宗杲系之善支另有一诗僧栯堂文益，以山居诗著名当时及后世。文益，号栯堂，温州人。开法婺州天宁，迁荐福，后主明州太平，升彰圣，晚住奉化岳林寺（参见《续传灯录》卷三十六），世亦称"岳林益"。各灯录记载，栯堂益临终遗偈云："八十三年，什么巴鼻。柏树成佛，虚空落地。"其生卒年略早于古林清茂（清茂有《悼岳林栯堂和尚》），约与云外云岫同时（云岫有《次韵栯堂和尚》）。栯堂益为净慈仲颖法嗣，属南岳下十九世。清顾嗣立编《元诗选》二集卷二十六录其十二首《山居诗》，小传曰："益，字栯堂，温州人，大慧杲四世法嗣。得法于净慈隐公，住庆元奉化岳林寺，世传《山居诗》一编。蘖庵黄僧游广陵，得于东隐精舍，为元时旧刻。"传有小误，"字栯堂"，当作"号栯堂"，栯堂是庵堂道号。"净慈隐公"，当作"净慈颖公"，即东叟仲颖禅师。关于栯堂的法名，各灯录和《元诗选》皆为单名"益"，据清释畹荃辑《明州阿育王山续志》卷十一收《寄育王东堂》诗，署名为栯堂禅师文益，故知其全名为"文益"。

栯堂益的现存作品有《山居诗》四十首，明朱时恩《佛祖纲目》卷三十九载十首，明释正勉《古今禅藻集》卷十六载二首，近代忏庵居士所编《高僧山居诗》（上海商务印书馆1934年版）四十首全录。《禅宗杂毒海》中还存有少量诗偈。

栯堂益的山居诗皆为七言律诗，对仗工整，格律精严，语言典雅，说理透彻，是贯休之后最有文采者。其诗广泛援引或化用经史子集四部典籍，包括唐宋诗歌作品。内容主要是咏史、谈玄和写景的结合，以俗世历史的污秽丑恶与方外山林的清净幽雅相对照，歌颂山居修道之乐。其好用故事的写作手法，谈古说今的时空对比，愤世嫉俗的冷峻态度，与传统山居诗清新自然的语言风格和优游不迫的山居心态大为不同，别具一格。试看以下几首（均见于《高僧山居诗》）：

> 即今休去便休去，何事却求身后名。世乱孙吴谋略展，才高屈贾是非生。沟中断木千年恨，海上乘槎万里情。谁识枯禅凉夜月，松根一片石床平。

> 利名忙不到云林，白日自升还自沉。诗出杳冥空有象，道超玄妙合无心。棕鞋踏冻石梯滑，松帚扫霜山径阴。刖

足燃脐总堪笑,一庵长掩乱云深。

　　白云影里呵呵笑,地老天荒更不疑。樵径有霜寻药冷,石窗无月了经迟。青氈夜雪怜苏武,黄犬西风叹李斯。千古青编在天下,流芳遗臭更由谁。

第一首诗中,首联直接说理。颔联咏史,"孙吴"句指春秋时孙武和战国时吴起,两人都因为世乱而得以伸展谋略;"屈贾"句指战国时屈原与汉时贾谊,两人都因才高而遭谗言。颔联"沟中断木",出《庄子·天地》:"百年之木,破为牺尊,青黄而文之,其断在沟中。比牺尊于沟中之断,则美恶有间矣,其于失性一也。"喻指千年来"失性"之人留下的遗恨。"海上乘槎"出晋张华《博物志》:"旧说云:天河与海通。近世有人居海渚者,年年八月有浮槎去来,不失期。人有奇志,立飞阁于查('查',同'槎')上,多赍粮,乘槎即去。"喻指万里浮海求仙的情怀。尾联以凉月夜"松根一片石床平"的清净环境,反衬世上的谋略、是非、才华、欲望之无聊,呼应首句"即今休去便休去"与世决绝的态度。第二首诗首联仍是说理,直接表示追逐名利与山林生活无关。颔联"诗"与"道"、"有象"与"无心"的对举,表现了山居禅僧的诗禅并修,其理念颇有代表性。颈联以棕鞋踏冻、松帚扫霜写山居日常寒俭朴素的生活。尾联刖足、燃脐用孙膑、董卓典。《史记·孙子吴起列传》称庞涓忌孙膑之才,"以法刑断其两足而黥之"。《后汉书·董卓传》载:"乃尸卓于市。天时始热,卓素充肥,脂流于地。守尸吏然火置卓脐中,光明达曙,如是积日。"孙膑有才而枉受酷刑,董卓无德而终无善果。有才与无德,终究落得一样下场,不如庵居白云深处，与世无争。第三首诗前四句写山中生活。颈联用苏武、李斯之事。《汉书·苏武传》载，苏武出使匈奴，"单于愈益欲降之，乃幽武置大窖中，绝不饮食。天雨雪，武卧啮雪与旃毛并咽之，数日不死。匈奴以为神，乃徙武北海上无人处，使牧羝，羝乳乃得归"。《史记·李斯传》："二世二年七月，具斯五刑，论腰斩咸阳市。斯出狱，与其中子俱执，顾谓其中子曰：'吾欲与若复牵黄犬俱出上蔡东门逐狡兔，岂可得乎！'遂父子相哭，而夷三族。"尾联借读史阐明贤愚无别，流芳遗臭，无非是人为评价。

栴堂益的山居诗，总爱借历史人物来讨论是非成败，由此阐明种种人生哲理，诗中充满格言式的警句，有几分白居易似的劝世诗风，如以下几首：

铁载能浮羽楫沈，败非成是迹休寻。漫言解返秦庭璧，须信难藏郿坞金。甜到尽时忘蜜味，酸从回处见梅心。青山若个不堪住，独买沃州支遁林。

从他鹿角马头安，历历千年此道存。刑法措时应返朴，是非齐后自归源。相韩卿赵裩中虱，霸楚王吴槛外猿。一句无私今古共，人间天上与谁论。

人生不满一百岁，今是昨非无定名。天下由来轻两臂，世间何故重连城。龙亡大泽群鳅舞，兔尽平原走狗烹。满目乱坡眠白石，有时特地意初平。

千年明镜忽生尘，逐妄迷真岂有因。海上刻舟求剑客，市中正昼攫金人。万牛难挽清风转，两曜遍催白发新。此事知音古来少，碧天无际地无垠。

第一首诗首联以铁船能浮、羽楫却沉的禅门格外谈,说明成败是非的相对性,无迹可寻。颔联"秦庭璧",用蔺相如还璧归赵事,"漫言"二字意味着纵使蔺相如斗智胜秦王,终难逃赵国被秦国所灭的命运,那么还璧又有何意义。"郿坞金"用董卓之事。《后汉书·董卓传》载,东汉初平三年,董卓"筑坞于郿,高厚七丈,号曰'万岁坞'。积谷为三十年储。自云:'事成,雄据天下;不成,守此足以毕老。'"后卓败被杀时,"坞中珍藏有金二三万斤,银八九万斤,锦绮缯縠纨素奇玩,积如丘山"。董卓自以为郿坞坚不可摧,结果所藏金皆被收缴。这两个典故说明功名和富贵皆不可凭依。颈联以食蜜品梅的经验,暗示物极必反的哲理。第二首诗一开头便用赵高"指鹿为马"的故事,直斥历史书写对是非曲直的任意颠倒。接着反对措刑法,主张齐是非。颈联谓为卿为相、争霸争王都无非如裤裆里的虱子、牢笼中的猿猴,拘于一隅,见识短浅。"裈中虱"出自晋阮籍《大人先生传》:"独不见群虱之处裈中,逃乎深缝,匿乎坏絮,自以为吉宅也。行不敢离缝际,动不敢出裈裆,自以为得绳墨也。然炎丘火流,焦邑灭都,群虱处于裈中而不能出也。君子之处域内,何异夫虱之处裈中乎?""槛外猿"《元诗选》小传引作"槛内猿"。槛,指关禽兽的木笼,囚笼。南朝宋鲍照《代东武吟》:"昔如鞲上鹰,今似槛中猿。"此联辛辣嘲笑王霸卿相的所谓功名,不过是作茧自缚的牢笼而已。第三首诗仍讨论"今是昨非"的问题。颔联讽刺世间轻自性而重外物、轻生命而重权力的奇怪现象。"轻两臂",出《庄子·让王》:"韩魏相与争侵地。子华子见昭僖侯,昭僖侯有忧色。子华子曰:'今使天下书铭于君之前,书之言曰:左手攫之则右手废,右手攫之则左手废,然而攫之者必有天下。君能攫之乎?'昭僖侯曰:'寡人不攫也。'""连城"指和氏璧,《史记·廉颇蔺相如列传》:"赵惠文王时得楚和氏璧,秦昭王闻之,使人遗赵王书,愿以十五城请易璧。"颈联"龙亡"二句,则比喻争夺天下、屠戮功臣的历史乱象。尾联用《神仙传》黄初平叱白石为羊的故事,表达离世而居的愿望。第四首首联以明镜喻心性,明镜生尘故逐妄迷真。颈联"求剑客"和"攫金人"正是逐妄迷真的典型。"刻舟求剑"出自《吕氏春秋·察今》,比喻固执成法不知变通的人。"正昼攫金",事见《列子·说符》:"昔齐人有欲金者,清旦衣冠而之市,适鬻金者之所,因攫其金而去。吏捕得之,问曰:'人皆在焉,子攫人之金何?'对曰:'取金之时,不见人,徒见金。'"比喻贪图眼前不知利害的人。颈联说世上清风不再,用万牛之力也挽不回,化用黄庭坚诗"万牛挽不前,公乃独力扛"之句;而日月"两曜"运行,催人年老。最后以天地无穷、知音难觅结束。

否定世间秩序,批判利欲熏心,目的是引导世人避世山居。这是历代山居诗写作传统中一直延续下来的主题,栯堂益山居诗也不例外,如:

溪隔红尘树锁烟,寒蒲终日自安然。黄河定是有清日,曲木其如无直年。道在玄珠澄赤水,德亡神剑跃深渊。从来不结东林社,屋外开池自种莲。

太古淳风久未回,滔滔末劫转堪哀。素丝受色离蚕口,明月蒙尘出蚌胎。无病空花宁翳眼,有疑弓影自沉杯。何人死得偷心尽,来共锄云伴种梅。

> 何事随流又入流，麻衣松食我甘休。昔人有意成欹器，后世无因用直钩。五斗折腰元亮仕，千钟僭爵董权侯。寻常阅遍荣枯事，输与空山枕石头。

黄河、曲木、玄珠、神剑、素丝、蚌胎、弓影、欹器、直钩、五斗、千钟等有典故出处的词语，都是作者用以表达不满现世、追忆古风的机用施设。"欹器""直钩"，都与辅君之臣有关。《荀子·宥坐》："孔子观于鲁桓公之庙，有欹器焉。孔子问于守庙者曰：'此为何器？'守庙者曰：'此盖为宥坐之器。'孔子曰：'吾闻宥坐之器者，虚则欹，中则正，满则覆。'"杨倞注："欹器，倾欹易覆之器。宥，与'右'同，言人君可置于坐右以为戒也。"三首诗的尾联都明确表示世道不好，不如山居。值得注意的是，这三首诗中除了寒蒲、空花、莲社、偷心等与佛教有关的词语外，其余的典故全部来自俗世的外典，所以其诗句更像警世通言，而并非仅仅关乎佛禅修行。

楠堂益山居诗还有借用"诗典"的，所谓"诗典"，指前人诗中成为典实的诗句。比如：

> 乱流尽处卜幽栖，独树为桥过小溪。春雨桃开忆刘阮，晚山薇长梦夷齐。寻僧因到石梁北，待月忽思天柱西。借问昔贤成底事，十年骑马听朝鸡。

颔联出句用东汉刘晨、阮肇入天台山的典故，对句用伯夷叔齐不食周粟、采薇首阳山的典故。颈联中石梁、天柱二山，皆在浙江境内，为僧道修行之所。尾联嘲笑官员们听鸡鸣而上早朝的辛苦。欧阳修《早朝感事》:"疏星牢落晓光微,残月苍龙阙角西。玉勒争门随仗入,牙牌当殿报班齐。羽仪虽接鹓兼鹭,野性终存鹿与麋。笑杀汝阴常处士,十年骑马听朝鸡。"宋袁文《瓮牖闲评》卷五:"朝鸡者,鸣得绝早,盖以警入朝之人,故谓之朝鸡。"故"听朝鸡"即指仕途生涯。关于此诗,还有种种传说。曾慥编《类说》卷十六"十年骑马听朝鸡"载:"欧阳永叔在政府,以诗寄颍阴隐士常秩曰:'笑杀汝阴常处士,十年骑马听朝鸡。'既而王介甫秉政,以右正字直史馆,召秩。秩遂起,有无名子改前诗曰:'昔日汝阴常处士,却来马上听朝鸡。'"又叶梦得《石林诗话》卷中载:"常待制秩,居汝阴,与王深父皆有盛名。于嘉祐治平之间屡召不至。虽欧阳文忠公亦重推礼之,其诗所谓'笑杀颍川常处士,十年骑马听朝鸡'者是也。熙宁初荆公当国,力致之,遂起。判国子监太常礼院,声誉稍减于前。尝一日大雪,趋朝与百官待门于仗舍。时秩已衰寒,甚不可忍,喟然若有所恨者乃举文忠诗以自戏曰:'冻杀颍川常处士,也来骑马听朝鸡。'"南宋韩元吉《春日书事五首》之一:"十年骑马听朝鸡,老窃州符簿领迷。"(《南涧甲乙稿》卷六)桷堂益用欧阳修诗成句,亦可见他涉猎之广泛。

顾嗣立《元诗选》评栯堂益诗曰:"格律在皎然、无本之间,当不徒赏其山居高致已也。"在诗歌趣味上,栯堂益不再致力于禅理心性的表现,而是更多地以冷峻的眼光审视世俗功名、古今历史,使得一向静谧的山居诗具有纵横捭阖的气魄。他在诗的立意、用事、造语方面大下功夫,摆脱了粗朴鄙野的白话风格。当然,栯堂益在描写山居生活和景物方面也有很高造诣,如清沈涛评价曰:"元栯堂禅师《山居诗》,与《禅月集》(贯休诗集）中《山居杂咏》工力悉敌，未易伯仲。今摘数联于此：'灌蔬月下担寒浪，移石云边接断桥''黄狖林中偷果去，翠禽篱下引雏飞''夜火晴收枫坞叶，午茶寒煮石池冰''秋竹走筱穿断石，老藤行蔓上枯松'，真脱尽蔬笋气也。"（《匏庐诗话》卷下）

从某种意义上说，栯堂益的山居诗成为这一题材的新典型，几乎与贯休的山居诗并驾齐驱，吸引了后世禅僧频频的唱和模仿。明代汉月法藏有《山居诗》四十首（《高僧山居诗续编》），皆为次韵栯堂益诗，且诗歌风格也受其影响。雪峰如幻也有《和栯堂禅师山居》四十首（《高僧山居诗》），全部为次韵。大方行海有《和栯堂禅师山居》十首（《大方禅师语录》卷四）。石雨明方《和栯堂诗序》曰："凡和诗者，不超原唱，不若无和。此余于栯堂《山居》，几构而几阁笔也。兹读鸳湖兄所和，如啜萝芥于酩酊，令人眼目一新，实称老手。"（《石雨禅师法檀》卷十六）又文德翼《绿雨禅师和栯堂山居诗序》："栯堂和尚始以山居诗倡，喜而和之者遍天下，绿雨师憩匡庐时，亦得四十章。"（《求是堂文集》卷六）这些材料说明，栯堂益山居诗在明代很受欢迎，模仿者众多。此外，清释晓青有《山居诗和栯堂禅师原韵四十首》（《高云堂诗集》卷九），释则峰有《山居和元栯堂韵》二首（《沅湘耆旧集》卷一百九十三），释行日《萍游草》诗集有《径峰天慧山居诗和元栯堂禅师韵》（沈季友《檇李诗系》卷三十三），释元尹作《巨容普佺禅师和栯堂山居诗集序》（《博斋集》卷下）。据释上思《栯堂山居诗注序》介绍，有日焰大师"近于禅寂之余。有取乎栯堂山居韵而笺释之"（《雨山和尚语录》卷十九），足可看出栯堂山居诗在明清丛林受欢迎的盛况。

明云栖祩宏在《竹窗随笔》中评曰:"永明、石屋、中峰诸大老,皆有山居诗,发明自性,响振千古。而兼之乎气格雄浑,句字精工,则栯堂四十咏,尤为诸家绝唱。所以然者,以其皆自真参实悟,溢于中而扬于外,如微风过极乐之宝树,帝心感干闼之瑶琴,不搏而声,不抚而鸣,是诗之极妙,而又不可以诗论也。不攻其本,而拟其末,终世推敲,则何益矣!愿居山者,学古人之道,毋学古人之诗。"(《云栖法汇》)从佛教的角度看,栯堂益山居诗有如此多的唱和者,并非因其文字之功,而是因体现出他的"真参实悟"。

除了山居诗之外,栯堂益还有一些诗偈散见于禅籍中,如《径山志》卷九载其《题径山》七律一首:

攀萝扪石上崔嵬,为访名师特到来。碧眼望穿红日际,青鞋蹋破白云堆。松涛振壑鸣天籁,瀑布舂岩动地雷。好境自然尘世别,何须海上觅蓬莱。

颔联从视觉角度描写,碧眼、红日与青鞋、白云对仗工整,色彩鲜明。颈联从听觉角度切入,松涛自是天籁,瀑布恰如地雷,"舂岩"特别善于形容。中间两联绘声绘色,夸张渲染出径山的风光,表达了对此禅门圣地的向往。诗风大致与其山居诗相类。又如《禅宗杂毒海》中保存了他四首诗偈:

举头见星忽悟道,黄泥山上生茅草。李婆自做老裁衣,不剪干红剪香皂。(《成道》)

虎生三日气吞牛,养子谁如孙仲谋。老屋四檐天在上,

此心有愧到杭州。(《东叟塔》)

灵源大士居昭默,横川老师居山寮。高风相去三百载,人世南朝自北朝。(《寄育王东堂》)

现成句子欠浑仑,把着师僧便灭门。七佛传来正法眼,对人唤作破沙盆。(《读密庵语》)

第一首写佛成道之事。首句"举头见星忽悟道",出自佛典,据称释迦牟尼佛"于二月八日明星出时成佛"(《景德传灯录》卷一),后面三句却用俗语打诨。第二首用孙权典,"养子"谓其师东叟仲颖修行高妙,但其法脉中却少有像孙权那样有作为的。第三首中,育王东堂,指明州阿育王寺东堂空叟禅师。灵源大士,指北宋黄龙派禅僧灵源惟清;横川老师,指南宋入元杨岐派禅僧横川如珙。诗意感慨古德不再,世道变迁。第四首用宋代密庵咸杰与其师应庵昙华的问答。《禅宗颂古联珠通集》卷四十载:"应庵问:'如何是正法眼?'师遽答曰:'破沙盆。'庵颔之。"

清集云堂编《宗鉴法林》卷六收栯堂益颂古一首:

心如面黑,语似人蛮。廓然无圣,玉解连环。杨子江头白浪,少林雪后青山。

所颂乃禅宗初祖菩提达磨之事,头两句写达磨之心貌,"黑"字实为反语。"廓然无圣",是达磨酬对梁武帝之语。最后两句颂达磨渡江北上,至少林寺坐禅事。可惜栯堂益的语录已失传,其诗也当有亡佚。

第三节 笑隐大䜣

入元以后,居简一支以笑隐大䜣最为知名,在禅学和诗学两方面均有较高造诣。禅学方面,他批评宗杲以来"看话禅"的流弊,又批评"黄龙三关"如"商君立法",是黄龙派法系断绝的原因。在诗学方面,取径较广,颇受士大夫好评。

大䜣(1284—1344),号笑隐,南昌人,俗姓陈。九岁出家,遍阅大藏经文。往百丈山参究晦机元熙禅师,得彻证,为其法嗣。属临济宗杨岐派南岳下二十世。历住湖州乌回寺、杭州大报国寺、中天竺寺。天历二年(1329)奉诏住持金陵大龙翔集庆寺,得封大中大夫,赐号广智全悟大禅师,受元文宗召见。至元二年(1336)加赐释教宗主兼领五山称号。有《蒲室集》十五卷、《笑隐大䜣禅师语录》四卷传世。

大䜣雅擅诗文,《蒲室集》中多与赵孟頫、柯九思、萨都剌、高彦敬、虞集、马臻、张翥、李孝光等士大夫往来之作。虞集《蒲室集序》称诵读其文:"如洞庭之野,众乐并作,铿宏轩昂,蛟龙起跃,物怪屏走。沉冥发兴,至于名教节义,则感厉奋激,老于文学者不能过也。"四库馆臣《蒲室集提要》亦称:"其五言古诗,实足揖让于士大夫间,余体亦不含蔬笋之气,在僧诗中犹属雅音。"

所谓"雅音",大抵是站在儒家士大夫立场来评价的。事实上,《蒲室集》中的诗歌,表达的多为士大夫式的世俗感情生活。如卷一楚辞体的《猗兰辞》《思亲辞》《山云辞》《凤篁引》

《宋孝子诗》等咏叹之辞,皆是"名教节义"之类的情怀。大䜣特别爱写孝子之情,如《瞻云亭诗》,就用唐狄仁杰望白云而思亲的故事。又如四言诗《画兰》:

> 尔芳来袭,我佩斯纫。有肖于德,熏然而春。匪夷匪惠,国士振振。高风百世,怀哉古人!

幽兰在大䜣的笔下,不是高洁避世的幽人的象征,而成为所谓振振的"国士",这种象征的改变颇有意味,与大䜣在元代飞黄腾达的地位应有某种对应的关系。

当然,在大䜣诗中,更突出的自我形象不是"国士",而是"雅士",其五言古诗学"选体"风格,既感激淋漓,又逸韵高蹈。如《次韵石室赠琦上人》:

> 啄木惊我梦,丁丁伐平林。书来叙别久,长忆倚梧吟。重江蛟鳄横,感子远访寻。气肃蛰声闭,天高鸟遗音。风林生野吹,河汉荡秋阴。相期如古人,庶以展我心。令躬崇道德,不贵玉与金。

这首诗不像僧人之间的互赠,诗中无一处谈禅说理,全是叙旧与感怀,"气肃蛰声闭"以下四句,渲染肃杀气氛,颇似汉魏古诗的句法与韵味。《感兴一首》更为沉郁悲凉:

> 卧病长江上,朔风撼我床。泥垣坏积雨,弱柳空自长。犹怀嵩琏归,何曾羡奎章。白璧忍横道,千金戒垂堂。凤

凰五色羽，风雨伤摧残。坐视不遑恤，百忧如惊湍。我夜不得寝，我食不得餐。因知古人意，频歌行路难。

大訢九岁遁入空门，何来如此悲慨？想必是被迫受召赐官，有违初心，如凤凰在樊笼，却又不敢拒绝。"犹怀嵩琏归"，指北宋禅僧契嵩和怀琏，契嵩献所著《禅宗定祖图》《传法正宗记》等于朝，仁宗阅罢大喜，赐紫衣师号，契嵩再辞归山；怀琏于仁宗朝受诏住东京净因院，召对化成殿，英宗朝乞归还山。大訢也被元朝皇帝召见，不得辞归，故有此悲。诗中忧谗畏讥之情，与行走仕途的官员并无二致。

另一方面，大訢又有文人雅士的情怀，如《琴书自乐诗》：

鼓琴由艺进，读书以学博。过耳音不留，空言亦奚托。千古会吾心，于焉有真乐。雨过晚凉生，临池看鱼跃。

技进于道，为学日益，兼儒道之说。尾句"看鱼跃"，更是儒家观照事物的方式，这就是大訢的会心之处。在此他更像一个披着袈裟的道学家，无"蔬笋气"，却有几分"头巾气"。

最与僧人身份相冲突的是他的《月支王头饮器歌》：

呼韩款塞称藩臣，已知绝漠无王庭。驰突犹夸汉使者，纵马夜出居延城。我有饮器非饮酒，开函视之万鬼走。世世无忘冒顿功，月支强王头在手。帐下朔风吹酒寒，凝酥点雪红斓斑。想见长缨系马上，髑髅溅血如奔湍。手摩欲回斗枢转，河决昆仑注尊满。酒酣剑吼浮云悲，使者辞欢归就馆。古称尊俎备献酬,孰知盟誓生戈矛。斩取楼兰悬汉阙,功臣犹数义阳侯。

这首气势豪放的七言歌行,歌咏的是用人的头盖骨(髑髅)制成的饮酒器。令人惊讶的不仅是其题材,而且是其对此人头"饮器"的赞颂,尽管这是"敌人"的头颅。诗中既有对"我有饮器"的洋洋自得,又有对"髑髅溅血"的英雄想象,更有对"斩取楼兰"的热烈歌颂。"义阳侯"即西汉斩楼兰王的傅介子,以杀戮之功封侯。作为一个出家人,此诗中没有对人头饮器的一丝悲悯之情,的确令人感到诧异。

大䜣擅长五言排律,《蒲室集》卷三收五言排律八首,其数量在僧诗中较为罕见,其中有《次韵张梦臣侍御游蒋山五十韵》《述怀送观空海归临川七十韵》,鸿篇巨制,而能做到结构谨严,对仗精工,尤其前一首"次韵",难度更高,而无艰难晦涩之态。其中如"驭风宁有待,斫垩妙无痕",用《庄子·逍遥游》《徐无鬼》之事;"筑台先自隗,学圃耻如樊",用《战国策》郭隗黄金台和《论语·子路》樊迟请学为圃之事;"喜接东山屐,叨陪北海罇",用《晋书·谢安传》和《后汉书·孔融传》之事。其用事涉及经史子部典籍,可见就博学多才来看,大䜣与其祖师北磵居简、物初大观的诗学传统一脉相承。

不过,由于大䜣"御用禅僧"的身份,他的诗中不自觉带有几分"台阁气",其七律尤为突出,如颂圣的《万岁山》:

蜿蜒金翠倚青冥,虚谷时传万岁声。葆羽毰旎云气湿,玉龙鳞甲夜寒生。关河拱挹皇居壮,宫殿深严圣虑清。自愧山林麋鹿性，也随鹓鹭到承明。

前面六句渲染万岁山之雄伟庄严，颈联化用唐诗人骆宾王《帝京篇》"不睹皇居壮，安知天子尊"之意。尾联虽自谦"麋鹿性"，却似乎对跟随"鹓鹭"（喻排列有序的朝官）觐见天子而沾沾自喜。《黄河阻风》诗中"我行不有神灵助，风送天香自帝傍"之句，也表达了沾溉天恩的喜悦。

与此相联系，大訢诗中，好用金、银、珠、玉、翠、绣之类组成的华丽词藻，如"光分玉树精神合，气肃金盘沆瀣清"（《送郭幹卿学士赴奎章阁次赵鲁公韵二首》之二）、"高陵云合遗金化，秋浦凉生古玉沉"（《新到建业》）、"经营不惜金沙布，顾命犹传玉几凭"（《龙翔寺》）、"波摇翡翠风生佩，露冷金茎月满台"（《君子堂》）、"蓬来珠馆珊瑚树，夜月瑶台白玉梯"（《潜宫》）、"翠扆夜蟠金井月，采鸾朝下玉炉烟"（《次韵吴闲闲宗师赠茅山徐真人》），如此之类的句子，不胜枚举。甚至清淡的墨竹图，在他笔下也雕缋满眼，如《李遵道墨竹二首》：

有美清扬鬓发垂，神飚为佩冰为衣。虬鸾万舞群仙下，葆羽多仪帝子归。翠色夜寒云靡靡，绿阴昼静日晖晖。李公父子深埋玉，谁赏淋漓醉墨挥？

长忆箟簩谷里行，萧萧几杖早凉生。庭虚月色僧还倚，院静秋声客独惊。仙凤去随秦弄玉，云骖留待许飞琼。锦绷只爱龙孙好，溥露梢头照眼明。

作为君子象征的墨竹，在此变为衣佩华丽的美人，乘虬鸾而舞的群仙，以葆羽为仪仗的帝子，跨仙凤的秦弄玉，驾云骖的许飞琼，连女仙的名字中都带有"玉"和"琼"这样华丽的字眼。令人惊异的是，作为佛教僧徒，大䜣竟如此爱好道教诗中常用的意象，由此使得他的七律更接近"西昆体"风格，而与其祖师的"元祐—江西"传统大异其趣。这类诗歌虽无"蔬笋气"，却染上不少"富贵气"，与其僧人身份并不太相合。

大䜣的五律学盛中唐诗，气象雄浑，格调浏亮，在僧诗中别具一格。《送萨天锡照磨赴燕南宪幕》：

> 萧寺留诗别，高怀不负公。江声元自急，山势古来雄。
> 下榻疏钟雨，登台落木风。重来无几日，除道避乘骢。

萨天锡即元代著名诗人萨都剌，诗中颔联描状江声山势，气象不凡；颈联渲染离别气氛，全用意象语言，皆有唐诗的意味。又如《庚午秋过淮安》中间两联："笛声今夜月，云物向时秋。古驿依城住，长河傍海流。"意境苍凉而壮阔，皆如唐音。这与元代中期唐诗学的复兴是一致的。

在《笑隐大䜣禅师语录》卷三中，收录了一百余首铭赞偈颂，则全部为禅宗题材。其中古德真赞类似颂古，而佛菩萨像真赞别有特点，如《绣观音童女相》二首：

> 金针密密玉纤纤，华钿云鬟翠欲添。三界漂流深似海，与谁携手夜明帘。

> 金针映日发天葩，玉线风前整复斜。共喜慈容开月面，谁知春色在侬家。

这两首赞的是绣观音童女相，因此将重点放在"金针"（绣）和"云鬟"（观音童女）的描写上。前一首写玉手执金针而刺绣，绣出观音童女的华丽首饰，绣者为脱离三界苦海，夜晚犹在帘下苦绣。后一首赞刺绣艺术的高超，金针玉线绣出观音慈容，仿佛春色降临绣者之家。诗辞藻华丽，跟一般禅偈不同。

大䜣又有一首《提鱼篮像赞》：

垢面蓬头垂鬓脚，深情不遣旁人觉。篮里金鳞不直钱，褰裳特地呈璎珞。恨杀抬头蹉过多，万里江天云漠漠。

提鱼篮像，即所谓鱼篮观音像。据《观音感应传》，唐元和十二年（817），陕右金沙滩上有美艳女子，挈篮鬻鱼，人竞欲妻之。女子谓若一夜能诵《普门品》者，则愿事焉。后嫁与马氏子。即风穴禅师所云"金沙滩头马郎妇"。鱼篮观音像赞是禅宗诗歌常见的题材，如苏州虎丘伽堂善济禅师题鱼篮观音像赞曰："云鬟浓妆苦强颜，为他闲事入尘寰。携来活底无人买，只作寻常死货看。"（《续传灯录》卷三十五）大䜣此处鱼篮观音的形象是"垢面蓬头"，与善济赞"云鬟浓妆"的外貌不同，大意是赞其外表污垢散乱而内在华丽庄严，可惜世人不识观音真面，抬头错过。

大䜣还有不少送僧诗，特点不突出。总体而言，《蒲室集》中好诗虽多，但不似僧人作品；《语录》中偈颂皆关佛教，但艺术性不高。

第三章 ● 元代临济宗杨岐派虎丘系僧诗（上）
　　　　破庵一支

第一节　希叟绍昙

　　临济宗杨岐派虎丘系天童密庵咸杰门下最有影响的两个弟子，即破庵祖先和松源崇岳，各自开出法门，其后嗣在宋元禅宗诗歌创作领域非常活跃，可视为元代僧诗的主力军。这一章先介绍破庵祖先一系僧诗。

　　绍昙（？—1297），字希叟，西蜀人。无准师范法嗣，属南岳下二十世。宋理宗淳祐九年（1249）初住庆元府佛陇寺；景定元年（1260）住平江府法华寺；五年（1264）迁庆元府雪窦寺；度宗咸淳五年（1269）住庆元府瑞岩寺。卒于元成宗元贞三年（1297）。有《希叟绍昙禅师语录》一卷、《希叟绍昙禅师广录》七卷传世。《语录》中有《宝公》《布袋和尚》《寒山题诗》《拾得磨墨》《船子》《谢三郎》等佛祖赞十七首，《送林荆州归蓬莱》《煨芋》《挑荠》等偈颂三十一首。《广录》中除以上作品外,还保存了更多禅诗,卷五有拈古及颂,卷六载其题跋颂,卷七载题诗、赞、小佛事。

绍昙住持禅寺都在宋亡前,入元后未曾有一次应诏,保持与元代统治者的距离。《广录》卷六中所收诗歌,明显表现出绍昙的创作倾向,即向往不慕名利、避世而居的农耕生活:

> 粪火香凝午梦初,烂煨黄独替春蔬。山童急把柴门掩,只恐闲云引诏书。(《煨芋》)
>
> 口生白醭怕开言,几度抬身又困眠。佛法从教陈烂却,权衡不在老夫边。(《懒翁》)
>
> 畲田击壤乐年丰,不与儿曹戏剧同。问着羲皇已前事,锹头倒把舞春风。(《老农》)
>
> 不识红尘有利名,闲听幽鸟静看云。羲皇世上无穷乐,曝背茅檐策几勋。(《山叟》)

《煨芋》用唐代高僧懒瓒的故事,以示对朝廷荣誉的不屑。《林间录》卷下记载:"德宗闻其名,遣使驰诏召之。使者即其窟,宣言:'天子有诏。'尊者幸起谢恩。瓒方拨牛粪火,寻煨芋食之,寒涕垂膺,未尝答。"诗后两句表达掩柴门以拒诏书的态度,特别用了山童和闲云两个意象,委婉曲折,生动有趣。《懒翁》之懒,大约与懒瓒相似而更进一层,连"佛法"都不予理会,何况"诏书"。《老农》《山叟》皆用"羲皇"二字,形容像太古社会一般的农村生活,心无俗念,用《击壤歌》的典故,表现日出而作、日落而息的自在劳动,这种"无穷乐"的简朴生活,便是山叟所"策"的功勋,足以鄙视红尘的名利。与此相联系,绍昙还有《采蕨》《烧笋》《刈茅》《划柴》等诗,借各种劳动活动来喻示禅理,继承了唐代祖师在"普请"劳动中说禅的方式。

破庵祖先一支有居山不与朝廷往来的传统,这在绍昙诗中也有反映。如《闻竺寺迎号服因成口号》:

丝管纷纷鼓乱挝,两山迎接赐衣来。白云恐污山翁耳,重锁柴门不放开。

祖庭秋晚日增悲,见得芙蓉便展眉。不与狂花争琐细,淄川缘有拒霜枝。

赐紫衣乃朝廷给予禅僧的荣誉,元成宗元贞间改赐黄衣。前一首写杭州上天竺寺、中天竺寺"两山"迎接皇上赐衣的盛况,讽刺那些忘本性、趋名利的僧人。绍昙自己却表现出拒不合作的态度。后一首首句表示对佛门现状的忧虑,以下三句以"秋晚芙蓉"喻指禅门中尚有品德高尚的大德,能拒绝皇上赐"号服"的恩宠。据《禅林僧宝传》卷十七《天宁楷禅师传》记载,北宋大观元年(1107),道楷坚决拒绝接受徽宗皇帝所赐紫衣和定照禅师号,触怒皇帝,下开封府狱,流放淄州,庵于芙蓉湖心。各传灯录因称"芙蓉道楷"。诗中的"芙蓉"双关道楷禅师,"淄川"指道楷流放地淄州。此诗以道楷坚拒"号服"事,与天竺寺的闹剧相对照,感叹人心不古,禅门堕落。

绍昙比较爱用六言绝句谈禅叙事,比如《广录》卷六所载

《禅房十事》，咏十种禅房事物以寄寓禅思：

> 百匝千重包裹，未免黑山里坐。古今多少生盲，引得全身入草。(《蒲龛》)
>
> 通身不挂寸丝，单明一色边事。要知结角罗纹，径问床分枕子。(《纸被》)
>
> 要成片段工夫，须是全身倚靠。虽然只见一边，未许睦州担荷。(《禅板》)
>
> 百草头边荐得，何妨打块成团。直下千差坐断，无心犹隔重关。(《蒲团》)
>
> 格外丛林选出，生缘不在天台。虽然乌律卒地，力扶多少人来。(《拄杖》)
>
> 才得柄霸入手，便要呵佛骂祖。还他本色真棕，不比寻常谈麈。(《拂子》)
>
> 做处全无渗漏，用时开口向天。尽大地人饫饱，只图个不知恩。(《钵盂》)
>
> 恶钳锤下番身，未必锋芒发露。不惟斩得猫儿，也解煞佛煞祖。(《戒刀》)
>
> 要识分明古篆，一槌打得完全。烧炷旃檀牛粪，衲僧鼻孔楔穿。(《香印》)
>
> 既就良工雕琢，何妨出手扶持。抓着衲僧痒处，赏伊一枚荔枝。(《痒和子》)

这"禅房十事"，即佛教徒日常使用的"道具"或"什物"。蒲龛即佛堂，黑山为恶鬼栖止之处，诗谓若执着情识与分别作用,坐佛堂也有如陷黑山之暗穴。纸被是藤纸做成的被子,"不挂寸丝"用双关手法,指以纸为被,少受物累,得清净性。禅板亦称倚板,坐禅时安放两手的倚靠之具。禅语有"徐六担板,只见一边"之说,睦州陈尊宿骂讲僧为"担板汉",讽刺其讲佛法只见一边,此处反用其意。蒲团,由百草头做得,助人坐禅,然而纵然坐破千差万别,离向上一路还隔重关。挂杖,虽乌律卒地(即黑漆漆地),但却扶得许多人。拂子是祖师上堂说法的用具,可用之呵佛骂祖。钵盂是禅门餐具,"全无渗漏"是宗门语言,指佛性圆满。戒刀,按僧律,比丘蓄刀为戒,禅门语言行为的机锋,如刀一般锋利,此藉以说禅。香印指印模槌压出的篆字形的香,又称香篆。痒和子即如意,挠痒之具。以上诸诗皆用双关、拟人、借喻等修辞手法戏说禅理,其中也暗用睦州担板、南泉斩猫等公案,饶有趣味。

绍昙《广录》卷七还有《六言山居》十首,比《禅房十事》更富有诗意诗曰:

野菜花飞胡蝶,古藤枝挂清猿。闲倚柴门看倦,枕肱高卧云根。

积雪封无过路,乱云堆满空庭。我也谁能扫得,掩关且读残经。

盘石新封翠藓,破龛重绕青萝。唤起惊回残梦,月筛林影婆娑。

粉芋头煨软火,嫩黄菁煮沙瓶。饭后乌藤用事,小奚忙启岩扃。

石涧霜凝松粉,竹篱雪点梅肤。春到山家日远,愧贫管领全无。

　　晓径旋除榛翳,午厨要款邻僧。童子扫云归晚,忍饥趁□娇藤。

　　香雾晓垂帘幕,幽禽春弄笙簧。谁料贫无一物,迩来富敌君王。

　　两耳炉焚柏子,一拳不养菖蒲。客至莫谈尘事,略寒温外跏趺。

　　得失心无半点,圣凡机裂千差。终日山禽聚集,且无个去衔花。

　　香醉人寻梅坞,马嘶声度云坳。急把柴门深掩,从教小外推敲。

这组诗仍延续着山居自在、人景和谐的写作传统,不同的是,使用了较为少见的六言形式,而且不像大多数六言诗多用二二二的音步,而是常用三三句式,如"野菜花飞胡蝶,古藤枝挂清猿""积雪封无过路,乱云堆满空庭""两耳炉焚柏子""香醉人寻梅坞,马嘶声度云坳"等。这样就打破二二二句式的静态呈现方式,从而使得节奏呆板的六言诗显得流动变化。诗中还有一个特点,就是倒装。如"盘石新封翠藓,破龛重绕青萝",其实是翠藓新封盘石,青萝重绕破龛;"粉芋头煨软火,嫩黄菁煮沙瓶",其实是软火煨粉芋头,沙瓶煮嫩黄菁。倒装的手法能够制造出"陌生化"的效果,诗句显得古朴,却有了新鲜的美感。六言绝句是江西诗派喜爱的体裁,刘克庄晚年由唐音转向宋调时,写下大量六言诗,绍昙的写作或许受其影响。

值得注意的是，绍昙还写了不少题画诗，既有士大夫世俗题材的绘画，也有禅宗宗教题材的作品。前者如《杜甫骑驴游春图》《李白醉骑驴图》，是宋元禅林题咏中常见的题材。后者如《题圆泽图》以及几首题画牛诗，直接借画说禅：

> 三三五五戏平芜，踏裂春风百草枯。莫写沩山僧某甲，恐人误作祖师图。（《题直夫牛图》）

> 垄树冥冥日向西，苦贪芳草不知归。牧童尽力拽得转，在在暝烟深翠微。（《题拗缰牛》）

两首诗皆是以牧牛比喻调性，禅宗写作中常见形式。"苦贪芳草不知归"比喻贪图欲望而不知返观自心。此外，《广录》卷七还有《和曹泰寓省元潇湘八景》，这是以《卜算子》词调而作的题画词，很有特点：

> 秋气肃苍梧，暝色昏南斗。芦岸渔灯隐映明，人醉松醪酒。　　忽听打篷声，梦入无何有。晓看娥英竹泪痕，愁结肠回九。（《潇湘夜雨》）

> 一曲翠奁开，西子妆清腕（婉？）。帘卷西风倚岳阳，送目湘江远。　　静夜宴婵娟，大白浮金碗。皓影凌灵玉佩寒，零乱瑶田满。（《洞庭秋月》）

> 幂幂挂晴丝，薄暮分多景。僧听疏橦（钟？）昼定回，翠湿禅衣冷。　　楼隐碧云深，鲸吼修林静。立遍危□句未成，月镂青萝影。（《烟寺晚钟》）

远浦钓帆归，鸥狎争飞逐。江势吞空灿暮霞，饱玩心无足。　浊酒醉儿孙，共唱沧浪曲。簇簇茅檐暝色昏，移桿芦湾宿。(《渔村落照》)

绿褪水痕枯，淘见金星殒。一片平铺塞样寒，纵目无穷尽。　扑攊起芦丛，小泊程难准。古字书空淡墨横，翼倦迟还紧。(《平沙落雁》)

身似白鸥闲，湖海寻盟去。津树冥蒙水印空，仿佛瀛洲路。　十幅饱西风，隐见身行处。家在芦花古岸外，樯泊江天暮。(《远浦帆归》)

一坞□耕桑，酒斾风斜亚。宿雨初收翠霭浮，买断春无价。　门巷曲尘迷，黄鸟啼冈柘。大小谁家旧隐居，古壁蜗涎洒。(《山市晴岚》)

江气结层阴，冻损砂禽翼。天巧缤纷六出花，一□琼瑶色。　着水旋销镕，入夜还堆积。好是孤舟独钓翁，新把渔蓑饰。(《江天莫雪》)

潇湘八景是禅宗重要的写作传统。《潇湘八景图》的始创者是北宋中后期画家宋迪，而最早题咏《潇湘八景图》的是北宋禅僧惠洪。此后"潇湘八景"成为新的禅宗话头，并用于上堂说法或诗偈写作。《人天眼目》卷六中就新增"禅林方语"，其四字方语中竟依次列"洞庭秋月""江天暮雪""烟寺晚钟""山市晴岚""平沙落雁""渔村夕照""远浦归帆""潇湘夜雨"。绍昙这组《卜算子》题《潇湘八景图》有两点值得注意：一是用词的联章组曲的形式题画，无论在曲子词还是在题画文学上都很有创新性；二是力图呈现"诗中有画，画中有诗"的视觉、听觉双重美感，而不做禅意方面的联想，尽量保持词这一文体的本色。

另外，绍昙还有一些用诗写成的禅林人物赞：

柳栗横肩拖布袋，回头转脑小儿嬉。休言兜率宫中事，已被渠侬捉败伊。(《布袋（肩丈拖袋，回头看小儿捉衣）》)

远离竺国见梁王，五鬼临身讨苦噇。面面相看言不识，秋风一苇急横江。(《达磨》)

短裳褰起露珠珍，云鬟慵梳惑乱人。弄得篮中鱼再活，禹门未必解翻身。(《渔篮妇》)

几对丹霞斗活机，恶心肠有老爷知。笊篱舀得春风满，不直分文卖与谁。(《灵照女（把笊篱边有钱）》)

每赞必用禅林人物的有名事迹。布袋和尚事见《禅宗颂古联珠通集》卷四："布袋和尚常在通衢。……有时倚袋终日憨睡，或起行市肆间，小儿哗逐之。或拄杖，或数珠，与儿戏。有僧问：'如何是祖师西来意？'遂放下布袋叉手而立。僧曰：'只此别更有在。'师拈起布袋肩负而去。"后世佛教徒把布袋和尚塑造为大肚弥勒佛形象，弥勒住兜率宫，而绍昙的赞却语带讽刺地调侃了布袋和尚被小儿看破。达磨赞则用武帝不契、一苇渡江的典故，为禅门熟事。渔篮妇是观音化身，鱼篮中的鱼无水却不死。灵照女是庞蕴居士的女儿，卖笊篱为生，与丹霞天然有过机锋碰撞。二人辛苦化众，但却少有明眼人知其苦心。绍昙的祖师赞将其故事形象化，想象引申，别有趣味。

第二节 雪岩祖钦及其后嗣

祖钦(？—1287)，号雪岩，浙江婺州人。无准师范法嗣，希叟绍昙同门，南岳下二十世。祖钦五岁出家，十六岁得度，历住潭州龙兴寺、道林寺，处州南明佛日寺，台州仙居护圣寺，湖州光孝寺，宋度宗咸淳五年(1269)迁江西袁州仰山。入元后，曾受元世祖赐赍尊礼，赐紫登对。有《雪岩祖钦禅师语录》四卷行世。其生平事迹见《五灯全书》卷四十九、《五灯严统》卷二十一。

《雪岩祖钦禅师语录》卷四载有偈颂、佛祖赞若干首。或借菩萨事讽世俗之昏昧，如《鱼篮妇》二首：

> 行步轻盈，梳装济楚。示大慈悲，救众生苦。智眼堪怜尽不明，只道篮中卖锦鳞。
>
> 篮里清风，手头生活。要将鱼目换明珠，岂是慈悲菩萨。有智慧人，不消一札。

写鱼篮观音度化众生，众生却愚昧不知，颇有以古讽今的意味。或追怀祖师之行事，如以下两首：

> 谩说教人学诵经，胸中泾渭甚分明。金沙影里无穷数，散作一滩流水声。(《马郎妇(为泾上人赞)》)
>
> 九年壁观显家风，半是真诚半脱空。一苇不知何处在，

长江依旧水流东。(《达磨》)

前一首是金沙滩头马郎妇的故事,后一首是菩提达磨一苇渡江的故事,其结尾以形象性的场景作结,颇似文人士大夫的怀古诗,只有感怀,不作说理。

《古今禅藻集》卷十七录雪岩祖钦两首山居诗,其诗不见于《语录》,诗曰:

竟日窗间坐寂寥,岩前椎笋欲齐腰。幽禽忽起藤花落,涧瀑飞声度石桥。

夹岸桃花红欲然,洞中流水自涓涓。山家不会论春夏,石烂松枯又一年。

两首诗写山中之勃勃生机与禅僧之淡然心境。第二首自注曰:"古德云:'山僧不解数甲子,一叶落知天下秋。'灵彻云:'山僧不记重阳节,因见茱萸忆去年。'而词意相类,全章无传,故表出之。"又《禅宗杂毒海》卷八载雪岩祖钦《山居》一首:"一杯晴雪早茶香,午睡初醒春昼长。拶着通身俱是眼,半窗疏影转斜阳。"写午睡饮茶后的通透。按《禅宗颂古联珠通集》卷十五收此诗,乃为祖钦颂"沩山睡次"公案,属颂古题材,与山居无关。

《禅宗颂古联珠通集》中共收祖钦颂古21首,皆《语录》失收,而大多颇有诗味。如颂《金刚般若经》"一切有为法"四句偈语:

暑往寒来总不知,有无名相一时离。正如黑漆屏风上,醉写卢仝月蚀诗。

黑漆屏风上醉墨写诗，而且写的是卢仝《月蚀诗》，月蚀也无光亮，形象地表现出万法皆不可捉摸的般若空观。又如颂慈明禅师"水出高原"公案：

穿云逆石不辞劳，大抵还他出处高。溪涧岂能留得住，终归大海作波涛。

以高原发源之水比喻见解高明的禅师，终将为弘扬佛法作出一番成就，诗中水的"出处"象征人生的"出处"，颇有普遍哲理。

祖钦早年参见无准师范禅师于径山，因铸钟，无准令其作疏语，祖钦写成偈一首曰：

通身只是一张口，百炼炉中衮出来。断送夕阳归去后，又催明月上楼台。

这首咏钟诗前两句用拟人化手法，既然人们习称"一口钟"，那么钟的通身便只是"一张口"，这张"口"从红炉中百炼出来。后两句写寺钟的功能，晚钟悠悠，宣告着由夕阳到明月的时间转换。祖钦存诗不多，但自有妙处。

昭如（1246—1312），自号海印，江西新淦人，俗姓杨。七岁出家，十九岁剃度。雪岩祖钦法嗣，属南岳下二十一世。有《海印昭如禅师语录》一卷传世，卷末有李偋、曾德裕所撰塔铭,可见其生平。历住袁州太平兴化禅寺、临江瑞筠山慧力禅寺、饶州东湖荐福禅寺。元贞二年(1296),赐号普照大禅师。皇庆元年(1312)六月入寂,世寿六十七。

《海印昭如禅师语录》中有颂古、偈颂、佛祖赞、自真赞等,偈颂中有几首送僧诗,颇有清音幽韵,如:

> 远来一见便相违,竹外清风听者稀。却是晚鸿知此意,数声清唳入云微。(《远上人》)
>
> 远来问讯近相迎,物外相于不世情。蒿汤备礼松阴坐,山鸟自啼春昼晴。(《远上人》)
>
> 碧岩千尺瀑雪落,峭壁万迭峰云寒。一筇双履超声外,圆相暗机谁共看。(《秀上人之仰》)

三首诗都善写声音,第一首清风稀声与晚鸿清唳,第二首山鸟之啼,第三首写瀑布之落,其诗的意旨都在暗示禅门知音难得,而竹外、物外、声外蕴藏着玄妙的禅机。昭如也有题画诗《十牛图》:

> 寻踪见迹得逢渠,牧就骑来蓦直归。物我两忘纯白后,透花春入万红围。

《十牛图》出自大安禅师牧牛公案,南宋常德府梁山廓庵师远作《十牛图》并颂,其后禅师多仿效作画颂。《十牛图》画的调伏牛的十个过程,喻调心而至物我两忘的过程。

原妙(1238—1295),号高峰,苏州吴江人,俗姓徐。雪岩祖钦法嗣，属南岳下二十一世。曾学天台教义，后弃教入禅。咸淳二年（1266）入杭州龙须山，苦行隐修。咸淳十年（1274）迁武康双髻峰。次年，元兵至，绝食兼旬，危坐不动。元世祖至元十六年（1279）春，避入杭州西天目山师子岩，榜曰"死关"，不越户十五年。学徒云集，参请不绝，皆称"高峰古佛，天下大善知识"。有《高峰大师语录》二卷传世。

高峰原妙为禅宗大师，不以工诗著称，然而其偈颂和颂古颇有诗意盎然者。《高峰大师语录》卷下有《云庵》一首，《宋僧诗补选》卷中、《槜李诗系》卷三十皆选录，其诗曰：

或淡或浓拖雨去，半舒半卷逆风来。为怜途路无栖泊，却把柴扉永夜开。

前两句写拖雨逆风的云，去来不定；后两句怜悯云整日奔波，无处栖宿，因而长夜把柴门打开，迎其入庵。诗不仅扣题写出"云庵"之意，而且想象奇特，充满慈悲心肠，正合僧人身份。又比如颂古一首：

飒飒秋风满院凉，芬芳篱菊半经霜。可怜不遇攀花手，狼籍枝头多少香。

这是颂临济义玄禅师的公案，临济示众云："赤肉团上有一无位真人，常在面门出入。"原妙以秋日篱菊喻"无位真人"，即禅门专指人人本具有的真如佛性。可怜很多人不明自己佛性，就如无人摘的黄花一样，狼藉枝头。这首诗借花喻禅，不用禅语而饶有禅理。

高峰原妙隐居山林三十年,对山居生活深有体会,他曾勉励禅人各自努力,作偈一首(《高峰语录》卷上):

红尘堆里说山居,寂灭身心道有余。但得胸中憎爱尽,不参禅亦是工夫。

认为山居可超越红尘,寂灭身心,消除憎爱,只要过山居生活,即使不参禅,本身也是修道工夫。换言之,山居就是参禅,参禅就是山居。这首偈语阐明了元代山居诗盛行的禅理基础。

大觉祖雍(?—1317),号布衲,世称布衲雍,明州宁海人。高峰原妙法嗣,雪岩祖钦法孙,属南岳下二十二世。住杭州天目山大觉寺,后住中天竺桂子堂。他曾和永明延寿《山居诗》二首曰:

我要心灰即便灰,何须更去觅良媒。千差路口齐关断,万别机头尽截摧。就树缚茅成屋住,拾荆编户傍溪开。是他懒瓒无灵验,惹得天书三度来。

寻常冷解自知非,退步沉踪住翠微。扫荡百年荣辱梦,倒回多劫本根机。蚁因觅穴沿阶走,蝶为寻花遍圃飞。须信先天并后地,洞然物物有真归。(《五灯会元续略》卷三下、《五灯严统》卷二十一)

前一首头两句说要想做到心如死灰,自己便可做到,何必求他人指点。颔联说截断千差万别的想法,自然就心灰。颈联写心灰后山居时的日常生活。尾联嘲笑唐高僧懒瓒并未做到心灰，否则朝廷怎会三度诏书来请他出山。这是讽刺元代如元叟行端、笑隐大䜣一类的禅师，接受朝廷的封赠。后一首前四句因觉悟世事荣辱梦幻，故退居青山。后四句写从观察蚁走蝶飞的现象中，体会到"物物有真归"哲理。

无准师范一支下有平石如砥禅师，其诗值得一提。如砥（？—1357），字平石，天童净日禅师法嗣，属南岳下二十二世。先后住持庆元路保圣寺、定水寺、天童寺，有《平石如砥禅师语录》一卷，中有真赞、偈颂。如砥与了堂惟一、月江正印有诗往来。《语录》有《次月江和尚韵，送何山句侍者》；《了堂惟一禅师语录》卷三有《次平石和尚韵，赠大云昙藏主》，卷四有《天童平石和尚，东山言长老请》。

平石如砥较有代表性的作品是《四威仪》：

> 山中行，乌藤七尺长。回首松关外，前村已夕阳。
> 山中住，家丑休呈露。粝饭淡黄虀，无盐又无醋。
> 山中坐，善因招恶果。达磨老臊胡，无端成话堕。
> 山中卧，老鼠床头过。仰面视屋梁，知心无一个。

佛教以行、住、坐、卧为四威仪。此诗偈写山中行、住、坐、卧，无处不具威仪，无处不自在，表达了甘于贫贱、乐于山居的心情。还有《十二时歌》也颇有特点：

> 鸡鸣丑，拈得鼻孔失却口。门头户底闹啾啾，李四张三竞头走。

平旦寅，世间宜假不宜真。自家肚皮自擘划，不用低头更问人。

日出卯，摘草拈花争斗巧。莫教撞着当行家，狼藉一场非小小。

食时辰，砂锅五合煮黄陈。粗餐虽然易得饱，不如细嚼味方真。

禺中巳，从生至老只如此。达磨无端强出头，被人打落当门齿。

日南午，苦中之乐乐中苦。无位真人笑漏腮，灯笼吞却露明柱。

日昳未，鬼面神头谁识你。当机若更问如何，一时撒向长江里。

晡时申，眼底寥寥绝四邻。客来莫怪无茶点，蒿汤一盏当殷勤。

日入酉，剩得一双穷相手。楼阁门开弹指间，善财童子逢初友。

黄昏戌，自己工夫欠绵密。敛衣独坐审思量，今日六兮明日七。

人定亥，只么惺惺要长在。浅草平田差路多，莫教失脚无明海。

半夜子，自倒依然还自起。重寻残梦了无踪，不觉天明透窗纸。

依十二时来写悟道却不被道缚的一日光景，向学子展示如何能不被十二时辰使而达到自在修禅的境界。语言风格活泼明快，保留禅宗本色,如"拈得鼻孔失却口""自家肚皮自擘划""被人打落当门齿"等,都直接借用古德话头。

第三节 牧潜圆至与觉隐本诚

雪岩祖钦门下的诗僧,以圆至最知名。圆至(1256—1298),字天隐,号牧潜,筠州新昌人,俗姓姚。其父兄皆为南宋进士,叔父姚勉为宝祐元年(1253)进士第一。圆至少习举子业,年十九出家,遍历荆湘吴越。得法于雪岩祖钦,为临济宗南岳下二十一世。元成宗元贞间(1295—1297)住持建昌能仁寺,所著有《筠溪牧潜集》,今存七卷,收诗一卷50首。

以士大夫的眼光来看,圆至是元代最有文学才华的诗僧之一。方回《天隐禅师文集序》盛称其文"削陈而不腐""偶而不俳""纡余曲折,反复旋环,若不可卒解""大剑利刃之斩铁切玉"。姚广孝《筠溪牧潜集序》亦称其文"规矩准绳,精密简古,削去陈言为可爱"。《四库全书总目》提要称"自六代以来,僧能诗者多,而能古文者少,圆至独以文见,亦缁流中之卓然者"。圆至的诗也颇为当时及后世士大夫所欣赏。明都穆《南濠诗话》曰:

元僧圆至工于古文,而诗尤清婉。其《寒食》云:"月暗花明掩竹房,轻寒脉脉透衣裳。清明院落无灯火,独绕回廊礼夜香。"《晓过西湖》云:"水光山色四无人,清晓谁看第一春。红日渐高弦管动,半湖烟雾是游尘。"《送人》

云:"送子江头水亦悲,更能随我定何时。垂杨但为秋来瘦,不为秋来有别离。"他如《再往湖南》云:"春路晴犹滑,山亭晚更凉。竹枯湘泪尽,花发楚魂香。"《涂居士见访》云:"并坐夜深皆不语,一灯分映两闲身。"其造语之妙,当不减于惠勤、参寥辈也。

《四库全书总目》提要认为,都穆所称赏几首诗,除了《送才上人》(即《再往湖南》)一诗"尚不免凡俗语",其余三篇"诚楚楚有清致,盖其诗亦有可观"。如《寒食》诗,前两句景物和感觉的描写,都极婉约,好似南唐后主李煜"花明月暗笼轻雾"的朦胧情调,又好似北宋词人秦观"漠漠轻寒上小楼"的敏锐触感。而后两句一转,这清明院落却是黑灯瞎火的僧院,独绕回廊只是为了焚香礼佛。这样一来,婉约的小诗就写出了新意,也切合僧人的身份认同。《晓过西湖》写僧人与游人在西湖不同时间段的活动,前者爱无人的水光山色,那宁静的春晓;后者却在日高时弦管声喧,结句"半湖烟雾是游尘",表达了对世俗生活尘埃的厌恶。《送人》诗写秋日别离,其新颖处在于后两句,古人春日折柳送别,而今垂杨枯瘦,不再有依依之貌,谁知又将送别。"不为秋来有别离",道出无限惆怅之情。

清顾嗣立《元诗选》的评诗眼光与四库馆臣不同,其"筠溪老衲圆至"小传称:"其诗虽所存不多,而风骨自见,如《送才上人往湖南》云:'竹枯湘泪尽,花发楚魂香。'《富塘》云:'亦供贫者乐,独以富为名。'《寄志胜上人》云:'瘴月人南去,花时雁北飞。'《弘秀集》中不多得也。"认为这些诗句不亚于《唐僧弘秀集》中所选唐僧诗,这大抵是欣赏其对仗的工整凝练,"造语之妙",与都穆的看法相近。

圆至虽是出家人,但是宋元易代的兴亡之感也在其诗中有所流露,如《逢故人》一诗:

> 共看咸淳上苑花,锦笺彩句敌春华。白头相见钟陵市,我亦如君未有家。

咸淳是宋度宗年号,圆至曾与友人在临安一道看上苑的宫花,并一道作诗唱酬。而宋亡之后若干年,与友人重逢,彼此都是无家之人。此"家"并非只是出家前之"家",而是再也回不去的咸淳时期的故国之"家",诗意含蓄而沉痛。又如《义冢斜》诗:

> 城阙千棺瘗此斜,古堆新穴满平畲。春丛乱哭鳏寡鸟,雨树杂开啼笑花。散骨已枯苔作肉,痴魂犹认土为家。何人薄莫焚钱去,风卷残灰满柏丫。

义冢斜,意指收埋无主尸骨的山谷。这山谷应是在城边野外,其地已不可考,也可视为那个时代有标志性意义的地方。那些成千的"古堆新穴"应埋葬着在元蒙军队征服南宋的战乱中死去的军民。颔联写草丛雨树中的哭鸟啼花,颈联写苍苔黄土中的散骨痴魂,已极凄惨,而结句的"风卷残灰满柏丫",则更接近彻底的幻灭。

圆至的诗中也有涉及元初政治事件的内容,比如元世祖忽必烈于至元二十二年(1285)派兵征安南,《胡卢》一诗中就有

反映:

> 胡卢河畔洗毡裘,日日花香满水流。嫁得夫郎爱官职,去随太子取交州。

胡卢河在今河北南部,交州,即安南国,今越南。此诗颇有几分刘禹锡《竹枝词》的情歌风味,然而花香水流的背景下,不是女郎的浣纱捣衣,却是男儿的洗濯毡裘,儿女情夹杂英雄气,隐隐体现出元初南北诗风混同下的新风格。当然,后两句中也带有含蓄宛转的讽谕之情。另外《初改黄衣》涉及元代宗教事件:

> 宣诏庭前受牒还,御黄新赐满城看。臣僧记得沙弥日,齐着青衣上戒坛。

此诗作于元成宗元贞年间。《笑隐大訢禅师语录》卷首清顺治十三年(1656)谭贞默撰序,谓元文宗"特赐黄衣,并其徒尽得衣黄。师(大訢)有《初改黄衣》诗,见于《蒲室集》"。其说乃据明彭大翼《山堂肆考》,而将《牧潜集》误作《蒲室集》,日本江户僧无著道忠《禅林象器笺》卷二十六于此已有驳正。僧规旧着黑衣,亦称缁衣、青衣,而今却换成御赐黄衣。今昔对比,青衣变为黄衣,沙弥变为大师,诗中既表现出几分受宠的得意,又流露出对当年着青衣的留恋,感情复杂。这首诗可看作是元成宗笼络南方临济宗禅僧取得的初步效果,有一定的佛教史料价值。

圆至的诗不拘一格，《牧潜集》中50首诗，除了五言绝句外，各体皆有，且各体皆工。五律除了顾嗣立举的几联外，又如《和徽禅衲韵》，也能做到精工而自然：

　　冷屋多虚向，微风过亦闻。窗光疏透雨，火气湿生云。瞬目灵机动，开颜错节分。古今能有几，如我更如君。

前四句写僧居环境，简陋寒酸，四壁漏风，"火气湿生云"摹状湿柴生烟，极为贴切而新颖。后四句写二人的唱和，"瞬目"本来是禅宗的"扬眉瞬目"，传递禅机，但此处的"灵机"更像是作诗的灵感，"开颜"是因得到好句，如庖丁解牛，分剖错节。用禅语形容作诗悟入，而生动形象，无粗豪之弊。

　　圆至所交往的僧人，几乎都是诗僧。他同情"布囊诗几卷，归计亦凄凉"的宗岳（《送宗岳归青莲》），欣赏"清气哽子口，唾之成嘉言"的珣上人（《送珣上人入浙》），也理解"知君诗思苦，天际下盟鸥"的表上人（《寄南峰表上人》）。跟他最投缘的是年轻诗僧行魁，《赠魁天纪》诗曰：

　　拈笔诗成首首新，喜来豪叫欲攀云。难医最是狂吟病，我恰才瘥又到君。

魁天纪，法名行魁，字一山，方回为其作《僧一山魁松江诗集序》。行魁曾跟随圆至游，方回称其诗有贾岛之苦、参寥之淡，而圆至称他有"狂吟病"，俨然把他视为自己的继承者。的确，圆至也有"狂吟病"，友人戏嘲他为"诗僻"，在《次韵答许府

判见嘲诗癖之什》诗中,他表明了自己的作诗态度:

> 君不见蓬莱仙人五云深,兴来忽起尘寰心。手拈造化作一剧,世上瓦砾皆黄金。又不见珠宫灵娥睡新起,赛吃云浆赌骰子。蓦然发笑成电光,不料阴阳嘘颊齿。道人文章亦如斯,落笔心手不相知。岂如曲士拾蠹纸,尧桀满腹堆群疑。愿君闭口毗耶室,竺贝孔韦皆长物。着鞭捷出灵运前,莫斗生天斗成佛。

他声称自己作诗,完全是无心的产物,落笔之时心手互不相知,如同蓬莱仙人兴来的游戏,无意之间点瓦砾为黄金;又如同珠宫灵娥蓦然发笑而成电光,未曾料到阴阳之气从口中嘘出。因此他嘲笑在故纸堆中拾活计的"曲士",主张抛弃佛经儒书这些多余的东西,希望作诗之敏捷能超越谢灵运。在他看来,作诗的无心具有宗教的解脱功能,可以通过此途径而成佛。

圆至诗中表现出来的创作心态以及僧友之间的唱和活动,反映了元代诗僧具有更自觉的作诗追求,而不再受唐宋佛教界"作诗妨禅"观念的羁绊,也不再有由此而引起"不忘情"的自责自愧。

圆至的法侄本诚禅师,字道原,号觉隐,又自号辅成山人、大同山翁、凝始子、蜀畴圩公。嘉兴崇德人,生卒年不详。本诚早年师事胡长孺,出家后嗣法径山虚谷希陵禅师,属临济宗南岳下二十二世。至正间住持嘉兴兴圣、本觉二寺。本诚与笑隐大䜣、天隐圆至齐名,并称"三隐",时人高士明编为《三隐集》,黄溍为之作《觉隐文集序》。本诚兼擅书画,自称"以喜气写兰,以怒气写竹"。顾嗣立《元诗选》三集录其《凝始子稿》,《全元诗》存诗二十首。

本诚诗数量不多,却颇有特点,不太讲究声律体制,豪纵自然。如《余尝作二诗观者皆喜文卿见余写此卷俾余书之于上》:

> 莫造屋,莫造屋,何用经年兴土木。造屋人在堂,拆屋人在腹。不知造时荣,但见拆时辱。莫造屋,莫造屋,世道由来反复多,兴废但分迟与速。
>
> 莫买田,莫买地,买田置地增家计。西陌东阡恣兼并,不知户役随田至。大男小女日夜忙,带锁担枷了官事。莫买田,莫买地,生前将为子孙谋,身后反为子孙累。

这两首诗风格接近民谣,通俗易懂,表面看来是两首劝世诗,但与一般宗教劝世诗不同,其中不仅反映了造屋拆屋的荣辱、世道的反复兴亡,而且直接控诉了元代繁重的户役官事,冷峻中带有几分沉重无奈。他的五言古诗《感兴二首》其二,同样是只求达意,不重文辞:

> 清晨入廛郭,闾巷溢车马。骈阗喧市尘,茫茫万人海。父老里中旧,殷勤共迎迓。亦有诸弟昆,更互陪语坐。世故论万端,喧哇杂碎琐。大要在功利,余一无所解。勉强相酬酢,意会无不可。但念道不同,语久若聋哑。不如返吾庐,世有谁知我。

在城市里，到处都是为名利的熙来攘往，包括里中父老昆弟，谈论的都是功利之事。所以虽有故旧的殷勤迎接和陪语，但其所谈内容让本诚不快，人生观不同，实在难以勉强，只好不听不说。这首诗叙述入城市见故旧所引发的孤独感，这也是他避世出家最重要的原因。诗之押韵非常随意，跨越三个不同的韵部，甚至有的连邻韵也不是。

《五灯会元续略》卷三、《五灯严统》卷二十一收有本诚的《贫居偈》，只节录最后六句，《古今禅藻集》和《元诗选》选录全诗，题为《贫居》：

造物非贫我，欲我闲且安。贫居自有乐，此乐非人间。萧然一茅宇，十年卧空山。山深无客来，独与云往还。芰荷制冬衣，藜藿供朝餐。登山玩崔嵬，临流听潺湲。为无贪着念，随地可盘桓。但得闲中乐，岂以贫为艰。愈贫愈无事，无事心愈闲。虽居人世中，恰似出尘寰。

这首《贫居》诗，与元代僧人最热衷写作的《山居》诗是相通的，"萧然一茅宇"以下八句都是写贫寒而闲适的山居生活。更重要的是，贫与闲相辅相成，贫愈甚则事愈闲，随地皆如此，即使在人世中，也可获得闲居的超越。这种视贫为"闲中乐"的态度，与晚唐诗僧的寒酸苦吟大异其趣。本诚最豪迈飘逸的诗篇是《吴江长桥》，充满了奇思幻想：

天险不可梯，白石不受鞭。空疑幻人试幻术，神输鬼运来尘寰。跻涛驾浪径空阔，盘结钩锁金联环。又疑东海跃出万丈白玉虬，挟风噀雨飞上天。天高九万不得上，翻身飞堕长江边。苍云半湿琼瑶冷，弱水不隔蓬莱境。两岸遥分白月光，中流压破青天影。江吞湖吐水势雄，南极地缺栖鱼龙。桥成壮观夺天巧，却笑造化无全功。

苏舜钦《中秋松江新桥对月和柳令之作》曾写过此桥，有"月晃长江上下同，画桥横绝冷光中。云头艳艳开金饼，水面沉沉卧彩虹"之句，但与本诚之诗相比，不免显得拘谨平庸。且不说幻人幻术、神输鬼运的佛教神通，也不说白玉虬跃出东海、飞堕长江的仙家想象，让静态的"彩虹"给人眼花缭乱的动感，单是"两岸遥分白月光，中流压破青天影"两句，就足以成为吴江长桥的地志名言。

据明陈全之《蓬窗日录》卷八记载：

> 吴隐士陈完，检讨继子也，尝跋元僧觉隐诗卷，谓觉隐名文诚，字道元，浙人也。与笑隐訢公、天隐至公，皆以诗自豪相颉颃，时号三隐。觉隐《睡起》云："花下抛书枕石眠，起来闲漱竹间泉。小窗石鼎天犹暖，残烬时飘一缕烟。"《江亭秋晚》云："独倚清江秋思长，晚潮初上水亭凉。海门风起双峦暝，一抹银花涌夕阳。"又云："藤枯摧老树，石裂碍深溪。阴洞水声合，短垣松影齐。涧回知径远，山迥觉梅低。忽尔破孤寂，岭猿清昼啼。"

此处所引三首诗，体现出本诚的近体诗造语之妙的一面。"花下抛书枕石眠"的行为，更带文人习气，而非僧人本色，当然也无僧人的"蔬笋气"。"一抹银花涌夕阳",写一道白色的浪花中翻涌的红色的夕阳,颇有画面感,这得益于本诚独特的画家眼光。至于"藤枯摧老树"一联,则具有晚唐诗僧苦吟炼句的痕迹,可见本诚在唐律方面也有一定造诣。

由此看来,本诚存诗虽不多,却风格多样,与天隐、笑隐并称,并非勉强凑数。

第四节 中峰明本及其法嗣

在临济宗杨岐派虎丘系破庵祖先一支的禅师中,中峰明本无论是在禅学的贡献上还是禅诗的创作上,都具有特别的代表性。

中峰明本(1263—1323),俗姓孙,杭州钱塘人,西天目山住持,号中峰,又号幻住道人,为高峰原妙法嗣。属南岳下二十二世。元仁宗为太子时,尊明本为法慧禅师,即位后赠号佛慈圆照广慧禅师,并赐金襕袈裟,将其所住师子禅院诏改为师子正宗禅院,命赵孟頫撰碑。明本圆寂后,元文宗追谥为智觉禅师,塔号法云。元惠宗册封明本为"普应国师"。明本亦得到士大夫的尊崇和信赖,赵孟頫就曾几次问法于他。黄溍《无见先睹禅师语录序》言及明本的影响:"初钦公之传为高峰妙公、中峰本公。而妙公晏坐天目山,设死关以待学者,终其身亦不下山。其与禅师实法门叔侄行,故其为道若出一揆。入国朝以来,能使临济之法复大振于东南者,本公及禅师而已。可谓盛哉!"《佛祖历代通载》卷二十二、《五灯会元续略》卷三、《五灯全书》卷五十一、《南宋元明禅林僧宝传》卷九对其生平均有记载。明本善习诗文,《天目中峰和尚广录》中有佛祖赞、自赞、拟寒山诗各一卷,偈颂四卷。《天目明本禅师杂录》中有《怀净土诗》一百零八首、《和冯海粟梅花诗百咏》及乐道歌若干。其影响波及朝鲜、日本、越南等地。

明本的拟寒山诗一百首,存于《广录》卷十七。诗皆五律,多押仄韵,每十首可看作一组,每一组都有固定的句式,百首可分十组。如第一组除第一首外,其余皆以"参禅莫××"为开头套语,劝诫学子参禅所忌。因第一首是此百首拟寒山诗之总纲,故而句式独立。举第一组前三首为例:

> 参禅一句子,冲口已成迟。拟欲寻篇目,翻然堕水泥。举扬无半字,方便有多岐。曲为同参者,吟成百首诗。
> 参禅莫执坐,坐忘而易过。迻足取轻安,垂头寻怠惰。若不任空沉,定应随想做。心花无日开,徒使蒲团破。
> 参禅莫知解,解多成捏怪。公案播唇牙,经书塞皮袋。举起尽合头,说来无缝隙。撞着生死魔,漆桶还不快。

第二组以"参禅宜××"为开头套语,教导学子参禅所宜持有的心态。如:

> 参禅宜自肯,胸中常鲠鲠。不拟起精勤,自然成勇猛。一念如火热,寸怀若冰冷。冷热两俱忘,金不重为矿。
> 参禅宜退步,勿踏行人路。横担一片板,倒拖三尺布。得失岂相干,是非都不顾,蓦直走到家,万象开门户。

> 参禅宜朴实，朴实万无失。纤毫若涉虚，大千俱受屈。话柄愈生疏，身心转坚密。一气直到头，捏出秤锤汁。

第三组以"参禅要××"为开头，讲述参禅要点。如以下三首：

> 参禅要直捷，一切无畏怯。用处绝疏亲，举起无分别。法性元等平，至理非曲折。过去七如来，与今同一辙。
> 参禅要精进，勿向死水浸。动若蹈轻冰，行如临大阵。昼夜健不息，始终兴无尽。捱到骷髅干，光明生末运。
> 参禅要高古，备尽尝艰苦。身世等空华，利名如粪土。深追雪岭踪，远接少林武。道者合如斯，岂是夸能所。

这里第三首"深追雪岭踪"二句，鼓励参禅者要继承佛陀和祖师的事业，坚韧不拔。"雪岭"用佛陀住雪山修菩萨行之事，"少林"用菩提达磨面壁九年坐禅之事。"能所"是佛教术语，二法对举，自动之法为"能"，不动之法为"所"。明本认为，参禅要有艰苦的实践，夸耀懂得"能所"的教义，并不能真正合道。

其余几组诗开头大都有固定套语，如"参禅为××""参禅无××""参禅非××""参禅绝××""参禅最××""参禅不××"等，无非是教导学子破除执着分别，明究参禅根本，反复言之，真可谓苦口婆心，谆谆教导。虽然明本号称拟寒山诗，语言也通俗易晓，却没有了寒山诗山林乐道、景中悟禅的内容；虽然也重在讲说佛理，但说理方式比较直白，没有了寒山诗张三李四、东家西家的举例手段；所说之理主要是教导禅门内部学子参禅的诸多注意事项，而没有寒山诗中告诫世人人生苦短、荣华易逝、及时修行的内容。明本拟寒山诗前有序："盖生死之心疑未决，如堕网之欲出，若沐漆而求解，望见知识之容，未待卸包脱屦，其胸中岌岌未安之事，遽冲口而问之。一言不契又复往叩而他之，或停餐辍饮，废寝忘劳，至若风雨寒暑之不移，祸福安危之莫夺，其所参之念不致，洞明不已也，是谓真参。余皆似之耳，非参也。……因往复酬酢，遂引其说，偶成拟寒山诗一百首。非敢自广，盖痛心于教外别传之道将坠，无何，诚欲策发初心之士耳！"由此可知，明本的拟寒山诗是针对禅林学子参禅过程中出现的问题而进行指导所用，实用性强，故艺术性弱，如同参禅教材讲义之押韵者。

实际上，中峰明本作诗水平很高，令当时士大夫刮目相看。明田汝成《西湖游览志余》卷十四载他与士大夫之间的酬酢曰："明本善吟咏，赵子昂（赵孟𫖯）与之友，学士冯子振甚轻之。一日，子昂偕明本访子振，子振出示《梅花百韵诗》，明本一览，走笔和之。子振犹未以为然，明本亦出所作《九字梅花歌》以示子振，子振竦然，遂与定交。其歌云：'昨夜西风吹折千林梢，渡口小艇滚入沙滩坳。野桥古梅独卧寒屋角，疏影横斜暗上书窗敲。半枯半活几个撅蓓蕾，欲开未开数点含香苞。纵使画工奇妙也缩手，我爱清香故把新诗嘲。'"明本以《九字梅花歌》征服冯子振，"九字"指九言律诗，中间两联对仗，难度很大，可见其诗才。

明本唱和海粟居士冯子振《梅花百韵诗》，收入《天目明本禅师杂录》卷三。百首和诗皆为次韵，韵脚皆为神、真、人、尘、春，无一例外，难度很大。南宋以来，士大夫的咏梅诗盛极一时，多拟之为君子、美人、仙真、隐士，将其人格化。明本的《和冯海粟梅花诗百咏》大体继承士大夫咏梅的传统精神，但有部分作品基于出家人特有的身份，借梅说禅，为咏梅诗注入新内容。试看以下几首：

岩谷幽栖独炼神，山灵有意共成真。半枝残雪定中衲，一片野云方外人。作如是观清净种，照无色界几千尘。天机尚欲含消息，未遣野猿啼破春。

五出堂堂夺众神，独于静处见孤真。旃檀国里天然韵，薝卜林中玉样人。腊雪几回埋不死，寒泉一点净无尘。世间尤物知多少，敢向枯梢斗早春。

花开腊底觉仙神，一种灵根绝妙真。五月熟成金弹子，三冬蕊绽玉楼人。庞公远陟来推勘，常老端然不惹尘。个样酸心谁委悉，肯同雪曲与阳春。

第一首颔联上句谓半枝梅花在残雪中陪伴坐禅（禅定）中的衲僧。颈联借"作如是观""清净种"两组佛语，写梅花种性清净高洁，又借佛语"照无色界"写梅花与尘俗的对照。第二首"旃檀国""薝卜林"喻梅花既香且白。"薝卜林"三字见《维摩诘经·观众生品》，"薝"或作"瞻"。第三首颈联化用与梅相关的禅宗公案，"庞公"指中唐庞蕴居士，"常老"指明州大梅山法常禅师，二人皆为马祖道一的法嗣。《庞居士语录》曰："居士访大梅禅师，才相见，便问：'久向大梅，未审梅子熟也未？'梅曰：'熟也，你向什么处下口？'士曰：'百杂碎。'梅伸手曰：'还我核子来。'士便去。"总体而言，明本的咏梅诗词藻华丽，情调婉约，与他的拟寒山诗风格迥异。

明本一生写下不少好诗，不胜枚举，五律、七绝皆有佳作，如以下几首：

> 无影到人间，逍遥自驻颜。半床清梦熟，四壁白云闲。野鹿赴无出，狂猿去又还。惟应朝市客，思我住深山。（《山居》）
>
> 一坞白云藏石磴，半间茅屋挂藤萝。衔花幽鸟不知处，门掩夕阳春思多。（《山居》）
>
> 草塘拂拂水风微，凉雨初晴豆叶肥。野树乱蝉吟未歇，卷桐声里放牛归。（《夏日村居》）
>
> 六代繁华逐水流，岸莎汀草碧悠悠。瘦藤斜倚东篱下，笑问黄花几度秋。（《金陵道中》）

语言清丽典雅，诗中有画，景中寓禅。"衔花幽鸟"暗用牛头法融禅师"百鸟衔花之异"的公案，如水中着盐，不见痕迹，其文字功力之深，丝毫不输那些知名的文人士大夫。可见其拟寒山诗是为了指点学人，有意放弃了对辞采的追求。又如《古今禅藻集》卷十七收录明本七绝《雪》一首，诗曰：

> 冻云四合雪漫漫，谁解当机作水看。只为眼中花未瞥，启窗犹看玉琅玕。

这首咏物诗借雪说禅,将禅理融入形象描写中。"当机"是宗门语,"眼中花"也是宗门语,指空花。云、雪本质皆为水,但无人"当机作水看",这首因为眼中空花未尽,所以开窗看到的不是水,而是白玉琅玕。

《广录》卷二十九收有明本的《山居》《船居》《水居》《廛居》等组诗,每组十首。元代禅僧好作山居诗,明本更在此基础上,根据自己居处环境的不同,推而广之为船居诗、水居诗、廛居诗,扩大了山居诗的表现范围。《山居》十首作于庐州六安山中,时为元仁宗皇庆元年(1312),他在山中庵居。试看三首:

行脚年来事转多,争如缚屋住岩阿。有禅可悟投尘网,无法堪传逐世波。偷果黄猿摇绿树,衔华白鹿卧青莎。道人唤作山中境,已堕清虚物外魔。

数朵奇峰列画屏,参差泉石畅幽情。青茅旋葺尖头屋,黄叶频煨折脚铛。云合暮山千种态,鸟啼春树百般声。世间出世间消息,不用安排总现成。

见山浑不厌居山,就树诛茅缚半间。对竹忽惊禅影瘦,倚松殊觉老心闲。束腰懒用三条篾,扣己谁参一字关。幸有埋尘砖子在,待磨成镜照空颜。

皆以远离世间、自在山居为主要写作内容。第一首"偷果黄猿"二句,化用《景德传灯录》卷十五《澧州夹山善会禅师》:"问:'如何是夹山境?'师曰:'猿抱子归青嶂里,鸟衔华落碧岩前。'"因此接下来有"道人唤作山中境"句,但明本认为这样理解"山中境",已堕入魔道,因为参禅者不应执着于"境"的清虚与否。第二首的"尖头屋"指草庵,"折脚铛"形容生活寒俭,尾联谓山间景物已透露出世间与出世间的生活哲理,当下直示,"不用安排总现成"。第三首"束腰"句用药山惟严禅师公案:"何不将三条篾束取肚皮,随处住山去。"(《正法眼藏》卷二上)"扣己"句用云门文偃禅师公案,文偃以一字回答参学者禅学问题,丛林目为"一字关"。"不假修治常具足""不用安心心自安"等句意在表现超越禅法、内心自在的境界。尾联用马祖道一"磨砖成镜"的公案。明本《山居》一再阐明这样的观点,山居生活本身就是禅的体现,参禅者不必外求证道,他一再声称"不假修治常具足""不用安心心自安""不用安排总现成",把山居生活当作"现成公案",认为"除此现成公案外,且无佛法继传灯"。明白这一道理,无论是山居水居,还是船居廛居,便都是安心参禅的道场。

《水居》十首也作于皇庆元年,明本时在东海州,结茅庵住水边,故曰"水居",试看三首:

  缚个茅庵际水涯,现成景致一何奢。野塘水合鱼丛密,远浦风高雁阵斜。道在目前安用觅,法非心外不须夸。一声铁笛沧浪里,烟树依依接暮霞。

  年晚那能与世期,水云深处分相宜。茭蒲绕屋供晨爨,菱藕堆盘代午炊。老岸欲隳添野莳,废塘将种补新泥。无心道者何多事,也要消闲十二时。

  极目弥漫水一方,水为国土水为乡。水中缚屋水围绕,水外寻踪水覆藏。水似禅心涵镜像,水如道眼印天光。水居一种真三昧,只许水居人厮当。

诗中描写水边"现成景致",野塘、远浦、沧浪、烟树、水云、茭蒲、菱藕、老岸,同样是远离俗世,同样是"道在目前安用觅",一切现成具足。但较山居而言,更加突出水的澄澈明净、映照万物,并继承传统文学中"沧浪之水"所包含的隐逸主题。

《船居》十首写作时间稍早,元武宗至大二年(1309),明本住在杭州至仪真的船上,作这组诗。试看几首:

> 世情何事日羁縻,做个船居任所之。岂是崎孤人共弃,都缘疏拙分相宜。漏篷不碍当空挂,短棹何妨近岸移。佛法也知无用处,从教日炙与风吹。
>
> 大厦何知几百间,争如一个小船闲。随情系缆招明月,取性推篷看远山。四海即家容幻质,五湖为镜照衰颜。相逢顺逆皆方便,谁暇深开佛祖关。
>
> 懒将前后论三三,端的船居胜住庵。为不定方真丈室,是无住相活伽蓝。烟村水国开晨供,月浦华汀放晚参。有客扣舷来问道,头陀不用口喃喃。

船居有几个特点扣合禅理:一是闲适随性,能"随情系缆""取性推篷",无拘无碍;二是漂浮不定,任其所向,顺逆皆方便,所谓"为不定方真丈室";三是契合《金刚经》和《坛经》提倡的"无住"之理想,所谓"是无住相活伽蓝",船就相当于活动流走的寺院。故船居胜于庵居。诗中借船行之自由来表现心性之自由。"佛法也知无用处""谁暇深开佛祖关""懒将前后论三三"等句同样呈现超越禅法的无碍境界。若有客人问道,不须回答，只要看看眼前的烟花水月即可明了。

《廛居》十首作于汴梁开封，为明本游方时所作。廛居指住于市廛之中，而市廛与山林是完全不同的世界。明本借廛居说禅，别有风味。试看其三首：

古称大隐为居廛，柳陌华衢间管弦。毕竟色前无别法，良由声外有单传。锦街破晓鸣金鞚，绣巷迎春拥翠钿。觌面是谁能委悉，茫茫随逐政堪怜。

山居何似我廛居，对境无心体自如。手版趣倾楼上酒，腰铃急送绣前书。沉沉大梦方纯熟，扰扰虚名未破除。白日无营贫道者，草深门外懒蘠锄。

廛市安居尽自由，百般成现绝驰求。绿荙紫芥拦街卖，白米青柴倚户收。十二时中生计足，数千年外道缘周。苟于心外存诸见，敢保驴年会合头。

古有"大隐隐朝市"之说，毕竟色声的尘境无法避免，但禅僧自有单传心印，完全能做到"大隐居廛"。只要对镜无心，廛居与山居本无区别。那些锦街绣巷的市人，那些执手版、系腰铃的官吏，奔走于利海名场，如在沉沉醉梦中，而廛居的禅僧终日无营，草深门外，与山居一样，同样享受自己心灵的自由。这组诗拓宽了山居诗的题材，在佛教诗歌史上自有其不容忽视的意义。

中峰明本还写过一些类似乐道歌的七言歌行，如《头陀苦行歌》《托钵歌》《行脚歌》《自做得歌》《水云自在歌》等，其《纸袄歌》曰：

  道人活计无价好，一幅溪藤裁个袄。脱白露净光浮浮，绝胜形山如意宝。有时坐，冽冽风霜吹不过；有时行，藉藉春风动地生。有时不动亦不静，表里虚明照心镜。芦花明月共相亲，一团雪底藏阳春。说甚秦麻并越苎，吴绫并蜀锦，更堪笑、在青州做底重七斤，争似我寸丝不挂，万缕横陈。全体用，最天真，富贵如何说向人。

溪藤，即浙江用古藤所造的剡溪纸。以纸做袄，不屑丝帛，无欲无求，心底坦荡。"寸丝不挂"，用雪峰义存典，使用双关手法，一方面点出所穿为单薄纸袄，另一方面则用佛教语写心性的一尘不染，不为世俗所累。故"寸丝不挂"，也即众生所求之清净身。秦麻、越苎、吴绫、蜀锦，这些上好的丝织品显示的是对富裕生活的追求，同时也遮挡了众生的本来面目。再如《松花廪歌》：

  半生幻住西天目，每爱好山如骨肉。破铛无米不下床，瘦腰三篋从教束。邻翁白日来打门，且笑且言声满屋。还知屋外老松花，绝胜农家千斗粟。堪作饭，玉穗金英光灿烂。堪作粥，碧雪紫霞香馥郁。压成饼，冰雪蟠屈龙蛇影。捏成团，烟云磊魄牙齿寒。我闻千年老松花为石，肉眼凡夫有谁识？更拟寻枝摘叶看，我道未曾尝此食。绝耒耔，非栽培，秋涛万里驱风雷。我疑乌兔推翻八角磨，尽把虚空轻碾破。不向机先信手拈，眨得眼来俱蹉过。毗耶谩自求香积，展手开田徒费力。谁知只在屋檐头，万劫要教饥不得。阿呵呵，谁辨的，苔阶扫尽廪未空，明月春风又狼藉。

"幻住"是明本自称，他长期住在西天目山。松花作饭，以示清贫无欲，又有不食人间烟火之义。毗耶，维摩诘所居地，此处当指信奉佛法的居士，想要求得大乘的香积饭，自己费力开垦荒地，却不知松花饭之妙处。

此外，《古今禅藻集》卷十四收明本七言古诗《留题惠山寺》一首，《广录》《杂录》皆失收。其诗曰：

惠山屹立千仞青，俯瞰天地鸿毛轻。七窍既凿浑沌死，九龙攫雾雷神惊。霹雳声中白石裂，银泉迸出青铅穴。惟恨当年桑苎翁，玉浪翻空煮春雪。何如跨龙飞上天，并与挈过昆仑巅。散作大地清凉雨，免使苍生受辛苦。我来扣泉泉无声，一曲冷光沉万古。殿前风桧耆然鸣，日暮山灵打钟鼓。

诗中写惠山泉水，充满奇思幻想。其中"散作大地清凉雨，免使苍生受辛苦"的愿望和祈祷，则显示出明本的大慈大悲之心，诗艺和诗心皆值得称道。

惟则（1276—?），号天如，俗姓谭，庐陵人。中峰明本法嗣，南岳下二十三世。《续指月录》卷八载："行省平章，咸稽颡执弟子礼，屡起江浙诸名山，坚却不赴，遁迹吴淞间。弟子就吴中构地结屋，名师子林。至正十四年，帝师锡以佛心普济文慧大辩禅师号，兼赐金襕法衣。"有《天如惟则禅师语录》九卷

传世,卷四为偈颂,卷五有祖师赞。惟则偈颂以乐道歌和山居诗为代表。如《闲人好歌》:

> 有客为爱闲人好,冷眼看人忙未了。自言构得闲家珍,受用一生闲不少。髑髅影子能几何,去日已远来无多。利门名路苦不彻,谁识我有闲婆婆。闲来佛也无心做,禅板蒲团何用过。沙锅水暖沸松涛,烂煮白云松粉和。诸方浩浩夸谈玄,我已洗耳寒山泉。只贪梦里好说梦,睡着不怕三千年。别有一闲不如此,不遭十二时辰使。伸拳放出虚空华,触碎涅槃与生死。便能掘地求青天,逼拶佛祖成风颠。驴胎马腹撞头入,剑树铁网横身眠。笑他枯坐忘昏晓,外似闲闲中扰扰。都缘不奈牯牛何,蓦鼻牵来还入草。宁知绝处有生机,静却喧喧闹悄悄。有时圆镜里藏形,帝释散花无处讨。有时闹市里挨肩,铁壁银山但靠倒。个是吾侬格外闲,离此别求吾未保。庐陵亦有闲道人,通身自被闲围绕。等闲一语忽相投,为伊歌作闲人好。

写不为外物所缚之自在,冷眼观世之奔忙。惟则又有《山居杂言》十首,皆为七绝:

> 拈得尖头小屋儿,诸方公举两无疑。有时地黑天昏去,也被云来夺住持。
>
> 佛法文章一字无,柴床对客嘴庐都。胸中流出盖天地,老倒岩头牙齿疏。

忆在苏堤过六桥,小番罗帽被风飘。满头带得湖山雪,几度骄阳晒不消。

　　齿摇面皴发星星,眼里青黄不暂停。有个不随他变底,乡淡依旧是庐陵。

　　划草分明错用心,殿前回首翠林林。工夫用在皮肤上,根脚谁曾见浅深。

　　发生道我法财宽,白纸相呈请破悭。谁信山僧空好看,剃头钱是别人还。

　　语言学解弄狐疑,莫费光阴强记持。多少英灵被埋没,白头忘却出家时。

　　野牛浪荡本无家,才拟关拦事转差。遍界是国王水草,任他随分纳些些。

　　宾中主即主中宾,逆顺纵横莫认真。狭路相逢解回互,闹篮政好着闲人。

　　鼻孔里有三寸气,眉毛下有三寸光。好个西来祖师意,问人都是错商量。

语言率意,思维活跃。"拈得尖头小屋儿"一诗,想象天昏地暗,云欲来夺僧人住持之位。"也被云来夺住持"句是化用宋代归宗志芝的《山居诗》"千峰顶上一间屋,老僧半间云半间",用典而不着痕迹。"佛法文章一字无"一诗,则写出一个老僧不求佛法、不著文章、牙齿疏落、嘴巴鼓起、潦倒柴床的形象。意在强调本性具足,不假佛法、文字。与"语言学解弄狐疑,莫费光阴强记持""好个西来祖师意,问人都是错商量"句相似。"忆在苏堤过六桥"一诗,回忆在西湖时的意气风发。后两句以湖山雪喻满头银丝,并言"几度骄阳晒不消",有调侃的意味。"发生道我法财宽"一诗也是有戏谑之义。"齿摇面皴发星星"一诗描写了一个年老僧人的形象,牙齿稀疏摇晃,面容沟壑纵横,眼观世间种种,心念故乡庐陵。"乡淡依旧是庐陵"借写怀念故乡,暗指时时不忘心之本源。无见先睹有诗"四海五湖流浪客,至今知假不知真",即以"流浪客"喻不识心之本源者。其余几首诗写及修行,"工夫用在皮肤上,根脚谁曾见浅深",写修行须下真实功夫;"野牛浪荡本无家"以野牛比喻随意自在的心性;"宾中主即主中宾,逆顺纵横莫认真"一诗,则强调"宾中主"与"主中宾"不过是接引学徒之方便法门,不可过于执着。"狭路相逢"也常见于禅宗问答,《筠州洞山悟本禅师语录》载:"华严搬柴次,师把住柴问:'狭路相逢时作么生?'云:'反仄何幸。'"《五灯会元》卷十一有:"问:'狭路相逢时如何?'师便拦胸拓一拓。"即放弃执着,即使狭路相逢也能够转过身来。

元长(1284—1357),字无明,号千岩,萧山人,族姓董。中峰明本法嗣,朝廷曾赐僧伽黎衣及普应妙辨之号,后加佛慧圆明广照普利之谥。有《千岩和尚语录》一卷传世,宋濂作序。《语录》中有颂古、祖师赞和少量偈颂,宋濂《佛慧圆明广照无边普利大禅师塔铭》称元长有"语录若干卷、和智觉《拟寒山诗》若干首,皆刻梓行于丛林",然后者今已失传。颂古写得较有趣味,如颂"世尊未离兜率已降王宫,未出母胎度人已毕"公案曰:

日出天欢喜,云生地起愁。如何人不老,得似水长流。

诗颂似乎只有第一句与公案相关,用"天喜欢"来形容"日出",很有童趣。后面三句,更像是人生易老的喟叹。还有一些祖师赞,如《维摩》《达摩》《五祖》《六祖》《船子》《寒山》等,皆延续传统写法。

千岩元长的偈颂主题多为示人、送僧诗,有乐道歌如《快活歌》《知足歌》以及劝世诗《警世》《四威仪》之类。值得一提的是《山中偶作》组诗,内容接近山居诗,试看以下几首:

青山堆里结茅庐,随分生涯自有余。松带雨栽根易活,草无人铲蔓难图。清泉白石柴床座,紫芋黄精瓦钵盂。道者家风只如此,不消更做别工夫。

多年布衲烟熏破,纵有工夫懒去缝。昨夜将来胡乱着,通身依旧暖烘烘。

石上打眠还打坐,松间行去又行来。白云影里山无数,杜宇声中花正开。

麦垄风清梅雨住,种瓜栽茄人无数。闻鼓声归吃饭来,锄头倒挂门前树。

第一首是七律,中间两联写山居景色和简朴生活,颔联善用动词,语言晓畅而典雅,如"蔓难图"三字出自《左传》。颈联则全用意象性名词。在山居日常生活中参禅,这就是僧人的"随分生涯"和"家风"。第二首写禅僧衣着的贫寒和闲懒,自有安乐在其中。第三首写石上松间的行住坐卧,而云影山色、花香鸟语为其背景,何等惬意。第四首写山僧的"普请"劳动,闻鼓吃饭,场景生动。从这组诗中可看出千岩元长有相当的诗歌修养。

第五节　无见先睹

破庵祖先一支中有无见先睹禅师，山居数十年，道价重天下，其《山居》尤有特点，在元代山居诗书写中占有重要地位。

先睹（1265—1334），字无见，天台仙居人，俗姓叶。为方山文宝法嗣，属南岳下二十二世。住天台山华顶善兴寺。有《无见睹禅师语录》二卷传世，卷首有至正十七年（1357）黄溍所作序，略曰："当宋之季年，宗门耆宿相继迁谢，而二公（指断桥妙伦与雪岩祖钦）独唱道东南，以振扬宗风为己任，可谓禅门之柱石矣。伦公之传为方山宝公，而禅师则得法于宝公，故其门庭严峻，机关警捷，无忝于乃祖。其居华顶四十寒暑，苦行坚守，足迹未尝下山，不起于座。而道价之重，倾动远迩。"卷末有天台山国清寺佛真文懿大师昙噩所撰《无见睹和尚塔铭》，称："然其地（华顶）高寒幽僻，人莫能久处，惟禅师一坐四十年，足未尝辄阅户限。"在元代山居禅僧中，无见先睹无疑是最坚定者。《语录》有颂古三十四题、真赞十一题、自赞十一题，偈颂三十九题。偈颂中以《和永明禅师韵》和《山居诗》为代表。《和永明禅师韵》共六十九首，体裁为七律，实为次韵宋初法眼宗永明延寿的山居诗；题为《山居诗》者共十首，体裁为七绝。

《和永明禅师韵》组诗中，先睹常常追慕先辈之遗风，表明山居修道的决心。如忆东晋高僧慧远：

烂堆黄叶买山居，无德于人且自于。可喜身为林下客，从教尘积案头书。死生二事归呼吸，真妄双缘已断除。当日远公修白业，区区结社在匡庐。

慧远居庐山，与刘遗民等同修净土，为净土宗之始祖。《高僧传》卷六《释慧远传》载："彭城刘遗民、豫章雷次宗、雁门周续之、新蔡毕颖之、南阳宗炳、张莱民、张季硕等，并弃世遗荣，依远游止。远乃于精舍无量寿像前，建斋立誓，共期西方。"首联点明山居，尾联以慧远庐山结社收笔，追念慧远结社之功。再如忆后秦高僧鸠摩罗什：

茫茫三界转车轮，随力资持养幻身。数颗芋煨经宿火，一瓶茶煮去年春。深栖禅定蒲龛稳，重写经题贝叶新。罗什广翻三藏教，清名高誉蔼姚秦。

颔联和颈联写了烤芋煮茶、坐禅写经的清冷山居生活。尾联由抄写佛经联想到广译佛经、功德无量的鸠摩罗什。又如忆唐高僧牛头法融诗：

曲曲斜斜门外路，东西南北总相通。三重玄要毋劳举，五位君臣不借功。一径落花春雨过，满山啼鸟夕阳红。何人更问庵中事，忆杀当年个懒融。

首联以路为喻，说明禅宗各门派其实殊途同归。临济宗的"三玄三要"与曹洞宗的"五位君臣"只是悟道的不同路径。颈联用落花、啼鸟引出禅宗牛头派的创始人法融的公案。《禅宗颂古联珠通集》卷八载："金陵牛头山第一世法融禅师,幽栖石室,有百鸟衔花之异。唐贞观中,四祖遥观气象,知有奇人,躬自寻访,见师端坐。祖问曰:'在此作什么?'师曰:'观心。'祖曰:'观是何人?心是何物?'师无对,作礼问曰:'大德高栖何所?'祖曰:'贫道不决所止。'……师未晓,乃请说法。祖曰:'百千法门,同归方寸,河沙妙德,总在心源。'师领悟。祖曰:'吾受三祖顿教法门,今付于汝。汝受吾言,只住此山。后有五人绍汝玄化,百鸟不复衔花。'"此公案最早见《景德传灯录》卷四,《禅宗颂古联珠通集》文字略异。百鸟衔花,是尚未顿悟自性的表现。据《维摩经·观众生品》载,时维摩诘室有一天女,见诸大人闻所说说法,便现其身,即以天花散诸菩萨、大弟子上,花至诸菩萨即皆堕落,至大弟子便着不堕。这是因为大弟子担心花的沾染,于是有了净与不净的分别,也就是结习未尽。法融经过道信的指点,顿悟自性,故能"百鸟不复衔花"。还有忆北宋二灵庵主诗:

六户虚闲夜不扃,孤灯耿耿彻昏冥。宗风未坠思诸祖,诗句重吟忆二灵。钟断月楼人已定,猿啼霜树梦初醒。晓来拨雪寻行径,自折山梅插瓦瓶。

"六户虚闲"喻指眼、耳、鼻、舌、身、意六根处于无所用功的状态。二灵,指庆元府二灵知和庵主。据《丛林盛事》卷上载:"二灵庵主,苏人也。初见真净,后参渤潭乾,有所证。回东浙,居雪窦之中峰,庵常有虎蹲伏座下。初与天童交和尚同行,二人禀誓断不出世,后交爽其盟,出尸太白,和遂与其绝交。居中峰岁久,其山秀绝,凡居不久,即有他山之命。和乃锄断山骨。竟为待制陈公以诗诱出,住二灵庵。不一二年,禅衲麇至,遂成小小法社,名闻九天,屡诏不起。"《嘉泰普灯录》卷十、《五灯会元》卷十八皆载其事。山居静夜忆二灵,钦佩其禀誓断不出世住持寺院,意在称扬孤标傲世之宗风。另有忆唐高僧懒瓒诗:

获叨斯教足优游,不用欢兮不用愁。对境静心观化理,逢人无口问来由。乳麑逐母眠花下,松鼠呼儿上树头。懒瓒当年机欠密,天书来往几时休。

《林间录》卷下:"唐高僧懒瓒,隐居衡山之顶石窟中。德宗闻其名,遣使驰诏召之。使者即其窟,宣言:'天子有诏,尊者幸起谢恩。'瓒方拨牛粪火,寻煨芋食之,寒涕垂膺,未尝答。使者笑之,且劝瓒拭涕。瓒曰:'我岂有工夫为俗人拭涕耶?'竟不能致而去。"此处翻案嘲笑懒瓒,隐居地点不够机密,以故招来皇帝诏书。前举大觉祖雍禅师《和永明山居偈》调侃"是他懒瓒无灵验,惹得天书三度来",正与无见先睹看法相同,都认为是懒瓒自己修行未到心灰的境地,故招致唐皇帝诏书三降。此处用懒瓒典,以示山居修行的坚决意志。

无见先睹之所以追寻历代祖师大德,乃是由于不满于佛教发展之现状,充满忧虑。其诗曰:

法门无量愧无成,玉兔金乌昃又盈。对境时时消妄念,有身日日厌浮生。山深树密招提静，路转溪回略彴横。像教颠危在今日，更谁来话道中情。

着意驰求万里遥，得来元不隔丝毫。法门广大含诸有，祖道衰微赖我曹。宗立五家元气在，航浮一苇浪头高。参玄未具超宗眼，浑似夜行披锦袍。

"像教颠危""祖道衰微"，即对佛教现状的忧虑，感愧自己参玄未有成就，而宗门中缺少"来话道中情"的知音同道。基于此，无见先睹也表现出振兴宗门的强烈责任感：

日出扶桑触处红，三千刹海体元同。庵摩罗果无生智，优钵昙花毕竟空。倒握龟毛酬至化，高提兔角振宗风。一声啼鸟春光里，何处是西何处东。

同迷五浊实堪悲，济济缁流贵宝之。苦行一生堪上传，清名千古胜刊碑。汲深绠短徒劳力，水到渠成自有时。祖道腾芳在今日，令人树下忆杨岐。

前一首以庵摩罗果、优钵昙花论佛法，以倒握龟毛、高提兔角喻禅家奇特手段，为的是"振宗风"。后一首期望"济济缁流"（众僧）不要沉迷五浊恶世，应"苦行一生"，使临济宗杨岐派的"祖道腾芳在今日"。

佛教山居诗中最常见的主题之一就是展现对世间法的蔑视，无见先睹的诗也不例外，如：

世道如斯念合忘，世情厌我苦韬藏。自空五蕴离诸病，不把千金换一方。对众拈花迦叶笑，迷头认影若多狂。有为总是忙边事，事到无为总不忙。

颈联用迦叶尊者和演若达多的典故来说明悟与迷不同。"对众拈花"见于《五灯会元》卷一："世尊在灵山会上，拈华示众。是时众皆默然，唯迦叶尊者破颜微笑。世尊曰：'吾有正法眼藏，涅槃妙心，实相无相，微妙法门，不立文字，教外别传。付嘱摩诃迦叶。'""迷头认影"见于《楞严经》卷四："室罗城中演若达多，忽于晨朝以镜照面，爱镜中头眉目可见，嗔责己头不见面目，以为魑魅，无状狂走。"迦叶尊者破颜微笑，因其了悟佛道；演若达多迷头认影，因其迷失本性。无见先睹用两个典故比喻"世情"的"有为"与"韬藏"的"无为"之间的差异。无见先睹以智者的眼光审视世间的功名事业：

春暮山深花木香，咿鸣桐角闹村乡。晴潭波暖鱼游跃，古树枝高蔓引长。终日独看松顶鹤，百年谁悟草头霜。闲思往古英豪事，总属人间梦一场。
林边闲想昔时人，巇崄途中要立身。霸显功勋惭管晏，纵横事业耻仪秦。生前利禄随阳焰，死后声名等陈尘。四海五湖流浪客，至今知假不知真。

暮春的深山风景如此优美，充满生命情趣。古往今来的英雄，如管仲、晏婴、张仪、苏秦之辈，其功勋事业不过是人间的一场梦，而五湖四海那些奔走名场的人，只是可怜的"流浪客"，为利禄与声名迷失了本性。《和永明禅师韵》的最后一首最有总

结的性质:

> 祖师遗韵难轻拟,六十九篇消性情。甘自守愚全素节,从他尚巧耀虚名。久长受用贫边得,安乐工夫拙处成。此理明明亘今古,黄河知是几番清。

先睹表示,这六十九和永明禅师山居诗,都是主张消除世间"性情",保全愚钝朴素之节操,满足简单清贫之生活,才是人间颠扑不破的真理。

无见先睹的七绝山居诗与七律艺术风格差别较大,七律重在谈禅说理,以写景为辅,七绝则重在表现山居景物与活计,其诗如下:

> 一树青松一抹烟,一轮明月一泓泉。丹青若写归图画,添个头陀坐石边。
>
> 庄生有意能齐物,我也无心与物齐。独坐蒲团春日暖,一声幽鸟隔窗啼。
>
> 雁声历历冷云边,补得裙成裤又穿。红日西斜松影转,蒲鞋移晒屋檐前。
>
> 山寮也作装寒计,窗纸重糊分外牢。干燥竹柴成把缚,夜深逐个取来烧。
>
> 三间箬屋青松下,四壁重泥好置身。经又不看禅不坐,瓦炉终日自生尘。
>
> 偶挑野菜过坑西,嫩草齐腰路欲迷。春雨弄晴春日淡,杜鹃啼住竹鸡啼。

山房寂寂坐深夜，一点寒灯半结花。老鼠成群偷芋栗，床头打倒破砂锅。

　　白云常锁千峰顶，立处高兮住处孤。掘地倦来眠一觉，锄头当枕胜珊瑚。

　　蛰处云深活计疏，从他得失与荣枯。开畲垦地闲消遣，佛法身心半点无。

　　萝菔收来烂熟蒸，晒干香软胜黄精。二时塞却饥疮了，谁管檐前雪霰声。

此十首诗全是山居生活及心态的表现。元代以前的山居诗绝句，多洋溢着自我的闲适自足，如宝峰景淳诗"几回食饱游山倦，只么和衣到处眠""几度遭闲何处好，水声山色里游行"，吴山净端诗"林间寂寞何为乐，山鸟自鸣泉自流""野老欣欣任自然，斋余无事玩林泉"，道潜诗"午饭松间睡足，茶瓯满泛云腴"，法昌倚遇诗"松远柴门静，高眠日午开"等，人与景物的关系显得平等和谐。无见先睹诗却少了那种喜悦和满足，多了一份平静和从容；没有了活泼泼的生机，却多了一份沉寂之后的淡然。在第一首诗中，松、烟、月、泉与僧人一起构成一幅画面。一方面，画面就意味着如如不动，永恒常在，同时也意味着失去了"山鸟自鸣泉自流"的活跃的诗意心灵。另一方面，它突破了美景如画的思维习惯，将人收入了画框之内，也意味着主体心性的宁静。诗中对于日常生活的描写具备更多的细节，并能够给读者提供更多视觉上的联想。由诗歌我们会自然想象出一个形单影只的僧人，或独坐补衣，或寒夜拥炉，或采摘野菜，或夜听鼠闹，或铺晒萝卜，生活虽简单朴素，身心却自在无碍，眼中景致由此也充满禅意与趣味。

无见先睹的山居诗，无论是七律还是七绝，都在禅林中有一定影响。日本僧人道澄月潭在《无见睹和尚语录跋》中指出："其语简古超迈，足以开发学者。及阅山居诸篇，一一皆从真参实践中浑然流出，固非韵人高士可以拟厥万一者也。"说明这些作品是山居参禅的真实体验，跟高人韵士的吟风弄月之诗大异其趣。

无见先睹还写了一些禅宗传统题材的诗歌，如《十二时歌》《四威仪》等。禅宗《十二时歌》有从"夜半子"开始，也有从"鸡鸣丑"开始，先睹依据梁宝志和尚《十二时歌》的顺序，从"平旦寅"起，到"鸡鸣丑"止。其内容不在乎日常生活的描写，而是以十二时说禅。如"日出卯，世智聪明夸善巧。煮沙安得会成糜，画饼从来不能饱""禺中巳，碧眼胡僧犹罔措。秘魔手里擎木叉，道吾座上执笏舞""日昳未，剖露西来第一义。文殊不是七佛师，释迦岂受燃灯记"等，用的是禅语禅典，说的是禅机禅理，写一天十二时辰中对佛法的体验，有传授学子、时时刻刻生活日用不离佛法的意思。他的《四威仪》如下：

山中行，红莉花开锦一棚。幽鸟鸣，试问禅流作么生。
山中住，独扇柴门亦懒拄。双老乌，每日飞来又飞去。
山中坐，松根块石莓苔裹。举头看，应笑白云闲似我。
山中卧，槁荐年深都抖破。寒夜长，煨取柴头三两个。

行、住、坐、卧四威仪本为佛教徒所必须遵守的仪则，即要求日常起居动作必须谨慎规矩，严禁随意懈怠，以保持肃穆庄重。

但禅门中人却常以《四威仪》写山居生活之自在随性，以示对规矩的不即不离，形式上比山居诗的句式更为简洁明快。无见先睹此《四威仪》写得颇有风味。

第六节　石屋清珙

清珙（1272—1352），字石屋，江苏常熟人，俗姓温。及庵宗信法嗣，南岳下二十二世。初参高峰原妙，问生死大法，三年，不契，后参及庵宗信，忽然有省，得印可。隐居吴兴霞雾山，筑庵名曰天湖，以清苦自守，不干檀越，偶至绝食饮水而已。嘉禾当湖新创福源寺，敦请清珙为第二代住持，初坚卧不起，后有人劝其当以弘法为重任，乃幡然应请。居七年，引退天湖。至正间，朝廷闻其名，降香币以旌异，皇后赐金襕衣，清珙淡然不以为意。至正十二年（1352）索笔书偈曰："青山不着臭尸骸，死了何须堀土埋。顾我也无三昧火，光前绝后一堆柴。"投笔而化。寿八十一，谥曰佛慈慧照禅师。高丽王仰其德行，取其舍利，于高丽建塔供奉。今存《福源石屋珙禅师语录》二卷。清珙生平见《语录》卷末附释元旭《福源石屋珙禅师塔铭》，又见明释明河《补续高僧传》卷十三、清释自融《南宋元明禅林僧宝传》卷十。日本学者忽滑谷快天曾评曰："石屋清珙亦元代俊髦之一。山居三十年，清志坚淡，见白云，听流水，食藜藿，穿破衲，忘名利，不为物所拘。"（《中国禅学思想史》，上海古籍出版社2002年版，第698页）

据《塔铭》所言,石屋清珙"凡樵蔬之役,皆躬自为之,有古德之风。禅暇喜作山居吟,传者颇多"。清珙主要代表作为山居诗,有七律五十六首、五律十八首、七绝九十四首、歌十五首。另有以送别、寄赠为主的偈六十五题、赞七题、辞世偈一首。其写山居生活,语言清丽,少典故,少雕琢。明释来复为其《语录》作序称:"读其山居诸偈,绰有寒山子之遗风。"《南宋元明禅林僧宝传》卷十评曰:"趋风者日众,珙频作山居偈颂示之。爱之者以为章句精丽,如岩泉夜响、玉磬晨鸣云。"忽滑谷快天评曰:"其诗偈带寒山之遗风,其志操仿大梅之古踪,僧中之仙者乎!"(《中国禅学思想史》,第698页)清珙之诗与中峰明本齐名,明余绍祉《廓如上人诗集序》曰:"近古方外之诗,莫高于中峰本、石屋珙二老,皆宗门尊宿,文字之相既空,宫商之响愈足,不以诗为诗,而以禅为诗者。"(《晚闻堂集》卷九)

石屋清珙的山居诗常写自性的本来"天真""自然",不须刻意造作,不须着意打磨。其诗曰:

> 白发禅翁久住庵,衲衣风卷破毰毸。溪边扫叶供炉灶,霜后苦茅覆橘柑。本有天真非造化,现成公案不须参。豁开户牖当轩坐,尽日看山不下帘。

> 卧云深处不朝天,只在重岩野水边。竹榻梦回窗有月,砂锅粥熟灶无烟。万缘歇尽非除遣,一性圆明本自然。湛若虚空常不动,任他沧海变桑田。

> 绿雾红霞竹径深,一庵终日冷沉沉。等闲放下便无事,着意看来还有心。古镜未磨含万象,洪钟才扣发圆音。本

> 源自性天真佛,非色非空非古今。

诗中一再强调"本有天真非造化""一性圆明本自然""本源自性天真佛",后句直接借用永嘉真觉大师《证道歌》"本源自性天真佛"的成句。"现成公案不须参",针对当时流行的参究古人公案的现象而言。《高峰原妙禅师语录》卷下载:"往往学道之士,忘却出家本志,一向随邪逐恶,不求正悟。妄将佛祖机缘,古人公案,从头穿凿,递相传授,密密珍藏,以为极则。"石屋清珙诗意在以眼前山景为现成公案,主张不须有意参究。这与前文所叙中峰明本山居诗"除此现成公案外,且无佛法继传灯"的看法是一致的。

唐宋时代的山居诗常以云、水、月等自然景致呈现心性的自然无碍,偶然也有日常生活的表现,如保宁仁勇"点茶收却盏,行饭展开盂""舀将锅里粥,抽出灶中柴"、云居梵琮"只把手头些子力,拨开火种自烧铛"等,至元代石屋清珙山居诗,日用生涯出现的频率明显增多。如以下几首:

> 满头白发瘦棱层,日用生涯事事能。木臼秋分舂白术,竹筐春半晒朱藤。黄精就买山前客,紫菜长需海外僧。谁道新年七十七,开池栽藕种芰菱。
>
> 清贫长乐道人家,日用头头自偶谐。昨夜西风吹古木,天明满地是干柴。霞飘素练粘丹壁,露滴真珠缀绿崖。活计从来随现定,不劳辛苦去安排。
>
> 古人为道入山中,日用工夫在己躬。添石坠腰舂白米,携锄带雨种青松。担泥拽石何妨道,运水搬柴好用功。弹

懒借衣求食者,莫来相伴老禅翁。

反复强调"日用"在禅修中的重要性,"日用生涯事事能""日用头头自偶谐""日用工夫在己躬"。所谓"日用",即日常活计劳作,自给自足的劳动生活,开池栽藕,舂米栽松,担石挑泥,运水搬柴,莫不身体力行。这种农禅生活可以追溯到马祖道一和百丈怀海的中唐时代。"运水搬柴好用功"一句出于庞蕴一首有名的诗偈:"日用事无别,唯吾自偶谐。头头非取舍,处处勿张乖。朱紫谁为号,丘山绝点埃。神通并妙用,运水及搬柴。"庞蕴为马祖道一的法嗣。此偈旨在肯定佛性真如即在日常,不在远方,同时,生活上的独立自足也是心性自足的前提条件。石屋清珙乃雪岩祖钦之法孙,受其思想影响较大。祖钦同样主张"道在日用"(见《雪岩祖钦禅师语录》卷一),因此石屋清珙山居诗强调的日用劳作,既远绍唐代祖师马祖道一的传统,又近承师祖雪岩祖钦的教导,有遵循"古路"的意味。

石屋清珙写农事生活平实自然,毫无造作,如以下这首诗:

莫谓山居便自由,年无一日不怀忧。竹边婆子长偷笋,麦里儿童故放牛。栗蟥地蚕伤菜甲,野猪山鼠食禾头。施为便有不如意,只得消归自己休。

此诗初读时令人忍俊不禁,再读则发现另有深意。并不是住在山中便得自由,山中也有山中的忧。如怕婆子偷笋,儿童放牛,蟥虫食菜,猪鼠啃禾,怕自己辛辛苦苦的劳作被蚕食破坏。表面是在说农作生活，其实是指修心的重要及无处不在。

石屋清珙诗中常将山居生活与世间争斗作对照，劝诫世人放下贪婪奔竞之心，解脱五盖十缠之烦恼：

> 庵住霞峰最上头，岩崖巇崄少人游。担柴出市青苔滑，负米登山白汗流。口体无厌宜节俭，光阴有限莫贪求。老僧不是闲忉怛，只要诸人放下休。

> 蚕尾狼心满世间，争先各自使机关。百年能得几回笑，一日曾无顷刻闲。车覆有谁知改辙，祸来无地着羞惭。老僧不是多饶舌，要与诸人揭盖缠。

> 幽居自与世相分，苔厚林深草木熏。山色雨晴常得见，市声朝暮罕曾闻。煮茶瓦灶烧黄叶，补衲岩台剪白云。人寿希逢年满百，利名何苦竞趋奔。

> 逐日挨排过了休，明朝何必预先忧。死生老病难期约，富贵功名不久留。湖上朱门萦蔓草，涧边游径变荒丘。所言皆是目前事，只是无人肯转头。

石屋清珙老婆心肠，忉怛不休，不妨饶舌劝诫世人：光阴有限，何苦竞奔名利，徒增烦恼。所言皆是佛门常理，不过能将山居之闲与市朝之忙相对举，更具有感染力。对于佛门内部德行败坏的现象，石屋清珙也有诗涉及：

> 人寿相分一百年，有谁能得百年全。危如茅草郎当屋，险似风波破漏船。流俗沙门真可惜，贪名师德更堪怜。寥寥世道非今古，日把柴门紧闭关。

"流俗沙门""贪名师德"指那些住持名刹、得帝王恩宠的禅师。为了与佛门衲子世俗化倾向划清界限,清珙宁愿选择"日把柴门紧闭关"的生活。

石屋清珙的五律山居诗多叙山中农事生涯,相对较少饶舌的说教:

> 一镢足生涯,居山道者家。有功惟种竹,无暇莫栽华。水碓夜舂米,竹笼春焙茶。人间在何处,隐隐见桑麻。
> 一镢足生涯,长年饱水柴。有山堪寓目,无事可干怀。岚气湿茅屋,苔痕上土阶。任缘终省力,浑不用安排。
> 山家八月天,时物自相便。豆荚新垂陇,稻花香满田。割茅修旧屋,斫竹觅清泉。世上谁知我,优游乐晚年。
> 结草便为庵,年年用覆苫。纸窗松叶暗,竹屋藓华粘。麦饭惟饶火,藜羹不点盐。生涯随分过,谁管世人嫌。
> 山厨修午供,泉白似银浆。羹熟笋鞭烂,饭炊粳米香。油煎清顶蕈,醋煮紫芽姜。百味皆难及,何须说上方。

居山是修道者的归宿,只需一把镢头,足以供生计之用。种竹、栽华、舂米、焙茶之间,无不存在道者的心性。山间的饮食虽然清淡,但世间的百味都难以企及,甚至让作者不再想要上方的兜率天。

石屋清珙的七绝山居诗数量最多,且较有特点。如题咏梅花者:

> 玉堂银烛笙歌夜,金谷罗帏富贵家。争似道人茅屋下,

一天晴月晒梅花。

　　此事谁人敢强为，除非知有莫能知。分明月在梅花上，看到梅花早已迟。

　　田地无尘长不扫，柴门有客扣方开。雪晴斜月侵檐冷，梅影一枝窗上来。

　　玉蝶梅花香满树，水池洗菜绿浮科。锦衣公子如知得，定是移家入薜萝。

　　老来无事可干怀，竹榻高眠日枕斜。梦里不知谁是我，觉来新月到梅花。

他所写的梅花，是山居僧人的梅花，与茅屋、柴门、薜萝相伴，特别是月在梅花的场景，出现最多，很可能是化用惠洪《上元宿百丈》"梦回清月在梅花"之句。其实，爱梅是山居僧人的特点，清珙七律中有"雪覆万峰晴月夜，暗香春信到寒梅"，五律中有"地上并无草，园中却有梅""独与梅花好，相期尽岁寒"，如此等等。七绝山居诗中还特别爱写云与屋的关系，如下几首：

　　茅屋方方一丈悭，四檐松竹四围山。老僧自住尚狭窄，那许云来借半间。

　　茅屋低低三两间，团团环绕尽青山。竹床不许闲云宿，日未斜时便掩关。

　　一轴楞伽看未周，夕阳斜影水东流。云归自就茅檐宿，一日光阴又早休。

　　云未归时便掩扃，柴床眠稳思冥冥。山家不养鸡和犬，日到茅檐梦未醒。

溪边黄叶水去住，岭上白云风往来。争似老僧常不动，长年无事坐岩台。

云宿于茅屋的典故化用宋代临济宗归宗志芝的《山居诗》："千峰顶上一间屋，老僧半间云半间。昨夜云随风雨去，回头方羡老僧闲。"（《古今禅藻集》卷十二）前面四首以"那许云来借半间""竹床不许闲云宿""云归自就茅檐宿""云未归时便掩扃"来表现老僧对自我心性的保护。第五首则与志芝诗相同，以云随风而往来对比老僧的长年无事，坚坐不动。在这些诗中，茅屋是寄放身心的地方，也是心性的象征。清珙有诗特别表明这一点：

团团一个尖头屋，外面谁知里面宽。世界大千都着了，尚余闲地放蒲团。

茅屋在容纳"世界大千"的同时，还可摆放"蒲团"。"世界大千"指整个宇宙现象界，而"蒲团"则是僧人坐禅之处，安置一念净心之处。这意味着茅屋既包容了宇宙，也包容了自我。诗人描写"团团一个尖头屋"形象，恰似佛教所说"肉团心"或"赤肉团"的隐喻。

清珙善于化用前人诗意入诗。如"道人一种平怀处，月在青天影在波"，化用唐代李翱"云在青天水在瓶"语；"吾家住在雪溪西，水满天湖月满溪"，化用永明延寿"云满前山水满瓶"句；"我笑青山高突兀，青山嫌我瘦陵层"，化用辛弃疾《贺新郎》词"我见青山多妩媚，料青山见我应如是"；"我见时人日夜忙，广营屋宅置田庄。到头一事将不去，独有骷髅葬北邙"，化用寒山诗"但看北邙山，个是蓬莱岛"。如此等等，不胜枚举。

清琪七绝山居诗常用口语俗语写日常生活，如话家常，却又充满人生哲理。如以下几首：

种了冬瓜便种茄，劳形苦骨做生涯。众人若要厨堂好，须是园头常在家。

岩房终日寂寥寥，世念何曾有一毫。虽着衣裳吃粥饭，恰如死了未曾烧。

西方有路不肯去，地狱无门斗要过。金阁银台仙子少，镬汤炉炭罪人多。

粥去饭来茶吃了，开窗独坐看青山。细推百亿阎浮界，白日无人似我闲。

明明见了非他见，了了常知无别知。记得去年烟雨里，猿来偷去一双梨。

写自家生活，写世人愚蠢，皆一针见血，表达直白率性，而又不失趣味。"恰如死了未曾烧""猿来偷去一双梨"，皆富有幽默感。

清琪还有古体山居十五首，杂言一首，七言两首，五言十二首。其中杂言最具特色。诗曰：

山名霞幕泉天湖，卜居记得壬子初。山头有块台盘石，宛如出水青芙蕖。更有天湖一泉水，先天至今何曾枯。就泉结屋拟终老，田地一点红尘无。外面规模似狭窄，中间取用能宽舒。碧纱如烟隔金像,雕盘沉水凌天衢。蒲团禅椅列左右,香钟云板鸣朝晡。瓷罂土种吉祥草,石盆水养龙湫蒲。饭香粥滑山田米,瓜甜菜嫩家园蔬。得失是非都放却,经行坐卧无相拘。有时把柄白麈拂,有时持串乌木珠。有时欢喜身舞蹈,有时默坐嘴卢都。懒举西来祖意,说甚东鲁诗书。自亦不知是凡是圣,他岂能识是牛是驴。客来未暇陪说话,拾枯先去烧茶炉。红香旖旎,春华开敷。清阴繁茂,夏木翳如。岩桂风前,唤回山谷。梅花雪里,清杀林逋。人间无此真乐,山中有甚凶虞。也不乐他轻舆高盖,也不乐他率众匡徒,也不乐他西方极乐,也不乐他天上净居。心下常无不足,目前触事有余。夜籁合乐,晓天升乌。戏鱼翻跃,好鸟相呼。路通玄以幽远,境超世而清虚。骚人尽思吟不成句,丹青极巧画不成图。独有渊明可起予,解道吾亦爱吾庐。山中居,没闲时。无人会,惟自知。绕山驱竹觅寒水,击石取火延朝炊。香秔旋舂柴旋斫,砂锅未滚涎先垂。开畲未及种紫芋,锄地更要栽黄箕。白日不得手脚住,黄昏未到神思疲。归来洗足上床睡,困重不知山月移。隔林幽鸟忽唤醒,一团红日悬松枝。今日明日也如是,来年后年还如斯。春草离离,夏木葳蕤。秋云片片,冬雪霏霏。虚空落地须弥碎,三世如来脱垢衣。

这一首歌行将清珙山居诗中所有的思想、内容尽皆涵纳其中,且四言、六言、七言、八言,依其情而自然任用,流畅而不觉堆垛。

清珙自序其山居诗曰:"余山林多暇,瞌睡之余,偶成偈语自娱。纸墨少便不欲纪之。云衲禅人请书,盖欲知我山中趣向。于是静思,随意走笔,不觉盈帙。故掩而归之,复嘱慎勿以此为歌咏之助,当须参意,则有激焉。"可知他作诗旨在明心见性,不在歌咏,不在文字。来复《语录序》曰:"居山三十余载,入定观心,妙达真体,故其言语不是造作,实自胸襟浑然流出者也。"可谓清珙知音。

石屋清珙的送别诗也别具一格。如:

勤求警策做工夫,散乱昏沉尽扫除。后夜黑云消散尽,长天如水月轮孤。(《送勤上人》)

放下身心返自观,略无毫发许相瞒。云收雾卷乾坤阔,月上青山玉一团。(《送观侍者》)

杨岐骨格气雄雄,一夏相忘寂寞中。秋至思归天目去。竹房闲掩听松风。(《送实监寺回大觉》)

诗中有对送别对象的嘱托鼓励,也有对禅修境界的描绘形容,与世俗送别诗之离别不舍迥然不同。

石屋清珙的两首达磨赞也颇有意思,如:

面黑齿缺,心粗胆大。梁王殿上,撒沙抛土。少室峰前,开华结果。槲叶岩台,蒙头宴坐。夫是谓之,菩提达磨。

一言不契渡江淮,熊耳峰前去活埋。无限家私狼藉尽,何争一只破皮鞋。

达磨的武帝不契、一花五叶、面壁九年、一苇渡江、葬于熊耳、只履西归诸多传说经历在以上赞中被剥去了神圣的光环。赞中并没有否定达磨作为禅宗初祖的地位,而是将令人尊崇的祖师还原为普普通通、一心度众、历经坎坷、全无保留最终却凄凉离世的传法者形象。相比于被膜拜的祖师,赞中的达磨形象更加生动,更加令人心生敬意。

今人魏道儒指出:"祖先系的禅师有许多共同特点,而以与元王朝的关系疏远最为显著。他们或山居不出达数十年,或草栖浪宿、结庵而居,同行端辈结交权贵、住持大寺以至参与官场,形成鲜明的对照。先睹所居天台华顶,'其地高寒幽僻,人莫能久处,惟禅师一坐四十年,足未尝辄阅户限'。高峰原妙也居山隐修数十年。明本及其弟子天如惟则和千岩元长,或隐居一山,或长期行脚,居无定处。石屋清珙'四十余年独隐居,不知尘世几荣枯',是这一系的骄傲,世称'庵居知识'。"(《中国禅宗通史》,江苏古籍出版社1995年版,第491页)这些禅师的山居诗,大抵是其"庵居知识"的写照。

第七节 梦观大圭

大圭字恒白,号梦观道人。泉州晋江人,俗姓廖。生卒年不详,约生活于元代后期,卒于元末战乱时。《元诗选》二集卷二十六大圭小传谓其"得法于妙恩",而《继灯录》卷五则列大圭为泉州开元寺佛果如照禅师法嗣,《新续高僧传》卷六十一大圭本传的说法大致相同。若依《继灯录》,则大圭属临济宗南岳下二十三世。大圭家世儒学,初亦习帖括,苦志勤学,博极群书。稍长，于泉州开元寺得度出家，侍如照禅师，为掌书记，分座紫云寺。著有《紫云开士传》《梦观集》。《元诗选》称其"为文简严古雅，诗尤有风致"，《继灯录》称"其文似柳，其诗似陶"。《梦观集》原有二十四卷，《四库全书总目》认为其文"皆无可取"，故删其梦法、梦偈、梦事各一卷及杂文十五卷，将原有六卷古今体诗编为五卷。四库馆臣评价其诗"气骨磊落，无元代纤秾之习，亦无宋末江湖疏笋之气"，并认为"吴鉴原序称其华实相副，词达而意到，不雕镂而工，去纂组而丽，屏耕锄而秀。虽朋友推奖之词，然核以所作，亦不尽出于溢美。盖石湖、剑南之余风，犹存于方以外矣"。

《梦观集》五卷，第一卷为五古，第二卷为七古，第三卷为五律，第四卷为七律、六绝，第五卷为五绝、七绝。从诗题来看，大圭诗没有明显的年月标记，但根据各卷的内容，大致可看出其体例为分体编年。

大圭非常喜爱陶渊明诗，其《陶生》诗曰："陶生真我友，生恨不同今。"又《归来》诗曰："归来溪上一茅堂，读罢陶诗倚石床。"前人称"其诗似陶"，大抵是指其五言古诗，平淡自然，不事雕琢，受陶诗影响，如《田家》诗：

> 日夕多鸟雀，桑麻亦扶疏。烟火四五家，依依久同居。是时雨新足，野水明四渠。儿童呼黄犊，散漫来近墟。老翁已辛苦，入夜归田庐。月出犹未眠，相与尽村沽。今秋有租税，当春力犁锄。

写农家日常的田园生活，语皆白描，在雀鸟归林、桑麻扶疏、炊烟依依、渠水新足的背景下,牧童、田翁辛勤劳作归来,饮村酒以相慰。不过,最后两句"租税"二字的出现,便有了范成大《四时田园杂兴》的"石湖之余风",与陶诗有别。其他如《和詹生饮酒二篇》《和再饮酒二首》等,大抵也学陶而有变化。

大圭有些五言古诗受"选体"影响较深,采用拟古的方式,模仿《古诗十九首》或古乐府的题材。如《古意八首》中的几首:

> 朔风生夜寒,孤妾罗帷间。晨兴开妆合,流泪复潺湲。流光损华色,佳人满邯郸。娟娟有新悦,君子不思还。愿君异明镜,照心毋照颜。

> 月出照我牖,独闻林鸟鸣。机中织文锦,殷忧竟何成。持此悦谁目,良人千里征。别离今几日,碧草生闲庭。何当一来归,泣涕言斯情。

这种思妇对良人情感独白的题材,本不该出现于僧人笔下,其中罗帷、妆合、织机、文锦之类的意象,还有流泪、殷忧、泣涕的情感,都属于佛教所谓"绮语""口业",有悖戒律。在北宋,就连"浪子和尚"惠洪都不敢涉及这样的内容,然而在大圭诗集中冠冕堂皇地出现了,而且不止一处。不过,细绎其诗,如"愿君异明镜,照心毋照颜"的表白,似乎有以男女之情譬喻君臣之事的意味。其实,元代僧人模仿"选体诗"的现象,与南宋以来的诗歌传统相关,在这一传统中,诗僧的角色是游走江湖的诗人,而不是严守戒律的和尚。前面讲过,释文珦《潜山集》中就有大量的选体诗,其流风余韵延至大圭,正是元僧诗演化之一端。

大圭的一些诗颇有士大夫的情怀,借美人香草,引类取譬,如《去草》一诗,其象征意味就比《古意八首》更明显:

> 岁暮孰华余,幽兰植前庭。何彼萧与蒿,亦复长青青。纷罗夺幽色,荒秽蔽紫茎。拔去在今日,寝食心始宁。蒿也非尔恶,所惧乱芬馨。

此题材脱胎于屈原《离骚》的诗句"余既滋兰之九畹兮""哀众芳之芜秽""今直为此萧艾也",忧惧萧与蒿夺兰之幽色,蔽兰之紫茎,乱兰之芬馨,将去草比喻为除恶。大圭也以咏史诗借古讽今,如《逢蒙》:

> 敦弓毂明月,抉拾生清风。一发期必中,大射师友同。学成遂专巧,教者初无功。其心既杀羿,天下惟一蒙。含戴亦齿发,位置三才中。如何怀此逆,天地或尔容。啮镞果有术,肆毒应无从。茔茔一为鉴,维以保令终。

此诗所咏见于《孟子·离娄下》:"逢蒙学射于羿,尽羿之道,思天下唯羿愈己,杀羿。"逢蒙是历史上著名弑杀老师的叛逆之徒。大圭不解这样的凶徒居然也是含齿戴发的人类,位于天、地、人三才之中,叹息为何这样的逆贼,天地居然能够容忍。最后四句希望老师能以此为鉴,应留有"啮镞"之术,不让逆徒肆其歹毒。"啮镞"出自唐段成式《酉阳杂俎续集》卷四引《朝野佥载》,隋末王灵智学射于昝君谟,以为曲尽其妙,欲射杀谟,独擅其美。灵智射一箭,谟张口承之,遂啮其镝,笑曰:"学射三年,未教汝啮镞法。"大圭此诗,当为身经之事有感而发。禅宗常以"啮镞"喻禅法之精妙,此诗却是从世间法的角度讨论历史上师徒关系的教训,无僧诗的"蔬笋之气"。大圭曾对法侣表示:"不读东鲁书,不知西来意。"(朱彝尊《静志居诗话》卷二十三引)这首咏史诗涉及的"啮镞",正是"东鲁书"为"西来意"所用的例子。

大圭的五七言律诗,颇有佳句,如朱彝尊《静志居诗话》称道"均饶风致"的题山居云:"山色宜茅屋,松花落饭盂。"(《世故》)湖中泛月云:"偶临湖坐得佳树,欲傍花行无小船。"(《湖上简间中》)皆天然好句,得之自然而富有诗意。此外如"皓月僧钟远,微云鹤树疏"(《晚凉知许生独在小楼寄赠》)、"烟火寒山近,盘蔬午甑新"(《正月游片瓦岩道人留竟日适兴成诗》)、"窗开白昼云根立,露洒清秋碧树高"(《王中荣新亭》)、"瓦墙护竹凉书牖,砂井分泉润药畦"(《南山隐者》),炼字工稳而有高情远韵。相对而言,大圭描写佛教生活的内容极少,只有一些送僧的诗篇能表明其身份,其诗绝大多数表现的是世俗生活内容和山川美景,即所谓"无宋末江湖蔬笋之气"。

大圭生活的中前期,元代社会相对稳定,他的诗中除了描写农村隐居生活的闲适恬淡之外,还有一些赞美官员、讴歌太平的作品,如《送同邑长高昌公北上》《题脱将军明宽堂》《贺太守雨》《简魏文宪二首》《送钱将军北上》《送孙计总》等,尤其是《万国》一诗曰:"万国销兵器,天戈落彗星。苗民思帝力,干羽舞王庭。大漠秋无战,穷阎夜不扃。屡闻宽大诏,风浪静南溟。"就元代多事的社会而言,这就近乎粉饰太平了。当然,即使在歌颂官员的诗歌中,也侧面表现出元代社会社会矛盾之严重,如"南国征兵赋,中军重掾曹"(《简魏文宪二首》之一),"眼前枯槁百物同,谷价腾涌田苗空"(《贺太守雨》),可见连年兵燹和旱灾的影子。

大圭常年住泉州开元寺,在他生活的后期,先是元顺宗至正十三四年(1353、1354),泉州地区遭遇大旱,饥民揭竿而起。接着从至正十七年(1357)起,泉州发生长达近十年的"亦思巴奚"兵乱。"国家不幸诗家幸,赋到沧桑句便工",大圭的诗风也发生了较大变化,由"其诗似陶"一变而为"其诗似杜","杜老高风六百年"(《草堂》)成了他作诗取则的榜样。在下面几首七绝中,大圭记录了旱灾和租税双重压迫下泉州人民的悲惨生活:

> 春秧黄槁百泉枯,龙骨声中泣老夫。不恨长饥委沟壑,长官秋至索王租。(《苦旱》)
>
> 斗米而今已十千,几人身在到明年。谁门有粥如甘露,活得操瓢死道边。(《哀殍》)
>
> 经年不见大田秋,卖尽犁锄食养牛。傥有后来耕种日,一时相顾更多愁。(《闵农》)

当时的旱情是相当严重以至于恐怖的,"旱火秋蒸土山热,新苗立死田寸裂。西风何处送呜呜,一夜水车啼不歇"(《夜闻水车》)。水车送水根本无济于事,经年粮食无收,旱情引起大饥荒,而大饥荒终于引发饥民的暴动。在大圭不少诗中,都写到

泉州的大饥馑,如下面两首律诗:

> 南国地皆赤,吾生亦有穷。丰年何日是,菜色万人同。海上舟频入,民间楮已空。犹闻谷价涌,开籴若为功。(《南国》)

> 吾郡从来称佛国,未闻有此食人风。凶年竟遣心术变,末俗何由古昔同。市近只今真有虎,物灵犹自避生虫。诸公肉食无充耳,急为饥民散腐红。(《吾郡》)

泉州是宋元以来最大的港口,元蒙朝廷和泉州地方色目人统治者横征暴敛,不顾大旱饥荒,海船频入,搜刮民财,最终造成人相食的惨剧。这些诗不仅描写了大饥荒的惨象,也揭露了统治者的贪婪和残暴。在大圭的笔下,盗贼四起皆由此而引起,既有南方军队因饥饿而发生的兵变,"断粮今累月,为变岂无端"(《馈饷》),更频繁出现的是"饥民聚为盗"(《僧兵叹》)、"可堪群盗起如云"(《不得惠舟信》),无论如何,都是官逼民反的结果。

泉州的亦思巴奚兵乱,给平民带来更为深重的灾难。这是一场以波斯人义军"亦思巴奚"为主的军阀混乱,战乱的各方有亦思巴奚、朝廷官军、地方豪强、起义饥民等。史学界对战乱定性不一,但总体评价都持否定态度,认为它造成生灵涂炭,民族仇杀,人口减少,使泉州经济一蹶不振。大圭有多首诗描写了这场战乱的真实情景,提供了宝贵的历史实录。如五古《僧兵叹》《哀惠郭上人》、七古《筑城曲》《僧兵守城行》、七律《贼起》等,皆用沉痛的笔调写战乱中众生的苦难。尤其是五律

《次韵詹生因所见有感》的描写，令人惊心动魄：

> 四门磔群贼，饿者竞趋之。顾此果何物，犹能疗汝饥。
> 虎今生角翼，民已竭膏脂。无怪人相食，干戈正此时。

遭斩杀的俘虏，竟然被饥饿者群起抢食其肉。以人肉充饥，可见战乱中人性沦落殆尽，相率为虎狼。这场面在泉州兵乱中并非独例，所以大圭会为这方"佛国"的"食人风"而深感痛心疾首。《梦观集》中有不少哀挽类诗歌，其中有些朋友就是直接死于战乱，《哀惠廓上人》《哀郑亢宗》，所哀者皆被乱兵所杀。《不得惠舟信》《辅上人乱后不来》，诗中的僧友也都凶多吉少。

元代统治者崇奉佛教，本来僧人有一定的特权，"复之勿徭赋，甲令明有章"，但在战乱中，却不仅被郡守"驱僧若驱羊"，征为"义军"，毫无特权可免，而且被迫违背"慈悲以为教"的宗教信仰，"持兵衣短夹"（《僧兵叹》），助官守城。"贼起南州不出兵，守攻一切付诸僧"，然而这些僧人"便将焚诵为无益，争奈战征非所能"（《贼起》），平日只会焚香诵经，不懂攻守杀伐。僧人五戒之首为"不杀生"，所谓"平生独抱我家法，不杀为律以自缚"，而此时却"朝朝上城候点兵，群操长竿立枪槊"。将"慈悲为怀"的僧人征为僧兵，"谓僧非僧兵非兵，未闻官以兵为谑"（《僧兵守城行》），官府的做法非常荒唐。大圭自己大约也成为僧兵的一员，可想其面对这滑稽的场面，内心充满沉重的无奈与悲凉。关于泉州僧兵守城之事，《梦观集》的记载可补史之阙，具有很高的史料价值。

从某种意义上说，大圭之诗继承了杜甫"善陈时事"的精神,可称为元末泉州地区的"诗史"。更值得称道的是,大圭并非只有客观冷静的记载,而是充满了悲天悯人的情怀。他指出丧乱出现的原因:"苍旻覆下土,胡乃不我仁。此邦失绥驭,干戈起齐民。一州环七邑,何人匪王臣?"(《哀惠廓上人》)本是平民的"王臣"也拿起干戈,这正是统治者"失绥驭"之罪。而守城的要义不在于筑城,而在于得到人民的拥护:"收取人心养民力,万一犹能当盗贼。不然共守城者谁,解体一朝救何得。吾闻金汤生祸枢,为国不在城有无。君不见泉州闭门不纳宋天子,当时有城乃如此。"(《筑城曲》)这些句子都让人想起杜甫"莫取金汤固,长令宇宙新,不过行俭德,盗贼本王臣"(《有感》)的告诫。

在诗僧的别集中,我们很难看到《梦观集》中描写现实的深度和广度,可以说大圭的诗在总体超然物外、淡泊无为的佛教诗歌史上,留下了最为沉痛的一笔。

第四章 • 元代临济宗杨岐派虎丘系僧诗（下）松源一支

第一节 横川如珙及其同门

虎丘系松源崇岳一支，在元代也较兴盛，颇有受皇帝褒宠者。不过从禅诗创作成就方面来看，这支禅师稍逊于破庵祖先一支。主要代表人物是横川如珙及其同门，以及横川的法嗣法孙，其诗多为禅宗传统题材，谈禅说理，蔬笋气较浓，相对缺少诗意。山居诗创作的数量和质量也远不如祖先一支。

如珙（1222—1289），字子璞，号横川。永嘉人，俗姓林。天童文礼法嗣，属南岳下二十世。十五岁出家，咸淳四年（1268）初住持瑞安府雁荡山灵岩寺；咸淳八年（1272）迁本府能仁寺。至元二十年（1283）被旨住明州育王山。有《横川如珙禅师语录》二卷传世，卷下收颂古四十四首，偈颂真赞八十余首。其中有五首偈《禅宗杂毒海》卷七归为《山居》：

月在水中捞不上，徒劳戳碎水中天。夜深山寺开门睡，月自飞来到面前。

　　称心称意可长保，上苑名园春日花。一个尖头茅屋底，长年无事道人家。

　　七十二峰波面出，卢公去后石屏存。高歌数曲游三日，图画又添僧一尊。

　　千丈岩根芋火香，天上日轮正卓午。东土西乾无祖师，白发老僧七十五。

　　佛佛授手无多子，祖祖相传似海深。昨夜西风撼门扇，天明无迹可追寻。

第一首嘲笑水中捞月，徒劳无功，不如开门瞌睡，月自飞来。这也是"现成公案"不须求索之意。第二首"一个尖头茅屋底"句，形容草庵形状，与天如惟则"拈得尖头小屋儿"句、石屋清珙"团团一个尖头屋"相似，是元代山居住庵的流行说法。第三首"图画又添僧一尊"对无见先睹山居诗"丹青若写归图画，添个头陀坐石边"似有启发，其更早的出处是北宋雪窦重显"图画当年爱洞庭，波心七十二峰青。如今高卧思前事，添得卢公倚石屏"（《晦迹自贻》）的思路。第四首"东土西乾无祖师"，表达了自性具足的思想。第五首继承临济宗祖师义玄的看法，佛法本无多子，也无迹可寻。

《横川语录》中的四十四首颂古，《禅宗颂古联珠通集》录其三十六首，大多质木无文，枯燥乏味，如颂达磨与梁武帝问答公案：

廓然无圣真实语,对朕者谁心未息。本光灿烂照十方,无量劫来到今日。

公案内容是:"达磨见梁武帝,问:'如何是圣谛第一义?'达磨云:'廓然无圣。'帝云:'对朕者谁?'达磨云:'不识。'"颂古头两句复述公案内容,尾两句说明其中包含的佛理,没有使用任何暗示、象征、隐喻、反讽的手法,直接说理,读来味同嚼蜡。

如珙有《此庵歌》一首:

吾结此庵寄残影,有问此庵坏不坏。一语发出甚奇怪,随他口下答不坏。凡属形相皆是坏,为甚此庵却不坏。六窗俱透无一物,常光无内亦无外。劫火洞然大千坏,吾结此庵实不坏。行住坐卧于其中,只是寻常个境界。有时松风闲举话,万象森罗齐爽快。

所结"此庵",非实有建筑形态,而是指自己身心栖居之处,即自己身心的小宇宙,以眼、耳、鼻、舌、身、意六根为六窗。自北宋临济宗黄龙派祖心禅师号"晦堂"以来,禅僧多以庵堂为道号,多非实有其庵堂,而是随身携带的心理空间,即惠洪所谓"随身丛林"。如珙这首歌行反复讨论"坏"与"不坏"的问题,全然不顾多次用"坏"字押韵,只为了讲明禅宗庵堂的宗教意义。总之,作为禅宗大师,如珙对诗的审美完全不以为意,他的偈颂、颂古,基本上是宗教性覆盖了文学性。

行巩(1220—1280),号石林,婺州永康人,俗姓叶。天童文礼法嗣,与如珙同门悟道,属南岳下二十世。初住安吉上方寺,迁思溪法宝寺、隆兴黄龙寺、吴郡承天寺,后住杭州净慈寺。其生平详见《南屏净慈寺志》卷三引邓文原《石林禅师巩公塔铭》。行巩无语录和诗集传世,其诗偈散见于各禅籍。《全宋诗》《宋代禅僧诗辑考》辑录其诗偈共五十首。据灯录记载,行巩上堂好念诗句,有偈一首曰:

　　山静课花蜂股重,林空含箨笋肌明。倚栏不觉成痴兀,又得黄鹂唤一声。(《五灯会元续略》卷三)

《禅宗杂毒海》卷八收录,列为《山居》。"课花"指蜂采花蜜如课税,"蜂股重"形容蜂腿采蜜后的形态,"笋肌明"形容竹笋的鲜嫩,造语奇特。另有上堂所念诗偈,更为风趣:

　　水乡水阔地多湿,六月花蚊嘴似铁,夜半起来恼不彻。恼不彻,作什么?床头一柄扇,无端又打折。(同上)

描写夏日夜半起来用扇子打蚊子的情景,非常生动。这种不避浅俗的写法,在文人诗中甚为少见。

《禅宗颂古联珠通集》收其颂古十首,与横川如珙颂古相比,行巩善于用意象性的语言,而很少用禅语说佛理。比如:

　　学海波澜卷未干,几烦仙展上林峦。天香吹落秋风老,不觉相携到广寒。

颂的是禅林著名公案——黄龙祖心禅师因黄山谷太史乞指径截

处,师曰:"只如仲尼道:'二三子以我为隐乎,吾无隐乎尔!'太史居常如何理论?"公拟对,师曰:"不是不是。"公迷闷不已。一日,侍师山行次,时岩桂盛放。师曰:"闻木樨花香么?"曰:"闻。"师曰:"吾无隐乎尔。"公释然,即拜之。(《禅宗颂古联珠通集》卷三十九)颂的前两句说黄庭坚学问之心未除,因而上黄龙山求教祖心。后两句说黄庭坚在祖心指点下,闻桂花香而悟道,但"天香吹落秋风老"二句,却极富有诗意。又如颂自己的老师天目文礼禅师公案曰:

  白浪堆中下一钩,锦鳞红尾尚悠悠。渔翁不计竿头事,笑入芦花万顷秋。

原公案是天目文礼禅师因虎维那参次,师问:"汝名什么?"曰:"智虎。"师退身作怕势,虎拟议,师便归方丈。(《禅宗颂古联珠通集》卷四十)颂古完全不提虎维那参见事,俨然如一首渔父词。其中充满隐喻,以渔父喻文礼,以锦鳞喻智虎,"笑入芦花"喻"便归方丈"。整首颂没有一处用禅语,但渔父词本身就是禅宗写作传统,因此宗门读者能联想到它的隐喻意义。

  行玑晚年经历了元军的入侵和宋朝的灭亡,其诗中也有表现战乱场景与亡国哀痛的作品,如《宜兴道中》:

  风卷黄茅月照河,幽幽战骨夜愁多。兴亡不入篙人梦,换却南音唱北歌。(《重刊贞和类聚祖苑联芳集》卷六)

月下景色一片凄凉恐怖,虽说禅僧如同船工一样,不关心王朝的兴亡,因为"兴,百姓苦;亡,百姓苦",然而"换却南音唱北歌"这样关于亡国而引起的文化替换,毕竟是南宋僧俗的悲剧,令人想起南宋遗民刘辰翁《柳梢青》词里所写"笛里番腔,街头戏鼓,不是歌声"。而行巩的诗在客观描写中蕴藏着刻骨的沉痛。

据日僧虎关师炼《元亨释书》卷八《东福寺顺空传》,行巩有一首送顺空回日本诗,清陆心源《宋诗纪事补遗》卷九十七据《邻交征书初篇》录此诗,题作《送空维那》。诗曰:

　　十载中原一棹还,碧琉璃外更无山。扣舷三下知谁会,自作吴音唱月弯。

诗写顺空来中国十年,将随船归国,想象大海一片碧琉璃,见不到家山。顺空来华已悟得禅宗宗旨,如华亭船子和尚一样扣舷唱明月之诗。诗中的禅意诗意交织,令人回味。

行巩有《嘉禾天宁冰谷法兄》诗,为悼念其同门法兄冰谷衍而作,其诗曰:

　　云间冰片落炎天,今日从谁话别传。况是刹竿无地着,春波吹绿到门前。

前两句写冰谷六月示寂,今日再也无人可讨论教外别传的宗旨。刹竿为寺院前的幡竿。禅宗已"倒却刹竿"喻佛教衰落,此处谓冰谷去世,刹竿甚至无地可竖立。最后"春波"一句表达无限惆怅之情。

行巩所说"冰谷法兄",即冰谷衍,曾住持嘉兴府天宁寺,与如珙、行巩同门,也是天童文礼法嗣。生平未详,其机语见各传灯录。上堂爱用韵语,可视为诗偈,如:

冷风疏雨做新年,寂寞寒冰古涧边。暖阁地炉煨榾柮,送穷不用更烧钱。(《增集续传灯录》卷四)

这首上堂所念诗偈,《禅宗杂毒海》卷八列为《山居》,其内容写山居贫困生活,然而幽默有趣。又如上堂曰:

朔风何萧萧,吹彼岩下衣。家业久荒芜,游子胡不归?人生百岁岂长保,昨日少年今已老。翻忆寒山子:十年归不得,忘却来时道。

这像一首杂言体诗,前四句风格如选体诗,有《古诗十九首》味道,咏叹人生短暂。后面直接引用寒山子诗:"十年归不得,忘却来时道。"

此外,冰谷衍还有颂古一首,见于《禅宗颂古联珠通集》卷五:

所生各不同,所润一雨普。甜瓜彻蒂甜,苦瓠连根苦。

所颂为《维摩诘经》中须菩提持钵入维摩舍乞食的故事,前两句说众生平等,后两句谓根性不一,一体二面,相反相成。

第二节　古林清茂与了庵清欲

清茂（1261—1329），字古林，号金刚幢，晚号休居叟。温州乐清人，俗姓林。横川如珙法嗣，南岳下二十一世。十三岁为大僧，历住平江府天平山白云寺、开元寺，饶州永福寺，江宁府保宁寺。清茂是元代著名尊宿，其影响远播高丽、日本。有元浩编《古林和尚语录》五卷传世，海粟居士冯子振为之作序。日本僧人海寿从高丽获清茂偈颂二百余首，另加他处所得，整理为《古林和尚拾遗偈颂》二卷。

据其弟子梵仙撰《古林和尚行实》记载，古林清茂二十余岁时曾在天台山国清寺作《拟寒山诗》三百首，可惜皆已失传。清茂自称："诗非吾所长，方将以佛祖之道为己任。"（《田中十首》序）又称："休居说偈无平仄，七穿八穴成狼藉。"（《送僧归天台省师》）这很像拾得"我诗也是诗，有人唤作偈"的风格。的确，他作偈颂重在宗教性内容，对诗歌的艺术性不太重视，所以其诗偈皆任情直吐，信手拈来，无雕琢痕迹。除了佛祖赞和颂古之外，清茂的偈颂大多为送僧而作，其中也有一些值得一提的作品。比如《送僧之五台》：

五台山上清凉国，山中尽是黄金色。重叠烟霞不见人，闻道文殊半天出。当年无著曾未知，南方佛法成浇漓。三百五百何太少，前三后三多更奇。至今眼底数不足，但见青山与幽谷。金莺啼处白云飞，师子吼时芳草绿。上人自是寒拾流,翩然忽作台山游。神光万里露片额,布褐一领青双眸。众生热恼思甘露,大施门开为流布。佗日悬崖撒手归,莫道东西没分付。

这首七言歌行四句一转韵,圆转流畅。"五台山上"四句,五台山又名清凉山,是文殊菩萨道场。"当年无著"四句,化用一桩禅宗公案:杭州无著文喜禅师往五台华严寺,至金刚窟礼谒,遇老翁牵牛行,邀师入寺。翁曰:"近自何来?"师曰:"南方。"曰:"南方佛法如何住持?"师曰:"末法比丘少奉戒律。"曰:"多少众?"师曰:"或三百,或五百。"师却问:"此间佛法如何住持?"曰:"龙蛇混杂,凡圣同居。"师曰:"多少众?"曰:"前三三,后三三。"……师辞退,翁令童子相送。师凄然,悟彼翁者是文殊也,不可再见。清茂用此公案,愿僧人去五台求法,以救南方佛法之浇漓。"至今眼底"四句,日僧海寿评曰:"'金莺啼处白云飞,师子吼时芳草绿',若以诗人取之,亦可谓奇句耶?然此非诗也。又此二句,每上四字,人能道之。而每下三字,曰'白云飞''芳草绿',以接其上,孰能拟乎?"大约"金莺啼处白云飞"是清茂的得意之句,后来又在《送息侍者归天台兼简东屿和尚》再次使用。"上人自是"四句,称赞僧人如寒山、拾得一流的人物,能万里云游五台,睹山中神光。"众生热恼"四句,希望僧人能取回佛法,解救众生。

清茂这类送僧示人之诗,往往不拘一格,如《送翠峰长老之京》《送僧归天台省师》《珍藏主求》《示蕴禅人》等,皆是五七言混杂,甚至夹杂四言。试看《示超禅人》:

走石飞沙岁莫天,禅人来觅送行篇。鹫峰有则深深句,毕竟何人是的传。不是栗棘蓬,亦非金刚圈。太湖三万六千顷,黄河澄彻三千年。问口不在舌头上,休来担水卖河边。因甚如此,不直半文钱。

海寿评曰:"始初但欲作四句律体而已,乃变而续之,成古风也。"这很能揭示清茂诗偈的特点,不同于其他禅师好用七言绝句作送人诗的作风。

清茂也作有大量七律,语言明白晓畅,好用禅典说理。如《山居》七律诗曰:

老去居山自有情,屋头泉石四时清。卓锥岂怕贫无地,鉴物唯嫌镜不明。满贮玉壶水片片,高堆银碗雪盈盈。乌藤不动禅床角,时有风生万壑声。

"卓锥岂怕贫无地"一句用倒装,正常语序是"岂怕卓锥贫无地",此处用香严智闲与仰山慧寂典,二人同为沩山灵祐法嗣。《景德传灯录》卷十一《袁州仰山慧寂禅师》载:"师问香严:'师弟近日见处如何?'严曰:'某甲卒说不得。乃有偈曰:去年贫未是贫,今年贫始是贫。去年无卓锥之地,今年锥也无。'师曰:'汝只得如来禅,未得祖师禅。'"写出了山居僧对物质生活的极低要求和对心性境界的至高追求。《和中峰和尚题布衲山居韵》也可看作清茂的山居诗:

道人生计在山窝,谁谓山窝事更多。拨万象开穷碧落,嚼虚空碎竭黄河。吟边不要神来助，顶上从教鹊作窠。佛祖玄关俱裂破，客来入室莫操戈。

中峰和尚指明本，布衲指祖雍，皆虎丘系禅僧。但此山居诗与破庵祖先一支的风格不同，并不着意写山间景物和山中活计，而多用禅语禅典。颔联句法奇特，将"拨开万象"替换作"拨万象开"；"嚼碎虚空"替换作"嚼虚空碎"，打破停顿节奏，仿江西派风格。

古林清茂与士大夫的酬答也好用七律，其《次韵赠初心林学正》一诗，讨论了儒佛道理相通之处：

万事纷纭理可凭，山何能崄水何平。闲消白日情偏好，梦入青云念愈轻。洙泗立言诚足慕，鹫峰垂训亦分明。休将得失论高下，一榻湖山尽自清。

首联便拈出一个"理"字，有此"理"藏胸中，则不在乎山水的险或平。颔联"闲消白日"似指儒家的孔颜乐处，如道学家程颢诗曰："闲来无事不从容，睡觉东窗日已红。"而"梦入青云"句似指佛家去除杂念的思想。颈联上下句分别说孔子（洙泗）和佛祖（鹫峰）的垂训，表示儒佛二家皆有可称道之处。尾联表示不必争论儒佛的得失高下，坐榻上看湖山皆一样清明。

古林清茂的七绝亦有可观之处。如《白云松下》：

借得云边屋半间，老来容我看青山。因嫌积翠谈禅病，又把柴门紧着关。

这首诗作于住持白云寺时,诗中"云边屋半间",是典型的山居诗的云屋意象,又切合诗题中的"白云"。"积翠"是指黄龙慧南禅师,曾住积翠庵。结句谓宁愿紧闭柴门,也不想听人谈黄龙禅法。另有七绝组诗《田中十首》值得一读,其序曰:

> 友人断江首座留山中,会予田间归,方出迎,即曰:"仆来吴数年矣,以灵岩、虎丘二诗未就为欠。比来白云山深水寒,冥会二境之妙,辄易搜索,今成矣,冀剪裁之。"予曰:"诗非吾所长,方将以佛祖之道为己任,痛法社之衰微,惜后学之不振,行其所未到,笃其所不能。使其各各契证本地风光,开凿人天眼目,相与绍续,尚未有毫发之利,何暇事声律哉?比来小院,无可任之力,事无大小,必躬为之。洎往田间索租,而民奸佃猾,租瘠田肥,触境遇缘,皆贪瞋痴三业之事。以无上妙道诱控之,罔如也。然芦边柳下,鹭冷鸥寒,水肃霜清,风休月白,亦足资吾法喜禅悦之乐。不觉形之于言,唱而为偈,遂成十首,目之曰《田中讴》,实非诗可比也。试以录呈。"

序中表达了这样几个意思:其一,以佛祖之道为己任,无暇作诗事声律;其二,因住持小寺院,不能实现开凿人天眼目之大事,而所遇皆俗事;其三,亲自往田间索租,而佃民太奸猾,欲以无上妙道诱惑控制而不能;其四,幸好水乡风景甚佳,可为法喜禅悦之乐;其五,所唱之偈只能叫做"讴",非诗可比。这让人想起五代禅月大师贯休在其《山居诗二十四首序》中所称"概山讴之例也"。序中关于收租的描写,称"民奸佃猾,租瘠田肥",可看出清茂并不那么具备慈悲心肠,也可看出其时的僧人因有寺田而近于不劳而获的地主,这与元代那些隐居深山、自食其力的高僧颇有不同。不过,这今存九首《田中讴》却是诗味十足,展现出江南田园风光和农家生活,其中也带有僧人的宗教关怀。试看以下几首:

风急霜寒雨乍晴,数声柔橹出孤城。夕阳西外无人处,依约林梢月又明。

洋城湖里北风吹,拟欲停舟问阿谁。芦苇岸边枯树下,倚危樯坐过斋时。

禾已登场未变苔,田家那识住山翁。一杯村酒聊相劝,惭愧相忘礼貌中。

寄语山中道伴知,山翁江上事锄犁。村南村北愁人处,正是西风做雨时。

菜麦青青稻已无,田家犹自未还租。试将升斗论高下,便觉人前语话粗。

温良礼数全输我,机巧言辞不及佗。赢得眼前升斗利,不知身后事如何。

第一首后两句夕阳的苍凉和新月的清丽,如诗如画。第二首写停舟芦岸,"坐""齐(斋)"二字切合僧人身份。第三首住山翁为自称,田家以世俗之礼相劝饮酒。第四首写水上生涯,最怕风雨。第五首写田家未缴纳租税,而僧人不便与之论升斗高下。第六首写农民的奸猾,只知眼前升斗之利,却不管未来的果报。组诗像一幅幅风俗画,当然也包含着对农家的指责。

古林清茂有两点值得注意：一是受元代统治者的青睐，再住开元寺时，元仁宗赐号扶宗普觉佛性禅师。其弟子梵仙作《古林和尚行实》曰："蒋山昙芳忠禅师、龙翔笑隐訢禅师再至，缱绻不忍去。临别蒋山云：'和尚道契王臣，名喧宇宙，去来之际，须与教门作主。'师笑曰：'非公不闻此语。'"所谓"道契王臣"，使得清茂的作风更接近昙芳守忠、笑隐大訢这类受恩宠的禅师。二是其禅法远传高丽日本，尤其是其弟子梵仙东渡日本，与五山文学僧相往来，更扩大了其影响，其诗偈也在日本广为流传。

清欲（1288—1363），字了庵，号南堂，台州临海人，俗姓朱。古林清茂法嗣，南岳下二十二世。历住集庆路开福寺、嘉兴路本觉寺、平江路灵岩寺。有《了庵清欲禅师语录》九卷传世。卷五为颂古和赞，卷六、卷七为偈颂。宋濂《慈云普济禅师了庵欲公行道记》曰："横川珙公特起于衰微之际，如大狮王哮吼一声，百兽为之震掉，君子谓之佛道中兴。横川示寂，佛性（清茂赐号扶宗普觉佛性禅师）以伟特之量，绍而承之。佛性入灭，而师以慧辩之学，演而昌之。三世之间，重徽叠照，揭日月于中天，作舟航于东海。"指出从横川如珙、古林清茂到了庵清欲三世在振兴禅宗方面的贡献，以及对日本禅学的影响。

清欲的颂古和佛祖赞，有部分颇有诗味，意脉贯穿，说理明白，不似传统颂古绕路说禅、故弄玄虚的风格。颂古如《丹霞烧木佛》：

高烧木佛御严寒，和气如春四体安。自作要知当自受，与他院主不相干。

所颂为唐丹霞天然禅师公案：丹霞于慧林寺遇天寒，取木佛烧火向。院主诃曰："何得烧我木佛？"师以杖子拨灰曰："吾烧取舍利。"曰："木佛何有舍利？"师曰："既无舍利，更取两尊烧。"主自后眉须堕落。《禅宗颂古联珠通集》卷十四未收这首颂古。清欲的颂前两句描述丹霞烧木佛后感觉温暖如春。后两句阐发其行为中蕴藏的禅理，自作自受，与他人无关，而这正是禅宗强调的自性的表现。显然，"和气如春四体安"已证明其"自作自受"的效果。祖师赞中有一首《四睡》，应当是宋元间流行的《四睡图》的画赞，清欲此赞借画说禅：

闭眉合眼人如虎，伏爪藏牙虎似人。梦里乾坤无彼我，绿铺平野草成茵。

《四睡图》描绘的是天台三圣丰干、寒山、拾得与一虎，四者俱酣睡，其中丰干拥虎而眠。《宋高僧传》卷十九、《景德传灯录》卷二十七都有丰干乘虎的记载，后世由丰干联想到寒山、拾得，于是形成四睡的绘画题材。清欲赞的前两句写人与虎酣睡的模样，后两句暗示应将人生视为梦境，而梦里本无彼我之分，人与虎自然平等和谐，"绿铺平野草成茵"正是和谐自然的境界。

从禅诗创作来看，清欲的艺术水准要高于乃祖、乃师。他的偈颂数量较多，近三百五十首，其中绝大部分是赠僧、送僧的作品，也有相当一部分次韵诗，足见"诗可以群"的儒家诗学在元代中后期禅僧中的流行。清欲没有写过专门的山居诗，却有应邀唱和的山居偈，如《灵澄和尚山居偈宝藏主求和》一首：

西来无意与人言，开到梅华自换年。三事坏衣殊称体，一头华发任齐肩。行收落叶供茶鼎，坐倚蒲团对瀑泉。世出世间都是梦，孰论身后与身前。

灵澄和尚的山居偈见于《五灯会元》卷十五泐潭灵澄散圣："师有《西来意颂》曰：'因僧问我西来意，我话居山七八年。草履只栽三个耳，麻衣曾补两番肩。东庵每见西庵雪，下涧长流上涧泉。半夜白云消散后，一轮明月到床前。'"颂中有"居山"二字，所以被元僧视为《山居偈》。清欲此偈与灵澄颂韵脚相同，为次韵诗。诗题中的"宝藏主"还求了当时几位禅宗大师作偈唱和，楚石梵琦有《澄灵散圣山居偈如宝藏主求和》（《楚石禅师语录》卷十八），千岩元长有《澄灵和尚山居偈宝藏主求和》（《千岩和尚语录》），了堂惟一有《次韵澄散圣山居真迹》，用韵相同，当是同题共作。不过，楚石、千岩诗题中的"澄灵"当作"灵澄"，因倒乙而误。清欲此偈首联有佛祖西来意无法言传之义，应答灵澄原作《西来意颂》；颈联写山林简单朴素的生活和任随时间流逝的从容。清欲又有《痴绝翁所赓白云端祖山居偈忠藏主求和》四首：

闲居无事可评论，一炷清香自得闻。睡起有茶饥有饭，行看流水坐看云。

梦回楼上晓钟鸣，落月穿窗夜气清。政喜世间缘业尽，静听童子课经声。

净智如如本妙圆，不分凡圣体皆然。只今六用俱休复，即是威音大劫前。

　　一性虚闲百念停，剩将双眼挂空青。深村院落无尘土，万本长松绕石屏。

此四首皆次韵杨岐派祖师白云守端《法华山居》诗，守端组诗共十首，清欲山居偈次韵其前四首。第一首化用唐代王维《终南别业》诗中"行到水穷处，坐看云起时"两句，有自足自适之义。第二首写梦醒后听钟鸣以及童子诵经声的喜悦之情。第三首写无分别的清净智慧。第四首写无念无尘的虚空境界。"剩将双眼挂空青"句，与南宋雪峰慧空《拟山居》"终朝两眼挂枯松"句相似。

《古今禅藻集》有清欲六首诗入选，二首五古，三首七古，一首五律，足见在编选者眼中，其诗已入僧诗之林。五古《归云亭》曰：

　　作亭伫归云，云归宛亭亭。道人本无心，淡与云相应。夹径树嘉木，沿溪罗翠屏。人闲境逾寂，云白山自青。看山坐亭上，披云濯清泠。

描写山中寂静的境界，突出归云的闲淡清泠，与僧人的闲散无心相对应。题材并不新鲜，语言却从容不迫，有冲淡澄淳之味。又如其七古《秀岩赠挺首座》：

　　千岩秀出万物表，下视乾坤一何小。散华无路到诸天，只许青山自围绕。青山不碍白云飞,丹崖岂逐春风老。拟问岩中事若何,春来拂晓闻啼鸟。

诗写秀岩挺出的山势,暗含对挺首座的赞誉,"青山"二句尤有象征意义。结尾像语录中的问答:如何是秀岩事?春来拂晓闻啼鸟。禅机诗趣盎然。又如其五律《赠端禅人默持莲经》:

掩卷转莲华,宁论岁月赊。未明穷子喻,难到法王家。雨露无高下,根茎有等差。头头开示处,功行几恒沙。

《莲经》为《妙法莲华经》的别称,"默持"指不出声念经。此诗为端禅人指示默诵《莲经》的真谛。"穷子"之喻见于《妙法莲华经·信解品》,谓穷子与其富有的父亲离散五十余年后相见,"我本无心有所希求,今此宝藏自然而至",比喻学佛之人找到本来属于自己的佛性。诗所言皆佛理,与一般诗僧五律苦吟锻炼的作风大不相同。

第三节　昙芳守忠、即休契了与月江正印

松源支除了横川如珙同门及其法嗣以外,虚舟普度门下也出了几个著名禅师,其禅诗也值得介绍。

守忠(1275—1348),字昙芳,南康都昌人,俗姓黄。十一岁出家,拜云居玉山德珍禅师为师。历住建康路崇因寺,蒋山太平兴国寺、崇禧寺,杭州径山兴圣寺。在金陵与图帖睦尔来

往密切，并预言其日后能做皇帝。天历元年（1328）秋，图帖睦尔刚即位（是为元文宗），遣使赐守忠佛海普印大禅师号，改其在金陵的潜邸为大龙翔集庆寺，诏选守忠为开山祖师。次年又加赐大中大夫广慈圆悟大师号。至顺元年（1330），守忠与大訢应诏赴京，受文宗及皇后太子的隆礼接见，赏赐极多。有《昙芳守忠禅师语录》二卷传世，虞集作序。

《语录》卷下有偈颂四十首，祖师赞若干首。昙芳不以诗见长，远不能与笑隐大訢相提并论，其诗的主要意义在于，提供了僧人热衷与世俗皇权交往的标本，可了解元代中后期皇帝对禅宗的大力扶持。昙芳的偈颂在"道契王臣"方面，远比古林清茂表现得更为露骨。偈颂第一首题为《文宗皇帝潜邸时，登钟山，亲自举锄，开山崇禧，命师说偈，师恭对偈云》：

金锄三举帝基宽，百亿山河掌上观。千古钟山增瑞气，恩光雨露满龙蟠。

此偈与各灯录所载昙芳对梁王图帖睦尔之语意思大致相同，皆是恭维文宗将即帝位。首句即言文宗举锄开山象征着开拓帝基，次句用高僧佛图澄"千里外事皆彻见掌中"之典，恭维文宗掌中将拥有帝国山河。后两句用"钟山龙蟠，石城虎踞"的古语，称文宗在金陵当藩王，为钟山带来"恩光雨露"。这完全是一首颂圣诗。在《赠奉训大夫赵安道奉旨钟山绘佛像》中也称颂"一新钟阜龙蟠寺，雨露恩光亿万年"，连颂圣都语句重复，可见其诗才极为平庸。《子威御史北上赋雪林以赠》写"瑞气祥

光满空来""好献丰年万寿杯",亦属于同类的颂圣之作。又如《陈同知奉敕制纳失失法衣说偈为谢》诗曰:

> 莫只量人须自量,一针锋下一封疆。老僧不动古刀尺,百亿乾坤雨露香。

"纳失失"是蒙古语音译,为元代贵族及百官服用的一种织金锦缎袍服,由缕皮傅金为织纹,制工极为精良。"法衣"指袈裟。文宗专门敕令陈同知督制纳失失法衣,对昙芳守忠可谓恩宠至极。此偈用佛语和佛理表达感激之情。北宋神宗皇帝以高丽所贡磨衲赐给佛印了元禅师,苏轼为之作《磨衲赞叙》,借了元之口曰:"吾以法眼观之,一一箴孔有无量世界,满中众生,所有毛窍,所衣之衣,箴孔线蹊,悉为世界。"昙芳改造为"一针锋下一封疆",由此赞颂文宗皇帝的雨露在百亿乾坤中无所不在。

昙芳守忠有《奉诏入京舟次徐州次广智韵》诗一首:

> 金锡重携入帝京,无穷秋色助行程。黄河岸上西风急,擂鼓船头发五更。

诗题中的"广智"即笑隐大䜣,文宗赐号广智全悟大禅师。此诗作于至顺元年与大䜣应诏赴京途中。"锡"指僧人所执锡杖,加上"金"字,就颇有富贵气。总之,无穷秋色掩饰不住他"金锡重携入帝京"的得意。守忠的送僧诗也因此别有"台阁体"的味道,如《送心侍者之京》:

> 国师三唤便三酬,一片恩光触处周。万里中原平似掌,好携金锡御街游。

首句用南阳慧忠国师三唤侍者皆应诺的公案,暗示心侍者之京乃元蒙国师所召,所以有"一片恩光"。此诗再用"恩光""金锡"之词,总是强调僧人受恩宠的荣光。

反倒是昙芳守忠上堂所吟诵的偈颂,稍有一些诗味和禅趣。如以下两首:

> 地炉新种火,窗户更重封。黄昏一觉睡,不觉五更钟。
> 父子相从步广寒,弄他光影太无端。何如只似寻常见,银汉无声转玉盘。

第一首为禅院中开炉上堂时所颂。上堂先引一段"教中道",即《圆觉经》之语:"居一切时,不起妄念;于诸妄心,亦不息灭。住妄想境,不加了知;于无了知,不辨真实。"然后结合冬日开炉的场景作颂,因地炉生火,窗户密封,室内暖和,因而从黄昏一觉睡到五更。颂描写的舒服感觉,正是"不起妄念"的最佳状态。第二首所颂是马祖道一的公案,上堂先举:马祖大师与南泉、西堂、百丈玩月次,祖云:"正与么时如何?"丈云:"正好修行。"堂云:"正好供养。"南泉拂袖便行。昙芳守忠的看法是,月本身就是月,只用平常眼光去观看即可,不必像马祖与他的三位弟子那样去"弄他光影",谈什么修行、供养之类的话头。最后一句直接借用苏轼《阳关曲·中秋月》中的成句,说明不要想、只是看的禅理。

虚舟普度的法孙还有即休契了和月江正印,诗禅兼擅。

契了,字即休,历住镇江鹤林寺、金山寺,为径山虎岩净伏禅师法嗣,属南岳下二十二世。有《即休契了禅师拾遗集》一卷传世。诸灯录未载契了生平,据其《大鉴禅师舍利塔铭》自称"予与师(清拙正澄)生同里,传同宗",可知他为福州连江人。又据元人陈基《寄了即休长老》"耽耽浮玉倚沧洲,八十高人在上头"(《夷白斋稿外集》)以及张翥《游金山柬即休了公》"八十了公如古佛,禅心久矣会真如"(《蜕庵诗》卷三)之句,可知他卒年在八十以上。笑隐大訢有《了即休住金山集庆诸山疏》(《蒲室集》卷一),而契了《拾遗集》有祭笑隐和昙芳文,可知他大致与笑隐大訢、昙芳守忠同时,而享年较长。

契了的《拾遗集》为诗文合集,虽只存一卷,却体裁多样。七绝如题画诗《墨梅》:

西湖和靖归三岛,南岳华光去九州。疏影横斜烟水远,一枝留得旧风流。

叹咏梅诗人林逋、画梅僧人花光仲仁早已仙逝,而画中的墨梅仍在烟水背景中疏影横斜,仅此一枝,便留得多少诗画风流。又如《题周武王扇喝人图》:

五帝三皇并列代,山河宫阙总成尘。何如周武遗芳泽,万古萝图写喝人。

喝人，指中暑的人。周武王扇喝人的故事最早见于《淮南子·人间训》："武王荫喝人于樾下，左拥而右扇之，而天下怀其德。"元代画家据此故事而绘成图，士大夫黄溍、王旭都曾作《武王扇喝图》。契了诗谓三皇五帝的山河宫阙终成尘土，而周武王扇喝人的德泽却万古流芳，表达了对帝王行仁政的期待。

契了的七律多与人唱酬，能根据对方的不同身份，恰如其分地应酬和赞扬。如《次韵答南台外郎》：

霜华笔舌吐莲花，惭愧香传到龊家。鱼鼓敲风甘饭颗，燕泥湿雨浣袈裟。鸡林竞市增芝楮，凤沼虚班待草麻。那得扁舟凌素浪，同邀陆羽品灵茶。

这首酬唱对象是官员。首联赞誉对方挥毫作诗，如舌吐莲花，"龊家"是自我谦称。颔联写自己禅家日常生活，"敲风""湿雨"造词新颖。颈联"鸡林"句恭维对方诗歌精美，外国商人争相购求，用《新唐书·白居易传》的典故："居易于文章精切，然最工诗，鸡林行贾售其国相，率篇易一金。"鸡林指古新罗国。"凤沼"句恭维对方即将入朝草诏书。尾联盼望对方能乘船来佛寺共品茶。诗中间两联用鱼鼓、燕泥、鸡林、凤沼四个由动物组成的名词，显示出契了的匠心。又如《次韵答古林和尚见寄》：

好山总道占魁场，谁解当机不堕常。打雨打风还棒辣，入泥入水见人长。大声直与雷相挟，浚辩难将海比量。千古凤凰台畔寺，禅翁一旦起诸郎。

这首酬唱对象是古林清茂禅师,诗中用宗门语"打风打雨"形容其峻厉的棒喝,用"入泥入水"形容其亲切的教导,又用雷状其说法的声音,用海喻其谈禅之口辩,皆切合其身份。

《拾遗集》中还有一些歌行和七言古诗,如《古山歌》《醴陵行》等,其中《苍山一首赠云菩萨》值得一提:

> 苍山云白连姑臧,凌霄耸壑色寒芒。长河西来判泾渭,如襟如带控朔方。高人生彼足清气,春秋异色皆文章。昔甘挂冠向神武,今服田服辞帝乡。教海禅河翻舌本,直欲上湿日月光。江南江北几烟浪,一苇杭深恣相羊。亦欲广渡迷流众,俱脱沉溺登康庄。丈夫浩志有若此,吾年望八那敢当。但期云不改山苍,千秋永壮河西疆。

这首七言歌行颇有气魄,境界阔大。云菩萨其人不可考,出身在甘肃凉州一带,辞官为僧,禅教皆通,云游大江南北,如当年达磨祖师一苇渡江,广度流众。诗中赞扬其"丈夫浩志",期待云菩萨永在河西疆弘扬佛法。此诗描写的壮阔境界,侧面展示出元王朝辽阔的版图,这样气势雄壮、纵横捭阖的七言歌行,在僧诗中是很少见的。

值得注意的还有契了的"拟古"诗,其中五言古诗有模仿"选体诗"的痕迹,如《拟古送陈茂才归松州》:

> 万山松苍苍,小大凌雪霜。根本均一气,何有短与长。长者既获采,短者尚投荒。岂俟长而硕,终焉充栋梁。陈生产松郡,齿茂才固良。况与薛春宫,先后同一乡。愿言

益培植，乔乔拔豫章。梓匠还重顾，曾构芘四方。毋逐桑榆暖，榆景宜延光。余光能及远，秋迫回春阳。

因陈茂才出生地在松州，因而以松起兴，祝愿其成为国家栋梁。此诗赋比兴夹杂的写法，有几分《文选》中古诗的风格。

《拾遗集》中还收了两首词，一首是《桃源忆故人》，另一首是《少年游》，后者题为"次韵送萨经历"，其词云：

　　鹤林云冷雁横秋，乌府客难留。淮岸山青，海门浪白，兰棹去悠悠。
　　燕南不比江东近，诗句寄来不？一榻松风，半窗萝月，梦到驿边楼。

"萨经历"即元代著名诗人萨都剌，时左迁淮西北道经历。《萨天锡诗集》中有《寄朱舜咨王伯循了即休》诗序记其事："元统二年秋八月，仆与淮东宪副朱舜咨、广东宪佥王伯循会于瓜州江风山月亭上，过金山，登妙高台，饮酒赋诗。京口鹤林寺僧了即休风雨渡江，赠别《少年游》词。"其词文采风流不减士人。

　　正印（1267—1351？），号月江，自称松月翁，福州连江人，俗姓刘。他也是虎岩净伏法嗣，与契了同门，属南岳下二十二世。元贞元年（1295），说法于常州路碧云寺，后迁至松江淀山禅寺、同州之南禅寺、湖州何山宣化禅寺。天历二年（1329），住同州之道场山护圣万寿禅寺。元统元年（1333），住持四明阿育王山之广利禅寺。元顺帝闻师道誉，赏赐金襕法衣，并赐号"佛心普鉴"。日本僧侣多从之，在日本佛界有很高的威信和名望，其书法作品为日本各美术馆所收藏。有《月江正印禅师语录》三卷，笑隐大䜣、清拙正澄分别作序。卷中有少量颂古，卷下有偈颂、佛祖赞，多承传统之写作习惯。

正印的祖师赞主要是书写祖师之事迹，怀念祖师之遗风，其中值得一提的是《懒瓒》：

岳顶云深绝路行，卧藤萝下过平生。十年宰相轻饶舌，一个高僧擅懒名。芝诏忽临天咫尺，芋魁从此价连城。如斯标致今谁是，更看黄河几度清。

此赞体裁为七律，平仄合律，对仗工整，赞颂唐高僧懒瓒的事迹。元代不少禅僧写过懒瓒，但立意各自不同。前举希叟绍昙《煨芋》用唐代高僧懒瓒的故事，以示对朝廷荣誉的不屑；大觉祖雍山居诗"是他懒瓒无灵验，惹得诏书三度来"，无见先睹山居诗"懒瓒当年机欠密，天书来往几时休"，则讽刺懒瓒未能真正隐居，故招致唐皇帝诏书三降。而月江正印这首，却夸赞懒瓒得到皇帝和宰相的赏识，连他食的芋魁都价值连城。尾联更希望今日有禅师能得到懒瓒这样的待遇，可北上帝都看黄河之清。显然，正印心中艳羡的是笑隐大䜣和昙芳守忠的"如斯标致"，与山居深隐的祖先一派禅僧大异其趣。

月江正印晚年号松月庵，他有《松月庵歌》一首，类似禅宗传统的乐道歌，其诗曰：

吾有一庵曰松月，为爱岁寒拜皎洁。不拘南北与东西，有月有松即休歇。抚松问松松不言，举头问月月在天。拾枯煮瀑邀明月，我心与月同孤圆。冰轮常绕须弥，走擎来不假修罗手。缺时圆处光不分，圆时缺处光何有。永嘉证道曾有辞，江月照兮松风吹。寒山静听声愈好，马师赏玩增光辉。有谁识得庵中主，无去无来无所住。去来恰似月行空，住着犹如风过树。此庵无坏亦无成，于中只么老此生。松花采摘饥可食，桂子飘洒香风清。分明一片清凉国，松自青青月常白。传家清白是此歌，堪与儿孙为轨则。

这与前面所举如珙的《此庵歌》类似，属于宋元以来的"庵堂道号歌"。而正印此歌写松月庵名之由来及不驰求、无所住的自由心性，注意营造禅意境界，比如珙的纯粹说理更富于文学色彩。

月江正印又有《和元叟和尚拟寒山》三首：

我见世间人，利名日交接。二鼠每侵藤，四蛇常在箧。要得脱苦轮，三生六十劫。广额放屠刀，灭却三途业。

参禅并看教，迷悟千万般。常啼学般若，何须卖心肝。贤愚同一揆，僧俗互相瞒。十步九吃撅，方知行路难。

菩萨不厌喧，二乘堕空寂。丰干骑虎来，拾得指羊迹。题岩千偈多，照水双瞳碧。不贵万户侯，岂羡二千石。

"元叟"即行端禅师，前面曾举其《拟寒山子诗》。正印这三首诗使用白话，说理明晰，劝导世人早日摆脱名利、物欲束缚，彻悟人生真理。尤其第一首诗，语言及内容都极似寒山诗。

第五章 ● 元代其他宗派僧诗

第一节 白 云 英

在曹洞宗、临济宗禅僧之外,元代尚有一些纯以诗名而难考宗派法系的诗僧,多与士大夫交往,且有诗集传世。其中诗名最著的有白云英、云屋善住、宗衍道原等人。

释英(约1255—?),字实存,号白云。钱塘人,俗姓厉,唐诗人厉玄之后。有《白云集》三卷传世,存诗150首。《元诗选》收其诗23首。释英的生平,可从同时代诸公的序跋略知一二。据牟巘《跋厉白云诗》所述,释英未出家时已号白云,"年甫逾弱冠,藉藉有诗声,为诸公所称道"。青年时曾四处游历,"浮淮江,走粤闽,慨然有志于世"。后来厌倦仕途,"将脱鞅掌,超尘坱,以与莽苍鸿蒙游方之外矣"。胡长孺《白云集序》也称,释英自幼即有诗名,"尝有家室,历贵仕"。可见,释英在南宋末曾出仕，其诗《寄兰壑宗长》曰："同宗同在旅，彼此系微官。"也可证明他早年为微官所羁绊。又据赵孟頫《白云集序》记载，释英祝发出家的契机是，"一日，登径山，闻钟，有所感悟，遂去为浮屠"。大约因其闻钟而悟，并无师承，所以诸传灯录不载其法系。赵序又称释英"结茅天目山中，数年遍参诸方，有道尊宿皆印可之"。从《白云集》来看，释英有诗赠径山妙高、净慈沉、古庭越、大觉祖雍、中峰明本等临济宗杨岐派禅师，又有诗《礼觉庵真禅师塔》《题杭州护国寺（无门开禅师道场）》，礼敬的觉庵真、无门慧开也是临济宗杨岐派禅师，尤其是《寄呈天目山高峰和尚》曰："何时香一瓣，永立雪中庭。"表达了师法高峰原妙禅师的愿望。由此看来，释英自己的身份认同是临济宗杨岐派。

《全元诗》释英小传谓"泰定元年住阳山福严精舍"，其据为释善住《谷响集》卷三《答白云见寄四首》诗序："泰定甲子岁二月初二日，予与诸公送白云闲赴阳山福严精舍，翻阅藏教，然影不出山者三年，始可讫事。"然而，善住为华严宗讲僧，与之唱酬者为"白云闲"，将"翻阅藏教"，显然也是同宗之讲僧，而非"白云英"这样的禅师。《全元诗》又称释英"享年八十七岁"，乃据元成廷珪《居竹轩诗集》卷二《白云上人悼章》"八十七翁如古佛"之句，然而《悼章》有"一闻东土传来法，三校西天译后书"一联，此校译西天之书的白云上人，应是"翻阅藏教"的白云闲，与释英无关。明释通问编《续灯存稿》卷六杭州灵隐空叟忻悟禅师小传曰："苏之吴县钮氏子，九岁入郡城龙兴寺依白云闲祝发。"善住为吴郡人，所交往之白云应是同郡龙兴寺之白云闲讲师。

相对于参禅而言,释英更看重或更醉心的是作诗。他曾读前辈诗僧文珦的《潜山集》,希望前往参拜,"远想人如玉,何时叩竹房"(《夜坐读珦禅师潜山诗集》);又曾与《对床夜语》诗话的作者范晞文(字景文)兄弟交往,希望与之"结诗盟"(《越上人别范景文》)。他称赏的高僧是"有诗行已久,何必上《传灯》"(《重游净慈忆沅禅师》),把诗集流行视为比进入禅门《传灯录》更值得庆幸之事。他宣称自己人生的价值是"但得遗风追贾岛,不须虚誉继卢能"(《涉世》),把诗承贾岛看得比禅继慧能更为重要。他在《言诗寄致祐上人》中全面表达了自己的诗学观念:

> 作诗有体制,作诗包六艺。名世能几人,言诗岂容易。渊明天趣高,工部法度备。谪仙势飘逸,许浑语工致。郊岛事寒瘦,元白极伟丽。休己碧云流,显洪(雪窦显、觉范洪)大法器。精英炯胸臆,芳润沃肠胃。发为韶濩音,净尽尘俗气。禅月悬中天,古风扇末世。专门各宗尚,家法非一致。参幻习唐声,雕刻苦神思。竭来入禅门,忽得言外意。长吟复短吟,聊以寄我志。匪求时人知,眩鬻幻名利。始信文字妙,妙不在文字。食蜜忘中边,无味乃真味。寒山题木叶,此心颇相似。霜重千林空,啼螀四壁起。古人不复作,三叹而已矣。

诗的前半部分历数了自己心仪的古人,也就是能"名世"的诗人,首先是陶渊明、杜甫,这是宋人尊崇的两个诗学典范,接下来是唐诗人李白、许浑、贾岛、孟郊、元稹、白居易,以及唐诗僧贯休、齐己和宋诗僧重显、惠洪。这份名单中的诗僧固然是释英效法的榜样,赵孟頫《白云集序》称其"壮益刻苦,慕贯休、齐己",言之有据,惠洪则以"文字禅"的观念为释英所赞同。李白诗与杜甫齐名,自然当列入,因倾慕贾岛而联想到"元轻白俗,郊寒岛瘦"也顺理成章。至于许浑,应该是与释英受范晞文《对床夜语》影响有关,因为该书"推重许浑而力排李商隐"(《四库全书总目》卷一百九十五《对床夜语》提要)。值得注意的是,虽然诗中号称"专门各宗尚,家法非一致",似乎师法很广,但各种宗尚家法中都没有苏轼、黄庭坚。诗中所谓"参幻习唐声,雕刻苦神思",以及《秋夜旅怀》诗中"苦吟诗有债",是他早年学诗的自供状,走的是贾岛一路。此诗的后半部分,写入禅门以后作诗态度的转变,不再追求语言雕刻之工,而转向对"得言外意"的悟解,"始信文字妙,妙不在文字。食蜜忘中边,无味乃真味",师法对象也改为寒山这样不讲究诗歌形式的诗僧。当然从《白云集》存诗来看,他未必真有寒山诗的风格。释英还有不少论诗诗,大抵都是提倡无心妙悟:

> 诗从心悟得,字字合宫商。(《夜坐读珦禅师潜山诗集》)
> 好句无心得,闲愁转眼消。(《山居》)
> 参禅非易事,况复是吟诗。妙处如何说,悟来方得知。(《呈径山高禅师》)
> 要识诗真趣,如君画一同。机超罔象外,妙在不言中。(《答画者问诗》)

> 诗悟必通禅，功深自入玄。(《诗禅》)

虽然这类以禅论诗、诗禅相通的观念在宋元诗界并无新意，但这是释英自己参禅后的心得，乃其自证自悟、个人独得之秘，足见他入禅后论诗旨趣与贾岛的苦吟稍有区别，而更接近齐己诗禅并举的立场。《白云集》赵孟𫖯序曰："夫诗不离禅，禅不离诗，二者廓通而无阂，则其所得异于世俗宜也。"赵孟若序曰："诗禅从三昧出，不可思议，拈花微笑，梦草清吟，曷常有二哉？实存英上人夙悟于禅而发于诗。"林昉序曰："诗有参，禅亦有参；禅有悟，诗亦有悟。实存英上人所作《白云集》，脱然已入空趣，其参而悟者欤？唐人夜半之钟，非诗人得句，即高僧悟道，诗禅之悟，宁有二哉？"更直接引其诗句为证。事实上，《径山夜坐闻钟》一诗，就被人视为释英禅悟的契机。

释英欣赏的主要诗风可用"圆"字概括，《诗禅》："句非专锻炼，妙只在空圆。"《书朱性夫吟卷后》："新编寄我白云中，句法清圆旨趣空。"《池亭夏夜》："好句忽圆人拍手，鹭鸶惊起藕花池。"所谓"圆"，固然有圆活的一面，即所谓"诗体得活法"（《赠净慈沅禅师》），正如牟巘《白云集序》称其诗"圆活而清雅"，但更近于诗律形式的圆满无瑕，即所谓"字字合宫商"（《夜坐读珦禅师潜山诗集》），平仄合律，对仗工整，这与江湖诗派评诗注重"某句未圆，某句未安"的标准非常接近（《江湖小集》卷七十三附录王㮮《薛瓜庐墓志铭》）。所以释英尽管主张"好句无心得"，但认为好句读起来须是字正腔圆，不得有江西诗派的拗峭生涩。这也是后人评论"其才地稍弱，未脱宋末江湖之派"（《四库全书总目》卷一百六十六《白云集》提要）

的主要原因。

还有一点值得注意，释英理解的"文字禅"自有其独特内涵，其《归宗祐上人高僧诗》曰："不作烟火语，自成文字禅。"又《书朱性夫吟卷后》曰："底事略无烟火气，吟时和露立松风。"不食人间烟火，这显然不同于惠洪"以临高眺远未忘情之语为文字禅"的观念，而与元初禅宗的山居之风以及诗坛的退隐主题颇有关系。从《白云集》中可看出，释英平生交往的主要有两类人，即禅僧和隐士，其生活方式皆山居退隐，而共同爱好皆是吟诗。胡长孺《白云集序》注意到这一现象："近世士之怀能抱艺者，往往逸而之禅，又逸而之诗。"尽管他们深知作诗无用，"工诗不疗贫"（《客夜有感》），"贫深诗债添"（《早春旅怀》），但是作诗兴味不减，或是"贫只好谈诗"（《赠新公》），或是"一生欠诗债，半是忍饥吟"（《赠王商翁处士》）。由此可见，诗歌对于释英以及他的诗友来说，已具有几分忘怀饥寒、安顿人生的宗教意义。

由于倾慕贾岛为代表的晚唐体，释英对五言律诗似乎多有偏爱，《白云集》中几度特别提及五言："五字诗中妙，一名天下传。"（《呈林旦翁隐居》）"半世尚清苦，五言能琢磨。"（《读吕芳卿吟卷》）"五字关风雅，千年说姓名。"（《越上人别范景文》）五律是南宋永嘉四灵和部分江湖派诗人最喜爱的诗歌形式，赵师秀编《二妙集》，推崇贾岛、姚合，而姚合编《极玄集》，收诗100首，五律就占了83首。《白云集》中五律一体有70多首，占总数的一半。

释英早年四处游历，出家后又遍参诸方，所以诗集中有不少写客中情怀和途中景物的诗篇。总体而言，其诗有佳句而少佳篇，如以下五言律句：

> 客囊空薏苡，春色自蔷薇。(《过瓜洲》)
> 矮桥平帖水，老树倒悬藤。(《永康道中》)
> 夜雨和愁落，乡山入梦青。(《秋夜旅怀》)
> 烧痕山顶秃，春色柳眉尖。(《早春旅怀》)
> 月明天不夜，江冷水先秋。(《重到枫桥》)

构思新颖，句法精巧，写景状情，皆有不俗之处。七言律诗亦有佳句，诸如"雷声惊起云头雨，塔影倒摇波底天"(《夏晚泛湖》)也属前人未道过之语。唐诗人许浑的"丁卯体"句法，也在《白云集》中留下痕迹，如下面两联：

> 青灯背壁客孤坐，黄叶满阶蛩乱鸣。(《客夜有怀》)
> 石头路滑有时到，云顶山深无梦归。(《送越上大长老出世蒋山》)

这种句法是将颔联出句和对句的第五字平仄互换，如同许浑《咸阳城东楼》颔联"溪云初起日沉阁，山雨欲来风满楼"的平仄格式。

相对而言，释英的五言绝句颇有佳作，淡然无意，悠然自远，真可谓"妙不在文字"，如以下几首：

> 一声山鸟啼，幽梦忽唤醒。起来开竹扉，日上中峰顶。(《山中二绝》其一)

> 窗前瀑布寒，林外夕阳薄。清风何处来，簌簌松花落。
> （同上其二）
> 之子两峰来，问我西祖意。欲答还无言，风吹花落地。
> （《赠永中禅人》）

前两首写山居生活，以口头语写眼前景，如天籁自鸣，意境高远。后一首相当于禅宗语录的诗意表达，僧问："如何是祖师西来意？"师曰："风吹花落地。"甚至禅师根本不必用语言回答，风吹花落地的自然现象已经昭示了"西祖意"的微妙法门。这些诗真正做到了诗中有禅，禅中有诗。除此之外，如《古意二首》也值得一提：

> 青松如妾心，好花如妾面。好花有时衰，松死节不变。
> 忆郎去不归，泪向东风落。不恨郎恩轻，自恨妾命薄。

表面看来，僧人写男女恩爱似乎有违戒律，然而，此"古意"为乐府古题《妾薄命》之意，古代诗人多借此以男女喻君臣，释英在此很可能用以寄托自己的故国之思，虽"自恨妾命薄"，却坚守"松死节不变"。这并非过度阐释，因为他还写过一首《杜宇》：

> 国亡知几代，啼血转声频。尔自无归处，何须苦劝人。
> 烟深青嶂晓，花落故城春。任是心如铁，闻时亦怆神。

大抵南宋遗民多有"臣甫低头拜杜鹃"的共同心理，释英虽已

割断尘缘,禅心如铁,却仍不免有"国破山河在,城春草木深"的深深伤痛。其《家则堂大参南归》更可看出他的心迹:

> 故国衣冠已变迁,灵光此际独依然。一身幽蓟三千里,两鬓风霜十九年。归去午桥非旧日,梦飞秋塞隔遥天。江南遗老如公少,青史名高万古传。

南宋大臣家铉翁,号则堂,累官端明殿学士,签书枢密院事。奉命使元,留馆中,闻宋亡,旦夕哭涕不食,元欲官之,不受。元成宗即位,放还。此诗当作于元成宗元贞元年(1295),距宋亡已十八年。诗中高度赞扬了家铉翁的民族气节,如鲁灵光殿岿然独存,如汉苏武持节不屈,暗中讽刺了仕元的故国衣冠、江南遗老。四库馆臣称释英之诗"罕睹兴亡之感"(《四库全书总目》卷一百六十六《白云集》提要),恐非确论。

第二节 云屋善住

释善住(1278—1330?),字无住,号云屋。吴郡人,曾居郡城报恩寺。与士大夫仇远、宋无、赵孟頫、白珽、虞集等人唱和。《全元诗》收其诗793首。明张昶《吴中人物志》卷十二有小传曰:"善住字无住,精于诗,有《谷响集》。仇远、白珽为序。仇称其'五言似随州,七言似丁卯,绝句似樊川,古诗出韦陶诸作'。"传记甚略,未言其法系师承。今考明释道衍《诸上善人咏·云屋善住和尚》曰:"行门清净玉壶冰,的是苏台福慧僧。天上人间俱不愿,华开见佛是真乘。"诗后附小传曰:"云屋和尚,讳善住,苏人也。受业于郡之善庆院,习贤首学于卧佛和尚。性禀高洁,不近声利,学通华梵,能文善书,方外大夫士无不崇敬。掩关不出,昼夜六时称念阿弥陀佛万声。读诵大乘,礼拜忏悔,坐卧向西,虽病久不易。吴中之修净土者,惟和尚为最,故缁白多取则焉。有《安养传》及《谷响集》行世。临终异香满室,倏然而去。"可知善住为华严宗(贤首宗)僧人,主修净土业。其《安养传》全名《净业往生安养传》,共十二卷。其《谷响集》今存三卷,皆近体,卷一为五律,卷二为七律,卷三为五绝、六绝、七绝,另附有诗余13首。仇远称其"古诗出韦陶诸作",应还有五古若干,惜已亡佚。《谷响集》编纂的形式为分体编年,这从其卷一题目编排次序可看出,诗题最早出现的是"庚戌",其后陆续出现丙辰、丁巳、辛酉、壬戌、癸亥、丁卯。丁卯闰九月九日之后,又有"早春"和"岁暮"之诗,可见善住的五律绝笔诗应为《忆清泰》,时在元文宗天历二年己巳(1329),其卒年在此之后。

善住《论诗》曰:"典雅始成唐句法,粗豪终有宋人风。"前一句是写实,《谷响集》三卷各体,只是从诗题用韵上看,就多以唐人为师法对象,如卷一有五律《龙兴寺用唐綦毋潜韵》《破山兴福寺用唐常建韵》《寄题昆山慧聚寺用唐孟东野张承吉韵二首》《游灵岩用唐赵嘏韵》,卷二有七律《送胡道士用唐贾岛韵》《凌歊台用许浑韵》《宿山寺用唐项斯韵》《送别友人用唐姚合韵》《光福寺用唐顾在镕韵》《虎丘用唐李绅韵》,卷三有七绝《鹤林寺用唐李频韵二首》,共计有唐诗人綦毋潜、常建、孟郊、张祜、赵嘏、贾岛、许浑、项斯、姚合、顾在镕、李绅、李频等十二人,可谓真正的追步"唐句法"。友人宋无《答无住和太初韵见寄》以"句妙唐风在"称赞善住的诗(《翠寒集》),是有根据的。至于所谓的"宋人风",主要是指南宋中叶后永嘉四灵和江湖诗人学"唐律"之风的"粗豪",并非指苏轼、黄庭坚和江西诗派。《谷响集》近八百首诗,无一处提及苏黄的名字,足可证明。这一点善住和释英比较接近,四库馆臣评价其诗"颇近四灵、江湖之派,终不脱宋人窠臼"(《四库全书总目》卷一百六十六《谷响集》提要),大体准确。

善住生于宋亡之际,对宋朝怀有故国之思,所交往者颇有宋亡不仕隐居山林的前辈遗民,这在早年诗中犹多有表现。如以下诗句:

  对食惭周粟,纫衣尚楚兰。(《赠隐者》)
  安知新宇宙,犹有旧衣冠。(《悼隐者》)
  半生抛旧业,独夜忆前朝。(《赠陈隐君发》)
  丛桂歌招隐,荒宫赋黍离。(《次韵山村仇先生六首》其五)
  吟诗只益丹心苦,拟挈筠笼共采薇。(《寄岩栖翁》)
  南渡耆英久寥落,岂知犹有故衣冠。(《春日至钱塘阻雨首寄山村先生》)

"惭周粟""共采薇",都用《史记·伯夷传》的故事,暗示不事异族王朝的民族气节。"赋黍离""忆前朝",都是对亡宋的哀思。"旧衣冠""故衣冠"则是对不肯屈身事新朝的宋士大夫遗民的称赏。善住与宋遗民仇远、宋无交好,唱酬极多,应当有此因素在内。此外,他对不仕元朝的遗民思想家邓牧深表景仰:"标格类孤鹤,翩然独往还。"(《邓隐君牧》)对与元朝统治者保持政治距离的中峰明本禅师(号幻住)充满敬佩之情:"声名喧宇宙,生死一萝庵。"(《悼幻住和尚》)这种故国之思一直延续到他的中年,如《钱唐感旧》:

> 江山王气终,江水自流东。钟鼓传新寺,烟花失故宫。龙亡灵沼竭,凤去寝园空。残月西风夜,无人倚井桐。

此诗作于元英宗至治三年(1323),距南宋都城临安的沦陷(1276年)已过去四十八年,善住仍在叹息"烟花失故宫",叹息"无人倚井桐"怀念故国。

从《谷响集》的几首咏史、怀古诗中,也能看到善住感怀隐痛的心迹。如《荆轲》一诗:

> 壮气干牛斗,孤怀凛雪霜。只知酬太子,不道负田光。易水悲歌歇,秦庭侠骨香。千金求匕首,身后竟茫茫。

这首诗或许并非佳作,但是作为一个出家人,竟然歌咏荆轲刺秦王之事,这多少令人想起陶渊明的《咏荆轲》,具有"金刚怒目式"的一面。又如《秋夕怀古》诗曰:"贾傅吊湘水,杜陵哀曲江。空怀千古恨,无语对秋釭。"其中的沉痛当亦有感而发。所以他虽然生于元朝,长于元朝,内心却将宋朝视为故国。今考《谷响集》诗题中,只以甲子纪年者13首,有元朝年号者仅3首,集中在他晚年泰定甲子(1324)之后,这一点他很像陶渊明,尽管没有彻底做到"甲子不数义熙前"(黄庭坚《次韵谢子高读渊明传》)。

在古代诗人中,善住提及最多的是陶渊明,不下十次,超过唐代任何一个诗人。他有一首《渊明图》诗曰:"孤吟忘富贵,长揖谢公卿。"陶渊明的做法也是他和朋友的处世态度:"儒释门虽异,诗书味颇同。有心依涧壑,无意谒王公。"(《寄宋子虚二首》其二)归隐山林,拒绝与元朝王公大臣往来。正因如此,《谷响集》中有大量描写山寺隐居的作品,仅诗题中就有《山居》《幽居》《郊居》《斋居》《闲居》《秋居》《端居》等,最典型的是《山居》,元代不少禅僧写过这一主题。善住有《山居》二组共四首:

为得幽栖趣,身名自两忘。倚松山衲湿,洗药野泉香。岩静绿阴合,林深白日长。罢吟闲独立,一鸟下苍茫。(《山居二首》其一)

结茅藏倦迹,四壁但萧然。果熟防猿过,庭闲任鹿眠。漱瓶秋涧侧,扫叶夕阳边。赢得无尘事,云山到处禅。(其二)

山居的幽栖之趣似乎是很惬意的,其环境优美闲适,岩静,林深,果熟,庭闲;其生活朴素简单,倚松,洗药,漱瓶,扫叶。无尘无事,有诗有禅。然而,这样的生活是以"四壁但萧然"的贫寒为其代价。另一组《山居二首》更提及"结茅邻虎豹,食面度朝昏"的蛮荒和寒俭,以及"镢头虽柄短,深谷可开畬。扫叶林风急,担泉野日斜"自给自足的艰苦劳动。

山林并非世外桃源，隐居也不能躲开官府的苛政，正如《有怀》诗所说："民间有苛政，天下是穷途。白骨堪重肉，青山岂免租。"所以在《谷响集》中，不时会出现县官胥吏贷粟催租的场景，令人败兴。如下面两首诗：

  脉脉拥书坐，闲门爵可罗。寒威当晚重，雪意向春多。饥鸟下高木，残冰流断河。县官烦贷粟，窘乏欲如何。（《丙辰十二月雪中县官踵门贷粟因而有作》）
  遁迹勿思涧壑间，胥徒叫嚣来扣关。首阳尚使夷齐卧，颍水宁容巢许闲。海上白鸥虽可狎，云中黄鹄却难攀。何如稳泛华亭月，莫学淮南赋小山。（《遣怀三首》其三）

默坐书斋，遁迹涧壑，仍然有县官来借贷粟米，有胥吏来扣门催租，即使想追慕伯夷、叔齐采薇首阳山，像巢父、许由那样隐居颍滨，也不可得，因为"青山岂免租"，逃不掉元朝统治者的横征暴敛。在善住诗中，很难看到盛唐王维、孟浩然那种田园乐的景象，而随处可见最底层贫民的悲惨生活，"白屋贫来老，黄茅烧后残。农人半流浪，应叹别离难"（《东郊即事次韵》），"自怜无旧业，投老事锄犁。地瘦畦蔬短，家贫草屋低"（《书田家壁》），或者有闲适，但更多是荒寒。如此一来，善住诗中就有了几分杜甫忧民的情怀，如以下诗句：

  刍米贾腾愁白屋，管弦声沸醉朱门。（《苦雨》）
  但令海内无贫者，始信人间有富儿。（《漫兴四首》其三）
  富贵人家第宅新，芳庭徐步不沾尘。田园累重烦征赋，

岂有闲情问赏春。(《暮春杂兴十首》其六)

一边是朱门的醉生梦死,一边是白屋的柴米短缺;一边是富人的闲情赏春,一边是贫民的劳累力耕。这些诗句描写了元代贫富悬殊的社会现实,使人想起杜甫"朱门酒肉臭,路有冻死骨"的感慨。善住心中理想的富足社会是"海内无贫者",这也与杜甫的精神是相通的。即使在题画诗里,善住也会从江山胜景中联想到"画中人"的勤劳生活:"家贫不畜栽花地,力健还开种秫田。办得县官秋赋足,黄鸡白酒乐丰年。"(《秋江晚归图》)这在题画诗中可谓别具一格。

与释英的情况类似,吟诗是善住贫穷生活中最重要的精神慰藉,"辩才已老犹临帖,子美虽贫不废诗。最是世间清胜事,此中风味少人知"(《春夜杂兴十八首》其十八)。这种诗人的清胜风味,只有如他一样诗僧、隐者可为知音:"一身贫尽岂足道,五字兴来如有神。"(《次韵无及长老见寄》)所以晚唐"贾岛格"提倡的苦吟,便成为善住仿效的榜样之一:

听极无由寐,终宵费苦吟。(《蟋蟀》)
为爱吟诗心独苦,每于人事少关情。(《秋居》)
竟日何劳事苦吟,漫因幽兴写闲心。(《遣怀三首》其二)

由于爱好苦吟,善住作诗"大抵以清隽雕琢为事"(《四库全书总目》卷一百六十六《谷响集》提要),晚唐诗中常用的鹤、琴、僧之类的清雅意象,在《谷响集》中占较高的比例。此外,如"蛛丝连远树,蜗篆满空阶"(《再用前韵酬无功》)、"蜗涎存古壁,鼠穴带残书"(《次韵还旧居》)、"秋老虫丝兼叶挂,雨晴蜗壳带苔枯"(《破窗》)这类细致描写,以及"折花衣惹露,题石笔粘云"(《寄无照》)、"湿菌生枯柄,愁鸱立坏墙"(《北塔秋居》)这类独特观察和炼字,则是承继了四灵的诗风。

《谷响集》中有《拟塞上曲二首》值得注意,其关于战争主题的描写,具有深切的人道主义精神:

> 金笳叫月夜将分,万马群嘶彻陈云。戍卒半成边地土,麒麟阁上画将军。

> 漠漠黄云关塞秋,边人八月拥貂裘。偶来饮马长城下,沙底泉清见髑髅。

这两首拟乐府,直接继承唐诗人刘湾"死是征人死,功是将军功"(《出塞曲》)或是曹松"凭君莫话封侯事,一将功成万骨枯"(《己亥岁》)的观点,并将议论化为更具画面感的场面,特别是第二首的结句,描写惊心动魄,这已不是诗僧作诗应有的风格。善住的咏史诗《三高祠三首》其一,对吴人祭祀范蠡感到不解:"越国谋臣吴国雠,如何庙食此江头?"吴人理当祭祀伍子胥,却错将敌国仇人当作三高之一纪念,可谓数典忘祖。明都穆《南濠诗话》对善住这一见解表示赞赏,认为与周密《齐东野语》记载的两联宋人诗立意相近。最后再提一下《赠日本僧》诗:

> 鲸波淼淼接遥空,今古由来一苇通。斗柄夜悬常辨北,

日轮初涌始知东。车书既混文无异，爵服才分语不同。乡路眼中应已熟，好携包笠扣玄宗。

立意造语较为平常，属敷衍而成，不过，此诗记录了元代中日僧人交往的事件，也可作为中日文化交流的史料来看待。

第三节　石　湖　宗　衍

宗衍（1309—1351），字道原，吴郡人。至正初，住石湖楞伽寺，后以僧堂选主嘉兴德藏寺。遍读内外书，而独长于诗，才辩闻望，倾于一时。当时知名士多与之游，尤为翰林危素、诗僧觉隐本诚所推许。其生平事迹略见于释妙声《东皋录》卷中《衍道原送行诗后序》、《吴中人物志》卷十二。今存《碧山堂集》五卷，为日本应安五年（1370）刻本。《全元诗》收其诗344首。关于宗衍的宗派法系，诸书未载。今考妙声《衍道原送行诗后序》曰："余长道原一岁，有先世交契之好，其就外学也，盖尝同师；迨学出世之道也，而又同教。讲习问辨，其相资也深。"宗衍与妙声"同教"而非"同宗"，可知其为义学讲师，而非禅师。宗衍《送玉上人归天台》诗曰："吾祖塔前凭问讯，百灵应护讲经台。"隋高僧智𫖮之塔在天台山，为天台宗四祖，宗衍称"吾祖塔"，更可知他属天台宗讲僧。

《碧山堂集》五卷，卷一为五古，卷二为七古，卷三为五律，卷四为七律，卷五为五绝、七绝，可谓各体兼擅，这与云屋善住《谷响集》只存近体诗的情况颇有差别。妙声评价宗衍诗曰:"博采汉魏以降,而以杜少陵为宗,取喻托兴,得风人之旨。故其诗清丽幽茂,而皆可传也。"(《衍道原送行诗后序》)评价大体得当。宗衍的五古学汉魏晋古诗,近乎"选体"而略变其格,这与学杜是一致的,因为杜甫就提倡"熟精文选理"(《宗武生日》)。集中颇多"取喻托兴"的咏物之作,如《棕榈》:

> 棕榈无傍枝,修竦唯一身。既非栋梁具,亦复免为薪。奈何萦裹多,自取割剥频。皮残叶就悴,生意良苦辛。野人因感伤,绕树久逡巡。怀璧本无罪,多财常畏人。自古贤达士,所以甘贱贫。

棕榈既不能作栋梁,也不能为柴薪,虽然处于"材与不材之间"(《庄子·山木》),却因棕榈皮层层萦裹,因而免不了被人频繁割剥,生意苦辛。这正如匹夫本无罪,而怀璧有罪,所以贤达之士宁甘贱贫。这是对"材与不材"论的翻案,而题材出自杜甫《枯棕》诗,并化用"其皮割剥甚"之句。又如《凌霄》诗,"凌霄不自持,引蔓附高柏",而后"过高翻凭陵,曾不念夙昔",擅霸雨露,欺负高柏,由此讽谕忘恩负义的小人。再如《啄木鸟》诗,写"啄木江南飞",却不啄江南林中的蠹虫,以致"蠹种日以滋,木病日以深",暗讽巡视江南的官僚不顾民瘼。

  在宗衍的咏物诗中,也能看到元代理学思想对社会价值观的影响。如《义鸽诗》写雄雌二鸽,雄鸽被狐狸咬死,雌鸽悲鸣不饮啄数日,主人欲择其他雄鸽与之配对,雌鸽于是"扞斗以死"。诗人描述了雌鸽"强暴力难制,顿踣委尘泥"的遭遇,由此"感彼柏舟诗,自古多孀妻"。此诗不仅借义鸽宣传烈女的贞节观,而且忘不了吹捧做官的主人:"我公东南来,仁风被黔黎。至令禽鸟心,之死矢靡携。"这就与杜甫《义鹘行》歌颂除暴安良的境界有天壤之别。

宗衍的五古也有直面人生、批判现实的一面,反映了元代赋税徭役给农民带来的痛苦。如《九日寄陈子上》诗曰:"侧闻海盗繁,出没如鼍鼋。官军夜来下,掩捕纷遮罗。扫除何日平,供给政已苛。百需出里正,索物到鸡鹅。"五律《赋急》也描写了类似情况:"赋急吴田贱,民饥海寇多。夺船分白粲,拥甲限沧波。赤子哀如此,皇天意若何。病夫搔雪顶,诗罢不成歌。"平民不仅受到海盗的频繁骚扰,也遭到官军的索取供给,真是"苛政猛于虎"。《九日寄陈子上》诗中表达了"但令四海富,何至劳干戈"的观点,这与前文所述云屋善住"但令海内无贫者,始信人间有富儿"(《漫兴四首》其三)的看法相通,是宗衍诗"以杜少陵为宗"的表现。他有时对元朝统治者抱有幻想,相信"皇天覆八极,一视无偏颇",甚至像士大夫那样"我欲排阊阖,陈辞救民瘼",但也不得不承认"天高卒难闻,或恐遭谴诃"。在《遣兴二首》诗中,他对元朝的"皇天"终于感到怀疑:

> 天时无怨期,日月有常度。往来存至信,万古不一误。人纲法天纪,岂不以实故。胡为群执事,朝令不及暮。昨蠲吾人徭,今乃倍其赋。我纬奚足恤,怀兹使人惧。

天道有常,而政令无信,朝令夕改,任意增加赋税。这种"人纲"不法"天纪"的现象，令宗衍感到恐惧。他生活的时代，农民起义尚未大爆发，但社会的隐患已越来越严重。

宗衍的七古纵横捭阖，题材多样，其中题画诗，受杜甫影响较深。如《题柏子庭画松树障子歌》"毕宏韦偃画古松，当时作歌有杜公"，明确点出杜甫的《戏为韦偃双松图歌》。又如《题韩幹画马歌》"双瞳晶荧两耳立，兰筋束骨皮肉急。何年霹雳起龙池，五花一团云气湿"几句，分别化用杜甫《天育骠图歌》《韦讽录事宅观曹将军画马图歌》《高都护鬃马行》等诗的词句。《龙上人画龙歌》更能看到杜诗的痕迹：

> 古来几人能画龙，前有僧繇后所翁。翁孙六世藏旧谱，上人传之笔法同。控抟腾掷万变化，我谓真龙不如画。斯须云阵出蜿蜒，观者如墙走惊怕。太阴暝黑雷雨飞，怒水激立江风吹。天吴灵胥不敢动，扶桑若木相纷披。上人身瘦臂甚力，兴来看天天为窄。手排苍鳞角插戟，指点所至摧霹雳。我有一幅生纸雪色白，请君写挂高堂之素壁。

其中有多句脱胎于杜诗，如《丹青引》"斯须九重真龙出"，《莫相疑行》"集贤学士如堵墙，观我落笔中书堂"，《戏为韦偃双松图歌》"黑入太阴雷雨垂"，《魏将军行》"欃枪荧惑不敢动"，《夜听许十一诵诗爱而有作》"飞动摧霹雳"，《戏题王宰画山水图歌》"挂君高堂之素壁"等。除了化用杜诗句法外，宗衍也将杜甫的民本思想引入题画诗，如《题捕鱼图》：

> 沧江水深鱼政乐，渔子忽至鱼惊跃。手提密网散船头，

只尺波涛遭胃缚。前王教民用耒耜，网罟胡为先有作。遂令后世害生成，尽取何曾遗细弱。画师有意写此图，山水萧条木叶疏。向来寸土毕耕耨，户口日广将何如。穷年劳悴食不足，况值水旱忧官租。呜呼周公井田不可复，嗟尔养生聊捕鱼。

作为佛教徒，宗衍是坚决反对捕鱼杀生的。"前王教民"四句，化用杜诗《早行》诗"前王作网罟，设法害生成"之句。生成，意为生物的生命。捕鱼者连细弱小鱼也不放过。但宗衍理解画师的深意，因为耕田已无法糊口，又有水旱灾害与官府租税，不得已才改行捕鱼。在这首题画诗里，对小鱼的怜悯和渔夫的同情交织在一起，只得无奈叹息。

宗衍的诗集中充满矛盾，一方面他会抨击元朝统治者的残酷压榨，另一方他又会为元朝国势强盛、万邦来朝大唱颂歌。在柏梁体《玉泉万户雁翎刀歌》中，他赞美元朝将领手握雁翎刀平定南方揭竿而起的反抗，并颂扬"除邪剿害国以宁，普天率土罔不庭。子孙传持备使令，千秋万岁护明廷"，这已完全站在统治者的立场。在《岱宗歌为日本僧齐岳赋》中，他以大国臣民的身份居高临下地对日本僧人宣称："洪惟皇元有万方，通迈五帝超三王。尔名岱宗来远荒，岂不有意瞻天光。东封之符尔其祥，勒铭纪功何煌煌。百神授祉致时康，吁嗟化风及扶桑。"而忘记了自己属于元朝的下等阶级，地位在蒙古人、色目人之下，其诗流露出来的大国心态颇有历史标本的价值。

相对而言，《碧山堂集》中的五律、七律也大抵"以杜少陵为宗"，仅其诗题就有不少用杜诗题，如《初月》《十六夜月》

《江村》《夜》《登楼》《秋雨》《冬至》《春水》《秋兴》《忆昔》《客至》《苦热》等。诗中化用杜诗句的例子也不少,如"文章千古定"(《水宿驿下偶兴》)用杜诗"文章千古事"(《偶题》),"莫厌诗频改,长吟复细看"(《示云汉》)用杜诗"新诗改罢自长吟"(《解闷十二首》其七),"扬州何逊足诗兴"(《题己上人墨梅》)用杜诗"东阁官梅动诗兴,还如何逊在扬州"(《和裴迪登蜀州东亭送客逢早梅相忆见寄》),不胜枚举。值得注意的是,宗衍还有五言排律五首,《东湖咏怀奉寄吴中诸故旧一百韵》,题下自注"用老杜《夔府咏怀》韵"。另有一首七言排律《汤氏义门诗》,共八韵,杜甫有《清明二首》,每首各六韵,宗衍更增加二韵。此体古人极少写作,僧诗中更为罕见。

宗衍的律诗涉及民生的,除了前举《赋急》一首外,还有《苦恨》值得一提:

苦恨飘风甚,那堪骤雨兼。筑塘难捍海,扫卤不成盐。
捷石终虚弃,鞭笞枉自严。东南民力尽,谁是邑中黔。

飘风骤雨造成水灾,石闸无用,海水倒灌,而官吏仍鞭挞催逼,索取赋税,东南沿海民不堪命。尾句希望有像春秋宋国子罕"邑中黔"那样的贤吏来管理百姓。在《碧山堂集》里还随处可见"家贫田愈瘦,土薄井多浑"(《田家二首》其一)、"日籴今虚贵,年饥亦有涯"(《获赤稻》)、"只道鱼盐贱,终忧盗贼繁"(《海上》)、"生憎县吏征求急,自愧山翁出入忙"(《早起入城》)之类的句子,将佛子的慈悲化为杜甫式的仁爱。

宗衍律诗有不少赠答、题咏、送别、隐居以及寄题亭轩的作品，总体艺术成就不高，虽对仗工整，格律谨严，却既少佳篇，亦乏警句，学杜甫而未得其髓。律诗中间两联好用叠字，如"照客依依静，愁人故故遥"(《初月》)、"远墅重重见，幽泉细细听"(《轩上》)、"立石堂堂正，开渠故故斜"(《过张氏隐居四首》其三)、"床床茅屋漏，岸岸水田平"(《喜而得晴字》)、"枝枝青偃盖，片片白成衣"(《寄题陆氏松云轩》)、"盈盈侵岸阔，脉脉抱村斜"(《春水二首》其一)、"百年人物垂垂尽，万古河流衮衮黄"(《秋兴四首》其一)、"青琐晓趋春荡荡，玉堂秋直夜沉沉"(《闻危太朴除官翰林友人杨季民必有连茹之庆喜而作诗》)、"蒹葭苍苍白露冷，江水湛湛清秋深"(《垂虹桥秋望怀古》)、"故故起鬓双鬓雪，纤纤引散一丝风"(《线香为杜征君赋》)、"洞庭木叶年年下，巫峡猿声夜夜哀"(《追和北磵咏兰》)，如此句例甚多。句法不够精炼，失之软弱。

宗衍共有近五十首题画诗，五绝、七绝中的题画诗约占一半，这在元代僧诗创作中显得十分突出，这大约与"一时知名士无不与之游"的状况相关，其中不乏柯九思、倪瓒、柏子庭这样的画家，并因此而获观赏赵孟𫖯、郭天锡的画作。值得一提的是宗衍的题画兰诗，共有《墨兰三首》《题悬崖兰图二首》《梅兰图》《兰竹图》《题赵松雪墨兰》《题赵子昂兰竹图》《题兰蕙竹石枯木图寄元书记》等十首。早在《楚辞》中，兰就作为"美人香草"隐喻传统的形象代表；自南宋遗民郑思肖画兰之后，兰在元代文学艺术中更具独特的象征性，从而成为画家和诗人笔下的重要题材。宗衍还有《追和北磵咏兰》《题兰》《感兰》等诗。其《感兰》诗曰：

> 幽花一似古君子，色不媚人唯有香。奈尔春风无好丑，故令荆棘过渠长。

赞美兰花之高洁，而叹息世道之优汰劣胜，惋惜君王之不辨贤愚。《孔子家语》曰："芝兰生于深林，不以无人而不芳。"这与隐居山林的僧人和高士有相似的品格，很切合宗衍亦僧亦士的处世态度。

宗衍还有几首题人物画的诗，如《题孟浩然像》《题二乔图》《题李太白泛月图》等，其《题杜少陵骑驴图》曰：

> 蹇驴破帽杜陵翁，落日千崖万壑中。若非蜀道依严武，定向西枝访赞公。

杜甫有《西枝村寻置草堂地夜宿赞公土室》等好几首写给僧人赞公的诗，画师画少陵骑驴图，并未暗示骑向何处，宗衍却肯定画中杜甫是去访赞公，这是出于其僧人身份作出的联想。成为杜甫的方外友，这种想法在僧人中很有代表性。日本五山禅林甚至出现了《杜陵访赞公图》及题画诗，而诗画中的杜甫正是骑驴的形象。

整部《碧山堂集》，涉及佛教题材的内容极少，无禅语亦无禅理，即"无蔬笋之气"，但这并不妨碍宗衍佛教徒的身份认同。《入郭》就呈现了他的僧人本色：

> 野性素僻懒，志本在丘壑。出山已知非，况乃频入郭。市人竞机巧，俗吏多轻薄。色难逢秽腥，呕吐肠胃恶。强

颜聊应接，违己病遂作。以兹甘屏居，心迹双寂寞。故园日在想，茅屋新已缚。野水多蒲莲，春山饶藜藿。借问长年旅，还家岂不乐。久留亦何为，决去待谁诺。

"色难逢秽腥，呕吐肠胃恶"，就是不食荤腥的佛教徒的本能反应；"茅屋新已缚"，就是住山造屋的僧人山居传统。所以"野水多蒲莲，春山饶藜藿"，就不仅仅是士人的甘贫贱，而且是僧人素食主义的表现。

第六章 ● 金元士大夫禅诗

第一节　李纯甫与元好问

李纯甫（1177—1223），字之纯，号屏山居士，弘州襄阴人。金承安二年（1197）中进士。少负才气，三入翰林，仕至尚书右司都事。中年度其道不行，于是弃官归隐，日与禅僧士子游。初好《列子》《庄子》，年三十后遍观佛经，信解猛利。颇好饮酒，每酒酣之时，人有问法者，随机引导，如倾江湖，无有穷竭。自类其文，凡论性理及关佛老二家者号"内稿"，其余应物文字为"外稿"。又解《楞严经》《金刚经》《老子》《庄子》。又有《中庸集解》《鸣道集说》，号"中国心学，西方文教"。《全金诗》录其诗三十三首，亡佚甚多。

李纯甫可称得上金代士大夫参禅第一人，其《鸣道集说》大肆为佛教辩护，力主儒道同一，曰：

论至于此,儒佛之说为一家。其功用之殊,或出或处,或默或语,便生分别,以为同异者,何也?如刘子翚之洞达,张九成之精深,吕伯恭之通融,张敬夫之醇正,朱元晦之峻洁,皆近代之伟人也。想见方寸之地,既虚而明,四通六辟,千变万化,但其知见只以梦幻死生,操履只以尘垢富贵,皆学圣人而未至者。其论佛老也,实阳挤而阴助之,盖有微意存焉。唱千古之绝学,扫末流之尘迹,将行其说于世,政自不得不尔。(《鸣道集说》卷五)

这一段驳斥《安正忘筌》之说,其说认为佛教"施于中国,犹轩车适越,冠冕之胡,决非所宜"。李纯甫则反复辩难,主张"道冠儒履,同入解脱法门;翰墨文章,皆是神通游戏"。

《中州集》收有李纯甫《杂诗六首》,表现了他有关佛学的一些思考,其写作手法也借鉴了说禅的方式:

　　颠倒三生梦,飞沉万劫心。乾坤头至踵,混沌古犹今。黑白无真色,宫商岂至音。维摩懒开口,枝上一蝉吟。
　　乾坤大聚落,今古小朝昏。诸子蝇钻纸,群雄虱处裈。一心还入道,万物自归根。却笑幽忧客,空招楚些魂。
　　丹凤翔金鼎,苍龙戏玉池。心源澄似水,镼息细于丝。枕上山川好,壶中日月迟。神仙学道者,那许小儿知。
　　空译流沙语,难参少室禅。泥牛耕海底,玉犬吠云边。仰峤圆茶梦,曹山放酒颠。书生眼如月,休被衲僧穿。
　　狡兔留三窟,弥猴戏六窗。情田锄宿草,心月印澄江。酒戒何曾破,诗魔先已降。雄蜂雌蛱蝶,正自不成双。

道义富无敌，诗书贵不赀。浮空几两屐，狂乐一绚丝。豪侠非吾友，臞儒即我师。谁知茅屋底，元自有男儿。

这是五律组诗。第一首从佛教的立场，看乾坤俗世皆为颠倒混沌，形色声音皆非真实。尾联维摩无语，而枝头禅鸣，正所谓思者无语，语者无思。第二首乾坤既然如同大村落，古今既然如同小朝暮，那么那些博学诸子、逐鹿群雄的事业又有何意义可言呢？只有入道归根，才知幽忧骚客是何等可笑。第三首咏神仙学道之事，而其关键则在于"心源澄似水"。第四首说能翻译西域传来的佛经，却很难参悟达磨开创的"教外别传"之禅。"泥牛"一联是"格外谈"，喻译经无意义。接下来用仰山慧寂和曹山本寂的禅典，说书生眼明心亮，不会被禅僧欺瞒。第五首"弥猴戏六窗"用禅典，以六窗喻六根。铲除情缘，心田自如月印澄江，一丝不染。由此饮酒作诗皆无障碍，正如雄蜂面对雌蝶一般，完全不会受诱惑。第六首谓道义诗书才真有价值，穷居茅屋，方显出男儿本色。

　　李纯甫有佚诗曰：

　　君不见严子陵，掉头千户侯，钓台霜冷一羊裘。又不见庞居士，家财千万贯，西江月冷夜沉舟。近得南华真人之四印：贵莫贵于无所屈，富莫富于无所求，乐莫乐于无所苦，喜莫喜于无所忧。

"南华真人之四印"，模仿黄庭坚《赠送张叔和》的写法："我提养生之四印，君家所有更赠君：百战百胜不如一忍，万言万当不如一默，无可简择眼界平，不藏秋毫心地直。"林泉老人从伦借李纯甫此诗来评唱丹霞子淳禅师颂古："若能任此天真，不枉持聋作哑，只可见如不见，闻似不闻，妄境若消除，真心自不昧。此岂不是眼似眉毛道始邻者哉？"(《虚堂集》卷四第五十四则《天童应用》)

金代另一位与禅宗有交集的是文章大家元好问。元好问（1190—1257），字裕之，号遗山，太原秀容人。自幼聪慧，进士及第，官至知制诰。金亡不仕，潜心著述。曾编纂《中州集》，保存有金一代诗歌文献。其诗文集则有《遗山先生文集》。

元好问并无李纯甫那样的佛教信仰，然而却与禅僧颇有交集，对禅学也有一定的修养。他曾为清凉弘相禅师、华严慧寂大士、山僧法云（坟云）作塔铭，又曾为僧人作《太原昭禅师（汾阳善昭）语录引》《嵓和尚颂序》。后者其文如下：

甲寅秋七月，余自清凉还太原，会乾明志公出其法兄弟万寿嵓和尚颂古百则语，诿余题端。余往在南都，侍闲闲赵公、礼部杨公、屏山李先生，燕谈每及青州以来诸禅老，皆为万松老人号称辩材无碍，当世无有能当之者。承平时已有染衣学亡之目，故凡出其门者，望而知其为名父之子。虽东林隆高出十百辈，而嵓于是中，犹为上首，其语言三昧，盖不必置论。余独记屏山语云："东坡、山谷俱尝以翰墨作佛事，而山谷为祖师禅，东坡为文字禅。"且道嵓和尚百则语，附之东坡欤？山谷欤？余亦尝赠嵩山隽侍者学诗云："诗为禅客添花锦，禅是诗家切玉刀。"嵓和尚添花锦欤？切玉刀欤？余皆不能知。所可知者，读一则

> 语未竟，觉冰壶先生风味，津津然出齿颊间。当是此老少年作举子时结习未尽尔。志公试以此语问阿师，当发一笑。

可见他常与李纯甫谈禅，而读皓禅师颂古，竟能津津有味；对万松行秀禅法颇有了解，能粗知"祖师禅"与"文字禅"之别，尤其是有诗禅相通的高论。"赠嵩山隽侍者学诗"见于《遗山先生文集》卷十四，题为《答俊书记学诗》，其诗云：

> 诗为禅客添花锦，禅是诗家切玉刀。心地待渠明白了，百篇吾不惜眉毛。

这首诗关于诗与禅二者关系的比喻，颇为后人认同。诗能为禅客锦上添花，使其禅能播于众口，传于后世，这就是所谓"文字禅"。然而禅对于诗人更为重要，诗思如玉石，虽美而坚，苦吟亦不可得，获得禅悟，则如得切玉之刀，诗思迎刃而解，信手拈出皆成章。所以告诫俊书记，学诗先得心地明了。"不惜眉毛"是禅家习语，意谓不惜为之说破。

元好问对禅门古德公案颇为熟悉，其《赠汴禅师》诗云：

> 道重疑高謇，禅枯耐寂寥。盖头茅一把，绕腹篾三条。赵子曾相问，冯公每见招。风波门外客，无事且相饶。

诗中"把茅盖头"用德山公案，暗示住持禅院；"篾三条"用药山公案，"将三条篾束取肚皮，随处住山去"，暗示山居生活。

"赵子"指闲闲老人赵秉文,"冯公"指海粟先生冯子振,皆当时名士。尾联借汴禅师口吻,希望奔走仕途的官员少来打扰。

在题跋诗画的诗中,元好问也会借以谈禅,比如以下两首诗:

笔端游戏三昧,物外平生往还。为问阿师何在?白云依旧青山。(《巨然秋山为邓州相公赋》)

法秀无端会热谩,笑谈真作劝淫看。只消一句修修利,李下何妨也整冠。(《题山谷小艳诗》)

第一首六言诗题巨然画,巨然是五代著名画僧,专画江南山水。唐李肇《国史补》卷中谓"长沙僧怀素好草书,自言得草圣三昧"。巨然的画可谓也得此"三昧",即通过艺术创作来获得参禅的效果。"阿师"指巨然,虽已作古数百年,然而眼前的白云青山却依旧如昔。"白云青山"是禅宗常用语,《景德传灯录》卷十二载:"问:'教意祖意是同是别?'师云:'青山自青山,白云自白云。'"洞山良价又有"青山白云父""白云青山儿"的说法。元好问借用来赞已故画僧,禅味悠长。第二首是关于云门宗法秀禅师呵责黄庭坚作小艳诗的公案,《禅林僧宝传》卷二十六《法云圆通秀禅师传》:"黄庭坚鲁直作艳语,人争传之。秀呵曰:'翰墨之妙,甘施于此乎?'鲁直笑曰:'又当置我于马腹中耶?'秀曰:'汝以艳语动天下人淫心,不止马腹,正恐生泥犁中耳。'"元好问的诗首句嘲笑法秀无端生出空泛无稽之谈,将黄庭坚戏作的小艳诗认真当作劝淫之诗。"修修利"是佛教的咒语真言,即"净口业真言"中的一句。元诗意谓只要念一句

"修修利"的真言,作点小艳诗仍无妨留下口业。这是戏作,却也道出了禅宗的真谛。

第二节 耶律楚材

耶律楚材(1190—1244),字晋卿,法名从源,号湛然居士。辽东丹王突欲八世孙,其父耶律履在金朝为尚书左丞。初仕于金,为开州同知。金宣宗贞祐二年(1214),金迁都开封,耶律楚材留守燕京,为尚书省左右司员外郎。初从京师圣安寺澄禅师参禅,后礼谒万松行秀禅师,参究三年,得其印可。耶律楚材仕成吉思汗(元太祖)、窝阔台(元太宗)近三十年。随成吉思汗西征西夏、辽时,常常提出止杀爱民之策。尤得窝阔台信任,官至中书令。乃马真后三年(1244)去世,世寿五十五。现存《湛然居士文集》十四卷,《元史》有传。据《湛然居士文集》所收作品,耶律楚材自署名皆为"移剌楚才",其《从容庵录序》自叙听澄禅师语谒见万松行秀参禅经历甚详,序结尾处即署名"漆水移剌楚才晋卿叙于西域阿里马城"。

《湛然居士文集》卷二中有不少与禅僧唱酬赠答类诗歌,多涉及禅理,如《和百拙禅师韵》:

十方世界是全身,气宇如王绝比伦。与夺机中明主客,正偏位里辨君臣。眠云卧月辞三岛,鼓腹讴歌预四民。了了了时谁可晓,闲人元不是闲人。

从颔联所言"正偏""君臣"之语推测，百拙禅师应是曹洞宗禅僧。今考《从容庵录》卷五第六十九则南泉白牯有"众中如百拙，一世作闲人"之句，百拙禅师或指万松行秀，此处称其"气宇如王"，极为推崇，以其能传承曹洞禅法。后四句谦称自己不学道教寻仙，甘作饱食之民，也不知是否了悟，未能作真正的"闲人"。又如《寄云中卧佛寺照老》：

像教中微祖意沉，卢能嫡子起予深。看经不怕牛皮透，着眼尝听露柱吟。行道权居卧佛寺，活机特异死禅心。凭君摘取空华实，好种人间无影林。

写当世佛教衰微，禅宗沉沦，期待卧佛寺照老为世间传法。"牛皮透"翻用曹洞宗正觉禅师"看经那到透牛皮"之句，"露柱"也是禅门常用语。"空华实""无影林"皆象征佛教空义。又如《寄平阳净名院润老》：

昔年平水便相寻，握手临风话素心。刻烛赋成无字句，按徽弹彻没弦琴。风来远渡晚潮急，雨过寒塘秋水深。此乐莫教儿辈觉，又成公案满丛林。

前四句写昔年相寻，以"无字句"相唱酬，以"没弦琴"得知音，暗喻禅心相印。颈联以景写别情。尾联写二人之间的相遇相知，为私下之乐，不必成为丛林公案。又如《过清源谢汾水禅师见访》：

> 汾水禅师个里人，杖藜寻我过清源。半盂红果情何厚，一盏清灯话细论。山水景中君得意，兵戈队里我销魂。他年相约云深处，松竹萧萧静掩门。

写汾水禅师来访之深情厚意，感慨自己在"兵戈队里"，并与禅师相约，希望他年亦能得意于"山水景中"，过山居生活。这首诗表明他厌倦扈从西征、一心归隐山林的意愿。

耶律楚材有《用万松老人韵作十诗寄郑景贤》（《湛然居士文集》卷三），勉励友人学禅，试看其中五首：

> 玄珠罗帐密，寒鼎篆烟沉。翡翠疏帘隔，琉璃古殿深。本来无垢体，何必拂尘襟。斫却蟾中桂，方成般若林。（其五）
>
> 鳌饵不须针，聊将玉线沉。须弥犹未大，渤海岂为深。悟后牛穿鼻，迷时马有襟。弋人何所慕，幽鸟在嵩林。（其六）
>
> 个事不容针，迷途自陆沉。西天三步远，东海一杯深。凉月盛玄钵，轻云剪素襟。曹溪无一滴，波浪沸禅林。（其七）
>
> 梦觉方知错，生平自屈沉。涤尘千涧外，遗照乱松深。柳带缝穿屣，荷衣缀破襟。寂寥选佛味，何似宴琼林。（其九）
>
> 渔家何足好，乘兴一钩沉。路僻苍苔滑，舟横古渡深。小晴掀箬笠，微雨整蓑襟。梦断知何处，寒潮没晚林。（其十）

其五"玄珠罗帐密"四句,既描写华丽的陈设场景,也暗用禅门公案熟语,如"紫罗帐里撒真珠"(兴化存奖禅师语)、"琉璃殿上无知识"(南阳慧忠国师语)等;"本来无垢体"二句,用六祖惠能之典,指本性之清净无尘;"斫却蟾中桂"二句,意谓放下功名之心,方能获得般若智慧。其六"须弥"二句,暗用佛经"芥子纳须弥"的禅观;"牛穿鼻"用牧牛公案;"弋人何所慕"二句,暗喻向往嵩山少林寺达磨祖师之禅。其七"个事不容针",谓参禅不容有丝毫懈怠;"西天三步远"二句,喻成佛并非邈不可及。其九申说觉悟后的感受,"涤尘"四句描写山居修行的高洁和艰苦;最后以"选佛"与"选官"两种人生取向相对比,暗示"宴琼林"实为"生平自屈沉"的表现。其十以渔父生活喻禅,这也是曹洞宗一贯的写作传统。"路僻苍苔滑"暗用禅门"石头路滑"的公案,"舟横古渡深"暗用船子和尚的故事,石头希迁和船子德诚与曹洞宗同一法脉,所以二句看似写景,却用典贴切。总之,从这组诗中可看出耶律楚材不仅精熟禅典,而且志在空门。

除了次韵诗之外,耶律楚材另有专为万松行秀而作的诗歌,如《万松老人真赞》《赠万松老人琴谱诗》,后者自序曰:"万松索琴并谱,予以承华殿春雷及种玉翁悲风谱赠之。"诗为七律:

良夜沉沉人未眠,桐君横膝叩朱弦。千山皓月和烟静,一曲悲风对谱传。故纸且教遮具眼,声尘何碍污幽禅。元来底许真消息,不在弦边与指边。

诗以琴声喻禅意。琴谱为"故纸",琴声为"声尘",然而不碍眼根、耳根。"遮具眼"用药山惟严禅师看经"图遮眼"的禅语。最后化用《楞严经》"譬如琴瑟箜篌琵琶，虽有妙音，若无妙指，终不能发"，以证琴禅"真消息"在于弦与指的因缘和合。诗说禅理，但前四句善营造弹琴的意境，饶有诗意。

《湛然居士文集》卷六有《西域和王君玉诗》二十首，风格类似五代诗僧贯休《山居诗》二十四首中的部分作品，如下几首：

> 从他豪俊领时权，指顾貔貅数百千。碌碌余生甘养拙，明明圣代岂遗贤。且图混世啜漓酒，勿谓濯缨弃浊泉。莫道无为云便了，有为何处不逢玄。（其九）
> 成败兴亡事可怜，劳生攘攘几千千。调心莫若先离欲，治世无如不尚贤。小楮岂能怀大器，短绳那得汲深泉。直须箭透威音外，不用无为不用玄。（其十一）
> 物物头头总是禅，观音应现化身千。杜门宴坐无伤道，遁世幽居也是贤。只为看山开翠竹，偶因煎茗汲清泉。灵云点检真堪笑，不见桃花不悟玄。（其十六）

"从他豪俊领时权""碌碌余生甘养拙"两句，即显现为仕进与退隐两种生存状态的选择。"成败兴亡事可怜，劳生攘攘几千千"，则有冷眼观世、悲天悯人的味道。由于他一生经历丰富，因而能觉悟到"物物头头总是禅"，当然对"遁世幽居"的山居生活情有独钟。

耶律楚材的绝句，特别喜欢写清幽静谧的自然景物，以与人世的干戈相对照，充满诗情画意：

绕垣乔木碧天参,松竹萧萧翳镜潭。他日携琴来隐此,林间乞我一禅庵。(《过济源登裴公亭用闲老人韵四绝》其三)

碧湖风定水痕平,雪竹幽禽自好声。我美清源高隐士,干戈人世不知兵。(同上其四)

山接晴霄水浸空,山光滟滟水溶溶。风回一镜揉蓝浅,雨过千峰泼黛浓。(《再用前韵》其一)

掀髯坐语闲临水,仰面徐行饱看山。竹里忽闻春雪落,天教着我画图间。(同上其二)

雪竹幽禽的声响,风回雨过的蓝黛,山光水色的图画,都是疲于军旅的诗人的心灵慰藉,"林间乞我一禅庵",更可看出他山居修行的意愿。

此外,作为万松行秀的法嗣,耶律楚材还作有《洞山五位颂》,以表明对曹洞宗禅法的理解:

十月澄江彻底冰,梅花江路破瑶英。寒斋冷坐无人寐,雪映书窗一夜明。(《正中偏》)

区区游子困风尘,就路还家触处真。芳草满川桃李乱,风光全是故园春。(《偏中正》)

石女翩翩鸟道飞,渊明琴上抚冰丝。缓歌劫外阳春曲,慢舞盘中白雪词。(《正中来》)

泾渭同流无间断,华夷一统太平秋。而今水陆车舟混,何碍冰人跨火牛。(《兼中至》)

水穷山尽悬崖外,海角天涯云更遮。撒手转身人不识,

回途随分纳些些。(《兼中到》)

所谓正,意味静、体、空、理、平等、绝对、本觉、真如;所谓偏,则意味动、用、色、事、差别、相对、不觉、生灭等。此五位之别,是开悟过程中的五个阶段。正中偏指平等中有差别,偏中正指差别即平等,正中来指静中之动的修行工夫,偏中至则为动中之静,兼中到是达于自在无碍之境界。耶律楚材写此五种修禅境地,多以景寓禅,少用理语。

作为扈从西征的大臣,耶律楚材有的绝句写禅境,雄浑开阔,毫无枯寂之病,如《过天山和上人韵二绝》之一:

从征万里走风沙,南北东西总是家。落得胸中空索索,凝然心似白莲花。

于天涯万里的征程中,心地仍能保持白莲花一样空寂澄明,这就是他"每从征伐,随事纳谏,务止杀以全民命"(《居士传》卷三十六)的心理基础。

第三节　方回与诗僧

比元好问、耶律楚材时代稍晚,有部分由宋入元的士大夫,虽未必是佛门居士,但却对禅理颇有领会,与诗僧颇有交集,其作品展现出佛教对诗歌的持续影响。这以方回为代表,尤其是他以禅论诗的做派,明显继承了自北宋江西诗派以来的诗学传统。

方回（1227—1305），字万里，号虚谷居士，徽州歙县人。宋理宗时登第，曾任严州知府。高倡抗元，及元兵至，望风迎降，得任建德路总管。不久罢官，晚年靠卖文为生。所著诗文今存《桐江集》四卷、《桐江续集》三十六卷，另编撰《瀛奎律髓》，专选评唐宋两代的五七言律诗。方回虽然"学问议论，一尊朱子，崇正辟邪，不遗余力，居然醇儒之言"，但今存诗文集中，却留有不少禅宗影响的印迹，他甚至为重刊圆悟克勤禅师的《碧岩录》作序，显然算不上完全醇正的儒家信徒。具体说来，方回的涉佛文学有以下几方面的内容。

首先是借写僧寺之类的题材而谈禅说理。比如在《寄题佛智忠禅师实庵》的诗序中，方回在介绍了佛智大师和实庵名号之后，自称"虚谷居士方回为说偈"，诗偈二首之一曰：

皱皮槁项换儿童，依旧恒河见性同。作茧蚕宁长恋叶，蜕形蝉待别嘶风。双趺可逐荼毗尽，只履谁知窣堵空。设土馒头诳人眼，新罗鹞子过天东。（《桐江续集》卷一）

首联用了《楞严经》卷二中的典故：佛谓波斯匿王，你发白面皱时观看恒河，与儿童时观河所看到的并无童髦之别。方回借以说明自己和佛智大师虽已衰老，但在见性方面本无差别。颔联以作茧蚕和蜕形蝉来比喻对外在生命形体的超越和解脱。颈联上句用如来入灭后复出椁示双趺为大弟子迦叶说偈言的佛典，下句用禅宗初祖菩提达磨只履西归、唯余空棺的禅典，佛的荼毗火化与祖的窣堵（塔）空空都明示万法皆空。尾联的"土馒头"指坟墓,结句用禅语"鹞子过新罗"喻指生命无常,转瞬即逝,不必执着。他将自己的诗称作"偈",这说明他此时是站在佛教立场上来写作的。又如他的《白水寺》诗,通过"尘路云蒸火,阴林石凝霜"的景物描写,表现出"仙凡元不远,咫尺异炎凉"的游寺体悟(《桐江续集》卷一),暗示超出尘路的佛寺是自己向往的地方。

其次是喜爱与诗僧交往并品评其诗歌。方回交往的僧人,一般都是诗僧。他曾告知做官的宗兄"爱僧须是爱诗僧"(《桐江续集》卷二十《寄同年宗兄桐江府判去言五首》其五),这句诗也可看作自供状。他交往最多的诗僧有如川、行魁、惟清等人。如川,字无竭,师法伊岩师玉禅师,属于临济宗杨岐派虎丘一系。方回在《跋僧如川诗》中,列举历代文人与诗僧交往的佳话,并揭示其中的道理:"士大夫婴于簪绂,不有高人胜流为方外友,则其所存者亦浅矣。"他以如川等诗僧为方外友,也是出于同样的理由。据方回所称,如川"字作章草,诗有皎然、灵澈风",因而"得此一方外友,庶亦可以澡吾心之埃"(《桐江集》卷四)。如川圆寂后,方回先后作《哭川无竭禅师二首》《再哭无竭禅师》等诗(《桐江续集》卷二十),《再哭》中"却笑孤山人未远,浪歌身异性长存"两句,使用唐李源与僧圆观的故事,表达了与如川生死不渝的友谊。

行魁,字一山,牧潜圆至之师弟,曾于圆至卒后,托请方回为之作《天隐禅师文集序》,序文对圆至诗文的评价已见前文所引,兹不赘述。在《次韵吴僧魁一山十绝》(《桐江续集》卷二十五)中,他称赞诗僧行魁(或圆至)"潘江陆海一笑唾,暂借禅衣隐此身。坡谷两翁合为一,座间始可着斯人"(其三),

评价很高；又说"筠溪四十三岁夭，师弟与兄传夜衣。国手棋高更有着，百年政恐疾于飞"（其四），认为行魁继承圆至衣钵，定会后来居上。值得注意的是，诗中描述了元初诗僧的盛况："东南衲子密如云，何限参寥与惠勤。泉下欧苏今不作，伽陀祇夜乱纷纷。"（其九）伽陀，是偈颂的音译，也就是诗偈。东南有很多像北宋参寥、惠勤那样的诗僧，可惜没有欧阳修、苏轼为之延誉。这里流露出自己仿效欧苏赏识诗僧的意愿。

惟清，字昙卿，号渭滨，住杭州灵隐，世称"清渭滨"。方回《次韵灵鹫清长老二首》其二曰：

得句无僧字不清，公来一日两诗成。龙雷珠浦东坡和，海日江潮老宋惊。鲁直尚能推大国，长卿谁可诧长城。二桃三士抱吟膝，我所师兮葛孔明。（《桐江续集》卷二十七）

高度评价惟清如苏轼、宋之问推崇的诗僧，以至于黄庭坚、刘长卿都得推为大国、长城。而首联更谦称因为诗僧来访，得句也变得清新容易。在《清渭滨上人诗集序》中，同样列数文人与诗僧交往的佳话，特别以杜甫与赞公的唱答来比况自己与惟清的关系，称赏惟清的诗集《深雪一枝》"如夜村自开之，不必为世俗之所察识者"。他在《名僧诗话序》中表示，诗僧队伍里有大量英才，"河岳星辰之精，魁异杰特之士，韬埋蛰没于败衲漏椽之下者，何可胜数"，所以深有感触，"著为《名僧诗话》"（《桐江集》卷一）。《名僧诗话》共六十卷，可惜今已亡佚，不过也足见方回在整理佛教诗歌方面用力之深。

还有就是借用禅门话语和思维方式来探讨诗歌创作问题。

方回虽对佛禅有所了解，但毕竟未深入探究，所以当年轻僧人来向他请教佛禅参学之事，他便以说诗来搪塞："为问葛藤禅律论，口箝舌结更无言。何如了办眼前事，且说诗家不二门。"（《桐江续集》卷二十八《次韵芝田上人子虚二首》之二）他承认自己谈禅便张口结舌，而说诗倒能窥见不二法门。实际上，方回从禅宗那里借鉴了不少口头禅来说诗，比如他在《瀛奎律髓序》中解释"髓"字的含义："'髓'者何？非得皮得骨之谓也。"这出自禅宗初祖菩提达磨与四个弟子的问答，前面三个弟子分别得皮、得肉、得骨，只有慧可得髓，即得到达磨禅学精华。方回自诩从自己所选（诗歌）所注（诗话）中，读者能得到唐宋律诗的精髓。又如他在《清渭滨上人诗集序》中讨论诗与偈的区别：

> 偈不在工，取其顿悟而已；诗则一字不可不工，悟而工，以渐不以顿。寒山、拾得诗，工不可言，殆亦书生之不得志而隐于物外者，其用力非一日之积也。（《桐江续集》卷三十三）

这个看法很有见地，诗须冥搜暗索，苦吟而成，偈乃电光石火，随机而发。诗有了灵感，还得安排句法，锤炼字眼，其创作过程是渐修而非顿悟。寒山、拾得的诗，看似通俗质朴，但细考其诗律，非常工整，也是长期积累的结果。更为著名的是方回《名僧诗话序》中关于诗歌创作"翻案法"的讨论：

> 禅学盛而至于唐，南北宗分。北宗以树以镜譬心，而

曰"时时勤拂拭，不使惹尘埃"；南宗谓"本来无一物，自不惹尘埃"，高矣。后之善为诗者，皆祖此意，谓之翻案法。(《桐江集》卷一)

杨万里《诚斋诗话》曾讨论过杜甫、苏轼诗用"翻案法"的问题，但没有直接与南宗六祖慧能联系起来，方回注意到禅宗对"翻案法"的启示，可以说独具只眼。因为"翻案法"说到底，是禅宗否定性思维方式的在诗偈创作中的体现。有趣的是，方回在《碧岩录序》中将"翻案法"与"诗家活法"联系起来：

自达磨至六祖传衣，始有言句，曰"本来无一物"，为南宗；曰"时时勤拂拭"，为北宗。于是有禅宗颂古行世，其徒有翻案法，呵佛骂祖，无所不为。间有深得吾诗家活法者。(《佛果圆悟禅师碧岩录》卷首)

可以说，在方回眼里，禅家"翻案法"与"吾诗家活法"是相互融通的，也就是说诗与禅的思维方式和言说方式相互借鉴，你中有我，我中有你，很难截然分开。虽说他强调"吾诗家"的立场，但实际上"活法"二字本身就来自禅宗的启示，其话语为禅家、诗家所共享。

无论如何，方回《名僧诗话》的编撰，《瀛奎律髓》中"释梵类"五七言诗的设置和评论，与诗僧唱酬，为诗僧诗集作序，都对元代僧诗起到了推介指导作用。

第四节　虞集等元诗四大家

元朝大德、延祐年间，虞集、杨载、范梈、揭傒斯相继登上诗坛，号为"元诗四大家"。其中虞集成就最高，影响最大。

虞集（1272—1348），字伯生，号道园，又号邵庵，祖籍四川仁寿，为南宋左丞相虞允文五世孙。先后任集贤殿修撰、翰林待制，累官至奎章阁侍书学士、通奉大夫。卒谥文靖。有《道园学古录》《道园遗稿》传世。虞集与揭傒斯、柳贯、黄溍并称"元儒四家"。由于元代统治者扶持佛教，他对佛教也颇有了解，诗文中均有不少佛教题材的作品。虞集关于佛教的文章大抵有两种情况：一种是奉旨书写，如为普安至温、中峰明本等禅师作塔铭，为笑隐大訢作行道记；另一种是受禅门中人请托而作，如为大辨禅师、晦机禅师、广铸禅师、断崖和尚、铁牛禅师等所作塔铭，为昙芳和尚、径山元叟行端禅师所作语录序，为笑隐大訢作《蒲室集序》、为念常作《佛祖历代通载序》等。无论哪种情况，他都扮演了佛教外护的角色，或是在家奉佛的维摩诘居士形象，他与禅僧交往时，自号"微笑庵道人"或"微笑居士"，充分表明了他对佛教的态度。

虞集与佛教徒交往甚广，因而其诗集中有不少赠僧的诗歌，这些作品大多出于应酬，但从中也可看出虞集的佛学修养。比如《送长老住山》：

> 持衣入祖寺，弹指宝楼开。白日交蛛网，青山入镜台。散花天女下，行雨海龙回。应是翻经罢，诸天送供来。

首联想象长老进入佛寺的情景，首句用禅宗衣钵相传的典故，表明其法系渊源，次句用《华严经》弥勒菩萨弹指楼阁门开的故事，暗示其法力广大。颔联中"蛛网"当为"珠网"之误，《华严经》有大量珠网的描写，即所谓因陀罗网，重重交映。"镜台"亦为禅喻的意象，即"心如明镜台"。所以颔联表面上是写景，却暗示佛门胜境。颈联"散花天女"出自《维摩诘经》，"行雨海龙"更常见于佛经，两句譬喻长老说法时的效果，感动天女海龙。尾联想象长老翻经结束，有护法众天神送上香果之类的法供。类似的诗歌如《和上都华严长老见寄二首》"梵网千重随镜现，天香八月向风飘"，《题了堂悟上人溪声阁》"广长舌相何时了，未觉游人一偈多"，《寄訢笑隐》"垂手毗耶忆旧劳，诸天幢戟拥林皋"，都是敷衍一些佛典禅籍的故事和语词，表达对僧人的赞赏。

元代僧人中与虞集有私人情谊的要算讲僧白云闲，《道园学古录》《道园遗稿》中写给白云闲的诗有《白云闲上人度夏》《赠闲白云》《寄白云闲公讲师》《用唐綦毋著作韵送闲白云长老还吴》《寄白云闲上人》《白云闲上人以橘一枝见赠予作诗以谢》《闲白云上人自吴中来访表侄陈可复画其像因题之曰》等多首。从中可得到几点信息。其一，白云闲不仅是讲僧，而且是华严宗讲僧，"花交珠树网""龙宫又拟借华严"这些句子都可证明。其二，白云闲住苏州龙兴寺，诗有"龙兴寺里白云房"之句可证。龙兴寺在太湖（洞庭湖）边，产橘子，所以有好几处诗句提到"洞庭嘉实龙兴种""橘待秋霜颗颗肥""橘柚霜前送""橘柚向来垂屋重"。其三,白云闲籍贯是蜀,为虞集的老乡,所以有"蜀道忆乡关""三生石上莫忘乡"之类的句子。《全元诗》释英小传将"厉白云"与"白云闲"混为一人,虞集诗也可证其谬。当然,虞集与白云闲的交谊,并不仅仅因为同是蜀人,更重要的是这位方外友给他的精神慰藉,正如《赠闲白云》所言:

> 白云东去又经春,每想飞鸿到水滨。几个遮山松树子,凭君洒雨洗埃尘。

闲上人正如白云,白云的自由闲适令虞集向往,而白云化雨则可洗涤他奔走仕途的埃尘。这也是虞集与不少僧人交好的原因之一。

除去与僧人赠答的诗篇外,虞集还有些诗,写参究佛禅过程中的自我领悟,明白通达,颇有理趣,令人玩味。如《大千毫发》:

> 善听返无声,善视入无睹。还将一绪云,散作万山雨。

以无声、无睹为善听、善视,真可谓把大千置于毫发之中,因而能从毫发般的"一绪云",生出散向大千的"万山雨"。大千与毫发本无区别,一即是万,万即是一,这就是《华严》的佛理。诗用云和雨作比喻,摆脱了纯粹说理的理障。又如《题南禅寺壁》:

> 南禅寺北峰，林影动秋空。画意声尘表，吟情水观中。幽丛收坠露，老箨下微风。不有维摩诘，谁能丈室同。

领联写山寺的诗情画意，但特意加进"声尘""水观"的佛教术语，谓真正的画意在声音的尘境之表，真正的诗意在对水观心的静坐之中。颈联所写景物，正是这样的画意吟情。尾联谓南禅寺除了佛门弟子外，还需要有像自己这样的居士一道在丈室谈禅。这也正是他在《维摩文殊》颂中表现的"室中同供妙天花"的场景。

此外，虞集还仿效禅僧作颂古，如《达摩》一诗：

> 万里西来言不契，九年壁底影为双。等闲风信生芦叶，云散青天月满江。

这是人们熟悉的禅宗初祖菩提达磨的故事。万里西来，九年面壁，前两句实在平庸。而后两句却似是"一苇渡江"的演绎，充满诗意，仿佛禅门对机，问："如何是祖师西来意？"答："等闲风信生芦叶，云散青天月满江。"

四大家中的杨载，也有一些佛教题材的诗歌，但在数量和质量上都逊于虞集。杨载（1271—1323），字仲弘，福建浦城人，后徙杭州。以布衣召为国史院编修官，后登第，迁儒林郎，官至宁国路总管府推官。有《杨仲弘集》八卷传世。

与虞集相比，杨载的赠僧诗更多山林之气，这大约与他交往的僧人多是避世隐居之徒有关。比如《赠执中允上人》：

南山多白云，澶漫塞崖谷。中有庞良叟，寂寞卧林屋。前门树高松，后户植幽竹。孤风相缠绕，波涛惊荡沃。梵文五千卷，诵说尽精熟。时时发清唱，铿锵击金玉。伊余走海内，一见辄叹服。愿言从之游，淡泊心自足。

诗中描写的允上人，居住在寂寞的山林里，熟读佛经，时时讲唱，是一个淡泊名利、尽心学佛的真正出家人，令诗人大为佩服。这首五言古诗有几分柳宗元的风味，白云、崖谷、林屋、高松、幽竹烘托其环境之幽僻高洁，而梵文、诵说、清唱则表现其参佛传道的日常生活。在《赠昌上人二首》中，杨载描绘了另一个相似的僧人形象："山中明月小，垄上白云多。旦食餐松柏，秋衣揽薜萝。俗人希见问，禅老每相过。异日高僧传，垂名定不磨。"同样是居住在白云缭绕的山中，而以松柏为食，以薜萝为衣，更远离世俗，这与虞集交往的笑隐大訢一类僧人是颇为不同的。

范梈（1272—1330），字亨父，一字德机，江西清江人。有《范德机诗集》传世。其诗涉及佛教题材甚少，这大约跟他好与黄冠炼师交游有关。与僧人赠答的诗仅有《赠颠叟僧别二首》，其一曰："问子家何在，名山越树春。来游万里道，去作五台宾。乞食宁忘禄，行歌若有神。曾逢陆修静，招入社中人。"只言颠叟的行迹，未涉及其佛学修为。"乞食宁忘禄"似有讥讽意，尾联欲用慧远庐山白莲社的故事，却扯出个道士陆修静，佛教色彩淡薄。而他的另一首《登觉山寺》，更迥异于游览寺院的传统写法：

远见浮图顶，逡巡及寺门。此行如有待，何地更无喧。

山背斜阳恶,泉侵落叶浑。沉沉委台殿,多是赐金幡。

整首诗充满对觉山寺的讽刺厌恶。首联写很远就见到佛塔顶,却徘徊不进,拖沓来到寺门。颔联则直接表示游寺的无趣,了无期待,因为没有比这更喧闹的地方。接下来颈联写寺中所见之景,山在背斜阳处,而泉中满是落叶,"恶"与"浑"二字,表示连自然环境都是如此不堪。尾联道出诗人厌恶的真正原因,这寺的台殿,到处都是御赐的明晃晃的金幡,怪不得如此俗恶,全无方外清幽的感觉。

揭傒斯(1274—1344),字曼硕,龙兴富洲人。三入翰林,官至集贤学士、翰林侍讲学士。有《文安集》传世。揭傒斯曾奉旨作《天目中峰和尚广录序》,但他本人的诗歌却少有佛教题材。倒是他论诗的著作仿效严羽《沧浪诗话》以禅论诗的路数,题为《诗宗正法眼藏》。南宋大慧宗杲禅师曾撰《正法眼藏》,专谈祖师正宗禅法,揭傒斯借用其语来论诗家的正宗。所以该书开宗明义即言:"且如看杜诗自有正法眼藏,毋为傍门邪论所惑。"这与严羽仿效宗杲"参禅精子"而力求"参诗精子"的思路如出一辙。

第五节　赵孟頫及其他元诗人

元诗四大家之外,还有不少士大夫好与诗僧交往,值得一提的有赵孟頫、袁桷、柯九思、黄溍等人。

赵孟頫(1254—1322),字子昂,号松雪道人,宋太祖子秦王德芳之后裔，吴兴人。累官翰林学士承旨，卒谥文敏。工书善画，有《松雪斋文集》传世。他与中峰明本禅师关系密切，自称弟子。据明朱时恩《佛祖纲目》卷四十记载，赵孟頫"年十二，即好写《金刚经》，与僧语亲若眷属。每受明本书，必焚香望拜"。明本作《净土偈》一百零八首，赵孟頫作一百零八首赞，亲自手书。此外，他还分别为讲僧广裕、志德作《道行塔记》《塔铭》，又曾奉敕作《临济正宗之碑》。

历代士大夫往往有出仕与归隐的纠结，而作为宋宗室子弟却出仕元朝，赵孟頫内心更多了几分无奈。除了以画松梅兰竹来寄托高洁之志外，他还从佛教、道教那里寻求精神安慰。在他的赠僧游寺的诗中，以方外生活反省仕途尘累，是一个重要的内容。如《赠道隆上人》：

> 辟俗无所之，步寻招提游。颓垣蔽蓬艾，破屋坏不修。老僧俗念净，静坐百不忧。浮云有逸态，止水无急流。乃知我辈人，苦受世累囚。揭来得此地，稍觉心休休。窗前几丛菊，青蕊亦已稠。爱之不忍采，留作山房秋。何当移四松，伴汝成清幽。南冈与北岭，路近颇易求。他年风雨夜，来听龙吟愁。（《松雪斋集》卷二）

老僧居住的环境极其简陋破败，但其"浮云有逸态，止水无急流"的精神面貌，却令诗人这一"苦受世累囚"的官员十分欣慕。他想移植松树来与老僧的丛菊作伴，某种程度上，松与菊的形象可看作他与老僧关系的象征。在《游幻住庵》诗中，赵孟頫通过游山寺过程的细致描写，表达了相似的向往方外的心理状态。山寺环境是"青林夹道周,流泉响幽丛"的清幽寂静,寺院建筑是"双阁出尘嚣,六窗自玲珑"的庄严神妙,寺院生活是"汲水插山花,开牖纳松风"的诗意栖居,或是"经声出廊庑,寂然闻鼓钟"的宗教修行,在此境中诗人六根的感觉也很美妙,"妙香清鼻观,新莺惊耳聋""蔬食忻一饱,亦与膏粱同"。不过,他一方面表达了游山寺的欣喜,"久矣厌城市,飘如脱樊笼";另一方面又惭愧自己"尘缘若未断,无由往相从"。他的描写很真实,也很有代表性。事实上,如他这样的元朝官员,只是把佛教看作能暂时忘却尘累的精神调味品,而很难真正斩断尘缘遁入空门。

赵孟頫有一首《大都遇平江龙兴寺僧闲上座话唐綦毋潜宿龙兴寺诗因次其韵》,"闲上座"即与虞集交往甚密的讲僧白云闲,诗同样是次唐诗人綦毋潜《宿龙兴寺》诗韵:

闻说龙兴寺,多年未款扉。风林发松籁,雨砌长苔衣。殿古灯光定,房深磬韵微。秋风动归兴,一锡向空飞。(《松雪斋集》卷四)

诗中间两联写龙兴寺的景色,刻画出古刹静谧的环境,很有唐人游寺诗的风味。值得注意的是,《松雪斋集》中几乎所有赠僧游寺都有"松"的意象出现,又如《赠恢上人》:"晨坐古松下,有僧来叩扉。松花落金粉,细细点春衣。折松当麈尾,相对淡忘机。汤休不可作,政索解人稀。"与恢上人的论道谈诗,都是在松下进行的,特别是"折松当麈尾"的描写,活画出高雅之至的清谈场景,很有画面感。这也是松雪道人涉佛诗最具象征性的形象之一。

袁桷（1266—1327），字伯长，号清容居士，浙江鄞县人。在朝二十余年，官至翰林侍讲学士、知制诰同修国史。有《清容居士集》传世。袁桷曾撰《律苑事规要语序》，推崇律宗"精严肃静"的戒坛；又撰《禅林备用清规序》，痛斥禅宗末流"放形骸，黜边幅""淫欲嗔恚皆谓之道"。就其交往的僧人而言，则禅僧、律僧、讲僧皆有。

在元代诗人中，《清容居士集》涉及佛教题材的诗歌最多。元代有几位禅宗大师，如横川如珙、中峰明本等，都是袁桷尊崇的对象。他青少年时曾向如珙参问禅理，如珙示寂多年后，他仍怀觐礼之心。《宿竹院次珙横川韵二首》其二：

昔游玉几峰，老禅肩如山。机深削陈迹，天马初服闲。念欲从之游，小筑茅三间。俯仰二十载，黄尘鬓毛残。亭亭石塔影，哀猿守松关。

少时本欲追随如珙禅师山居参禅，但终未能如愿，奔走仕途二十载，再宿竹院读如珙诗，不免充满惆怅之情。又如《育王珙禅师示寂二纪屿上人回山中因寄塔主》，高度评价如珙"语寂绝禅观，机深超祖乘"的道行，表达了"斯道倘未泯，微言足搜征"的礼敬。袁桷的《寄本中峰》一诗曰：

天目峰前万石蹲，坐看晴昼白云昏。山河有象百神泣，钟磬无声两足尊。古涧老猿啼子母，荒林野葛断儿孙。空王法藏谁传得，不展袈裟不出门。

诗前面六句看似写天目中峰景色,其实充满禅佛教禅宗的隐喻,万石暗喻听法的顽石,百神泣则是听法的感动,两足尊指佛祖,还有"猿抱子归青嶂里"的禅境,"断儿孙"的种种语言文字的葛藤。最后一联称赞"不展袈裟不出门"的明本禅师,拒绝朝廷征召出山,真正传存了禅门的正法眼藏。这首诗是元代士大夫对明本评价的一个侧影。袁桷与平石如砥禅师唱酬稍多,除了应如砥之请为其师撰《天童日禅师塔铭》之外,另有《寄砥长老》(五律)、《次韵砥平石》(七律)、《次韵砥平石》(七绝五首)等诗。如《寄砥长老》诗曰:

　　双峰不受暑,杰阁称幽禅。蕉叶绿云扇,藤花白雪毡。见龙增涧水,喜雁点江天。笑我开平客,于今第几年。

颔联用绿云比蕉叶,白雪比藤花,譬喻新奇,然炼字不如晚唐体精巧。

　　袁桷还有一些与讲僧赠答的作品,如《送湛师校经回杭》,称其"暂着青鞋侍帝庭",在帝都校勘佛经:"贝叶频刊尘几净,天花新坠宝台馨。"而《赠瑛上人住洞林》的描写更有诗意:

　　托钵千岩里,松花冻未开。哀猿依讲席,饥鸟下生台。潭影留云定,钟声送月回。山中太古雪,为寄一瓢来。

"讲席"标明其讲僧身份,"生台"是施舍饭食供禽鸟啄食的案台。"潭影"一联深得唐人神韵,浮云影落深潭而定止,明月被晚钟声催送而回,颇有禅意。尾联寄一瓢太古雪的嘱托,想落天外。"太古雪"大约是袁桷平生最向往之物象,《清容居士集》里有六首诗提及,除此诗外,其他如《次韵虞伯生夜坐》"远穷太古雪",《送许世茂归武昌二首》其二"银城太古雪",《赠雪窗上人》"饥餐太古雪",《信州招真观二十八咏·老人峰》"积此太古雪",《次韵李齐卿呈闲闲嗣师》"阴厓太古雪",此物象多与僧人、道士相关,可见出诗人的喜好。

宋元诗人很少与律僧交往,而袁桷算是例外。他不仅为悟心源律师作《律苑事规序》,而且与其唱和,如《题悟律师语卷》二首五绝:

> 万树丛云里,千岩急雪时。世尘俱不到,端坐诵君诗。
> 坏衲翻经帙,匡床点律科。看山无限思,一一付吟哦。

在雪天吟哦悟律师的诗歌,称赏其翻经、点律、吟诗的生活。此外,他的《寄开元奎律师》首联"双塔亭亭透夕阳,芭蕉深处碧窗凉",被视为写佛塔的名句,与其《寄开元恩禅师》颔联"露滴花光珠五采,月涵江影塔千层",一起被《古今图书集成·神异典》纳入"塔部选句"。

柯九思(1290—1343),字敬仲,号丹丘生,台州仙居人。官至奎章阁鉴书博士。工诗文,善书画,尤擅长鉴定金石书画。有《丹丘生集》传世。柯九思涉佛诗不多,不过艺术成就却较高。如《赠柏子庭上人用匡庐山人韵》:

> 庭中翠影碧玲珑,独坐蒲团月正中。直须推却柏树子,清光无极太虚空。

月下庭中的翠影是柏树影,使人想起苏轼《记承天寺夜游》"庭下如积水空明,水中藻荇交横,盖竹柏影也"的描写。但这是僧人坐禅的寺院,要使心如明月般纯净,就得推倒柏树,去尽阴影。因而最终诗歌由翠影玲珑的画意提升到清光无极的禅境。

作为一名画家诗人,柯九思很善于营造诗禅交融的情境,如"禅心秋寺月,诗思晚林钟"(《送泽天泉上人》)二句,将禅心诗思融入山寺秋月和层林晚钟,韵味悠长,令人遐想。又如"窗闲淡碧摇春日,阶上层阴约午风"(《题芭蕉室》)二句,描写春日午时的芭蕉叶,甚为传神,并暗用《维摩诘经》"是身如芭蕉,中无有坚"的佛典,表达了"已悟一室藏虚空"的禅悟。

元代还有不少作家留下与佛教相关的诗歌,不过其题材和艺术风格,大抵不出以上所论诸人的范围。值得注意的是与虞集齐名的"儒林四杰"之一的黄溍(1277—1357),其《题苏黄二先生像》(《金华黄先生文集》卷六续集三),不是站在儒林的立场,而是从禅宗的角度来题写苏轼、黄庭坚:

五祖禅师出世人,婆娑久已断生因。莫将描画虚空手,更觅当年身外身。

笑杀黄龙老晦堂,相逢刚道木犀香。披图面目浑依旧,鼻孔何曾有短长?

诗中通过题画像,分别提及苏轼和黄庭坚的公案。据《冷斋夜话》等宋代典籍记载,苏轼是五祖戒禅师的后身;据《罗湖野录》记载,黄龙祖心以"闻木樨香否"提示黄庭坚悟得"吾无隐乎尔"的真意。那么,这两幅画像是否分别画出了苏、黄的本来面目呢？诗中还化用了黄庭坚的《写真自赞》"作梦中梦，见身外身"的句子，禅意十足。这在塑造苏、黄的传世形象方面别具一格。

张翥（1287—1368），字仲举，号蜕庵，山西晋宁人，封潞国公。其《蜕庵诗集》多有与僧人交往之作，其中最著名的是五律组诗《衡山福严寺二十三题为梓上人赋》，试看其二首：

> 般若南朝寺，思公第一传。拓开方丈地，坐断再生禅。贝叶收经夹，昙花散法筵。山灵应夜夜，来礼佛灯前。（《般若寺》）

> 雪山一片雪，何日落中华。皎洁无藏处，虚空自作花。石厓穿乳窦，海岸叠潮沙。底用分荆越，诸方总是家。（《藏雪寮》）

般若寺是南岳衡山古寺，南朝陈慧思大和尚创建。据《续高僧传》记载，慧思至衡山一处，曰："吾前世时曾履此处。"见一古寺地基，往岩下，又曰："吾此坐禅，贼斩吾首，以此命终。"张翥诗的颔联即写此事。《藏雪寮》诗构思更妙，首联佛祖于雪山修道，而其佛道传来中华，用"落"字，将一部禅史化为一片雪飘落的形象。颔联扣题写"藏雪"，皎洁之雪无处可藏，雪花如同空花，本为空幻。颈联谓衡山石崖之水穿乳窦，东海的潮汐千叠，皆白如雪花。尾联谓佛祖雪山之雪无处不在，不必有荆楚吴越之别。全诗说禅理雄辩而有诗意。

张翥的《题桐庐凤山寺僧道大鹭雪轩》，借鹭鸶说禅，颇有趣味：

> 禅宗忘机地，春锄尔亦灵。飞来万点雪，巢破一林青。晚濑明拳足，秋萝退阁翎。山神护说法，吹断草风腥。

这个题材很新鲜，诗人将"鹭雪轩"坐实为白鹭翔集之处，禅僧与白鹭皆"忘机"，故能和谐相处。春锄，鹭鸶的别名。诗中间两联描绘白鹭的色彩，并刻画其神态，准确生动。尾联谓山灵保护白鹭说法，有意吹走鱼虾的腥味。

最能表现张翥佛学修养的是《自悟》二首：

> 古佛风潘盎，诗僧醉可朋。有生还有劫，无尽本无灯。早自楞伽悟，今非愿力能。此心宁万虑，于道即三乘。
>
> 海内虚游子，山中蜕骨仙。一单如老衲，八十又新年。野马飞窗日，醯鸡舞瓮天。吾今丈人行，肯与众争怜。

这是他晚年之作，时年八十岁，可看作他生命最后的禅悟。风潘盎，指北宋狂人潘冕。苏轼《赵先生舍利记》曰："南海有潘冕者，阳狂不测，人谓之潘盎。南海俚人谓心风为盎。"醉可朋，是五代诗僧，自称"醉髡"。首联张翥以潘盎、可朋自比。"早自楞伽悟"，用北宋张方平悟前身为抄《楞伽经》僧人的故事，以比喻自己。张方平事见蒋之奇《楞伽阿跋多罗宝经序》。第二首说自己如挂单的老僧人，已觉悟世界的微尘，如野马尘埃，如瓮中醯鸡，微不足道，再也不会随众人去邀宠争怜。

后　记

　　窗外一片蝉声和热浪袭人，在电扇微档的吹拂下，终于完成这本书的修改任务。肩头一阵轻松，心上一股清凉，又到写后记的时候。

　　"宋元佛教文学史·诗歌卷"是教育部人文社会科学重点研究基地（四川大学中国俗文化研究所）重大项目，2013年立项。由于工作量巨大，作为项目负责人，我在大体制定写作大纲的基础上，特意邀请了几位博士论文有关佛教诗歌的学生加盟，组成团队，作了如下分工：

　　信阳师范学院张硕博士负责撰写南宋临济宗宝昙、居简、大观、善珍、元肇、道璨、梦真等七人的僧诗；陕西师范大学祁伟博士负责撰写元代曹洞宗万松行秀等人、临济宗杨岐派径山系和虎丘系的禅诗，以山居诗和佛祖赞为主；赣南师范大学张艮博士负责撰写北宋天台宗九僧、智圆、西湖诗僧、秘演等人的介绍；湖南理工学院谢天鹏博士负责撰写云门宗契嵩的禅诗。其余各时期所有禅宗、天台宗、律宗、华严宗、净土宗的僧诗以及士大夫禅诗的内容，皆由我亲自撰写。

本书2018年6月完成初稿，同年10月项目结题，鉴定等级为"优秀"。虽说看上去是优质完成，我心里却反倒惴惴不安。说实话，由于时间促迫，当时提交的项目成果为初稿，文字和结构都比较粗糙，写作体例也不太统一，远未达到出版的水平，有愧"优秀"之目。因此在接下来几年里，我继续搜集宋元诗僧的总集、别集和语录，细读文本，利用寒暑假和节假日，对本书进行全面的补充、修改、润色。特别是在今年暑假，一鼓作气增改几万字。元代僧诗方面删补润色最多，临济宗诗僧添写了牧潜圆至、觉隐本诚、梦观大圭、高峰原妙、昙芳守忠、古鼎祖铭等人，原稿选析的代表作也有增删。总之，通过修改统稿，使得本书比提交项目结题的初稿内容更充实，结构更合理，叙述更全面，风格更统一，各章节之间更有照应。

"百尺竿头须进步，十方世界是全身"，唐代高僧景岑禅师的偈语，不仅是僧人参禅修道的警策，而且是我们治学修身的格言，不断提升自己，精益求精，进步再进步，应是我们中华学人努力的方向。本书虽修改完毕，但远未做到尽善尽美，我们希望读者朋友们多多批评指正，以便今后进一步完善。

本书能够最终出版，与四川大学中国俗文化研究所和文新学院的一贯支持分不开，在此谨表谢忱！复旦大学出版社将本书纳入出版计划，责任编辑王汝娟女士为本书出版付出辛勤的劳动，在此一并致以最真挚的谢意！

2022年7月29日四川大学中国俗文化研究所周裕锴谨识于成都江安花园锅盖庵。

图书在版编目(CIP)数据

宋元佛教文学史. 诗歌卷/周裕锴等著. —上海:复旦大学出版社,2023.5
ISBN 978-7-309-16235-6

Ⅰ.①宋… Ⅱ.①周… Ⅲ.①佛教文学-文学史-中国-宋元时期②诗歌史-中国-宋元时期 Ⅳ.①I207.99

中国版本图书馆CIP数据核字(2022)第102687号

宋元佛教文学史·诗歌卷
周裕锴 等 著
题签/卢康华
责任编辑/王汝娟

复旦大学出版社有限公司出版发行
上海市国权路579号 邮编:200433
网址:fupnet@fudanpress.com http://www.fudanpress.com
门市零售:86-21-65102580   团体订购:86-21-65104505
出版部电话:86-21-65642845
浙江新华数码印务有限公司

开本 890×1240 1/32 印张 19.5 字数 421 千
2023 年 5 月第 1 版
2023 年 5 月第 1 版第 1 次印刷

ISBN 978-7-309-16235-6/I·1320
定价:98.00 元

如有印装质量问题,请向复旦大学出版社有限公司出版部调换。
版权所有 侵权必究